DIE BOTSCHAFT DES BLUTES

DAVID PENNY

Übersetzt von

NATHALIE HOPPER

RIVERTREE PRINT

Hinweis des Herausgebers: Dies ist ein Werk der Fiktion. Namen, Personen, Orte und Begebenheiten sind ein Produkt der Fantasie des Autors. Örtlichkeiten und öffentliche Namen werden manchmal für atmosphärische Zwecke verwendet. Jede Ähnlichkeit mit tatsächlichen lebenden oder toten Personen oder mit Geschäften, Firmen, Ereignissen, Institutionen oder Orten ist rein zufällig.

20220302.1655

DIE THOMAS-BERRINGTON-REIHE HISTORISCHER KRIMIS

1 Der Rote Hügel

2 Knochenbrecher

3 Der Sündenfresser

4 Der Inkubus

5 Der Inquisitor

6 Die Glücklichen Toten

7 Das Versprechen auf Schmerz

8 Die Botschaft des Blutes

9 Eine Träne für die Toten

Vorläufer

1 Ein Unschuldiger Tod

SPANIEN 1489

Córdoba, Andalusien

KAPITEL EINS

„Ist denn das die Möglichkeit, Thomas, bist du es wirklich? Nach all den Jahren?"

Thomas Berrington stand im Durchgang zu einem kleinen Innenhof und zuckte mit den Schultern. „Wie viele andere maurische Engländer kennst du, mein Freund?" Er musterte das Gesicht des Mannes, der ihm die Tür aufhielt. Lawrence sah älter aus, aber das tat er selbst, wie Thomas vermutete, auch.

„Komm rein, komm rein." Lawrence drehte sich um und rief in Richtung des Hauses. „Laurita, komm und sieh dir an, wer hier ist. Und bring Wein. Zwei Krüge. Und Essen. Du bist hungrig, nicht wahr? Ja, natürlich bist du das – du siehst dünner aus, als ich dich in Erinnerung habe." Lawrences Stimmung schlug von einem Augenblick auf den nächsten um und Thomas erkannte in seinem Blick, dass er über Lubna Bescheid wusste.

Eine Frau erschien in der Tür des kleinen Hauses. Ausdruckslos starrte sie die beiden Männer an, bevor sie zurück hineinging.

„Ich habe von der Sache mit deiner Frau erfahren", sagte Lawrence. „Wir waren beide traurig über die Nachricht." Er legte seine Hand auf Thomas' Schulter. „Wie kommst du damit zurecht?"

„Besser, seit ich mich rächen konnte."

„Auch davon habe ich gehört. Mandana und sein Sohn, sie beide. Sie hatten den Tod verdient."

„Da werde ich dir nicht widersprechen."

Lawrence klopfte ihm auf die Schulter, bevor er sich umdrehte und an dem kleinen Metalltisch Platz nahm, der entweder unverändert oder identisch mit dem war, an dem sie fünf Jahre zuvor schon gesessen und geredet hatten. Fünf Jahre, in denen Thomas sein Glück gefunden hatte, bevor es ihm entrissen wurde. Er versuchte, weder an die Freude noch an den Schmerz zu denken. Es wurde von Tag zu Tag einfachere und das hatte er Jorge zu verdanken. Der Mann ließ nicht zu, dass er sich in seinem eigenen Elend suhlte. Aber Jorge hatte sich in letzter Zeit rar gemacht und deshalb hatte Thomas diesen Platz und dieses Haus aufgesucht, ohne zu wissen, ob Lawrence noch hier wohnen würde.

Er wartete, während Laurita eine Platte mit Brot, Hartkäse, Obst und Nüssen auf den Tisch stellte, bevor sie erneut im Haus verschwand.

„Sie mag mich immer noch nicht, wie ich sehe", sagte Thomas, als er den Platz gegenüber von Lawrence einnahm.

„Ich glaube, sie mag dich sehr, aber Laurita fällt es immer schwer, ihre Gefühle jemand anderem als mir gegenüber zu zeigen. Vielleicht denkt sie, ich könnte eifersüchtig sein." Er lächelte. „Dabei sollte ein Blick in dein hässliches Gesicht ausreichen, um sie zu beruhigen."

„Da liegst du wohl richtig."

„Nein, ich liege falsch. Sag mir …" Lawrence unterbrach sich selbst, als Laurita mit gläsernen Kelchen und einem Krug Wein zurückkam.

„Ich bringe noch einen, falls ihr es schafft, den hier zu leeren", sagte sie, während sie sich abwandte.

Thomas und Lawrence sahen ihr hinterher, als sie auf die Tür zuging.

„Sie hat sich überhaupt nicht verändert", sagte Thomas.

„Nett von dir, das zu sagen, aber wir beide wissen, dass das nicht stimmt. Nicht allzu sehr, das gebe ich zu, und für die wichtigen Dinge im Leben bringt sie immer noch großen Enthusiasmus auf." Lawrence schenkte ihnen Wein ein und hielt sein Glas hoch. „Auf die wichtigen Dinge im Leben, Thomas, ja?"

Thomas nickte und stieß sein Glas gegen Lawrences. „Ja, auf die wichtigen Dinge."

„Was führt dich nach Córdoba?" Lawrence griff nach einem Stück Schwarzbrot und schnitt sich eine Scheibe Käse ab. „Besteigst du die Königin schon?" Er grinste. „Ich kriege den ganzen Klatsch und Tratsch aus dem Palast mit."

„Weiß es die ganze Stadt?"

Lawrence lachte. „Dann tust du es also, zum Henker! Ich wusste es."

„Nein, tue ich nicht. Ich war nur neugierig, wie viele Leute sonst noch diese Unwahrheiten glauben."

„Oh, nicht so viele, denke ich. Du bist für die

Menschen in Kastilien nicht so interessant, wie du vielleicht denkst. Wenn nicht die Liebe, was führt dich dann hierher? Wenn nicht der Wunsch, mich zu sehen, natürlich."

„Natürlich." Thomas betrachtete den Käse und beschloss, dass er vielleicht bald etwas davon essen würde. Die Luft in dem kleinen Hof war warm und duftete nach dem Orangenbaum, der ihnen Schatten spendete, doch etwas Herbes mischte sich unter den Duft und er fragte sich, ob Laurita das Abendessen verbrannt hatte. „Der Sultan schickt mich, um mich zu beschäftigen."

„Ich habe von den Verhandlungen gehört", sagte Lawrence. „Sie laufen gut, nicht wahr?"

Thomas strich sich die Haare aus dem Gesicht und wandte sich der Sonne zu, um ihre Wärme zu genießen. „Wir beide wissen, wie dieser Krieg enden wird, und es sind nicht die Verhandlungen, die dazu führen werden. Es ist eine Täuschung, aber wenn ich nicht mindestens einmal am Tag dort auftauche, fällt es auf. Zweifellos hat jemand großes Vergnügen daran zu berichten, dass ich meinen Auftrag nicht erfülle."

„Deinen Auftrag? Du bist kein Verhandlungsführer, Thomas. Wäre es Jorge, könnte ich es noch verstehen, aber nicht bei dir. Begleitet er dich?"

„Das tut er, wo auch immer er im Moment sein mag. In den letzten Tagen hat er sich rar gemacht. Und meine Aufgabe ist es, den Mund zu halten und dafür zu sorgen, dass alle wissen, dass ich hier bin. Ich glaube, man überschätzt meinen Einfluss auf Isabel."

„Hast du sie getroffen?"

„Wir sind noch nicht einmal eine Woche hier und es steht mir nicht zu, sie aufzusuchen."

„Aber sie würde es doch wollen, oder?" Lawrence blickte sich um, schnupperte in die Luft.

„Ich rieche es auch." Thomas lächelte. „Was hätte es zum Abendessen geben sollen?"

„Laurita hat noch nie etwas anbrennen lassen, solange ich denken kann. Es muss etwas anderes sein." Er stand auf, aber die Einfriedungsmauer erlaubte es ihm nicht, viel dahinter zu sehen, und so konnte er nur feststellen, dass es zumindest nicht der Turm der Kirche neben dem Haus war, der in Flammen stand.

Lawrence ging hinaus auf den Platz und Thomas folgte ihm.

„Dort", sagte Lawrence und zeigte auf die Stelle, an der eine dunkle Rauchsäule in die Luft stieg. „Es scheint in der Nähe des Flusses zu sein." Er ging wieder hinein, kam aber kurz darauf mit zwei ledernen Eimern zurück. Einen davon reichte er Thomas. „Komm, mit etwas Glück können wir vielleicht helfen."

Thomas wusste, dass er sich ohne Lawrence in dem Labyrinth an Gassen, durch die sie nun liefen, hoffnungslos verlaufen hätte. Sie kamen auf einer langen Straße heraus, die zum Ufer des Guadalquivir hinunterführte, und sahen, dass eine Vielzahl von Leuten bereits eine Schlange gebildet hatte und Eimer von Hand zu Hand weiterreichte. Lawrence reihte sich ein, Thomas stellte sich an die Spitze der Schlange und nahm einen

Eimer mit Wasser. Selbst als er ihn in die Flammen schüttete, wusste er, dass es wenig Sinn hatte.

Ein Dutzend Männer stand neben ihm. Jeder nahm einen Eimer, wenn er ihnen hingehalten wurde, goss den Inhalt in die Flammen und warf ihn dann leer beiseite, wo er von jungen Burschen im Laufschritt die Straße hinuntergebracht wurde. Die Hitze war erschlagend, aber niemand wich zurück, auch wenn sie wussten, dass ihre Bemühungen vergeblich waren. Schließlich mussten sie dieses Haus den Flammen überlassen, denn es gab noch andere zu retten. Sie teilten sich in zwei Gruppen auf, eine auf jeder Seite des inzwischen fast ausgebrannten Gebäudes. Das Haus auf der linken Seite begann bereits zu schwelen und es wurden weitere Männer herbeigeschafft, um sich den schon vorhandenen anzuschließen.

Dann zeigte ein Mann nach oben, wo eine Stichflamme durch herabfallende Ziegel brach. „Lasst es brennen", rief er und sie zogen geschlossen weiter zum nächsten Haus.

Thomas blickte die Straße entlang und versuchte zu berechnen, wie viele Häuser noch verloren gehen könnten. Am anderen Ende der Straße stand eine stämmige Frau in einem weißen Kittel, die Fingerknöchel in die Hüfte gestemmt, und sah ihnen bei der Arbeit zu. Zweifellos fragte sie sich dasselbe. Sie fragte sich, ob ihr Haus bei Einbruch der Dunkelheit noch stehen würde.

Zwei weitere Häuser wurden von dem Brand verschlungen, bevor das Feuer schließlich unter Kontrolle gebracht werden konnte. Jenes Haus, in dem das Feuer ausgebrochen war, war bis auf die

Grundmauern niedergebrannt, doch die Männer begossen es noch solange mit Wasser, bis sie sicher waren, dass die schwelende Glut nicht wieder aufflammen würde. Thomas ging die leicht geneigte Straße hinunter, um Lawrence zu suchen, der ihm bereits entgegenkam. Sie standen Seite an Seite da, die Arme und Gesichter dunkel von dem Ruß, und sahen zu, wie eine Wand in sich zusammenfiel und in das klaffende Loch im Inneren des Hauses stürzte. Ein Funkenregen stieg auf und Thomas beobachtete die kleinen Lichtpunkte, doch sie fielen zu Boden, ohne eine neue Flamme zu entzünden.

„Da unten ist ein Keller", sagte der Mann, der neben ihm stand. Sie standen so nah an den Überresten des Gebäudes, wie sie nur konnten, so nah, dass Thomas befürchtete, sein Gewand könnte Feuer fangen, aber er wich trotzdem nicht zurück.

„Das ist doch keine große Überraschung, oder?"

Der Mann sah erst Thomas an, dann zurück zu dem Loch. „Ich wohne seit zwanzig Jahren hier und wusste nicht, dass irgendeines der Häuser in dieser Straße einen Keller hat."

Thomas fand nicht, dass diese Aussage einer Antwort bedurfte, aber er fand die Aussage des Mannes nicht uninteressant.

„Alonso hat nie erwähnt, dass er einen Keller hat, keinem von uns gegenüber."

„Er ist es, der hier lebt?"

„Alonso Cortez", sagte der Mann, „ist lieber allein. Mischt sich nicht oft unters Volk."

Was erklären würde, warum er seinen Keller nie

erwähnt hatte. „Wo arbeitet er, dieser Alonso?", fragte Thomas.

Der Mann nickte in Richtung der verkohlten Reste des Hauses. „Er arbeitet hier. Er ist ein Schreiber."

Eine böse Vorahnung machte sich in Thomas breit. Schreiber waren umgeben von Worten und Verträgen, wofür Tinte und, was in diesem Fall noch wichtiger war, Papier und Pergament benötigt wurden. Beides brannte schnell.

„Hat ihn heute schon jemand gesehen?"

Der Mann schüttelte den Kopf. „Ich nicht. Mehr weiß ich nicht."

Thomas ging weiter, um die verbliebenen Helfer zu befragen. Einige waren bereits in ihre Häuser zurückgekehrt, um sie nach Schäden abzusuchen, andere tummelten sich auf der Straße, als eine Art perverse Feierlaune einsetzte. Zweifellos waren die meisten dankbar darüber, dass ihre Häuser verschont geblieben waren.

Niemand hatte Alonso Cortez gesehen, was Thomas' Befürchtungen weiter verstärkte. Er sah sich suchend nach Lawrence um und machte ihn am Ende der Straße aus, wo er mit jener Frau sprach, die das Geschehen stoisch beobachtet hatte, als ob es sie nicht interessierte, dass das Feuer auch ihr Haus erreichen könnte. Thomas ging die Straße zurück hinauf, um sich zu ihnen zu stellen. Als er sie erreichte, hielt ihm die Frau eine kleine Pastete hin, die sich in seiner Handfläche noch warm anfühlte.

„Kennen Sie Alonso Cortez?", fragte er die Frau. Als er näher kam, sah er, dass ihr weißer Kittel eher eine Art

Schürze war, die mit einer Schicht Mehl und getrockneten Teigresten bedeckt war.

„Natürlich kenne ich ihn. Wo sonst sollte er sein Brot kaufen? War das sein Haus, das abgebrannt ist?"

„Laut einem Nachbarn."

„Geht es ihm gut?"

„Deshalb frage ich. Haben Sie ihn heute schon gesehen?"

„Er kam früh, wie immer, aber ich seitdem habe ich ihn nicht mehr gesehen." Sie warf um Thomas herum einen Blick auf die Hausruine, von der noch immer Rauch aufstieg. „Denken Sie etwa, er war da drin?"

„Bisher gibt es keinerlei Anhaltspunkte. Ich frage nur aus Neugierde." Er sah Lawrence an. „Haben die Hermandos hier in der Nähe ein Wachzimmer?"

Lawrence nickte. „Das alte ist auf dieser Seite des Flusses noch besetzt. Es ist nicht allzu weit. Möchtest du, dass ich sie hole?" Er warf einen Blick auf die Frau, die jedoch unbeteiligt wirkte. „Nur für den Fall?"

„Ja, hol jemanden", sagte Thomas.

„Sofern sie kommen."

Während Thomas Lawrence nachsah, dachte er darüber nach, dass die von Isabel zur Überwachung der Städte Kastiliens eingesetzten Hermandos sich offensichtlich nicht gebessert hatten, seit er das letzte Mal mit ihnen zu tun gehabt hatte. Wie bei allen diesen Organisationen gab es einen Überschuss an schlechten Männern und einen Mangel an guten. Er nahm einen Bissen von der Pastete und bereute es sofort.

„Ich mochte Alonso nicht, aber ich würde ihm nichts

Schlechtes wünschen", sagte die Frau. „Ich hoffe, er war auf einem seiner Streifzüge."

„Streifzüge? Ich dachte, er wäre Schreiber."

„Oh ja, aber er ist oft außerhalb der Stadt unterwegs. Eigentlich ist er immer irgendwo unterwegs. Und oft kommen Leute zu ihm." Sie lächelte. „Er schickt sie oft zu mir, damit sie mein süßes Gebäck und feine Brötchen kaufen. Er war kein schlechter Mann."

„Haben Sie heute noch jemanden bei seinem Haus gesehen?" Thomas war sich nicht sicher, warum er diese Frage stellte. Der Brand eines Hauses war ein ungewöhnliches, aber kein verdächtiges Ereignis. Er nahm an, dass sich sein Verstand im Laufe der Jahre daran gewöhnt hatte, argwöhnisch zu denken.

„Niemanden, der hineinging, nur jemanden, der herauskam." Sie grinste lüstern. „Einen Mann, den ich so schnell nicht vergessen werde."

„Er kam aus dem Haus von Cortez?"

„Das habe ich nicht gesehen, nur, dass er aus dieser Richtung kam."

„Lief er schnell davon weg?"

„Er sah mir nicht wie ein Mann aus, der laufen würde. Er bewegte sich eher wie eine Katze, mit einer solchen Anmut, dass ich meinen Blick nicht von ihm abwenden konnte."

„Wirklich. Und wie war dieser Inbegriff eines Mannes gekleidet?" Fragen waren Thomas zur Gewohnheit geworden, aber je länger er mit dieser Frau sprach, desto länger war er nicht der Hitze des Feuers ausgesetzt. Der Tag war schon heiß genug, ohne dass die Flammen hinzukamen.

„In Seide und feinem Leinen. Er war schön wie der Teufel und sah aus, als könne er doppelt so viel Unruhe stiften."

„Hat er gesprochen?"

„Er hat zwei Stück Gebäck gekauft. Ich versuchte, ihm eine meiner Pasteten zu verkaufen, weil er für meinen Geschmack zu dünn aussah, aber er lehnte ab."

Kluger Mann, dachte Thomas. Ein ungutes Gefühl breitete sich während des Gesprächs in ihm auch, obwohl er nicht sagen konnte, warum.

„Können Sie ihn beschreiben? Wie groß war er? Welche Haarfarbe hatte er? War es lang oder kurz? Hatte er einen Bart?"

„Groß, hell, weder noch und nein. Wozu all diese Fragen? Glauben Sie, er hat Alonso etwas angetan? Er sah nicht wie ein Mann aus, der jemandem etwas antun würde, trotz seiner Größe."

„Größer als ich?", fragte Thomas nun und die Frau musterte ihn von Kopf bis Fuß.

„Um ein paar Zoll vielleicht. Und wie ich schon sagte, gut gekleidet." Es war klar, was sie damit sagen wollte.

„Sie sagten, er hat mit Ihnen gesprochen?"

„Er hat Gebäck verlangt, also hat er natürlich mit mir gesprochen."

„Auf Kastilisch?"

„Was sollte er sonst in Córdoba sprechen? Aber jetzt, wo Sie es erwähnen, war seine Aussprache durchaus anders. Weicher. Ich würde sagen, er könnte von jenseits der Grenzen Spaniens kommen."

„Tatsächlich. Hat er seinen Namen genannt?"

„Leider haben wir uns nicht so gut kennengelernt." Sie

schaute auf Thomas' Hand. „Wie schmeckt Ihnen der Kuchen?“

„Gut. Ich habe vielleicht noch mehr Fragen an Sie.“

„Ich bin immer hier. Und wenn Sie diesen Mann finden, denn es gibt keinen zweiten wie ihn in der ganzen Christenheit, schicken Sie ihn zu mir. Er kann sich jederzeit an meinem Gebäck bedienen, wenn er will.“

Inzwischen war Lawrence zurückgekehrt und das raue Lachen der Frau folgte ihnen die Straße hinunter.

„Isst du diese Pastete nicht?“, fragte Lawrence.

Thomas reichte sie ihm. Lawrence nahm einen Bissen, spuckte sie aus und warf sie weg.

„Was sollten die ganzen Fragen?“

„Ich kann nicht anders. Warst du bei den Hermandos? Was haben sie gesagt?“

„Dass sie jemanden schicken würden, wenn sie Zeit hätten.“ Lawrences Augen studierten Thomas' Gesicht. „Du denkst, es steckt mehr dahinter als ein einfaches Feuer, nicht wahr? Ich sehe es dir an. Du bist anders, wenn du etwas Verdächtiges witterst. Du vermutest, dass Cortez tot in seinem Haus liegt, nicht wahr? Und dieser gut gekleidete Mann, verdächtigst du ihn, ihn umgebracht zu haben?“

„Ich versuche, es nicht zu tun“, sagte Thomas. „Du weißt so gut wie ich, dass ihre Beschreibung nur auf einen einzigen Mann in dieser Stadt passt, und ich bin mir ebenso sicher, dass Jorge heute keinen Mord begangen hat.“

Noch während er diese Worte sprach, fragte sich Thomas, wo Jorge heute blieb und wo er die letzten paar Tage gewesen war.

KAPITEL ZWEI

Thomas zog sich das Hemd aus und begann, den Bewohnern der Straße zu helfen, wobei er sich hauptsächlich in die Arbeit stürzte, um seinen Gedanken zu entkommen. Es war eine undankbare Aufgabe. Das Haus von Alonso Cortez, in dem das Feuer ausgebrochen sein musste, strahlte eine so starke Hitze ab, dass man sich ihm nicht auf mehr als ein paar Dutzend Fuß nähern konnte. Das Haus rechts davon war ebenfalls bis auf die Grundmauern niedergebrannt, während das nächste Haus in der Reihe bereits unversehrt schien. Das Haus links von Cortez' stand noch, allerdings waren die meisten Fensterscheiben nach außen explodiert. Beim Blick ins Innere stellte Thomas fest, dass die Holzverkleidung niedergebrannt war, aber eine Verkleidung konnte ersetzt werden. Falls es das wert war, dachte Thomas.

Als Lawrence gemächlich auf ihn zukam, warf Thomas einen Blick auf den Hermando, der sich mit einigen der Nachbarn unterhielt.

„Ist er der Beste, den du auftreiben konntest?"

„Zumindest ist er der Beste, den sie schicken wollten. Wachtmeister Miguel Sánchez." Lawrence blickte hinüber zu dem Mann, der sich mit winzigen Schritten dem Haus zu nähern versuchte. „Ich bin mir nicht sicher, ob er schon erste Anzeichen eines Bartwuchses bemerkt."

„Er sieht zumindest bemüht aus."

Lawrence lachte. „Er sieht aus, als könnte er jeden Moment selbst in Flammen aufgehen."

„Dabei ist es gar nicht mehr so schlimm", sagte Thomas. „Bis zum Einbruch der Dunkelheit können wir wahrscheinlich hineingehen und uns umsehen."

„Warum sollten wir das tun wollen?" Lawrence starrte Thomas an, nickte dann aber. „Natürlich. Weil du es willst, nicht wahr? Weil du glaubst, dass es kein Unfall war."

„Ich glaube noch gar nichts, aber niemand hat den Mann, der hier wohnt, seit heute Morgen gesehen. Ich möchte zumindest wissen, ob seine Leiche irgendwo in der Asche liegt." Thomas sah zu dem Haus an und machte ein langes Gesicht. „Es ist viel Asche."

Lawrence folgte seinem Blick. „Da hast du wohl recht." Er warf einen Blick auf die Häuser zu beiden Seiten. „Zwei Stockwerke, wie die anderen. Ein großzügig bemessenes Haus, zweifellos mit schönen Möbeln, was die viele Asche erklären würde. Dieser Cortez muss Geld gehabt haben. Das hier ist eine gute Gegend."

Eine Windböe kam die Straße entlang. Sie brachte Bewegung in die Asche, die Lawrence gerade wegzurationalisieren versuchte, und wirbelte eine Wolke davon in die Luft. Thomas sah zu, wie sie aufstieg, bevor sie fast geräuschlos zurück auf den Boden rieselte. Er machte drei Schritte, hob eine Flocke davon auf und zeigte sie Lawrence.

„Meinst du, das ist Papier?"

Lawrence untersuchte sie, ohne sie zu berühren, obwohl seine Hände und sein Gesicht bereits dunkel von dem Rauch waren.

„Könnte sein."

„Du bist der Mann, der es wissen muss, nicht wahr?"

„Wenn du das sagst. Ja, sieht aus wie Papier." Er sah Thomas an. „Verbranntes Papier. Ein Mann darf doch Papier in seinem Haus haben, oder?"

Thomas ließ die verkohlte Flocke auf das Kopfsteinpflaster fallen, wo sie sich in Staub auflöste. Dann ging er hinüber zu dem Wachtmeister. Die Asche kühlte schneller ab, als er gedacht hatte, und so konnte er nun nahe an jener Stelle stehen, an der sich einst der Durchgang in das Haus befunden hatte. Die Tür jedoch war verschwunden. Verkohlte Umrisse, die auf dem Boden zu sehen waren, deuteten an, wo sie einmal gestanden hatte, doch jetzt war nur noch die steinerne Einfassung übrig. Thomas beugte sich hinein, um einen Blick in jenen Keller zu werfen, der dort nicht hätte sein sollen, und fragte sich, warum er es doch war. War es verwunderlich, dass die Nachbarn nichts davon wussten? Was machte es schon, wenn ein Mann sich einen Keller grub, um … was … Dokumente zu lagern? Die Bäckersfrau hatte Thomas erzählt, dass der Mann ein Schreiber war, und als solcher war Papier sein Handwerkszeug.

Thomas schaute nach links und rechts. Der Keller

schien in beide Richtungen zu verlaufen, unter den Nachbarhäusern hindurch. Es mochte niemanden etwas angehen, wenn Cortez einen Keller unter seinen eigenen Dielen aushob … aber unter denen der Nachbarn?

„Haben Sie geholfen, das Feuer zu löschen?“, fragte der junge Wachtmeister, der neben Thomas stand.

„Wir waren zu spät. Als wir ankamen, brannte es bereits lichterloh, aber wir konnten den Rest der Häuser retten, abgesehen von den beiden direkt angrenzenden.“ Thomas betrachtete den Mann, seine makellose Uniform, und fragte sich, wie lange er schon bei den Hermandos war. „Lawrence und ich konnten nicht so viel beitragen. Das meiste haben die Anwohner gemacht, die in dieser Straße leben.“

„Wie zu erwarten war.“ Der Mann nickte zu Lawrence hinüber, der sich mit zwei Männern unterhielt. „Sie kannten Ihren Freund in der Kaserne. Ist er ein wichtiger Mann?“

„Er ist dem König bekannt“, sagte Thomas, „also nehme ich an, dass er es ist.“

„Und Sie?“

„Bin ich wichtig oder dem König bekannt?“

„Beides.“

„Ist es für die Brandursache relevant, wer mich kennt?“

„Nein, ich denke nicht. Verzeihen Sie.“ Der Mann schenkte ihm ein schiefes Grinsen. „Ich bin erst seit ein paar Monaten Wachtmeister und weiß nie so richtig, welche Fragen gestellt werden müssen und welche nicht. Es tut mir leid, wenn ich Sie beleidigt habe.“

„Das haben Sie nicht.“

„Wie heißen Sie?"

Thomas überlegte, ob dies auch eine unangemessene Frage war, und hielt es für wahrscheinlich, sah aber keine Gefahr darin, trotzdem zu antworten.

„Ich bin Thomas Berrington."

Die Augen des Wachtmeisters weiteten sich ein wenig. „Der Arzt?"

„Ich bin ein Arzt. Ob ich *der* Arzt bin, ist eine andere Sache."

„Ich habe gehört, dass Sie sowohl mit dem König als auch mit der Königin befreundet sind."

„Dås könnte sein." Thomas begann sich zu wünschen, er wäre nie gekommen, um die Überreste des Hauses zu untersuchen. Die meiste Zeit ging er als normaler Mann durch, bis die Leute seinen Namen hörten. Er fragte sich, wer ihm solche Bekanntheit verschafft hatte, und warf einen Blick auf Lawrence. Glücklicherweise schien der Wachtmeister nicht so beeindruckt zu sein, wie andere es sein gewesen wären.

„Glauben Sie, dass der Mann, der hier wohnt, tot ist?", fragte er.

„Alonso Cortez?", vergewisserte sich Thomas.

„Ihr Freund sagte mir, das sei sein Name. Ich kenne ihn nicht, aber ich lebe noch nicht lange in Córdoba."

Lange genug, um zu wissen, wer ich bin, dachte Thomas. *Warum ist das so?* Ihm wurde klar, dass er die Frage des Mannes nicht beantwortet hatte.

„Ja, ich glaube, Cortez ist tot."

Thomas warf einen Blick auf Miguel Sánchez, um zu sehen, wie er die Information aufnahm, aber er konnte nicht mit Sicherheit sagen, ob er sie überhaupt gehört hatte. Im selben Moment lehnte dieser sich in die zerstörte Türöffnung, um in dem Durcheinander aus Stein, verbranntem Holz und Papier besser sehen zu können. Er streckte eine Hand aus, um sich abzustützen, und fluchte. Der Stein klammerte sich an die Hitze wie ein Geizhals an sein Gold. Thomas griff nach Sánchez' Arm, um ihn davor zu bewahren, in die klaffende Kelleröffnung zu stürzen.

„Ich sehe keine Spur einer Leiche."

„Das wundert mich nicht." Thomas hielt seine Handfläche nahe an den Stein, den Sánchez berührt hatte. Ja, er war noch heiß. „Es wird wohl bis morgen Früh dauern, bis wir die Chance haben, nach ihm zu suchen, denke ich."

„Verzeihung. Sie und Ihre Kollegen."

„Mir wäre es lieber, wenn wir beide es wären. Ich bin mir nicht sicher, ob ich die richtige Entscheidung getroffen habe, in die Reihen der Hermandos einzutreten. Sie scheinen mich nicht zu mögen."

„Sind Sie käuflich, unehrlich oder ein Tyrann? Sind Sie faul?"

„Natürlich nicht."

„Dann ist das wahrscheinlich der Grund. Vielleicht sollten Sie versuchen, sich ein paar dieser Eigenschaften anzueignen."

Sánchez sagte nichts und Thomas vermutete, dass er bereits zu demselben Schluss gekommen war.

„Ich kann Ihnen vielleicht helfen, wenn Sie gestatten", sagte er.

„Kennen Sie sich mit solchen Dingen aus? Immerhin

sind Sie Arzt und haben sicher schon viele Leichen gesehen."

„Ich versuche eher, die meisten meiner Patienten zu retten."

„Natürlich. Ich meinte … wie dem auch sei. Ja, ich würde Ihre Hilfe begrüßen, obwohl ich nichts bezahlen kann. Ich könnte meinen Hauptmann fragen, aber ich weiß, was er sagen wird."

„Ich benötige keine Bezahlung."

„Sind Sie wohlhabend?"

„Nein – mir ist langweilig."

Eine Stunde Tageslicht war noch übrig, als Thomas früher als erwartet feststellte, dass die Asche kühl genug war, um einen Blick auf das zu riskieren, was darunter vergraben liegen könnte. Das Feuer hatte heiß, aber schnell gebrannt, und war anscheinend so schnell abgekühlt, wie es sich aufgeheizt hatte. Thomas hatte seine Zeit damit verbracht, die Anwohner der Straße zu befragen. Die meisten kannten Cortez, und die meisten schienen ihn nicht zu mögen. Keiner wollte ihm die genauen Gründe dafür nennen, aber von dem, was er hörte, vermutete Thomas, dass der Mann zurückgezogen gelebt hatte. Gerüchte und wilde Spekulationen kursierten auf der Straße, während die Leute ihre eigenen Theorien über Cortez' Tod aufstellten. Für den Moment hielt Thomas es für besser, seine eigene für sich zu behalten. Er hatte einige Dinge erfahren und prägte sie sich ein, während er in das kleine

Zelt zurückkehrte, das er mit Jorge am Ufer des Guadalquivir teilte. Cortez war wohlhabend, aber die Nachbarn wussten nicht, woher er das Geld haben sollte, wenn nicht aus einer Erbschaft. Keiner wusste von dem Keller, der unter den Häusern auf beiden Seiten verlief, und es waren auch niemandem Geräusche aufgefallen, die auf den Bau eines solchen hätten schließen lassen. Thomas fragte sich, ob er nicht schon angelegt worden war, als das Haus gebaut wurde. Was ihn wiederum zu der Frage veranlasste, ob Cortez das Haus wegen des Kellers gekauft hatte. Um was zu lagern? Er würde den Inhalt durchsuchen müssen, um eine Antwort auf diese Frage zu erhalten.

Lawrence und Miguel Sánchez standen neben Thomas und zu dritt starrten sie auf die Asche und die Trümmer, von denen weiter Rauch aufstieg. Miguel hatte wenig gesprochen und wirkte abgelenkt.

„Wir sollten jede Suche bis morgen aufschieben", sagte Lawrence.

„Die Wände strahlen jetzt nicht mehr so viel Hitze ab", sagte Thomas. „Der Balken dort drüben ist beinahe gänzlich intakt. Wir können daran hinunterklettern. Wenn es zu heiß wird, kehren wir bei Tagesanbruch zurück, aber ich würde es vorziehen, die Durchsuchung noch heute Nacht durchzuführen." Er warf einen Blick auf Miguel. „Was ist Ihre Meinung dazu, Wachtmeister?"

„Ich habe keine."

„Falls Cortez da unten ist, wird er nirgendwo hingehen", sagte Lawrence. „Außerdem bezweifle ich, dass du ihn finden wirst, selbst wenn er da ist."

„Ich würde Knochen finden."

„Wo ist eigentlich Jorge? Ihr beide seid doch sonst

unzertrennlich."

„Das, mein Freund, ist eine gute Frage. Eine sehr gute Frage."

„Jorge?", sagte Miguel hochgezogenen Augenbrauen.

Lawrence warf ihm einen Blick zu. „Ein Freund von Thomas."

Thomas war dankbar, dass Lawrence nichts von der Bäckersfrau erwähnte, die gesagt hatte, Jorge in wäre in dieser Straße gewesen, bevor das Feuer ausgebrochen war. Er streckte eine Hand aus.

„Hier, halte meine Hand, während ich nach dem Balken greife."

Lawrence lächelte. „Solange du es Laurita gegenüber nicht erwähnst." Er ergriff Thomas' Handgelenk, als dieser sich hinauslehnte.

Thomas erwischte die Ecke des verkohlten Balkens und zerrte daran, bis ein Ende davon auf den Straßenrand krachte. Staub und Asche wurden durch den Luftstoß aufgewirbelt und schwebten über ihren Köpfen. Thomas streifte sich seinen Gehrock ab und hielt Lawrence ein Ende davon hin.

„Halte das fest, falls ich schnell da raus muss."

Lawrence wickelte den Stoff um seine Hand. Thomas ergriff das andere Ende und begann, an dem dunklen Balken hinunterzuklettern. Das Holz speicherte noch immer Wärme, aber für Thomas' Zwecke war es ausreichend abgekühlt. Er erreichte den mit einer dicken Schicht Asche und Schutt bedeckten Boden und streckte einen Fuß danach aus. Als er ihn hineintauchte, fühlte es sich an, als würde er in heißes Wasser treten. Sein Fuß verschwand unter der aufgewühlten Oberfläche, die keinen Widerstand leistete.

Thomas senkte sein Bein weiter ab, bis er auf Stein stieß und die Schicht aus verkohlter Asche ihm bis zum Knie ging. Er ließ seinen Gehrock los. Die Asche war noch warm, aber er würde sich nicht daran verbrennen. Er begann, durch die Schicht aus federleichten Flocken zu waten. Dabei stieß sein Fuß gegen ein Stück Holz, das aussah, als hätte es einmal zu einem Regal gehört, und er benutzte es, um die Asche zu teilen und den Steinboden freizulegen.

Er blickte zu Lawrence hinauf, der sich im Licht der untergehenden Sonne als dunkle Silhouette abzeichnete. „Du kannst runterkommen und mithelfen, wenn du willst. Es ist warm, aber nicht heiß. Zu zweit sind wir schneller."

„Ich kann nur von Glück sagen, dass ich bei mir zu Hause einen Platz zum Baden habe. Aber was willst du tun, dich im Fluss waschen?"

Thomas hatte sich wenige Gedanken darüber gemacht, wie sich der Ruß auf seinen Körper auswirken würde. „Wenn es nötig ist. Wo ist Miguel hin?"

„Weggegangen. Ich vermute, er klopft an Türen." Lawrence grinste. „Du könntest ja die hübsche Vertraute der Königin bitten, dir den Rücken zu schrubben. Ich wette, sie würde es tun."

„Ich würde es auch tun. Genau deshalb habe ich auch nicht vor, sie zu fragen." Thomas reichte Lawrence das Stück Holz, das er benutzt hatte, und suchte nach einem weiteren. Sie bewegten sich in verschiedene Richtungen, sondierten den Boden, arbeiteten sich um umgestürztes

Mauerwerk herum vor. Das Tageslicht begann langsam zu verblassen und die ersten Sterne durchbrachen bereits die einsetzende Dunkelheit weit oben am Himmel.

Thomas begann gerade zu glauben, dass Cortez entweder gar nicht im Haus gewesen war oder so stark verbrannt war, dass nichts mehr von ihm übrig war, nicht einmal seine Knochen, als Lawrence ihm vom anderen Ende des Kellers her zurief.

„Hier ist etwas."

Thomas watete auf ihn zu und beugte sich vor, um zu untersuchen, was er gefunden hatte.

„Was ist es?" Miguel war zurückgekehrt und stand oben auf der Straße. Er schien abzuwägen, ob er den Abstieg riskieren sollte, um sich ihnen anzuschließen.

„Sieht aus wie eine Leiche", rief Thomas zu ihm hoch.

In einer Ecke zusammengerollt lagen die Überreste eines Mannes, bemerkenswert unversehrt. Selbst der größte Teil seines Gewandes war noch vorhanden und Thomas vermutete, dass Cortez sich in diese Ecke verkrochen hatte, um sich zu schützen. Der Gestank von versengtem Fleisch blieb Thomas im Hals stecken, und einen Moment lang dachte er, er müsse sich übergeben. Den Geruch des Todes war er gewöhnt, aber das hier ähnelte eher gebratenem Schweinefleisch als Verwesung und erinnerte ihn daran, dass vor ihm auf dem Steinboden ein Toter lag, der an diesem Morgen noch lebendig gewesen war.

Er begann, mit seinem Stock die Asche um die Leiche herum zu entfernen, und entdeckte dabei einen kleinen Stapel mit Zetteln, die von der Leiche geschützt worden waren. Cortez' Gesicht war verschwunden, das Fleisch gänzlich verbrannt, und obwohl es ihm unter der seiner Kleidung besser ergangen war, machte ihn auch das nicht weniger tot.

Thomas kniete nieder und rollte den Mann zur Seite, sodass weitere Dokumente zum Vorschein kamen. Er fragte sich, ob sie wichtig waren oder nicht relevanter als alle anderen, die hier gelagert worden waren. Er reichte sie an Lawrence weiter.

„Bewahre sie sicher auf, falls sie Beweise für irgendetwas sein sollten."

Lawrence machte ein langes Gesicht, als er sie entgegennahm, und zog sich ein paar Schritte von dem Gestank zurück. Thomas zog die Kleidung des Mannes beiseite und enthüllte das Fleisch darunter, das fleckig war und an einigen Stellen von der Hitze aufgeplatzt. Wenn dies Cortez war, dann war sein Tod kein leichter gewesen. Thomas versuchte, sich die letzten Gedanken des Mannes vorzustellen, als er in diese Ecke kroch, auf der Suche nach einer Sicherheit, von der er gewusst haben musste, dass er sie nicht finden würde. Waren die Papiere, die er unter sich zu schützen versucht hatte, wichtig oder nichts weiter als das sinnlose Handeln eines Sterbenden, der an sich gerissen hatte, was ihm untergekommen war?

„Thomas", sagte Lawrence.

„Ich bin beschäftigt."

„Hier ist ein Dokument, das du sehen musst."

Thomas drehte sich aufgrund der Dringlichkeit in Lawrence' Stimme um.

„Auf einem steht ein Name. Zwei Namen, genaugenommen. Der eine ist Olmos und der andere ist

Jorge. Sie stehen getrennt, aber beide sind hier vermerkt." Er hielt ein Stück Papier in der Hand, das an den Rändern verkohlt war. „Ich kann nicht alles entziffern, aber hier steht der Name Jorge und ein weiterer, den ich nicht kenne, Inigo Florentino. Der Rest des Briefes ist verkohlt und unleserlich."

Miguel tauchte neben ihnen auf. „Jorge Olmos?", fragte er. „Diesen Namen hat man mir vor weniger als einer Stunde genannt und mir aufgetragen, den Mann zu finden und zu verhaften."

KAPITEL DREI

„Warum?", fragte Thomas.

„Ein Befehl meines Hauptmannes. Ich habe ihn nicht nach dem Grund gefragt, das steht mir nicht zu. Ich nehme an, er hatte Informationen über das, was hier geschehen ist. Also vermutlich ein Informant. Deshalb war ich verwirrt, als Sie seinen Namen erwähnten, und als Sie dann seinen vollen Namen sagten, war ich mir sicher. Wissen Sie, wo er ist, Thomas?"

„Wird vermisst."

Miguel ließ seinen Blick über die Asche schweifen, die aufgrund der hereinbrechenden Nacht fast nicht mehr zu erkennen war. „Ich habe mit den Nachbarn und dem Bäcker und seiner Frau am Ende der Straße gesprochen. Sie behauptet, heute Morgen einen Mann gesehen zu haben, der aus Cortez' Haus kam. Auch zwei der Nachbarn haben einen groß gewachsenen Mann vor diesem Haus gesehen. Ist Ihr Freund gutaussehend?"

„Wurde ihm schon nachgesagt, ja." Thomas fragte sich, warum die Hermandos Jorge verhaften wollten. Selbst wenn er gesehen worden war, wusste niemand, wer er war. Irgendetwas stimmte nicht.

„Könnte Ihr Freund etwas mit dem Tod dieses Mannes zu tun haben?“

Eine Frage, auf die Thomas ebenfalls eine Antwort haben wollte. „Wenn ich ihn finde, werde ich ihn fragen.“

„Dann finden Sie ihn, und zwar schnell. Bringen Sie ihn zu mir, damit ich mit ihm reden kann. Mein Hauptmann hat auf die Verhaftung gedrängt, aber ich würde einen Mann lieber erst verhören, bevor ich ihn wegen Mordes in Gewahrsam nehme. Bringen Sie ihn morgen Früh zu mir.“

In dieser Nacht konnte nichts mehr für Alonso Cortez getan werden, und so bedeckten sie seinen Leichnam so gut es ging mit Asche, denn sie wollten nicht, dass Passanten ihn in diesem Zustand sahen.

„Ich nehme an, du wirst mit Jorge sprechen?“ Lawrence stand neben Thomas auf der finsteren Straße. Miguel war gegangen, sodass sie noch einmal unter vier Augen frei reden konnten.

„Wenn er getan hat, was ihm hier vorgeworfen wird, würde das seine Abwesenheit seit unserer Ankunft erklären.“

„Aber du glaubst doch nicht, dass er es getan hat, oder?“

„Wie könnte ich? Er steht mir näher als jeder andere auf dieser Welt.“ Thomas schüttelte frustriert den Kopf. „Es würde mich beruhigen zu wissen, wo er gewesen ist und was er gemacht hat.“

„Warst du in Daniels Haus?“ Lawrence sprach von Jorges Bruder, einem Schwertschmied.

„Ich weiß nicht einmal, wo es steht. Als ich zuletzt hier war, wohnte er jenseits der Stadtmauer, aber ich bezweifle, dass er das immer noch tut."

„Oh, er lebt noch immer dort draußen, aber nicht mehr in demselben Haus. Er hat jetzt eine Schmiede und ein schönes Haus in der Nähe des Flusses hinter der alten Brücke." Er klopfte Thomas auf die Schulter. „Geh zu ihm. Zweifellos wirst du feststellen, dass Jorge die ganze Zeit dort gewesen ist."

Damit gingen sie auseinander, Lawrence kehrte nach Hause zurück, um sich ein wohliges Bad einzugießen und sich neben Laurita in ihr Bett zu legen, sobald er sauber war. Thomas durchquerte eine Stadt, die langsam zum Leben erwachte und nachts eine Vielzahl von Reizen bot. Isabel und Fernando, die Königin und der König von Kastilien, residierten zurzeit in der Stadt, und ihre Anwesenheit zog sowohl diejenigen an, die nach Gunst suchten, als auch diejenigen, die den Einsamen Trost spendeten.

Der Gedanke, sich im kalten Wasser des Guadalquivir zu waschen, war wenig reizvoll, und so ließ Thomas sich von seinen Schritten zu dem Palast neben der alten Moschee führen, die jetzt zu etwas umgebaut wurde, das eine Kathedrale sein sollte. Die Wachen nickten nur, als er das Tor passierte. Thomas war eine vertraute Gestalt, seit er eine knappe Woche zuvor als Teil einer Delegation aus Gharnatah in der Stadt eingetroffen war. Es war auch bekannt, dass er mit König und Königin befreundet war, nur suchte er heute jemand anderen.

Seit seiner Ankunft hatte er Theresa nur einmal getroffen. Sie war erfreut gewesen, ihn zu sehen.

Vielleicht zu erfreut, und Thomas war sich bewusst, dass sie beinahe eine gemeinsame Vergangenheit hatten. Ob sie eine gemeinsame Zukunft hatten, darüber wollte er nicht nachdenken. Sein Schmerz über den Lubnas Verlust war noch immer allgegenwärtig, auch wenn er langsam zu verblassen begann, Stück für Stück, Tag für Tag. Es gab Zeiten, in denen Thomas ihn sogar vermisste, obwohl er sich keinesfalls wünschte, dass jene lähmende Trauer zurückkehrte, die ihn fast umgebracht hatte.

Thomas hatte erst am Vortag in der Nähe der königlichen Gemächer mit Theresa gesprochen und machte sich nun auf den Weg dorthin. Er warf einen Blick in den maurischen Innenhof, einen der wenigen Teile des alten Palastes, die nach dem umfangreichen Umbau noch erhalten geblieben waren. Hätte er die Zeit gehabt, wäre er verleitet gewesen, ihn zu betreten, denn die Gewölbegänge boten einen herrlichen Blick über die Gärten, der ihn immer beruhigte, aber in diesem Moment brauchte er heißes Wasser dringender als einen ästhetischen Anblick.

Er wollte sich gerade abwenden, als fünf Gestalten auftauchten, vier Frauen und ein ihm unbekannter Mann. Sie hielten unter einem Torbogen inne, während sie sich unterhielten, und Thomas zog sich in die Schatten zurück.

Zwei der Frauen kannte er, während er sich an die dritte nur vage erinnerte und sie nicht einordnen konnte. Er war überrascht, dass ihm nicht einfiel, wo er sie schon einmal gesehen hatte, denn sie war eine attraktive Frau etwa in seinem Alter, die man nur schwer vergessen könnte. Die vierte Frau war ihm fremd, ebenso wie der Mann, der eine rote Kardinalsrobe trug.

Die ersten beiden Frauen kannte er sogar gut: Isabel, die Königin von Kastilien, und Theresa, die einst Krankenschwester gewesen war und nun der Königin sehr viel näherstand. Der Anblick der beiden löste in ihm ein Gefühl des Unbehagens aus. Die eine liebte er auf eine Art und Weise, die komplexer war, als er selbst verstehen konnte. Die andere ... Er musste schmunzeln, bevor er sich daran erinnerte, dass er Theresa einmal fast in sein Bett gezerrt hätte. Als er sie nun betrachtete, entging ihm nicht, dass sie immer noch eine wunderschöne Frau war. Zwar war sie jetzt älter als damals, als sie ihm bei der Heilung von Prinz Juans verletztem Bein geholfen hatte, aber Reife konnte eine andere Form der Schönheit hervorbringen. Im Fall von Theresa traf dies doppelt zu. Thomas wartete, obwohl er nicht die Absicht hatte, sich der Gruppe zu nähern – vielmehr würde er Theresa folgen, wenn sie fertig waren.

Es nagte an ihm, woher er die dritte Frau kannte, und es wollte ihm einfach nicht gelingen, sie zuzuordnen. Er fragte sich, ob sie eine der Zofen war, die sich um Isabel versammelt hatten. Obwohl Isabel die Königin von Kastilien war, war es der einzige Mann, der die Aufmerksamkeit aller vier Frauen auf sich zog. Er war groß und gutaussehend. Seine Hände bewegten sich durch die Luft, als er sein Anliegen vortrug, was auch immer es war. Dann löste sich die Gruppe auf und Theresa kam direkt auf die Stelle zu, an der Thomas sich gut verborgen gewähnt hatte.

„Dachtest du, wir könnten dich nicht sehen? Es war

Isabel, die dich als Erste entdeckt hat." Theresa lachte auf. „Ich glaube, die Gräfin hielt dich für eine Art Schurken, so wie sie bei der Erwähnung deines Namens bleich wurde. Dein Ruhm eilt dir voraus, wenn auch, wie ich zugeben muss, zu Recht." Sie schenkte ihm ein Lächeln und streckte die Hand aus, um seinen Arm zu berühren, bevor sie innehielt. „Es tut mir leid, wie das Schicksal dir mitgespielt hat, Thomas, und ich bin froh, dass du Lubna gerächt hast." Sie musterte ihn von oben bis unten. „Was hast du denn gemacht?" Sie schnupperte und trat einen Schritt zurück. „Du stinkst wie das Feuer im Vorhof zur Hölle. Wenn du vorhattest, so den Rock einer Frau zu lüften, solltest du besser mit Jorge über Hygiene reden."

„Das habe ich vor, sobald ich einen Ort gefunden habe, an dem ich mich baden kann. Ich dachte, du könntest mir dabei helfen."

Theresa lächelte ihm neckisch zu. „Natürlich kann ich dir helfen, aber wie du aussiehst, müssen wir das Wasser zumindest zweimal wechseln. Und heiß muss es sein."

„Bitte."

Theresa machte einen halben Schritt auf ihn zu und berührte mit zarten Fingern sein Handgelenk. „Nur wenn du mir versprichst, mir meine Röcke vom Leib zu reißen."

Thomas schüttelte den Kopf und stellte fest, dass sie sich überhaupt nicht verändert hatte. „Ich dachte, du wärst eine verheiratete Frau."

„Würde das einen Unterschied für einen wilden Mann wie dich machen? Außerdem bin ich wieder alleinstehend, eine Witwe."

„Es tut mir leid zu hören, dass das Schicksal auch dich nicht verschont hat."

„Nicht nötig. Er war ein Schwein, er war alt, und er stank. Es ist Jahre her, dass wir ein Bett geteilt haben, wofür ich zutiefst dankbar bin. Jetzt gehöre ich dir und du kannst mit mir machen, was du willst." Sie lächelte. „Bitte."

Thomas schüttelte den Kopf. „Ich suche nach Jorge."

„Er war heute Morgen hier, kurz nach Sonnenaufgang. Ich erinnere mich, dass ich überrascht war. Mir war nicht bewusst, dass Jorge diese Tageszeit schon einmal wach erlebt hat."

„Was hat er hier gemacht?"

„Ich weiß nicht, ich habe ihn nur im Vorbeigehen gesehen." Theresa legte den Kopf schief. „Wenn du mich schon nicht verführen willst, wirst du dann wenigstens Wein mit mir trinken, um der alten Zeiten willen?"

„Wir haben alte Zeiten?"

Theresa tippte sich an die Stirn. „Hier drin schon, das weißt du doch." Sie streckte ihre Hand aus, um Thomas' Stirn zu berühren, dann zog sie sie zurück und betrachtete den Fleck darauf. „Es sieht so aus, als müsste ich jetzt auch baden."

„Eines Tages wirst du den Bogen mit deinen Neckereien überspannen und ich werde mir alles holen, was du mir versprichst." Er warf einen Blick über seine Schulter, aber die kleine Gruppe hatte sich aufgelöst und war verschwunden. „Die andere Frau bei euch, wer war sie? Ich bin mir sicher, dass ich sie von irgendwoher kenne, aber ihr Name will mir nicht einfallen."

Theresa machte eine abwertende Handbewegung, als wäre sie eine Rivalin, für die kein Platz in ihrem Gespräch war. „Irgendeine Gräfin, mehr nicht. Sie ist eine

Französin, die Männer und Gold anbietet, um den Krieg gegen al-Andalus zu unterstützen. Solche kommen ständig, aber ich muss zugeben, die meisten sind Männer. Außerdem ist sie zu alt für dich. Im Gegensatz zu mir."

„Sie sah aus, als wäre sie ungefähr in meinem Alter", sagte Thomas.

„Ganz genau."

Als Theresa losging, holte Thomas schnell auf, und ihre Anwesenheit fühlte sich so tröstlich an wie nicht viel in letzter Zeit. Er hatte geglaubt, dass er nach Lubnas Tod nie wieder eine andere Frau ansehen würde, aber die Zeit hatte die anfängliche Starrheit seiner Trauer aufgeweicht. Lubna hätte nicht gewollt, dass er den kleinen Freuden, die sich ein Mann gönnen könnte, für immer den Rücken kehrte. Er war nicht mehr jung, aber auch noch nicht tot, und so fragte er sich, ob Theresas Neckereien nur das waren oder ob doch mehr dahintersteckte? Wenn ja, wie würde sie reagieren, wenn er sie beim Wort nahm? Nicht, dass er ihr jemals etwas versprechen könnte, denn er sich hatte geschworen, nie wieder zu heiraten. Thomas wusste, dass er mit Jorge darüber reden musste. Aber erst, nachdem er mit ihm über den Mord gesprochen hatte.

Theresa führte ihn in einen Gang mit geschmackvoll und aufwendig eingerichteten Zimmern, unter denen sich auch eines befand, in dem er würde baden können.

„Ich werde jemanden schicken, der dir heißes Wasser bringt." Noch einmal musterte sie ihn von Kopf bis Fuß. „Zieh diese Lumpen aus. Ich werde sie verbrennen und dir etwas schicken, das deines Standes angemessener ist.

„Ich habe keinen Stand."

„Dann sollte es egal sein, was ich schicke, oder?" Sie

tätschelte seine Wange und wischte dann ihre Handfläche an ihrem Kleid ab. „Jetzt tu, was ich sage." Sie wandte sich ab und blieb stehen. „Oh, und Isabel hat mich gebeten, dir etwas auszurichten. Sie möchte, dass du sie aufsuchst, sobald du kannst."

„In welcher Angelegenheit? Ich habe zuerst ein paar Dinge zu erledigen, und Jorge zu finden ist das Wichtigste davon."

„Sie ist die Königin von Kastilien, Thomas, und die meisten Menschen kommen ihren Aufforderungen unverzüglich nach. So wie du es tun wirst, sobald du wieder sauber bist."

Thomas machte keine Anstalten, Isabel aufzusuchen, nachdem er gebadet hatte. Stattdessen zog er die Kleidung an, die Theresa für ihn geschickt hatte, und kehrte zu dem Zelt zurück, das er mit Jorge teilte – aber es war leer. Er wandte sich zu einer Seite, um eine Gruppe von Männern, die um ein Feuer saßen, zu fragen, ob sie ihn gesehen hätten, doch von ihnen konnte ihm niemand weiterhelfen. Sie luden Thomas ein, sich zu ihnen zu setzen, doch er bedankte sich und wandte sich ab.

Die alte Brücke führte ihn über den Guadalquivir. Er folgte Lawrences Anweisungen und bog an der ersten Kreuzung links ab. Er hatte damit gerechnet, dass das Haus von Daniel Olmos schwer zu finden sein würde, aber Thomas war kaum hundert Schritte gegangen, als er schon das Geräusch von Hämmern auf Metall vernahm und kurz darauf den Schein eines Feuers erkennen konnte. Er kam auf einen kleinen Platz vor einer Reihe von Steinhäusern, die an das Flussufer gebaut worden waren. Mindestens ein Dutzend Feuer brannten hier und an jedem stand ein Mann, teilweise auch zwei, und arbeitete. Funken stoben von der glühenden Holzkohle auf und das ständige Klirren von Eisen auf Stahl erfüllte die Luft. Wer in der Nähe wohnte, wurde von dem Lärm entweder halb verrückt oder musste sich daran gewöhnen.

Thomas sah sich die Männer an, die sich im orangefarbenen Schein des Feuers abzeichneten, aber Daniel entdeckte er nicht unter ihnen. Dabei sollte der Mann leicht zu erkennen sein, es sei denn, er hatte sich stark verändert. Zum einen war er kleiner als Jorge, hatte dunkles Haar und einen struppigen Bart. Zum anderen hinkte er stark – ein brüderliches Geschenk von Jorge, als sie noch Jungen gewesen waren.

Als Thomas sich näherte, kam einer der Männer auf ihn zu, um ihn zu begrüßen. „Es tut mir leid, Señor, aber wir sind dabei, die Arbeit für den Tag zu beenden. Wenn Sie unsere Dienste benötigen, müssen Sie morgen früh wiederkommen, aber ich warne Sie, Sie werden lange warten müssen. Der Palast hat Arbeit für zumindest den ganzen nächsten Monat beauftragt."

„Ich bin auf der Suche nach Daniel. Daniel Olmos. Er ist ein Freund."

Der Mann nickte und glaubte Thomas. „Er ist hinten. Am sichersten ist es, außen um die Feuer herumzugehen. Am Ende finden Sie eine Tür."

Thomas folgte den Anweisungen des Schmieds und

trat schließlich durch eine breite Türöffnung, die mit einem rostigen Amboss offen gehalten wurde. Eine massive Steinmauer schirmte den größten Teil dieses Arbeitsbereichs ab und der Lärm war hier nur gedämpft zu hören. Ein Mann stand mit dem Rücken zur Tür und beugte sich über einen breiten Tisch. Es konnte sich um niemand anderen als Daniel Olmos handeln und Thomas ging auf ihn zu, allerdings von der Seite, um Jorges Bruder nicht zu erschrecken, aber Daniel blickte fast sofort auf. Er zögerte einen Moment, kam dann aber mit seinem schwankenden Gang auf Thomas zu und umarmte ihn.

„Jorge hat mir gesagt, dass du hier bist. Ich sagte, er solle dich zu uns zum Essen einladen, aber offenbar hat er vergessen, die Nachricht weiterzugeben."

„Wie alles andere auch. Ist er hier?"

Daniel schüttelte den Kopf. „Zuletzt gestern Abend. Er sagte, er hätte heute etwas zu erledigen. Dann ist er wohl auch nicht bei dir?"

„Sein Bett war leer, als ich aufwachte."

„Das klingt nicht nach Jorge, obwohl er seit seiner Ankunft abwesend wirkt. Laufen deine Gespräche im Palast gut?"

„Es sind nicht meine Gespräche. Ich habe nichts damit zu tun. Ich weiß nicht einmal, warum ich hier bin."

Daniel lachte. „Dann bist du heute Abend hier, um mit uns zu essen. Zanita will dich sehen, ganz zu schweigen von den Kindern. Wir haben jetzt neun, hat Jorge dir das gesagt?"

Thomas schüttelte den Kopf. „Ich kann nicht mit euch essen, ich muss Jorge so schnell wie möglich finden."

„Ist er in Schwierigkeiten?"

„Nein, ... keine Schwierigkeiten. Ich hoffe es zumindest nicht."

„Komm wenigstens kurz rein und sag Hallo, sonst lässt mich Zanita heute Nacht nicht in ihr Bett."

„Neun Kinder, sagtest du? Dann braucht sie die Ruhe. Schläft sie überhaupt noch?"

„Das sind nur die, die überlebt haben. Du weißt, wie das mit den Geburten ist – du besser als die meisten Männer. Geburt und Tod, das ist der Lauf des Lebens, nicht wahr?"

Thomas sah in Daniels Augen, dass er begriff, was er gerade gesagt hatte, und so hob er beschwichtigend eine Hand. „Reden wir nicht darüber. Es ist jetzt lange her."

Daniel packte Thomas an der Schulter und drückte sie, ohne etwas zu sagen, aber er nutzte den Griff, um Thomas gleichzeitig durch eine Tür und über einen großen Innenhof zu schieben, hinter dem ein stattliches Haus stand.

„Seit deinen Tagen jenseits der Stadtmauer hast du es weit gebracht", sagte Thomas.

„Das verdanke ich Jorge und dir, mein Freund. Ein Mann wie ich wäre dem König nie begegnet, und es war dieser eine Glücksfall, der mein Schicksal veränderte. Wir alle hier sind dem Schicksal für immer dankbar für das, was geschehen ist." Daniel blieb stehen und wandte sich an Thomas. „Wie ich höre, hast du hast ihn getötet, den Abt?"

Thomas nickte.

„Gut. Er war böse. Den Sohn hast du auch umgebracht?"

„Es war der Sohn, der Lubna das Leben genommen hat."

„Ein Sohn wird von seinem Vater geschmiedet, also liegt es auf der Hand, dass du sie beide tötest. Sie waren bösartige Männer." Daniel nickte. „Das hast du gut gemacht. Jetzt komm und begrüße Zanita. Vielleicht weiß sie, wo Jorge ist."

KAPITEL VIER

„Sieh mal, wen ich auf der Straße aufgelesen habe." Daniel führte sie in einen großen Raum, in dem es nach Brot und Essen duftete.

Zanita erhob sich von dort, wo sie über einem kleinen Jungen kniete, der stabil dasaß, wie es nur die Kleinsten können, die kurzen Beine gespreizt, den Rücken gerade, während er bunte Holzklötze verschob, um Formen zu schaffen. Zanitas Augen weiteten sich, als sie auf Thomas zuging, um dann einen Schritt vor ihm stehenzubleiben, als ihre Unsicherheit die Überhand gewann. Thomas schloss die Lücke zwischen ihnen und umarmte sie, in der Hoffnung, die Berührung würde für sie ebenso tröstlich sein wie für ihn. Er warf einen Blick über ihren Kopf hinweg zu Daniel, der nachsichtig in ihre Richtung lächelte, die starken Arme über seiner breiten Brust verschränkt. Thomas löste die Umarmung und küsste Zanita auf die Stirn.

„Jorge hat uns nicht gesagt, dass du hier bist, obwohl wir uns nicht vorstellen konnten, dass er irgendwo ohne dich hingeht." Sie trat einen Schritt zurück, ihre Hände hielten weiterhin die seinen.

„Du hast ihn gesehen?"

„Natürlich."

„Heute?"

Zanita runzelte die Stirn. „Heute nicht, nein. Warum?"

„Ich muss mit ihm reden."

Sie lächelte. „Er wird auftauchen, wenn wir es am wenigsten erwarten. Du weißt ja, wie Jorge ist." Schließlich ließ sie ihn los und ging zu dem Kind. Sie hob den Jungen vom Boden auf und brachte ihn zu Thomas. „Lope, sag deinem Onkel Thomas guten Tag." Sie hob den pummeligen Arm des Jungen hoch und winkte ihm zu.

„Hallo, Lope – obwohl ich nicht wirklich dein Onkel bin." Thomas schüttelte den Kopf und fragte sich, warum er sich überhaupt die Mühe machte, wo er doch wusste, dass Zanita ihn mit diesem Titel ehrte. Er sah sich in dem gemütlichen Zimmer um, einem Ort, an dem echte Menschen ein echtes Leben führten.

Kinder saßen und standen, und er versuchte, sie zu zählen, aber es war, als ob man Ameisen zählen wollte, denn sie bewegten sich ständig umher. Zwei von ihnen kamen und umarmten seine Beine, das eine ein Mädchen, das andere ein Junge, und dann erschien eine weitere Gestalt in der Tür und blieb stehen. Thomas erkannte sie sofort, obwohl er Adana seit fast sechs Jahren nicht mehr gesehen hatte. Sie war jetzt noch schöner, als er sie in Erinnerung hatte – größer und gertenschlank mit goldenem Haar, das ihr in Wellen bis zu den Schultern fiel. Thomas hatte vor all den Jahren mit Adana eine Zelle geteilt, in einem Leben, das sich nun fremd anfühlte, und beide waren sie sich sicher gewesen, dass sie bald sterben würden. Sie war damals mutig gewesen und war es, wie er hoffte, auch heute noch.

Er war überrascht, sie im Haus zu sehen. Sie musste nun zwanzig Jahre alt sein und er hatte erwartet, dass sie verheiratet sein würde. Er erinnerte sich, dass sie mit einem Mann verlobt gewesen war, der viel älter war als sie selbst. Vielleicht hatte sie geheiratet und er war gestorben, sodass sie nach Hause zurückkehren konnte.

Adanas Augen fanden etwas Faszinierendes auf dem Boden und sie hob ihren Blick nicht, um dem seinen zu begegnen, obwohl sich ihre Wangen färbten. Thomas war sich bewusst, dass sie einmal Zuneigung für ihn empfunden hatte, aber er tat es als Folge dessen ab, was sie zusammen durchgemacht hatten. Damals hatte er versucht, einen Weg zu finden, sie zu enttäuschen, und er würde es notfalls wieder tun, aber das konnte bis später warten. Jetzt durchquerte er den Raum, um sie zu umarmen.

„Ich hätte nicht erwartet, dich hier zu sehen. Ich dachte, du hättest inzwischen eigene Kinder."

Schließlich hob Adana ihren Blick und schenkte ihm ein schüchternes Lächeln. „Hier gibt es schon genug Kinder, um die ich mich kümmern kann."

„Ein so hübsches Mädchen wie du braucht eigene."

„Vielleicht, wenn ich den richtigen Mann finde." Ihre Stimme war emotionslos und Thomas fragte sich, wer ihr das Herz gebrochen hatte.

„Als ich ging, warst du verlobt." Er bemerkte, dass Daniel am Kopfende des Tisches Platz genommen hatte, während Zanita begann, die Kinder zusammenzutrommeln. Einige saßen auf Stühlen, andere wurden in spezielle Sitze gesetzt, die aussahen, als hätte Daniel sie selbst gebaut. Zanita sah zu Thomas und Adana, lächelte und ging zum Herd, um eine Art Eintopf in Schalen zu schöpfen.

„Ich habe ihn abgelehnt." Adana sah ihren Vater an. „Wir hatten Streit deswegen, aber ich war mir sicher. Ich werde nur aus Liebe heiraten. Wie du es getan hast." Sie drückte seinen Arm. „Ich habe gehört, was passiert ist, aber ich werde es nicht mehr ansprechen, so wie es keiner von uns tun wird. Du sollst nur wissen, dass wir deinen Schmerz und deinen Verlust teilen."

Dann ging sie hinüber, um ihrer Mutter zu helfen. Die anderen nahmen die ihnen zugewiesenen Plätze ein, ohne zu zanken. Thomas beschloss, doch mit ihnen zu essen, fragte sich aber, wo er sich hinsetzen sollte, bis er einen freien Platz etwa in der Mitte des langen Tisches sah. Er musste fast darüber lachen, dass er inmitten der Kinder saß, die auf beiden Seiten des Tisches aufgereiht waren. Adana setzte sich ihm gegenüber.

„Was hat mein Bruder denn getan?", fragte Daniel.

Thomas lehnte sich zur Seite, als Zanita eine unförmige Schale vor ihm abstellte und der Duft des Eintopfs einen plötzlichen Hunger in ihm weckte.

„Nichts, ich bin nur neugierig, welchen Unfug er ohne mich anstellt." Thomas wollte seinen Verdacht nicht äußern, bis er sich seiner Sache sicherer war. Vielleicht nicht einmal dann. Nicht vor dieser Familie.

„Ihr wisst, dass, was immer er tut, eine Frau involviert sein wird. Apropos Frauen, hast du die Königin schon gesehen?"

„Heute, aber nur aus der Ferne."

„Stehst du nicht mehr in ihrer Gunst?", fragte Zanita, die endlich ihren Platz eingenommen hatte.

„Das glaube ich nicht, aber sie ist eine viel beschäftigte Frau, und ich möchte nicht stören."

Daniel lachte laut auf. „Wie ich höre, würde sie eine Störung von dir mehr als begrüßen."

Thomas rechnete fast damit, dass Zanita ihn zurechtweisen würde, weil er vor den Kindern so derb sprach, bis ihm klar wurde, dass sie entweder zu jung waren, um es zu verstehen, oder, wenn sie alt genug waren, eher zustimmen würden.

„Jorge hat uns erzählt, dass ihr beide in irgendwelche Verhandlungen im Palast involviert seid. Das ist doch sicher mehr als genug Vorwand, um sie zu treffen?"

„Ich habe keine Idee, warum wir hierhergeschickt wurden", sagte Thomas. „Sicherlich nicht, um zu verhandeln. Meine Aufgabe scheint es zu sein, mich zweimal am Tag zu zeigen, bis mich jemand erkennt, und dann kann ich wieder gehen. Ich weiß nicht einmal, wovon sie reden."

„Vom Krieg, denke ich", sagte Daniel.

„Ziemlich sicher. Krieg ist gut fürs Geschäft, nicht wahr?"

„Natürlich. Und dank dir wächst mein Geschäft täglich, wie du gesehen hast. Allerdings hebe ich mir das, was jetzt in die Kasse kommt, für jenen Tag auf, an dem der Krieg zu Ende ist. Wer wird dann meine Schwerter noch wollen?"

Thomas lachte. „Ich glaube nicht, dass du dir darüber große Sorgen machen musst. Männer wollen immer

Schwerter und es wird bald den nächsten Krieg geben, da kannst du dir sicher sein."

„Du solltest zur Königin gehen und ihr sagen, dass sie diesen Krieg beenden soll", sagte Adana und lehnte sich über den Tisch zu Thomas. „Sie würde es tun, wenn du sie darum bittest."

„Wenn ich nur diese Macht besäße."

„Liebt sie dich nicht mehr als ihren eigenen Mann? Das ist es, was wir hören."

„Von wem hört ihr das?" Und dann wurde Thomas klar, von wem. „Glaubt nicht alles, was Jorge euch erzählt." Er lachte. „Es ist sogar besser, wenn ihr gar nichts von dem glaubst, was Jorge euch erzählt."

„Und warum ist das so? Bin ich nicht der vernünftigste und gutaussehendste aller Männer?"

Thomas drehte sich um und sah Jorge in der Tür stehen. Zanita stand auf und eilte um den Tisch herum, um ihn zu umarmen. Dann schob sie ihn neben Adana, während sie einen weiteren Stuhl holte. Die Kinder rückten alle nach und Jorge setzte sich und starrte Thomas an, der zurückstarrte.

„Hier sind wir wieder, alle zusammen", sagte Zanita, als sie Jorge sein Essen vorsetzte.

„Wo warst du denn?" Thomas sah zu, wie Jorge den Eintopf in seinen Mund löffelte, bevor er selig zu lächeln begann.

„Unterwegs. Hier und dort."

„Und was hast du gemacht?" Thomas schaute sich um, aber die anderen unterhielten sich alle, außer Adana, die ihn weiterhin über den Tisch hinweg ansah und versuchte, sich nichts anmerken zu lassen.

„Dies und das.“ Jorge legte seinen Löffel ab und starrte Thomas an. „Darf ich kein eigenes Leben haben?“

„Natürlich darfst du das. Ich war nur neugierig, mehr nicht.“ Thomas lehnte sich näher und senkte seine Stimme. „Aber ich muss so schnell wie möglich mit dir sprechen. Es ist wichtig.“ Er konnte das, was Jorge angelastet wurde, nicht vor dessen Familie erörtern, aber er musste die Sache klären, bevor jemand kam, um ihn zu verhaften.

Jorge schüttelte den Kopf. „Du bist doch nicht in einen neuen Fall verwickelt, oder?“

Sie standen Seite an Seite auf der alten Steinbrücke. Die Wasserräder waren für die Nacht zum Stehen gebracht worden, um die Königin nicht zu stören. Das einzige Geräusch war das Rauschen des Wassers zwischen den Strebepfeilern und das gelegentliche Bellen eines Hundes. Es erinnerte Thomas an jenen Hund, den er von einem Toten geerbt hatte: Kin war mit Will, Amal und Belia in Gharnatah geblieben, während der Gomeres-Söldner Usaden über sie alle wachte.

Jorge lehnte sich an die Wand und starrte auf den silbrigen Schein an der Wasseroberfläche.

„Du weißt, wo wir sind, nicht wahr?“, sagte er. „Ganz genau, wo wir sind?“

„An dem Ort, der dein Leben verändert hat.“

„Ja. An dem Ort, der mein Leben verändert hat.“

„Zum Guten oder zum Schlechten?“ Es hatte Zeiten gegeben, in denen Thomas sich gefragt hatte, wie Jorge dazu stand, dass er ihn entmannt hatte. Es hatte ihm zwar das Leben gerettet, aber es hatte auch immer die Möglichkeit bestanden, dass er seinen Entführern entkommen würde.

„Oh, zum Guten. Auf jeden Fall zum Guten." Jorge sah Thomas an und seine weißen Zähne strahlten in der Dunkelheit. „Ich wäre tot, wenn du mir nicht geholfen hättest, und ich danke dir dafür."

„Nichts zu danken."

„Wie viele Eunuchen hast du im Laufe der Jahre geschaffen, Thomas?" Jorge drehte sich zur Seite und blickte wieder auf das Wasser. Zweifellos riefen dieser Ort und seine Erinnerungen nach ihm.

„Eine Menge."

Jorge lachte, ohne von dem Fluss aufzusehen. „Ich nehme an, die genaue Zahl steht in einem der Tagebücher, in die du ständig Notizen kritzelst. Wie viele?"

„Ich müsste nachsehen, aber einhundert, ungefähr."

Jorge schwieg einen Moment lang, bevor er fragte: „Und wie viele davon sind gestorben?"

„Sieben."

„Siehst du, diese Zahl weißt du genau, aber nicht die andere."

„Man erinnert sich an die, die man verliert", sagte Thomas. „Wenn jemand anderes das Verfahren durchgeführt hätte, wären die Zahlen umgekehrt gewesen."

„Du hast mir erzählt, wie es früher gemacht wurde, bevor du mich entmannt hast. Ich erinnere mich noch an unser Gespräch. Die Art und Weise, wie du mir eine Wahl gelassen hast, obwohl wir beide wussten, dass ich keine hatte.“ Jorge sah Thomas wieder an. „Warum hast du mich nicht vollständig entmannt?“

„Weil es mir Vergnügen bereitet hat.“

Jorge lachte. „Meine Männlichkeit hat dir Vergnügen bereitet, und das sagst du mir erst jetzt? All die Jahre hätten wir uns gegenseitig Vergnügen bereiten können.“

Thomas ohrfeigte Jorge spielerisch mit dem Rücken seiner Hand. „Es hat mir Vergnügen bereitet, dir wenigstens etwas von deiner Männlichkeit zu lassen. Das meinte ich.“

„Natürlich.“

„Ich möchte, dass du mir sagst, wo du heute warst und was du gemacht hast.“

Jorge richtete sich schließlich auf und drehte sich zu Thomas um. „Warum?“

„Ist es so ein großes Geheimnis?“

„Normalerweise interessiert es dich nicht, was ich treibe, den Göttern sei Dank, denn ich glaube nicht, dass du damit umgehen könntest, wenn ich es dir sagen würde.“

„Ich kann möglicherweise damit umgehen, wenn du das getan hast, was ich vermute.“

Jorge schwieg eine Zeit lang. Hinter ihm betrat ein Mann die steinerne Fahrbahn der Brücke und kam auf sie zu. Seine Schritte wurden lauter, aber Jorge wandte seinen Blick nicht von Thomas ab. Der Mann ging an ihnen vorbei und seine Schritte verhallten in der Stille. Erst dann ergriff Jorge das Wort.

„Sag mir, was man behauptet, das ich getan hätte.“

„Es wäre einfacher, wenn du mir sagen würdest, was du getrieben hast.“

„Sag es mir!“

„Ich war heute in Lawrence und wir haben geholfen, einen Brand zu bekämpfen. Ein Mann starb.“

„Dann bist du tatsächlich in einen neuen Fall verwickelt. Glückwunsch. Soll ich dir helfen? Du weißt, wir sind ein gutes Team.“

„Es gab einen Zeugen. Eine Frau. Sie beschrieb einen Mann, der den Tatort verließ. Einen Mann, der schöner war als alle, die sie je gesehen hat. Einen Mann, so fein gekleidet, dass sie ihn am liebsten auf der Stelle durch ihre Tür gezerrt hätte, um sich von ihm nehmen zu lassen.“ Thomas lehnte sich näher an Jorge heran, sah ihm tief und fordernd in die Augen. „Fällt dir jemand ein, auf den diese Beschreibung zutrifft?“

„Es gibt andere schöne Männer“, sagte Jorge. „Natürlich nicht *so* schön, aber ein Mann, der auch nur halb so gut aussieht wie ich, ist immer noch eine Erscheinung. Nicht, dass du das nachvollziehen könntest.“ Jorges erwiderte Thomas’ Blick. „Willst du mich beschuldigen, einen Mann getötet zu haben?“

„Hast du es denn getan?“

„Welchen Mann?“

„Wie viele Männer hast du heute getötet, an die du dich nicht erinnern kannst?“

Jorge zuckte mit den Schultern. „Was hältst du von mir, dass du mir so etwas unterstellst?“

„Nicht nur ich. Ein Wachtmeister der Hermandos hat den Auftrag, dich zu verhaften. Also sag mir, was du getan hast!“ Thomas’ erhobene Stimme wurde über das Wasser getragen und hallte von den Palastmauern zurück.

„Ich …“ Jorge sah weg, sah zurück. „Werde ich wirklich

des Mordes verdächtigt?“

„Die Beweise sind stichhaltig und sie deuten in deine Richtung. Natürlich glaube ich nichts davon, aber es würde mir helfen, wenn ich wüsste, wo du warst, als dieser Mann starb.“

„Ich habe mich mit einem Mann getroffen, einem Fremden. Er hatte mir eine Nachricht zukommen lassen, dass er Informationen hätte, die ich bräuchte.“

„Wollte er Geld?“

„Natürlich wollte er das. Aber die Informationen, die er mir versprach, sind mir mehr wert als die kleine Summe, die ich dafür bezahlt habe.“

„Du hast ihn schon bezahlt? Wann wolltest du mir das sagen?“

„Heute Abend, aber dann stellst du dich hin und lastest mir einen Mord an.“

„Ich habe noch immer nichts gehört, was mich umstimmen könnte.“

„Nur, dass wir hier von mir sprechen, Thomas. Deinem Freund. Deinem besten Freund auf der ganzen Welt. Vielleicht deinem einzigen Freund.“

„Sag es mir einfach.“

Jorge schubste ihn mit der flachen Hand und Thomas lachte. „Da wirst du dich ein wenig mehr anstrengen müssen, wenn du mich in die Fluten stürzen willst.“

„Der Mann sagte mir, er kenne den Namen meiner Mutter. Alles, was er wollte, war ein bisschen Geld als Gegenleistung für diese Information. Er sagte mir, wo ich einen Mann finden könnte, der seine Worte bestätigen würde.“

„Du weißt, wer deine Mutter ist. Du hast mir gesagt,

dass sie tot ist."

„Meine echte Mutter." Jorges Stimme brach, als Emotionen in ihm hochkamen. „Meine leibliche Mutter, Thomas. Die Frau, deren Blut in meinen Adern fließt. Nicht diese widerlichen Leute, die darin versagt haben, mich großzuziehen, sondern eine andere … Eine, die mich vielleicht noch liebt. Er sagte, wenn ich ihn bezahle, wird er mir ihren Namen nennen und wo ich sie finden kann."

Als Jorge auf ihn zukam, nahm Thomas ihn in die Arme und wartete, während sein Freund an seiner Schulter schluchzte, wartete, bis das Schluchzen nachließ, und schob ihn dann eine Armeslänge von sich.

„Dann müssen wir diesen Mann finden. Wann und wo hast du dich mit ihm getroffen? Wenn das Zeitfenster stimmt, kann er dafür bürgen, dass du zum Zeitpunkt des Feuers nicht in der Nähe warst."

„Jenseits der Stadtmauer, in der Nähe des Hauses, in dem Daniel früher wohnte, als ob der Mann es gewusst hätte. Ich habe das Geld heute Morgen bei Tagesanbruch für ihn dort versteckt. Ich blieb die ganze Nacht und behielt die Stelle im Auge, falls er auftauchen würde, aber als die Sonne aufging, nahm ich meinen Sack mit dem Silber und machte mich auf den Weg, den anderen Mann aufzusuchen, von dem er mir erzählt hatte und der mir Beweise liefern sollte."

„Er hat dir also nur einen Namen versprochen?"

„Er sagte, er habe mehr Informationen, wenn ich bereit wäre, dafür zu bezahlen. Ich hätte das Hundertfache dessen gegeben, was er verlangte. Aber er hat mir den Namen des Mannes genannt, der alles bestätigen kann. Als ich ihn aufsuchte, war er jedoch nicht zu Hause."

Thomas starrte Jorge lange Zeit an. „Hast du zufällig mit einer Bäckersfrau gesprochen und bei ihr Gebäck gekauft?"

Jorge schüttelte den Kopf, als ob er nicht verstehen würde. „Woher weißt du das? Und sie hat mir gesagt, dass ich nichts dafür bezahlen muss." Er lächelte. „Das Gebäck war nicht gut, aber ich habe das Gegenteil behauptet."

„Sei froh, dass du die Pasteten nicht gekostet hast."

„Woher weißt du das alles, Thomas?"

„Weil das Haus, das gebrannt hat, in der Nähe ihrer Bäckerei liegt. Sie hat dich gut beschrieben, und du hast recht, es gibt nur wenige andere, auf die deine Beschreibung passt. Warum warst du dort?"

„Du sagtest, ein Mann sei tot", sagte Jorge. „Ist sein Name Cortez?"

„Alonso Cortez."

„Mir wurde nur der Nachname genannt."

Thomas packte Jorge an der Schulter. „Hast du das Geld für diesen Mann schon dort hingelegt?"

Jorge nickte. „Ja. Das habe ich gemacht, bevor ich zu Daniel nach Hause kam. Ich kehrte an den Ort zurück, an dem ich den Sack mit Silber hätte hinterlassen sollen, und legte ihn unter einen Stein."

„Dann bring mich dorthin. Vielleicht ist es noch nicht zu spät, deinen Namen reinzuwaschen."

„Es ist mitten in der Nacht", sagte Jorge. „Im Dunkeln finde ich diesen Ort nie wieder."

„Dann gleich bei Tagesanbruch, denn dein Leben könnte davon abhängen."

KAPITEL FÜNF

Die Sonne war noch nicht aufgegangen, als Thomas und Jorge bereits das nördliche Tor durchschritten und eine Anhöhe erklommen, hinter der sich in der Ferne Hügel abzeichneten.

„Hier hat Daniel früher gewohnt, nicht wahr?“, fragte Thomas.

„Ganz genau“, sagte Jorge.

„Fandest du das nicht seltsam?“

„Es ist ein abgelegenes Haus, nicht allzu weit außerhalb der Stadtmauern. Ich konnte es nachvollziehen.“

Thomas sah das Haus vor sich, an einer flachen Stelle in den Hang gebaut. Er erinnerte sich an das erste Mal, als er es gesehen hatte, noch bevor Jorge herausgefunden hatte, dass sein Bruder noch lebte. Seitdem waren so viele Jahre vergangen und so vieles hatte sich verändert.

„Wie hat dieser Mann dich angesprochen?“

„Auf der Straße. Er kam auf mich zu und fragte, ob ich Jorge Olmos sei, und ich sagte Ja. Ich fragte ihn, was er wolle, und er meinte, er habe Informationen für mich. Wertvolle Informationen. Er sagte, wenn ich mehr wissen wolle, solle ich ihn in Daniels altem Haus treffen."

„Das hat er gesagt? In Daniels altem Haus?"

„Er sagte, in dem Haus, in dem Daniel Olmos wohnte, bevor er Glück hatte."

„Das waren seine genauen Worte?"

„Soweit ich mich erinnere, ja."

„Wann hast du ihn hier getroffen?"

„Am späten Nachmittag vor zwei Tagen. Letzte Nacht habe ich dann das Silber dort versteckt, wie ich es dir erzählt habe."

„Warum hast du die ganze Nacht auf ihn gewartet?"

„Natürlich, weil ich misstrauisch war. Er könnte sich eine Geschichte ausgedacht haben, um mich um mein Silber zu bringen, aber als ich in der Dunkelheit wartete, wurde mir klar, dass er meinen Namen kannte, über Daniel Bescheid wusste und über die Familie, in der ich aufgewachsen bin. All das klang für mich plausibel genug, um zu denken, dass sein Angebot aufrichtig sein könnte."

„Dann hoffen wir, dass wir hier Hinweise finden, die uns zu diesem Mann führen. Was hat er gesagt, als du ihn getroffen hast?"

„Zwei Dinge. Erstens, dass er Informationen darüber hatte, wer meine wahre Mutter ist. Das habe ich dir gestern Abend erzählt. Und zweitens, dass ein Schreiber namens Cortez seine Behauptung beweisen könnte, wenn ich mich mit einem Namen an ihn wenden würde."

„Er hat dir den Namen von Cortez genannt. Hat er dir auch gesagt, wer deine Mutter ist?"

„Er hat mir ihren Namen für heute versprochen, sobald ich bezahlt habe.“

„Und warum hast du Cortez aufgesucht, ohne ihren Namen zu kennen?“

„Ich dachte, er würde wahrscheinlich wissen, wie sie heißt, und es mir sagen.“

„Du bist ein Idiot“, sagte Thomas.

Jorge blieb stehen. „Was hättest du getan? Wenn ein Mann zu dir käme und behaupten würde, er wisse, wer deine richtige Mutter ist, wo du doch von einer anderen aufgezogen wurdest? Nicht, dass die Frau, die ich für meine Mutter hielt, viel für meine Erziehung getan hätte. Das hat alles meine Schwester übernommen. Ich wusste immer, dass ich anders war als alle anderen in meiner Familie. Es war offensichtlich, Thomas. Es war wirklich offensichtlich.“

Thomas wusste, dass Jorge recht hatte, aber er hielt ihn immer noch für einen Idioten, weil er sein Geld aus dem Fenster geworfen hatte, ohne etwas dafür zu bekommen. Was er nicht wusste, war, wie der Fremde herausgefunden hatte, wer Jorge war und wie sehr er sich nach einer Erklärung für seine Andersartigkeit verzehrte.

Sie waren fast bei den Ruinen von Daniels ehemaligem Haus angekommen. Links von ihnen standen ein paar Mandelbäume an jener Stelle, an der Thomas das erste Mal mit Zanita gesprochen hatte. Ein schmaler Bach hatte dort eine Rinne in den trockenen Boden gegraben.

Jorge machte noch ein paar Schritte, wurde dann langsamer und kniete sich schließlich hin. „Das ist der Stein, unter den ich das Silber gelegt habe.“ Er stieß ihn an und kippte den Stein, bis er mit einem dumpfen Schlag nach hinten fiel. Darunter lag nichts.

„Um wie viel Uhr hast du es da hineingelegt?"

„Habe ich dir doch gesagt – gestern bei Sonnenuntergang."

Thomas kam und stellte sich über das Loch, das unter dem Stein zum Vorschein gekommen war.

„Nun, jetzt ist es leer."

„Das kann ich sehen."

„Und du bist dir sicher, dass das der richtige Stein ist?"

„Natürlich bin ich das." Jorge gab sich keine Mühe, seine Verärgerung zu verbergen.

„Dann ist dein Silber weg und der Mann auch. Man hat dich zum Narren gehalten."

„Nicht zum ersten Mal, wie du sicher liebend gerne betonen wirst."

Thomas kniete nieder und untersuchte den Stein und das Loch, in dem der Beutel mit dem Silber gelegen hatte, entdeckte aber nichts Hilfreiches. Er stand auf, streifte sich die Knie ab und ging auf die Ruine des verlassenen Hauses zu. Er war gespannt, ob er irgendetwas daran wiedererkennen würde, oder ob die Zeit und die Verwahrlosung dazu geführt hatten, dass das Haus keine Erinnerungen mehr barg.

Die Tür war aus ihren ledernen Befestigungen gefallen und lag davor auf der Erde. Im Inneren weckte der Grundriss des Hauses eine schwache Erinnerung. Der Körper des Mannes, der in der Mitte des Bodens lag, jedoch nicht. Thomas hielt eine Hand hoch, als Jorge eintrat.

„Dein mysteriöser Dieb ist hier drinnen. Du bleibst wohl besser vorerst draußen."

„Wenn er hier ist, möchte ich mit ihm reden."

„Er wird nicht viel reden. Ich weiß, du hasst Leichen, also bleib, wo du bist. Besser noch, geh zurück in die Stadt und hole die Hermandos. Einer von ihnen heißt Miguel Sánchez und er ist zuständig für den Tod von Cortez. Hol ihn, wenn es dir möglich ist." Thomas zögerte und überlegte es sich dann noch einmal anders. Sánchez hatte gesagt, dass Jorge wegen Mordes gesucht wurde. „Besser noch, du gehst zu Lawrence und bittest ihn, Sánchez zu holen."

Jorge verweilte in der Türöffnung. „Was, wenn der, der ihn getötet hat, zurückkommt?"

„Dann werde ich mich um ihn kümmern. Und jetzt geh. Es sei denn, du willst mir helfen, diesen Mann zu untersuchen, um herauszufinden, wie er gestorben ist."

„Nein, nein, das überlasse ich dir. Sánchez, sagtest du?"

Nachdem Jorge gegangen war, begann Thomas, die Leiche zu untersuchen, aber es war schnell klar, wie der Mann gestorben war. Die Seite seines Schädels war an der Stelle, an der er auf einen jener viereckigen Steine getroffen war, die den Boden bedeckten, eingeschlagen. *Ist er zufällig oder absichtlich damit zusammengeprallt?*, fragte sich Thomas. *Ein Kampf? Ein Streit? Ein Unfall?*

Die Leiche lag auf dem Rücken, die Arme an den Seiten, die Beine gerade. Das war nicht die Art und Weise, wie ein Mann daliegen würde, der gestürzt war, was darauf hindeutete, dass die Leiche so hingelegt worden sein musste. Und das bedeutete, dass sein Tod zweifellos vorsätzlich herbeigeführt worden war. Thomas öffnete die Kleidung – von schlechter Qualität und längst abgetragen –, fand aber weder eine Waffe noch einen Beutel mit Silbermünzen darunter. Er berührte denn Körper und stellte fest, dass er kalt war. Die Starre war gekommen und bereits wieder gegangen, also war der Mann höchstwahrscheinlich schon einige Zeit tot. Wahrscheinlich hatte er auf der Lauer gelegen, als Jorge das Geld unter dem Stein versteckt hatte, und darauf gewartet, dass er ging, um es sich sofort zu holen. Hatte der Mann die Absicht gehabt, die Informationen, die er verkauft hatte, tatsächlich an Jorge weiterzugeben? Thomas rechnete nicht damit, hatte sich aber in der Vergangenheit bereits getäuscht. Jorge war ein viel besserer Menschenkenner als er.

Er suchte den Toten ab und stellte fest, dass sich kein Beutel mit Münzen an der Leiche, unter ihr oder sonst wo befand. Thomas stand auf und überprüfte die wenigen verbliebenen Verstecke, ohne sich etwas davon zu erwarten. Das Silber befand sich nicht im Haus. Zweifellos wurde es von demjenigen gestohlen, der den Mann getötet hatte. Enttäuscht kehrte Thomas zur Leiche zurück und untersuchte erneut die Kleidung. Schließlich wurde er mit einem zerknüllten Zettel belohnt, den er in der Stiefelsohle des Mannes fand.

Er begann, die gesamte Kleidung zu entfernen und fand noch zwei weitere Gegenstände. Das eine war ein zweiter Zettel, das andere ein verziertes Kreuz aus billigem Metall, das dem Toten an einem Lederband vom Hals hing. Das Kreuz war zu gut gemacht für das Material, aus dem es gefertigt war. Es hätte mindestens Silber verdient, wenn nicht sogar Gold. Thomas hob es an und ließ es sich in den Strahlen der aufgehenden Sonne drehen, die durch einen leeren Fensterrahmen fielen. Je genauer er es betrachtete, desto verwirrter war er.

Das Kreuz zeigte Christus in seinem letzten Todeskampf, jede seiner Gliedmaßen war perfekt gearbeitet, der in seine Seite gestoßene Speer deutlich zu erkennen. Es mochte aus unedlem Metall sein, aber die Kunstfertigkeit, die zur Herstellung dieses Schmuckstückes nötig war, würde ihren Preis gehabt haben. Gehörte das Kreuz dem Toten oder war es auch etwas, das er gestohlen hatte? Thomas schüttelte den Kopf. Wie auch immer, es bewies nichts. Es gab ihm keinen Hinweis darauf, wer der Mann war oder woher er kam, also wandte er sich den Zetteln zu.

Einen Moment lang starrte er darauf, ohne etwas davon zu verstehen, doch dann dämmerte es ihm langsam. Die Worte waren auf Latein geschrieben, in einer Variante, die er schon einmal gesehen hatte. Sie wurde häufig in Rom und dem italienischen Kirchenstaat verwendet, wo man versuchte, in den verschiedenen Herzogtümern eine gewisse Vereinheitlichung von Recht und Sprache einzuführen. Nach allem, was Thomas gehört hatte, waren sie dabei jedoch wenig erfolgreich.

Er versuchte, die Worte zu lesen, konnte aber nur die Hälfte davon entziffern und das reichte nicht aus, um ihnen einen Sinn zu verleihen, also faltete er die Zettel zusammen und steckte sie in seinen Gehrock, um sie später Lawrence zu zeigen. Wenn jemand in Qurtuba in der Lage war, die Notizen zu verstehen, dann Lawrence.

Lawrence steckte seinen Kopf aus dem Fenster im ersten Stock seines kleinen Hauses. „Du weißt, wie spät es ist, und was ein heißblütiger Engländer tun sollte, wenn er aufwacht?"

„Ich habe etwas gefunden", sagte Thomas.

„Das hat Laurita auch. Was ist wichtiger?" Lawrence winkte mit der Hand ab. „Schon gut, schon gut, ich kenne die Antwort. Gib mir zehn Minuten."

Thomas setzte sich an den kleinen Tisch unter dem einzigen Orangenbaum und wartete. Lawrence kam schneller als versprochen zu ihm und trug ein zufriedenes Lächeln auf seinem Gesicht.

„Laurita wird uns gleich Kaffee bringen, sobald sie sich erholt hat. Zeig mir, was du hast."

Thomas überreichte ihm die beiden zerknüllten Notizen und schlüpfte dann aus der Kette, an der das metallene Kreuz hing – es war die einfachste Art gewesen, es zu transportieren.

Lawrence betrachtete das Schmuckstück und drehte es um, bevor er es ihm zurückgab.

„Woher hast du die?"

„Von einem toten Mann."

„Wer war er? Hatte er etwas mit Cortez zu tun?"

„Das weiß ich nicht. Vielleicht ja, vielleicht nein. Der Mann war Jorges Alibi."

„Dann haben die hier vielleicht etwas mit Cortez zu tun." Lawrence untersuchte die Gegenstände. „Das Kreuz ist interessant, aber nicht mein Gebiet." Er schob es beiseite, bevor er auf die Zettel tippte. „Diese hier schon, aber es wird eine Weile dauern, bis ich sie übersetzt habe. Es ist lange her, dass ich diese Variante gesehen habe." Er sah Thomas an und grinste. „Während du dich vergnügt hast, habe ich auch Fortschritte gemacht. Es ist mir gelungen, herauszufinden, was in den Dokumenten stand, die Cortez vor den Flammen beschützt hat. Warte hier."

Lawrence stand auf und ging ins Haus. Thomas streckte seine Beine aus. Er wandte sein Gesicht der Sonne zu und schloss die Augen, sodass ihr Licht orangefarben auf seinen Lidern glühte. Ein Geräusch ließ ihn aufhorchen und er sah, wie Laurita eine dampfende Kanne und zwei Tassen auf den Tisch stellte.

„Danke, dass Sie Lawrence helfen", sagte sie.

Thomas versuchte sich zu erinnern, ob sie schon jemals mit ihm gesprochen hatte, konnte sich aber nicht erinnern.

„Es ist umgekehrt – er hilft mir."

Laurita lächelte. „Vor zwei Tagen war er noch gelangweilt, jetzt ist er ein Mann, der vor Leben sprüht." Ihr Lächeln wurde noch breiter. „Jetzt ist er wieder der Lawrence von einst."

Thomas nutzte die Gelegenheit, um eine Frage zu stellen, die ihn schon immer beschäftigt hatte. „Kannst du mir sagen, ob Lawrence sein Vorname ist oder sein Familienname?"

Laurita lachte. „Es hat keinen Sinn, mich das zu fragen, denn ich habe keine Ahnung. Für mich war er immer Lawrence. Nicht mehr und nicht weniger." Sie wandte sich ab. „Ich hoffe, der Kaffee ist stark genug – du siehst aus, als könntest du ihn brauchen."

Der Kaffee war sowohl stark als auch gut. Als Lawrence zurückkam, trank Thomas gerade seinen zweiten Becher und hoffte, dass er genug für ihn übrig gelassen hatte.

Lawrence legte die verkohlten Dokumente, die sie unter Cortez hervorgezogen hatten, auf eine Seite des Tisches, dann legte er neue Seiten daneben, die er selbst beschrieben hatte. Mit einem langen Finger tippte er nun auf eines von ihnen.

„Das hier ist das interessanteste und relevanteste, denke ich." Er schob es Thomas zu. „Hier, lies du es. Ich habe es auf Spanisch belassen, anstatt es ins Englische zu übersetzen."

„Danke. Ich bin mir nicht sicher, ob ich meine Muttersprache noch lesen kann."

Thomas überflog die Seite und sah auf, um Lawrences amüsierten Blick zu begegnen.

„Ist es das, was ich denke, das es ist?"

„Ich weiß nicht, was du denkst, aber ich lese hier, dass es Teil eines Vertrags zwischen einer Partei und einer anderen ist, der die Adoption eines Kindes vorsieht. Eines Babys, würde ich sagen. Vielleicht auch eines älteren Kindes, aber das glaube ich eher nicht."

„Hier steht der Name Jorge, ebenso der Name Olmos, aber ich nehme an, es ist kein Olmos, der das Kind weggibt, oder?"

„Ganz richtig. Ich habe solche Verträge schon zuvor gesehen und kenne ihren Wortlaut. Das Kind, das weggegeben wird, ist natürlich unser Jorge. Die Familie, in deren Obhut er übergeben wird, heißt Olmos. Bis hierhin ist das alles nachvollziehbar. Was hier nicht steht, aber erwähnt sein sollte, sind zwei weitere Namen, und was angegeben ist, aber *nicht* hier stehen sollte, ist eine

Zahl. Die Zahl zuerst: Ich kann sie nicht ganz entziffern, aber es ist eine Summe für die Übernahme des Kindes. Bei einer legalen Adoption würde kein Geld übergeben werden."

„Und die Namen?", fragte Thomas, obwohl er das ungute Gefühl hatte, dass er die Antwort bereits kannte und das Dokument, obwohl interessant, eine Sackgasse war.

„Der wichtigste Name, der fehlt, ist der jener Person, die das Dokument verfasst hat. Der andere ist natürlich der Name desjenigen, der Jorge weggegeben hat."

„Letzterer ist doch eindeutig wichtiger als der Name des Schreibers?"

„Wenn ich wüsste, wer es geschrieben hat, könnte ich das Dokument im Stadtarchiv einsehen. Jeder Schreiber muss eine Kopie von allem, was er erstellt, bei der Stadt hinterlegen. So will es das Gesetz. Gelegentlich brechen Leute das Gesetz, aber die meisten tun es nicht, wenn sie noch länger eine Arbeit haben wollen."

„Und es findet sich kein Hinweis? Erkennst du einen Stil?"

„Schreiber haben keinen Stil. Es gilt sogar als schlechter Stil, jegliche Art von Personalisierung hinzuzufügen."

„Wir sind also keinen Schritt weiter", sagte Thomas.

„Wir wissen, dass Jorge weggegeben wurde – das ist doch ein Fortschritt, oder?"

„Vermutlich. Helfen uns die übrigen Dokumente weiter?"

„Ich glaube, Cortez lag schon in den letzten Zügen, als er sich den Stapel Papiere schnappte. Darin geht es um lokale Käufe von Immobilien und Land, mehr nicht. Auf einem habe ich sogar seine eigene Unterschrift gefunden, was bedeutet, dass er sowohl als Schreiber als auch als Erpresser tätig war."

Thomas setzte sich so ruckartig auf, dass er Kaffee aus seinem Becher aus Ton verschüttete. „Ein Erpresser? Bist du sicher?"

Lawrence lächelte. „Es ergibt doch Sinn, meinst du nicht? Das große Haus. Der Keller, der sich unter den Häusern seiner Nachbarn erstreckt. Die Unmengen an Dokumenten, die er dort eingelagert hat. Ein einfacher Schreiber hätte es sich nie leisten können, so zu leben wie Cortez."

„Aber warum beschuldigst du ihn der Erpressung?"

„Vielleicht ist er auf andere Weise zu seinem Geld gekommen, aber es erklärt, was wir gefunden haben. Der Mann hat Dokumente gesammelt und wusste genug über ihren Inhalt und das Gesetz, um Geheimnisse herauszufinden, die die Leute vielleicht lieber für sich behalten wollten."

Thomas stockte der Atem und er stellte seinen leeren Becher auf den Tisch. „Gehört das Dokument über Jorge auch dazu?"

„Zumindest würde es erklären, warum er nun als Mörder hingestellt wurde, nicht wahr?"

„Und von wem?"

„Tja, das ist eine Frage, auf die ich keine Antwort habe. Du bist der bessere Mann, um das herauszufinden, Thomas. Tu, was du schon zuvor bewerkstelligt hast, und finde Cortez' wahren Mörder."

„Und damit höchstwahrscheinlich auch die Person, die

den Mann getötet hat, den ich heute Morgen vorgefunden habe. Du wirst weiter nach Informationen suchen?“

„Natürlich. Komm regelmäßig wieder, du weißt, du bist immer willkommen. Wenn ich in der Zwischenzeit etwas entdecke, schicke ich dir eine Nachricht. Schläfst du im Palast?“

„In einem Zelt.“

„Einem Zelt?“

„Mit Jorge.“

„Dann werde ich die Nachricht zu Daniels Haus schicken.“ Lawrence rieb sich die Hände. „Jetzt mache ich mich an die Arbeit. Du kannst bleiben und mir helfen, wenn du willst. Womit ich meine, du darfst nur zusehen, aber nichts anfassen.“

KAPITEL SECHS

Es war bereits später Nachmittag, als Thomas auf den Palast zuging. Er hatte den Tag damit verbracht – oder besser gesagt, Lawrence hatte den Tag damit verbracht, nach Hinweisen auf Dokumente zu suchen, die von Alonso Cortez erstellt wurden und sich im Besitz der Stadt befanden. Thomas hatte lediglich dagesessen und zugesehen. Lawrence hatte ihm erklärt, dass sie nicht so einfach aufzustöbern sein würden. Der umfassende Bereich, in dem er sein Nachschlagregister aufbewahrte, gab nur einen Hinweis darauf, wo ein Dokument abgelegt war. Trotzdem war Thomas von dem System beeindruckt. Lawrence war mit diesem Index in der Lage, Cortez schnell ausfindig zu machen, aber es dauerte seine Zeit, die Verweise, die ihm unterkamen, auf mehreren Seiten zu notieren, die wiederum es ihm ermöglichen würden, die eigentlichen Dokumente ausfindig zu machen. Thomas machte sich nicht die Mühe, um eine Kopie zu bitten, da er wusste, dass nur Lawrence Zugang zu dem Ort haben würde, an dem sie aufbewahrt wurden.

Als Thomas sich nun dem Palast näherte, fielen die letzten Sonnenstrahlen auf die oberen Stockwerke der Häuser und tauchten die Stadt in einen sanften Schein, doch auch die Schönheit dieses Anblicks trug wenig dazu bei, seine Besorgnis zu lindern. Er hatte einen Abstecher zu dem Lager gemacht, das die Verhandlungsdelegation am Flussufer aufgeschlagen hatte, um zu sehen, ob Jorge zurückgekehrt war, doch er war enttäuscht worden. Thomas hoffte, dass er wieder zu Daniel und seiner Familie gegangen war, doch ihm war auch bewusst, dass er sich schon einmal geirrt hatte.

So schwer es auch war, Jorge dessen für schuldig zu halten, was ihm vorgeworfen wurde, so gab es doch bisher keinen Beweis für seine Unschuld. Thomas wusste, dass sie sich zusammensetzen und durchgehen mussten, wo Jorge gewesen war und was er am Tag zuvor getan hatte. Er musste sich auch bemühen, herauszufinden, wer der mysteriöse Tote war, obwohl er bereits ahnte, dass dies ein aussichtsloses Unterfangen war. Je mehr er darüber nachdachte, desto mehr war er davon überzeugt, dass das Treffen mit dem Toten arrangiert worden war, um sicherzustellen, dass Jorge kein Alibi hatte. Und jetzt, wo der Mann, der ihn zu Cortez' Haus geschickt hatte, tot war, noch viel weniger. Thomas war sich auch bewusst, dass Isabel ihn sehen wollte – eine Aufforderung, der er im Moment lieber nicht nachkommen wollte, obwohl er wusste, dass es unmöglich war. Er könnte es genauso gut hinter sich bringen, beschloss er, um sich danach auf Jorge zu konzentrieren.

Als Thomas sich dem Haupteingang des Palastes näherte, sah er eine vertraute Gestalt auftauchen, stämmig, mit gesenktem Kopf und schlurfendem Gang. Es war zu spät, sich abzuwenden. Cristof Columb und Thomas waren einander bekannt. Thomas wurde langsamer. Er wusste, dass der Mann ihn für eine Art Seelenverwandten hielt, ohne zu wissen, wie er zu diesem Schluss gekommen war. Nun bereitete er sich darauf vor, ihm eine höfliche Abfuhr zu erteilen, doch es war nicht nötig. Columb ging an ihm vorbei, ohne den Kopf zu heben, in seine eigenen Gedanken vertieft.

Im Inneren des Palastes angekommen, wusste Thomas nicht, wohin er als Nächstes gehen sollte. Er beschloss, sich in jenen Innenhof zu begeben, in dem er die Königin mit Theresa und jener Frau gesehen hatte, die sie für eine Gräfin hielt. Die Frau, deren Identität zu kennen ihm weiter verwehrt blieb. Er wusste, dass ihm irgendwann ein Name oder eine Erinnerung in den Sinn kommen würde, und wenn es so weit war, würde die Erkenntnis zweifellos langweilig und banal sein.

Er betrat den Arkadengang, doch er war verlassen. Dahinter bespielte die Dämmerung die gepflegten Gärten mit Schatten und Vögel schwirrten und zwitscherten durch die dicke Luft, um sich an Insekten sattzufressen. Thomas betrat die Steinplatten, die den Blick auf Brunnen, Wasserläufe, dahinter eine Mauer und fernab Hügel freigaben. Von Isabel war nichts zu sehen und auch nicht von Theresa.

Weiter hinten, unter einer Hängelampe, versuchten zwei Gärtner, einen fast ausgewachsenen Baum aus einem Topf in ein Loch zu hieven, das sie gegraben hatten, jedoch ohne viel Erfolg. Thomas wandte sich ab und beschloss, einen der Bediensteten zu fragen, wo er Isabel finden könne, doch im selben Moment entdeckte er Theresa, die mit verschränkten Armen und einem Lächeln auf ihrem hübschen Gesicht ein paar Meter von ihm entfernt stand.

„Du hast so vertieft in die Aussicht gewirkt, dass ich es für besser hielt, dich nicht zu stören. Ich nehme an, du bist wegen der Königin hier? Oder willst du lieber erst über mich herfallen? Ich bin mir sicher, dass sie gerne eine Stunde warten wird, wenn du ihr den Grund für deine Verspätung nennst."

Wieder einmal war Thomas unschlüssig, wie er auf Theresas Neckereien reagieren sollte. Er war sich sicher, dass sie ihre Worte nicht so gemeint hatte, aber sie weckten in ihm ein Verlangen, von dem er gedacht hatte, dass er es nie wieder verspüren würde. Seit Lubna hatte er mit keiner Frau mehr geschlafen – hatte sich geschworen, es nie wieder zu tun, aber in letzter Zeit war er geneigt zu glauben, dass manche Versprechen dazu da waren, um gebrochen zu werden. Er wusste, dass Jorge ihm sagen würde, er solle aufhören, sich so dumm zu verhalten … und manchmal hatte Jorge recht, sosehr es ihn auch ärgerte, diese Tatsache zu akzeptieren.

„Sei vorsichtig, eines Tages könnte ich dich beim Wort nehmen. Was tust du dann?"

Theresa kam näher, wie immer näher, als ihm lieb war. „Was denkst du, was ich dann tue?"

Er lächelte. „Wenn ich das wüsste, bräuchte ich nicht zu fragen und würde es gar nicht erst ansprechen. Ist sie frei?"

„Für dich, immer. Nur … jetzt gerade nicht. Sie ist beim König und ihren Beratern. Religiöse Männer. Der

Seemann war wieder hier und hat auf eine Entscheidung gedrängt."

„Weißt du, wie lange sie benötigen werden? Ich habe noch einiges zu tun, wenn die Sache länger dauert."

„Ich weiß es nicht." Theresa drehte sich um und ging los, sodass Thomas sie einholen musste. „Sie debattieren über Columbs Antrag, es kann also noch eine Weile dauern. Komm, Thomas, gehen wir an einen Ort, an dem wir sitzen und reden können, während du wartest. Es sei denn, es gibt für dich Wichtigeres als die Königin von Kastilien?"

„Das könnte sein."

Theresa blieb stehen und drehte sich zu ihm um. „Du willst mich wohl auf den Arm nehmen?"

„Ich wünschte, es wäre so."

„Dann sollten wir uns erst recht zusammensetzen, damit du mir erzählen kannst, was so wichtig ist, dass du sie dafür enttäuschen würdest. Bis du damit fertig bist, hat sie vielleicht schon Zeit für dich."

Theresa führte sie in einen kleinen Raum mit Wandteppichen, die Jagdszenen darstellten. Hinter den hohen Fenstern verschwand der Guadalquivir langsam in der fortschreitenden Dämmerung. Theresa deutete auf einen Stuhl, bevor sie sich zum Gehen wandte und Thomas der Aussicht überließ. Er blickte über das Wasser und sah zu, wie Arbeiter die gefährliche Aufgabe in Angriff nahmen, die Wasserräder für die Nacht zum Stillstand zu bringen, wie Isabel es angeordnet hatte, um ihren Schlaf nicht zu stören. Er war so sehr in den Anblick ihrer Arbeit vertieft, dass er Theresas Rückkehr erst bemerkte, als sie eine Hand auf sein Handgelenk legte.

„Ich habe dafür gesorgt, dass sie uns Wein und ein paar kleine Teller mit Essen bringen." Sie setzte sich und blickte zu Thomas auf, der nicht in der Lage war, in ihren Augen zu lesen, was dahinter verborgen liegen mochte. Mit einem Seufzer nahm er den Stuhl ihr gegenüber ein.

„Nun sag mir", sagte sie, „was ist so wichtig, dass es dich von Isabel ablenkt?"

Thomas überlegte, ob er sich eine Geschichte ausdenken sollte, bis ihm klar wurde, dass er eine Gelegenheit, sich die Sorgen von der Seele zu reden, durchaus begrüßen würde.

„Jorge."

„Ist er wieder verliebt?"

„Wenn es nur so einfach wäre. Er wird des Mordes beschuldigt."

Zuerst legte sich Schock in Theresas Züge, und dann lachte sie auf, als hätte Thomas den lustigsten Witz aller Zeiten erzählt. „Jorge? Mord?" Sie schüttelte den Kopf. „Nein, das ist nicht möglich."

„Die Beweise deuten alle auf ihn."

Theresas Belustigung verflog so schnell, wie sie gekommen war. „Das kannst du doch nicht von ihm glauben."

„Natürlich nicht, aber es gibt andere, die es können. Ich muss seine Unschuld beweisen. Nicht, dass er dabei hilfreich wäre, wie immer. Ich wollte mit ihm reden, aber er ist schon wieder verschwunden."

„Er wird bei seinem Bruder auf der anderen Seite des Flusses sein."

„Woher weißt du von Daniel?"

„Ich weiß alles", schmunzelte Theresa. „Natürlich hat Jorge mir von ihm erzählt. Er war gelangweilt von diesen sinnlosen Diskussionen und besuchte mich am Tag deiner Ankunft in den Gärten."

„Was wollte er?" Thomas fragte sich, ob der Grund für seinen Besuch etwas mit der misslichen Lage zu tun hatte, in der Jorge sich befand.

„Er fragte, ob man für dich und ihn ein Zimmer im Palast erübrigen könnte, da ihr so wichtige Männer seid, die an diesen bedeutungsvollen Gesprächen beteiligt sind." Sie lachte. „Er sagte mir, ihr würdet in einem Zelt schlafen."

„Das stimmt. Was hast du ihm gesagt?" Der Gedanke an ein bequemes Bett war verlockend und Thomas wusste, dass er die Frage genauso gut selbst hätte stellen können, wahrscheinlich mit mehr Erfolg.

Theresa schürzte ihre Lippen. „Ich habe ihm gesagt, ich würde sehen, was ich tun kann. Er ist wenigstens zu mir gekommen. Bis du dich hier blicken hast lassen, hat es ganze fünf Tage gedauert, und selbst dann sind wir uns nur zufällig über den Weg gelaufen." Sie wartete, während ein Diener Gläser, Wein und eine Reihe von kleinen Tellern mit Speisen auf den niedrigen Tisch zwischen ihnen stellte. Theresa hob eine Hand, als der Diener sich zurückzog. „Benachrichtige die Königin, dass Thomas Berrington hier ist. Er wartet auf eine Audienz bei ihr. Sage es mir sofort, wenn sie frei ist." Sie wartete, bis der Mann den Raum verlassen hatte, beugte sich vor und schenkte ihnen beiden Wein ein. „Weißt du, was Isabel gesagt hat, als sie dich an jenem Tag sah?"

„Wie könnte ich das wissen? Ihr wart gute vierzig Schritte von mir entfernt.“

Theresa lächelte, als sie sich zurücklehnte. „Sie sagte: ‚Ahh … Thomas‘.“

„Soll mir das irgendetwas sagen?“

„Nun, es ist die Wahrheit. Es war die Art, wie sie es sagte. ‚Ahh … Thomas‘. Es lag so viel Sehnsucht in diesen zwei Worten. Ich wünschte, jemand würde meinen Namen auf diese Weise aussprechen.“

„Zweifellos hast du dich verhört. War das, als ich euch alle zusammen gesehen habe – Isabel, dich, diese Gräfin, die andere Frau und den Kardinal?“

„Die Gräfin ist zu alt für dich“, sagte Theresa.

Thomas lächelte. Theresa war nicht viel jünger als er, aber sie wirkte heute um einige Jahre jünger als bei ihrer ersten Begegnung.

„Und zweifellos zu verheiratet“, sagte Thomas.

„Seit wann ist das ein Hindernis für eine Tändelei? Aber nein, ich glaube, ihr Mann ist vor einigen Jahren gestorben und sie hat nie wieder geheiratet. Ich habe gehört, sie sehnt sich nach einem anderen, einer alten Liebe.“

„Wie heißt sie? Ihr Anblick hat in mir eine vage Erinnerung geweckt, aber ich konnte sie nicht einordnen.“

Theresa lachte. „Willst du damit sagen, dass du so viele schöne Frauen kennst, dass du dir nicht all ihre Namen merken kannst?“

„Es ist unerträglich. Kennst du das, wenn dir etwas auf der Zunge liegt und du es einfach nicht aussprechen kannst?“ Er gestikulierte mit den Händen nahe an seinem

Mund und griff dann nach dem Becher mit Wein. „Macht nichts, es wird mir bestimmt einfallen, wenn ich es am wenigsten erwarte. Columb sah verärgert aus, als er den Palast verließ. Früher hielt ich ihn für verrückt, aber in letzter Zeit nicht mehr so sehr. Ich habe seine Behauptungen überprüft und es ist schon etwas Wahres dran, obwohl ich glaube, dass seine Berechnungen falsch sind. Was sagt Isabel dazu?"

„Sie spricht selten von ihm. Im Gegensatz zu dir."

„Ich war neugierig, das ist alles. Normalerweise verschwende ich kaum einen Gedanken an den Mann."

„Ich meine Isabel. Columb erwähnt sie selten, aber von dir spricht sie oft."

„Es muss äußerst langweilig sein, Königin zu sein, wenn ich ihr liebstes Gesprächsthema bin."

„Sag mir, wer Jorge des Mordes bezichtigt und welche Beweise es dafür gibt? Ich weigere mich immer noch zu glauben, dass er dazu imstande wäre."

„Er wurde in der Nähe eines brennenden Hauses gesehen und traf sich mit einem Mann, der zu wissen behauptete, wer seine Mutter ist, und dann tot aufgefunden wurde. Er erzählte Jorge von einem anderen Mann, der den Beweis für seine Adoption liefern sollte. Einem Mann, der nun ebenfalls tot ist, verbrannt in seinem eigenen Keller. Die zeitliche Abfolge könnte schlechter nicht sein."

„Dieser Mann, Lawrence, sollte in der Lage sein, herauszufinden, ob die Behauptung wahr ist. Die Adoption eines Kindes muss registriert werden. Das ist das Gesetz."

„Lawrence arbeitet bereits daran, aber Jorges Eltern –

jene Leute, die er für seine Eltern hielt – waren nicht von der Sorte, die sich davor scheuten, das eine oder andere Gesetz zu brechen."

„Warum kann er sie nicht einfach fragen?"

„Weil sie wie vom Erdboden verschluckt sind. Jorge sagt, dass sie sowieso nur Taugenichtse waren und sich wahrscheinlich zu Tode gesoffen haben oder bei einem sinnlosen Streit getötet wurden."

„Was, wenn sie noch am Leben sind? Hast du Lawrence gebeten, das zu überprüfen? Wenn du sie findest, könnten sie alle Fragen beantworten, die du und Jorge habt."

Thomas verfluchte sich selbst. Theresa sah die Dinge viel klarer als er, aber seine Sorge um Jorge hatte jede Logik aus seinem Kopf verdrängt. Und jetzt saß er hier und spekulierte mit einer wunderschönen Frau, während Jorge in Gefahr war. Er leerte sein Weinglas und stand auf.

„Ich kann nicht bleiben, so angenehm deine Gesellschaft auch ist. Schicke mir eine Nachricht, falls Isabel mich heute Abend sehen kann, obwohl ich nicht genau weiß, wo ich sein werde. Wahrscheinlich bei Daniel oder in unserem Zelt am Flussufer."

Theresa ging neben ihm her. „Ich werde einen Diener schicken, wenn sie ihre Gespräche rechtzeitig beendet, ansonsten komm morgen früh wieder. Sie führt Gespräche bis nach Mittag, wenn sie kann." Sie berührte seinen Arm. „Und sie will dich sehen. Ich glaube …"

Thomas wurde langsamer, als Theresa nicht weitersprach.

„Du glaubst was?"

Theresa atmete tief ein und stieß die Luft dann hörbar aus ihren Lungen. „Sie hat ein oder zweimal erwähnt, dass sie Schuldgefühle hat wegen dem, was mit deiner Frau passiert ist. Sag ihr nicht, dass ich etwas davon erwähnt habe, denn sie wird wissen, woher die Information stammt. Bitte, Thomas, sag nichts davon, aber du verdienst es, über ihre Gefühle Bescheid zu wissen."

„Ich werde mir anhören, was sie zu sagen hat, aber ich gebe ihr keine Schuld. Fernando vielleicht, aber nicht Isabel."

Theresa starrte ihm einen Moment lang in die Augen, bevor sie sagte: „Du hast doch gesagt, dass du in einem Zelt schläfst, nicht wahr?"

„Es ist ein ziemlich großes Zelt." Das war eine Lüge, aber das musste Theresa nicht wissen.

„Aber ein Zelt ist es dennoch. Wenn ich Isabel davon erzähle, wird sie sicher hier einen Platz für dich finden. Das wird es uns umso leichter machen, uns heimlich zu treffen."

„Ich will keine Treffen, weder heimlich noch offiziell." Während er diese Worte sprach, wusste Thomas, dass er möglicherweise nicht die Wahrheit sagte.

Theresa legte ihm eine Hand auf den Arm, um ihn davon abzuhalten, sich von ihr zu entfernen. „Die Frau, nach der du gefragt hast, die Gräfin. Sie hat auch nach dir gefragt, als sie dich gesehen hat, aus demselben Grund. Du hast auch in ihr eine Erinnerung geweckt."

„Hast du ihr meinen Namen genannt? Wirst du mir ihren nennen oder mich im Unklaren darüber lassen?"

„Oh, ich glaube, ich werde dich noch ein wenig zappeln lassen. Ich habe auch der Gräfin deinen Namen nicht gesagt, das war Isabel. Wie ich schon sagte: ‚Ahh … Thomas'.“ Theresa schenkte ihm ein so verschmitztes Lächeln, dass Thomas ein Lachen unterdrücken musste. „Als sie deinen Namen aussprach, wurde die Frau ganz blass. Vielleicht hat sie von deinem Ruf gehört, dem Feind den Tod zu bringen.“ Wieder ein Lächeln, diesmal mitfühlender. „Du solltest sie selbst fragen. Sie hält sich hier in der Stadt auf. Ich kann dir sagen, wo sie untergebracht ist, wenn du mich nett fragst. Und ein Kuss würde auch helfen.“

Thomas hätte beinahe einen Rückzieher gemacht, doch dann ergriff er die Gelegenheit, eine Antwort auf diese bohrende Frage zu erhalten. Also stellte er sie. Er versuchte sich sogar in einer höflichen Formulierung, doch darin hatte er keine Übung.

Theresa gab ihm die Antwort, ohne sich dessen bewusst zu sein, welchen Schockzustand sie in Thomas auslösten. „Es wird leicht sein, sie zu finden, denn sie ist in Córdoba im Haus von Castellana Lonzal untergebracht. Das war die andere Frau, die bei uns gestanden hat. Castellana war einst mit Kardinal Rodrigo de Borja verheiratet, den du auch gesehen hast. Es ist lange her, aber sie sind immer noch Freunde.“

„Vergiss diese Castellana, wer war die andere Frau?“

Theresa lächelte, sichtlich erfreut darüber, Thomas' Nerven strapaziert zu haben. „Sie ist Eleanor, Gräfin d'Arreau. Und ich bezweifle sehr, dass du sie kennst, denn sie ist sowohl mächtig als auch wohlhabend.“

KAPITEL SIEBEN

Das Haus stand direkt an der Straße. Es war imposant, drei Stockwerke hoch mit großen Fenstern. Ein Eisentor gab den Blick auf einen Innenhof frei, wie ihn viele der eleganteren Häuser der Stadt besaßen, auch wenn dieses hier üppiger und gepflegter schien als die meisten.

Thomas zögerte, sein Geist von einem Strudel der Erinnerung abgelenkt. Er konnte unmöglich glauben, dass die Frau, die Theresa so flüchtig erwähnt hatte, die Frau sein könnte, die er einst als Mädchen geliebt hatte. Die sein Kind in sich getragen hatte, als sie ihm gestohlen worden war. Sie waren in den Süden Frankreichs entflohen als Liebende, Freunde, Verschworene. Und dann waren Soldaten gekommen, von dem Mann geschickt, dem sie versprochen war. Drei Männer schleppten sie fort, während zehn weitere Thomas schlugen, aufschlitzten und mit ihren Messern auf ihn einstachen. Und dann, als sie ihn für tot hielten, hatten sie ihn in eine Schlucht geworfen.

Nach all den Jahren schien all dies fernab jedes Traumes – oder Albtraumes – zu sein.

Bevor sein Verstand ihn zur Umkehr bewegen konnte, stieg er die drei Stufen zu dem eisernen Tor hinauf und betätigte den in der Mauer eingelassenen Türklopfer, dessen Geräusch im Hof widerhallte. Er wartete, doch als er die Hand hob, um erneut zu klopfen, hörte er Schritte, die sich näherten.

Ein kleiner Mann, schlanker noch als Thomas' Hund Kin, blieb hinter den Eisengittern stehen. Er sagte nichts, sondern neigte nur fragend den Kopf zur Seite.

„Ich bin hier, um die Dame des Hauses zu sehen."

„Señora Lonzal ist nicht zugegen. Wenn Sie etwas mit ihr zu besprechen haben, finden Sie sie auf ihrem Anwesen." Der Mann musterte Thomas von oben bis unten und seine Miene verriet, dass er sich nicht vorstellen konnte, was in Gottes Namen seine Herrin mit ihm zu tun haben könnte.

„Ich habe gehört, dass sie hier momentan einen Gast beherbergt. Ich glaube, die Dame zu kennen."

„Wissen Sie ihren Namen, Sir?" Der Mann beugte sich vor und blickte in beide Richtungen die dunkle Straße entlang. „Dies ist ein wohlhabendes Haus und der Gast der Señora ist eine Dame von Bedeutung. Sollten Straßenräuber davon erfahren, dass sie sich hier aufhält, könnten sie unter einem falschen Vorwand hier auftauchen. So wie Sie."

Thomas wusste, dass man ihn gut und gerne mit einem Straßenräuber verwechseln konnte, so wie er aussah. Er wollte gerade Eleanors Namen nennen, als von irgendwoher im Haus eine weibliche Stimme erklang.

„Wer ist da? Schicken Sie ihn weg, es ist zu spät für Besuch."

„Nur ein Vagabund, Gräfin. Er ist im Begriff zu gehen." Er wandte sich wieder an Thomas. „Sie gehen doch, nicht wahr?"

„Ist das Eleanor? Vielleicht kann ich einen Moment mit ihr sprechen. Ich bin ein Freund. Ein sehr alter Freund."

„Dies hier ist ein privates Haus. Sie sollten besser gehen, bevor ich die Hermandos rufe." Der Mann wandte sich ab, doch als er es tat, sah Thomas eine Frau am anderen Ende des Innenhofes erscheinen. Sie neigte den Kopf zur Seite, damit sie sehen konnte, wer vor dem Tor stand. Als sie es tat, löste diese kaum merkliche Bewegung in Thomas einen Schwall der Erinnerungen aus. Bis zu diesem Moment hatte er nicht geglaubt, dass sie es sein könnte, aber in jetzt wusste er, wer sie war, und er streckte eine Hand nach den Gitterstäben aus, um sich daran festzuhalten.

Sie war tatsächlich jene Frau, die er im Palast aus der Ferne gesehen hatte, als sie mit Isabel und Theresa gesprochen hatte. Die Frau, die eine unangenehme Vertrautheit in ihm ausgelöst hatte. Eine Vertrautheit, die nun tausend chaotische Erinnerungen hervorrief.

„Eleanor?" Thomas' Stimme war rau und holprig und er hustete, bevor er ihren Namen lauter wiederholte.

Sie kam bis in die Mitte des Innenhofes und hob dann eine Hand. „Öffnen Sie das Tor. Ich muss ihn mir ansehen."

Thomas stand wie angewurzelt da. Etwas in ihm krampfte sich zusammen, halb schmerzvoll, halb verängstigt. Die Frau hinter dem Tor sollte nicht hier sein, so wie er nicht hier sein sollte. Es war nicht möglich. Und doch …

Der Diener öffnete seinen Mund, um Einspruch zu erheben.

„Öffnen Sie das Tor, sofort!“ Es war die Stimme einer Frau, die es gewohnt war, Befehle zu erteilen und sich dabei durchzusetzen. Sie kam näher und stellte sich direkt an die Gitterstäbe. Für Thomas standen die Eisenstangen für all die Jahre, die vergangen waren, seit er sie das letzte Mal gesehen hatte, zusammengerollt auf dem Rücken eines Karrens, seinen Namen schreiend, während Soldaten versuchten, ihn zu töten. Zweifellos hatte sie all die Jahre geglaubt, dass es so gekommen war. Und er hatte es selbst auch geglaubt, bis er verzweifelt und unter höllischen Schmerzen zu Bewusstsein gekommen war.

Er hörte das Rascheln des Stoffes ihres Kleides. Atmete einen zarten Duft ein, der zu ihm herüberwehte, um seine Sinne zu betören. Er erinnerte sich an andere Gerüche. Schweiß. Sex. Schlamm auf ihrer Haut, als er sie in kaltem Flusswasser wusch. Nun starrte er sie an, unfähig zu sprechen, und als er es tat, sah er in ihren Augen, dass sie ihn nun auch erkannte.

Eleanor stieß einen einzelnen Schrei aus und sackte zu Boden.

Der Diener reagierte sofort und schlug Thomas das Tor, das er halb geöffnet hatte, vor der Nase zu.

Er selbst stand wie zur Salzsäule erstarrt da und versuchte, sich einen Reim auf die Erinnerungen zu machen, die ihn nun wie wild überfluteten. Irgendwann kam er zur Besinnung und stieß gegen das Tor, doch es war verschlossen. Er hämmerte mit der flachen Hand gegen das Gitter. Er musste zu ihr. Musste sich vergewissern, dass es Eleanor gut ging.

Eleanor.

Seiner Eleanor.

Der Name hallte in seinem Kopf wider, zusammen mit all den Erinnerungen.

Sie war das erste Mädchen gewesen, das er wirklich geliebt hatte. Lange Zeit war sie die einzige Frau geblieben, die er je geliebt hatte. Eleanor, die ihm entrissen wurde. Sie waren sechzehn gewesen, als sie sich kennenlernten, beide wilde Geschöpfe ohne Grenzen und Moral. Eleanor war einem Mann versprochen worden, der viermal so alt gewesen war wie sie. Thomas war der Anführer einer Bande von Abtrünnigen gewesen, die in den südlichen Grenzgebieten Frankreichs umherstreifte. Innerhalb eines Tages hatte sie seinen Körper verführt. Nach einer Woche hatte sie sein Herz erobert.

Sie waren ein halbes Jahr zusammen gewesen, bevor ihr zukünftiger Ehemann, der alte, kranke Graf d'Arreau, Männer schickte, um sie ihm zu entreißen. Auf einer heißen, trockenen Straße hatten die Männer die beiden aufgespürt, zugeschlagen und Thomas dem Tod überlassen. Nur hatte er den Angriff überlebt. Er wusste nicht, wie, aber er hatte sein Leben einem alten Mann in den Pyrenäen zu verdanken. Dieser alte Mann hatte, wie Eleanor, sein Leben verändert.

Thomas hörte eine Stimme in der Ferne, aus der Richtung, in die der Diener Eleanors schlaffen Körper getragen hatte. Er widersprach, doch Eleanor bestand auf etwas, während sie wieder zu Kräften kam. Und dann kehrte der Mann zurück und entriegelte das Tor, zog es auf und ging davon, als ob er mit diesem Wahnsinn nichts zu tun haben wollte. Im nächsten Augenblick stand Eleanor vor ihm und Thomas wusste auf einmal nicht mehr, was er tun sollte.

Sie hatte sich verändert und er musste fast lachen, als er es feststellte. Sie hatten sich beide verändert und er fragte sich, wie sie ihn überhaupt wiedererkennen hatte können. So wie er in der Frau, zu der sie geworden war, das Mädchen sah, das sie einmal gewesen war, hatte sie zweifellos den Jungen in ihm erkannt, der Thomas einst gewesen war. Ihr Haar war immer noch tiefrot, fein und weich. Er erinnerte sich an den Duft davon und wäre beinahe selbst in die Knie gegangen.

„Ich …", setzte sie an. Hielt inne. Schüttelte den Kopf und runzelte die Stirn, die bis zu jenem Tag, an dem sie ihm weggenommen wurde, keine Falten gekannt hatte. Sie holte so tief Luft, dass die Nähte ihrer Kleider dabei ächzten – die Kleidung einer wohlhabenden Frau.

Thomas wartete.

„Mir wurde gesagt, es hielte sich ein Mann in Córdoba auf mit dem Namen Thomas Berrington." Eleanors sprach hastig, als ob sie die Worte loswerden musste, bevor sie sich eines Besseren besann. „Ich habe mich gefragt, ob du es sein könntest, konnte es mir aber beim besten Willen nicht vorstellen. Ich habe oft davon geträumt, dass es dazu käme. Gefürchtet, dass es nie geschehen würde. Ich wollte dich sehen, fürchtete aber deine Reaktion nach all den Jahren."

„Ich habe dich mit Isabel gesehen. Du kamst mir

bekannt vor, aber ich konnte mich nicht erinnern, woher.“ Thomas schüttelte den Kopf. „Wie könnte ich dich vergessen?“

„Ich habe dich auch nicht erkannt, obwohl du mir vertraut vorkamst. Ich hielt dich für tot und tat die Wahrheit, die meine Augen mir zeigten, als unmöglich ab.“ Sie lachte leise auf und hielt sich eine Hand vor den Mund. Ihre Hand war dieselbe, die Haut älter, aber immer noch glatt. Er erinnerte sich an diese Finger, die ihn berührt hatten …

Er schüttelte den Kopf und schob die Erinnerung beiseite.

„Du *warst* tot“, sagte sie. „Man sagte mir, du seist tot.“

„Was ist passiert?“ Thomas’ Stimme war mehr ein Krächzen. „Hast du ihn geheiratet?“

Sie nickte und schüttelte gleich darauf den Kopf. „Wir können nicht hier auf der Straße reden. Komm rein.“ Sie schenkte ihm ein Lächeln. „Wenn du mir traust, meine ich.“

„Ich bin mir nicht sicher, ob ich mir selbst traue.“

„Dann tu es nicht.“ Sie hielt sich wieder die Hand vor den Mund. „Oh, Thomas. Thomas, mein Liebster. Komm rein, wir müssen reden. Es gibt so viel zu besprechen. Ich möchte von deinem Leben erfahren, wie du überlebt hast, und ich werde dir von meinem erzählen, denn es gibt viel zu sagen.“

Hinter ihr überquerte der Mann, der an das Tor gekommen war, den Innenhof. Er wandte den Kopf in ihre Richtung, um sie zu beobachten, und Eleanor fauchte ihm eine Anweisung zu.

„Bringen Sie Wein in den Empfangsraum.“ Dann

wandte sie sich wieder an Thomas. „Und Essen? Bist du hungrig, Thomas?“

Er schüttelte den Kopf.

„Dann nur Wein.“ Sie machte einen Schritt zurück, damit er den Innenhof betreten konnte.

Einen Moment lang glaubte Thomas, sich nicht rühren zu können. Er versuchte, seine Beine zu bewegen, aber sie wollten ihm nicht gehorchen. Eleanor lächelte und wieder erkannte er das Mädchen von damals; das Mädchen, mit dem er gelaufen und geschwommen war, das er mit seinem Körper und in seinem Herzen geliebt hatte. Er trat über die Schwelle und legte seine Arme um sie, als wären sie nie getrennt gewesen.

Die Zeit verlangsamte sich … blieb stehen … und katapultierte ihn zurück in eine Zeit, als die Welt noch einfacher gewesen war.

Er wollte sie küssen, tat es aber nicht. Stattdessen hielt er sie in seinen Armen, und nach einem Moment schlang Eleanor ihre eigenen um seine Taille und lehnte ihren Kopf an seine Brust.

Sie lachte verhalten auf. „Du bist viel größer, als du es früher warst.“

Auch er lachte und rohe Emotionen durchströmten ihn, während er sich an sie klammerte, nicht wissend, was als Nächstes passieren würde.

Was dann tatsächlich geschah, war ein noch größerer Schock als der, den er bereits durchlebt hatte. Hinter Eleanor trat ein Mann aus einer Seitentür und blieb wie angewurzelt stehen.

„Mutter – was in aller Welt tust du da?“ Er machte vier Schritte auf sie zu und legte eine Hand an seine Hüfte, wo ein fein gearbeiteter Dolch hing. „Lassen Sie sie los, Sir. Lassen Sie sie sofort los, oder Sie werden die Konsequenzen tragen!“

Eleanor hielt Thomas noch einen Moment lang umklammert, bevor sie sich aus seiner Umarmung löste. Sie fuhr sich mit einer Hand über ihre Brust und ihr Haar, als wäre es durcheinander geraten, als hätte Thomas sie berührt, wie er es einst getan hatte.

„Yves …“ Sie holte tief Luft, und als Thomas sah, wie sie sich rüstete, wurde ihm schlagartig klar, wer der Mann war, noch bevor Eleanor die Worte aussprach. „Yves, ich möchte dir deinen Vater vorstellen.“

Yves starrte Thomas an, die Verwirrung stand ihm ins Gesicht geschrieben. Thomas sagte nichts, wartete, war sich des emotionalen Sturmes bewusst, der in seinem Gegenüber aufkam. Dieser Mann – und er war ein Mann, wenngleich es eine seltsame Beschreibung für jemanden war, der kaum zwei Monate in Eleanors Leib eingebettet gewesen war, als Thomas sie das letzte Mal sah – war ein völliger Fremder. Doch je länger Thomas ihn anstarrte, desto mehr stellte sich ein Gefühl der Vertrautheit ein. Er konnte nicht sich selbst vor sich stehen sehen, sondern den Schatten eines anderen Mannes. Eines Mannes, der schon lange tot war – seines Vaters, John Berrington.

Yves war nicht so groß wie Thomas, stämmiger, muskulöser, so wie John Berrington es gewesen war. Die gleichen Eigenschaften hatte auch Thomas’ Bruder, ein weiterer John, der ebenfalls tot war, besessen. Thomas fragte sich, ob Yves andere Eigenschaften mit den beiden Männern teilte – ihr tyrannisches Wesen, ihr Temperament, ihre Grobheit gegenüber Frauen. Und dann, während er wartete, wurde seine Frage beantwortet.

Yves schnellte vorwärts. Seine Hand wanderte zu seiner Taille und zog den Dolch aus der Scheide.

„Du lügst!“ Die Worte waren an seine Mutter gerichtet, auch wenn seine Augen nicht von Thomas abließen. „Ich bin Graf d’Arreau. Mein Vater war Graf d’Arreau. Ich habe keine Ahnung, wer dieser Mann ist, aber er ist *nicht* mein Vater. Mein Vater ist tot. Und das wird er hier in Kürze auch sein.“

Er kam ruckartig auf Thomas zu, den Dolch erhoben. Thomas wartete bis zum letzten Moment, bevor er zur Seite trat. Seine Hand schnellte hervor wie der Kopf einer Schlange und bevor Yves reagieren konnte, lag der Dolch in Thomas’ Hand, nicht mehr in seiner.

„Tu ihm nicht weh“, sagte Eleanor. „Er meint es nicht so.“

„Ich nehme an, du hast dir nicht die Mühe gemacht, ihm von mir zu erzählen?“ Auch wenn es verständlich war, tat es trotzdem weh.

Sie schüttelte leicht den Kopf. Thomas drehte die Klinge in seiner Hand um und hielt sie Yves hin, der sie anstarrte, als sei sie ein ihm unbekannter Gegenstand, den er noch nie gesehen hatte. Dann nahm er den Dolch an seinem Griff. Thomas wartete, um zu sehen, was er tun würde, aber die Klinge hing locker in seiner Hand, der Moment der Wut vorüber.

„Wir müssen reden“, sagte er.

„Ja“, sagte Eleanor. „Mit Yves oder …“

Thomas sah seinen Sohn an und die Blutsverbindung wurde stärker. Er dachte an die Seltsamkeit, die aus der

Verbindung von Mann und Frau hervorging. Sie faszinierte ihn, wie sie es schon immer getan hatte. Yves hatte etwas von Eleanor, ein wenig Thomas, aber auch viel von seinem eigenen Vater. Yves war eine Mischung aus all jenen, die zu seiner Entstehung beigetragen hatten, Ahnen, die Generationen zurückreichten, und nun stand er vor ihm, in diesem Moment, um eine neue Wahrheit zu erfahren.

„Hattest du nie einen Verdacht?", fragte Thomas und wandte sich direkt an Yves.

„Warum sollte ich? Mein Vater …" Er hielt inne, senkte seinen Blick. „Er war immer mein Vater. Ich war sein Sohn. Warum hätte ich daran zweifeln sollen?" Als er den Blick hob, sah er seine Mutter an. „Ist es wahr, Maman?"

Sie nickte. „Es ist wahr, mein Lieber."

„Wie?"

„Was denkst du denn?"

Ein Ausdruck der Abneigung wanderte über Yves' Gesicht und Thomas versuchte, nicht zu grinsen. Yves war bei Weitem alt genug, um mit einer Frau geschlafen zu haben, wahrscheinlich sogar mit mehreren, wenn er auch nur irgendetwas von seinem Großvater geerbt hatte, aber zweifellos war die Vorstellung, dass seine Mutter mit einem Fremden geschlafen haben könnte, zu viel für ihn.

„Mit *ihm?*" Er war kaum in der Lage, die Worte hervorzupressen.

„Lass uns allein, mein Lieber. Ich muss mit Thomas allein sprechen."

„Und wenn ich dich nicht mit ihm allein lassen will? Was ist, wenn er versucht, dich anzugreifen?"

„Sei doch nicht albern."

Yves stand starr da, die Hand, die immer noch das Messer hielt, zitterte leicht, und Thomas behielt ihn im Auge, falls er erneut angreifen wollte. Doch Yves wandte sich ab und rannte eine Treppe hinauf zu einer Galerie, die mit den seinen verschränkte.

„Komm, im Hinterzimmer können wir unter vier Augen reden."

Thomas hatte keine andere Wahl, als sich von ihr führen zu lassen. In seinem Inneren tobte ein Tumult von Gefühlen. Eleanor zog ihn zu einem Polstermöbel und setzte sich. Damit ließ sie ihm keine andere Wahl, als sich neben sie zu setzen, seine Finger immer noch mit ihren verwebt.

„Wie alt ist er?"

Sie lachte. „Das wirst du doch bestimmt ausrechnen können, oder nicht? Du warst einmal der klügste Junge, den ich kannte. Hast du dich so sehr verändert?"

Thomas rechnete. Er war siebzehn Jahre alt gewesen, als Eleanor ihm entrissen wurde, also müsste Yves einunddreißig oder zweiunddreißig sein. Höchstwahrscheinlich einunddreißig.

„Ich nehme an, ich habe mich auch in anderer Hinsicht verändert", sagte er. „Was hast du dem Mann gesagt, den du geheiratet hast?"

„Dass Yves früher gekommen wäre, und er hat mir geglaubt. Warum auch nicht? Als wir heirateten, war gerade erst meine zweite Blutung ausgeblieben, und so etwas kommt vor. Ich weiß, ich habe mich verändert, Thomas. Bist du enttäuscht?"

Ihrem Tonfall nach zu urteilen, wünschte er sich, er hätte Jorges Geschick im Umgang mit Frauen. Das

Mädchen, das er einst geliebt hatte, war geblieben, aber nun stand sie im Körper einer Frau vor ihm. Eleanor war geschmeidig und schlank gewesen, ihre Brüste unter den Hemden, die sie trug, kaum zu erkennen. Diese Eleanor besaß Brüste, Hüften, all die weiblichen Attribute, die Männer bei einer Frau begehrten. Thomas wusste, dass er nicht wie die meisten Männer war, und er fragte sich, ob er es jemals gewesen war. Er betrachtete ihr Gesicht, sah die Falten um ihre Augen, die feinen Fältchen in ihren Mundwinkeln, aber hinter all dem sah er immer noch das Mädchen, in das er einst so unsterblich verliebt gewesen war.

„Nein", sagte er, „du hast dich kaum verändert."

Eleanor lachte und legte seine Hand auf ihre Brüste, wo sie sie festhielt, um ihn an das Gefühl von einst zu erinnern. „Oh, aber du hast gelernt, charmant zu sein, seit ich dich das letzte Mal gesehen habe. Damals hättest du nie den Scharfsinn gehabt, so etwas zu sagen." Langsam hob sie seine Hand und küsste sie, dann legte sie sie zurück zwischen ihre Brüste. In ihren Augen lag etwas Lebendiges und Gerissenes.

„Hast du jemals wieder geheiratet?", fragte Thomas.

„Ich bin die Gräfin d'Arreau. Natürlich gab es viele Verehrer, aber es wäre schwierig gewesen, einen geeigneten Ehemann zu finden – einen, den ich auch wollte." Ihre Finger legten sich enger um seine. „Ich habe mich auf die Suche nach dir gemacht, nachdem mein Mann starb."

„Wie alt war Yves damals?"

„Neun. In diesem Alter hätte er vielleicht einen neuen Vater noch akzeptiert. Er kannte den Mann, den er für seinen Vater hielt, kaum. Mein Mann war alt und in seinen Gewohnheiten festgefahren, als er mich zu sich nahm, und es wurde immer schlimmer mit ihm. Er mochte keine Kinder."

„Er muss mit dir geschlafen haben, um zu glauben, dass Yves von ihm war." Thomas spürte seinem Gedanken nach, suchte darin nach einem Anflug von Eifersucht, fand aber keinen.

„Natürlich hat er das. Ich habe in unserer Hochzeitsnacht dafür gesorgt, dass er es tat. Und dann, als er sah, wie sich mein Körper veränderte, habe ich auch dafür gesorgt, dass er mich nie wieder anfasst. Und du, Thomas – es muss andere Frauen gegeben haben. Hast du jemals geheiratet?"

„Das habe ich."

„Bist du noch verheiratet?"

„Sie ist gestorben."

„Das tut mir leid."

„Nein, das tut es nicht, und warum sollte es auch? Sie ist vor weniger als zwei Jahren gestorben und ich habe die Männer getötet, die sie mir genommen haben."

Eleanor schaute ihm in die Augen und er erkannte in ihrem Blick, dass sie verstand. „Du bist immer noch der Thomas, den ich kannte. Mein Thomas. Ich habe es daran erkannt, wie leicht du Yves den Dolch abgenommen hast. Du bist so schnell wie eh und je. Du hättest mich damals aufgeben und weglaufen sollen."

Thomas dachte, sie würde jeden Moment weinen, aber ihre Augen blieben trocken.

„Wenn du mich für tot gehalten hast, warum hast du dann nach mir gesucht?"

„Weil mein Herz", sie zog seine Hand fester an ihren Körper, „mir gesagt hat, dass du noch lebst."

„Und als du mich nicht finden konntest?"

„Glaubte ich trotzdem fest daran. Und ich hatte recht, nicht wahr? Was werden wir jetzt nur tun, Thomas?"

„Tun?"

„Mit uns, natürlich. Mit dir und mir."

„Was wir waren, ist längst Vergangenheit. Jetzt bist du Gräfin d'Arreau und ich bin nichts weiter als ein armer Arzt."

„Du bist Arzt?" Es war, als hätte sie seine Worte nicht einmal beachtet, und Thomas befürchtete, dass diese Begegnung bereits außerhalb seiner Kontrolle lag. Er starrte auf Eleanors Gesicht. Er spürte die Wärme ihrer Brüste unter seiner Hand. Er wollte sie. Trotz all der Jahre, trotz all der anderen Frauen, wollte er sie so sehr, wie er es seit jeher getan hatte. Er wusste, dass es unmöglich war, die Zeit zurückzudrehen zu jenen Tagen, als sie Jugendliche gewesen waren, aber es spielte keine Rolle. Er sehnte sich nach der Gewissheit, die er einst als siebzehnjähriger Junge besessen hatte. Unverwundbar. Selbstsicher. Aber im Moment zählten nur sie beide, zusammen an diesem Ort, an dem nun die Dunkelheit den Himmel küsste.

Er drehte seine Hand so, dass sie nun auf Eleanors Brust lag, und sie lächelte.

„Ich sollte dir das Haus zeigen. Es ist beeindruckend. Mein Schlafgemach ist besonders schön."

„Ja, das würde mir gefallen." In diesem Moment überkam ihn ein Gefühl der Unvermeidlichkeit, die ihn von jedem Zweifel befreite, zumindest für den Moment.

Thomas überließ ihr die Führung. Er erlaubte ihr, ihm seine Kleider auszuziehen, dann legte er sich hinter verschlossenen Türen auf ihr Bett und sah ihr zu, wie sie ihm die Veränderungen ihres Körpers offenbarte, und trotz alledem sah er nur das Mädchen, das er geliebt hatte, wieder vor sich, in all seiner Pracht.

Eleanor lag neben ihm, fuhr mit ihren Fingern die Narben auf seinem Körper nach und stellte Fragen, die Thomas nicht beantworten wollte. Jede seiner Narben war persönlich. Lubna hatte sie einst nachgezeichnet, so wie Eleanor es jetzt tat, und die Antworten auf ihre Fragen gehörten Lubna allein. Aber die Erregung, die er verspürte, gehörte dieser Frau neben ihm. Sie gehörte in das duftende Bett und dieses magische Gemach, das den Rest der Welt mit all ihren Sorgen ausschloss, für diese eine Nacht.

KAPITEL ACHT

Thomas überquerte den Guadalquivir in der Dunkelheit und benutzte dafür die Brücke aus einer längst vergangenen Zeit. Er ging wie benommen, nahm die Welt um sich herum kaum wahr, die nun von Bildern der Vergangenheit und Gegenwart überlagert war. Er fragte sich, ob er so leicht in Eleanors Bett gefallen wäre, wenn er nicht so besorgt um Jorge gewesen wäre. Hatte er nur eine Ablenkung von seinem Kummer gesucht?

Als er bei Daniel ankam, fand er die Quelle seiner Sorgen auf dem Boden kniend vor. Jorge spielte trotz der späten Stunde mit den kleinsten der Kinder, während Adana ihrer Mutter half, die Reste des Abendessens abzuräumen. Daniel saß am Tisch und beobachtete Jorge mit einem nachsichtigen Lächeln – oder dem, was man von seinem Lächeln unter dem dichten Bart erahnen konnte. Die Häuslichkeit dieser Szene und die Gefahr, in der sich Jorge befand, trafen Thomas wie ein Schlag ins Gesicht, und er erwachte aus seinem Wachtraum.

Zanita drehte sich um, als Thomas sich hinsetzte. „Ich

kann dir etwas zu essen machen, wenn du willst, ein kleiner Rest ist noch im Topf."

„Ich brauche nichts, aber danke." Thomas wandte sich an Daniel. „Hat Jorge dir erzählt, was ihm vorgeworfen wird?"

„Ich bin hier drüben", sagte Jorge.

„Und ich spreche mit Daniel." Thomas starrte den Schmied weiter an – obwohl er kein einfacher Schmied mehr war. Daniel war zu einem stattlichen Mann geworden, sein Haus groß genug, dass es viele Zimmer hatte.

„Nicht die Einzelheiten", sagte Daniel. „Irgendetwas über eine Anschuldigung, aber er ließ es wie eine Nebensache klingen."

Thomas sah zu Jorge hinüber, der aufgehört hatte zu spielen, aber die zweijährige Graçia hatte andere Pläne und klammerte sich an seine Haare, während sie versuchte, seinen Körper zu erklimmen.

„Wenn es nur so wäre", sagte Thomas. „Er hat dir also nicht erzählt, was passiert ist?"

„Das habe ich doch gerade gesagt." Daniel blickte zu seiner Frau. „Hat er dir mehr erzählt? Oder dir, Adana?"

Beide schüttelten sie ihre Köpfe.

„Du solltest es ihnen selbst sagen", stellte Thomas in Jorges Richtung fest, der wieder angefangen hatte, mit den Kindern zu spielen, als wolle er sich dadurch ablenken.

„Du weißt mehr darüber als ich." Jorge sah Thomas nicht an.

„Du bist es, der beschuldigt wird."

„Dann sag ihnen, welcher Sache ich beschuldigt werde."

Zanita und Adana kamen an den Tisch und setzten sich. „Was hat Onkel Jorge getan?" Das hübsche Gesicht von Adana zeigte Besorgnis.

Thomas seufzte und fuhr sich mit der Hand über den Kopf. Er wusste, dass er die Fakten offenlegen musste, bevor er den Grund dafür erklären konnte, warum er hier war. Er hätte es zwar vorgezogen, wenn Jorge nicht anwesend gewesen wäre, aber das konnte er nicht ändern.

„Er wird beschuldigt, einen Mann getötet zu haben."

„Onkel Jorge? Nein!"

Daniel lachte auf. „Du weißt so gut wie ich, dass er dazu nicht fähig ist. Nun, im Kampf vielleicht, aber vorsätzlich?" Er schüttelte den Kopf.

Zanita wandte sich an Jorge. „Stimmt es, was Thomas sagt?"

Jorge sah ihr nicht in die Augen, sondern nickte nur kurz mit dem Kopf.

„Wen?", fragte Daniel.

„Einen Schreiber namens Alonso Cortez." Den anderen Toten erwähnte Thomas nicht.

„Ich kenne ihn. Ich habe seine Dienste in der Vergangenheit in Anspruch genommen. Er hat den Vertrag aufgesetzt, als ich dieses Haus und das Grundstück daneben gekauft habe, um die Schmiede zu bauen." Daniel beugte sich über den Tisch. „Wer erhebt diese Anschuldigung?"

„Die Hermandos haben nur einen Verdächtigen. Eine Bäckersfrau behauptet, sie habe einen Mann von Cortez' Haus weglaufen sehen. Seine Nachbarn identifizierten einen großen, gutaussehenden Mann, der vor dem Haus stand, bevor es zu brennen begann."

„Wer erhebt diese Anschuldigungen?"

„Ich helfe seit dem Vorfall einem jungen Wachtmeister namens Miguel Sánchez. Ihm wurde aufgetragen, Jorge wegen Mordes zu verhaften, obwohl der Befehl von viel weiter oben kommen muss. Es wundert mich, dass niemand hierhergekommen ist, um nach ihm zu fragen. Sie müssen wissen, dass er dein Bruder ist." Thomas seufzte. „Die Beweise sind nicht stichhaltig, aber es gibt Zeugen, und wir wissen beide, dass meist eine Anschuldigung ausreicht. Allerdings ist mir ein Rätsel, warum die Hermandos ihn aufgrund solch schwacher Beweise gleich verhaften lassen wollen. Irgendjemand muss im Hintergrund die Fäden ziehen. Wenn ich wüsste, wer, könnte das ein Hinweis auf die Person sein, die Cortez getötet hat."

Daniel setzte sich aufrecht hin und wandte sich zu Jorge, der endlich aufgehört hatte, so zu tun, als ob er spielen würde, und aufgestanden war, seinen Blick jedoch weiterhin gesenkt hielt.

„Jorge lebt nicht mehr in Córdoba, warum sollte ihm jemand einen Mord anhängen wollen? Was, wenn ich es bin, dem man schaden will? Ich habe einen guten Ruf und kann den König als Freund bezeichnen. Die Männer sind neidisch auf meine Stellung. Sie würden sie gerne für sich selbst beanspruchen. Du selbst kennst sowohl den König als auch die Königin, Thomas. Kannst du nicht zu ihnen gehen und diese Anschuldigung aus der Welt schaffen?"

„Du weißt, wie Isabel ist. Für sie ist das Gesetz das Maß aller Dinge." Was er nicht laut aussprechen wollte, war, was wäre, wenn Jorge tatsächlich schuldig sein sollte? Thomas wollte nicht daran glauben, aber er brauchte, wie immer, Beweise. Und die hatte er noch nicht.

„Aber du könntest sie fragen, für meinen Bruder?"

Thomas schaute von Daniel zu Jorge und wieder zurück. „Ja, ich werde sie fragen, sobald ich sie treffe. Sie möchte, dass ich sie besuche, aber sie hat viele Termine und ich bin vergleichsweise unwichtig. Ich würde gerne unter vier Augen reden, wenn das geht."

Daniels Blick traf den von Thomas. „In diesem Haus gibt es keine Geheimnisse. Keine zwischen mir und meinem Bruder, keine in unserer Familie."

„Es wird einfacher sein, wenn es nur wir beide sind", sagte Thomas. „Ich werde Jorge später alles erzählen, aber du weißt ja, wie er ist. Es geht besser von Mann zu Mann, ohne Unterbrechung."

„Ich unterbreche nie", sagte Jorge. „Außer ich glaube, dass du dich irrst. Und das ist oft genug der Fall."

„Ganz genau." Thomas beobachtete Daniel, bis er erkannte, wie sich Akzeptanz in ihm breit machte.

„Dann lass uns in die Schmiede gehen. Dort hört uns niemand."

„Und ich werde ein Zimmer für euch beide herrichten", sagte Zanita. „Jorge sagte mir, ihr schlaft in einem Zelt am Fluss. Das ist nicht nötig. Von jetzt an wohnt ihr hier."

„Euer Haus ist weiter weg vom Palast", sagte Thomas. Er fragte sich auch, ob er vielleicht wieder in Eleanors Bett schlafen würde. Die Stunden, die er mit ihr verbracht hatte, verblassten bereits wie ein Traum, auch wenn das

Unbehagen wuchs, dass er einen Fehler damit gemacht hatte, sich ihr hinzugeben. Und es war Hingabe gewesen, das wusste er.

„Nicht so viel weiter und ihr beide braucht jemanden, der sich um euch kümmert." Sie stand auf und gab Thomas einen Klaps auf den Hinterkopf. „Geht und redet von Mann zu Mann und dann kommt zurück hierher." Sie drehte sich um und deutete auf Jorge, der sich ebenfalls auf den Weg zur Tür machte. „Du tust, was Thomas gesagt hat. Du bleibst hier."

Jorge blieb stehen, sein Körper war angespannt. Daniel stand auf und klopfte ihm im Vorbeigehen auf die Schulter. Thomas folgte Daniel, ohne Jorge seine Zuneigung auf ähnliche Weise zu signalisieren, obwohl ihm bewusst war, dass er ihm nun näherstand als jeder andere Mensch auf der Welt. Sie waren sich näher als Brüder.

Es war nur ein kurzer Weg zu Daniels Schmiede, aber keiner von ihnen sprach ein Wort, als ob sie wüssten, dass das Gespräch warten musste, bis sie drinnen waren. Als sie näher kamen, war Thomas überrascht zu sehen, dass die Kohle in den Öfen noch immer weiß glühte und Funken flogen, als eine Gruppe von Schmieden Eisen und Stahl bearbeitete.

„Wir haben viel zu tun", sagte Daniel, als hätte er die unausgesprochene Frage gehört.

„Warum?"

„Du solltest wissen, warum. Schließlich bist du der Mann, der mit dem Palast verhandelt. Wie läuft es eigentlich?"

„Ich bin es nicht, der verhandelt. Ich tauche nur einmal

am Tag auf, weil sie denken, dass meine Anwesenheit den König und die Königin besänftigen würde. Die restliche Zeit habe ich den halben Nachmittag geschlafen. Abgesehen von den letzten beiden Tagen."

Daniel nickte mehreren Arbeitern zu und blieb kurz stehen, um ein Schwert zu begutachten, das gerade gefertigt wurde, bevor er seine Zustimmung gab. Dann betrat er ein kleines Büro mit einer Tür im hinteren Bereich, und wartete, bis Thomas eingetreten war, bevor er die Tür schloss. Nicht, weil sie belauscht werden könnten, sondern weil das ständige Klirren von Hammer und Metall eine Unterhaltung unmöglich machte.

Daniel nickte zu einem Holzstuhl und zog sich dann selbst einen heran. Thomas schaute sich um und war beeindruckt von der Sauberkeit und Ordnung, die er vorfand.

„Worum geht es?", fragte Daniel. „Wird Jorge wirklich des Mordes verdächtigt?"

„So ist es. Wie du glaube auch ich nicht, dass er schuldig ist, aber ich muss es vor mir und allen anderen beweisen. Also zunächst: Hast du ihn gestern früh gesehen? Etwa zwischen Sonnenaufgang und Mittag?"

Daniel ließ sich mit seiner Antwort Zeit, als ob er darüber nachdenken müsste. „Nein, aber ich habe hier früh angefangen und bin erst weit nach Mittag wieder gegangen. Du solltest Zanita fragen. Was sagt Jorge?"

„Dass er sich mit einem Mann getroffen hat, der behauptet, die Identität seiner Mutter zu kennen."

Daniel lachte. „Wir haben beide das Pech zu wissen, wer unsere Mutter war. Das ist kein Geheimnis, sosehr ich es mir auch wünschen würde."

„Jorge sagt, dass die Frau, die er für seine Mutter hielt, nicht die Frau ist, die ihn geboren hat. Der Mann, mit dem er sich getroffen hat, behauptet zu wissen, wer seine wahre Mutter ist."

„Hat er ihm ihren Namen genannt?"

„Er sagte ihm, dass er es gegen Geld tun würde. Jorge ließ das Geld da, aber als er mich hinführte, war das Geld weg und der Mann tot."

Daniel schüttelte den Kopf. „Glaubst du, Jorge hat ihn getötet?"

„Ich habe keinen Grund dazu. Und warum sollte er mich an den Ort des Geschehens führen, wenn er es doch getan hätte?"

„Er konnte noch nie mit Geld umgehen. Ich hätte es nicht gemacht wie er, nicht, ohne vorher ein Versprechen einzuholen. Oder zumindest einen Teil der Information."

„Der Mann nannte ihm Cortez, woraufhin Jorge zu seinem Haus ging. Das wiederum führte zu der Anschuldigung gegen ihn."

Daniel nickte, dann schien ihm etwas in den Sinn zu kommen. „Glaubst du, ich bin auch das Kind von jemand anderem, oder nur Jorge?"

„Der Mann hat den Rest von euch nicht erwähnt. Wie viele wart ihr?"

„Das weiß nur Gott allein. Manche sind gestorben. Einige sind fortgegangen. Andere kamen und gingen – nicht die Kinder meiner Eltern, aber sie wurden genauso behandelt wie der Rest von uns. Und damit meine ich schlecht. Hat Jorge dir nicht erzählt, wie wir aufgewachsen sind?"

„Das hat er."

„Dann weißt du es. Wir wurden geschlagen. Ausgehungert. Die Mädchen wurden an Männer verkauft, die Jungen auch, wenn sie sie dazu bringen konnten. Jorge hat sich gewehrt. Ich auch."

„Und eure Mutter?"

„Sie verkaufte ihren Körper an jeden, egal, wie wenig er zahlen konnte."

„Und euer Vater?"

„Ein Tyrann, ein Angeber und zweifellos ein Mörder."

„Bist du sicher, dass sie beide tot sind?"

„Mehr als wahrscheinlich. Für mich sind sie auf jeden Fall gestorben. Ich habe sie nicht mehr gesehen, seit ich von dieser Brücke gestürzt bin. Seit mein Bein auf diese Weise verformt wurde."

„Aber glaubst du wirklich, dass sie tot sind? Oder könnten sie auf irgendeine Weise hinter dieser Sache stecken?"

„Oh, sie sind auf jeden Fall tot. Ich habe ihre Leichen nicht gesehen und auch nicht die Nachricht von ihrem Tod erhalten, aber glaube mir, sie sind tot. Sie können nichts anderes als tot sein. Sie haben getrunken, gestritten und gehurt. Sie haben sich entweder selbst umgebracht oder jemand anderes hat ihnen den Gefallen getan."

„Glaubst du, dass Jorge der Sohn einer anderen Frau sein könnte?"

Daniel zuckte mit den Schultern, bevor er seine Arme seitlich von sich streckte. „Wir sind nicht gerade Zwillinge, oder? Wenn dem so wäre, kann sie ihn nicht besonders geliebt haben, um ihn an unsere Familie abzugeben."

„Erinnerst du dich an dem Tag, an dem er zu euch kam?“

„Ich war zu jung. Wir waren viele Kinder und es herrschte zu viel Chaos, um ein neues Baby zu bemerken.“ Daniel stand auf, ging zur Tür und öffnete sie. Er schaute eine Weile den arbeitenden Männern draußen zu, bevor er sich wieder umdrehte. „Ich habe noch nie darüber nachgedacht. Warum sollte ich auch? Aber jetzt, wo ich es tue, fällt mir ein, dass wir eine Schwester hatten, ein süßes Mädchen, das nur ein paar Monate jünger war als Jorge. Sie war wunderschön. Ein Engel.“ Daniel schüttelte den Kopf. „Jetzt ist sie wirklich ein Engel.“

„Ist sie gestorben?“

Daniel nickte. „Es ist Jahre her. Ich muss acht oder neun gewesen sein, Jorge nicht älter als fünf.“ Daniel stieß ein kurzes, humorloses Lachen aus. „Und jetzt versuche ich, mich an ihren Namen zu erinnern und kann es nicht.“ Er sah auf, um Thomas’ Blick zu begegnen, in dem der Glanz der Trauer lag. „Wie kann ich den Namen meiner eigenen Schwester vergessen?“

„Wenn es stimmt, was du sagst, und diese Schwester von deiner Mutter geboren wurde, dann kann Jorge nicht auch von ihr gewesen sein. Wie viel jünger war sie als Jorge?“

„Nicht mehr als drei oder vier Monate. So habe ich noch nie darüber nachgedacht.“

„Als Kind macht man sowas auch nicht.“

„Vermutlich nicht. Kanntest du deine Brüder und Schwestern, Thomas? Ich weiß es nicht, hattest du welche?“

„Ein Bruder und eine Schwester.“

„Na siehst du.“ Als ob das Antwort genug wäre, obwohl sie beide wussten, dass es das nicht war. „Es gibt jemanden, den du fragen könntest … der es wissen könnte, aber wo sie jetzt ist, ist wohl das nächste Geheimnis.“

Thomas wartete. Es gab wenig, was er sagen konnte, und er wusste, dass Daniel früher oder später darüber sprechen würde.

Daniel kehrte zu seinem Stuhl zurück. Er griff nach einem Stück Papier, las es und legte es zurück, aber Thomas wusste, dass es nur eine Ablenkung war.

„Wir hatten eine Schwester, die uns beiden mehr eine Mutter war als unsere eigene, trotz ihres Alters. Beatriz. Sie muss neun oder zehn Jahre alt gewesen sein, als Jorge geboren wurde, älter als zwanzig, als ich mir das Bein brach und glaubte, Jorge sei in dem Fluss ertrunken. Beatriz …“ Daniel wiederholte den Namen, seine Stimme war leise, seine Gedanken auf dem Weg in eine längst vergangene Zeit. Er blickte auf. „Sie war keine Schönheit, aber sie arbeitete hart. Klug war sie auch. Viel klüger als wir anderen. Sie heiratete einen Seemann und ging von zu Hause fort, aber damals waren wir schon älter und konnten auf uns selbst aufpassen. Ich war stark und unser Vater hörte auf uns zu schlagen, nachdem ich zurückgeschlagen hatte. Einmal hatte gereicht. Er war ein Feigling. Du solltest Beatriz nach Jorge fragen …, wenn es jemand weiß, dann sie. Aber dazu müsstest du sie natürlich erst einmal finden.“

„Beatriz“, sagte Jorge. „Ich habe seit Jahren nicht mehr an sie gedacht. Nicht, seit mein neues Leben begonnen hat. Auch davor nicht. Sie verließ unser Haus, noch bevor ich dachte, ich hätte Daniel getötet.“

Eine Kerze brannte neben dem Bett, in dem er und Thomas lagen, eine weiche Matratze unter ihnen, in Leinentücher eingeschlagene Decken wärmten ihre Körper.

Jorge lachte. „An diesen Komfort könnte ich mich gewöhnen. Vielleicht können wir wirklich hierbleiben, anstatt in diesem blöden Zelt zu hausen.“

„Ich wüsste nicht, was dagegenspricht. Was weißt du noch von deiner Schwester?“

An der Weichheit von Jorges Gesichtszügen war zu erkennen, dass er an die Vergangenheit dachte. „Sie war uns beiden eine Mutter und konnte manchmal sehr streng sein. Sie heiratete …“ Er schüttelte den Kopf. „Irgendjemanden. Ich weiß nicht mehr, wen, aber ich erinnere mich, dass ich den Namen seltsam fand. Nicht spanisch.“

„Daniel sagte, sie hätte einen Seemann geheiratet.“

„So habe ich es auch in Erinnerung, aber mir fällt nur ein älterer Mann ein, sehr gut aussehend. Älter als Beatriz. Sie müsste damals achtzehn oder neunzehn Jahre alt gewesen sein.“ Jorge rollte sich auf die Seite und starrte Thomas an. „Meinst du, wir können sie finden? Würde sie die Wahrheit darüber wissen, woher ich komme?“

„Wenn es eine Wahrheit gibt, die gefunden werden muss.“

„Es würde alles einen Sinn ergeben. Ich bin nicht wie Daniel, und wenn ich zurückdenke, auch nicht wie einer meiner anderen Brüder oder Schwestern, obwohl ich auch nicht weiß, ob sie alle Kinder meiner Eltern waren. Es gibt zu viele Dinge, die ich nicht weiß, Thomas. Deshalb verlasse ich mich auf dich."

Jorge rollte sich auf den Rücken und schwieg.

„Wir sollten darüber nachdenken, zwei Pferde zu nehmen und aus der Stadt zu reiten." Thomas starrte auf das flackernde Kerzenlicht an der Decke. Von irgendwo im Haus klangen Schritte auf Holzdielen und eine Frauenstimme rief etwas. Adana, dachte Thomas, konnte sich aber nicht sicher sein.

„Warum?"

„Weil sich das alles für mich nicht richtig anfühlt." Diesmal stützte sich Thomas auf einen Ellbogen und sah Jorge an. „Es ist klar, dass jemand dir Schaden zufügen will, und es sieht immer mehr nach einer Verschwörung aus. Selbst wenn ich Beweise für das Gegenteil finden kann, werden sie vielleicht nicht akzeptiert. Qurtuba zu verlassen wäre die sicherste Option."

„Wann bist du jemals vor einem Kampf weggelaufen?"

„Wenn es einer war, den ich nicht gewinnen konnte."

„Solch einen habe ich wohl noch nie miterlebt. Wir bleiben. Es gibt hier Menschen, die mir am Herzen liegen. Dir auch, nehme ich an. Wir bleiben, Thomas."

„Erinnerst du dich, dass ich dir von einem Mädchen namens Eleanor erzählt habe?"

„Deine erste Liebe? Natürlich erinnere ich mich. Warum?"

„Ich …" Thomas hielt inne und überlegte, wie er es sagen sollte. Als Jorge schließlich den Kopf drehte, um ihn anzustarren, beschloss er, dass es nur eine Möglichkeit gab. „Sie ist hier in Qurtuba."

„Du hast sie gesehen?"

„Ich habe sie heute Abend besucht."

„Und …?"

„Ich bin direkt aus ihrem Bett hierhergekommen."

Jorge lachte und gab Thomas einen Klaps auf die Brust. „Gut. Es wird Zeit, dass du wieder mit Frauen schläfst. Längst überfällig. Ich dachte, es würde Theresa sein, … aber deine erste Liebe? Das ist ja noch besser. Es hat so kommen sollen."

„Hat es das?"

Jorge gluckste und legte seinen Kopf wieder auf sein Kissen. Nach einer Weile verlangsamte sich sein Atem und ein leises Schnarchen war zu hören. Thomas starrte auf den Lichtschein der brennenden Kerze, dann streckte er die Hand aus und löschte die Flamme. Er war sich nicht bewusst gewesen, dass er eingeschlafen war. Umso schmerzlicher wurde ihm nun bewusst, dass er durch das Geräusch von Rufen und dem Trampeln von Stiefeln auf der Treppe wachgerüttelt wurde. Die Tür zu ihrem Zimmer flog auf und Männer stürmten herein.

„Jorge Olmos? Wir suchen Jorge Olmos. Wer von Ihnen ist es?"

Jorge setzte sich auf und rieb sich mit den Händen sein Gesicht. „Das bin ich."

Einer der Männer zog ein Blatt Papier hervor. „Ich habe einen Haftbefehl des Königs bei mir. Sie können mitkommen, ohne Widerstand zu leisten, oder wir können Sie gewaltsam hier rauszerren. Sie haben die

Wahl." Seinem Gesichtsausdruck war zu entnehmen, dass er die Variante des Hinauszerrens bevorzugte.

Jorge wandte sich an Thomas, der bereits aus dem Bett aufgestanden war und sich angezogen hatte. „Was soll ich tun?"

Thomas wurde klar, warum die Hermandos Jorge nicht früher geholt hatten – sie hatten auf die frühen Morgenstunden gewartet, wenn die Menschen tief schliefen.

„Geh mit ihnen. Ich werde Fernando aufsuchen und die Sache klären. Du wirst vor Einbruch der Nacht wieder draußen sein, aber geh erst einmal mit ihnen."

KAPITEL NEUN

Die ersten Anzeichen der Morgendämmerung begannen den östlichen Himmel zu erhellen, als Thomas von der Nachtwache des Palastes abgewiesen wurde und sich fragte, ob er innerhalb der Mauern des Palastes nicht mehr willkommen war. Hatten die Anschuldigung gegen Jorge seinen Stand beim Königspaar befleckt? Hatte Fernando wirklich den Haftbefehl unterschrieben? Wenn ja, hatte er den Inhalt des Dokuments gekannt oder nicht?

Thomas stand in der kühlen Luft und lauschte dem Flüstern des Flusses, während die Stadt wie eine große Kreatur zum Leben erwachte, erst langsam, dann immer schneller. Bald würde es hier wieder hektisch zugehen. Thomas wusste, dass er mehr Informationen brauchte, und machte sich auf den Weg zum Büro der Hermandos. Er fragte nach Miguel und erfuhr, dass dieser auf Patrouille in der Stadt war. Höchstwahrscheinlich würde er in der Calle Melilla zu finden sein. Dort aß er gewöhnlich sein Frühstück an einem Straßenstand.

Thomas entdeckte ihn mit einer Art eingewickeltem Fleisch in der Hand, als hätte er keine Sorgen.

„Warum wurde Jorge verhaftet?"

Miguel sah ihn an, als würde er sich in diesem Moment wünschen, woanders zu sein. „Ich bin ein Wachtmeister, Thomas. Männer weit höheren Ranges als ich haben diese Entscheidung getroffen. Ich habe gehört, dass der Haftbefehl sogar vom König unterzeichnet wurde."

„Warum?"

„Warum hat der König ihn unterschrieben? Vielleicht können Sie ihn fragen, wenn Sie ihn das nächste Mal sehen, denn ich weiß es nicht."

„Warum jetzt? Es gibt keine Beweise gegen Jorge."

„Da irren Sie sich. Sobald es hell war, wurde Jorge in die Straße gebracht, in der das Haus von Cortez stand. Mehrere Personen identifizierten ihn. Sie sagen, sie hätten ihn vor dem Haus stehen sehen, und die Bäckersfrau hat ihn als den Mann identifiziert, der bei ihr Gebäck gekauft hat." Miguel blickte auf das Essen in seiner Hand. „Wie kann er Gebäck essen, nachdem er einen Mann getötet und dessen Haus angezündet hat?"

„Weil er es nicht getan hat."

Miguel sah weg.

„Sie haben es ihnen gesagt, nicht wahr? Sie haben ihnen seinen Namen gesagt und dass er ein Freund von mir ist. Ich war ehrlich zu Ihnen und Sie haben mein Vertrauen missbraucht. Haben Sie ihnen auch gesagt, wo sein Bruder wohnt? Kein Wunder, dass sie so schnell dort aufgetaucht sind." Thomas schüttelte den Kopf, enttäuscht von Miguel.

„Ich habe Ihnen schon vor zwei Tagen gesagt, dass sie seinen Namen bereits kannten, aber woher, weiß ich nicht. Ich hatte keine Wahl, Thomas. Ich bin neu in dieser Stadt und will meinen Job behalten. Sie hätten es so oder so irgendwann herausgefunden."

„Glauben Sie den Beweisen gegen ihn?"

„Selbst Sie, sein Freund, müssen zugeben, dass sie überzeugend sind."

„Aber falsch. Ich möchte, dass Sie etwas für mich tun." Thomas dachte, der Mann würde sich weigern, aber vielleicht fühlte er sich auch ein wenig schuldig, weil er an dem, was passiert war, beteiligt gewesen war.

„Wenn ich kann." Miguel nahm einen weiteren Bissen von seinem Essen.

„Sehen Sie zu, dass Sie etwas über den Haftbefehl herausfinden können. Wer die Kette der Ereignisse in Gang gesetzt hat. Wer wirklich dahintersteckt. Der König unterschreibt alles, was ihm vorgelegt wird, aber jemand anderes wird Jorges Verhaftung veranlasst haben. Ich möchte, dass Sie herausfinden, wer Jorges Namen verbreitet hat, noch bevor er von den Ereignissen in dieser Straße erfahren haben könnte. Und wenn ich die Gelegenheit dazu habe, werde ich Fernando direkt fragen, warum er dieses Dokument unterschrieben hat."

Thomas wusste, dass Lawrence um diese Uhrzeit noch nicht munter war, aber er wusste auch, dass er ihn leicht wecken konnte, auch wenn das seine Laune verschlimmerte. Er hämmerte gegen die Tür, bis ein Kopf aus dem oberen Fenster auftauchte.

„Verpiss dich, Thomas Berrington."

„Jorge ist verhaftet worden."

Lawrences Kopf verschwand, dann steckte er ihn noch einmal heraus. „Die Tür ist nicht verschlossen. Komm herein."

Thomas verzichtete und ging stattdessen zu dem kleinen Tisch unter dem Orangenbaum. Er setzte sich und beobachtete, wie das schnell stärker werdende Licht der Morgensonne Schatten von der Steinmauer vertrieb, bis es die Spitze des Kirchturms neben dem Haus erfasste und aufleuchten ließ. Er erinnerte sich an jene Nacht, in der ein Verrückter von diesem Dach gesprungen war, in dem Glauben, er könne der Gerechtigkeit dadurch entkommen. Es schien alles so lange her zu sein und fühlte sich an, als wäre es jemand anderem passiert.

Lawrence kam aus dem Haus, setzte sich aber nicht. „Deine Neuigkeiten sind hoffentlich wirklich gut – und möglichst schnell erzählt. Dann schaffe ich es vielleicht wieder nach oben, falls Laurita im Bett bleibt. Sie mag es, wenn … nun, du brauchst nicht zu wissen, was sie mag."

„Sie haben Jorge verhaftet."

„Das hast du bereits gesagt. Warum sollte ich sonst hier unten sein und nicht in meinem Bett? Aber was soll ich dagegen tun?"

„Ich muss eine Nachricht nach Gharnatah schicken. Kennst du einen schnellen Reiter?"

„Ich habe sogar etwas Besseres, wenn du das Geld dafür hast. Eine Taube kann die Stadt innerhalb eines Tages erreichen. Schreib deine Nachricht und ich sorge dafür, dass sie abgeschickt wird. Fass dich kurz, es sind keine großen Vögel."

„Ich werde sie schreiben, bevor ich gehe. Hast du sonst noch etwas herausgefunden?"

„Ich habe eine Menge Dokumente durchzugehen und sie sind über die ganze Stadt verstreut, aber ich kann dir eines sagen. Das glaube ich zumindest. Wie groß war der Keller unter Cortez' Haus?"

„Groß." Thomas sah ein flackerndes Licht im Schlafzimmerfenster und wusste, dass Laurita ebenfalls aufgestanden sein musste. Lawrence würde kein Glück mehr haben, wenn er zurückkam. „Er erstreckte sich unter den Häusern auf beiden Seiten. Ich glaube nicht, dass jemand außer Cortez selbst wusste, dass er dort war."

„Also Tausende von Verträgen?"

„Zumindest. Vielleicht Zehntausende. Warum?"

„Soweit ich das beurteilen kann, war Cortez als Schreiber nicht besonders produktiv. Ich habe ein Verzeichnis mit all seinen Dokumenten gefunden, und es könnten tausend sein, aber ich würde sagen, es sind weniger. Die Frage ist, wem gehörten die anderen und warum hatte Cortez sie in seinem Besitz?"

„Denkst du, er hat sie gestohlen?"

„Ich denke gar nichts. Das Denken überlasse ich dir. Warum haben sie Jorge verhaftet?"

„Du weißt, warum. Weil sie glauben, dass er Cortez getötet hat."

„Dann musst du beweisen, dass er es nicht getan hat. Oder du gehst vor der Königin auf die Knie und bittest um Begnadigung. Das könnte klappen."

„Jorge ist unschuldig."

„Nur für die Leute, die ihn kennen. Du musst herausfinden, warum die Hermandos glauben, dass er Cortez getötet hat. Du sagst, er wurde gesehen?"

„Von dieser Bäckersfrau und einigen Nachbarn, und Jorge gibt zu, dass er in der Straße gewesen ist. Der Mann, der jetzt tot ist, sagte ihm, dass er Cortez dort finden würde, und dass er die Informationen über seine Mutter bestätigen könne."

Lawrence klopfte nachdenklich auf den Tisch. „Dieser andere Mann, dem du das Kreuz abgenommen hast – hast du es eigentlich noch?"

Thomas griff in seinen Gehrock und holte das Kreuz heraus, das noch immer an dem Lederband hing. Es sich selbst um den Hals zu hängen, schien ihm die einfachste Art zu sein, es sicher aufzubewahren. Er hatte fast vergessen, dass es da war.

„Hast du weitere Informationen darüber?"

Lawrence schüttelte den Kopf. „Nein. Ich war nur neugierig, das ist alles. Aber bedeutet das, was du sagst, dass wir jetzt nach zwei Mördern suchen, oder wurden beide von demselben Mann getötet?"

„Vermutlich war es ein und derselbe."

„Was bedeutet, dass die beiden toten Männer auf irgendeine Weise miteinander in Verbindung stehen müssen. Der Mann, der Jorge sagte, er wisse, wer seine Mutter sei ... Ich frage mich, woher er diese Information hatte?"

„Wahrscheinlich war es nur eine Lüge, um an das Silber zu kommen."

„Angenommen, es war nicht so."

Lawrence starrte lange Zeit ins Leere.

Thomas wartete darauf, dass er seine Gedanken verarbeitete, während er seinen eigenen nachging. Lawrence hatte natürlich recht. Es war mehr als nachvollziehbar, dass zwei Morde am selben Tag höchstwahrscheinlich von demselben Mörder ausgeführt wurden. Vor allem, wenn beide in irgendeiner Weise mit Jorge in Zusammenhang standen.

„Es würde erklären, warum Cortez all diese Dokumente in seinem Keller hatte", sagte Lawrence.

„Was würde das erklären?"

„Nehmen wir an, Cortez war ein Sammler von Geheimnissen? Dann hätte er die Stadtarchive durchsucht, Dokumente von anderen Schriftgelehrten gekauft, oder, was wahrscheinlicher ist, sie gestohlen. Es überrascht mich immer wieder, wie Menschen jedes Detail aufzeichnen, das sie angreifbar macht. Cortez benutzte das, was er erhielt, um Leute zu erpressen." Lawrence nickte, die logischen Zusammenhänge in seinem Kopf klar erkennbar. „Das ist mit ziemlicher Sicherheit der Grund, warum er getötet wurde. Er hat die falsche Person erpresst. Und das erklärt auch den Tod des anderen Mannes. Cortez könnte ihm Informationen über Jorges Mutter verkauft haben, die er an Jorge weiterverkaufen wollte."

„Konntest du schon einen Blick auf die Notizen werfen, die er bei sich trug?"

Lawrence nickte. „Das konnte ich. Die eine ist nicht relevant, eine Bestätigung für eine Überfahrt von Pisa nach Sevilla. Die andere ist interessanter. Sie ist von einem Mann namens Inigo Florentino, der den Empfänger des Schreibens auffordert, nach Córdoba zu reisen und einen Mann namens Jorge Florentino ausfindig zu machen."

„Ist das unser Jorge?", fragte Thomas. „Das ist doch nicht möglich, oder?"

„Jorge ist ein üblicher Name, aber unter diesen Umständen …" Lawrence wartete darauf, dass Thomas die Logik seiner Worte erkannte.

„Einverstanden. Aber werden wir es jemals mit Sicherheit sagen können, jetzt, wo der Mann tot ist?" Thomas starrte einen Moment lang ins Leere. „Wenn der Mann geschickt worden ist, um Jorge zu finden, warum hat er dann versucht, ihm Geld zu entlocken? Und woher kannte er den Namen von Jorges richtiger Mutter?" Er schüttelte den Kopf. „Es ist nicht nachvollziehbar, und dann auch wieder schon. Der Name kann kein Zufall sein, es muss unser Jorge sein. Aber wo ist die Verbindung?" Thomas verspürte das Bedürfnis, seinen Kopf gegen die Tischplatte zu stoßen. „Der Mann behauptete zu wissen, wer Jorges Mutter sei, aber was ist, wenn dieser Brief uns verrät, wer sein Vater ist?"

„Alles wird in den Dokumenten stehen", sagte Lawrence und klopfte auf den Tisch. „Ich werde der Spur der Dokumente folgen. Ich habe bereits eine Liste derjenigen, die Cortez erstellt hat, obwohl es unwahrscheinlich ist, dass sie etwas Belastendes enthalten, aber es wird Verbindungen darin geben, und ich werde ihnen nachgehen."

„Wie lange wird das dauern? Jorge ist im Gefängnis, denk daran." Thomas schüttelte den Kopf. „Ich weiß nicht einmal, wohin sie ihn gebracht haben."

„Er wird auf der anderen Seite des Flusses sein. Sie

haben den Kerker verlegt, als sie neue Büros für die Hermandos gebaut haben. Frag dich einfach durch und jemand wird dir sagen, wie du hinfindest. Vorausgesetzt, die Männer, die ihn mitgenommen haben, waren nicht Fernandos Soldaten."

„Das haben sie nicht gesagt, aber Soldaten würde ich erkennen, also waren es Hermandos."

„Dann ist er im neuen Kerker. Ich habe gehört, dort ist es besser als im alten, aber nicht viel besser."

„Es ist immer noch ein Gefängnis. Ich werde hingehen und versuchen, mit ihm zu sprechen. Dann gehe ich zu Isabel. Sie will mit mir reden, aber mir wäre es lieber, sie hätte mich vergessen."

Lawrence grinste. „Ich kann mir nicht vorstellen, dass sie das tun wird. Und während du all diese Dinge tust, werde ich der Spur der Dokumente folgen."

„Noch etwas", sagte Thomas, während er sich erhob. „Ich bin sicher, dass etwas davon damit zu tun hat, wie Jorge zu seiner Familie kam. Daniel nannte mir den Namen einer älteren Schwester, die sie beide großgezogen hat. Vielleicht weiß sie etwas darüber, wie er zu ihrer Familie gestoßen ist. Ihr Name ist Beatriz, Familienname Olmos, nehme ich an, und Daniel meint, sie habe einen Seemann geheiratet. Das ist alles, was ich weiß, aber ich möchte mit ihr sprechen, wenn ich kann."

„Das dürfte einfach sein, vor allem, wenn sie hier in Córdoba geheiratet hat. Komm wieder, wenn du fertig bist, dann weiß ich vielleicht mehr. Hast du bedacht, dass der Tod von Cortez vielleicht keinen Einfluss auf das hat, was Jorge gerade widerfährt?"

„Ich verstehe nicht, was du meinst. Der Mann ist tot."

Lawrence richtete sich auf. „Wenn jemand versucht, Jorge den Mord in die Schuhe zu schieben, dann ist Cortez vielleicht nichts weiter als ein Bauernopfer. Der falsche Mann zur richtigen Zeit."

„Das ist sehr weit hergeholt", sagte Thomas. „Macht das unsere Arbeit nicht noch schwieriger?"

„Unsere Arbeit?"

„Tut mir leid – meine Arbeit."

Lawrence lachte und klopfte Thomas auf die Schulter. „Nein, unsere Arbeit, obwohl es schön wäre, etwas zu tun zu haben, bei dem ich nicht den ganzen Tag über muffigem Papier brüte. Herrje, ich vermisse die Tage, an denen wir Mandana gejagt haben. Vielleicht finden wir wieder jemanden, den wir jagen können."

„Vielleicht. Ich möchte, dass du Belia in Gharnatah eine Nachricht schickst. Bitte sie, zu uns zu kommen, aber nenne ihr keinen Grund. Sag ihr nur, dass Jorge sie vermisst, das glaubt sie vielleicht."

Als Thomas den Kerker fand, stellte sich heraus, dass man nur ein wenig Geld brauchte, um mit Jorge sprechen zu können, der in einer Zelle in der Nähe des Wachpostens untergebracht war. Darin befand sich nur eine Pritsche, für eine zweite war nicht genug Platz. Jorge hatte blaue Flecken im Gesicht, eine Schnittwunde an der Wange, eine Platzwunde an der Lippe. Seine feine Kleidung war ihm genommen und durch andere aus grobem Hanf ersetzt worden, die roch, als wäre ein anderer Häftling darin gestorben.

Als Thomas die Zelle betrat, blieb Jorge, wo er war – auf der Pritsche sitzend, den Kopf abgewandt. Thomas legte seine Finger unter Jorges Kinn und drehte seinen Kopf, um seine Wunden untersuchen zu können. Keine davon war ernst. Sie würden heilen, ohne dass er seine Fähigkeiten einsetzte. Von der Schnittwunde an seiner Wange würde eine kleine Narbe zurückbleiben, aber die würde ihn vielleicht gefährlicher erscheinen lassen.

„Schick nach Belia“, sagte Jorge.

Thomas nickte. „Schon erledigt. Auf dem Weg hierher habe ich mich darauf eingestellt, zu zahlen, was nötig ist, um dich in ein Quartier wie dieses verlegen zu lassen, aber offenbar hat das schon jemand vor mir erledigt. Wer hat dich geschlagen?“

„Was denkst du denn, wer mich geschlagen hat? Daniel kam, während ich verhört wurde, und hat bezahlt, damit ich eine Einzelzelle bekomme. Zanita und Adana werden mir Essen bringen.“

„Sag Daniel, er soll es selbst bringen, oder vielleicht jemand anderes, aber nicht die beiden, nicht hier.“

Jorge nickte, aber es war wenig Überzeugung in seinem Blick zu erkennen. „Ich kann es versuchen, aber du weißt ja, wie die beiden sind.“ Er blickte auf. „Warst du schon bei ihnen?“

„Noch nicht. Was wollten die wissen, die dich befragt haben?“

„Warum ich Cortez getötet habe.“

„Und was hast du ihnen gesagt?“

„Dass ich es nicht getan habe, natürlich, aber sie haben gesagt, dass sie Zeugen hätten.“

„Das habe ich auch gehört, von Miguel. Wie lange hat das Verhör gedauert?"

„Es fühlte sich lange an, war es aber wahrscheinlich nicht." Er hob eine Hand an sein Gesicht. „Das sind die Wunden, die du sehen kannst, aber sie haben mich überall geschlagen. Sie wollten ein Geständnis, um ihr Leben leichter zu machen." Er lächelte flüchtig. „Einer hat mir sogar in die Eier getreten, aber da hatte er Pech."

„Steh auf", befahl Thomas.

„Mir geht es gut", sagte Jorge.

„Lass das deinen Arzt beurteilen."

Thomas wartete und schließlich stand Jorge auf. Thomas zog ihm das grobe Hemd aus und untersuchte die vielen blauen Flecken an seinem Körper. Er drückte auf jede Rippe, aber keine war gebrochen. Dann tastete er die blauen Flecken ab, suchte nach tieferen Verletzungen und fand keine. Er forderte Jorge auf, sein Hemd wieder an, aber seine Hose auszuziehen, und untersuchte dann seine Beine und Oberschenkel.

„All die Jahre und du hast mich noch nie dort berührt", sagte Jorge.

„All die Jahre und es gab nie einen Grund dafür. Du hast einige Prellungen, aber ich kann keinen bleibenden Schaden erkennen. Zweifellos wird Belia erfreut sein."

„Zweifellos." Jorge zog seine Hose hoch und setzte sich. „Wann holst du mich hier raus?"

„Ich gehe jetzt zu Isabel und Fernando, um mit ihnen über dich zu sprechen. Ich werde ihm sagen, dass du unschuldig bist und freigelassen werden musst."

„Was ist mit diesem Miguel, den du kennst – war das sein Werk?"

„Der Haftbefehl kam aus dem Palast."

Jorge starrte Thomas an. „Von wem im Palast?"

„Fernando."

„Warum?"

„Das ist es, was ich ihn fragen werde, sobald ich dich verlasse, aber es kann sein, dass der Auftrag nur auf seinen Namen lautet und er nicht einmal davon weiß."

„Ich dachte, er mag mich." Jorges Stimme klang wie die eines enttäuschten Kindes.

„Jeder mag dich. Hier geht es um etwas anderes." Thomas atmete aus, streckte eine Hand aus und berührte Jorges Schulter. „Ich frage mich, ob jemand versucht, an mich heranzukommen, und du bist nichts als ein Kollateralschaden."

„Kollateralschaden?", wiederholte Jorge. „Warum geht es immer nur um dich, Thomas? Bin ich nicht wichtig genug, um selbst eine Bedrohung zu sein?"

„Natürlich bist du das." Nur glaubte Thomas seine eigenen Worte nicht. Jorge war ein gutmütiges Wesen, wurde von allen geliebt.

Jorge winkte mit einer Hand ab. „Geh zu Fernando und finde heraus, was es damit auf sich hat. Und wenn das nicht klappt, bring Isabel dazu, mich zu befreien. Schlaf mit ihr, wenn es sein muss, falls du das nicht schon getan hast."

„Ich habe nie …" Thomas hielt inne, als ihm klar wurde, dass Jorge die Wahrheit kannte und nur versuchte, ihn zu ärgern. „Lawrence untersucht Cortez' Arbeit als Schreiber, falls es darin Hinweise gibt oder eine Verbindung zu dem Toten. Er versucht auch, deine

Schwester Beatriz ausfindig zu machen. Wenn er damit Erfolg hat, kann ich mit ihr sprechen."

„Nachdem du mich befreit hast, dann kann ich mit dir kommen. Ich würde Beatriz gerne wiedersehen."

„Ja, natürlich. Nachdem ich dich befreit habe."

KAPITEL ZEHN

Als Thomas sich am frühen Abend dem Palast näherte, standen andere Wachen am Eingang, und diesmal hielt niemand ihn auf. Er hatte den Tag damit verbracht, mit den Nachbarn von Cortez zu sprechen, die allesamt bestätigten, was sie schon den Hermandos gesagt hatten, nämlich, dass der Mann, der ihnen gezeigt worden war, derselbe war, den sie am Tag von Cortez' Tod gesehen hatten. Später hatte er versucht, Hinweise auf den toten Mann zu finden, der Jorge Informationen über seine Mutter hatte verkaufen wollen, aber auch damit hatte er keinen Erfolg gehabt. Jetzt, im Inneren des Palastes, überlegte er, ob er Theresa suchen sollte, aber er vermutete bereits zu wissen, wo Isabel und Fernando sein könnten.

Er fand die beiden gemeinsam auf der überdachten Terrasse mit Blick auf die Gärten, wo die Diener kleine Teller mit Essen brachten. Isabel sah Thomas zuerst und erhob sich. Es war klar, dass sie zu ihm kommen wollte, aber ebenso klar, dass sie es nicht durfte. Stattdessen verweilte sie unentschlossen an ihrem Platz. Fernando blickte auf und nickte ihr zu. Thomas fragte sich, wie viel er wusste.

Isabel hob die Hand, damit einer der Diener zu ihr kam. „Decke einen weiteren Platz für unseren Freund. Ihr werdet Euch uns doch anschließen, Sir Thomas?"

Er wollte gerade dagegen protestieren, dass sie seinen sinnlosen Titel benutzte, bis er sah, dass es dazu diente, der Dienerschaft zu erklären, warum ein Mann mit zu langem Haar und maurischer Kleidung neben dem König und der Königin von Spanien speisen sollte.

„Ich muss mit Euch reden", sagte Thomas zu Fernando.

„Dann rede. Du weißt, dass es keine Geheimnisse zwischen uns gibt, nicht wahr, mein Lieber?"

Thomas versuchte herauszufinden, ob er sich nur eingebildet hatte, dass das letzte Wort seiner Antwort betont hatte.

„Jorge wurde verhaftet." Thomas hörte ein leises Keuchen von Isabel, das ihm sagte, dass sie nichts davon gewusst hatte. „Der Haftbefehl lautet auf Euren Namen, Euer Gnaden." Thomas blieb förmlich, unsicher, wie seine Worte aufgenommen werden würden. Er hatte seit dem Fall von Malaka nicht mehr mit Fernando gesprochen, wo er mit ansehen hatte müssen, wie der Mann den größten Teil des Goldes der Stadt stahl, um es in dem nicht enden wollenden Krieg gegen die Mauren einzusetzen. Er hatte den Mann zum Teil für Lubnas Tod verantwortlich gemacht, sein Urteil aber seitdem gemildert. So wie der Schmerz über Lubnas Verlust in seinem eigenen Herzen milder geworden war. Etwas, das er einst für unmöglich gehalten hatte. Er dachte immer noch jeden Tag an sie, doch jetzt brachte ihn die Erinnerung eher zum Lächeln als zum Weinen. Und es dämmerte ihm, dass er mit der Zeit über ihren Verlust hinwegzukommen schien, wie Lubna es gewollt hätte, als er sich an seinen und Eleanors verschwitzten Körper in der Nacht zuvor erinnerte.

„Du weißt sicher, dass viele Haftbefehle meinen Namen tragen. Muss ich denn von jedem einzelnen wissen?"

„Ich weiß es nicht, Euer Gnaden. Was wisst Ihr über diesen speziellen Haftbefehl? Wollt Ihr damit sagen, dass Ihr nichts davon gewusst habt?"

Fernando winkte abweisend gerade in dem Moment, als ein Diener einen Stuhl brachte. Ein weiterer deckte Thomas einen Platz am Tisch ein und goss dunklen Wein in einen fein gearbeiteten Kelch.

„Nein, ich gebe zu, ich weiß, wovon du sprichst."

„Du hast das unterschrieben?", fragte Isabel und starrte Fernando mit großen Augen an. „Du hast einen Haftbefehl gegen Jorge unterschrieben? Was hast du dir dabei gedacht? Wir kennen den Mann. Wir mögen ihn."

„Jeder mag Jorge", sagte Fernando mit einer weiteren abweisenden Handbewegung. „Macht ihn das unschuldig an dem Verbrechen, dessen er bezichtigt wird? Mir wurde gesagt, dass die Beweise stichhaltig sind und eine schnelle Verhaftung die Gemüter der Stadt beruhigen wird."

„Die Stadt weiß doch noch gar nicht, was passiert ist", sagte Thomas.

„Die Stadt weiß, dass drei Häuser niedergebrannt sind. Sie wissen, dass der Besitzer eines davon, ein ehrenwerter Bürger, tot ist. Und sie wissen, dass sein Mörder – ein

Mann mit markantem Erscheinungsbild – von mehreren zuverlässigen Zeugen gesehen wurde. Das sind die Beweise, die mir vorgelegt wurden." Fernando wandte sich von Thomas an seine Frau. „Sollte ich zulassen, dass ein Mörder frei herumläuft und erneut tötet? Nein, ich habe getan, was richtig war."

„Jorge ist kein Mörder." Isabel starrte ihren Mann weiter an.

Das Essen und der Wein blieben unbeachtet auf dem Tisch stehen, bis Fernando die Hand ausstreckte und einem prallen, gebratenen Kapaun das Bein abriss.

„Das ist nicht das, was mir gesagt wurde."

„Von wem?", fragte Thomas.

„Von den Hermandos, natürlich. Glaubst du, ich habe einen Haftbefehl ausgestellt, um einen Mann auf der Basis von nichts weiter als Gerüchten zu verhaften?"

„Wir reden hier über Jorge", sagte Thomas. „Haltet Ihr ihn wirklich für fähig zu morden? Und warum sollte er diesen Schreiber überhaupt töten?"

„Welchen Schreiber?"

„Beim Himmel, Ihr wisst nicht einmal, wer der Tote ist, nicht wahr?"

„Ich brauche keine Details zu kennen, nur das, was mir gesagt wurde. Und ja, ich glaube, Jorge könnte einen Mann töten. Ich bin mit ihm geritten und habe ihn kämpfen sehen. Wir sind alle zu einem Mord fähig, Thomas. Du mehr als jeder andere. Wenn du seinetwegen so sehr leidest, solltest du dich an seiner Stelle opfern."

„Würde es Euch überhaupt interessieren, wenn ich es täte?"

„Mich schon", sagte Isabel und Fernando warf ihr einen verärgerten Blick zu.

„Lasst Jorge gehen", sagte Thomas.

„Ich bin König von Aragonien und Kastilien", sagte Fernando. „Ich lasse mir nichts von irgendeinem … heidnischen Mohren diktieren."

„Du weißt so gut wie ich, dass Thomas ein Mann Englands und ein guter Katholik ist. Ist nicht unsere eigene Tochter mit dem Sohn seines Königs verlobt? Du magst nicht tun, was er verlangt, aber du wirst tun, was ich verlange, mein Ehemann."

Thomas wusste nicht, dass diese Verlobung arrangiert worden war, aber es war nachvollziehbar. Zwei Großmächte, verbunden durch eine Heirat. Verträge unterzeichnet. Versprechungen gemacht. Und Katharina, der er selbst in diese Welt verholfen hatte, war noch nicht einmal fünf Jahre alt. Die ganze Sache machte ihn krank.

„Ich werde nicht zulassen, dass er hingerichtet wird", sagte Fernando. „Du hast mein Versprechen. Ich mag Jorge. Er ist gefügig. Er muss nur einen Monat, vielleicht zwei, im Gefängnis ausharren, bis alle diesen Mann vergessen haben. Dann werdet ihr beide diese Stadt verlassen und uns nie wieder belästigen. Keinen von uns beiden."

Isabel wollte etwas sagen, aber Fernando brachte sie mit einem hasserfüllten Blick zum Schweigen. „Lass uns allein", knurrte er in ihre Richtung. „Thomas und ich haben etwas Privates zu besprechen."

Isabel erhob sich und verließ zügig den Innenhof, die Schultern vor Wut angespannt.

„Warum habt Ihr das getan? Macht es Euch Spaß, Eure

Frau zu verletzen? Eure Königin?“ Thomas wollte Fernando daran erinnern, wer der wahre Herrscher von Kastilien war.

„Ist dir bewusst, dass du zu einer Witzfigur geworden bist? Du wirst als Isabels Lieblingshündchen angesehen, ihr Spielzeug, ihr Bittsteller. Du bist ihr handzahmer Engländer. Oh, ich weiß, wie du sie ansiehst, aber ich weiß auch, dass sie dich ebenfalls für einen Witz hält. Wir lachen oft darüber, wenn ich sie in ihrem Gemach besuche. Ja, ich gehe immer noch zu ihr, denn eine Ehefrau muss ab und zu versorgt werden, auch wenn ihr Mann das wahre Vergnügen anderswo suchen muss.“

„Wenn das stimmt, dann seid Ihr ein noch größerer Narr, als ich ohnehin schon dachte.“

„Wenigstens habe ich es geschafft, meine Frau am Leben zu erhalten.“ Fernando begann zu grinsen, als er Thomas’ geballte Fäuste sah. „Und ich versorge auch noch meine Mätresse regelmäßig und gründlich.“ Er lehnte sich näher heran. „Isabel tut ihre Pflicht, aber es ist nur eine Pflicht. Für einen Mann, durch dessen Adern blaues Blut fließt, ist das nicht genug. Aber du würdest solche Dinge nicht verstehen, Thomas Berrington.“ Er kam noch näher. „Sollen wir kämpfen, du und ich? Sollen wir hier kämpfen, wie wir es schon getan haben, wie ich dich jedes Mal besiegt habe, wenn wir uns gegenseitig umbringen wollten? Weißt du eigentlich, wie gerne ich dich töten würde?“

Fernando drehte sich zur Seite und rief danach, dass man ihm Schwerter bringen solle.

„Was wollt Ihr von mir?“, fragte Thomas.

„Ich will, dass du meine Frau in Ruhe lässt. Ich will,

dass du diesen Ort verlässt und nie wieder zurückkehrst. Versprich mir das und ich werde deinen Eunuchen-Freund freilassen, damit ihr euch wieder gegenseitig Vergnügen bereiten." Er schlug Thomas auf die Brust. „Verlasse diese Stadt. Verlasse dieses Land. Lass meine Frau in Ruhe!"

Ein Diener näherte sich mit den beiden gewünschten Klingen, doch Fernando winkte ihn ab.

„Ich bin es nicht, der sie betrügt", sagte Thomas. Eine Ruhe hatte ihn erfüllt, und er fragte sich, ob die Aussicht auf einen Kampf sie hervorgerufen hatte oder die Erkenntnis, wie sehr er den Mann, der vor ihm stand, hasste.

Fernando schlug Thomas erneut. „Es ist kein Betrug. Von einem Mann wird erwartet, dass er sich Mätressen nimmt, von einem König wird erwartet, dass er sich nimmt, wen er will und wann er will. Denkst du, sie weiß nichts davon? Natürlich weiß sie es."

„Warum habt Ihr Jorge verhaften lassen?"

„Weil es mir Spaß gemacht hat. Weil ich wusste, dass es dich verletzen würde. Weil ich es konnte. Was meint Ihr, Sir Thomas – wollt Ihr meine Frau jetzt in Ruhe lassen?"

„In Eurer Obhut? Was meint Ihr?"

„Jorge wird also deinetwegen sterben?" Fernando schnippte mit den Fingern. „Das ist alles. Mehr bedarf es nicht." Er schnippte erneut mit den Fingern, direkt vor Thomas' Nase. „Weniger noch."

Thomas blickte sich um, zu den Wachen und Dienern. Sie alle ignorierten eifrig den Streit zwischen ihm und

Fernando, aber es würde nur ein Nicken erfordern, damit sie ihren Herrn beschützten.

Fernando lachte und stieß Thomas an. Dann schritt er über den Hof davon und schnippte bei jedem Schritt mit den Fingern.

Thomas ging an einem Mann vorbei, der in einem langen Korridor langsam Lampen anzündete, der Duft seiner brennenden Kerze lag in der Luft. Thomas hatte Isabel gesagt, sie bräuchte mehr Wachen in der Nähe ihrer Gemächer, aber sie hatte sich geweigert und gesagt, dann würde sie sich wie in einem Gefängnis fühlen, nicht wie in einem Palast. Jetzt war er froh über ihre Nachlässigkeit, denn er wollte sie finden und mit ihr reden. Es gab viel zu besprechen, aber seine Suche wurde immer hektischer, da die Themen, die ihn beschäftigten, ihn nun aus der Ruhe zu bringen drohten. Jorge saß in einer Gefängniszelle und war der Gnade von hundert Männern ausgeliefert, während ein Schuldiger frei herumlief, um vielleicht erneut zu töten.

Thomas verstand nicht, warum Fernando so handelte, wie er es tat. Der Mann hatte mehr oder weniger zugegeben, dass er Jorge aufgrund kaum ausreichender Beweise verhaften hatte lassen, um ein Druckmittel gegen Thomas in der Hand zu haben. War der Haftbefehl nichts weiter als eine Waffe gewesen, die er bequem gegen ihn einsetzen konnte? Thomas glaubte jedoch nicht, dass Fernando an der Verschwörung gegen Jorge beteiligt gewesen war – er bezweifelte, dass der Mann gerissen genug war, um sich etwas so Komplexes auszudenken. Aber er hatte deutlich gemacht, dass er Thomas nicht mehr in seinem Palast oder in der Nähe seiner Königin haben wollte.

Ein Aufblitzen von rotem Haar ließ Thomas loslaufen, aber es war das falsche rote Haar. Theresa drehte sich zu ihm um und über ihr Gesicht huschte für einen flüchtigen Augenblick Angst, bevor sich ihr Ausdruck in ein Lächeln verwandelte.

„Läufst du zu mir, Thomas? Meine Güte, es ist lange her, dass ein Mann so begierig war, dass er mir sogar hinterherlief."

„Ich suche Isabel."

„Sie ist bei Kardinal de Borja und hat Anweisungen gegeben, nicht gestört zu werden. Aber sie hat mich gebeten, ein Zimmer im Palast für euch vorzubereiten."

Thomas runzelte die Stirn. Wenn Fernando seine Macht demonstrieren wollte, dann, so schien es, tat Isabel es ihm gleich, wenn sie ihn immer noch in ihrer Nähe haben wollte. Thomas fühlte sich wie die Figur des Bauern, die zwischen König und Dame auf einem Schachbrett feststeckte, nur, dass er nicht gewusst hatte, dass überhaupt gespielt wurde.

„Jorge ist im Gefängnis."

„Mir war nicht bewusst, dass es ein Verbrechen ist, gut auszusehen. Zumindest noch nicht, aber wer weiß? Eines Tages könnte es so kommen. Was wirft man ihm vor?"

„Mord."

Theresa starrte Thomas lange Zeit an. „Jorge? Mord?"

„Ja, Jorge, Mord."

Sie schüttelte den Kopf. „Jeder Narr weiß, dass er zu einem Mord nicht fähig ist."

„Dann müssen die Männer, die ihn verhaftet haben, mehr als dumm sein, denn er wurde mitgenommen und Fernando hat den Haftbefehl selbst unterschrieben. Ich sollte den wahren Schuldigen aufspüren, anstatt hier zu stehen."

Theresa berührte ihn an der Schulter. „Es ist spät, Thomas, und du bist müde. Jetzt verstehe ich auch, warum. Lass mich dir deine Gemächer zeigen. Schlafe, erhole dich. Jorge geht nirgendwohin und am Morgen wirst du mit frischem Geist erwachen."

„Alle meine Sachen sind in dem Zelt." Noch während er die Worte sprach, erkannte Thomas, dass sie nicht mehr waren als eine schlechte Ausrede. Er wollte in Isabels Nähe sein, und sei es nur, um ihr das bisschen Schutz zu bieten, das er ihr bieten konnte. Was auch immer er in der Stadt herausfinden mochte, hier im Palast wurde entschieden, ob Menschen lebten oder starben. Theresa bot ihm die Gelegenheit, bei all dem dabei zu sein, und er wäre ein Narr gewesen, abzulehnen.

„Du kannst deine Sachen morgen holen. Gibt es etwas, das du heute Abend unbedingt brauchst?"

Thomas dachte an das Wenige, das im Zelt lag, und schüttelte den Kopf. Seine Ledertasche mit den Instrumenten für seine Tätigkeit als Arzt sowie ein kleiner Beutel mit Goldmünzen, der in einem Loch in der Erde unter einer der Decken versteckt war. Er wäre froh, dieses Loch nicht die ganze Nacht unter seiner Hüfte zu spüren. Theresa hatte recht, er war müde. Mehr als müde.

Sein Kopf schmerzte, und er hätte das Essen annehmen sollen, das ihm auf der Terrasse angeboten worden war.

Theresa berührte sein Gesicht. „Komm, Thomas, ich bringe dich in deine Gemächer. Ich sehe doch, wie erschöpft du bist. Komm."

Er schüttelte ihre Hand ab. „Ich muss Jorge helfen."

„Und das wirst du. Morgen früh, wenn du dich ausgeruht hast. Ich werde Isabel sagen, dass du ihre Großzügigkeit angenommen hast, und sehen, ob sie heute Abend noch Zeit findet, mit dir zu sprechen, aber es ist schon spät, also wird es vielleicht erst morgen sein."

„Jorge", sagte Thomas noch einmal, ließ dann aber zu, dass Theresa seine Hand in die ihre nahm und ihn wie ein Kind führte. Sie folgten holzgetäfelten Korridoren, die nach dem Bienenwachs dufteten, mit dem sie poliert wurden. Vorbei an üppig bestickten Wandteppichen, die in dem Palast, der auf dem roten Hügel stand, niemals erlaubt gewesen wären. Als sie an Fenstern vorbeikamen, blickte Thomas auf eine Stadt hinausblickte, die in das letzte Abendlicht getaucht war, unter dem schon bald die Korruption verborgen liegen würde. Der Koloss einer Kathedrale – in Wirklichkeit kaum verändert gegenüber der ursprünglichen islamischen Moschee – lag auf einem Platz, in den vier Straßen mündeten. Die Menschen schlenderten auf der Suche nach Vergnügen, privat oder öffentlich, umher. Das Gezwitscher der Schwalben erfüllte die Luft mit Honig und eine warme Brise wehte herein, die nach dem Fluss und trockenen Gräsern roch.

„Wir sind da", sagte Theresa und blieb vor einer massiven und geschnitzten Tür stehen. „Isabel sagt, du darfst so lange bleiben, wie du willst. Du weißt, es ist ihr

Wunsch, dass du für immer bleibst. Ich wünsche es mir auch."

Isabel hatte ihm lange genug einen Platz an ihrem Hof, an ihrer Seite, angeboten. Thomas hatte immer abgelehnt, aber mit der Zeit hatte er sich zu fragen begonnen, ob es die falsche Entscheidung gewesen war. Er fragte sich, ob sein Leben einfacher gewesen wäre, wenn er ihr Angebot früher angenommen hätte, und ob die Frau, die er geheiratet hatte, noch am Leben wäre? Es war unmöglich, das zu wissen, und Thomas hatte schließlich eine Wahrheit akzeptiert, von der Lubna gewollt hätte, dass er sie akzeptierte. Es war an der Zeit, sein Leben weiterzuleben. Nicht, um zu vergessen, denn vergessen würde er sie nie, sondern um zuzulassen, dass sein Leben, wenn auch ruckelnd, wieder in Bewegung kam.

„Du kannst hineingehen", sagte Theresa. „Niemand wartet hinter dieser Tür darauf, dich anzugreifen."

„Bist du sicher?"

„Ich bin mir sicher, denn bin ich nicht hier draußen bei dir?" Sie legte eine Hand auf die seine. „Erhole dich, Thomas. Schlafe. Wenn Isabel nach dir fragt, werde ich kommen und dich holen."

„Ja", sagte Thomas.

„Ja, was?"

„Ja, ich werde versuchen zu schlafen, aber komm mich holen, falls Isabel mich sehen will."

„Das werde ich." Theresa zögerte, dann, als bestünde eine neue Komplizenschaft zwischen ihnen, stellte sie sich auf die Zehenspitzen und küsste seinen Mundwinkel, bevor sie sich abwandte.

Thomas sah ihr nach, als sie ging, aufgewühlt von

seinen Gefühlen und Trieben, dann öffnete er die Tür und betrat einen schönen Vorraum, der mit dunklen Holzstühlen und einem Tisch ausgestattet war. Ein großes Fenster gab den Blick auf den Fluss frei und das Klappern der sich noch drehenden Wasserräder drang zu ihm herein. Er hörte ein Kinderlachen und fragte sich, ob es eines von Isabels Kindern war. Juan vielleicht, obwohl es sich eher wie ein Mädchen angehört hatte, also vielleicht Juanna oder sogar Katharina.

Er erkundete die Gemächer und entdeckte ein Schlafzimmer mit einem breiten Bett, dessen Baldachin auf stabilen Pfosten ruhte. Eine weitere Tür führte zu einem privaten Badezimmer, das groß genug war, um einen Tisch mit einem Marmorwaschbecken und einer Metallbadewanne in der Mitte des Raumes zu beherbergen, aber er ignorierte alles außer dem Bett, entkleidete sich und zog die Decke über seinen Körper. Dann starrte er auf die gemusterte Unterseite des Baldachins und wusste, dass er nicht würde einschlafen können. Zu viele Gedanken rasten durch seinen Kopf.

Im nächsten Moment schüttelte ihn eine Hand und als er die Augen öffnete, sah er Theresa über sich gebeugt, deren Anblick und Duft eine starke Erregung in ihm hervorriefen.

„Isabel wartet nebenan auf dich“, sagte sie.

„Sie tut was …?“ Thomas setzte sich auf und erinnerte sich erst an seine Nacktheit, als er schon halb aus dem Bett war. Schnell schlüpfte er zurück unter die Decke, um sowohl seine Nacktheit als auch seine Erregung zu verbergen.

Theresa lachte. „Zu spät, Thomas. Ich habe alles

gesehen und freue mich über die Wirkung, die ich immer noch auf einen gutaussehenden Mann haben kann."

„Ein Traum, das ist alles. Kann ich mich alleine anziehen, oder willst du mir dabei auch zusehen? Ist Isabel wirklich nebenan?"

Theresa nickte, ein Lächeln auf den Lippen. „Ich werde dich in Ruhe lassen. Für den Moment."

Während er seine Sachen anzog, die gewaschen werden mussten, versuchte Thomas, seine Gedanken zu sammeln, damit er vorbereitet war, wenn er Isabel sah. *Wie viel durfte er ihr sagen?*, fragte er sich.

KAPITEL ELF

Thomas betrat den Hauptraum, ohne zu wissen, wie er empfangen werden würde. Auf einem kleinen Tisch standen mehrere Teller mit Speisen, und Kelche warteten darauf, mit Wein gefüllt zu werden. Theresa wollte den Raum verlassen, aber Isabel hob eine Hand.

„Bleib. Es ziemt sich nicht für mich, mit Thomas allein zu sein."

„Ihr wünscht vielleicht unter vier Augen zu sprechen, Euer Gnaden."

„Ich habe keine Geheimnisse vor dir. Geh und leg dich auf sein Bett, wenn du willst, aber bleib in seiner Nähe." Isabel sah sich um, bevor sie sich für einen schlichten, schmucklosen Stuhl entschied, den sie zweifellos mit Bedacht gewählt hatte. Isabel tat nur selten etwas ohne Absicht. Thomas zog den nächstgelegenen Stuhl heran, setzte sich an den Tisch und wartete.

Als Isabel nichts sagte und schweigend mit den Händen im Schoß gefaltet dasaß, sagte er: „Ihr sagtet, Ihr wolltet mich sprechen."

„Das sagte ich." Sie sah zu ihm auf. „Sag mir, was hast du mit Fernando besprochen, nachdem ich weg war?"

„Sehr wenig, Euer Gnaden." Thomas wusste, dass er ihr weder von den Drohungen ihres Mannes noch von seinen Gefühlen für sie erzählen durfte.

„Nenne mich bei meinem Namen, Thomas, wie du weißt, dass du es sollst." Sie lachte verhalten und sah sich um. „Du wirst meinen Namen benutzen müssen, wenn wir hier in deinen eigenen Räumlichkeiten im Palast sind. Sie gehören dir, solange du willst. Deine Anwesenheit wird sich zweifellos unter den Bediensteten herumsprechen, aber das ist mir egal. Soll mein Mann es erfahren und sich fragen, was wir hier tun könnten."

Ihre Wangen erröteten und Thomas glaubte, diese Frau nicht mehr ganz zu verstehen. Sie hatte eine Zerbrechlichkeit an sich, die er bisher nicht von ihr kannte. War die Beziehung zwischen ihr und Fernando so lieblos, wie es den Anschein hatte? Und wenn ja, was war der Grund dafür? Thomas wusste, dass Fernando sich immer Mätressen genommen hatte, er wusste, dass Isabel von seiner Untreue wissen musste, aber ein König und eine Königin standen über den Regeln ihrer Untertanen. Zumindest war das Fernandos Einstellung zu dieser Angelegenheit. Wie sah es Isabel? Aber es gab dringendere Angelegenheiten, die er zuerst ansprechen musste.

„Wisst Ihr, warum Fernando den Haftbefehl gegen Jorge unterschrieben hat?"

„Ich wusste nicht einmal, dass er es getan hat, bis du zu uns gekommen bist – geschweige denn, was seine Gründe sein könnten. Ich möchte, dass Jorge freigelassen wird, aber ich kann mich nicht gegen meinen Mann stellen. Das steht mir nicht zu. Fernando könnte ihn entlassen, wenn er wollte, aber es scheint, dass er das nicht will. Ich habe eine Nachricht in den Kerker geschickt, dass man auf ihn aufpasst. Ihn beschützt."

Thomas öffnete den Mund, um etwas über die Art und Weise zu sagen, wie Fernando auf ihn reagiert hatte, nachdem sie gegangen war, schloss ihn dann aber wieder.

„Was wolltest du gerade sagen, Thomas?" Isabel lehnte sich näher heran, griff nach seiner Hand, und er ließ zu, dass sie sie nahm. Er warf einen Blick auf die offenstehende Tür zum Schlafzimmer, aber Theresa war nicht zu sehen. „Ich weiß, du hast Angst um Jorge, aber vertrau mir, wenn ich sage, dass ihm nichts passieren wird. Hat Fernando dir erklärt, warum er den Haftbefehl unterschrieben hat?"

„Er behauptet, es gäbe Beweise, aber wenn es welche gibt, dann sind sie frei erfunden."

„War Jorge zu der Zeit mit dir zusammen?"

Thomas wandte seinen Blick ab und spürte, wie sich Isabels Finger enger um seine legten.

„Ich verstehe", sagte sie. „Aber du glaubst an seine Unschuld, genau wie ich."

„Er kann nicht getan haben, was ihm vorgeworfen wird, aber …" Thomas seufzte schwer. „Es gibt etwas, das ich nicht verstehe, und ich muss es aufdecken." Er warf einen Blick aus dem Fenster, in dessen Scheibe sich immer noch die tiefschwarze Nacht spiegelte, und wusste, dass er bis zum Morgen nichts ausrichten konnte.

„Sie vereinnahmt dich, nicht wahr?", sagte Isabel. „Die Sorge um deinen Freund?"

Thomas nickte. „Vor allem anderen."

„Wie es sein sollte. Es ist das, was einen Mann ausmacht, was eine Frau ausmacht, ihre Sorge um die, die sie lieben. Deshalb biete ich dir weiterhin einen Platz an meiner Seite an, Thomas." Isabel lächelte. „Siehst du, ich würdige sogar deinen Wunsch, nicht den von dir so verhassten Ehrentitel *Sir* Thomas zu benutzen."

Er sah sie finster an.

„Ich werde für ihn beten", sagte Isabel, „und auch für dich. Vielleicht sollten wir beide in der Kapelle beten. Ich könnte Kardinal de Borja bitten, sich uns anzuschließen. Einem Mann, der Papst werden könnte, sollte Gott doch ein offenes Ohr schenken, oder nicht?"

„Theresa sagte, du warst vorhin bei ihm. Wer ist er?"

Isabel lachte und löste damit etwas von seiner Anspannung. „Du weißt es nicht? Oh, Thomas, wie kannst du so viel wissen und doch so viele wichtige Dinge in der Welt versäumen?" Sie lächelte. „Aber er weiß von dir. Wir haben über dich gesprochen und ich glaube, er möchte dich privat sprechen. Rodrigo unterstützt mich bei dem Anliegen des Seefahrers Columb und seinem Begehr nach Geldern." Isabel löste ihren Griff um seine Hand, als ob das Gespräch über den Kardinal sie an die verbotene Natur ihrer Berührung erinnert hätte.

Thomas hörte, wie Theresa sich auf dem Bett bewegte, das Rascheln ihrer Kleidung, und fragte sich, was sie wohl gerade tat.

Isabel nickte, und ihr Mund verzog sich zu einer dünnen Linie. „Columb hat verlauten lassen, dass sowohl Frankreich als auch England ihn finanzieren würden, wenn Kastilien es nicht tut." Isabel tippte mit einem Finger auf die Tischplatte. „Das werde ich nicht zulassen.

Ich werde das Geld für sein Vorhaben auftreiben, sobald dieser Krieg beendet ist."

„Wann auch immer das sein mag."

„Du weißt, dass es bald so weit sein wird. Wenn Fernando nur tun würde, was ich ihm sage, könnte es noch dieses Jahr dazu kommen."

Thomas fragte sich, ob es der Krieg war, über den sie stritten, vermutete aber, dass dies nicht das einzige Thema war.

„Das Jahr ist mehr als zur Hälfte vorbei", sagte er.

„Trotzdem – der Krieg könnte noch dieses Jahr enden. Du musst nicht wissen, wie, aber ich bin mir sicher. Ich nehme an, du hast die Stadt gesehen, die wir bauen, als du von Granada aus hierhergeritten bist?"

Thomas nickte.

„Ich habe sie Santa Fe genannt. Von dort aus werden wir unseren Angriff starten, wenn es so weit ist."

„Dann bestimmt nicht mehr in diesem Jahr", sagte Thomas. „Es sah nach wenig mehr als ein paar Hütten aus, und die standen kaum."

„Sie wird schnell besser werden – und größer", sagte Isabel und rutschte auf ihrem Stuhl zurück. „Jetzt frage ich dich noch einmal, worum ging es in deinem Gespräch mit Fernando?"

Thomas untersuchte ihr Gesicht auf Anzeichen von Ärger, sah aber keine.

„Es war ein Gespräch unter Männern."

„Ah, seine Mätresse also."

„Was gesagt wurde, muss vertraulich bleiben."

„Es ging also um seine Geliebte, ja? Castellana Lonzal." Sie lachte kurz auf. „Er denkt, ich wüsste nichts davon, aber wie könnte ich das, wenn sie ein Haus in dieser Stadt hat? Ein Haus, das er oft besucht. Sie wohnt dort, direkt unter meiner Nase." Isabel neigte den Kopf zur Seite. „Macht er das, um mich zu demütigen, was meinst du?" Sie hob eine Hand. „Nein, antworte nicht, denn ich weiß, was du sagen wirst. Du verstehst nicht, warum ein Mann so etwas tun würde, oder?"

Isabel wartete und beobachtete Thomas, aber er sagte nichts, weil er nichts zu sagen hatte. Er wusste auch, dass es nicht Worte waren, die sie brauchte, auch wenn ihre Worte ihm Informationen lieferten, über die er bis zu diesem Moment nicht verfügt hatte. Es war ein Name, den er schon einmal gehört hatte, wenn auch nur einen Teil davon. Señora Lonzal, erwähnt von dem Diener, als Thomas Eleanor aufgesucht hatte. Er wusste nicht, ob es sich um einen geläufigen Namen handelte, aber es hätte ein sehr großer Zufall sein müssen, dass sie nicht dieselbe Frau war. Ein Schauer durchlief ihn, und er versuchte, ihn zu verbergen. Das Haus, in dem Eleanor in der Stadt lebte, gehörte Fernandos Mätresse. Hatten er und diese Castellana Lonzal sich im selben Bett geliebt, wie er und Eleanor es getan hatten? Dieser Gedanke jagte ihm einen weiteren Schauer über den Rücken.

Isabel hob eine Hand, um eine lose Haarsträhne hinter ihr Ohr zu stecken. Für eine Königin war sie leger gekleidet, in einem Kleid, das nicht opulenter war als jenes, das Theresa trug.

„Das ist nicht wichtig, Thomas, denn ich weiß, was du tun würdest. Ich weiß, dass du deine Frau niemals betrügen würdest – dass du es nie getan hast. Aber du lebst nicht zölibatär, oder?"

Thomas behielt seine Meinung ein weiteres Mal für sich. Was hätte er auch sonst tun sollen? Dies war nicht die Isabel, die er über viele Jahre hinweg kennengelernt hatte, nicht die Frau, die er zu lieben gelernt hatte. Dies war eine Frau am Rande des Zorns, eine betrogene, eine beschämte Frau. Nur wusste Thomas nicht, ob er damit richtig lag. Er schwor sich, Theresa zu fragen, wie viele andere von Fernandos Affäre wussten.

Isabel griff nach ihrem Weinkelch und leerte ihn. Eine weitere Premiere für Thomas. Er stand auf und schenkte ihr nach. Sie lächelte, berührte mit zwei Fingern sein Handgelenk und zog sie dann zurück.

„Egal", sagte sie, als Thomas seinen Platz wieder einnahm, obwohl sowohl ihr Verhalten als auch die eiserne Kälte in ihrer Stimme ihm sagten, dass es nicht egal war. „Jetzt sag mir, was du vorhast, um Jorge zu befreien."

Es dauerte eine halbe Stunde, und während er sprach, wanderten Isabels Augen über sein Gesicht, als ob sie etwas suchte, aber er hatte keine Ahnung, was es sein könnte. Vielleicht fürchtete er sich auch vor der Vorstellung dessen, was es sein könnte.

Als Isabel sich schließlich erhob, um das Ende ihres Gesprächs anzuzeigen, reichte sie ihm ihre Hand. Thomas hob sie und drückte seine Lippen auf die zarte Haut ihres Handrückens. Er hielt sie einen Moment länger, als er sollte, aber sie wich nicht zurück und lächelte nur kaum merklich.

An der Tür zögerte Isabel, drehte sich um. „Bitte Theresa, dir die Welt zu erklären, Thomas, denn du bist viel zu unschuldig."

Thomas hatte keine Ahnung, was sie damit meinte, aber als er sein Schlafzimmer betrat, fand er Theresa auf der Bettdecke ausgestreckt vor. Er war erfreut zu sehen, dass sie vollständig angezogen war, denn er hatte Angst davor, was er getan hätte, wenn sie es nicht gewesen wäre. Sie hatte sich die Seite ausgesucht, auf der Thomas nicht schlief, und er fragte sich, ob sie das gewusst hatte oder ob es nur Zufall war.

„Isabel ist verletzt", sagte Thomas, nachdem er sich auf seine Seite des Bettes gelegt hatte. „Ich wünschte, ich könnte ihr den Schmerz nehmen, aber ich kann es nicht."

„Das ist sie. Sie hat viel Grund, verletzt zu sein, aber Fernando ist nur ein kleiner Teil davon. Sie braucht jetzt Freunde um sich und du bist ihr wahrscheinlich eine Hilfe." Theresa strich die Decke zwischen ihnen glatt. „Das ist ein schönes Bett. Sehr komfortabel. Sogar für zwei Personen. Ich mag es, dass du neben mir liegen kannst, auch wenn wir beide vollständig bekleidet sind." Sie strich die Decke wieder glatt, diesmal glitten ihre Finger über seine Seite. „Aber das lässt sich schnell ändern."

„Und wenn die Diener uns erwischen, wenn sie kommen, um den Tisch abzuräumen?" Er war sich bewusst, dass dies keine Ablehnung ihres Angebots war, denn ein Angebot war es eindeutig, und er fragte sich, was mit ihm los war. Eleanor zwei Nächte zuvor. Theresa heute Abend …?

„Du könntest die Tür schließen. Ich glaube, man kann sie sogar abschließen." Sie lachte plötzlich über seinen Gesichtsausdruck. „Ach, komm, Thomas, ich verspreche dir, mich zu benehmen, wenn du willst. Ich möchte mit dir reden, bevor du schlafen gehst, und hier ist ein guter Ort dafür. Wenn die Dienerschaft kommt und wir dort draußen sitzen, reden sie genauso. Geh und mach die Tür zu." Sie schlug die Hände über der Brust zusammen und lachte. „Ist es besser, wenn ich das mache, damit ich dich nicht berühren kann?"

Thomas schüttelte den Kopf. Er war müde und verwirrt und wusste nicht, was Theresa wollte. Er fürchtete, was er selbst wollte. Seine Unsicherheit wurde von dieser Frau ausgelöst, die ihn anzog, die ihn immer angezogen hatte. Eine Frau, der er sich einmal fast hingegeben hatte, der er sich auch hingegeben hätte, wenn Mandana nicht hereingeplatzt wäre und Thomas niedergeschlagen hätte.

Er seufzte, stand auf und schloss die Tür. Theresa hatte recht, das Bett war außerordentlich gemütlich. Thomas hatte nicht gewusst, dass es einen solchen Komfort auf der Welt überhaupt geben konnte.

„Schläft Isabel in einem solchen Bett?", fragte er.

„Das würdest du wohl gerne wissen, nicht wahr?"

„Ich bin glücklich, wo ich im Moment bin. Die Mächtigen sind gefährliche Gefährten."

„Sie sind besser als Freunde denn als Feinde."

Thomas starrte auf die verschnörkelten Stoffbahnen über ihren Köpfen und fragte dann: „Wann ist dein Mann gestorben?"

„Er liegt seit zwei Jahren in seinem Grab. Er war ein Schwein. Ein rüpelhaftes Schwein. Ein Narr. Er hat mich jahrelang nicht angerührt und ich bin umso glücklicher darüber, dass ich jetzt wieder frei bin." Thomas spürte, wie sich das Bett bewegte, als Theresa sich auf die Seite rollte. Sie stützte ihren Kopf auf eine Hand und starrte ihn an. „Und jetzt sag mir – hat Fernando dir wirklich von seiner Geliebten erzählt?"

„Das hat er, obwohl ich ihren Namen nicht kannte, bis Isabel ihn aussprach." Thomas hielt es nicht für nötig, das Geheimnis vor Theresa zu verbergen. Zweifellos wusste sie bereits Bescheid. Obwohl sie mit allen Mitgliedern des Hofstaates vertraut war, blieb sie eine Dienerin, und Diener redeten untereinander.

„Castellana Lonzal." Theresa ließ die beiden Worte wie einen Leckerbissen in ihrem Mund hin und her rollen. „Sie ist attraktiv, das gebe ich zu, aber älter als die meisten Frauen, die Fernando in sein Bett holt. Das heißt, sie muss äußerst verrucht und willig sein. Er hält sie schon länger als die meisten anderen, also muss er Gefühle für sie haben. Oder sie hat irgendeine Art von Einfluss auf ihn."

„Hat er viele Mätressen?"

„Oh ja. Viele, viele Mätressen. Obwohl Mätresse nicht die richtige Bezeichnung für die meisten ist, die nichts für ihn sind. Eine Nacht oder sogar weniger. Zwei, vielleicht. Junge Frauen auf der Suche nach Gunst oder angezogen von Macht. Du weißt, wie anziehend Macht sein kann, nicht wahr, Thomas?"

„Woher sollte ich das wissen?"

Theresa seufzte. „Du wirst dich doch nicht von mir verführen lassen, oder? Du weißt, dass du Macht über mich hast, wenn du es willst."

Thomas drehte seinen Kopf so, dass er sie ansehen konnte, und Theresa lächelte so kokett, dass er fast auflachen musste. Eine attraktive Frau, die jünger aussah, als sie war. Eine Frau, die sich ihm bereitwillig hingeben würde, wenn er sie darum bat. Er brauchte ihr nur ein Zeichen zu geben. Und doch, obwohl er sich zu ihr hingezogen fühlte, kam ihm in diesem Augenblick ein Bild von Eleanor in den Sinn, wie sie erst kurz zuvor nackt neben ihm gelegen hatte, und in diesem Moment wusste er, wie seine Antwort heute Abend und in allen kommenden Nächten lauten würde.

„Ich bin müde und muss über vieles nachdenken."

„Das ist also ein Nein, oder?" In ihrer Stimme war kein Groll zu hören, eher Belustigung.

„Für heute Abend." Er fragte sich, warum er seine Antwort relativieren musste.

„Du solltest Isabels Angebot annehmen, einen Platz in ihrem Hofstaat einzunehmen. Sie könnte jemanden in ihrer Nähe gebrauchen, der vernünftig mit ihr redet. Du bist jetzt Sir Thomas, ein Mann von Rang. Ein wichtiger Mann." Sie lächelte und legte ihre Hand auf seine Brust. „Ein Mann mit Macht. Die Leute wissen, wer du bist. Und wir können für dich immer Kleidung finden, die deinem Rang entspricht, anstatt dieser wüsten Gewänder, die du scheinbar unbedingt tragen willst."

„Ich trage sie, weil sie bequem sind."

„Genau." Theresa rollte sich von ihm weg und stand auf. Sie strich sich ihr Kleid über den Hüften glatt. „Denk nicht zu lange über diese Dinge nach, die dir Sorge bereiten. Du musst schlafen. Langsam siehst du nicht mehr gesund aus."

KAPITEL ZWÖLF

Sobald Thomas Jorge besucht hatte, machte er sich auf den Weg zu Lawrences Haus. Er wäre zuerst dorthin gegangen, aber er wollte den Mann nicht an zwei Morgen hintereinander aus dem Bett holen. Jorge hatte ausgesehen, als hätte er überhaupt nicht geschlafen, obwohl er zum Glück behauptete, bisher nicht angerührt worden zu sein. Vielleicht hatte Isabel ihr Versprechen eingelöst und veranlasst, dass man ihn beschützen würde.

Lawrence befand sich in seinem Büro, einem großen Raum, der an das noch größere Gebäude an der Rückseite des Hauses angrenzte, in dem er sein Karteisystem aufbewahrte. Thomas liebte Worte, aber er fragte sich, wie es sich anfühlen musste, Lawrence zu sein, dessen Leben aus nichts anderem als aus Worten bestand. Spukten sie ihm zu jeder Tages- und Nachtzeit im Kopf herum, oder war der Mann wirklich so ruhig, wie er zu sein schien?

Lawrence blickte auf, als Thomas eintrat, mit einem

Lächeln auf dem Gesicht, als hätte er ihn schon erwartet, was vermutlich auch der Fall war.

„Ich habe ein paar Dinge herausgefunden, von denen dich eines ganz besonders interessieren wird, die anderen nicht so sehr." Er klopfte auf einen kleinen Stapel von Papieren, nicht mehr als sechs Blätter.

Thomas zog einen Hocker heran und setzte sich. „Darf ich?" Er griff nach den Papieren und Lawrence nickte.

„Ich habe auch noch andere Hinweise gefunden, die ich weiterverfolgen muss, aber ich muss das Haus verlassen, um sie zu bestätigen. Ich muss mir die eigentlichen Dokumente ansehen, um sicher zu sein."

Thomas blätterte die Seiten durch, aber sie sagten ihm wenig. Es waren nur kurze Notizen, nicht der Inhalt der Dokumente selbst. Ein Kaufvertrag für das Haus, das Cortez fünf Jahre zuvor erstanden hatte. Eine weitere, frisch angefertigte Notiz, die eine neue Forderung nach Entschädigung durch die Stadt für den Brand an dem Haus und den angrenzenden Häusern festhielt. Ein drittes Dokument betraf eine Heirat, einen der Namen, der ihm aus dem Gespräch mit Isabel und Theresa vom Vorabend bekannt war, auch wenn sich beide Ereignisse jetzt eher wie ein Traum als wie Realität anfühlten.

„Dieser Name", sagte er und klopfte auf das Papier, „Castellana Lonzal – warum ist sie hier? Sowohl Isabel als auch Theresa haben sie gestern Abend erwähnt."

„Weißt du, dass sie Fernandos Mätresse ist?"

„Jetzt schon. Wie viele wissen es sonst noch?"

„Es ist wohl kaum ein Geheimnis." Lawrence legte seinen Stift weg und hob seinen Blick, um Thomas anzusehen. Er drehte sich in seinem Stuhl zu ihm um und

Thomas fragte sich, wie lange er schon dort gesessen und gearbeitet hatte, und ob er auf seine übliche Morgenroutine verzichtet hatte, um ihm seine Hilfe anzubieten. Wenn ja, war Thomas ihm dankbar. „Weiß die Königin von ihr?"

„Isabel nannte mir den Namen gestern Abend, und als sie weg war, hat Theresa ihn bestätigt."

„Gestern Abend? Wie spät gestern Abend?" Lawrence machte eine grobe Geste, bei der er seine Hände wie Körbe über seiner Brust legte und ein imaginäres Gewicht anhob. „Theresa ist eine von Isabels engsten Vertrauten, und wenn sie es weiß, dann weiß es auch die Königin. Du bist ein Glückspilz, Thomas. Zwei schöne Frauen, die dich begehren. Die eine für deinen Verstand, die andere für deinen Körper."

„Ist sie wirklich Isabels Vertraute? Sie scheint immer alles zu wissen, aber sie ist von niederer Herkunft und die Königin hat viele andere Frauen von Rang um sich."

„Das ist der Grund, warum Isabel ihr vertraut. Adlige Frauen suchen den Aufstieg oder die Gunst. Eine Königin kann den Worten solcher Frauen niemals trauen. Theresa will nichts weiter als dienen. Hast du schon mit ihr geschlafen?"

„Das geht dich nichts an."

Lawrence lachte. „Dann ist es also geschehen! War sie so gut, wie sie vermuten lässt? Manchmal sind es nicht die schönsten Frauen, die im Bett die besten sind. Ich mag die, die gerade mal hübsch sind, wie meine Laurita."

„Nein, ich habe nicht mit ihr geschlafen. Und du bist ein Schwein, weißt du das?"

„Natürlich, aber ich genieße meine Stellung im Leben und akzeptiere all meine Schwächen."

„Du gehst wohl eher darin auf", sagte Thomas und Lawrence hob eine Schulter, als wolle er andeuten, dass er nur das tat, was die meisten Männer tun würden, wenn sie nur dürften. „Theresa und ich reden miteinander, das ist alles."

„Dann bist du ein Narr. Frag Jorge. Wie geht es ihm denn eigentlich?"

„Isabel hat klargestellt, dass ihm kein Haar gekrümmt werden darf, und bis jetzt ist er, abgesehen von dem, was die Hermandos ihm angetan haben, unversehrt. Wie lange das so bleiben wird, weiß ich nicht. Männer werden in dieses Gefängnis gesperrt, weil sie sich weigern, irgendwelche Befehle anzunehmen, besonders denn die einer Frau."

„Allerdings wird Isabel von allen geliebt, egal von welchem Stand. Und man sagt, dass ihr Urteil härter ist als das ihres Mannes. Jorge wird sicher sein, zumindest eine Zeit lang." Lawrence streckte die Hand aus und nahm Thomas das einzelne Blatt Papier ab. „Du sagst, du hättest diese Frau im Palast gesehen?"

„Ich glaube schon. Isabel schart mehrere von ihrer Sorte um sich."

„Wie die Mücken ins Licht", sagte Lawrence.

Thomas öffnete den Mund, um Lawrence zu sagen, dass er auch in ihrem Haus gewesen war, wo er das Mädchen, das er einst geliebt hatte und das jetzt eine erwachsene Frau war, wiedergesehen hatte, und schloss ihn dann. Aus irgendeinem Grund wollte er nichts über Eleanor preisgeben, unsicher, was er von der ganzen

Sache hielt. Die Stunden, die er in ihrem Bett verbracht hatte, hatten Erinnerungen geweckt, aber je länger er von ihr getrennt war, desto mehr sagte ihm die Vernunft, dass das, was sie getan hatten, falsch gewesen war. Wenn er sich nur erklären könnte, warum, dann wäre er glücklicher.

„Und Männer?“, fragte Lawrence. „Hast du auch Männer im Palast gesehen? Einen großen, gutaussehenden Mann? Wahrscheinlich gekleidet wie ein Bischof oder so etwas?“

Thomas überlegte und nickte. „Ich glaube schon. Er hat mit Isabel und diesen Frauen am Tag vor Cortez' Ermordung gesprochen.“

„Rodrigo de Borja“, sagte Lawrence. „Er besucht Spanien gelegentlich. Diesmal, weil er etwas will. Der Mann wurde in Valencia geboren, lebt aber natürlich in Rom. Er ist ein Kardinal. Man munkelt sogar, dass er der nächste Papst werden könnte.“

„Isabel war gestern Abend bei ihm, bevor sie zu mir kam.“ Thomas ignorierte das wissende Lächeln von Lawrence. „Der nächste Papst? Das hat Isabel auch gesagt. Ist der jetzige krank?“

„Nicht, dass ich wüsste, aber Päpste haben die Angewohnheit, auf mysteriöse Weise schnell krank zu werden und noch schneller zu sterben. De Borja ist ein kluger Mann. Er ist Spanier, also kann es nicht anders sein.“ Lawrence lächelte, um den Humor hinter seinen Worten zu betonen. Natürlich wussten sie beide, dass nur Engländer klug waren. „Es überrascht mich nicht, dass er sich unter die Frauen gemischt hat. Er ist ein Frauenheld. Mehr noch als Jorge, wie ich höre.“

„Jorge ist Belia treu ergeben, unabhängig davon, was er vorgibt. Und wenn dieser de Borja Papst werden soll, ist es dann nicht ein Hindernis, dass er ein Frauenheld ist?“

Lawrence lachte. „Oh, ich liebe deine unschuldige Naivität, Thomas. Ich sollte versuchen, dir das Konzept der römischen Brücke schmackhaft machen, damit du eine Maut für ihre Überquerung einheben kannst. Du wirst ein Vermögen machen, das verspreche ich dir.“

„Was hat das alles eigentlich mit diesem Stück Papier zu tun?“

„Ich weiß es nicht, noch nicht, aber irgendetwas daran lässt mir keine Ruhe. Eine Erinnerung, die ich nicht ganz zuordnen kann, aber das kommt schon noch. Ich weiß, dass es mir noch einfällt.“ Lawrence stand auf, sammelte ein paar Zettel ein und nahm Thomas die anderen aus der Hand. „Ich gehe jetzt los, um mehr herauszufinden.“ Er kam um den Schreibtisch herum und blieb stehen. „Oh, und dieses letzte Dokument wird dich interessieren. Es berichtet von der Heirat von Jorges Schwester, dem Namen ihres Mannes und ihrem derzeitigen Wohnort.“ Er reichte das Blatt Papier weiter. „Das kannst du behalten, es ist eine Kopie. Alle Details, die du brauchst, sind darauf vermerkt.“

„Sie wohnt in Cadiz“, sagte Thomas. „Wo genau liegt Cadiz?“

„Das weißt du nicht?“, fragte Daniel. „Ich dachte, du weißt alles.“

„Das eben nicht. Ich kenne den Namen, aber nicht den Ort selbst. Ist es weit von hier?"

„Die Stadt liegt etwas östlich von dort, wo der Guadalquivir in den westlichen Ozean mündet. Sie ist ein wichtiger Standort für den Handel."

„Westlich der Enge?", fragte Thomas.

„Natürlich, und wie ich höre, weht der Wind dort unaufhörlich. Steht auf deinem Zettel, wo genau sie wohnt?"

„Nein, aber hier steht, dass sie ein Handelsunternehmen besitzt."

„Eine Frau?"

„Sie hat einen Seemann geheiratet – das hast doch du mir erzählt. Der Handel hat irgendetwas mit dem Meer zu tun, sagt Lawrence. Hast du nicht auch gesagt, er sei älter als sie?"

„Wenn ich mich richtig erinnere. Aber seinen Namen kenne ich nicht. Steht er in den Papieren?"

„Magellani, laut Heiratsurkunde. Bartholomew de Magellani. Sagt dir das etwas?"

„Gar nichts, aber es klingt, als sei er nicht aus Spanien. Vielleicht Italiener? Es gibt viele Seeleute in Italien, zum Beispiel deinen verrückten Freund."

„Lawrence hat auch eine Sterbeurkunde ausgegraben. Er starb, kurz nachdem sie nach Cádiz gegangen waren, innerhalb von zwei Jahren. Es scheint, dass Beatriz die Leitung des Unternehmens übernommen hat. Anscheinend ist sie gut darin."

Daniel lächelte. „Das klingt nach Beatriz. Ich frage mich, ob Adana nicht ein wenig nach ihr kommt. Sie sind beide sehr willensstark. Ich vermute, das ist der Grund, warum sie immer noch alleinstehend ist und nicht geheiratet hat."

„Ich warte auf den Richtigen", sagte Adana, die die ganze Zeit neben ihrer Mutter am Tisch gesessen und das Gespräch mitangehört hatte. „Wirst du sie besuchen, Onkel Thomas?"

Er hatte es aufgegeben, ihr abzugewöhnen zu versuchen, ihn als „Onkel" zu bezeichnen, amüsiert darüber, dass sie es bei ihm genauso häufig tat wie bei Jorge, der tatsächlich ihr Onkel war. Oder vielleicht auch nicht. Ein Gespräch mit Beatriz könnte Klarheit bringen.

Er sah Daniel an. „Wie lange dauert die Reise?"

„Ich habe gelegentlich Waffen dorthin geschickt. Mit dem Karren sechs Tage, ein Mann auf einem Pferd ist schneller. Noch schneller geht es, wenn du eine Galeere von Sevilla nach Sanlúcar nimmst."

„Zehn Tage hin und zurück", sagte Thomas. „Das ist eine zu lange Zeit, um Jorge in einer Zelle schmachten zu lassen."

„Nicht, wenn du ihn dadurch befreien kannst", warf Zanita ein. „Wenn du es nicht tust, wird er vielleicht monatelang weggesperrt bleiben."

„Beatriz mag über Jorges Herkunft Bescheid wissen, aber wer weiß, ob diese Information zu seiner Freilassung führt? Besser, ich verbringe meine Zeit hier, um die wahren Schuldigen aufzuspüren."

„Miguel und Lawrence tun das doch für dich, oder nicht?", fragte Zanita. „Du musst nicht immer alles selbst machen."

Er wusste, dass sie recht hatte, aber es war ihm unangenehm. Er wusste auch, dass der Mann, der sich mit

Informationen über seine Mutter und auf der Suche nach Geld an Jorge gewandt hatte, relevant sein könnte. Wenn seine Informationen der Wahrheit entsprachen und nicht nur ein Trick gewesen waren, Jorge um sein Geld zu bringen, dann war es möglich, dass Beatriz wusste, wer Jorges echte Mutter war. Diese Information schien wichtig zu sein. Aber zehn Tage waren zu lang.

„Wenn du fährst, Onkel Thomas, kann ich dann mit dir kommen? Ich würde meine Tante gerne kennenlernen." Adana schaute ihre Mutter an und ignorierte ihren Vater, von dem sie zweifellos eine klare Absage erwartete.

„Ich fahre aber nicht. Ich habe euch auch schon gesagt, warum, aber ich werde ihr über Lawrence eine Nachricht zukommen lassen. Vielleicht weiß Beatriz etwas, das Jorge helfen könnte."

Er war ein Dutzend Schritte vom Haus entfernt, als Zanita ihm nachrief. Sie kam näher, ihr Ausdruck ernst. Thomas erkannte Falten in ihrem Gesicht, die er zuvor nicht wahrgenommen hatte, aber dennoch war sie eine hübsche Frau.

„Ich danke dir für deine Entscheidung. Adana ist auf der Suche nach etwas, das sie hier in Córdoba nicht finden kann. Sie sucht das Abenteuer und das ist unschicklich für eine junge Frau."

„Um ehrlich zu sein, habe ich durchaus darüber nachgedacht, die Reise anzutreten. Ich habe sogar überlegt, Adana mitzunehmen. Vielleicht würde es ihr guttun. Du kannst sie nicht ihr ganzes Leben lang vor der Welt verstecken."

„Ich weiß, aber es ist schwierig, und wir streiten mehr

als früher. Sie langweilt sich und ich verstehe auch, warum. Sie kümmert sich um die Kinder, aber jetzt ist sie zwanzig. Sie sollte verheiratet sein und eigene Kinder haben. Ich fürchte, sie wird eines Tages etwas Dummes tun. Mit einem Mann schlafen und ein Kind bekommen. Sie ist sehr willensstark und es wird immer schlimmer."

„Wenn das alles vorbei ist, können Jorge und ich Adana vielleicht nach Cádiz zu ihrer Tante begleiten. Jorge würde Beatriz sicher auch gerne sehen."

„Und Adana wäre bei euch sicher, wenn ihr sie mitnehmen würdet."

Sicher. Er selbst war jetzt sicher. Er erinnerte sich an die Zeit, in der keine Frau vor ihm sicher gewesen war. Alt, jung, verheiratet, ledig. Er war wild gewesen. Jetzt war er alt – und sicher. Er konnte sich nicht entscheiden, was schlimmer war.

„Was sagt Daniel?"

„Daniel wird mit allem einverstanden sein, was ich entscheide, denn ich bin ihre Mutter und es ist meine Aufgabe, sie zu lieben, sie zu beschützen. Und wenn ich sage, dass sie mit dir gehen kann, wird er auf mich hören."

Thomas holte tief Luft. „Es ist noch nichts entschieden. Jorges Name muss erst reingewaschen werden. Sag Adana, dass sie in nächster Zeit nirgendwo hinreisen wird." Er war gespannt, wie Adana die Nachricht aufnehmen würde. Sie hatte eine starke Meinung und scheute sich nicht, sie zu äußern. Genau wie Jorge.

„Beatriz ist in Cádiz“, sagte Thomas. „Ich habe ihr eine Nachricht mit einer Liste von Fragen geschickt. Mit etwas Glück bekommen wir in ein oder zwei Tagen eine Antwort.“ Er setzte sich neben Jorge auf die schmale Pritsche in der Zelle. Es war ein düsterer Ort und es stank nach einer nahe gelegenen Fäkaliengrube. „Ich dachte daran, zu ihr zu reisen, aber dann habe ich die Idee verworfen. Ich glaube, damit habe ich Adana verärgert.“

„Warum?“

„Weil sie zu ihrer Tante mitkommen wollte.“

„Nein, warum hast du die Idee verworfen? Wenn Beatriz etwas weiß, das helfen könnte, solltest du mit ihr reden.“

„Ich habe dir gesagt, dass ich ihr über Lawrence eine Nachricht geschickt habe. Wie lange es dauert, bis sie dort ankommt, und wie lange es dauert, bis ich eine Antwort erhalte, weiß ich allerdings nicht. Weniger Zeit als die Reise, so viel ist sicher. Ich würde gerne wissen, wie du zu einem Olmos geworden bist, und sie weiß es am ehesten. Mir kam der Gedanke, dass der Mann, der dich kontaktiert hat, wirklich gewusst haben könnte, wer deine Mutter war. Was, wenn er gestorben ist, um dieses Geheimnis zu bewahren?“

Jorge starrte ins Leere und einen Moment lang dachte Thomas, dass seine Gefangenschaft ihn um den Verstand gebracht hatte. Dann drehte er sich zur Seite und begegnete Thomas’ Blick, der stechend und wach war.

„Denkst du wirklich, dass es wichtig ist, wer meine Mutter ist? Das kann doch sicher nichts damit zu tun haben, was hier gerade passiert, oder?“

„Ich weiß nicht, was wichtig ist und was nicht, bis ich

es eben weiß. Die Nachricht an Beatriz muss vorerst genügen." Thomas wartete einen Moment, bevor er hinzufügte: „Adana wollte mit mir kommen."

Jorge runzelte die Stirn. „Warum?"

„Zanita sagte mir, dass sie sich langweilt. Sie sucht das Abenteuer."

„Nicht, dass sie es bei dir finden würde."

„Nicht, dass ich es ihr jemals anbieten würde. Es hätte die Reise langwieriger und schwieriger gemacht, wenn sie mitgekommen wer, was ein weiterer Grund dafür ist, warum eine Nachricht die bessere Variante war. Ich habe Zanita gesagt, sobald deine Unschuld bewiesen ist, können wir Beatriz vielleicht einen Besuch abstatten. Dann könnten wir Adana mitnehmen."

„Das würde mir gefallen. Ihr auch. Seit wir hier sind, hat sie sich immer nur um die Kleinen gekümmert und ihrer Mutter geholfen. Ich habe sie als temperamentvolles Mädchen in Erinnerung. Das muss sie auch sein, schließlich ist sie mit dir vor Mandana geflohen." Jorge sah auf seine Hände hinunter. „Wer weiß, vielleicht findet sie sogar einen Ehemann. Jemanden von Rang. Jemanden, der reich ist."

„Ihr Vater ist reich", sagte Thomas.

„Und er ist ihr Vater. Adana braucht einen eigenen Mann, einen eigenen Haushalt." Jorge runzelte die Stirn. „Mir ist aufgefallen, dass sie nicht einmal mehr versucht, dir schöne Augen zu machen. Als wir das letzte Mal hier waren, konnte sie gar nicht damit aufhören."

„Damals war sie jünger."

„Umso mehr Grund, es jetzt zu tun, aber ich nehme an, sie weiß, dass du zu alt für sie bist. Zweifellos ist das der

Grund, warum sie sich nicht mehr für dich interessiert. Ich habe eine Schwäche für Adana, vielleicht wegen ihres Wesens." Jorge stieß Thomas an. „Jetzt geh und finde die Beweise, die aufdecken, wer hinter diesem Komplott steckt. Ich will raus aus diesem Höllenloch. Ich habe Angst, Thomas, Angst um mein Leben."

KAPITEL DREIZEHN

Thomas kehrte zu Daniels Schmiede zurück, um ihn erneut darüber zu befragen, ob er sich genauer an Jorges Besuch bei ihm zu Hause erinnern könne, aber es gab nichts Neues, und so verließ Thomas das Haus mit einem Gefühl der Verzweiflung. Er war sich bewusst, wie schnell die Zeit verflog und dass jede heiße Spur, die es vielleicht gab, schnell erkalten würde. Er war keinen Schritt weiter und Jorge blieb der einzige Verdächtige.

Als er auf der alten Brücke stand und ein starker Südwind die Oberfläche des Flusses kräuselte, wurde ihm klar, dass er zu dem Haus zurückkehren musste, in dem Eleanor nun wohnte. Er musste sie über ihre Freundin Castellana Lonzal befragen. War es Zufall, dass Fernando sie ihm gegenüber erwähnt hatte, oder hatte die Frau etwas mit den Geschehnissen zu tun? Schon Eleanors Anwesenheit machte Thomas nun misstrauisch und er war sich nicht sicher, ob er sie wiedersehen wollte. Er vertraute nichts und niemandem außer sich selbst und Lawrence. Vielleicht noch Miguel, obwohl es zweifelhaft war, welchen Nutzen ein Wachtmeister der Hermandos, der neu in der Stadt war, für ihn haben konnte.

Zum Erstaunen einer vorbeigehenden Frau ohrfeigte er sich selbst und marschierte zielstrebig auf die Stadt zu, bevor er seine Meinung ändern konnte.

„Die Gräfin ist fort", sagte derselbe Diener, und seine Freude darüber, dass er die Nachricht überbringen konnte, stand ihm deutlich ins Gesicht geschrieben.

„Seit wann?"

„Seit heute Morgen, in aller Frühe, in Begleitung von Señora Lonzal."

„Wohin?"

„Das geht Sie nichts an."

„Was ist mit Yves?"

„Auch weg."

„Wann kommen sie zurück?"

„Selbst wenn ich es wüsste, denken Sie, ich würde es Ihnen sagen?"

Thomas wollte dem Mann liebend gern ins Gesicht schlagen. Stattdessen wandte er sich ab und bahnte sich einen Weg durch die Menschenmenge, die sich lichtete, als er sich der Stadtmauer näherte. Er ging in das Wachzimmer der Hermandos, aber Miguel war an diesem Tag nicht dort aufgetaucht, also ging er weiter zu dem Haus, in dem Cortez gestorben war. Das, was von den drei Häusern übrig geblieben war, war mittlerweile in den geräumigen Keller gestürzt, den Cortez darunter gegraben hatte, aber die Bäckerei hatte weiterhin geöffnet und schien ein gutes Geschäft zu machen. Thomas wartete, bis keine Kunden mehr da waren, und trat dann ein.

Die Frau, mit der er und Miguel gesprochen hatten, blickte auf und lächelte. Sie hielt ihm einen viertel Laib hin.

„Gutes Brot."

Thomas kramte nach einer Münze und kaufte es ohne die Absicht, es zu essen.

„Ist Ihnen noch etwas anderes eingefallen, das Sie gesehen haben?"

Sie machte den Eindruck, als würde sie über ihre Antwort nachdenken, aber Thomas wusste, dass es nur vorgetäuscht war.

„Nichts außer dem, was ich Ihnen schon gesagt habe."

„Sie haben keine anderen Männer gesehen?"

Sie schüttelte den Kopf. „Ich habe nur den Mann gesehen, von dem ich Ihnen erzählt habe. Wenn Sie ihn finden, schicken Sie ihn zu mir, ich würde sein Gesicht gerne wiedersehen."

Thomas hielt ihr eine weitere Münze hin und ließ sie den sanften Schimmer des Goldes betrachten.

„Sind Sie sicher, dass Sie niemanden gesehen haben?"

Die Frau starrte die Münze an. „Ich werde sagen, dass ich jemanden gesehen habe, wenn Sie es wollen."

„Was ich will, ist die Wahrheit."

„In dem Fall ist es so, wie ich es bereits gesagt habe. Der gutaussehende Mann war der Einzige, den ich an diesem Tag gesehen habe."

Die Art und Weise, wie sie es sagte, brachte Thomas auf eine Idee. „An diesem Tag? Haben Sie am Tag davor oder am Tag danach etwa auch jemanden gesehen? Oder an einem der Tage seither?"

Die Frau deutete mit ihrer Hand in Richtung der

Straße. „Wie Sie sehen können, kommen hier immer Leute durch, in die eine oder in die andere Richtung."

„Aber Sie kennen die meisten von ihnen, nicht wahr?"

„Die meisten. Deshalb ist der Mann so herausgestochen." Sie blickte auf Thomas' geschlossene Faust, in der die Goldmünze versteckt war. Er öffnete sie, damit sie sie wieder sehen konnte.

„Sie haben noch jemand anderen gesehen, nicht wahr?"

„Zwei Männer, weder jung noch alt. Gut gekleidet, eindeutig wohlhabend."

„Wann?"

„Zwei Tage nach dem Brand."

„Was haben sie gemacht?"

„Nichts. Sie standen auf der Straße, wo Alonsos Haus gestanden hatte, und starrten auf die Überreste davon."

„Zwei Tage nach dem Brand?" Thomas war enttäuscht. Er fragte sich, wie viele Leute gekommen waren, um sich die Häuser anzusehen, die den Flammen zum Opfer gefallen waren. Zweifellos eine Menge.

Er legte die Goldmünze auf den Tresen, von wo sie verschwand, ohne dass sich die Frau zu bewegen schien.

„Und sie waren auch am Tag vor dem Brand hier, mit vier weiteren Männern."

Thomas starrte sie an. Sie lächelte in dem Versuch, kokett zu wirken.

„Und das sagen Sie erst jetzt?"

„Auf dieser Straße ziehen ständig Fremde durch. Soll ich mich bei jedem von ihnen fragen, was sie hier tun?"

„Können Sie diese beiden Männer beschreiben oder die anderen vier, die bei ihnen waren?"

„Ich dachte, das hätte ich schon. Weder jung noch alt, und gut gekleidet."

„Wie groß? Größer als ich?"

Sie musterte Thomas von Kopf bis Fuß und hob dann eine Schulter. „Ein bisschen kleiner, würde ich sagen. Einer von ihnen jedenfalls. Der andere war noch ein wenig kleiner. Und die vier anderen waren noch einmal kleiner als er. Abgemagert. Ich versuchte, ihnen eine Pastete zu verkaufen, aber sie lehnten ab. Ich hörte sie reden, und es war nicht die Sprache Kastiliens, die sie benutzten."

„Französisch?", fragte Thomas und dachte an Eleanor, dachte an seinen Sohn Yves. Ein Mann, weder jung noch alt.

„Das nicht, nein, das würde ich erkennen, aber irgendwie ähnlich klang es doch. Italienisch vielleicht, ich könnte es nicht genau sagen. Aber später, als alle sechs von ihnen zusammen waren, sprachen zumindest zwei von ihnen Kastilisch."

„Sie haben viel gesehen und gehört, vielen Dank."

„An manchen Tagen geht die ganze Welt vor meiner Tür vorbei."

„Kennen Sie den Namen Daniel Olmos?", fragte Thomas.

„Der Schwertschmied? Jeder in Córdoba kennt diesen Namen."

Thomas legte eine zweite kleine Münze direkt in die Hand der Frau und war überrascht, wie weich ihre Haut war. „Wenn Ihnen noch etwas einfällt, schicken Sie ihm eine Nachricht für mich."

„Das würde ich, wenn ich Ihren Namen wüsste." Sie schloss ihre Faust um die Münze.

„Thomas Berrington."

Die Frau lachte. „Sie sind also der Liebhaber der Königin?" Sie musterte ihn erneut und schüttelte den Kopf. „Es ist eine seltsame Welt, in der wir leben, in der Tat."

„Glaubt die ganze Stadt, dass ich mit Isabel schlafe?", fragte Thomas, als er den Innenhof von Lawrences Haus betrat. Ausnahmsweise war Laurita bei ihm, und sie war es auch, die antwortete.

„Natürlich tun sie das. Die Wahrheit ist in dieser Stadt schwer zu verbergen."

Ihre Stimme klang sanft, lüstern, und wenn sie lächelte, verwandelte sie sich von einer gewöhnlichen Frau in eine fast schon exquisite, und er erkannte, warum sie und Lawrence all die Jahre zusammen geblieben waren.

„Bist du schon weitergekommen?", fragte Thomas nun Lawrence, der den Kopf schüttelte.

„Ich gehe später noch einmal auf die Suche, aber ich habe nichts, was du nicht schon weißt. Versuche es heute Abend noch einmal."

„Hast du die Nachricht an Beatriz geschickt?"

„Natürlich, die Taube fliegt schon gen Süden. Zumindest hoffe ich das. Manchmal werden Vögel vom Himmel geholt und gegessen. Viel ist nicht an ihnen dran, vor allem an den Tauben, aber es kommt vor. Wenn ich innerhalb von drei Tagen keine Antwort erhalte, werde ich die Nachricht erneut senden.

Thomas legte den viertel Laib Brot auf den Tisch zwischen ihnen. „Ein Geschenk."

„Ich kann mir bessere Geschenke vorstellen", sagte Lawrence, „aber ich danke dir trotzdem."

Laurita drückte das Brot zusammen und nickte. „Frisch. Wir können es heute Abend essen, bevor es altbacken ist."

„Ich habe noch zwei weitere Namen für dich, die du in deine Suche miteinbeziehen kannst. Castellana Lonzal und Eleanor, Gräfin d'Arreau."

„Ich kenne Castellana Lonzal", sagte Lawrence. „Sie hat ein schönes Haus hier in der Stadt und umfangreiche Besitztümer in El Carpio. Der andere Name sagt mir nichts. Klingt französisch. Wer ist sie?"

„Sie war einmal meine Geliebte, vor langer Zeit."

Lawrence lachte. „Du hast eine Vergangenheit?"

„Tun wir das nicht alle?"

„Aber du, Thomas? Ist sie hübsch? Willst du sie wiederfinden, fragst du mich deshalb?"

„Ich habe sie wiedergefunden. Ich –" Thomas unterbrach sich. Sollte er es Lawrence sagen oder nicht? Er hielt es für besser, es nicht zu tun, weshalb er selbst überrascht war, als er sagte: „Ich habe in der Nacht vor Jorges Verhaftung zwei Stunden in ihrem Bett verbracht."

Lawrence boxte ihn in die Schulter. „Bei den Göttern, du überraschst mich immer wieder. Aber wenn sie Französin ist, wird in den Akten nichts über sie zu finden sein. Warum willst du, dass ich nachsehe?"

„Das weiß ich nicht."

„Wirst du sie wiedersehen?“

„Das weiß ich auch nicht.“

Ihre Suche voranzutreiben, lag nun in Lawrences Händen, und so blieb Thomas nichts anderes übrig, als zum Gefängnis zurückzukehren, sich eine Weile mit Jorge zusammenzusetzen und zu versuchen, seine Ängste zu lindern. Sowohl Jorges Ängste als auch seine eigenen. Doch als er hörte, wie sich die Zellentür hinter ihm schloss, wuchs seine Angst nur noch. Er konnte sich nur zu gut vorstellen, wie sich Jorge unter dem ständigen Druck der Inhaftierung fühlen musste.

„Adana war hier“, sagte Jorge.

„Hier? War das klug?“

„Wann hast du schon einmal erlebt, dass Adana weise gehandelt hätte?“

„Was wollte sie? Ich nehme an, sie macht mir immer noch Vorwürfe, weil ich sie nicht zu ihrer Tante gebracht habe.“

„Das tut sie, aber sie wird dir verzeihen. Sie braucht mehr in ihrem Leben, als zu Hause bei ihren Eltern zu sitzen.“ Jorge streckte die Hand aus und tätschelte Thomas’ Bein. „Also, wann holst du mich hier raus? Weißt du jetzt schon mehr?“

„Ein wenig, aber ich bin nicht sicher, ob es uns helfen wird. Ich bin zurück zu Cortez’ Haus gegangen und habe Fragen gestellt. Die Bäckersfrau hat wiederholt, dass du es warst, den sie gesehen hat.“

„Sie nahmen mich mit und ich musste mich vor sie stellen, und sie sagte, ich sei der Mann. Ich gab zu, bei ihr Gebäck gekauft zu haben, aber das macht mich nicht zu einem Mörder. Ich sagte, sie sollten sie dafür verhaften, eine arme Bäckersfrau zu sein, aber ich glaube nicht, dass sie das lustig fanden.“

„Sie sagt auch, dass sie am Tag vor dem Brand zwei Männer gesehen hat und einige Tage danach noch einmal. Beim ersten Mal waren sie in Begleitung von vier anderen. Klein gewachsene Männer, aus Italien, vermute ich.“

„Wie der Mann, der mich angesprochen hat? Ich wusste gleich, dass an seiner Aussprache etwas seltsam war. Jetzt ergibt es einen Sinn.“

„War er klein?“

„Du hast ihn gesehen, sag du es mir.“

Thomas erinnerte sich an die Leiche in Daniels baufälligem Haus und nickte. „Ja, er war klein. Glaubst du, dass er in irgendeiner Weise beteiligt war?“

„Er war es, der mir sagte, ich solle Cortez besuchen. Was, wenn es nur ein Trick war, um mich kurz vor seiner Ermordung dort hinzulocken?“

„Du sagtest, du hättest an die Tür gehämmert und keine Antwort erhalten, also kann Cortez nicht zu Hause gewesen sein.“

„Oder er lag schon tot im Keller.“

Thomas starrte auf die Mauer hinter Jorge. Männer hatten ihre Initialen in den weichen Stein geritzt. Jemand hatte einen erigierten Penis und ein Paar Brüste eingemeißelt. Vielleicht sogar derselbe Mann. Thomas wollte nicht daran denken, was er sonst noch in diesem kleinen Raum getan haben könnte.

„Du sagtest, du warst früh dort?“

„Kurz nach Sonnenaufgang. Ich hinterließ das Silber für diesen Mann und erwartete, dass er in Daniels altem

Haus sein würde. Als er nicht auftauchte, ging ich zu Cortez' Haus, weil der Fremde mir gesagt hatte, Cortez verfüge über Informationen, die mich interessieren würden."

Thomas dachte die Szene durch. „Cortez war bereits tot", sagte er. „Jemand ist in der Nacht zu seinem Haus gegangen, hat ihn getötet und dann eine Kerze angezündet. Ich habe so etwas schon einmal gesehen. Eine Spur aus Öl oder Pulver und rundherum etwas, das leicht Feuer fängt. Bis die Kerze heruntergebrannt war, war derjenige, der sie angezündet hat, längst weg. Der Keller war voll mit Holzregalen und Papier, kein Wunder also, dass das Feuer so wild um sich schlagen konnte. Es sei denn …"

Jorge starrte ihn an und wartete darauf, dass Thomas die Zusammenhänge in seinem Kopf verknüpfte.

„Nur war Cortez nicht tot. Schwer verletzt, vielleicht bewusstlos, aber er muss aufgewacht sein und die Welt um ihn herum in Flammen stehen gesehen haben. Er kroch in die Ecke, wo wir seine Leiche fanden. Er suchte nach einem Fluchtweg, aber es gab keinen."

„Das ist eine furchtbare Art zu sterben", sagte Jorge.

„Alle Arten zu sterben sind schrecklich, aber du hast recht, manche sind schlimmer als andere. Ich frage mich, ob er klar genug war, um absichtlich jene Papiere zu wählen, die unter ihm lagen, oder nicht."

„Hat Lawrence etwas darüber herausgefunden?"

„Ein wenig, und er sucht noch weiter. Ich habe ihn gebeten, zwei weitere Namen auf seine Liste zu setzen. Der eine ist der Name von Fernandos Geliebter, der andere der meiner."

„Du hast keine Geliebte, Thomas. Eine Nacht der Leidenschaft macht deine schöne Eleanor nicht zu deiner Geliebten. Sie ist jetzt eine Gräfin, denk daran. Aber du wirst auch von der Königin von Kastilien geliebt, also wer weiß, welche Überraschungen die Welt noch für uns bereithält? Warum hast du Lawrence gebeten, sich die Namen anzusehen?"

„Weil Fernando mir gedroht und im gleichen Atemzug diese Castellana Lonzal erwähnt hat. Ich bin gespannt, ob es einen Zusammenhang zwischen den beiden Ereignissen gibt. Ob diese Frau etwas damit zu tun hat, dass du verhaftet wurdest."

„Du hast eine seltsame Art zu denken, weißt du das?"

„Ich dachte, das wäre eine gute Sache bei diesem Unterfangen."

„Wahrscheinlich schon. Ich habe meine Zeit hier auch nicht vertrödelt. Wir dürfen einmal am Tag um die Mittagszeit in den ummauerten Innenhof gehen. Sie nennen es einen Innenhof, aber er liegt direkt neben den Kloaken und der Boden besteht zur Hälfte aus Schlamm." Jorge winkte ab. „Aber das ist nicht wichtig. Wichtig ist, dass ich mit einigen der anderen Gefangenen gesprochen habe."

„Ist das klug?"

„Ich war der Meinung. Wen sonst könnte ich über einen Mann befragen, der Informationen gegen Geld anbietet und dann nicht die Absicht hat, sie zu liefern? Wen sonst darüber, wer Cortez hätte töten wollen?"

Thomas starrte Jorge an. „Welche Antwort hast du bekommen?"

„Noch keine, aber es ist schließlich auch erst ein Tag vergangen. Ich werde sicher bald etwas hören."

„Oder jemand wird dir einen Dolch in den Rücken rammen."

„Ich bin nicht mittellos." Jorge beugte sich vor und tätschelte Thomas' Bein.

KAPITEL VIERZEHN

Als der Tag in den Abend überging, überquerte Thomas die römische Brücke. Eine brütende Hitze hüllte die Stadt nach wie vor in eine übel riechende Decke ein. Miguel war nicht im Hauptgebäude der Hermandos, also versuchte Thomas es in den alten Büros, aber auch dorthin war er nicht zurückgekehrt, und niemand wusste, wo er sonst sein könnte.

Als er sich auf den Weg zu Lawrences Haus machte, um zu sehen, ob er neue Informationen aufgetrieben hatte, fragte sich Thomas, wie Miguel es schaffte, seinen Job zu behalten. Kurz darauf fand er die beiden Männer an Lawrences Tisch unter dem Orangenbaum sitzend vor, einen Haufen einzelner Blätter vor sich ausgebreitet. Sie begrüßten Thomas, und Lawrence rief um einen weiteren Stuhl, den Laurita brachte. Thomas sah zu, wie sie ins Haus zurückkehrte, und fragte sich, ob sie jemals ihre eigenen Entscheidungen traf oder ob sie das überhaupt wollte. Er glaubte, die Antwort zu kennen.

Thomas setzte sich auf den dritten Stuhl und beugte sich nach vorne, um sich die Zettel anzusehen.

„Hier, lies sie, wenn du willst." Lawrence schob die Dokumente mit seinen Fingern hin und her. „Vielleicht sind sie für irgendetwas gut. Es sind zu viele Informationen und ich habe keine Ahnung, ob irgendetwas davon relevant ist oder nicht."

Thomas überflog zwei oder drei der Blätter. Einige der Namen darauf kamen ihm bekannt vor, die meisten aber nicht. Er warf einen Blick auf Miguel.

„Haben Sie den Inhalt dieser Papiere besprochen?"

„Ich kenne weniger als die Hälfte der angeführten Personen, aber wie Lawrence sehe ich einige Verbindungen."

Lawrence schob die Blätter wieder auf dem Tisch umher und nahm dann eines in die Hand. „Hier ist ein Eintrag über eine Heirat zwischen Rodrigo Lonzal und Castellana Baltieri, datiert auf das Jahr des Herrn 1454. Sie wurden in Valencia getraut, aber es scheint, dass sie innerhalb von ein oder zwei Jahren nach Córdoba gezogen sind."

„Und was bedeutet das?", fragte Thomas.

„Lonzal hat seinen Namen geändert", sagte Lawrence. „Er heißt jetzt Rodrigo de Borja – der Mann, von dem es heißt, er werde der nächste Heilige Vater. Castellana Baltieri ist natürlich Castellana Lonzal. Sie hat all die Jahre seinen Namen behalten."

„Sind sie im Sinne des Gesetzes noch verheiratet?"

Lawrence hob eine Schulter. „Wer weiß? Ich habe noch nicht alle Dokumente ausfindig machen können, aber was ich dir sagen kann, ist, dass Castellana Lonzal und ihr

Sohn mehr als fünfzehn Jahre lang zwei von Cortez' besten Kunden waren."

„Wurde er deshalb umgebracht?"

Lawrence zuckte wieder mit den Schultern. „Sag du es mir. Castellana Lonzal ist eine einflussreiche Landbesitzerin in der Gegend und sowohl mit Isabel als auch mit Fernando befreundet. Mehr als nur befreundet mit Fernando, wie er dir gegenüber zugegeben hat, nicht dass das noch ein Geheimnis wäre. Castellana wird Feinde haben."

„Das ist nichts als ein Gerücht", sagte Miguel. „Die Leute blicken immer mit Neid auf jene, die Verbindungen haben."

„Fernando hat es mir gegenüber zugegeben", sagte Thomas mit einem Blick zu Miguel. „Ich war heute wieder bei der Bäckersfrau. Sie hat mir von zwei Männern erzählt, die am Tag vor dem Brand zusammen mit vier weiteren vor Cortez' Haus gestanden haben. Die beiden waren zwei Tage später wieder dort. Sie sollten Nachforschungen anstellen und sehen, ob Sie etwas über sie herausfinden können."

Miguel nickte.

„Rodrigo de Borja hält sich im Palast auf", sagte Lawrence. „Du musst ihn gesehen haben, ein Mann wie er wäre dir sicher nicht entgangen."

„Einmal, flüchtig. Er war …" Thomas hielt inne, sammelte seine Gedanken, stellte Verbindungen her und verwarf sie wieder. „Er war mit Isabel und dieser Castellana Lonzal zusammen. Und mit …"

„Mit wem noch?" Lawrence sah Thomas durchdringend an. „Es könnte von Bedeutung sein."

„Theresa war dort und noch eine weitere Frau. Ich kannte ihren Namen zu jenem Zeitpunkt nicht, habe ihn aber später erfahren. Ihr Name ist Eleanor, Gräfin d'Arreau. Sie eine der Frauen, die ich dir schon heute Morgen genannt habe." Thomas blickte zwischen den beiden Männern hin und her. „Sie war einst meine Geliebte."

„Und ist es noch, sagtest du. Ist es ein Vergnügen, das du wiederholen wirst?"

„Darüber weiß ich genau gleich viel wie du."

Jedes Anzeichen von Humor wich aus Lawrences Gesicht. „Du befindest dich in mächtiger Gesellschaft. Sei vorsichtig. Dieser de Borja erweckt den Anschein, als sei er ein gutmütiger Mensch, aber gutmütige Menschen steigen nicht in die Position auf, die er innehat. Wie ich höre, ist er gekommen, um Isabel und Fernando um Unterstützung zu bitten, wenn die Zeit gekommen ist."

„Wenn welche Zeit kommt?"

„Wenn der derzeitige Papst stirbt, natürlich. Isabel würde gerne einen Spanier als Heiligen Vater sehen. Es heißt, dass de Borja eine tragende Rolle bei der Genehmigung ihrer Ehe gespielt hat. Wusstest du, dass sie und Fernando Cousins ersten Grades sind?"

„Wusste ich nicht. Ist das wichtig?"

„Das bezweifle ich, aber es ist interessant." Lawrence beugte sich weiter vor. „Sei vorsichtig mit diesem de Borja. Er ist gefährlich. Es heißt, dass Männer in seiner Nähe unter mysteriösen Umständen umgekommen sind."

„Denkst du, dass er Cortez tot sehen wollte?"

„Wäre möglich. Wenn alle von Cortez angefertigten Schriftstücke den Flammen zum Opfer gefallen wären, hätte niemand jemals von seiner Heirat mit Castellana Lonzal erfahren. Aber ich bezweifle, dass de Borja sich auf so etwas Eklatantes und Gefährliches einlassen würde. Nicht, dass es ihn nicht davon abhalten würde, jemand anderen mit der Aufgabe zu betrauen."

„Sind wir schon weitergekommen? Ich habe nicht das Gefühl, dass es so ist. Wenn überhaupt, wissen wir jetzt weniger als zuvor."

Lawrence griff nach einem weiteren Blatt. „Da wäre noch das hier. In ihrem Ehevertrag wird auf ein weiteres Dokument verwiesen, also habe ich mich auf die Suche danach gemacht, auch wenn es einige Zeit in Anspruch genommen hat. Ich vermute, dass eine Kopie davon auch in Cortez' Keller aufbewahrt wurde." Er reichte das zweite Blatt weiter.

Das Dokument war in spanischer Sprache verfasst und zwei Namen sprangen Thomas ins Auge. Der Name des Kindes lautete Jorge Lonzal und die Mutter war als Castellana Baltieri angegeben. Thomas starrte auf die Worte und ein Datum, das in römischer Zahlschrift darunter geschrieben stand. Es dauerte einen Moment, bis er die Kombination aus Buchstaben in Zahlen umgerechnet hatte, die er verstand. Das Ergebnis war der 13. Mai 1453 und es wurde auch ein Geburtsort angegeben: Valencia.

Thomas lachte auf. „Ist das echt?"

Lawrence nickte.

„Jorge behauptet, er kenne den Tag seiner Geburt nicht", sagte Thomas. „Nun, jetzt kann ich ihm damit weiterhelfen. Das Jahr kommt hin, aber Valencia muss doch sicher ein Fehler sein?" Er behielt die Urkunde in der Hand, als er Lawrence ansah. „Könnte jemand die Daten auf den beiden Dokumenten, die du hier hast, verwechselt haben?“

„Die Dokumente lügen nicht. Siehst du den Vermerk in der unteren Ecke?“

Thomas blickte an den unteren Rand des Zettels und nickte.

„Es ist ein Verweis auf das hier.“ Er reichte ihm ein weiteres Blatt. „Jorge hat einen Bruder, diesmal einen rechtmäßigen. Sein Name ist Gabriel. Gabriel Lonzal, und er lebt mit seiner Mutter auf deren Anwesen in El Carpio.“

Thomas erkannte, dass Lawrence jene Information aufgedeckt hatte, für die Jorge einem Toten Geld gezahlt hatte. Den Namen seiner Mutter. Sie musste es sein, wer sonst sollte es sein? Und wenn Castellana Lonzal seine Mutter war, war dann Rodrigo de Borja sein Vater? Nur war ihr Name als Baltieri angeführt worden, nicht als Lonzal. Bedeutete das, dass Jorge vor ihrer Hochzeit zur Welt gekommen war? War das der Grund, warum er zur Adoption freigegeben worden war? Es gab zu viele ungeklärte Fragen und Thomas wollte sich die Zeit nehmen, sie alle zu beantworten, bevor er etwas dazu sagte, aber er wusste, dass Lawrence schon zu denselben Schlussfolgerungen gelangt sein würde.

„Gabriel Lonzal ist ein Unruhestifter“, sagte Miguel, ohne zu bemerken, dass sich in Thomas’ Kopf die Gedanken überschlugen. „Ein privilegierter Mann, der glaubt, dadurch stehe er über dem Gesetz. Ich bin ihm schon einmal begegnet, aber er hat zu gute Verbindungen, um verhaftet oder auch nur gemaßregelt zu werden.“

Thomas legte die Geburtsurkunden auf den Tisch. Er nahm einen Becher Wein in die Hand und trank ihn aus.

„Gibt es sonst noch etwas?"

„Fragst du dich, ob eine Scheidung durchgeführt wurde?"

Thomas nickte. „Das, und ob irgendwo erwähnt wird, wer Jorges Vater ist."

„Er ist höchstwahrscheinlich ein Bastard", sagte Lawrence. „Das ist nicht weiter schlimm, aber er wird von seinem Vater nicht anerkannt. Sofern Castellana überhaupt weiß, wer sein Vater war."

„Warum sollte sie es nicht wissen?"

„Sie war, soweit ich das beurteilen kann, kaum fünfzehn Jahre alt, als Jorge geboren wurde, was bedeutet, dass sie ihn mit vierzehn empfangen haben muss."

„Du weißt so gut wie ich, dass vierzehnjährige Mädchen heiraten. Sie gebären auch Kinder."

„Natürlich. Aber da kein Vater angeführt wurde, ist es mehr als wahrscheinlich, dass Jorge unehelich ist. Wie ich schon sagte, es ist nicht seine Schuld, aber nicht jeder wird so viel Verständnis dafür haben wie du oder ich." Er wandte seinen Blick von Thomas ab. „Was ist mit Ihnen, Miguel? Was ist Ihre Meinung zu Bastarden?"

Miguel sagte nichts.

„Könnte de Borja Jorges Vater sein?", fragte Thomas. „Oh, er hielte es für großartig, wenn ich ihm sagen würde, dass sein Vater der nächste Papst werden könnte."

„Ich würde sagen, nein", sagte Lawrence. „Ihre Eheschließung ist aufgezeichnet. Ihr Sohn Gabriel ist aufgezeichnet. Es wäre ein Leichtes, de Borjas Namen als Jorges Vater anzuführen. Deshalb würde ich sagen, es ist unwahrscheinlich." Lawrence starrte Thomas abwartend an.

„Hat irgendetwas davon mit den Ereignissen rund um Jorge zu tun?"

„Könnte sein. Muss aber nicht. Das herauszufinden, ist deine Aufgabe, Thomas. Deine und Miguels. Ich folge nur der Spur des Papiers. Ihr beide müsst die Verbindungen herstellen, mit den Leuten reden. Sie anklagen, wenn ihr wollt. Aber vielleicht nicht de Borja. Wie ich höre, wird er sowieso bald abreisen."

Es schien Thomas, dass de Borjas Ankunft in der Stadt so kurz vor Jorges Verhaftung und seine Abreise kurz danach eine Bedeutung haben könnte, ... wenn er nur wüsste, welche.

„Alle hielten Jorge für tot. Seine Mutter, diese Castellana Lonzal, muss ihn an die Familie Olmos abgegeben haben, als er gerade ein paar Monate alt war." Er blickte von den Papieren auf, die er immer noch in der Hand hielt. „Keine Antwort von Beatriz?"

„Noch nicht, aber heute weht ein guter Wind aus Süden, der einen Vogel auf seinem Weg schneller voranbringt."

„Dann hoffen wir, dass er morgen ankommt. Ich muss wissen, wie Jorge in diese Familie gekommen ist, die er für die seine hielt." Thomas schüttelte den Kopf. „Wenn es überhaupt relevant ist. Er ist ein Eunuch des Palastes, um Himmels willen. Er lebt unter den Mauren. Er ist mein Freund und es ist bekannt, dass auch zwischen ihm, Isabel und Fernando eine Freundschaft besteht. Jorge ist nicht gefährlich und er hat keine Feinde."

„Jeder Mensch hat Feinde, selbst ein allseits geliebter wie Jorge. Du musst herausfinden, wer sie sind."

„Ich sollte mit seiner Mutter sprechen, auch mit seinem Bruder, diesem Gabriel." Er sah Lawrence in die Augen. „Warum den einen Sohn weggeben und den anderen nicht?"

„Ich habe es dir gesagt, weil er unehelich geboren wurde, weshalb ich mir so sicher bin, dass er nicht von de Borja ist. Jorge ist der wunde Punkt der beiden. Sie haben ihn an eine Familie abgegeben, von der sie sicher waren, dass sie ihn töten oder als Sklaven an einen reichen Mann mit dunklen Perversionen verkaufen würde. Er würde in der Kloake von Córdoba verschwinden und man würde nie wieder von ihm hören. Er war zum Sterben bestimmt."

„Warum?" Thomas erhob seine Stimme. „Warum der eine Sohn und nicht der andere?"

„Es gibt wohl viele Gründe, aber ich vermute, dass es an der Identität von Jorges Vater liegt, wer auch immer er sein mag. Entweder ist er ein enorm wichtiger Mann, der nicht möchte, dass herauskommt, dass er einst ein junges Mädchen verführt hat, oder Castellana wurde vergewaltigt und wollte sich des Beweises dafür entledigen."

„Er war ein Baby. Warum ihn nicht einfach töten? Ihn an einem Berghang den Wölfen oder Bären überlassen? So etwas kommt vor, das weißt du."

„Aber nicht in diesem Fall. Du sagtest mir, die Leute, die Jorge für seine Eltern hielt, waren schreckliche Menschen. Vielleicht war es eine noch schlimmere Strafe, in ihrer Obsorge zu landen, als von Wölfen bei lebendigem Leib gefressen zu werden."

„Was bedeuten würde, dass sie das Kind hasste", sagte Thomas.

„Das würde es." Lawrence durchsuchte die Papiere auf dem Tisch, zog ein weiteres heraus und hielt es Thomas hin. „Hier findest du das Haus von Castellana Lonzal in El Carpio. Sie besitzt ein Landgut außerhalb der Stadt, auf dem sie Oliven anbaut, Obst, alles, was sich zu Geld machen lässt. Und von Geld hat sie Ahnung. Sie ist eine der reichsten Frauen der Region. Nach allem, was man hört, ist sie eine starke Frau, also musst du vorsichtig sein."

„Und ihr Sohn?", fragte Thomas. „Ihr anderer Sohn, dieser Gabriel?"

„Ich habe Ihnen schon gesagt, er ist ein Querulant", sagte Miguel. „Wenn Sie sich entschließen, den beiden einen Besuch abzustatten, holen Sie mich vorher ab und wir gehen zusammen hin."

Thomas machte sich nicht die Mühe, sich das Dokument anzusehen, das Lawrence ihm gereicht hatte. „Ich weiß, wo Castellana Lonzal in Qurtuba wohnt. Ich war schon in dem Haus. Es ist dasselbe, in dem auch Eleanor untergekommen ist."

„Was macht eine französische Gräfin in Córdoba?", fragte Lawrence.

„Das weiß ich nicht. Seltsamerweise hat keiner von uns das Thema angesprochen." Thomas runzelte die Stirn. „Wenn Castellana Lonzal Jorge in Qurtuba weggegeben hat, warum ist sie dann vor fünfzehn Jahren hierhergekommen? Meinst du, sie hat ihn gesucht?"

„Nochmals“, sagte Lawrence, „es ist euer beider Aufgabe, das herauszufinden.“

„Und wenn es so war, dann warum? Um ihn zu retten oder um ihn zu töten?“

Lawrence sagte nur: „Ihr werdet viel Zeit miteinander verbringen. Vielleicht nennt ihr euch besser beim Vornamen und verzichtet auf Formalitäten.“

Miguel rutschte auf seinem Stuhl hin und her, als ob er es kaum abwarten könne zu gehen, nickte aber zustimmend. Als Laurita mit einem Tablett mit Brot, Käse und Obst herauskam, entschuldigte sich Thomas nur und stand auf.

Auf seinem Weg zum Palast nahm er seine Umgebung kaum wahr. Seine Gedanken waren ganz woanders und jagten Möglichkeiten hinterher, aber als er durch die verschnörkelten Tore trat, war er noch keinen Schritt weiter.

KAPITEL FÜNFZEHN

„Wo bist du gewesen? Sie will dich sehen." Theresa wartete bereits auf Thomas, als er seine Gemächer betrat. Sie zerrte an seinem Ärmel. „Komm jetzt, bevor sie die Geduld verliert. Sie will, dass du mit ihnen isst."

„Mit ihnen?" Thomas blickte an sich herunter. „Ich sollte mich umziehen."

„Wir haben keine Zeit, du musst so gehen, wie du bist. Sie hat vorhin nach dir gefragt, aber du warst nicht auffindbar. Sie wird vielleicht nie wieder mit dir sprechen, wenn du sie enttäuscht." Sie zog noch einmal an seinem Arm und Thomas ließ sich von ihr in den Korridor führen.

„Wer ist noch bei ihr?"

„Das wirst du noch früh genug erfahren. Muss ich dir etwa alles erzählen? Du bist ein erwachsener Mann, Thomas, sicherlich kannst du manche Dinge selbst herausfinden."

Als sie die große Terrasse erreichten, saß Isabel am Kopfende eines Tisches mit ihren Kindern und Fernando sowie einem gutaussehenden Mann, den Thomas fast nicht als denjenigen erkannte, den er bereits Tage zuvor aus der Ferne gesehen hatte. De Borja trug nicht mehr das karmesinrote Gewand eines Kardinals, sondern war gekleidet wie ein gewöhnlicher Mann, und nach dem Gespräch mit Lawrence jagte sein Anblick Thomas nun einen Schauer über den Rücken.

„Na endlich, Sir Thomas." Isabel erhob sich von ihrem Stuhl und reichte ihm eine Hand, damit er sie küssen konnte. Am anderen Ende des Tisches blickte Fernando auf und nickte, ließ sich aber nicht anmerken, ob er Thomas' Anblick begrüßte oder nicht. Isabel, diesmal die Tochter, warf ihm einen Blick zu, aber er war nicht Jorge und daher kaum interessant für sie. Anders Juan, der auf seinem Platz hin und her rutschte, während er versuchte, sich zu beherrschen.

Der Anblick von de Borja, groß, schlank und gutaussehend, machte Thomas unruhig. Lawrence hatte eine verborgene Wahrheit angedeutet und der Anblick des Mannes ließ eine Idee in Thomas' Kopf weiter wachsen.

„Ich glaube nicht, dass du schon Kardinal de Borja kennengelernt hast, oder?" Isabel nahm wieder Platz und winkte einem Diener, einen weiteren Stuhl zu bringen. Dieser wurde in Windeseile hereingetragen und zwischen Juan und Isabel an den Tisch gestellt, schräg gegenüber von de Borja.

„Nein, wir sind uns nie begegnet, aber ich kenne Euch vom Hörensagen, Eure Eminenz."

Der Mann nickte. „Und ich Sie, Sir Thomas. Isabel

spricht oft von Ihnen.“ Er lächelte. „Prinz Juan auch. Ich glaube, Sie sind eine Art Held für ihn.“

„Ich habe sein Bein repariert, Eure Eminenz, mehr nicht.“

„Sie sind hier unter Freunden, Sir Thomas, nennen Sie mich Rodrigo. So wie Sie meines Wissens auch den König und die Königin bei ihren Namen nennen.“

„Nur wenn Sie aufhören, mich Sir Thomas zu nennen. Es ist ein Titel, den ich mir weder gewünscht noch verdient habe.“

Ein weiteres Nicken. „Einverstanden.“

Thomas sah zu Isabel, die das Gespräch beobachtet hatte, als würde sie zwei Skorpionen zusehen, die sich gegenseitig umkreisten.

„Wirst du mit uns essen, Thomas?“

„Danke, Euer Gnaden.“

„Wenn du den Kardinal beim Vornamen nennst, musst du dasselbe auch für mich tun.“

Thomas fühlte sich unbehaglich, anders, belastet durch de Borjas Anwesenheit, die ihn in seiner Freiheit einschränkte.

„Ich werde versuchen, daran zu denken, Isabel.“ Selbst, ihren Namen auszusprechen, etwas, das ihm einst so leicht gefallen war, fühlte sich nun gezwungen an. „Aber wir müssen etwas besprechen und das sollte am besten unter sechs Augen mit Fernando geschehen.“

„Wir haben keine Geheimnisse vor Rodrigo, überhaupt keine. Du kannst hier frei sprechen. Solange es für Kinderohren geeignet ist, versteht sich.“

„Es betrifft Jorge, also vielleicht nicht.“

Isabel lächelte. „Sind deine Kinder hier? Dein Sohn muss wieder kommen und mit Juan spielen."

„Sie sind in Gharnatah. Was Jorge betrifft, so sitzt er weiterhin hier in Qurtuba im Gefängnis."

„Das sollte er auch, wenn die Anschuldigungen gegen ihn wahr sind", sagte Fernando.

„Ich kann nicht glauben, dass Jorge zu irgendeiner Handlung fähig ist, die zu seiner Verhaftung führen würde." Isabels Hand bewegte sich, um die von Thomas umschließen, bevor sie sich selbst einbremste.

„Oh, und wie er fähig ist", sagte Fernando. „Ich weiß noch, wie er mit mir geritten ist, um Juan zu retten. An jenem Tag hat er Männer getötet. Und nach allem, was ich höre, hat er hier in unserer Stadt einem weiteren das Leben genommen. Diesmal einem Unschuldigen."

„Vielleicht wäre es doch besser, dieses Thema ohne die Kinder zu besprechen." Isabel klatschte in die Hände und ließ Theresa holen. Während sie warteten, aß sie eine kleine Portion Fleisch und eine einzelne grüne Bohne.

„Wie ich höre, sind Sie wegen der Gespräche zwischen Kastilien und al-Andalus hier." De Borja füllte die peinliche Stille mit einem leichtfertigen Charme, der die angedeutete Beleidigung, dass Thomas zur heidnischen Seite gehörte, überspielte. „Wie verlaufen die Verhandlungen?"

„Ich bin mir sicher, dass Fernando Ihnen dazu viel mehr berichten kann als ich. Ich bin nur hier, weil mein Herr von meinen Beziehungen zu Kastilien weiß, mehr nicht. Ich muss mich lediglich ein oder zweimal in der Woche blicken lassen. Aber die Verhandlungen führen andere." Er warf einen Blick zu Fernando. „Wie auch immer sie laufen. Und ich danke euch beiden, dass ihr mir eine Unterkunft im Palast angeboten habt. Ich werde zu alt, um auf dem harten Boden zu schlafen."

„Du bist nicht alt, Thomas", sagte Isabel. „Und du bist hier immer willkommen, das weißt du. Du hättest schon früher zu mir kommen sollen."

„Für eine Königin gibt es Wichtigeres zu tun, als sich um mein Wohlergehen zu kümmern."

„Isabel ist wie alle guten Herrscher", sagte de Borja. „Sie denkt an die kleinen Dinge ebenso wie an die großen. Das zeigt ihre Menschlichkeit und ist nur ein kleiner Teil der Gründe, warum ihre Untertanen sie so lieben, wie sie es tun. Sie hat mir erzählt, dass Sie diesen Seemann kennen, Columb. Er ist eine der Angelegenheiten, die sie momentan beschäftigen. Was halten Sie von seiner Idee? Wahnsinn, oder nicht?"

Thomas versuchte, eine Antwort zu finden, die den Mann zufriedenstellen könnte, und entschied sich dann für die Wahrheit.

„Bis zum letzten Jahr hielt ich ihn für einen Verrückten."

„Und jetzt?"

„Auch ich bin an deiner Meinung interessiert", sagte Isabel. „Sag uns, was du denkst, Thomas."

„An seinen Behauptungen ist etwas Wahres dran", sagte er. „Ich glaube, dass er sich in seinen Berechnungen in gewissem Maße irrt, aber wenn er gen Westen segelt, wird er nicht vom Rand der Welt fallen, wie manche behaupten. Er wird auf Land stoßen, wenn auch nicht auf das Land, das er sucht."

„Warum nicht?“ De Borjas Stimme hatte ihre Sanftheit verloren und er sah Thomas mit verengtem Blick an.

„Ich habe viele alte und neue Dokumente und Karten von Nordmännern studiert, die, wie ich glaube, bereits ein neues Land im Westen gefunden haben, aber es ist nicht Indien. Es ist ein Land, von dem wir nichts wissen. Columbs Berechnungen unterschätzen die Größe der Welt.“ Er erwiderte de Borjas Blick. „Oder sind Sie wie Ihre Kollegen und akzeptieren nicht, dass die Erde nichts weiter als ein sich drehender Kieselstein im Weltall ist?“

„Ich habe meine eigene Meinung. Ich stimme zu, dass wir auf einer Sphäre leben, aber ich habe nicht darüber nachgedacht, wie groß sie ist oder was jenseits dessen liegt, was wir bereits kennen.“ Er lächelte. „Es gibt mehr als genug, über das ich nachdenken muss, ohne solche Fragen hinzuzufügen. Isabel sagt, Sie seien einer der klügsten Männer, die sie kennt, also nehme ich Sie gerne beim Wort, bis mich jemand vom Gegenteil überzeugt. Sie glauben also, dass es da draußen ein unbekanntes Land gibt?“

„Entweder das oder einen Ozean, der größer ist, als wir es uns vorstellen können. Vorausgesetzt, er erhält die Mittel und die Erlaubnis, wird Columb entweder in seinen Tod segeln oder ein Land und Volk entdecken, das wir noch nicht kennen.“

„Was halten Sie für wahrscheinlicher?“

Thomas war überrascht, dass er de Borja langsam sympathisch zu finden begann. Er war anders als andere Gottesmänner, die er kennengelernt hatte, mit einem offenen Geist und weniger Überzeugung in Bezug auf bestimmte Lehren.

„Wenn ich eine Wette abschließen müsste, würde ich darauf setzen, dass er lebendig zurückkehrt."

„Neues Land", sagte de Borja und Thomas konnte sehen, wie sein Verstand die Implikationen dieser Vorstellung durchspielte. „Neues Land für Spanien und ein neues Volk, das unter Gottes Gnade fällt."

„Oder ein neues Land für Frankreich oder England", sagte Thomas. „Ich weiß, dass Columb mit beiden Nationen gesprochen hat."

„Er setzt uns unter Druck", sagte Fernando. „Er glaubt, dass man uns dazu zwingen kann, seine wilden Behauptungen zu unterstützen."

„Wenn Thomas daran glaubt, sind sie vielleicht nicht so wild." De Borja sah auf, als Theresa auf die Terrasse kam, und etwas in seinen Augen veränderte sich. Sein Blick wurde weicher, wie Thomas es bei Jorge in Gegenwart einer schönen Frau beobachtet hatte.

Theresa nahm die Kinder an den Händen und führte sie mit dem Versprechen auf Süßes und Spiele hinaus.

Als sie allein waren, sagte Isabel: „Ich danke dir für deine Bemühungen, Rodrigo." Dann wandte sie sich an Thomas. „Jetzt sag uns, warum du wirklich hier bist."

„Bist du auf der Suche nach einer Begnadigung?", fragte Fernando. „Wenn ja, wirst du enttäuscht sein. Das Gesetz muss seinen Lauf nehmen."

„Selbst wenn Jorge unschuldig ist?" Die Worte waren an Fernando gerichtet, aber Thomas sah de Borja an. Er reagierte nicht, sodass er geneigt war, die Informationen, die Lawrence aufgedeckt hatte, anzuzweifeln.

Fernando erwiderte: „Man hat mir gesagt, dass die Beweise gegen ihn stichhaltig sind." Er sah Isabel an. „Ich weiß, dass du ihn magst, meine Liebste, aber ich halte ihn der Tat für schuldig, der man ihn bezichtigt." Sein Blick kehrte zu Thomas zurück. „Er wird vor Gericht gestellt und hingerichtet werden."

„Erklären Sie mir die Beweise gegen diesen Mann", sagte de Borja an Thomas gewandt.

„Ein Mann wurde getötet, ohne Zweifel, aber nicht von Jorge, trotz der vielen Beweise, die das Gegenteil vermuten lassen. Ein Schreiber starb und all seine Aufzeichnungen wurden durch ein Feuer vollständig zerstört. Eine Zeugin behauptet, sie habe Jorge auf der Straße gesehen. Sie hat ihn identifiziert, als er von den Hermandos zu ihr gebracht wurde. Ich gebe zu, dass die Beweise gegen ihn sprechen, aber er hat das, was ihm vorgeworfen wird, nicht getan."

„War er nicht bei dir?", fragte Isabel. „Ihr seid immer zusammen unterwegs. Es ist seltsam, dich hier ohne ihn zu sehen."

„Er sagt, er war bei seiner Familie – bei Daniel Olmos, dem Schwertmacher."

Fernando nickte in Anerkennung des Namens. „Und stimmt das?"

„Nein", sagte Thomas.

„Und Sie glauben immer noch, dass er unschuldig ist?"

„Natürlich tue ich das. Etwas anderes käme mir nicht in den Sinn. Er ist mein engster Freund."

Dieses Mal legte Isabels Hand den gesamten Weg zurück und tätschelte die von Thomas. „Auch wir sind deine Freunde, Thomas." Sie warf Fernando einen warnenden Blick zu. „Was können wir tun?"

„Vielleicht kann ich etwas vorschlagen?", sagte de

Borja und alle Augen richteten sich auf ihn. Er lächelte, ein Bild der Umgänglichkeit. „Angenommen, dieser Mann – Jorge ist sein Name, sagten Sie?"

Thomas nickte.

„Nehmen wir an, dieser Jorge wird in Thomas' Obhut entlassen. Thomas wäre für die Handlungen seines Freundes verantwortlich, solange er frei ist. Du sagst, du vertraust diesem Mann?" De Borja starrte Isabel an und machte deutlich, wessen Meinung er an diesem Tisch am meisten schätzte.

„Ich würde Thomas mein Leben anvertrauen. Ich habe ihm mein Leben bereits anvertraut und auch die meiner Kinder. Er hat sich wieder und wieder als loyal erwiesen."

Fernandos Gesichtsausdruck war bitter, aber er behielt seine Gedanken für sich. Was er später dazu zu sagen hatte, wenn die beiden allein waren, war eine andere Sache.

„Und du, Fernando?", fragt de Borja.

Isabel schaute ihren Mann an.

„Ihr kennt meine Meinung dazu. Wenn es nach mir ginge, würde die Antwort Nein lauten, niemals."

„Ich kann vielleicht eine Lösung anbieten. Lasst diesen Mann zu mir bringen und ich werde mit ihm reden. Ich halte mich für einen besseren Menschenkenner als die meisten. Wenn ich ihn für schuldig befinde, wird er ins Gefängnis zurückgeschickt, wenn nicht, wird er in Thomas' Obhut übergeben." Er blickte zwischen dem König und der Königin hin und her und nahm ihnen mit seinem Angebot die Entscheidung aus der Hand. „Einer von euch beiden muss natürlich den Befehl dazu geben, aber ich bin gerne bereit, euch bei der Entscheidung zu helfen.“

Isabel starrte Fernando an und wartete, bis er nickte. Es war ein Ausweg aus der Sackgasse, den er dankbar anzunehmen schien.

„Aber nicht heute Abend“, sagte Isabel. „Ich möchte noch länger mit Thomas sprechen. Seine Welt ist in tausend Stücke zersprungen und wieder zusammengeflickt worden, und ich möchte mehr davon erfahren.“ Sie warf einen Blick auf Fernando. „Alles davon.“

KAPITEL SECHZEHN

Thomas blieb in der Tür zu Jorges Zelle stehen und starrte die Frau an, die vor seiner Pritsche kniete.

„Was machst du hier?"

Belia drehte sich um, ihr Ausdruck teilnahmslos. „Warst du es nicht, der mir eine Nachricht geschickt hat, dass ich kommen soll? Wie könnte ich es nicht? Du hast mir nicht gesagt, dass Jorge im Gefängnis sitzt, aber ich wusste, dass etwas passiert sein muss." Sie hockte auf ihren Fersen, Jorges Hände in den ihren. „Irgendetwas, aber nicht das!"

„Bist du allein gekommen?" Thomas dachte an die Entfernung, eine anstrengende Reise für jeden, und sie anzutreten war ein Anzeichen für ihre Angst.

„Glaubst du, ich würde deine Kinder in der Obhut dieser Frau belassen? Natürlich bin ich nicht allein. Will und Amal sind hier und auch Usaden. Er hat sich geweigert, mich allein reiten zu lassen, sonst hätte ich es getan."

Thomas wusste, wenn Belia von „dieser Frau" sprach,

meinte sie Helena – jene Konkubine, die einst seine Geliebte gewesen war; die Frau, die Wills Mutter war, auch wenn sie niemals nur den geringsten Mutterinstinkt gezeigt hätte.

„Wo sind sie jetzt?“

„Die Kinder sind bei einer Frau namens Theresa. Sie sagte, sie kennt dich. Wir sind zum Palast gegangen, in der Annahme, dass ihr beide dort sein würdet. Usaden ist zu dem Zelt am Flussufer gegangen, von dem man ihm sagte, es sei eures. Er hält nichts von Palästen und sagt, er würde sich dort draußen wohler fühlen.“

Thomas wusste, dass er mit dem Mann sprechen musste, der einst ein Söldner gewesen war und seit dem Fall von Malaka in Thomas’ Diensten stand. Usadens Geschick im Umgang mit Schwert und Messer könnte ihnen noch von Nutzen sein, bevor die Angelegenheit geklärt war.

„Woher wusstest du, dass du hierherkommen musst?“, fragte Thomas.

„Diese Theresa hat mir gesagt, wo Jorge festgehalten wird.“ Sie sah von Thomas zu Jorge, dann wieder zurück. „Warum wurde er verhaftet?“

„Er wird des Mordes bezichtigt.“

Belia lachte. „Dann kennen sie Jorge nicht.“

„Wenn ich ihn nicht kennen würde, würden mich die Beweise selbst überzeugen, aber ich arbeite daran, ihn hier rauszuholen. Es ist gut, dass du hier bist, jetzt kann ich mehr Zeit in meine Ermittlungen stecken.“

„Ich bin nicht gekommen, um sein Kindermädchen zu spielen. Ich werde dir helfen, Thomas. Ich habe Geld mitgebracht. Damit können wir Jorge das Leben etwas angenehmer machen."

„Ich habe Geld und seine Lage ist schon um einiges besser."

Belia sah sich um. „Das hier nennst du besser?"

„Besser als das, was er sonst bekommen hätte."

Belia schnaubte höhnisch. Thomas kannte sie inzwischen gut genug, aber manchmal machte sie ihm immer noch Angst. Belia hatte etwas Seltsames, Jenseitiges an sich, aus dem er nicht schlau wurde. Ihr wahres Wesen war wie eine Rauchschwade, die man niemals fassen konnte. Außer natürlich Jorge. Die beiden waren einander treu ergeben.

„Wir müssen reden." Thomas sah Jorge an. „Alleine."

„Wir haben keine Geheimnisse voreinander." Belia wiederholte unbewusst Isabels Worte vom Abend zuvor, nur dass Thomas in diesem Fall wusste, dass sie der Wahrheit entsprachen.

„Was ich zu sagen habe, ist selbst Jorge neu. Vielleicht möchte er es zuerst allein hören. Danach kann er dir darüber sagen, was er will."

„Belia bleibt." Jorge griff nach ihrer Hand. „Sie hat recht, wir haben keine Geheimnisse. Wir hatten in der Vergangenheit keine und werden auch in der Zukunft keine haben. Was immer du zu sagen hast, kannst du uns beiden sagen." Er beugte sich vor und küsste sie auf den Mund.

Thomas sah zwischen den beiden hin und her und wusste, dass er keine Wahl hatte. Er ging im Geiste durch, was er Jorge sagen wollte, doch dann besann er sich eines

Besseren. Er würde ihm einfach alles sagen, denn er wusste nicht, was davon wichtig war und was nicht.

Thomas setzte sich an das Ende der Pritsche, sodass seine Schulter die von Jorge berührte. Er wartete, bis Belia aufstand und sich auf Jorges andere Seite setzte.

„Hast du schon etwas von Beatriz gehört?", fragte Jorge.

„Wer ist Beatriz, eine deiner Geliebten?" Es schwang kein Groll in Belias Stimme mit. Doch für Thomas war es einer der Gründe gewesen, warum er mit Jorge allein hatte sprechen wollen.

„Beatriz ist meine Schwester", sagte Jorge. „Ich habe dir bestimmt von ihr erzählt."

Thomas wartete auf eine Gelegenheit weiterzusprechen, denn er wusste, dass die beiden noch stundenlang so weitermachen konnten. Als sie aber schwiegen, sammelte er seine Gedanken wieder.

„Noch nichts, aber ich habe Lawrence heute nicht getroffen. Er sagte, der Vogel brauche weniger als einen Tag, um nach Cádiz zu fliegen, und ebenso lange, um zurückzukehren. Mit etwas Glück wird ihre Antwort schon bei ihm auf mich warten."

„Ich frage mich, was sie jetzt für ein Mensch ist. Sie muss ..." Jorge starrte ins Leere, als er versuchte, nachzurechnen: „...über vierzig Jahre alt sein."

„Ich hoffe, dass sie uns beantworten kann, wer die Frau war, die dich in die Familie gebracht hat. Du bist kein Olmos. Du bist ein Lonzal."

Jorge schüttelte den Kopf. „Ich habe keine Ahnung, wovon du sprichst."

„Natürlich nicht, Lawrence hat es mir erst gestern

erzählt. Er hat eine Aufzeichnung über deine Geburt entdeckt."

„Wer ist diese Lonzal? Willst du mir sagen, dass sie meine richtige Mutter ist?"

„Ich glaube schon. Lawrence und Miguel haben alle Hebel in Bewegung gesetzt und Dokumente über ihre Heirat und deine Geburt ausgegraben." Thomas holte tief Luft und versuchte zu entscheiden, was er Jorge zuerst sagen sollte, obwohl er wusste, dass es kaum einen Unterschied machen würde. Beide Enthüllungen würden einen Schock in ihm auslösen. „Du hast einen Bruder, ihr seid ein Jahr auseinander und –"

„Wer ist der Ältere von uns beiden?", fragte Jorge und legte seine Stirn in Falten.

„Ich … Was macht das für einen Unterschied?"

„Ich wäre gerne der ältere Bruder für jemanden. Alle Menschen, die mir nahestehen, sind älter als ich." Er warf einen Blick zur Seite. „Abgesehen von dir natürlich, meine Liebste."

„Weißt du überhaupt, wie alt ich bin?", fragte Belia.

„Wieso, bist du etwa auch älter als ich?"

Thomas ignorierte sie, denn er wusste, dass sie kurz davor waren, wieder in ihrer eigenen Welt zu verschwinden.

„Wenn es dich glücklich macht, du bist etwas mehr als ein Jahr älter als dein Bruder. Was vielleicht noch wichtiger ist, ist, dass deine Mutter ihn behielt, nachdem sie dich weggab."

Jorges Kopf schnellte hoch und sein Mund klappte auf. „Sie hat mich weggegeben? Ist das der Grund, warum ich in dieser erbärmlichen Familie gelandet bin?" Er schüttelte den Kopf. „Nein, ich habe die meisten von ihnen geliebt, nur nicht meine Eltern." Er lachte. „Dabei waren sie gar nicht meine Eltern, oder? Jetzt ergibt es einen Sinn. Alles ergibt einen Sinn."

Thomas ließ Jorge ein wenig Zeit, um die Informationen zu verarbeiten. Er fragte sich, ob er selbst dazu in der Lage gewesen wäre, hatte aber keine Antwort.

„Warum hat sie mich weggegeben? Hat sie mich weggegeben? Vielleicht wurde ich entführt und sie sucht mich noch immer."

„Das ist es, was ich herauszufinden beabsichtige. Und zwar alles. Lawrence hilft mir dabei nach Kräften."

„Weißt du, wer sie ist? Wo sie wohnt?"

„Ich habe eine Adresse hier in Qurtuba und eine andere ein paar Meilen außerhalb der Stadt. Ich bin noch einmal zu ihrem Haus gegangen, aber sie war nicht da. Ich beabsichtige, zu ihrem Anwesen in der Nähe einer Stadt namens El Carpio zu reiten."

„Sie hat ein Anwesen?"

„Das tut sie."

„Ist sie wohlhabend?"

„Das ist sie."

„Du sagtest, du wärst noch einmal zu ihrem Haus gegangen. Wusstest du schon länger von ihr? Hast du sie schon getroffen? Warum hast du mir nichts davon erzählt?"

„Erinnerst du dich, als ich dir sagte, dass ich mit Eleanor zusammen war?"

„Eleanor ist meine Mutter? Das kann nicht sein!"

„Nein, natürlich ist sie nicht deine Mutter, aber sie wohnt im Haus der Frau, die wir für deine Mutter halten,

Castellana Lonzal. Die mit Rodrigo de Borja verheiratet war."

„Noch ein Name, von dem ich noch nie gehört habe."

„Er ist ein Freund von Isabel und Fernando, ein Kardinal in Rom und Gerüchten zufolge der nächste Papst. Er wohnt zurzeit im Palast."

Jorge starrte Thomas lange an, bevor er anfing zu lachen und damit die Pritsche zum Beben brachte, auf der sie zu dritt saßen.

„Ich bin der Sohn des Papstes?"

„Noch ist er nicht Papst." Thomas empfand ein seltsames Gefühl der Verärgerung, konnte aber nicht genau sagen, warum. „Und ich sagte, er *könnte* dein Vater sein. Es ist jedoch wahrscheinlicher, dass er es nicht ist."

Jorge schüttelte den Kopf. „Manchmal frage ich mich, wer von uns beiden verrückter ist: ich, weil ich glaube, dass du mich retten wirst, oder du, weil du alles glaubst, was Lawrence dir erzählt."

„Wäre es dir lieber, ich würde nichts tun?"

„Natürlich nicht. Wenn du diese Frau besuchen willst, sollte ich mitkommen. Glaubst du, ich würde es spüren, wenn sie vor mir steht? Würde ich eine familiäre Verbindung spüren? Du kannst Isabel bitten, mich freizulassen. Tu, was du tun musst. Schlafe mit ihr, wenn es nötig ist. Ich bin sicher, dann würde sie mich begnadigen." Obwohl sein Gesicht Bände darüber sprach, dass er an Thomas' Fähigkeiten als Liebhaber zweifelte.

„Das habe ich bereits", sagte Thomas.

„Du hast mit ihr geschlafen?" Jorge starrte Thomas an. „Nein, natürlich nicht. Du hast sie gefragt. Also, wann komme ich hier raus?"

„Es gibt da jemanden, mit dem du zuerst sprechen musst. Du wirst in den Palast gebracht werden, um ihn zu treffen, und er wird entscheiden, ob Isabel deine Freilassung gewährt oder nicht. Im Gegenzug habe ich versprochen, mich für dein gutes Benehmen zu verbürgen."

„Bist du sicher, dass das klug war?"

„Willst du lieber hierbleiben?"

„Wie willst du etwas versprechen, von dem du weißt, das du es nicht halten kannst?"

„Weil ich ihm dabei helfen werde", warf Belia ein und Thomas war erleichtert, denn er wusste, dass sie weitaus bessere Chancen hatte, Jorge dazu zu bewegen, sich zu benehmen, als er es jemals vermocht hätte.

„Wenn wir im Palast sind, musst du vorsichtig sein, denn der Mann, zu dem ich dich bringe, wird entscheiden, ob du in meine Obhut entlassen werden kannst oder nicht."

„Das hast du mir schon gesagt. Natürlich werde ich vorsichtig sein, und ehrlich, und …" Jorge winkte frustriert mit der Hand, „… und was immer du willst."

„Was ich dir noch nicht gesagt habe, ist, dass genau dieser Mann Rodrigo de Borja ist."

Erneut starrte Jorge Thomas durchdringend an. „Mein Vater soll über mein Schicksal entscheiden?"

„Wir wissen nicht, ob er dein Vater ist."

„Aber er könnte es sein."

„Es ist eine Möglichkeit, nicht mehr. Lawrence forscht nach weiteren Informationen." Mit einem Blick auf Belia stand Thomas auf. „Ich muss ihn jetzt in den Palast bringen. Komm mit uns, ich werde dir ein Zimmer dort einrichten. Falls er freigelassen wird, kannst du heute Nacht sein Bett teilen."

„Wenn nicht, schlafe ich hier, notfalls auf dem Boden."

„Das werden sie nicht zulassen."

„Das werden sie, wenn ich ihnen genug zahle."

Thomas konnte an Belias Gesichtsausdruck erkennen, dass jede Widerrede zwecklos war, also ließ er sie glauben, was sie wollte.

„Werden Wachen dabei sein?", fragte Jorge.

„Das nehme ich an – es ist schließlich der königliche Palast und du wirst des Mordes bezichtigt. Zweifellos wird de Borja seine eigenen Männer zu seinem Schutz mitgebracht haben. Tu nichts, was sie misstrauisch machen könnte. Sie vertrauen mir damit, dich in den Palast und notfalls ins Gefängnis zurückzubringen."

„Ich werde nicht hierher zurückkommen", sagte Jorge mit ernster Miene. „Weißt du, dass es hier von Mördern und Dieben nur so wimmelt?"

Thomas fiel nichts ein, was er darauf erwidern konnte, aber Jorge schon.

„Das könnte durchaus nützlich sein." Er durchsuchte die Taschen seines Gewandes, bis er zwei zerknitterte Zettel herauszog. Er warf einen Blick auf sie, bevor er Thomas einen davon reichte. „Hier, nimm das."

„Was ist das?"

„Eine Liste von Männern, die in der Lage wären, Cortez zu töten." Jorge lächelte. „Ich war nicht untätig. Wer könnte mir besser sagen, wer in der Lage ist, einen Mord auszuführen, als die Männer hier im Gefängnis? Ich habe mich umgehört und ein paar Männer haben sich mit mir in Verbindung gesetzt und mir erzählt, was sie wissen." Er warf einen Blick auf die Liste, die Thomas immer noch in der Hand hielt, und schüttelte den Kopf. „Vielen Dank, Jorge. Oh, gern geschehen. Den anderen Namen sollte ich eigentlich für mich behalten, aber hier, nimm auch ihn. Er ist bekannt dafür, Kinder an Familien zu vermitteln. Vielleicht war er es, der mich vermittelt hat."

Thomas und vier stattliche Hermandos eskortierten Jorge über die Brücke zum Palast, wo er in die Obhut von vier der Palastwachen übergeben wurde. Belia blieb geduldig neben Thomas, bis Jorge außer Sichtweite war.

„Kann dieser Mann Jorge wirklich freisprechen?"

„Ich glaube, er hat die Macht, es zu tun. Er ist wichtig, und sowohl Isabel als auch, was noch wichtiger ist, Fernando, werden tun, was er sagt. Ich hoffe nur, dass Jorge sich benimmt und keine Dummheiten macht."

„Du sprichst von Jorge, denk daran", sagte Belia.

„Solange er ihn nicht geradeheraus fragt, ob er sein Vater ist. Himmel, ich hoffe, er ist nicht so verrückt."

Thomas begleitete Belia in seine eigenen Gemächer und machte sich dann auf die Suche nach Theresa, um sie zu fragen, ob der Palast ein weiteres Zimmer erübrigen könne. Als er sie schließlich fand, entdeckte er auch seine eigenen Kinder bei ihr, und er wusste, dass er nicht sofort wieder gehen konnte, als Will zu ihm herüberkam, um ihn zu umarmen, während Amal hinter ihm hertapste und ihre kleinen Ärmchen ausstreckte, um hochgehoben zu werden.

Es war bereits später Nachmittag, als Thomas schließlich die Zeit fand, auf der Suche nach Miguel die Stadt zu durchwandern. Er wollte ihm die Namen zeigen, die man Jorge auf die Zettel geschrieben hatte. Theresa hatte versprochen, für Jorge und Belia ein Zimmer in der Nähe von Thomas' zu finden, und wenn nicht die Wache draußen auf dem Gang gestanden hätten, hätten sie fast das Gefühl gehabt, sich frei bewegen zu können. Sie hatte sich auch ohne großes Zögern bereit erklärt, auf die Kinder aufzupassen, bis er zurückkäme.

Miguel kannte zwar die drei Männer, die für den Mord an Cortez infrage zu kommen schienen, aber nicht den Namen des vierten Mannes. Er tippte auf das Stück Papier.

„Jeder von diesen Männern ist zweifellos zu einem Mord fähig, und ich weiß auch, wo wir sie finden können. Wir sollten uns gleich morgen früh darum kümmern. Sehr früh, vor Sonnenaufgang. Kommst du dann hierher zurück, Thomas?"

„Warum gehen wir nicht gleich? Je eher, desto besser für Jorge."

„Weil diese Männer bis in die frühen Morgenstunden nicht dort sein werden, wo sie wohnen."

„Bei Sonnenaufgang also?"

„Eine Stunde vor Sonnenaufgang."

Als Thomas ging, versuchte er, ein Gefühl der Unwirklichkeit abzuschütteln. Alles, was er jemals über Jorges Vergangenheit zu wissen geglaubt hatte, war zerschlagen worden. Er fragte sich, wie sich dann erst Jorge fühlen musste. Zweifellos noch verwirrter. Und dann fragte er sich, wie das Gespräch mit de Borja verlaufen war. Oder war es bereits vorüber und Jorge zurück in den Kerker geworfen worden?

Auf den Straßen herrschte reges Treiben. Die Bürger von Qurtuba waren zahlreich erschienen, um zu essen, zu trinken und sich zu vergnügen, sei es auf illegale oder andere Weise. Thomas straffte seine Schultern und marschierte durch die Menge. Er fühlte sich allein, ungeliebt und frustriert. Auf seinem Weg kam er an einem Gasthaus vorbei, in dem Tische und Stühle in einer der Ecken eines kleinen Platzes aufgestellt waren, alle davon besetzt. Lachen und laute Gespräche erfüllten die Luft, aber all das berührte ihn nicht. Er war versucht, Eleanor zu besuchen und sich in ihren Armen zu trösten, bis ihm einfiel, dass sie mit Castellana Lonzal auf deren Anwesen gefahren war.

Dann fiel ihm Theresa ein und die Tatsache, dass sie bei seinen Kindern war. Er fragte sich, wann seine Moral aus den Fugen geraten war. Wie konnte er nur darüber nachdenken, in einem Moment mit der einen Frau zu schlafen und im nächsten mit einer anderen? Er sollte mit Jorge darüber sprechen. Wenn sich die Möglichkeit dazu bot.

Als er schließlich in den Palast zurückkehrte, hielt sich Theresa mit den Kindern in Thomas' Gemächern auf, verließ diese aber fast unmittelbar nach seiner Ankunft. Er sah ihr hinterher, bevor er tief ausatmete. Will schien größer zu sein, als er ihn in Erinnerung hatte, aber Thomas bezweifelte, dass er in dem einen Monat, den er ihn nicht gesehen hatte, so stark gewachsen war. Er begann zu glauben, dass sein Sohn so groß werden könnte wie dessen Großvater, der General des Sultans, Olaf

Torvaldsson, der größte Mann, den Thomas je gekannt hatte.

Er kniete sich hin, umarmte den Jungen und spürte die Kraft, die von ihm ausging.

„Wo ist Amal?"

„Da drüben, dummer Pa."

Thomas sah dorthin, wohin Will zeigte. Er hatte Amal übersehen, die auf einer Seite zusammengerollt auf einem kleinen Bettchen schlief, so selig wie ihre Mutter es immer getan hatte. Thomas spürte, wie ihn eine heftige Welle des Verlustes durchfuhr, und umarmte Will umso fester.

„Pa", keuchte Will und Thomas lachte und wischte sich schnell die Augen trocken, damit sein Sohn seine Tränen nicht sah. Er hob den Jungen auf und trug ihn zu seinem eigenen, breiteren Bett, warf ihn auf die Decke, was ihn zum Lachen brachte. Der Klang davon lockerte etwas tief in seiner Brust.

„Was hast du den ganzen Tag über gemacht?" Thomas setzte sich und kitzelte Will am Bauch, was ihm ein weiteres Lachen entlockte.

„Wir waren mit deiner Freundin, der Dame, zusammen. Dann ist sie weggegangen und als sie zurückkam, war Isabel bei ihr und wir haben mit Juan und Kat gespielt."

„Prinz Juan und Prinzessin Katharina, meinst du, nicht wahr?"

„Tue ich das? Juan und Kat. Sie mag Amal. Hat sie wie eine feine Dame verkleidet. Ich und Juan haben gekämpft."

„Er ist jetzt zu groß, als dass ihr noch miteinander kämpfen solltet."

„Ich weiß. Aber ich habe gewonnen, weil sein Pa nicht da war."

„Du sollst einen Prinzen immer gewinnen lassen, das weißt du doch, oder?"

„*Morfar* sagt, man lässt niemals jemanden gewinnen. Usaden sagt das Gleiche. Willst du, dass man mich für schwach hält, Pa?"

Thomas schüttelte den Kopf. „Nein. Du hast ihm doch nicht wehgetan, oder?"

„Nicht besonders." Will gähnte herzhaft. Die Reise und die Aufregung des Tages holten ihn ein, auch wenn er versuchte, gegen den Schlaf anzukämpfen. „Kann ich heute Nacht bei dir bleiben?"

„Schlaf heute Nacht hier in meinem Bett. Ich muss erst noch etwas erledigen."

Will stieß einen so lauten Seufzer aus, dass Thomas sich ein Lachen verkneifen musste.

„Du hast immer etwas zu erledigen, Pa." Dann krabbelte er auf der Matratze entlang nach oben und schlüpfte unter die Decke. „Warum ist das so?" Schon fielen ihm die Augen zu.

„Ich bin ein viel beschäftigter Mann, vermute ich", sagte Thomas. „Viele Leute brauchen mich."

„Das tun Amal und ich auch, denk daran."

Thomas blieb auf dem Bett sitzen, bis sein Sohn eingeschlafen war. Er küsste seine Stirn, dann ging er zu Amal und küsste die ihre. Dann setzte er sich in den aufwendig dekorierten Hauptraum, starrte auf die Palastgärten, ohne sie wirklich wahrzunehmen, und versuchte, nicht seinem inneren Drang nachzugeben, Theresa aufzusuchen. Er spürte, wie irgendetwas ihn in ihre Richtung trieb, ohne dass er verstehen konnte, was es war. Nicht Lust. Nicht Liebe. Nicht einmal Erinnerungen. Was auch immer es war, es wurde stärker, und er erhob sich, bereit, ihr endlich nachzugeben, und hätte es getan, wenn nicht ein leises Klopfen an der Tür ihn aus seinen Gedanken gerissen hätte.

Thomas durchquerte den Raum und stieß die Tür auf, in der Erwartung, Theresa dahinter vorzufinden und nicht sicher, was passieren würde, wenn sie dort stünde. Stattdessen war es Jorge, der über die Schwelle trat und seine Arme um Thomas schlang, ohne ein Wort zu sagen. Nach einem Moment erwiderte Thomas die Umarmung und seine Stimmung schlug um, als er eine Welle der Liebe für den Mann, den er umarmte, durch sich strömen spürte und wusste, dass das Gefühl auf Gegenseitigkeit beruhte.

Irgendwann ließ Jorge ihn schließlich los, legte ihm seine Hände auf die Schultern und sah ihm in die Augen.

„Danke, Thomas."

„Wofür?"

„Dafür, dass du dafür gesorgt hast, dass ich freikomme." Er lächelte. „Ich mag diesen de Borja, er erinnert mich in mancher Hinsicht an mich. Vielleicht ist er ja wirklich mein Vater."

„Du hast ihn aber nicht gefragt, oder?"

„Natürlich nicht. Hältst du mich für einen Idioten?"

Thomas sah an Jorge vorbei. „Wo ist Belia?"

„Sie wartet in unserem Zimmer auf mich. Sie bereitet sich vor, sagte sie. Es ist schon einige Zeit her, dass wir miteinander geschlafen haben, und sie ist ebenso wie ich ungeduldig, diesen Zustand zu korrigieren. Also nichts für ungut, aber jetzt, wo ich mich bei dir bedankt habe, muss ich mich als Nächstes um sie kümmern."

„Ich möchte, dass du mir morgen alles erzählt, worüber du mit de Borja gesprochen hast."

„Und wenn es ein vertrauliches Gespräch war?"

„War es das?"

„Nein. Aber es hätte eines sein können. Also gut, morgen werden wir uns irgendwo hinsetzen und trinken, wie wir es früher getan haben, und ich werde dir alles erzählen. Aber erwarte dir keine großen Enthüllungen. Ich habe schnell durchschaut, dass er mich aushorchen wollte, und ich nehme an, dass ich die Prüfung, der er mich unterzogen hat, bestanden habe. Wir haben auch über dich gesprochen. Über dich und Isabel." Jorge lächelte. „Ich habe ihm gesagt, dass es keinen Grund zur Sorge gibt und eure Freundschaft rein platonisch sei. Ich glaube, ich konnte ihn beruhigen."

Nun war es Thomas, der seine Arme um Jorge schlang, obwohl er bezweifelte, dass seine Worte helfen würden.

„Versuche einfach, nicht noch mehr Ärger zu bekommen."

„Ich? Ich habe keine Ahnung, was du meinst."

Als Jorge gegangen war, hob Thomas Amal hoch und legte sie neben ihrem Bruder in sein Bett, dann kletterte er neben die beiden und fand Trost in ihrem Duft und ihrer Wärme, als sie die Dämonen aus seinem Kopf vertrieben, zumindest für den Moment.

KAPITEL SIEBZEHN

Als Thomas und Usaden sich auf den Weg zum Büro des Hermandos direkt neben der Stadtmauer machten, war die morgendlich dunkle Luft noch unerwartet kühl. Nebel stieg vom Fluss her auf und hüllte die Gebäude in einen befremdlich anmutenden, sich ständig verändernden Schleier. Thomas hatte so lange gewartet, wie er konnte, bevor er Usaden geweckt hatte, aber der Mann hatte bereits vor dem Zelt gestanden; still, geduldig, als könnte er dort bis zum Ende der Zeit warten. Er hatte geschwiegen und er hatte auch kein Wort gesprochen, nachdem Thomas ihm erklärt hatte, wobei er seine Hilfe benötigte.

Thomas' Hund Kin lief neben ihnen her. Usaden hatte das Tier zusammen mit Belia und den Kindern mitgebracht und nahm ihn nun auch zu ihrem Vorhaben mit. Kin hatte sich in der Vergangenheit bewährt und würde dies zweifellos auch in Zukunft tun. Die drei standen auf einem kleinen Platz, während Thomas auf ein Haus starrte, das stolz und trotzig in die Luft ragte. Es war nur ein kleiner Umweg gewesen, den Thomas in Kauf genommen hatte, denn irgendetwas hatte ihn hierhergelockt. Vielleicht die Hoffnung, dass Eleanor zurückgekehrt war, aber kein Licht brannte im Inneren des Hauses und alles war verriegelt.

Usaden fragte: „Was machen wir hier?"

„In diesem Haus lebt Jorges Mutter. Zusammen mit einer anderen Frau, die ich früher gut kannte."

„Ich dachte, Jorges Mutter sei tot."

„Seine richtige Mutter."

Usaden zuckte mit den Schultern. Die meisten Männer wären neugierig gewesen, aber nicht Usaden. Er interessierte sich so gut wie nie für etwas, es sei denn, er musste es bekämpfen, konnte es essen oder trinken. Er tat so, als wäre ihm alles egal, aber Thomas begann langsam, ihn immer besser zu verstehen. Er glaubte, dass Usaden einige Dinge durchaus wichtig waren, dass er sie allerdings nicht preisgeben wollte. Er hoffte nur, dass er und seine Familie auch auf dieser geheimen Liste standen.

„Ich nehme an, du wirst irgendwann mit ihr sprechen wollen, wenn sie zurückkommt? Jorge wird es mit Sicherheit wollen. Ich hoffe, sie ist bereit für diese Begegnung."

„Ich werde mit ihr sprechen und Jorge auch, jetzt, da er frei ist."

Eine neue Welle der Sehnsucht stieg in Thomas auf, von der er glaubte, dass nur eine erneute Begegnung mit Eleanor sie lindern könnte. Er fragte sich, warum er sich nicht mehr Mühe gegeben hatte, sie wiederzusehen. Ihr erster wilder Moment der Intimität war erfüllt gewesen von Eile und Sehnsucht und Schweiß, katastrophal, so falsch und doch so richtig zugleich. Thomas wusste nicht, wie er mit solch puren Emotionen umgehen sollte. Möglicherweise verliefe eine zweite Begegnung sanfter, würde in ihm Erinnerungen an jene Liebe wecken, die sie einst geteilt hatten. Jorge würde ihn verstehen. Jorge würde Ratschläge für ihn haben. Zweifellos gute Ratschläge, obwohl Thomas nicht sicher war, ob gute Ratschläge das waren, was er hören wollte.

Usaden wartete immer noch und Thomas verdrängte seine Zweifel und wandte sich ab. Sie hatten ein paar Männer aus deren Betten zu scheuchen und Antworten auf ihre Fragen zu finden. Thomas' Unbehagen wandelte sich in Aufregung. Vielleicht war heute der Tag, an dem er die Antwort auf das Rätsel um Cortez' Tod erhalten würde und wieder dazu übergehen konnte, den Nachmittag dösend zu verbringen. Vielleicht neben Eleanor.

Der erste Mann, den sie aufsuchten, sprang durch ein Fenster im Obergeschoss und brach sich den Knöchel auf dem Kopfsteinpflaster draußen. Er versuchte zu fliehen, wurde aber von Usaden eingeholt, der ihn mit oder ohne Verletzung erwischt hätte. Miguel verhaftete den Mann in Begleitung eines weiteren Wachtmeisters der Hermandos, den er mitgebracht hatte. Sie zogen weiter, durch das nördliche Stadttor zu einer verwahrlosten Hütte, die einen langsamen Kampf gegen die Elemente zu verlieren schien und Stein für Stein im Erdboden versank. Inzwischen hatte ein fahles Licht begonnen, den Himmel zu erobern, doch seine wärmende Quelle ließ noch auf sich warten. Ein Rudel wilder Hunde kämpfte knurrend und Zähne fletschend um einen Müllhaufen an der

Stadtmauer, und die drei Männer machten einen großen Bogen um sie. Kin ignorierte sie.

„Wer ist der Mann?", fragte Thomas.

„Der Name, den Jorge dir gegeben hat, ist Antonio de Parma", sagte Miguel, „aber das ist wahrscheinlich nur der, den er im Moment benutzt. Er ist nicht der Typ Mann, der einen Namen lange behält, wenn dieser auch nur im Geringsten mit einem Vergehen in Verbindung gebracht wird."

„Er könnte also derjenige sein?"

„Wie auch der letzte, der es doch nicht war, oder der nächste."

Als sie sich der Hütte näherten, ertönte ein krachendes Geräusch, und de Parma verließ die Hütte, indem er schlicht und einfach durch die verrottete Rückwand krachte und inmitten von auseinander berstenden Holzplanken auftauchte. Usaden rannte in die eine Richtung, Kin, Thomas und Miguel in die andere. Der Mann war schneller als der vorherige Verdächtige, allerdings war er im Vorteil, da beide seiner Knöchel intakt waren. De Parma sprintete bergauf und steuerte auf die felsige Kuppe eines niedrigen Hügels zu. Er wäre entkommen, allerdings war Kin zu schnell für jeden Mann. Er erwischte ihn an einem Bein und brachte ihn zu Fall, im selben Moment als Usaden zu ihm stieß, um sich auf den am Boden liegenden Mann zu werfen. Thomas kam gerade noch rechtzeitig, um zu sehen, wie der Fremde einen Dolch zog, und er stellte ihm seinen Fuß auf sein Handgelenk, wobei er keine Anstalten machte, sanft zu sein.

„Das ist schon vielversprechender", sagte Miguel und

blickte auf Usaden hinunter, der weiterhin auf de Parmas Brust saß.

„Der letzte ist auch weggelaufen, denk daran“, sagte Thomas.

„Aber nicht so schnell. Dieser hier ist stark genug, um Cortez zu töten.“

De Parma spuckte Usaden an. Der Gomeres wischte sich erst mit einer Hand übers Gesicht, dann setzte er die Bewegung fort und verpasste dem Mann einen so festen Schlag auf die Nase, dass Blut spritzte. Dann kniete er sich auf den Boden und wartete, als Miguel und Thomas de Parma zwischen sich auf dessen Beine hoben.

Thomas blickte in Richtung der Stadtmauer, die eine halbe Meile entfernt war. Es war niemand in Sicht.

„Wir sollten ihn hier draußen befragen. Hier können wir überzeugender sein als in euren Zellen.“

„Eine gute Idee. Ich und dein Freund werden ihn festhalten, du fängst an. Für mich gelten gewisse Regeln.“

Thomas lachte und schlug de Parma, diesmal auf sein Ohr, kaum fester als bei einer Ohrfeige.

„Ich werde dich umbringen!“ De Parmas Akzent, nicht unbedingt spanisch, milderte seinen Fluch.

„Du kannst es versuchen, aber falls dir zu Hause niemand das Zählen beigebracht hat, wir sind drei und du nur einer.“ Thomas zückte ein Messer mit kurzer Klinge und drehte es in seiner Hand, als wolle er herausfinden, wie es dorthin gekommen war. Er hielt es hoch, die Spitze nahe an de Parmas rechtem Auge. Der Mann versuchte, den Kopf wegzuziehen, aber Usaden vergrub seine Finger tief in seinen Haaren und fixierte ihn.

„Er weiß offensichtlich nichts“, sagte Miguel. „Du

kannst ihn genauso gut gleich töten, damit wir uns keine Sorgen wegen seiner Drohungen machen müssen."

Thomas nickte und führte das Messer an de Parmas Augenlid, wo er geradeso fest zustieß, dass ein Rinnsal aus Blut zu fließen begann.

„Du kannst mich nicht töten! Das ist gegen das Gesetz." Sein Gepolter verstummte und Furcht zeigte sich in seinen Zügen, als seine Augen Thomas abtasteten und keine Gnade an dem Mann entdecken konnten.

Miguel lachte auf. „Ich bin das Gesetz, das ist dir wohlbekannt, und dieser Mann ist Thomas Berrington. Du hast den Namen vielleicht noch nie gehört, aber halb Córdoba schon. Er ist ein Freund von Königin Isabel und dem König. Er kann tun und lassen, was er will. Thomas steht über dem Gesetz."

„Es ist wahr, das bin ich." Thomas verstärkte den Druck. „Miguel mag das Gesetz sein, aber ich stehe darüber. Sag mir, wer dein Meister ist."

„Welcher Meister?"

Thomas lächelte. De Parma wusste etwas. Er war auf irgendeine Weise involviert.

„Hast du Cortez getötet oder nur das Feuer gelegt? Für das eine wirst du gehängt werden, für das andere verlierst du eine Hand." Thomas wusste nicht, ob er die Wahrheit sagte oder nicht. Er vermutete, dass die Brandstiftung, die zu Cortez' Tod geführt hatte, genauso schlimm war wie der Mord selbst, aber er vermutete auch, dass de Parma das nicht wusste. „Oder du kommst aus dieser Sache heil heraus und wir verlieren kein Wort darüber. Es sei denn, es war alles deine Idee. Dann werde ich dich töten." Thomas blickte sich um. „Hier draußen. Wir legen deine

Leiche in diese heruntergekommene Hütte und zünden sie an, wie du es mit Cortez getan hast. Das wäre Gerechtigkeit."

„Ich habe nichts getan. Ich habe nur die Zündschnur gelegt und sie mit ihrer Arbeit allein gelassen. Ich werde auch diese Stadt verlassen. Ich habe sowieso genug von diesem Ort. Hier stinkt es."

„Du kannst zurück nach Italien gehen", sagte Thomas und freute sich, als de Parma nickte.

„Ja, ja, das werde ich."

„Aber zuerst musst du mir sagen, wer dahintersteckt." Er zog die Spitze seines Messers zurück, beließ es aber in de Parmas Blickfeld. „Wer hat den Befehl gegeben und wer war bei dir?" Er machte sich nicht die Mühe nach dem Grund für den Mord an Cortez zu fragen. De Parma war nicht die Art von Mann, dem man so etwas erzählt hätte, und auch nicht die Art von Mann, die sich darum scheren würde, wenn er es wüsste.

„Ich habe die anderen nie kennengelernt, nur die beiden Römer."

„Haben sie dich deshalb ausgewählt? Weil du dafür bekannt bist, Feuer zu legen, und weil du ihre Sprache sprichst? So ist es doch, nicht wahr?"

De Parma nickte. „Es ist lange her, dass ich ihre Sprache benutzt habe, und sie redeten zu schnell, als dass ich hätte mithalten können. Ich habe höchstens ein Wort von zehn verstanden, das ist alles."

„Dann waren sie gekaufte Männer?"

„Ja. Bezahlt. Ich hatte nichts mit dem Mord zu tun, nur mit dem Feuer." Er grinste kaum merklich und verschmitzt, mit einem Hauch von Stolz. „Das ganze

Papier wird schnell lichterloh gebrannt haben. Zu schnell, um zu entkommen, selbst wenn der Mann noch bei Bewusstsein gewesen wäre." Er versuchte, seinen Kopf zu Miguel zu drehen, doch Usaden hielt ihn immer noch an den Haaren.

„Du hast Cortez dort unten verbrennen lassen? Wer hat dich bezahlt?"

„Die beiden Männer. In Goldmünzen. Sind schon weg." De Parma lächelte und zeigte ihnen eine Galerie verfaulter Zähne. „Weg, aber nicht vergeudet."

„Wer hat sie beauftragt?"

De Parma schüttelte den Kopf. „Woher soll ich das wissen?"

Jetzt war Thomas an der Reihe zu lächeln. „Es ist mir egal, woher du es weißt, nur dass ich mir sicher bin, dass du es tust. Du weißt mehr, als du uns erzählst, nicht wahr? Sie werden sich danach umgehört haben, wer in Córdoba dazu in der Lage wäre, ein solches Feuer zu legen. Du hast davon Wind gekriegt und sie aufgesucht."

„Ich kann nichts dazu sagen."

„Warum nicht? Sobald du Kastilien verlässt, entgehst du jeder Strafe. Wir werden ihn doch nicht bestrafen, oder, Miguel?"

„Nicht, wenn er dir den Namen nennt."

„Siehst du?" Thomas starrte in de Parmas Augen, bis er darin erkennen konnte, wie sich der letzte Rest von Widerstand in die Akzeptanz seines Schicksals verwandelte.

„Wenn ich ihn verrate, kann ich nie wieder nach Rom oder sonst wohin in Italien zurückkehren."

„Sehe ich so aus, als würde mich das interessieren?"

Thomas verpasste de Parma mit der Spitze seines Messers einen oberflächlichen Schnitt quer über seine Wange. Dabei wurde ihm bewusst, wie sehr sich seine Menschlichkeit mit Lubnas Tod verflüchtigt hatte. Ihr mildernder Einfluss war zu einer dunklen Erinnerung verblasst. Er wusste, dass er diesen Mann ohne zu zögern töten würde, wenn Miguel ihn auffordern würde. Immerhin täte er der Welt damit einen Gefallen. Vielleicht erkannte de Parma die Natur seiner Gedanken in seinen Augen, denn er begann mit dem Kopf zu nicken, immer und immer wieder, als ob er, einmal angefangen, nicht mehr aufhören könnte.

„Der Priester", sagte er. „Der Priester hat den Befehl gegeben."

„Name?", fragte Thomas.

„Ich kenne keinen Namen, nur ein Haus."

„Wo?"

De Parma nannte ihnen einen kleinen Platz, den sowohl Thomas als auch Miguel kannten. Usaden ließ den Mann los, der sich den Hinterkopf rieb. Er legte eine Hand an seine Wange, dort, wo der Schnitt bereits aufgehört hatte zu bluten. Thomas wusste genau, wie er einen Mann schneiden musste, um ihm entweder maximalen oder minimalen Schaden zuzufügen.

„Kann ich gehen?" Er sah sich um, als könne er sein Glück nicht fassen.

„Du kannst gehen", sagte Miguel. „Aber wenn einer von uns dich noch einmal in der Stadt sieht, wirst du verhaftet und in einen Kerker geworfen, aus dem du nie wieder auftauchen wirst."

De Parma blickte zu der Hütte, die er zu seinem

vorübergehenden Zuhause gemacht hatte und die jetzt nur noch ein verschwommener Fleck war, und wandte sich ab. Er hatte offenbar nichts von Bedeutung dort aufbewahrt und marschierte nun den Hügel hinauf.

„Du hättest ihn töten sollen", sagte Usaden und sah dem Mann nach. „Ich kann es immer noch tun, wenn du willst."

Thomas beobachtete die kleiner werdende Gestalt. „Nein, lass ihn. Glaubst du, dass er die Wahrheit sagt?", fragte er Miguel.

„Ich glaube schon. Auf diesem Platz wohnt nur ein Mann, der den Ruf hat, alles zu tun, was man von ihm verlangt, und sein Name ist es auch, der auf dem anderen Stück Papier, das Jorge dir gegeben hat, geschrieben steht."

„Ist er wirklich ein Priester?"

Miguel nickte.

„Ein wichtiger? Ein Bischof vielleicht, oder ein Erzbischof?"

„Nein, er ist nur ein Priester, aber ein Mann mit Verbindungen."

„Wäre eine dieser Verbindungen jemand, der viel hochrangiger ist?" Und als Miguel die Stirn runzelte, fügte Thomas hinzu: „Rodrigo de Borja? Er ist zurzeit in der Stadt. Ich habe ihn im Palast gesehen und erst gestern mit ihm gesprochen."

„Ich glaube, sie haben einmal Zeit zusammen verbracht, zumindest behauptet der Mann das. Aber warum? Weiß de Borja etwas über diese Angelegenheit?"

„Oh, ich fange an zu glauben, dass er es tut."

De Parmas Gestalt war nur noch ein winziger Punkt

in der Ferne, als Usaden sagte: „Seid ihr sicher, dass ihr nicht wollt, dass ich ihn töte? Was, wenn er versucht, den Priester zu warnen?"

Thomas schüttelte den Kopf. „Lass ihn gehen. So dumm wird er nicht sein."

Usaden ließ sich nicht anmerken, ob er zustimmte oder nicht, sondern ging mit ihnen, als sie sich auf den Weg zum Stadttor machten. Kin lief voraus und kam zu ihnen zurück, immer wieder. Thomas fragte sich, wie er ein weiteres Treffen mit jenem Mann arrangieren sollte, der der nächste Papst werden könnte, und wenn er es schaffte, wie lange er diese Begegnung überleben würde. Aber zuerst musste er noch einen anderen Priester befragen.

Thomas wollte direkt zu dem Haus gehen, aber Miguel war dagegen. „Wir müssen erst mit dem dritten Mann sprechen."

„Wir haben den Brandstifter bereits", sagte Thomas.

„Und dieser andere weiß vielleicht mehr. Du hast mir erzählt, dass die Bäckersfrau am Tag vor Cortez' Tod vier Männer vor seinem Haus gesehen hat, und auch mir hat sie es bestätigt, als ich sie befragt habe. De Parma sagte, er habe sich mit zwei Männern aus Rom getroffen, es muss also noch ein weiterer Mann dabei gewesen sein. Wer auch immer diese Männer sind, mit denen de Parma zu tun hatte, sie werden mit anderen in der Stadt gesprochen haben, bevor sie die Männer fanden, die bereit waren zu tun, was sie verlangten."

Thomas war sich nicht sicher, ob er dieser Logik folgen konnte, nickte aber. Das dritte Haus lag ohnehin fast auf dem Weg zu dem des Priesters, und mit etwas Glück würde der dritte Gesuchte gar nichts wissen und sie würden kaum Zeit verlieren.

Das Haus war schmal und einstöckig. Es stand eingepfercht zwischen zwei höheren Gebäuden, die als Lager genutzt wurden und beide zu dieser Tageszeit noch geschlossen waren. Die Sonne war inzwischen aufgegangen, aber die Straßen lagen noch im Schatten. Miguel klopfte an die fadenscheinige Tür, aber es kam keine Antwort. Als er ein zweites Mal und beherzter klopfte, öffnete sich die Tür einen Spaltbreit, das Schloss sprang auf, und er stieß sie auf, während er Thomas ansah.

„Vielleicht hat er nichts zu stehlen und schließt nie ab."

Usaden wartete mit Kin auf der Straße, als Miguel und Thomas das einzige Zimmer in dem Haus betraten, was den Vorteil hatte, dass sie den Gesuchten sofort fanden. Unglücklicherweise, vor allem für ihn selbst, lag der Mann auf einer schmalen Pritsche, die von seinem Blut rot getränkt war. Thomas drängte sich an Miguel vorbei, der in der Tür stehen geblieben war, und kniete sich neben die Leiche. Es war nicht nötig, nach einem Puls zu fühlen. Der Bauch des Mannes war aufgeschlitzt worden und seine Kehle ebenso, vermutlich zur Sicherheit. Das Blut war frisch und noch klebrig.

„Er starb in der letzten Stunde. Wären wir zuerst hierhergekommen, wäre er vielleicht noch am Leben."

Miguel schüttelte den Kopf. „Schiebe die Schuld nicht auf uns, wir haben ihn nicht getötet."

„Ich habe euch nicht beschuldigt." Thomas spürte, wie sich die Ereignisse in Chaos verwandelten, wie er einen Feind verfolgte, den er nicht sehen konnte und der ihm immer einen Schritt voraus war. Einen Feind ohne Gesicht und mit mächtigen Meistern. Er wusste, wenn Miguel sich bereit erklärt hätte, mit ihm nach diesen Männern zu suchen, als Thomas ihn am Vortag darum gebeten hatte, wären sie noch am Leben. „Wer hat ihn umgebracht?" Er befürchtete, de Parma könnte einen Rückzieher gemacht haben und hierhergekommen sein, bis ihm klar wurde, dass dieser Mann schon tot gewesen war, als sie de Parma noch befragt hatten.

Er ging zurück hinaus auf die Straße und stellte sich neben Usaden. Als Miguel sich zu ihm gesellte, sagte er: „Wir müssen alle hier in der Straße wecken, um herauszufinden, ob sie etwas gesehen haben."

„Einverstanden, aber ich muss erst den Tod dieses Mannes melden und so schnell wie möglich ein paar Wachtmeister schicken." Miguel blickte in beide Richtungen die Straße entlang. „Aber es ist eine undankbare Aufgabe. Hier leben nur wenige Menschen und in dieser Gegend gibt man den Hermandos nicht gerade bereitwillig Auskunft."

„Kannst du das nicht später erledigen? Wir müssen zuerst den Priester aufsuchen, denn er könnte auch in Gefahr sein."

Miguel dachte einen Moment darüber nach, bevor er den Kopf schüttelte. „Kann ich nicht. Es ist meine Aufgabe, diesen Toten zu melden, aber ich kann dir sagen, wo du diesen anderen Mann findest."

Thomas notierte sich eine Adresse in einem

angenehmeren Teil der Stadt und sah zu, wie Miguel davonschritt, bevor er sich mit Usaden auf den Weg machte. Nach einem Moment klopfte er ihm auf die Schulter und begann zu laufen. Die beiden rannten durch die Straßen, die gerade erst zum Leben erwachten, und zogen die Blicke der Leute auf sich, die ihre Stände aufbauten oder zur Arbeit gingen.

Die Tür zum Haus des anderen Priesters war genauso wenig verschlossen wie die letzte, vor der sie gestanden hatten, und Thomas bekam Angst vor dem, was sie dahinter entdecken würden.

KAPITEL ACHTZEHN

Es dauerte länger, bis sie die Leiche des Priesters fanden, aber nur, weil das Haus größer und stattlicher war und sich über drei mit hochwertigen Möbeln eingerichtete Stockwerke erstreckte. Als sie ihn fanden, fanden sie auch seinen Angreifer, und Thomas verspürte einen Schwächeanfall, der ihn zwang, sich gegen die Wand zu lehnen.

Der Priester lag auf dem Rücken in einem Himmelbett. Er war nackt und wie bei dem anderen toten Mann war sein Bauch aufgeschlitzt worden, nicht jedoch seine Kehle. Er war langsamer und zweifellos unter Höllenqualen gestorben. Wer auch immer ihn getötet hatte, war auf der Suche nach Informationen gewesen, und Thomas fragte sich, ob der Priester sie verraten hatte.

Eine zweite Gestalt hockte zusammengekauert in einer Ecke wie ein weggeworfener Lappen, ebenfalls blutverschmiert, ein Messer in der rechten Hand. Obwohl er sein Gesicht abwandte, wusste Thomas, wer er war, aber nicht, wie es sein konnte, dass er hier war. Jorge sollte Tag und Nacht bewacht werden.

„Ist er tot?", fragte Usaden. „Es ist Jorge, nicht wahr? Schade, ich mochte ihn."

Thomas stellte fest, dass sein erster Gedanke ihm hätte gelten sollen, und ärgerte sich über sich selbst, weil es nicht so gewesen war. Nun taumelte er in die Ecke, in der Jorge lag. Er drehte ihn auf den Rücken, riss ihm das Messer aus der Hand und warf es Usaden zu, der keinen Versuch unternahm, es aufzufangen.

Thomas berührte Jorges Brust, ignorierte das Blut, das seine Kleidung durchnässte – es waren nicht die groben Lumpen, die er im Gefängnis getragen hatte, also hatte er sich umgezogen, bevor er den Palast verließ – und wartete auf einen Herzschlag, erleichtert, als er ein Klopfen unter seiner Handfläche spürte.

„Er lebt." Thomas erwartete keine Antwort von Usaden und erhielt auch keine. „Komm und hilf mir, damit ich nachsehen kann, wo er verletzt ist."

Usaden kniete sich auf Jorges andere Seite und zusammen hievten sie ihn in eine sitzende Position. Sein Kopf schlenkerte zur anderen Seite, und als er es tat, entdecke Thomas eine Wunde an seinem Hinterkopf. Er schob seine Haare auseinander, um sie genauer zu untersuchen. Sie war tief, aber nicht tief genug, um die Menge an Blut zu erklären, die Jorge bedeckte.

„Das Messer", sagte Thomas, „ist da Blut an der Klinge?"

Usaden nickte.

„Genug, um den Priester zu erklären?"

Ein weiteres Nicken.

„Verdammt!“ Thomas hockte sich auf seine Fersen. Er sah sich in dem Raum um und versuchte, eine Entscheidung zu treffen, obwohl er wusste, dass es nur eine einzige geben konnte. Die unvermeidliche. Die falsche.

„Miguel darf nicht wissen, dass Jorge hier ist“, sagte er. „Geh und hol ihn, während ich Jorge zurück in den Palast bringe.“

„Ich weiß nicht, wo er ist, und ich kenne die Stadt nicht gut genug, um ihn zu finden. Du gehst. Ich nehme ihn.“ Ein verhaltenes Lächeln umspielte seine Mundwinkel. „Und wenn jemand kommt, weißt du, dass ich besser in der Lage bin, ihn zu vertreiben.“

„Es kommt niemand“, sagte Thomas.

„Jorge hat sich das nicht selbst angetan.“

„Kannst du es beweisen?“ Thomas wartete, aber Usaden hatte keine Antwort, so wie er selbst keine Antwort hatte. Wie viele Beweise waren nötig?

„Geh“, sagte Usaden. „Hol den Wachtmeister.“

„Ich kann nicht.“

„Das sieht dir nicht ähnlich.“

Thomas wollte schon widersprechen, verkniff sich dann seine Antwort aber. Usaden hatte recht. Das war nicht seine Art, aber eine Situation wie diese hatte er noch nie erlebt. Er hatte Menschen verloren und er hatte Menschen getötet, aber dies war etwas, das alles übertraf, womit er umzugehen wusste. Jorge war seine zweite Hälfte. Völlig anders als er, und doch ergänzte er Thomas, so wie Thomas ihn ergänzte. Seine Gedanken überschlugen sich, suchten nach etwas, an das sie sich klammern konnten, nach einer Art von Gewissheit, und fanden keine.

„Wir werden ihn zusammen von hier wegbringen", sagte er.

„Das geht nicht. Wenn man dich erwischt, steckst du mit ihm zusammen in der Sache drin. Hol jetzt Miguel und ich kümmere mich um Jorge." Für Usaden waren das viele Worte, aber keines davon war verschwendet.

Thomas erhob sich. Er sah sich noch einmal in dem Zimmer um, ohne zu wissen, wonach er suchte. Dann stieß er einen weiteren Fluch aus und verließ das Haus. Als er durch die belebten Straßen ging, nahm er kaum die Menschen wahr, an denen er sich vorbeidrängte. Er dachte an Jorge. Dachte darüber nach, ob er zu dem fähig war, was er im Schlafzimmer des Priesters gesehen hatte. Und dann der Gedanke, den er verdrängt hatte, der sich aber immer wieder in sein Bewusstsein zwängte, bis er keine andere Wahl mehr hatte, als ihn zuzulassen: Was, wenn Jorge tatsächlich dessen schuldig war, was man ihm vorwarf? Trotz all seines Vertrauens, seines Glaubens an seinen Freund, trotz der unmöglichen Vorstellung, dass Jorge einen Menschen kaltblütig ermordet hatte, wusste er, dass er diese Möglichkeit in Betracht ziehen musste. Jorge hatte für beide Morde kein Alibi. Schlimmer noch, beim zweiten Mord war er mit dem Opfer im selben Raum entdeckt worden, mit einem blutigen Messer in der Hand.

Thomas musste herausfinden, ob es einen Grund gab, dass Jorge diese Männer tot sehen wollte. Was wussten sie, das eine solche Bedrohung darstellte, dass er sie mit einem Messer bedrohen würde? Bisher hatte er sich darauf konzentriert, Jorges Unschuld zu beweisen … aber was, wenn er schuldig war?

Thomas schüttelte den Kopf. Nein, nicht Jorge. Es war undenkbar. De Parma hatte ihm gesagt, dass Männer aus Italien Cortez getötet hatten. Vielleicht hatten sie auch den Priester umgebracht. Thomas musste sich wieder seiner Aufgabe widmen und seine Bemühungen verdoppeln, Jorges Namen reinzuwaschen.

Als er Miguel fand und mit ihm zum Haus des Priesters zurückkehrte, befand sich dort nur noch eine Leiche. Usaden und Jorge waren fort und Thomas spürte, wie ihn Erleichterung durchströmte.

„Carlos Mendoza", sagte Miguel, als er am Fußende des Bettes stand und die Leiche anstarrte.

„Ist er ein wichtiger Mann?"

„Nun, jetzt natürlich nicht mehr, aber er war es durch seine Verbindung zu anderen, durch das, was er wusste und tat." Miguel verzog das Gesicht. „Er ist entfernt mit Erzbischof Mendoza verwandt, der wiederum sowohl Isabel als auch Kardinal de Borja nahesteht. Carlos ist also nicht an sich wichtig, sondern nur durch jene Beziehungen, die ihn mit anderen verbinden." Miguel trat an das Bett heran und starrte auf die blutgetränkten Laken. „Wann ist das passiert?"

„Er starb nach dem anderen Mann, also erst vor Kurzem. Vielleicht erst kurz, bevor wir hier ankamen."

„Du hast niemanden gesehen?"

Als Thomas zögerte, drehte sich Miguel zu ihm um und runzelte seine sonst so glatte Stirn.

„Hast du?"

„Nein, ich habe niemanden gesehen." Thomas wusste,

dass er eine unsichtbare Grenze überschritten und sich über das Gesetz gestellt hatte. Er hatte Miguels Vertrauen missbraucht. Es tat weh, aber nicht so sehr, wie es weh getan hätte, die Wahrheit zu sagen.

Er ging einen Schritt näher an die Leiche heran. „Hatte er eine Position in Qurtuba inne?"

„Nichts, womit er sich rühmen hätte können, aber das hielt ihn nicht davon ab, es zu versuchen. Er arbeitete in der Kirchenbibliothek. Eine Position, die zweifellos für ihn gefunden wurde, weil sie ihm erlaubte, so viel oder so wenig zu tun, wie er wollte, und soweit ich weiß, war es eher Letzteres."

„Was denkst du, warum er umgebracht wurde?", fragte Thomas.

„Da bin ich gleich schlau wie du." Miguel blickte auf den toten Mann hinunter. „Ich habe ihn nie gemocht, nicht dass sich unsere Wege oft gekreuzt hätten, aber er war ein aufgeblasener Tyrann. Es gab immer wieder Beschwerden, meist von Frauen, aber ich wurde ermahnt, nicht gegen ihn vorzugehen. Er wird geschützt."

Thomas drehte sich um, als er Schritte auf der Treppe hörte. Miguel nickte ihm zu, sich auf eine Seite der offenen Tür zu stellen, bevor er sich selbst auf der anderen Seite postierte. Die Schritte näherten sich ohne zu zögern und einen Moment später betrat eine kleine Frau das Schlafzimmer, die ein Tablett mit Obst trug, das sie krachend fallen ließ, als sie den verunstalteten Körper des Mannes auf dem Bett entdeckte. Thomas überlegte, ob er seine Beine hätte losbinden sollen, entschied aber, dass es kaum einen Unterschied gemacht hätte.

Die Frau öffnete ihren Mund, um zu schreien,

bemerkte dann allerdings Miguel und stieß einen noch schrilleren Schrei aus. Miguel packte sie und zerrte sie aus dem Raum. Thomas folgte ihm und schloss die Tür hinter sich.

„Wer sind Sie?" Sie taten es de Parma gleich, Miguel hielt die Frau, während Thomas die Fragen stellte.

„Ich arbeite für Pater Mendoza."

„Als was?"

„Als Hausmädchen", sagte die Frau. „Ich mache ihm seine … seine Mahlzeiten zu Mittag und für das Abendessen." Ein Schluchzen erschütterte ihren üppigen Busen und sie kämpfte darum, nicht völlig zusammenzubrechen. „Jeden Morgen kaufe ich auf dem Markt, was frisch ist. Ich hole es auf dem Weg hierher, dann mache ich das Haus sauber. Ich koche ihm sein Mittagsmahl und bereite ihm eine kalte Platte zum Abendessen."

„Wann sind Sie gestern gegangen?"

Sie schüttelte den Kopf, aber nur, um sich Zeit zum Nachdenken zu verschaffen. „Kurz nach Sonnenuntergang. Manchmal früher, manchmal später, aber meistens um diese Zeit. Er mag es, die Abende für sich zu haben. Um zu beten, um über Gott nachzudenken, sagt er." Sie begegnete Thomas' Blick. „Was ist mit ihm passiert?"

„Jemand ist ins Haus gekommen und hat ihn getötet." Thomas machte keine Anstalten, seine Worte abzuschwächen. Er wollte ihre Reaktion sehen, aber es war klar, dass sie nichts von dem wusste, was sich an diesem Morgen hier zugetragen hatte. „Hat er Feinde?"

Sie schüttelte den Kopf. „Nicht, dass ich wüsste."

„Haben Sie irgendwelche Fremden gesehen, die das Haus beobachtet haben? Irgendwelche Besucher empfangen, die Sie nicht erwarten würden?“

Wieder schüttelt er den Kopf. „Nur die Italiener. Männer aus Rom, sagte Carlos, aber die hatte er erwartet.“ Ein weiterer Schluchzer schüttelte sie. „Was soll ich jetzt tun? Ich bin zu alt, um einen anderen Meister zu finden. Ich bin seit dreißig Jahren bei Carlos.“

Thomas fiel auf, dass sie nun den Vornamen des Priesters benutzte. „Erzählen Sie mir von den Männern aus Rom. Wie viele waren es?“

„Vier. Sie waren gut gekleidet und sprachen gehoben. Das Spanisch des einen war ausgezeichnet, das der anderen nicht so sehr. Ich habe sie nur kurz gesehen, als ich sie in das Arbeitszimmer meines Meisters führte. Als ich ging, waren sie immer noch da.“

„Letzte Nacht?“

„Vor vier, nein, fünf Nächten. Aber sie können nichts mit dem zu tun haben, was hier passiert ist, sie waren seine Freunde. Ich wurde gebeten, Essen und Wein für sie alle anzurichten.“

„Wissen Sie, was sie besprochen haben?“

„Wie sollte ich?“ Aber etwas in ihrer Antwort verriet ihm, dass sie log, und Thomas war zu ungeduldig, um subtil vorzugehen.

„Belauschen Sie alle seine Privatgespräche oder nur dieses eine?“

Die Frau versuchte, sich zu entfernen, aber Miguel hielt sie fest, obwohl Thomas ihm das gar nicht zugetraut hätte.

„Ich … Manchmal, wenn ich arbeite, putze, Wasser in

sein Zimmer bringe, seine Papiere ordne, gehe ich an der Tür vorbei und kriege Teile seiner Unterhaltungen mit. Ich drücke mein Ohr nicht an die Tür. Was ich mitbekomme, erfahre ich unabsichtlich, nichts weiter."

„In diesem Fall, vor fünf Tagen, was haben Sie da unabsichtlich mitbekommen?"

„Sie fragten ihn, ob er den Mann gefunden habe, den sie suchten."

„Welchen Mann?"

„Ich habe nur einen Namen gehört. Olmos. Sie sagten, sein Name sei Olmos. Ich kenne Daniel Olmos, den Schwertmacher, aber das tut jeder in Córdoba, also kann er es nicht sein. Der Name ist nicht so üblich, aber ich nehme an, es gibt noch andere."

„Und was war die Antwort Ihres Meisters?"

„Er sagte ihnen, er habe alles gefunden, wonach sie suchten, aber die Informationen würden mehr kosten als vereinbart, da es sich um hochrangige Leute handle."

„Und das haben Sie alles im Vorbeigehen gehört?", sagte Thomas.

„Ich bin an diesem Abend oft hin und her gelaufen. Der Meister hatte seine Papiere in einem Durcheinander hinterlassen und die Böden im Flur waren schmutzig."

„Um wie viel Uhr sind die Männer wieder gegangen?"

„Sie waren immer noch bei ihm, als ich fertig war. Es wurde viel gelacht, als ich auf dem Weg nach draußen an der Tür vorbeikam. Ich wurde gebeten, Wein für sie zu holen, also nehme ich an, dass ihre Geschäfte erledigt waren."

„Wie wirkte Ihr Meister am nächsten Morgen?"

„Nicht anders als sonst. Vielleicht ein bisschen

fröhlicher, also müssen diese Männer wohl zugestimmt haben, ihm zu zahlen, was er verlangt hat.“ Sie blickte den Korridor entlang, zurück zu Thomas. „Nicht, dass ihm das Geld jetzt noch helfen würde. Wer wird seinen Leichnam waschen und vorbereiten? Er sollte heute, noch vor Sonnenuntergang, beerdigt werden. Es wird viel zu organisieren geben. Ich würde das gerne übernehmen.“

„Hat er Familie?“

„Keine. Ich bin alles, was er hat.“

„Sagen Sie mir, wo Sie wohnen, falls ich noch Fragen habe.“ Thomas machte keine Anstalten, sich ihre Wegbeschreibung zu merken, denn er wusste, dass Miguel das tun würde.

Draußen sagte Miguel: „Du weißt doch, dass sie alles stehlen wird, was sie kann.“

„Ist es Diebstahl, wenn diese Dinge niemandem mehr gehören?“ Thomas erinnerte sich an den Tag, als er und Jorge genau dasselbe im Haus eines toten Mannes ohne Verwandte gemacht hatten.

„Es ist immer noch Diebstahl.“

„Dann geh doch wieder rein und nimm sie fest.“ Thomas ließ seine Ungeduld durchklingen. „Oder du wartest und erwischst sie auf dem Weg nach draußen. Wird sie ihren Meister vorbereiten, was meinst du?“

„Ich denke schon.“

„Dann ehrt sie sein Andenken. Gestatte ihr zu nehmen, was sie will, um ihre Loyalität zu ehren.“

Miguel wollte, dass Thomas ihn zu den Büros der Hermandos begleitete, aber stattdessen schob er eine andere Verpflichtung vor und ließ Miguel glauben, dass es sich um ein Treffen mit der Königin handle. Als er sich auf den Weg zum Palast machte, ging er die spärlichen Informationen durch, die ihm die Frau gegeben hatte, und spürte einen Funken der Hoffnung aufkommen. Männer aus Rom, dieselben, die ihn laut de Parma auch selbst rekrutiert hatten. Und diese Männer waren vor fünf Tagen bei Carlos Mendoza gewesen. An dem Tag, an dem Cortez ermordet und Jorge verhaftet worden war.

Er fragte sich, warum de Parma noch am Leben war, während alle anderen Beteiligten nun tot waren. Es sei denn, sein Tod war geplant gewesen und sie hatten es vor den Mördern zu ihm geschafft. Thomas wusste, dass noch zu viele Fragen nicht beantwortet werden konnten. An erster Stelle stand die Frage, wie es dazu gekommen war, dass Jorge bewusstlos im Schlafzimmer eines toten Mannes lag, mit einem blutverschmierten Messer in der Hand. Und wo er jetzt war.

KAPITEL NEUNZEHN

Als Thomas in den Palast zurückkehrte, ging er direkt in das Zimmer, das Theresa für Jorge und Belia organisiert hatte. Wie erwartet, lag Jorge auf dem Bett. Was Thomas nicht erwartet hatte, war, dass er nackt war und Belia sich gerade über ihn beugte. Einen Moment lang blieb Thomas in der Tür stehen, weil er glaubte, einen intimen Moment gestört zu haben, doch dann wurde ihm seine Dummheit bewusst. Belia untersuchte Jorge, fuhr mit zwei Fingern über seine Haut und suchte ihn nach Verletzungen ab.

„Hat er etwas gesagt?" Thomas stellte sich neben sie und beobachtete ihre Arbeit, beeindruckt von ihrem Geschick und ihrer Sorgfalt.

„Er hat sich nicht gerührt." Sie blickte ihn an. „Wie lange war er bewusstlos?"

„Das kann ich nicht genau sagen, aber nicht länger als eine Stunde."

„Eine Stunde! Was, wenn sie etwas in seinem Kopf verletzt haben?"

„Dann können wir nichts dagegen tun." Thomas wusste, wenn das der Fall war, gab es Techniken, die er schon früher angewandt hatte, aber sie waren gefährlich, wenngleich auch möglicherweise notwendig. „Hilf mir, ihn umzudrehen." Er schob seine Hände unter Jorge und wartete, bis Belia sich entschloss zu helfen.

Thomas teilte erneut Jorges Haar und beugte sich dicht über ihn. Der Schlag hatte die Haut aufplatzen lassen, aber Belia hatte die Wunde gesäubert und das Blut hatte aufgehört herauszusickern. Ein dunkler Bluterguss begann sich von der Wunde her auszubreiten.

„Ich habe eine Tinktur angerührt und sie ihm eingeflößt", sagte Belia. „Die Kinder habe ich mit deiner Freundin, der rothaarigen Frau, weggeschickt."

„Isabel?"

„Ich dachte, sie heißt Theresa."

„Richtig, mein Fehler. Was für eine Tinktur?"

„Schafgarbe, Beinwell, ein paar andere Kräuter, vor allem für die Wunde, aber auch solche, die im Inneren wirken. Es gefällt mir nicht, dass er nicht aufwacht."

Thomas rollte Jorge wieder auf den Rücken, ohne sich um seine Nacktheit zu kümmern. Er hatte ihn schon tausendmal so gesehen und hoffte, es noch weitere tausendmal tun zu können. Nun hob er eines seiner Augenlider an, suchte nach geweiteten Pupillen und war erleichtert, als sie von normaler Größe waren und schrumpften, bis sie aussahen wie Stecknadelköpfe, als er eine Kerze in die Nähe brachte.

„Ich muss mit ihm sprechen, um herauszufinden, was er in diesem Haus gemacht hat. Er hätte doch hierbleiben sollen", wandte er sich an Belia. „Hat er dir irgendetwas davon gesagt, dass er den Palast verlassen wollte?"

Sie schüttelte den Kopf. „Er lag neben mir, als wir einschliefen, und war weg, als ich aufwachte. Es ist nicht Jorges Art, aufzustehen, ohne mich zu wecken. Sonst macht er so viel Lärm und murrt. Er hat mir erzählt, dass deine Freundin, die Königin, ihn in deine Obhut entlassen hat, und das ist das Ergebnis davon."

„Du hast also keine Ahnung, warum er gegangen ist – er hat es nicht mit dir besprochen?"

„Wir waren gestern Abend anderweitig beschäftigt. Wo hast du ihn gefunden?"

„Im Haus eines Priesters. Was hat Usaden dir gesagt?"

„Dass ihr einen Toten gefunden habt. Ich nehme an, dass Jorge in irgendeiner Weise in die Angelegenheit involviert war, so wie seine Kleider ausgesehen haben. Ich habe sie verbrennen lassen und ihn zweimal gewaschen." Sie warf einen Blick auf Thomas. „Mach dir keine Sorgen, die Kinder haben nichts davon mitbekommen. Ich habe sie weggeschickt, bevor ich angefangen habe, und Usaden wird kein Wort darüber verlieren."

„Nein, das wird er wohl nicht. Wo ist er jetzt?"

„Bei den Kindern."

„Er ist kein gutes Kindermädchen."

„Er sagte etwas davon, dass es Zeit für Wills Training sei und Amal gerne zusieht. Sie haben auch deinen Hund mitgenommen." Sie lächelte, wenn auch angespannt. „Die Dienerschaft mag es nicht, wenn er im Palast umherläuft, also glaube ich, Usaden lässt ihn manchmal frei, um sie zu ärgern."

Thomas fragte sich, ob Belia seine Freunde besser kannte als er selbst.

„Weiß sonst noch jemand von Jorge?"

„Nicht, soweit ich weiß. Nicht einmal deine rothaarige Frau." Sie schenkte ihm ein rätselhaftes Lächeln. „Sie ist hübsch, nicht wahr?"

„Ist sie das?" Thomas starrte Jorge an. Sein Brustkorb hob und senkte sich in einem langsamen Rhythmus. Thomas wartete und beobachtete ihn, aber Jorges Augen bewegten sich nicht unter ihren Lidern, wie sie es täten, würde er träumen. Er fürchtete, der Schlag gegen seinen Kopf könnte mehr Schaden angerichtet haben, als ein Mensch überleben konnte. Er fragte sich, ob er gezwungen sein würde, seinen Schädel aufzubohren, um den Druck abzulassen. Es war ein gefährliches Verfahren, aber er hatte es schon zuvor durchgeführt. Manche der Patienten hatten es sogar überlebt.

„Dank dir hat er die Schwertwunde vom letzten Jahr überlebt", sagte Belia. „Er wird auch dies überleben. Ich kenne dich – du magst es nicht, wenn deine Patienten sterben."

Thomas sah zu ihr, um herauszufinden, ob sie lächelte, aber ihr Gesicht zeigte keine Regung, und er wusste, dass sie versuchte, ihre Gefühle nicht die Oberhand gewinnen zu lassen. Sie und Jorge waren seit vier Jahren ein Paar und Thomas erwartete nicht, dass sie sich jemals trennen würden. Belia war seltsam, für viele unnahbar, und er war sich nicht sicher, ob er sie selbst ganz verstand, aber er wusste, dass Jorge es tat. Sie passten überhaupt nicht zusammen, aber das war bei ihm und Lubna wohl auch der Fall gewesen.

Der Gedanke an Lubna ließ ihn in Gedanken in die Vergangenheit wandern, bis ihm Eleanor in den Sinn kam. Das Mädchen, das man ihm gestohlen hatte, war jetzt eine erwachsene Frau in seinem Alter, eine Gräfin, und hier in Qurtuba. Zusammen mit Thomas' Sohn. Er ließ seinen Atem in einem langen Seufzer aus seinen Lungen entweichen, während verrückte Bilder durch seinen Geist tanzten. Nur langsam wurde er sich dessen bewusst, dass Belia an seinem Ärmel zerrte.

„Hast du letzte Nacht überhaupt geschlafen?"

„Ein bisschen, aber nicht besonders lange. Es gibt zu viel zu tun."

„Dann musst du jetzt schlafen. Geh in dein Zimmer, lass diese Frau rufen, wenn du willst, aber vor allem brauchst du Ruhe. Ich werde dich holen, wenn Jorge aufwacht."

Thomas wusste, dass Belia recht hatte, aber als er durch die holzgetäfelten Korridore wanderte, wusste er auch, dass er ihren Rat nicht befolgen würde. Stattdessen begab er sich auf die große Terrasse mit Blick auf die Gärten und hoffte, dort Will, Amal und Usaden anzutreffen. Was er nicht erwartet hatte, war, auch Isabel, Fernando und den Mann zu sehen, von dem er glaubte, dass er mit seinen Problemen zu tun haben könnte: Rodrigo de Borja.

Sie saßen an einem Metalltisch mit Weinkelchen und kleinen Tellern voller Köstlichkeiten, die von einem Vordach aus Stoff vor der Sonne geschützt wurden, während sie zusahen, wie Usaden Will und Prinz Juan im Sonnenschein hart trainierte. Isabel hielt Amal auf ihrem Schoß. Sie blickte auf, als Thomas im Türrahmen stehenblieb und nicht wusste, ob er sie unterbrechen sollte, bis sie lächelte und ihn zu sich winkte, um ihm keine Wahl zu lassen. Sie hob Amal zu ihm hoch und Thomas nahm seine Tochter, die leicht wie eine Feder war, und setzte sie auf seine Hüfte.

„Will kämpft gut", sagte Amal auf Arabisch, der einzigen Sprache, die sie beherrschte, und Thomas war bewusst, dass sich das bald ändern musste. Die Sprache Kastiliens würde bald eine Notwendigkeit werden. Amal war jung genug, um jede Sprache wie ein Schwamm aufzusaugen, und er fragte sich, ob er ihr auch ein wenig Englisch beibringen sollte.

„Was hat sie gesagt?", fragte Isabel. „Setz dich, Thomas, trinke Wein mit uns. Er schmeckt sehr gut. Ein Geschenk von Rodrigo."

„Sie sagte, Juan kämpft gut", sagte Thomas. Er wollte sich nicht setzen, wusste aber, dass er keine andere Wahl hatte. Amal zappelte, als er es tat, wollte sich aus seinem Griff befreien, und er stellte sie auf ihre kurzen Beinchen und sah zu, wie sie zu Kin ging, der mit heraushängender Zunge im Schatten lag.

„Dein Sohn auch", sagte Fernando, ohne jegliche Gefühlsregung in der Stimme.

„Usaden bildet ihn seit Langem aus, Euer Gnaden." Thomas beschloss, in Anwesenheit von de Borja die formelle Anrede zu benutzen. „Und ich bin mir sicher, dass Ihr auch Juan ausgebildet habt."

„Vielleicht sollte ich dir den Mauren stehlen." Fernando lächelte, doch in seinen Augen war keine Erheiterung zu erkennen.

„Ihr könnt es versuchen, aber Usaden ist sein eigener

Herr. Selbst wenn ich ihm befehlen würde, zu euch zu kommen, würde er nicht auf mich hören." Thomas drehte seinen Kopf, als er eine Bewegung wahrnahm. Amal zerrte Kin ins Gras, ihre Finger krallten sich in das Fell an seinem Hals, der Hund größer als sie selbst. Thomas sah unbeteiligt zu, denn er wusste, dass die beiden einander treu ergeben waren. Er würde ihr Kin jederzeit und überall anvertrauen, und er wusste, dass der Hund sein Leben für Amal geben würde, wenn es nötig wäre.

„Ich mag auch deinen Hund", sagte Fernando. „Woher hast du ihn? Gibt es noch mehr von seiner Sorte?"

„Ich habe ihn gefunden", sagte Thomas. „Er gehört mir nicht wirklich, so wie Usaden mir nicht gehört." Er war sich bewusst, dass de Borja dem Gespräch folgte, als wolle er das Spiel der Beziehungen zwischen Thomas, dem König und der Königin beurteilen. Jetzt streckte der Mann, der gute Chancen darauf hatte, der nächste Papst zu werden, seinen Arm aus, um ihm Wein einzuschenken.

„Probieren Sie den und sagen Sie mir, was Sie davon halten. Isabel hat mir viel von Ihnen erzählt, Thomas Berrington, und Sie faszinieren mich. Ich mag auch Ihren Freund Jorge und das war der Grund, warum ich beschloss, ihn in Ihre Obhut zu geben. Er ist herzlich eingeladen, sich uns anzuschließen, seine Frau auch, wenn sie es wünscht. Und Sie und ich müssen uns noch einmal unterhalten, bevor ich Córdoba verlasse. Ich unterhalte mich gern mit intelligenten Männern mit geheimnisvoller Vergangenheit."

„Oh, meine Vergangenheit ist gar nicht so geheimnisvoll."

„Isabel behauptet etwas anderes. Sie sagte mir, dass Sie

viel für sich behalten, als ob Wissen mehr wert wäre als Gold. Apropos, ich habe auch über Ihren Rat bezüglich Columb nachgedacht. Er spricht auch von Gold und von neuen Konvertiten zum einzig wahren Glauben. Haben Sie wirklich Ihre Meinung über ihn geändert, Thomas Berrington?"

„Thomas hat auch mit mir über Columbs Pläne gesprochen", sagte Isabel, ihren Blick auf Thomas gerichtet. „Rodrigo und ich wägen sein Anliegen ab."

„Legt nicht zu viel Wert darauf, was ich denke, Euer Gnaden."

Isabel streckte die Hand aus und gab Thomas einen Klaps auf den Arm, während sie so übertrieben das Gesicht verzog, dass er lachen musste. Während er es tat, nahm er wahr, wie de Borja ein langes Gesicht machte.

„Sag Rodrigo, was du denkst, denn wir haben das Thema bereits diskutiert, neben vielen anderen Dingen. Du hast ihn einst für verrückt gehalten, nicht wahr?"

Thomas nickte. Er griff nach dem feinen Kristallkelch und nahm einen Schluck von dem Wein. Er war in der Tat gut. Sehr gut. Vielleicht der beste Wein, den er je getrunken hatte.

Das Klirren von Stahl auf Stahl drang aus der Ferne zu ihnen durch, dort, wo Usaden jetzt sowohl gegen Will als auch gegen Prinz Juan kämpfte, der zu schwächeln begann. Anders als Will, der größer war als Juan, wenn auch fünf Jahre jünger. Er kam nach seinem *Morfar,* Olaf Torvaldsson, und war unerbittlich.

„Ich habe meine Meinung über seine Idee geändert", beantwortete er Isabels Frage.

„Warum?", fragte de Borja.

„Wie ich Euch vor zwei Tagen sagte, habe ich mir die Zeit genommen, verschiedene Schriften zu studieren und Karten von Nordmännern zu konsultieren. Daraufhin bin ich zu dem Schluss gekommen, dass sich westlich von uns tatsächlich ein Land befinden muss. Zumindest hoffe ich das für Cristof, denn sonst sind er und seine Männer dem Untergang geweiht."

„Was meine Befürchtung ist." Isabel lehnte sich ein wenig näher heran. „Wenn ich zustimme, seine Expedition zu finanzieren, und sie kehrten nicht zurück, schicke ich Dutzende von Männern in den Tod."

Wie die Männer, die du in die Schlacht gegen die Mauren schickst, dachte Thomas und wusste, dass er eine solche Ketzerei in ihrer Gegenwart niemals aussprechen durfte.

„Cristof würde sich bereitwillig auf die Reise machen. Er hält das Risiko für lohnenswert. In Anbetracht der Belohnung, die ihm winkt." Er war sich bewusst, dass de Borja die Ungezwungenheit zwischen ihnen bemerkt hatte, obwohl Thomas in seiner Wortwahl vorsichtig war.

„Er sagte mir, dass in diesem Land Gold wartet. Viel Gold."

„Das weiß er nicht mit Sicherheit." Es war Fernando, der nun sprach. „Ich sage, schickt ihn weg. Soll doch jemand anderes sein Geld für ihn aus dem Fenster werfen. Er verlangt sehr viel."

„Drei Schiffe", sagte Isabel. „Er sagt, drei Schiffe seien genug." Sie lächelte ihren Mann an. „Und ich weiß, dass du genauso gerne spekulierst wie jeder andere auch."

„Jeder andere bis auf mich", sagte de Borja. Er lachte, bevor er seine Aufmerksamkeit wieder auf Thomas richtete. Es fühlte sich an, als wäre ein helles Licht auf ihn gerichtet worden, und Thomas konnte nachvollziehen, wie der Mann zu seiner jetzigen Position in der Kirche aufgestiegen war – und es zweifellos noch bis ganz nach oben schaffen würde. „Sagen Sie mir die Wahrheit, Thomas – ich darf Sie doch Thomas nennen, nicht wahr? Wir sind doch hier alle Freunde." Und als Thomas nickte, fuhr de Borja fort, wie er es bei ihrem letzten Treffen getan hatte: „Und Sie müssen mich Rodrigo nennen."

„Das steht mir nicht zu, Eure Eminenz."

De Borja starrte ihn lange Zeit an. Niemand sonst sprach.

Thomas sah, wie Amal hinter Kin herlief und fröhlich lachte, als sie versuchte, seinen Schwanz zu fangen. Kin hätte sie ohne Probleme abhängen können, tat es aber nicht. Thomas wünschte sich ein weniger kompliziertes Leben. Für sich selbst, für Will und Amal. Er wünschte sich, dass er jemanden finden würde, der Lubnas Platz einnehmen konnte, denn er hatte erkannt, dass es das war, was er brauchte. Lubna hätte es so für ihn gewollt. Schließlich hatte sie in seiner Seele das Bedürfnis nach Gesellschaft und Liebe geweckt.

Wenn er an Eleanor dachte, wusste er, dass sie nicht die Gefährtin war, die er suchte. Er wusste, wenn sie sich nicht vor all den Jahren getrennt hätten, hätten sie sich am Ende trotzdem getrennt. Ihre Liebe hatte mehr aus der Lust der Jugend bestanden, aber aus wenig mehr. Bei dieser Erkenntnis spürte Thomas, wie sich sein Körper entspannte. Eleanor war nicht die Richtige. Sie war es nie gewesen. Aber er fragte sich, ob es nicht jemand sein könnte, der ihm näherstand.

De Borja wartete immer noch.

„Was wollen Sie wissen, Rodrigo?"

Der Mann lächelte, aber es war kein Ausdruck des Sieges, eher der eines Freundes, eines Kollegen. Thomas konnte sich immer mehr für den Mann erwärmen, auch wenn er weiterhin vermutete, dass er mehr darüber wusste, was es mit den Ereignissen rund um Jorge auf sich hatte. Aber wenn er es wusste, warum sollte er ihn dann freilassen? Er dachte an die Möglichkeit, dass de Borja Jorges Vater war, und versuchte, eine Ähnlichkeit in ihren Gesichtern zu finden, doch es wollte ihm nicht gelingen. De Borja war gutaussehend, ja, aber Jorge war mehr als das.

De Borja, der von seinen Gedanken nichts mitbekam, fragte: „Sind Sie der Meinung, dass Columb recht hat?"

„Nein, er hat unrecht. Aber auf die richtige Art und Weise. Seine Berechnungen sind nicht korrekt. Er glaubt, die Welt sei kleiner, als sie tatsächlich ist, aber da ist ein Land im Westen. Nur nicht jenes Land, das er zu finden erwartet."

„Und woher wissen Sie das?"

„Ich habe Dokumente studiert."

„Offizielle Dokumente?"

„Sie sind in den Bibliotheken von Gharnatah frei zugänglich."

„Also nicht offiziell."

„Wissen ist immer offiziell." Thomas erwartete, dass de Borja Unmut zeigen würde, was nicht geschah, und wieder spürte er, wie sein Respekt für diesen Mann wuchs.

„Sie wissen, dass das nicht der Fall ist." De Borja winkte mit der Hand ab. „Aber das macht nichts. Ich weiß, dass Sie nicht aus Kastilien stammen. Sie sind Engländer, hat Isabel mir erzählt. Und ist England nicht auch ein katholisches Land? Ich vermute, es ist ein Kreuz, das Sie da um den Hals tragen, wie ein guter Christ. Ich werde also auf Ihren Rat hören und meine Freunde entsprechend anweisen."

Warum gerade auf meinen?, fragte sich Thomas. Es ergab keinen Sinn, aber er sagte nichts, weil er de Borja näherkommen wollte. Nahe genug, um herauszufinden, was er vorhatte. Nah genug, um herauszufinden, ob er in die Sache involviert war. Nah genug, um Jorges Namen reinzuwaschen. Er berührte seinen eigenen Hals und war beruhigt, das Kruzifix, das er dem Toten abgenommen hatte, unter seiner Kleidung versteckt tasten zu können. Aus irgendeinem Grund zog er es vor, dass de Borja es nicht sah, zumindest für den Moment.

„Wir sollten unter vier Augen sprechen", sagte de Borja. „Von Mann zu Mann. Wo niemand Zeuge von Ketzerei werden könnte, sollte eine ausgesprochen werden. Manchmal ist das notwendig, wenn man neue Ideen zur Diskussion stellt. Wären Sie bereit, das für mich zu tun, Thomas?"

Thomas nickte, denn er wusste, dass er ohnehin keine andere Wahl hatte.

„Heute Nachmittag also", sagte de Borja, für den es eine entschiedene Sache war. „Ich werde Córdoba bald verlassen, daher sollten wir am besten noch heute reden. Ich werde darum bitten, dass man ein privates Essen für uns vorbereitet." Er warf einen Blick zu Isabel, und Thomas erkannte, dass der Mann ganz genau wusste, wo die Macht lag. „Lässt sich das arrangieren?"

„Natürlich. Ich wünschte, ich könnte mich euch anschließen, denn ich vertraue Thomas' Urteilsvermögen mehr als dem jedes anderen, aber ich weiß, dass das nicht geht. Ich werde Theresa bitten, alles zu organisieren."

De Borja wollte noch etwas sagen, aber im selben Moment rannte Juan aufgeregt auf seine Mutter zu, um ihr zu erzählen, was Usaden ihm beigebracht hatte. Amal kam so schnell sie konnte mit Kin herbeigeeilt, und Will folgte ihr auf die Terrasse, sein Gesicht rot und schweißgebadet. Usaden hingegen stand an der Seite, atmete kaum, als wäre er aus Stein.

„Ich freue mich darauf", sagte Thomas und beobachtete Isabel, die Juan etwas ins Ohr flüsterte, was ihn zum Lachen brachte. Er verspürte eine Welle der Unwirklichkeit und fragte sich, was der junge Thomas, der England mit dreizehn Jahren verlassen hatte, von dem Mann gehalten hätte, der jetzt unter diesen Menschen saß. Unter Männern und Frauen, die die Welt regierten. Er hätte es nicht geglaubt, das wusste er, so wie er es auch jetzt kaum glauben konnte.

KAPITEL ZWANZIG

„Das gefällt mir nicht", sagte Belia. „Er hätte schon längst aufwachen müssen, aber er hat sich nicht einmal gerührt." Ihr Blick traf den von Thomas. „Kannst du nichts tun?"

„Noch nicht." Er setzte sich auf die Bettkante, während Belia mit Jorges Hand zwischen ihren Brüsten neben ihm hockte. Unter normalen Umständen hätte das allein ausgereicht, um Jorge zu wecken. Um jeden Mann zu wecken. „Wenn sich sein Zustand bis übermorgen nicht verändert, werde ich dann entscheiden, aber höchst wahrscheinlich braucht er nur Zeit."

„Es gefällt mir trotzdem nicht."

„Mir auch nicht, aber im Moment ist Nichtstun die beste Behandlung." Thomas fühlte Jorges Puls, der stark und langsam war. „Er hat nicht geträumt, oder?"

„Nichts. Er liegt da, als wäre er …" Belia unterbrach sich selbst, da sie den Gedanken nicht zu Ende führen wollte. Sie nahm einen Atemzug, der bebend den Weg in ihre Lungen fand. „Hast du das nötige Werkzeug, falls du ihn operieren musst?"

„Habe ich nicht, aber ich habe noch Zeit, es aufzutreiben." Er sagte ihr nicht, dass Daniel das meiste von dem, was er brauchte, bereitstellen konnte, sobald es sterilisiert war. Eine schmale Metallstanze und etwas, um ein Loch zu bohren. Er stand auf und sah auf die beiden herab. „Ich muss wieder los."

„Dann musst du die Kinder mitnehmen oder jemanden finden, der sich um sie kümmert. Ich werde Jorge nicht von der Seite weichen."

Thomas nickte. Es war ungünstig, aber er wusste, dass er sich um sie kümmern musste, auch wenn er sie nicht dorthin mitnehmen konnte, wo er hinwollte. Er würde Theresa suchen und auf ihre Gutmütigkeit vertrauen müssen. Vielleicht würde er sogar etwas versprechen müssen und begann sich zu fragen, ob es ein falsches Versprechen wäre. Nachdem ihm klar geworden war, dass mit Eleanor zu schlafen ein Fehler gewesen war, hatte sich etwas in ihm gerührt, das er seit über einem Jahr nicht mehr gespürt hatte. Das Gefühl war ungewohnt, aber nicht unerwünscht. Die Zeit heilt alle Wunden, sagten die Leute. Thomas hatte diese Worte nicht geglaubt, obwohl die Zeit seinen Schmerz im Laufe der Jahre viele Male geheilt hatte. Der Verlust seiner Mutter, der Verlust von Eleanor, nach der Schlacht von Castillon im Stich gelassen zu werden, die unzähligen Male davor und danach. Lubna zu verlieren war ein Trauma zu viel gewesen, aber es stimmte, was die Leute behaupteten. Die Zeit heilt alle Wunden, ob ein Mann es möchte oder nicht.

Er konnte Theresa nicht finden, was vielleicht besser so war. Stattdessen nahm er Will, Amal und Kin mit über den Fluss zu Daniels Haus. Zanita war überglücklich, sie alle zu sehen, sogar seinen Hund, und mehr als glücklich, dass sie bei ihr bleiben durften, bis Thomas zurückkam. Noch bevor er ging, saß Amal bereits zwischen den beiden Jüngsten auf dem Boden und plapperte auf Arabisch, worüber sie lachten, und Will unterhielt sich mit Xever, der fast doppelt so alt war wie er, aber nicht größer, über das Kämpfen. Thomas machte sich Sorgen, dass sein Sohn kaum mehr an etwas anderes dachte, und er wusste, dass er nicht aufmerksam genug gewesen war. Und auch nicht präsent genug. Das, so versprach er, würde sich ändern. Sobald er Jorges Namen reingewaschen hatte. Und das war es, was er nun tun musste.

Thomas ging zurück in die Stadt. Als die Mauern ihn umgaben, hatte er das Gefühl zu ersticken. Er wünschte sich, er hätte niemals zugestimmt, nach Qurtuba zu kommen, doch noch während er darüber nachdachte, wurde ihm klar, dass es unmöglich gewesen wäre abzulehnen. Abu Abdullah, Muhammed XIII., Sultan von Gharnatah, wollte ihn vielleicht nicht mehr töten, doch er hielt Thomas an einer Leine, sodass er nach seiner Pfeife tanzen musste.

Thomas ging zuerst zu Lawrence, nur um festzustellen, dass er keine weiteren Fortschritte gemacht hatte.

„Ich habe so tief gegraben, wie ich konnte, aber es gab nichts mehr zu finden. Du hast nun alle Informationen, die in den Akten stehen.“ Er saß wieder draußen und Thomas fragte sich, ob er mehr getan hatte als nur das, worum er ihn gebeten hatte.

„Hast du etwas von Beatriz gehört?“

„Nichts. Vielleicht sind die Vögel nicht angekommen. Das kommt vor. Ich werde heute Nachmittag einen weiteren schicken.“

„War Miguel schon bei dir?“

„Warum sollte er?“

Thomas wandte sich ab und unterdrückte seine aufkeimende Wut, von der er wusste, dass sie ungerecht war. Lawrence hatte alles getan, was er von ihm verlangt hatte. Wenn es nichts zu finden gab, dann konnte er auch keine Informationen aus dem Hut zaubern.

„Thomas.“

Er blinzelte und drehte sich um. Lawrence sah ihn besorgt an. „Tut mir leid, ich bin müde.“

„Erschöpft bist du. Wenn du irgendetwas von mir brauchst, oder wenn du mehr herausfindest und eine Bestätigung dafür suchst, komm zurück. Auch wenn du meine Klinge brauchst, weißt du, dass ich für dich da bin.“ Er lächelte. „Wie damals, als wir Mandana gejagt haben. Das waren gute Tage, nicht wahr?“

Thomas war sich da nicht so sicher, aber Lawrences Worte beruhigten ihn und er nickte, bevor er sich zum Gehen abwandte. Rodrigo de Borja hatte gesagt, sie sollten sich am Nachmittag unterhalten, also machte sich Thomas auf den Weg zu Miguel am Stützpunkt der Hermandos. Er wollte ihn fragen, ob er in Bezug auf den Tod von Carlos Mendoza Fortschritte gemacht hatte, aber stattdessen war es Miguel, der ihn ausfragte.

„Als du zu Mendozas Haus gegangen bist“, sagte er, „hast du da sonst noch jemanden gesehen? Jemanden, der das Haus verlassen hat?“

„Niemanden." Thomas hoffte, dass Miguel nicht die Lüge in seiner Stimme hören würde. „Nur den toten Priester."

„Es war noch jemand da", sagte Miguel. „Da war Blut auf dem Boden in einer Ecke und ein Messer lag in der Nähe. Wer auch immer Mendoza getötet hat, muss selbst voller Blut sein. Ich habe die Nachbarn befragt, aber sie haben nichts gesehen, nur dich und Usaden, als ihr das Haus betreten habt."

„Es war noch früh am Tag", sagte Thomas. „Ich fürchte, ich habe das Blut nicht bemerkt. Hast du schon weitere Nachforschungen angestellt?"

„Ein paar wenige. Mendozas Haus wurde durchsucht und es wurden einige Dinge gefunden, von denen einige mit Cortez in Verbindung stehen."

„Es gibt eine Verbindung zwischen den beiden Männern? Das würde einiges erklären. Was waren das für Dinge?"

„Dokumente, die sich auf Adoptionen beziehen, die Mendoza durchgeführt hat, andere, die Drohungen zu sein scheinen, Leute zu verraten. Es scheint, dass Mendoza Kinder nicht nur vermittelte, sondern sie auch verkaufte." Miguels Gesichtsausdruck war finster und es war nicht nötig, Thomas zu erklären, zu welchem Zweck diese Kinder verkauft wurden. Sie wussten beide, dass die Verdorbenheit unter der Oberfläche der Gesellschaft sehr weit verbreitet war.

„Glaubst du, sie hatten es auf jemanden abgesehen, der zu mächtig für sie ist?"

„Die Informationen, die ich habe, beziehen sich alle auf normale Bürger, aber ich habe vor, so lange zu graben, bis ich etwas finde."

„Dann musst du vorsichtig sein. Cortez und Mendoza sind beide tot. Wer auch immer sie ermordet hat, wird nicht davor zurückschrecken, einen Wachtmeister umzubringen."

„Ich kann auf mich selbst aufpassen. Hat Lawrence etwas herausgefunden?"

„Nichts Neues. Du solltest mit dem, was du gefunden hast, zu ihm gehen. Er wird Verbindungen herstellen können, die niemand sonst sieht. Ich komme später vorbei. Jetzt habe ich einen Termin, den ich nicht absagen kann."

Thomas verließ Miguel und ging in Richtung des Palastes mit dem Gefühl, dass sich die Ereignisse seiner Kontrolle entzogen, dass sich hinter seinem Rücken einiges tat. Er überlegte, ob er versuchen sollte, de Borja zu befragen, um herauszufinden, ob er involviert war oder nicht. Er würde mit größter Vorsicht vorgehen müssen, denn der Mann war sehr einflussreich. Thomas hätte es bevorzugt, wenn Jorge bei ihm gewesen wäre, aber das war unmöglich. Es sei denn, er war inzwischen aufgewacht.

Als Thomas das Zimmer betrat, schlief Belia, ihr Körper ungünstig verdreht, ihr Kopf auf dem Bett neben Jorge abgelegt, der weiterhin wie ein Toter dalag, das langsame Heben und Senken seines Brustkorbs das einzige Lebenszeichen. Thomas untersuchte ihn, drehte seinen Kopf, um sich die Wunde anzusehen, und fragte sich, ob er morgen seinen Schädel würde eröffnen müssen. Es sah immer mehr danach aus, dass sich darin ein Druck aufbaute, der abgelassen werden musste. Thomas hatte diesen Eingriff nur wenige Male zuvor durchgeführt, und nicht immer mit Erfolg, aber wenn es Jorges einzige Chance war, würde er es wieder versuchen. Je mehr Zeit verging, ohne dass er das Bewusstsein wiedererlangte, desto wahrscheinlicher wurde es, dass er ihn in diese noch größere Gefahr bringen musste. Je länger Thomas nichts unternahm, desto höher war auch das Risiko, dass er dauerhafte Schäden davontrug oder gar starb.

Er weckte Belia nicht und schlich sich hinaus und durch die Gänge, um de Borja zu finden. Die Ereignisse des Tages hatten ihn in eine schlechte Stimmung versetzt und Jorges mangelnde Rekonvaleszenz machte es nur noch schlimmer. Er sah Theresa, die stehen blieb und ihm zuwinkte, aber er ignorierte sie, da er sich nicht sicher war, ob er sich selbst trauen konnte. Sein Körper hatte ihn mit Eleanor in die Irre geführt, gierig darauf, etwas wiederzuentdecken, was er verloren geglaubt hatte, was aber nie dagewesen war. Deshalb ignorierte er Theresa, eine Frau, der er schon einmal fast erlegen wäre, eine Frau, zu der er sich immer mehr hingezogen fühlte. Es gab zu viele Frauen in seinem Leben. Zu viele Verlockungen.

Schließlich entdeckte er de Borja auf der Terrasse, wo er ihn zuletzt gesehen hatte. Nun war er allein und Thomas fragte sich, ob der Mann die ganze Zeit über dortgeblieben war. Andererseits gab es schlimmere Orte, um einen sonnigen Nachmittag zu verbringen. Er stand auf, um Thomas zu begrüßen, ein Lächeln auf seinem attraktiven Gesicht. Thomas betrachtete es, während er sich näherte, und versuchte einmal mehr, eine gewisse familiäre Ähnlichkeit zwischen ihm und Jorge festzustellen, was ihm diesmal auch fast gelang. Es schien, dass heute die Zeit der Väter und Söhne war, eine Botschaft des Blutes, die nicht ignoriert werden konnte, wie sehr ein Mann es auch wünschte.

Als hätte er seine Gedanken gelesen, fragte de Borja, als er ihm die Hand schüttelte: „Wo sind Ihre Kinder, Thomas? Sie hätten sie mitbringen sollen, sie sind hier jederzeit willkommen. Ich mag Kinder. Sie sind noch unschuldig."

„Sie sagten, es sei ein Gespräch zwischen uns beiden. Außerdem kümmert sich Jorges Familie um sie." Die Worte waren so leicht dahingesagt und doch bargen sie ein Dutzend Bedeutungen und ein Dutzend Lügen.

„Ich habe mir erlaubt, für uns beide Essen zu bestellen, und auch Wein. Etwas Kühleres, dachte ich. Waren Sie sehr beschäftigt?"

„Das war ich." Thomas zögerte, entschied dann aber, dass es besser war, gleich zum Thema zu kommen, bevor der Mann ihn mit freundlichen Worten ablenken konnte. Er fühlte sich bereits von ihm angezogen, fühlte sich wohl. Ein Grund mehr zu glauben, dass Jorge sein Sohn sein könnte. „Kennen Sie die Gräfin d'Arreau?"

„Ich glaube, Isabel hat uns kürzlich vorgestellt, und ich habe sie gelegentlich im Palast gesehen. Sie ist eine hübsche Frau."

„Und ihr Sohn?"

„Nicht so gutaussehend, aber stark. Sie sagte mir, er mache seinem Vater alle Ehre."

„Sein Vater ist nicht sein Vater", sagte Thomas und sah, wie de Borja lächelte.

„Ein Rätsel. Ich mag Rätsel. Steckt mehr dahinter?"

„Es ist kein Rätsel", sagte Thomas. „Eleanor liebte einen anderen, bevor sie ihm entrissen wurde. Sie war dem Grafen versprochen, aber sie liebte ihn nicht."

„Das passiert oft genug, da bin ich mir sicher. Ich nehme an, Sie wissen, wer der Vater ist. Hat es irgendeine Bedeutung? Ich habe die Gräfin nur flüchtig kennengelernt, aber ich mochte sie. Sie wirkte auf mich wie eine Frau, die weiß, was sie will, die weiß, was sie vom Leben will. Eine starke Frau."

„Ich kannte Eleanor, als sie sechzehn Jahre alt war." Thomas beobachtete de Borjas Augen, sah etwas darin aufblitzen, hielt es aber nicht für Überraschung.

„Wollen Sie mir sagen, dass Sie der Vater von Yves sind?"

„Sie kennen seinen Namen?"

De Borja winkte mit der Hand ab. „Sie muss ihn erwähnt haben. Also, sind Sie sein Vater?"

Thomas nickte.

De Borja überrascht ihn mit einem Lachen und klopft ihm auf die Schulter. „Wollen Sie die Beziehung wieder aufnehmen? Sie könnten es schlimmer erwischen. Viel schlimmer. Und Sie ehren mich mit Ihrem Geständnis, Thomas, dafür danke ich Ihnen." Er lächelte. „Ich nehme an, Isabel hat Ihnen auch alles über mich erzählt, nicht wahr? Dass ich mit Frauen geschlafen habe, wie Sie auch. Dass ich Kinder gezeugt habe, sowohl eheliche als auch außereheliche, so wie Sie anscheinend auch. Aber ich habe Frauen immer geliebt. Immer. Lieben Sie Eleanor immer noch?" De Borja neigte den Kopf zur Seite, sein Blick blieb an Thomas haften.

Einen Moment lang war Thomas zu fassungslos, um zu sprechen. De Borja beichtete ihm seine Sünden. Seine Schwächen. War es das, was ihn bei den Menschen beliebt machte, diese entwaffnende Offenheit, oder sprach er nur mit Thomas so, weil er wusste, dass er es konnte? Dass es nicht darauf ankam, was er ihm gegenüber gestand, weil Thomas keine Stellung außerhalb des Palastes hatte?

„Isabel hat mir gegenüber nichts von all dem erwähnt, was Sie da sagen, aber ich nehme an, sie kennt Sie gut genug."

„Natürlich tut sie das und sie liebt mich trotzdem."

„Und wenn Sie erst Papst sind?"

„Falls ich einmal Papst bin. Das ist noch nicht entschieden und es gibt einen derzeitigen Amtsinhaber, für den ich bete, dass er ein langes und heiliges Leben führen möge."

Thomas traf die Entscheidung, ein Risiko einzugehen. „Wenn Sie Papst sind, werden diese Sünden auf Sie zurückfallen oder ergreifen Sie bereits jetzt Maßnahmen, um sicherzustellen, dass sie nicht öffentlich bekannt werden?"

De Borja lächelte. „Wie ich sehe, hat Isabel recht, und Sie sind ein sehr kluger Mann. Aber jeder weiß über mich Bescheid. Päpste sind nicht dazu bestimmt, Kinder zu zeugen, aber fast alle tun es. Vielleicht war es in der Vergangenheit anders und vielleicht wird es in der Zukunft wieder anders sein, aber im Moment bedeutet es nichts. Vielleicht beweist es sogar, dass ich ein besserer Mann bin – da ich Erfahrungen mit Frauen habe, verstehe ich die Versuchungen besser, die anderen Männern auferlegt wurden." Er lehnte sich in seinem Stuhl zurück, als Diener Platten mit Essen und zwei Flaschen mit feinem, hellem Wein brachten, an deren einer Seite sich Wassertropfen gesammelt hatten, wo sie in Eimern mit Eiswasser gestanden hatten.

„Auch wenn Sie selbst der Versuchung nachgeben?"

De Borja lachte so schallend auf, dass er ein wenig von dem Wein verschüttete, den er gerade einschenkte. „Oh, ich mag Sie, Thomas. Isabel kennt Sie wahrlich gut, nicht?" Seine Aufmerksamkeit glich der eines Falken, der eine Beute erspäht hatte, und Thomas spürte, wie sich der Blick des Mannes unter seine Haut bohrte. „Es ist keine Versuchung, wenn man sich ihr niemals hingegeben hat. Aber das wissen Sie ja bereits. Sie sind ein Mann, der sich durchaus hingegeben hat, nicht wahr? Wer war die erste Frau, mit der Sie geschlafen haben? War es Eleanor?"

Die Frage war zu persönlich, aber Thomas antwortete trotzdem. Da war etwas an de Borja, das alles, was er sagte, akzeptabel machte.

„Es war ein Mädchen in England."

„Isabel hat mir gesagt, dass Sie von dort kommen. Wie war ihr Name?"

„Mir scheint, Isabel erzählt Ihnen zu viel. Ihr Name war Bel. Bel Brickenden. Sie war hübsch und ich schulde ihr noch einen Penny."

De Borja lächelte. „Was ist ein Penny?"

„Eine Münze. Nicht wenig wert und auch nicht viel. Es war das, was sie verlangte."

„Ah, ich verstehe. Darin liegt keine Sünde, wohl aber

darin, dass du der hübschen Bel nicht zahlst, was ihr zusteht."

„Sie sagte mir, ich könne sie später bezahlen", sagte Thomas. „Und dann starb sie."

De Borjas Blick traf den seinen, nun war er sanft, vielleicht auch verständnisvoll.

„Wie alt waren Sie?"

„Fast dreizehn."

De Borjas Augen weiteten sich ein wenig. „Das ist sehr jung für das erste Mal."

„Wie alt waren Sie?", fragte Thomas.

„Nicht so jung wie Sie. Ich war vierzehn."

„Erinnern Sie sich an sie?"

„Natürlich tue ich das, so wie Sie sich an die hübsche Bel Brickenden erinnern, und ich erinnere mich bis heute an alles, was wir getan haben. Sie war einige Jahre älter als ich und hat mich so manches gelehrt." Er lächelte. „Ich glaubte, sie zu lieben, aber jetzt weiß ich, dass es keine Liebe war, sondern Lust. War es bei Ihnen und Bel auch so?"

Thomas nickte. „Und Castellana?"

„Ah, Castellana. Dann wissen Sie also von ihr? Hat Isabel es Ihnen erzählt?"

„Nein, ein anderer Freund hier in Qurtuba. Ein anderer Engländer."

„Es klingt fast gleich, nicht wahr? Córdoba, Qurtuba? Nennt man es so in Granada?"

Thomas lächelte. „Ja, so nennen wir es in Gharnatah. Dort, wo ich unter den Mauren lebe. Sie sind jetzt mein Volk. Ich bin nicht mehr ein Mann Englands."

„Nur, dass Sie einen anderen Meister vorziehen

würden, wie ich höre." De Borja lehnte sich näher heran, nahm sein Glas in die Hand und nippte daran. „Trinken Sie, Thomas, solange er noch kalt ist. Isabel sagt, sie hat Ihnen einen Posten an ihrer Seite angeboten. Ist es das, was Sie wollen? Mehr als nur an der Seite der Königin zu sein? Sie können es mir sagen – es mir beichten, wenn Sie so wollen – was auch immer Ihnen am Herzen liegt."

„Hat Isabel gebeichtet, was ihr am Herzen liegt?"

De Borja lächelte nur und Thomas erkannte die Wahrheit. Dieser Mann würde niemals das Beichtgeheimnis verletzen, egal wie groß oder klein, egal wie trivial die Sünde.

„Sie hatten ein Kind mit Castellana? Oder mehr als eins?"

„Das hatten wir, aber nur das eine. Gabriel ist sein Name. Ein guter Name. Wir heirateten in Valencia. Sie hatte bereits ein Kind von einem anderen Mann, aber sie war jung, sehr jung, und gab ihren Erstgeborenen weg."

Thomas hielt inne, als er gerade nach seinem Weinglas greifen wollte. „Von einem anderen Mann?"

„Ja, das habe ich gesagt. Wir sind doch ehrlich miteinander, nicht wahr? Ja, das sind wir."

„Kennen Sie den Namen dieses Mannes?"

„Natürlich, … aber ich würde ihn Ihnen nicht ohne guten Grund verraten. Warum fragen Sie, Thomas, ist es reine Neugierde oder etwas anderes? Als Sie hierherkamen, wirkten Sie bereit für einen Kampf. Irgendetwas beunruhigt Sie doch, das merke ich. Was ist es?"

„Viele Dinge beunruhigen mich. Wenn wir ehrlich zueinander sind, werde ich Ihnen eines sagen. Ich habe

Ihnen bereits erzählt, dass ich der Vater von Eleanors Sohn bin, aber ich habe ihn nie kennengelernt, wusste nicht einmal, ob das Kind, das sie trug, ein Mädchen oder ein Junge war. Hier, in dieser Stadt, habe ich Yves zum ersten Mal gesehen. Er ist jetzt ein Mann und erwachsen. Und ich bin mir nicht sicher, ob ich ihn besonders mag."

„Wir müssen unsere Kinder nicht mögen, aber wir lieben sie trotzdem, oder nicht?"

„Ich liebe die, die ich jetzt habe. Bei diesem hier … bin ich noch am Überlegen."

„Und seine Mutter? Lieben Sie sie noch?"

„Sie haben selbst gesagt, dass wir manchmal Liebe mit Lust verwechseln."

De Borja lachte. „Oh, Thomas, ich mag Sie wirklich. Wir sind uns so ähnlich. Ich glaube, ich habe Castellana einmal geliebt, aber das ist wie bei Ihnen schon lange her. Wir beide sind jetzt andere Menschen. So wie Sie und Eleanor andere Menschen sind." Er stieß einen Seufzer aus. „Ein Mädchen, das Sie einst liebten und heute nicht mehr, ein Sohn, den Sie nicht einmal mögen. Kein Wunder, dass Sie viel um die Ohren haben. Und Sie ermitteln in einem Mordfall, bei dem Ihr engster Gefährte der Hauptverdächtige ist."

Thomas spürte, wie ein Netz aus Wahrheit und Lüge sich über seine Haut legte, als wäre es real. Der Zeitpunkt zu sprechen war gekommen – sonst würde er es niemals tun. Er griff unter sein Hemd und holte das Kruzifix heraus, das er um den Hals trug, seit er es einem Toten abgenommen hatte. Er hielt es de Borja entgegen, in der Absicht, ihm die Geschichte dahinter zu erzählen, ihm zu sagen, dass Jorge der Sohn von

Castellana war. Er hoffte, die Enthüllung würde einen Teil der Wahrheit aus dem Mann herauslocken. Stattdessen streckte de Borja die Hand aus und entriss Thomas das Kreuz, wobei er so heftig ruckte, dass der Lederriemen riss.

„Woher haben Sie diese Abscheulichkeit?"

Thomas starrte ihn mit offenem Mund an und spürte, wie die Welt erneut aus ihren Fugen geriet. Die Wahrheit, sagte er sich. Alles, was zählt, ist die Wahrheit.

„Ich habe es einem toten Mann abgenommen."

De Borja sah ihn fragend an. „Es gehört also nicht Ihnen?"

„Ich trage nie ein Kreuz."

Er verzog das Gesicht. „Kennen Sie die Bedeutung dieses Symbols? Diese abscheuliche Entwürdigung unseres Herrn?"

„Ich fand es handwerklich gut gemacht, auch wenn es aus unedlem Metall gefertigt ist, aber nein, für mich ist es nur ein Kruzifix."

„Sie haben mich gefragt, wer der Vater von Castellanas Erstgeborenem ist, und ich habe gesagt, dass ich Ihnen das niemals würde verraten können, und dann zeigen Sie mir das hier." De Borja holte tief Luft und verlor für einen Moment seine ruhige Haltung. Er sah Thomas in die Augen. Dann wandte er seinen Blick ab, fasste einen Entschluss und sah Thomas wieder an. „Der Vater besaß genau so ein Kruzifix." De Borja betrachtete das Stück Metall genauer. „Es könnte sogar dieses hier sein. Dieser tote Mann, war er groß, gutaussehend?"

„Klein und hässlich."

„Einer seiner Männer also. Ich habe davon gehört,

dass er diese Gegenstände herstellt und denen gibt, die er rekrutiert."

„Rekrutiert?" Thomas war verwirrt, denn das Gespräch nahm eine Wendung, die er nicht hatte kommen sehen. „Er hat eine Armee?"

„Ja, eine Armee. Er behauptet, es sei eine heilige Armee, aber er irrt sich. Eine heilige Armee würde mich nicht angreifen wollen, würde die Kirche nicht angreifen wollen." De Borja hielt Thomas das Kreuz hin. „Es tut mir leid, ich habe den Riemen zerrissen, aber er kann neu geknüpft werden. Wer war der Mann, dem Sie es abgenommen haben?"

„Er wandte sich an Jorge und bot ihm Informationen im Austausch gegen Geld an. Den Namen seiner Mutter."

„Er kennt ihn nicht?"

„Das ist eine lange Geschichte, mit mehr Wendungen als über den gesamten Sholayr führen, aber auch wenn der Mann tot ist, weiß Jorge jetzt, wer seine Mutter ist. Die Frau, mit der Sie verheiratet waren. Castellana Lonzal." Thomas sah, wie sich de Borjas Augen weiteten, das Essen und der feine Wein nun unbeachtet zwischen ihnen auf dem Tisch. Die Wärme der Sonne drang zu keinen der beiden Männer durch. Die Welt reduzierte sich in diesem Augenblick auf den Raum zwischen ihnen beiden.

„Inigo …", sagte de Borja.

Thomas runzelte die Stirn. Der Name kam ihm bekannt vor – Lawrence hatte ihn erwähnt, wenn er sich nur erinnern könnte, in welchem Zusammenhang.

„Wer ist Inigo?"

„Er ist Jorges Vater. Inigo Florentino. Und sein größter

Wunsch ist es, mich mit seinen eigenen Händen zu töten. Und auch Castellana zu töten, vielleicht sogar seinen eigenen Sohn. Er hasst uns alle."

„Jorges eigener Vater will ihn umbringen?"

„Es gibt nur wenige, die er nicht töten will."

„Dann hat er vielleicht Erfolg gehabt, denn Jorge liegt im Palast, während wir hier sitzen, und ich fürchte, er liegt im Sterben." Thomas' Stimme brach, sein Schmerz zu groß, um ihn zu unterdrücken.

De Borja setzte sich aufrechter hin. „Dann muss ich ihn sehen, muss für ihn beten. Wenn er Inigos Sohn ist, werde ich es erkennen können. Ich werde ihm die Sünden seines Vaters vergeben, damit er leben kann."

KAPITEL EINUNDZWANZIG

„Er könnte Jorges Vater sein, auch wenn du sagst, dass er es nicht ist", sagte Belia. Sie und Thomas saßen zu beiden Seiten von Jorge an den gegenüberliegenden Kanten des Bettes. „Er hat dasselbe gutaussehende Wesen, das weit tiefer geht als bloße Schönheit, denselben Geist. Ist er wirklich ein Kardinal?"

Thomas nickte. Zwei seiner Finger ruhten auf Jorges Hals, der gleichmäßige Schlag seines Herzens fast hypnotisierend. Das Licht warf einen goldenen Schein in den Raum, als es die letzten Strahlen der untergehenden Sonne einfing und sie noch zu verstärken schien. Der Tag neigte sich dem Ende zu, ein langer Tag, der mit mehr Offenbarungen gefüllt gewesen war, als Thomas zu begreifen vermochte.

„Er schien nicht überrascht, als er hereinkam", sagte Belia.

„Weit weniger als ich. Was in aller Welt hast du gemacht?"

„Ich dachte, es sei ziemlich offensichtlich, was ich tue."

„Warum? Jorge ist bewusstlos."

Belia lächelte nur schwach. „Warum nicht?" Sie hob eine Hand, als Thomas den Mund zum Sprechen öffnete. „Ich habe damit begonnen, seinen Körper zu waschen, aber als er dann reagierte, dachte ich …" Sie stieß ihren Atem aus und ihr Lächeln kehrte zurück. „Ich dachte, es könnte etwas Gutes bewirken. Es könnte ihn wachrütteln."

„Wenn wir nicht hereingekommen wären, hättest du vielleicht Erfolg gehabt. Vielleicht sollte ich gehen, damit du es noch einmal versuchen kannst."

„Nein, bleib. Ich fühle mich sicherer, wenn du hier bist. Für den Fall, dass sich etwas tut. Warum hat er über Jorge gebetet? Hast du ihm gesagt, dass er an keinen Gott glaubt?"

„Das habe ich. Und de Borja sagte, es sei egal, denn Gott glaube an ihn."

„Hat er dir das gesagt, als ihr vor dem Zimmer geflüstert habt?"

„Nein, dabei ging es um etwas anderes. Er sagte mir, wenn ich mehr über Jorges Vater wissen wolle, müsse ich seine Mutter fragen. Diese Castellana Lonzal. Er sagte es mit einer gewissen Betonung, als wäre es eher ein Befehl als ein Vorschlag, als wäre die Information wichtig. Er nannte mir den Namen seines Vaters und dass er alle hasst, aber mehr Details nannte er nicht."

„Ist dieser Mann, sein Vater, derjenige, der Jorge die Schuld in die Schuhe schieben will?"

In diesem Moment fiel Thomas wieder ein, in welchem Zusammenhang Lawrence den Namen Inigo Florentino erwähnt hatte. „Es passt irgendwie zusammen.

Er stand in Kontakt mit Cortez. Ich glaube, er wollte, dass er für ihn nach Jorge sucht, aber zu welchem Zweck weiß ich nicht mehr. Ich würde annehmen, dass ein Vater, der seinen Sohn sucht, die Beziehung wieder aufleben lassen möchte, aber de Borja schien anzudeuten, dass er ihn genauso gut aufsuchen wollen könnte, um ihn zu töten." Thomas schüttelte den Kopf. „Ich wünschte, er würde mir mehr sagen, aber stattdessen hat er mich an Castellana Lonzal verwiesen."

Belia warf einen Blick auf die liegende Gestalt auf dem Bett. „Wirst du sie aufsuchen?"

„Ich ziehe es vor, das mit Jorge an meiner Seite zu tun."

„Vielleicht wacht er bis zum Morgen auf und du kannst ihn mitnehmen. Oder der Gott dieses Mannes wird seine Gebete erhören. Du glaubst auch nicht an Gott, nicht wahr, Thomas?"

„Du weißt, dass ich das nicht tue. Oder?" Er war sich bewusst, dass sie noch nie so intim miteinander gesprochen hatten. Es musste an ihrer gemeinsamen Sorge um Jorge liegen, vielleicht auch an der Seltsamkeit des Tages, die Thomas' sonstige Zurückhaltung aufgeweicht hatte.

„Meine Götter sind seltsam", sagte Belia. „Viel zu seltsam, um auch nur zu versuchen, sie zu erklären, selbst wenn ich es könnte."

„Ich würde trotzdem gerne mehr über sie erfahren."

„Es hat wenig Sinn. Man kann sie weder definieren noch beschreiben. Sie sind genauso in mir wie um mich."

„Kommen sie von dort, wo du herkommst?"

Belia lachte. „Ixbilya? Nein. Ich bin dort geboren, aber mein Vater nicht. Er brachte den Glauben an seine Götter mit und gab ihn an mich weiter." Sie schürzte die Lippen, als hätte sie auf etwas Saures gebissen. „Warum sprechen wir von Göttern, Thomas? Wir haben doch bestimmt andere Dinge zu besprechen. Sag mir, was du heute getan hast, während ich ein paar Stunden geschlafen habe. Hast du Fortschritte dabei gemacht, Jorges Namen reinzuwaschen?"

„Das dachte ich, aber jetzt bin ich verwirrter als je zuvor."

„Warum?"

„Ich war mir recht sicher, dass de Borja Jorges Vater ist, und dass er ihn tot sehen wollte."

Belia starrte Thomas an. „Und jetzt weißt du, wer sein richtiger Vater ist und dass er ihn wahrlich tot sehen will. Warum sollte ein Vater seinen Sohn umbringen wollen? Ein Sohn, der jetzt ein erwachsener Mann ist?" Sie schüttelte den Kopf.

„Dafür gibt es viele Gründe. Angst, bloßgestellt und öffentlich beschämt zu werden. Angst, dass das Kind etwas von ihm fordert. Angst, dass das Kind etwas tut, was den Familiennamen in Verruf bringen könnte. Etwas wie Mord."

Belia muss die Anspannung in seiner Stimme gehört haben, denn sie griff über Jorges reglose Gestalt hinweg und nahm Thomas' Hand in ihre. Ihre beiden Hände ruhten nun auf Jorges Brust und es fühlte sich an wie die Vollendung von etwas, als wären sie nun zu dritt vollständig, und Thomas erschauerte.

„Du solltest wieder heiraten." Belia lachte auf. „Nun, vielleicht nicht heiraten, aber es ist längst an der Zeit, dass du wieder mit einer Frau schläfst."

„Das habe ich."

Belia grinste, was sie selten tat. „Mit wem denn? Mit der rothaarigen Frau? Doch nicht mit der Königin!"

„Weder noch."

Belia drückte seine Hand. „Ich ziehe dich nur auf, Thomas. Jorge hat mir erzählt, dass du deine erste Liebe wiedergefunden hast. Das war beinahe das Erste, was er mir sagte, nachdem er mir seine Liebe beteuert hat. Als ob ich das nicht wüsste, obwohl er auch etwas von anderen Frauen erzählt hat."

„Ich bin nicht Jorge."

„Nein, das bist du nicht. Hat er mit dir über Kinder gesprochen?"

Thomas sah sie fragend an. „Will und Amal? Wir sprechen die ganze Zeit über sie, genau wie du und ich. Du weißt, dass ich mir immer noch nicht sicher bin, ob ich Wills Vater bin, aber mit jedem Tag wird es für mich deutlicher. Ich sehe etwas von mir selbst in ihm."

„Nicht Will und Amal. Über unser Kind. Jorges und meins."

„Er hat gesagt, dass er sich wünschte, er könnte seinen Samen in dich pflanzen, ja. In der Tat …"

„Was? Kannst du ihn reparieren? Sag mir, dass du es kannst, Thomas." Sie drückte seine Finger fest zusammen.

„Nein, das kann ich nicht."

„Er will ein Kind mit mir zeugen und hat einen Plan, wie es geschehen soll. Natürlich nicht auf direktem Wege, aber es wäre fast das Gleiche. Hat er mit dir darüber gesprochen?"

„Hast du je erlebt, dass er auch nur den geringsten

Gedanken für sich behalten hat? Also ja, er hat mit mir darüber gesprochen."

„Und was hast du gesagt? Ich weiß, was du geantwortet hättest, als Lubna noch am Leben war, obwohl ich sie auch gefragt habe und sie mir sagte, sie hätte nichts dagegen, solange du dich nicht dabei amüsierst." Wieder lachte sie. „Ich habe ihr gesagt, dass ich keine Versprechungen machen kann, aber jetzt bist du ein freier Mann."

Thomas starrte Belia an, Jorge, und spürte, wie seine Welt noch mehr aus dem Gleichgewicht geriet. Er fühlte sich plötzlich schwindlig und führte es auf seine Müdigkeit zurück. Er musste schlafen.

„Komm mich holen, wenn er aufwacht. Sofort."

Belias Augen waren auf ihn gerichtet, so dunkel, so geheimnisvoll, dass sie sich in seine Seele zu bohren schienen, um jedes Geheimnis zu enthüllen, das sie barg. Thomas wandte sich ab, wütend über sich selbst und seine vielen Schwächen.

Vielleicht wäre alles in Ordnung gewesen, wenn Theresa nicht in seinem Zimmer gesessen und über Will und Amal gewacht hätte, die in der Zwischenzeit aus Daniels Haus zurückgekehrt waren und zusammen in dem kleinen separaten Schlafzimmer schliefen. Als sie aufstand, befürchtete Thomas, dass er ihr nun nicht mehr entkommen könnte, und war dankbar, als sie blieb, wo sie war, und nur ihre Kleider glattstrich. Er wusste nicht, was er getan hätte, wenn sie es darauf angelegt hätte.

„Haben sie sich benommen?"

„Sie sind liebe Kinder", sagte sie.

Thomas konnte das Lachen nicht unterdrücken, das

ihm entwich. „Will ist ein liebes Kind? Reden wir von demselben Jungen?"

„Das tun wir. Er ist wie sein Vater. Er kann kämpfen wie ein Dämon, aber er hegt danach keinen Groll. Isabels Kinder mögen ihn auch. Es ist schade, dass dein Stand nicht hoch genug ist, um eine Heirat zwischen den Kindern zu arrangieren."

Thomas hatte nicht bemerkt, dass sie sich bewegte, aber auf einmal stand sie viel zu nahe vor ihm.

„Ich muss schlafen", sagte er. „Ich danke dir für deine Hilfe. Es tut mir leid, aber vielleicht muss ich dich morgen wieder behelligen. Oder ich könnte sie wieder zu Daniels Haus hinüberbringen. Ja, das wäre besser."

Theresa legte eine Hand auf seine Brust, der Abstand zwischen ihnen nun noch geringer. „Ich stehe dir jederzeit zur Verfügung, wenn du mich brauchst, Thomas. Das weißt du doch. Für dich bin ich immer da."

Als Belia in der Dunkelheit der Nacht in sein Zimmer kam und ihn wachrüttelte, war Thomas froh, allein zu sein. Sein Kopf war so benebelt, dass er sich kaum daran erinnern konnte, Theresas Angebot abgelehnt zu haben. Seine Träume waren mit Bildern von ihr gefüllt gewesen, waren so intensiv gewesen, dass er das Bett neben sich abtasten musste, um sich zu vergewissern, dass es leer war.

„Jorge ist wach", sagte Belia. „Er will dich sehen."

Jorge saß an einem kleinen Tisch und aß einen Teller mit Fleisch in Soße und Reis. Er bedeutete Thomas mit einer

Hand, sich zu setzen, während Belia sich auf die Bettkante hockte. Anstatt zu tun, was Jorge wollte, tastete Thomas seinen Nacken ab, bevor einen Finger unter sein Kinn legte, um seinen Kopf zu drehen.

„Es geht mir gut", sagte Jorge. „Ich bin nur hungrig. Ausgehungert. Wie lange habe ich geschlafen?"

„Hat Belia es dir nicht gesagt? Jetzt halt still und lass mich dich untersuchen, oder ich gehe zurück in mein Bett." Er sah, wie ein Lächeln über Belias Lippen huschte.

„Ich muss dir etwas sagen."

„Wenn ich fertig bin. Und jetzt benimm dich ausnahmsweise mal."

Thomas nahm eine Kerze und hielt sie vor Jorges Augen, erfreut über die Reaktion seiner Pupillen. Dann scheitelte er sein Haar, um die Wunde zu untersuchen. Sie begann zu heilen, der blaue Fleck war nun lila und die Wundränder hatten begonnen, sich zu verschorfen.

„Tut dir der Kopf weh?"

„Nur am Rücken, und er juckt wie verrückt. Sie kamen –"

„Später. Hast du irgendwo sonst Schmerzen? Oder ist dir schwindlig? Übel?"

„Mir geht es sehr gut. Setz dich und lass mich dir sagen, was ich weiß."

„Was hast du dort gemacht? Bist du geisteskrank? Und mit einem Dolch in der Hand! Derselbe Dolch, den man bei Mendoza verwendet hat. Du musst verrückt sein."

„Verrückt war nur, dass ich dachte, ich könnte die Dinge selbst in die Hand nehmen."

„Du hättest im Palast bleiben sollen. Ich hatte es Isabel

versprochen, und du hast mich gezwungen, mein Versprechen zu brechen."

„Sie wird dir verzeihen – das tut sie immer. Ich weiß, dass ich hätte warten sollen, aber die Gelegenheit, dem Ganzen ein Ende zu setzen, war zu günstig, also habe ich ihn allein aufgesucht. Es tut mir leid."

„Und was hast du herausgefunden?" Thomas war immer noch wütend, aber die Neugierde siegte für den Moment. „Hat er dir gesagt, wer der Mörder ist?"

„Er war schon tot, als ich ankam." Jorge machte ein langes Gesicht. „Nun, so gut wie tot. Zwei Männer waren noch mit ihm beschäftigt, als ich ankam. Ich drehte mich um, um zu fliehen, schrie, aber da war noch ein dritter Mann, den ich nicht gesehen hatte. Ich war sicher, dass ich sterben würde, genau wie der Priester. Ich war sicher, dass ich tot war. Ein Mann hielt mich fest und der andere schlug mich mit etwas."

„Mit dem Knauf eines Dolches, wie es aussieht."

„Nun, du musst es ja wissen, nicht wahr? Es hat wahnsinnig weh getan und ich muss ohnmächtig geworden sein, aber als ich aufwachte, waren sie immer noch da. Sie unterhielten sich und ich rührte mich nicht, sodass sie glaubten, ich sei noch bewusstlos. Sie sagten etwas Seltsames: ‚Der Mann aus Rom sagte, tötet den Eunuchen nicht'." Jorges Augen leuchteten, sein Gesicht lief rot an und die Worte sprudelten viel zu schnell aus ihm heraus, so eilig hatte er es, ihm die Geschichte zu erzählen. „Meinst du, sie haben Rodrigo gemeint? Ist mein Vater ein Mörder? Habe ich ihn gefunden, nur um festzustellen, dass er ein Mörder ist und mich umbringen will?"

„De Borja ist nicht dein Vater. Außerdem sollten sie dich doch nicht töten."

„Aber du sagtest, er könnte es sein." Jorge runzelte die Stirn. „Belia hat mir erzählt, dass du glaubst, diese Castellana hätte mich nach Qurtuba gebracht und mich mit dieser erbärmlichen Ausrede einer Familie zurückgelassen. Du hast mir gesagt, dass sie verheiratet waren. Dass ich einen Bruder habe."

„Sie waren tatsächlich verheiratet, was bedeuten könnte, dass de Borja nicht ganz unschuldig ist, obwohl ich gestern mit ihm Wein getrunken habe und er mich mit seinen rhetorischen Fähigkeiten durchaus besänftigt hat." Thomas blickte Belia an. „Dein Vater ist ein Mann namens Inigo Florentino."

„Ein Italiener?"

„Ich weiß es nicht. Ich hätte de Borja nach weiteren Details über ihn befragen sollen, aber ursprünglich wollte er mir nicht einmal seinen Namen nennen. Ich konnte ihn ihm entlocken, als er das hier sah und schockiert war." Thomas zog das Kreuz hervor, das Lederband wieder zusammengeknotet. Ihm war bewusst, dass er sich an seine Anwesenheit gewöhnt hatte, auch wenn er nicht verstand, warum es ihm solchen Trost spenden sollte.

„Ich verstehe nicht – er hat dir seinen Namen verraten, weil du ihm das gezeigt hast?"

„Er erklärte mir, dass dein Vater ein Kreuz wie dieses zu tragen pflegte. Ich denke, für einen Moment glaubte er sogar, es wäre genau dieses Kreuz. Es hatte eine Bedeutung für ihn. Keine positive. De Borja hasst deinen Vater und dein Vater hasst de Borja."

„Warum?"

„Das weiß ich auch nicht, aber Castellana hat dich zur Welt gebracht und dann weggegeben. Sie tat es, weil sie de Borja heiraten wollte, und beide keine Beweise für ihren Fehler vor Augen haben wollten, wie ich vermute. Es wäre nicht nachvollziehbar, ein Kind wegzugeben und das andere zu behalten, es sei denn, de Borja zwang sie dazu. Sie war kaum eine Frau, als du gezeugt wurdest. Ich kann verstehen, dass de Borja deinen Vater dafür hassen könnte, dass er ihr ihre Unschuld genommen hat. Auch ist mir klar, dass dein leiblicher Vater de Borja dafür hassen muss, ihm jemanden genommen zu haben, den er als sein Eigentum betrachtete."

„Also ist sie wirklich meine Mutter?"

„Natürlich ist sie das. Lawrence hat einige Dokumente gefunden, die Inigo Florentino mit Cortez in Verbindung bringen. Was, wenn Cortez selbst Leute erpresst hat, auch mithilfe von Mendoza? Was, wenn sie versucht haben, deinen Vater zu erpressen, und er sich gewehrt hat?"

„Weil er sich für mich schämt?"

„Wir können zum jetzigen Zeitpunkt nichts entscheiden und auch nichts vermuten. Männer haben ihre Leben lassen müssen, aber zu welchem Zweck, das habe ich noch nicht herausgefunden."

„Aber das wirst du, Thomas, ich weiß, dass du das noch wirst. Du hast schon zuvor Mordfälle aufgeklärt und du wirst es wieder tun. Verdammt, bin ich hungrig." Jorge stopfte sich noch mehr Essen in den Mund und sprach trotzdem weiter. „Wann machen wir uns am Morgen? Es ist doch schon bald Morgen, oder? Ich bin nicht müde, also können wir gleich los, wenn du willst, sobald ich diese köstlichen Speisen aufgegessen habe. Und

…“ Er blickte in Richtung Belia. „Nein, das kann warten. Lass mich nur etwas anziehen.“

„Ich weiß nicht einmal, wo diese Castellana Lonzal wohnt“, sagte Thomas. „Ich habe nur den Namen einer kleinen Stadt. Wir müssen Lawrence und Miguel aufsuchen, bevor wir uns auf gut Glück auf die Suche machen.“ Thomas starrte Jorge an, bis dieser aufhörte zu essen. „Warum bist du auf eigene Faust zu diesem Priester Mendoza gegangen?“

„Einer der Gefangenen sagte mir, dass Mendoza über meine Vergangenheit Bescheid wüsste, nachdem ich ihm davon erzählt hätte. Wie ich abgegeben und einer anderen Familie überlassen wurde.“ Jorge schüttelte den Kopf. „Ein Mann sagte mir, dass Mendoza genau das tut. Schon seit Jahren. Er vermittelt Waisenkinder, und das nicht immer mit guten Absichten. Es ist erstaunlich, dass die Gefangenen so offen miteinander reden. Das Leben im Gefängnis ist gar nicht so schlimm, nicht annähernd so schlimm, wie ich befürchtet hatte. Nicht, dass ich dorthin zurückkehren will.“

„Du hast mir seinen Namen genannt und wusstest, dass ich kurz nach Sonnenaufgang zu ihm gehen würde. Warum hast du dich trotzdem hinausgeschlichen und dich der Gefahr ausgesetzt, wieder verhaftet zu werden, wo du doch wusstest, dass ich ihm einen Besuch abstatten würde?“

„Weil manche Dinge am besten unter vier Augen besprochen werden.“

Thomas starrte Jorge an und fragte sich, ob er nicht doch ein Anzeichen für eine Schädigung seines Gehirns übersehen hatte.

KAPITEL ZWEIUNDZWANZIG

Thomas musste lächeln, als er Kin dabei zusah, wie er ausgelassen an die Spitze ihrer kleinen Gruppe lief und sichtlich seine Freiheit von den Zwängen und der stickigen Luft der Stadt genoss. Der Hund raste durch hohes Gras, umkreiste Büsche und rannte dann mit vollem Tempo in den breiten Guadalquivir, wo er seine Entscheidung sofort zu bereuen schien. Kin war ein Jagdhund. Groß, schlank, für Schnelligkeit gebaut, aber weniger fürs Schwimmen. Seine Beine waren zu dünn, sein Brustkorb zu tief. Er strampelte im Wasser, hustete, als er sich verschluckte, und schaffte es schließlich, sich an Land zu ziehen, wo er sich heftig schüttelte und unter den Wassermengen einen Moment lang kaum zu sehen war. Thomas lachte. Er sah, dass Usaden beinahe lächelte. Jorge ritt ein Stück voraus, in seine eigenen Gedanken versunken, und dachte dabei sicherlich an die bevorstehende Begegnung mit der Frau, die sie am Ende ihrer Reise treffen würden.

Fast zwei Tage waren vergangen, seit Jorge aus dem

Koma erwacht und Thomas erzählt hatte, warum er zu Mendozas Haus gegangen war. Jorge hatte verlangt, dass sie sofort nach El Carpio aufbrachen, aber Thomas hatte abgelehnt. Er wollte sicherstellen, dass er sich zumindest ein paar Tage erholen konnte. Jorge hatte zwar betont, dass sein Gehirn nicht der wichtigste Teil seiner Anatomie sei, aber Thomas hatte trotzdem darauf bestanden.

Währenddessen war er zu Miguels Büro gegangen, um zu erfragen, ob er bei der Suche nach den Männern, die in der Straße von Cortez' Wohnhaus gesehen worden waren, Fortschritte gemacht hatte, aber es hatte nichts Neues gegeben.

„Seit dem Brand ist zu viel Zeit vergangen", sagte Miguel. „Meine Befehlshaber wollen, dass ich mich anderen Dingen zuwende. Ich gehe der Sache nun in meiner eigenen Zeit nach, aber sie haben wahrscheinlich recht. Männer kommen und gehen. Männer, die angeheuert wurden, um einen Mann zu töten und sein Haus niederzubrennen, werden in die Stadt gekommen sein und sie kurz danach wieder verlassen haben. Aber ich werde es weiter versuchen, Thomas. Ich werde nicht aufgeben."

„Und der Priester, Mendoza, gibt es da Fortschritte?"

„Ein Arbeiter sagte, er habe kurz vor Sonnenaufgang einen Mann gesehen, der sich dem Haus näherte, aber er stand mit dem Rücken zu ihm, sodass er sein Gesicht nicht sehen konnte. Er sagte, er sei groß und schlank gewesen." Miguel lächelte. „Wenn du nicht bei mir gewesen wärst und dein Freund nicht auf den Palast beschränkt, hätte das auf euch beide zutreffen können.

Ich werde aber auch diesem Geheimnis weiter auf den Grund gehen. Es muss noch eine weitere Person in diesem Raum gewesen sein, und ich würde gerne wissen, ob es der Mörder oder ein weiteres Opfer war."

„Ich auch", sagte Thomas, erleichtert, dass Jorge nicht ein zweites Mal identifiziert worden war. „Dieser Arbeiter hat sonst niemanden gesehen? Eine Gruppe von Männern vielleicht?"

„Nur den einen, warum? Weißt du mehr? Hast du Beweise gefunden, die ich übersehen habe?"

„Nichts. Du weißt über alles Bescheid, was ich tue." Thomas beobachtete Miguel auf jedes Zeichen von Misstrauen hin, erkannte aber, dass er ihm glaubte. Er fühlte sich schlecht dabei, den Mann zu täuschen, aber nicht so schlecht, wie es sich angefühlt hätte, ihm die Wahrheit zu sagen.

Jorge hatte gesagt, dass seine Angreifer von einem Mann aus Rom sprachen, was entweder de Borja oder Inigo Florentino belasten könnte. Das Problem war, dass Thomas de Borja mittlerweile mochte und es ihm schwerfiel zu glauben, dass er seine Finger im Spiel haben könnte. Während es kein Problem war, bedeutete es allerdings, dass er bei der Überführung des wahren Schuldigen keinen Schritt weitergekommen war. Ihre Reise zu Castellana Lonzal erschien ihm wie eine Ablenkung. Sie könnte etwas wissen, aber wäre es in irgendeiner Weise relevant? Thomas war nicht überzeugt.

Sie waren im Morgengrauen aufgebrochen und wieder einmal hatte Thomas seine Kinder in Theresas Obhut gegeben. Er dachte, sie hätte vielleicht etwas dagegen, aber sie hatte keine Abneigung gezeigt, eher das

Gegenteil war der Fall gewesen. Thomas befürchtete, dass sie sich daran gewöhnt hatte, eine Ersatzmutter für seine Kinder zu sein. Eine Position, die sie zweifellos gerne dauerhaft einnehmen würde, wie auch andere Positionen, die sie immer wieder angesprochen hatte, wenn sie ihn necken wollte.

Gegen Mittag tauchte vor ihnen die Stadt El Carpio auf, die auf einem niedrigen Hügel lag und noch einen Ritt von einer Stunde entfernt war. Thomas hatte sie über die römische Brücke geführt, als sie Qurtuba verlassen hatten, denn er wusste, dass sie nördlich des Guadalquivir nicht ans andere Ufer gekommen wären. Das Anwesen von Castellana Lonzal lag außerhalb der Stadt und erstreckte sich über mehrere Meilen entlang des fruchtbaren Tals. Sie ritten durch die Hauptstraße von El Carpio und ausnahmsweise bat Jorge nicht darum, anzuhalten, um zu essen oder zu trinken. Thomas hielt das für ein Zeichen von Nervosität angesichts der Aussicht, seine leibliche Mutter kennenzulernen.

Als ein Weg zu einem ummauerten Eingang führte, hinter dem ein stattliches, über dem Fluss gelegenes Haus stand, rief Thomas sie zum Anhalten auf und sie zogen ihre Kleider aus. Er hatte dafür gesorgt, dass sie alle etwas Sauberes zum Anziehen hatten, bevor sie Castellana Lonzal gegenübertraten. Thomas war sich sicher, dass Jorge etwas Extravagantes eingepackt hatte, und war daher überrascht, als er sich ganz konservativ in Strümpfe, eine schlichte Hose und eine Jacke kleidete. Usaden tauschte lediglich seine Kampfmontur gegen eine weniger staubige aus. Thomas zog ähnliche Sachen an wie Jorge und dann machten sie sich wieder auf den Weg, wobei sie beobachteten, ob jemand sie kommen sehen hatte. Männer und Frauen bearbeiteten Felder, die sich so weit das Auge reichte erstreckten, großteils gepflegte Olivenbäume, aber hier und da sahen sie auch Korkeichenbestände, Weinstöcke und sogar ein großes Maulbeerfeld, obwohl fraglich war, wie viel Seide es liefern würde. Dass diese Pflanze in einer Gegend wie dieser kultiviert wurde, kam Thomas wie die Eitelkeit einer reichen Frau vor. Er warf einen Blick auf Jorge und sah, dass sein Gesicht ernst war, und er wusste, dass er nervös war. Er konnte es ihm nicht verdenken.

Der Weg führte zwischen zwei verwitterten Steinsäulen hindurch, ohne dass jemand kam, um sie in Empfang zu nehmen. Thomas begann sich zu fragen, ob der Diener in Qurtuba ihn angelogen hatte und Castellana gar nicht auf ihr Anwesen zurückgekehrt war. Er wusste, dass er noch einmal zu ihrem Haus hätte gehen sollen, um sich zu vergewissern, bevor er abreiste, aber er hatte sich nicht dazu durchringen können. Er hatte sich auch gefragt, ob Eleanor ihr törichtes Abenteuer ebenso bedauerte. Sie hatte keine Nachricht geschickt, keine Andeutung gemacht, dass sie sich wiedersehen wollte. Die Bilder, die Thomas von ihr im Kopf hatte, verblassten bereits, die alten wie die neuen. Wenn ihre Liebe im Alter von siebzehn Jahren so intensiv gewesen war, sollte sie es dann nicht auch mit achtundvierzig Jahren sein? Oder war das nichts weiter als die Fantasie eines jungen Mannes? Was auch immer der Grund war, Thomas war sich einer Veränderung in seinem Inneren bewusst. Er hatte die Erinnerung an sie jahrelang in sich getragen. Das Wiedersehen mit ihr hatte diese Erinnerungen jedoch zerschlagen und es hatte sich angefühlt wie eine Befreiung.

Als die drei weiterritten, hielten ein oder zwei Feldarbeiter inne und schauten ihnen hinterher, bevor sie sich wieder ihrer Arbeit widmeten. Niemand rief ihnen zu. Niemand hinterfragte ihre Anwesenheit.

„Ich möchte, dass du das Reden übernimmst", sagte Jorge und brachte sein Pferd näher an das von Thomas heran. Sogar Kin hatte seine lebhafte Raserei eingestellt und trabte nun gehorsam hinter Usaden her, fast wie ein normaler, wohlerzogener Hund.

„Du bist es, der sich vorstellen muss."

„Ich möchte erst sehen, wie sie so ist."

Thomas lächelte. „Wie immer sie auch sein mag, sie ist deine leibliche Mutter. Das kannst du nicht ändern."

„Aber ich kann wegreiten, ohne dass sie weiß, wer ich bin."

Thomas sah Jorge an. „Könntest du das? Außerdem könnte sie wundervoll sein und du könntest dich sofort in sie verlieben, und sie sich in dich."

„Ja, das könnte passieren." Jorge setzte sich ein wenig aufrechter hin und starrte geradeaus, als die Straße zu einer von Bäumen beschatteten Terrasse an der Vorderseite des Hauses anstieg, hinter der ein Innenhof zu erkennen war. An einem runden Turm an der Seite wehte eine Fahne, das Wappen ein ihm unbekanntes, aber das waren die meisten für Thomas, da jede Familie ihr eigenes beanspruchte. Eine prächtige Kutsche war vor dem breiten Eingangstor vorgefahren, und Thomas fragte sich, ob die Frau, die sie treffen wollten, im Begriff war, abzureisen. Erst als sie abstiegen und ihre Pferde an einen

Pfosten banden, wurden sie angesprochen. Ein Mann kam aus dem Hof, ein Schwert in der Hand. Hinter ihm folgten sechs weitere, ebenfalls bewaffnet.

„Nennen Sie Ihr Anliegen." Seine Worte waren knapp und er war es gewohnt, dass man ihm zuhörte und ohne Fragen zu stellen gehorchte. Thomas betrachtete ihn. Seine Gesichtszüge waren von einer verwirrenden Vertrautheit überlagert, die mal mehr, mal weniger präsent war. Er wusste, dass dies Jorges Halbbruder sein musste. Er sah zwar nicht so gut aus und war auch nicht so groß, aber die Ähnlichkeit ließ keinen Zweifel zu. Und selbst wenn er nicht so gut aussah wie Jorge, so war er immer noch gutaussehend, jemand, dem die Frauen gerne ihre Aufmerksamkeit schenken würden. Außerdem war er von Stand, was zweifellos hilfreich sein würde.

„Ich bin ein Freund von Eleanor, Gräfin d'Arreau." Thomas versuchte, seine Stimme annähernd so arrogant klingen zu lassen wie der Mann, der ihnen nun gegenüberstand, aber es fiel ihm schwer, denn er war außergewöhnlich arrogant.

„Das ist kein Anliegen. Was wollen Sie?"

„Ich möchte mit Ihrer Mutter sprechen." Thomas ließ ein wenig Härte in seiner Stimmlage erkennen. Er warf einen Blick zur Seite, um sich zu vergewissern, dass Usaden vorbereitet war, aber er wusste, dass er es sein würde. „Die Gräfin schickt mich mit Neuigkeiten für sie."

Der Mann lachte. „Dann hat sie sie wohl in der Zwischenzeit selbst überbracht, denn sie ist gestern hier angekommen. Sie hat keine Neuigkeiten erwähnt, also könnt ihr euch umdrehen und dorthin zurückgehen, woher ihr gekommen seid." Er suchte sie mit seinem Blick ab, schien aber nichts zu finden, was ihn beunruhigte. Ein Fehler, dachte Thomas, aber einer, der ihm vielleicht nie bewusst werden würde.

„Das kann ich nicht tun. Mein Anliegen betrifft Castellana Lonzal, nicht Sie." Er beobachtete, wie die Begleiter des Mannes zu beiden Seiten ausschwärmten und ihre Gegner musterten. Insgesamt waren sie nur sieben Männer, aber Thomas würde es vorziehen, heute gegen niemanden zu kämpfen, es sei denn, es ließe sich nicht vermeiden. Insgeheim hoffte er, dass Usaden es gleich sah.

„Ich habe Ihnen doch gesagt, dass meine Mutter heute keinen Besuch empfängt. Das ist meine letzte Warnung." Er trat einen Schritt näher, seine Begleiter taten es ihm gleich. Thomas griff nicht nach seiner eigenen Waffe, und er war froh, dass Usaden es auch nicht tat, obwohl er wusste, dass er sie bei Bedarf schneller in der Hand halten würde, als mit freiem Auge erkennbar war.

Er musterte kurz die anderen Männer und stellte fest, dass sie ein Problem darstellen könnten. Vier wirkten auf ihn wie ausgebildete Soldaten. Die anderen nicht, aber andererseits war Thomas selbst auch keiner, obwohl er oft genug wie einer gekämpft hatte. Castellanas Sohn ließ er links liegen, war er doch offensichtlich ein Tyrann und würde daher als Letzter angreifen, und auch nur dann, wenn er sich seines Sieges sicher war. Damit blieben immer noch sechs Männer gegen sie drei. Zwei, wenn er Jorge nicht mitzählte.

Thomas ließ jede Menschlichkeit aus seinem Körper weichen, um sie durch eine erbarmungslose Kälte zu ersetzen.

Dann erschien eine Frau hinter den Männern und Thomas stockte der Atem. Er erkannte sie von dem flüchtigen Blick, den er im Palast vor all den Tagen auf sie hatte werfen können, als Jorge noch nicht für einen Mörder gehalten wurde.

„Was ist hier los, Gabriel? Wer sind diese Männer, und warum stellst du dich ihnen entgegen?"

„Sie sehen aus wie Räuber, Mutter."

Castellana Lonzal schob sich an ihrem Sohn vorbei, bis sie zwischen den beiden Gruppen stand. Aus der Nähe war sie noch schöner, als Thomas sie auf die Entfernung in Erinnerung hatte. Sie war groß für eine Frau, mit wallendem hellen Haar und schlanker Taille. Ihre Kleidung zeugte von ihrem Reichtum ebenso wie ihr Selbstbewusstsein. Ihr Blick traf den von Thomas und er sah etwas darin aufflackern, vielleicht Respekt, vielleicht Angst, wahrscheinlich aber nichts weiter als die Erkenntnis, dass sie sich schon einmal gesehen hatten. Dann richtete sie ihre Aufmerksamkeit auf Jorge. Es dauerte einen Moment, bis sich ihr Ausdruck schlagartig veränderte und Thomas wusste, dass ihre Welt gerade auf dieselbe seltsame Weise aus den Fugen geriet, wie er selbst es erlebt hatte, als er seinem eigenen Sohn zum ersten Mal gegenübergestanden hatte. Schließlich verstand sie und öffnete den Mund, um zu sprechen, aber kein Wort wollte ihr über die Lippen kommen.

„Sie müssen gehen", sagte der Mann, von dem Thomas jetzt mit Sicherheit wusste, dass er Gabriel Lonzal war. Obwohl er Jorges jüngerer Halbbruder war, wirkte er älter. Er war nicht so groß wie Jorge, aber immer noch größer als die meisten Männer, hatte breite Schultern und teilte das helle Haar seiner Mutter, aber seine Haltung hatte trotz seines aufbrausenden Auftretens etwas Schwaches an sich. Es war leicht, mutig zu sein, wenn sechs Männer hinter einem standen.

„Nein“, sagte Castellana, „ich habe die Absicht, sie eintreten zu lassen. Aber nur diese beiden.“ Sie deutete mit einer kurzen Handbewegung auf Thomas und Jorge. „Der Hund bleibt mit dem anderen draußen. Er kann sich um ihre Pferde kümmern.“

Usaden hob eine Augenbraue, sagte aber nichts.

„Ich habe Sie erwartet, meine Herren“, sagte sie. „Eleanor hat mich gewarnt, dass Sie kommen könnten, und nun sind Sie hier. Sie müssen Thomas sein, und ich nehme an, Sie sind … du bist … mein erstgeborener Sohn.“ Damit drehte sie sich um und ging an der Reihe der reglos verharrenden Männer vorbei. Während sie es tat, erteilte sie einen einzigen Befehl: „Lasst sie ein.“

Keiner der Männer rührte sich, also ging Thomas um sie herum, denn er wusste, dass sie nun nicht angreifen würden, und wenn sie es doch täten, würde Usaden sich ohne zu zögern um sie kümmern. Als er den weitläufigen Innenhof betrat, der von duftenden Orangen- und Zitronenbäumen beschattet wurde, fiel ihm auf, dass Jorge nicht bei ihm war, und drehte sich um. Jorge stand unbeweglich neben Usaden. Thomas hob eine Hand und winkte ihm, damit er zu ihm kam, aber er blieb wie angewurzelt stehen. Gabriel Lonzal hob drohend sein Schwert, obwohl er es sichtlich nicht ernst meinte, und Jorge zuckte zusammen und wich einen Schritt zurück.

Usaden beugte sich dicht zu ihm und sagte etwas. Jorge nickte daraufhin, straffte seine Schultern und marschierte direkt auf seinen Bruder zu. Gabriel wich im letzten Moment zur Seite, vielleicht mehr aus Angst vor dem Zorn seiner Mutter als vor den beiden Männern.

„Idiot", sagte Thomas, als Jorge ihn erreichte. Als er sich umdrehte, sah er Castellana Lonzal in einer Tür am anderen Ende des Innenhofes stehen und auf sie warten. Sie verweilte dort, als sie näher kamen, dann drehte sie sich um und betrat einen langen Raum, der zu einer weiteren Terrasse führte. Diese überblickte jenseits einer Klippe den Fluss, der sich in einer weiten Schleife seinen Weg gegraben hatte, mit der unaufhaltsamen Kraft des Wassers über Jahrhunderte hinweg.

Castellana ging voran zu einem Tisch mit Stühlen, blieb aber davor stehen. Sie betrachtete Jorge, ohne ein Zeichen der Zustimmung oder Ablehnung. Und ohne jedes Zeichen der Akzeptanz.

„Du bist es also?", fragte sie.

Jorge sah Thomas an, der mit den Schultern zuckte. An ihm war sie nicht interessiert.

„Was willst du? Geld? Eine Bestätigung?" Als Jorge weiter schwieg, wandte sie sich an Thomas. „Ist er dumm?"

„Weit gefehlt. Er hat Angst."

„Ich entschuldige mich für Gabriel. Er hat es nicht so gemeint."

„Oh, ich glaube schon, aber er ist es nicht, der Jorge einschüchtert."

„Er hat vor mir Angst?"

„Vor sich selbst. Vor dem, was er in Ihrer Gegenwart empfindet." Eine Bewegung neben ihm ließ Thomas den Kopf drehen. Er erwartete, Gabriel vorzufinden, der gekommen war, um die Begegnung mitanzusehen, aber stattdessen stand Eleanor in der Tür, ihren Blick auf Thomas gerichtet. Von Yves fehlte jede Spur. Irgendetwas regte sich in ihm, ein Verlangen, von dem er geglaubt hatte, es wäre verstummt, nur um sich nun erneut aufzubäumen. Bedeutete das, dass da noch etwas zwischen ihnen war?

„Warum?", fragte Jorge. Ein einziges Wort, aber Castellana wusste, was er meinte, und ließ ihren Atem in einem tiefen Seufzer entweichen. Sie trat zur Seite und griff nach der Lehne eines Stuhls, als ob sie nicht sicher war, ob sie das Gleichgewicht verlieren würde.

Eleanor kam weiter in den Raum hinein, wirkte besorgt, blieb aber wieder stehen.

„Ich will nichts von dir", sagte Jorge und Thomas war erleichtert, dass seine Stimme fast normal klang. „Ich will nur reden. Ich will wissen, warum du mich verstoßen hast. Warum du mich weggegeben hast."

„Ich war …" Castellana legte eine Hand an ihren Kopf, berührte ihr Haar. Ihre Züge spiegelten die seinen wider, nicht wie es ein Spiegel täte, sondern wie durch wabernde Nebelschwaden betrachtet. Ihre Augen hatten die gleiche Farbe wie die von Jorge und es lag dieselbe Sanftheit in ihrem Blick. Ihre Münder ähnelten sich, doch ihre Nase war anders.

Thomas war so vertieft in seine Beobachtungen, dass er regelrecht erschrak, als Eleanor seinen Arm berührte.

„Wir sollten sie reden lassen." Sie nahm sein Handgelenk und versuchte, ihn wegzuziehen.

„Nein, bleibt." Es war Castellana, die sprach. „Ich brauche dich bei mir, Eleanor. Und er braucht Sie wahrscheinlich auch an seiner Seite. Sie sind doch Thomas, nicht wahr?" Und als er nickte, sagte sie: „Eleanor hat mir alles über Sie erzählt. Es scheint, dass es für zwei Söhne an der Zeit ist, ihre Eltern kennenzulernen, nicht wahr?" Sie blickte Eleanor flüchtig an. „Schick nach Essen und Wein. Den guten Wein, denn dies soll ein Fest werden." Sie klatschte in die Hände. „Ja, ein Fest. Und lass etwas zu dem Mauren hinausschicken, aber keinen Wein für ihn." Es war eine Belanglosigkeit und Thomas fragte sich, wie viel diese kleine Geste von ihrem wahren Wesen erahnen ließ. Sie wandte ihre Aufmerksamkeit wieder Jorge zu. „Ich weiß nicht einmal deinen Namen. Es ist lachhaft, ich sollte zumindest deinen Namen wissen."

„Jorge."

Sie presste ihre Lippen aufeinander. „Also haben sie ihn nicht geändert. Jorge …" Sie spielte mit dem Wort auf ihrer Zunge, als kostete sie seine Vertrautheit. „Das war der Name meines Vaters."

Thomas spürte, wie sich die Stimmung im Raum veränderte. Eleanor war gegangen, würde aber bald zurückkehren, und er wusste, dass er seine eigene Entscheidung treffen musste. Das Leben war komplex geworden.

Castellana setzte sich und deutete auf den Stuhl neben sich. Sie wandte sich zur Seite, als Jorge darauf Platz nahm. Dann griff sie nach seinen Händen und Thomas sah, wie sich Tränen in ihren Augen sammelten. Von einer Sekunde auf die andere war Jorge wieder ganz bei sich. Er lächelte und führte ihre Hände zu seinen Lippen, küsste ihr beide Handrücken, als seine Magie zurückkehrte und seine eigene Mutter von seiner Präsenz in ihren Bann gezogen wurde. Er zog sie näher zu sich heran, legte seine Arme um ihre Schultern und hielt sie, während sie schluchzte. Erst als ihre Tränen nachließen und schließlich versiegten, kam Eleanor zurück, und Thomas wusste, dass sie auf diesen Moment gewartet hatte.

„Sie werden das Essen und den Wein bringen." Sie nahm einen der Stühle und starrte Thomas erwartungsvoll an, obwohl er nicht wusste, worauf sie hinauswollte, und versuchte, erst gar nicht darüber nachzudenken.

„Du sagst, ich heiße wie dein Vater?" Jorge streckte die Hand aus und strich mit dem Daumen über die Wange seiner Mutter, um die Spur einer Träne wegzuwischen. „Erzähl mir von meinem Vater. Erzähl mir, wie ihr euch kennengelernt habt, wie ihr euch verliebt habt." Ein Lächeln. „Ihr wart doch verliebt, oder nicht?"

Castellana zeigte keine Reaktion. Es schien, als sei sie in ihrer eigenen Verzweiflung versunken.

„Erzähl mir alles", sagte Jorge. „Und dann, wenn du fertig bist, wird Thomas mir alles sagen, was ich sonst noch wissen muss."

KAPITEL DREIUNDZWANZIG

Jorge saß neben seiner Mutter, während sie sprach. Ihre Tränen waren getrocknet, aber ihre Stimme zitterte, als sie mit einer unterdrückten Emotion im Herzen sprach. War es der Schock über das plötzliche Auftauchen eines Sohnes, den sie vor über dreißig Jahren weggegeben hatte? Thomas fragte sich, ob sie jemals Nachforschungen über ihn angestellt hatte, nachdem sie ihn verstoßen hatte. Lebte sie deshalb so nahe an Qurtuba? Wenn ja, hatte sie Jorge für tot gehalten, wie seine eigene Familie auch, als er vom Guadalquivir mitgerissen wurde? Was auch immer sie dachte, sie hatte eindeutig beschlossen, brutal ehrlich zu sein und nichts zu verschweigen.

„Ich war jung", sagte sie, nachdem die Diener Wein eingeschenkt und kleine Teller mit Oliven, Schweine- und Kalbfleisch auf den Tisch gestellt hatten. „Ich war kaum vierzehn Jahre alt, dein Vater ein wenig älter. Wir drei standen uns nahe. Ich, Inigo und Rodrigo." Ihr Blick blieb an Jorges Gesicht hängen, gefesselt von dem, was sie darin sah.

„Inigo Florentino?“

Castellana nickte.

„Sehe ich ihm ähnlich?“

Ein weiteres Nicken. „Oh ja. Du bist ihm wie aus dem Gesicht geschnitten. Leider wird er sich nicht mehr selbst davon überzeugen können.“

„Er ist tot?“

„Er starb, bevor ich Rodrigo geheiratet habe.“

Thomas runzelte die Stirn. War Castellanas Behauptung wahr oder falsch? Und wenn sie wahr war, warum schien de Borja dann zu glauben, dass der Mann noch lebte?

„Was ist passiert?“, stellte Thomas die Frage. Er fragte sich, wie sich die beiden Freunde zerstritten hatten. War es wegen einer schönen Frau gewesen? So etwas kam unter Freunden schließlich immer wieder vor.

„Er wurde fortgeschickt.“

„Von wem, seiner Familie?“

„Das ist die Geschichte, die man mir erzählt hat, aber ich habe mich später gefragt, ob sie stimmen kann. Rodrigo erzählte mir, dass seine Familie Inigo, nachdem sie herausfand, dass ich von ihm schwanger war, nach Rom schickte.“

„Und was glaubten Sie später?“

Castellana machte eine abwertende Bewegung mit ihren Fingern und schnippte fast abweisend. „Dasselbe, selbst nachdem Rodrigo um meine Hand angehalten hatte. Es hätte Inigo sein sollen, aber Rodrigo war ebenso gutaussehend und ehrgeizig.“ Sie presste die Lippen aufeinander. „Letztendlich zu ehrgeizig für mich.“

„Sind Sie sicher, dass dieser Inigo Florentino tot ist? Woher wissen Sie das?"

„Rodrigo wieder, natürlich. Wir sind nicht mehr verheiratet, aber wenn er nach Kastilien kommt, treffen wir uns jedes Mal. Er ist ein guter Freund der Königin." Sie hob ihren Blick und sah Thomas an. „Ein ebenso guter Freund wie Sie, wie ich höre, und ein noch besserer Freund für Kastilien. Als Rodrigo nach Italien zog, stellte er Erkundigungen an. Vielleicht wollte er den Bruch zwischen ihnen kitten. Ich habe irgendwo einen Brief von ihm, in dem er alles erklärt. Inigo hatte sich als Kaufmann niedergelassen, als Händler. Es heißt, dass er es zu etwas gebracht hat, und dann, auf einer Reise nach Tunis, ging sein Schiff in einem Sturm verloren, mitsamt der Besatzung. Rodrigo wollte, dass ich davon erfahre. Er wusste, dass ich immer noch an Inigo dachte." Sie blickte von Thomas zu Eleanor und dann wieder zurück. „Niemand vergisst seine erste Liebe, oder?"

Thomas wusste, dass er de Borja noch weitere Fragen stellen musste. Offensichtlich wollte der Mann das Wissen, dass Inigo Florentino noch am Leben war, für sich behalten, aber zu welchem Zweck? Wollte er Castellana schützen?

„Warum gaben Sie Jorge zur Adoption frei?"

„Ich konnte ihn nicht behalten, nicht mehr, als Rodrigo um meine Hand anhielt. Er hätte nicht das Kind eines anderen Mannes annehmen können. Als er mich bat, ihn zu heiraten, wusste natürlich niemand davon, nur er und ich. Er nahm mich aus Valencia mit, wo wir alle lebten, und brachte mich hierher nach Córdoba. Rodrigo arrangierte alles. Da war einen Priester, der das Baby mitgenommen hat.“ Sie blickte zu Jorge. „Du warst erst sechs Wochen alt, als man dich mir nahm. Meine Brüste schmerzten einen Monat lang von all der Milch, nachdem sie dich fortgebracht hatten. Erst viel später erfuhr ich, dass du zu einer Familie in derselben Stadt gegeben worden warst, doch da war es schon zu spät. Ich bezahlte den Priester dafür, dich wiederzufinden. Er behauptete, er habe es versucht, aber ich vermute, er hat nicht mehr getan, als mein Geld zu nehmen und mir Lügen aufzutischen.“

„Was hat er gesagt?“, fragte Thomas.

Ihr Blick blieb auf Jorge gerichtet, als sie antwortete. „Er sagte mir, Jorge sei tot. Vom Fluss mitgerissen und verloren. Aber er hatte seine Familie gefunden, einen Bruder mit einem gebrochenen Bein und einen Mann und eine Frau, die ich keinesfalls kennenlernen wollte.“ Sie schluchzte auf und wischte sich eine frische Träne aus dem Auge: „Ich dachte, du wärst tot, mein lieber Junge.“

Thomas hörte genau hin, um Wahrheit oder Lüge in ihren Worten zu erkennen, konnte aber nicht sagen, was es war.

„Warum sind Sie nach Qurtuba zurückgekehrt, obwohl Sie ihn hier weggegeben hast?“

„Was denken Sie denn?“, fauchte sie. „Es war Jahre später, vierzehn Jahre, und Rodrigo war längst fort, um sich in Rom einen Namen zu machen. Ich hatte Gabriel, den ich sehr liebe, aber es gibt keine Liebe wie die einer Mutter zu ihrem Erstgeborenen. Ich hatte zwei Männer verloren, die ich liebte, Vater und Sohn, und so suchte ich nach dem, von dem ich glaubte, dass er noch leben könnte. Nachdem Rodrigo mich verlassen hatte, heiratete ich nie wieder, also war ich eine freie Frau. Ich konnte tun und lassen, was ich wollte, und ich hielt Gabriel damals für jung genug, um einen älteren Bruder zu akzeptieren." Sie warf einen Blick zur Tür. „Jetzt wohl nicht mehr, vermute ich."

Thomas glaubte das auch, seiner Begrüßung nach zu urteilen.

„Was ist passiert?"

„Ich machte den Priester ausfindig, der Jorge weggegeben hatte, und bat ihn, ihn noch einmal zu suchen. Córdoba ist eine große Stadt, in der das Leben blüht, und ich wusste, dass ich ihn ohne Hilfe nicht finden würde."

„War der Priester Carlos Mendoza?"

„Das war er."

„Sagen Sie mir, was er herausfand." Thomas kannte die Antwort, er hatte sich die Zeitpunkte der Geschehnisse selbst ausgerechnet, aber er wollte wissen, ob Castellana Lonzal ihm dasselbe sagen würde.

„Er brauchte Monate. Jorge war in der Gosse des Elendsviertels von Córdoba verschwunden, aber schließlich fand er die Familie mithilfe eines zweiten Mannes, eines Schreibers, wie er sagte. Schließlich kam er zu mir mit der Nachricht, die ich nicht hören wollte. Jorge war tot."

„Wie war er angeblich gestorben?"

„Sie sollten wissen, wie." Castellanas Stimme wurde schärfer.

„Sollte ich das?"

„Er wurde vom Guadalquivir mitgerissen, nachdem sein Bruder von der alten Brücke gestürzt war und sich das Bein gebrochen hatte. Es wurde nach ihm gesucht, aber es wurde nie eine Leiche gefunden. Ich glaubte, dass er ertrunken war, genau wie sein Vater. Ich stellte mir gerne vor, der mächtige Fluss hätte ihn ins Meer getragen, damit sie Seite an Seite liegen können."

„Hatten Sie seitdem mit Mendoza zu tun?"

„Nein, aber mit dem anderen Mann, dem Schreiber. Ich habe seine Dienste seitdem immer wieder in Anspruch genommen. Er ist effizient und verlangt nicht viel."

Nein, er hätte nicht viel verlangt, dachte Thomas, denn die Informationen, über die Cortez verfügte, waren weit mehr wert als das Niederschreiben derselben.

„Alonso Cortez", sagte Thomas und wusste, dass er richtig lag, als Castellana nickte. „Ist Ihnen bekannt, dass er ermordet und sein Haus niedergebrannt wurde?"

Einen Moment lang weiteten sich ihre Augen, dann schüttelte sie den Kopf. „Das wusste ich nicht. Ich habe zwar von einem Feuer gehört, aber ich wusste nicht, dass er es war, der dort wohnte."

„Obwohl sein Haus Inigo gehörte?"

Castellana starrte ihn an. Sie schüttelte den Kopf. Öffnete den Mund und schloss ihn dann wieder.

„Nein", sagte sie schließlich. „Das ist unmöglich. Inigo ist tot."

Thomas hatte keine Ahnung, wann das Dokument, das er gesehen hatte, geschrieben worden war, dieser Teil war nicht mehr lesbar gewesen, aber er lehnte sich trotzdem aus dem Fenster. „Ist er das? Wie kann er ein Haus in Qurtuba besitzen, wenn er auf dem Grund des Meeres liegt? Wieso hat Cortez Ihnen das nicht gesagt?

Er muss doch gewusst haben, wer der Vater von Jorge ist."

„Ich habe Jorge ihm gegenüber nie erwähnt, niemals. Alle Arbeiten, die er für mich erledigte, betrafen Handel, Grundstücksverträge und Immobilien. Er wusste nichts von Jorge."

„Natürlich tat er das. Sie sagten doch, dass er mit Mendoza zusammengearbeitet hat, um ihn aufzuspüren. Ich habe den Mann nie getroffen, aber ich glaube nicht, dass er dumm war. Er wird dahintergekommen sein, dass zwischen Ihnen und Jorge eine Verbindung besteht. Kam er zu Ihnen, um Sie mit der Geheimhaltung zu erpressen? Das Einzige, was ich nicht verstehe, ist, warum er so lange damit gewartet hat."

Castellana erhob sich, ihr Körper war angespannt. „Was werfen Sie mir vor, Sir?"

„Nichts, ich versuche, die Wahrheit herauszufinden."

„Die Wahrheit ist das, was ich Ihnen gesagt habe." Castellana drehte sich um, als eine Dienerin mit einem Tablett mit Essen und Wein hereinkam. „Nein! Weg damit!", schrie sie mit einer fegenden Bewegung ihres Armes, sodass sie der Frau fast das Tablett aus den Händen schleuderte. Castellana ballte ihre Hände zu Fäusten und schien sich zu bemühen, sich zu beherrschen. Lange Zeit starrte sie auf den Boden, dann hob sie den Kopf und sah Thomas an. „Ich möchte mit Jorge allein sprechen. Gehen Sie mit Eleanor. Ich werde nach Ihnen schicken, wenn wir fertig sind."

„Ich bin noch nicht fertig damit, Ihnen Fragen zu stellen."

„Doch, das sind Sie."

Eleanor führte Thomas in ein Nebenzimmer, das mit eleganten Sofas, Stühlen und einem kleinen Tisch ausgestattet war, auf dem bereits Wein und zwei Gläser standen. Auch hier gab ein großes Fenster den Blick auf den Guadalquivir frei und Thomas schritt hinüber, um die langsamen Fließbewegungen des Wassers zu beobachten. Er hörte, wie Eleanor sich bewegte, hörte, wie sie sich näherte.

„Hat Castellana dir von Jorge erzählt?", fragte er. Er erwartete, dass sie sich neben ihn stellen würde. Stattdessen schlangen sich ihre Arme um seine Taille und schlossen sich um seinen Bauch. Ihre Brüste drückten gegen seinen Rücken. Ihr Duft umhüllte ihn und wusch alle Zweifel weg, die ihn plagten.

„Vor einiger Zeit, als ich nach Córdoba kam. Aber wie sie hielt ich ihn für tot. Was hätte ich auch sonst denken sollen?"

„Wann hat sie es dir gesagt?"

„Am Ende des Sommers, also vor etwas mehr als einem Monat."

„Was hat sie gesagt?" Thomas zuckte zusammen, als Eleanors Finger begannen, mit dem Bund seiner Hose zu spielen. Er wusste, dass er sie aufhalten sollte, aber sein Wille war bereits versickert wie Wasser in trockenem Boden.

„Sie sagte mir, dass sie ihren Sohn für tot hielt. Ich glaube nicht, dass sie mir irgendetwas über ihn erzählt hätte, aber ich habe ihr etwas gebeichtet, so wie ich meine Beichte bei Rodrigo abgelegt habe."

„De Borja?“

„Ja.“

„Was hast du gebeichtet?“ Eleanors Finger hatten ihr Werk fast vollendet und begannen mit der nächsten Phase ihrer Verführung. In der Ferne ritten Männer auf Pferden am Flussufer entlang. „Sind das Gabriel und Yves?“, fragte Thomas. Eine zweite Gruppe von vier Reitern tauchte auf und blieb etwa hundert Schritte hinter den beiden.

„Sie sind die besten Freunde geworden. Die allerbesten Freunde.“ Eleanor drehte Thomas um und nahm sein Gesicht in ihre Hände. „Ich möchte, dass du mich ausziehst, wie ich dich ausgezogen habe, und dann möchte ich, dass du mit mir schläfst, aber langsamer als beim letzten Mal. Ich möchte, dass du es dieses Mal ernst meinst.“

„Ich habe es auch beim letzten Mal ernst gemeint.“

„Das war alles nur Eile und die Sehnsucht unserer Erinnerungen. Heute möchte ich, dass es mit dem Mann geschieht, der du geworden bist. Du wirst deine Fähigkeiten bei Frauen inzwischen verbessert haben.“ Sie drehte ihr Gesicht nach oben, damit er sie küssen konnte, und als sie fertig war, nahm sie seine Hand und führte ihn zu einer weiteren Tür, die er nicht gesehen hatte und hinter der ihr Schlafzimmer lag.

Lange Zeit später lag Thomas neben ihr und beobachtete, wie das Sonnenlicht die Minuten markierte, während es in einer Linie über den Boden kroch.

„Das war um einiges besser, oder nicht?“, sagte Eleanor. Sie lag auf dem Bauch, ihre Haut war schweißnass, ihr Haar zerzaust.

„Was hat Castellana dir über Jorge erzählt?“

Sie klopfte ihm mit dem Handrücken auf den Bauch. „Fragen. Immer Fragen. Warum willst du alles wissen?"

„Weil er mein Freund ist und er nur auf de Borjas Empfehlung hin aus seiner Haft entlassen wurde. Er ist des Mordes angeklagt und seine Unschuld ist noch nicht bewiesen. Fernando hätte ihn hängen lassen, davon bin ich überzeugt."

Eleanor lächelte. „Aber nicht Isabel." Sie küsste seine Brust. „Hast du so mit ihr geschlafen?"

„Natürlich nicht."

„Sie möchte, dass du das tust, weißt du? Ich habe gehört, wie sie deinen Namen sagte, als wir dich im Palast sahen."

„War das bevor oder nachdem Castellana dir von Jorge erzählt hat?"

„Hör auf."

„Das werde ich, sobald du meine Frage beantwortest."

Eleanor erhob sich und setzte sich rittlings auf ihn. „Ich werde nach dem zweiten Mal antworten, während du dich für das dritte Mal erholst."

Die Linie aus Sonnenlicht fiel nun auf Thomas' Fuß und zeigte an, dass eine Stunde vergangen war. Er warf einen Blick zum Fenster, um zu beurteilen, wie spät am Tag es mittlerweile war. Eleanor lag einmal mehr auf dem Rücken, während sie mit dem Haar auf seiner Brust spielte und jene Narben berührte, die nur wenige andere kannten.

„Jetzt?", fragte Thomas.

Eleanor seufzte. „Bleibst du heute Nacht bei mir?"

„Ich kann nicht. Ich muss zurück nach Qurtuba."

„Ich mag den Klang dieses Namens, wenn du ihn

aussprichst. Na gut, aber versprich mir noch eine Runde und versprich mir, dass es die beste bisher wird, und ich werde dir alles sagen, was du willst."

„Alles?"

„Alles."

„Was hast du de Borja gebeichtet?"

Sie schlug ihm spielerisch auf die Brust. „Alles, nur das nicht."

„Wann hat Castellana herausgefunden, dass Jorge noch lebt?"

„Kürzlich, und zwar zufällig. Sie sagte, dass Fernando ihr deinen Namen und den Namen deines Gefährten verraten hätte, als sie lagen, wie wir jetzt liegen."

„Dann ist sie also seine Geliebte? Ich hörte ihn damit prahlen, war mir aber nicht sicher. Er ist kein gutaussehender Mann."

„Das bist du auch nicht, im Gegensatz zu deinem Freund. Es ist schade, dass er ein Eunuch ist, sonst würde ich versuchen, ihn zu verführen."

Thomas lachte. „Ich glaube, wenn du es tätest, würdest du ein blaues Wunder erleben. Ein halber Mann ist er immer noch."

„Das weißt du?"

„Ich war es, der ihn zu dem gemacht hat, was er ist, also weiß ich es natürlich. Aber lenk nicht von deiner Antwort ab. Woher wusste sie, dass Fernando von ihrem Sohn sprach? Jorge ist kein so ungewöhnlicher Name und ich bin sicher, dass Fernando ihn schon zuvor erwähnt hat."

„Das hat er auch, sagte sie mir, wohl eher, um mit seiner eigenen Potenz zu prahlen. Sie sagte, der Name habe ihre Neugierde geweckt, also sei sie wieder zu dem Mann gegangen, der Jorge damals in eine andere Familie gegeben hatte. Sie hatte schon einmal nachgeforscht und damals wurde ihr gesagt, er sei tot, aber diesmal wollte sie eine Bestätigung. Was sie stattdessen bekam, war ein Schock. Der Sohn, den sie aufgegeben hatte, war am Leben und hier in Córdoba." Sie versuchte, es so auszusprechen wie Thomas und lachte, als es ihr nicht gelang. „Hier in Córdoba mit einem Mann namens Thomas Berrington. Einem Mann, den ich einst liebte."

Thomas drehte seinen Kopf und küsste sie, legte seine Hand auf ihre schlanke Flanke. „Liebst du mich etwa nicht mehr?"

„Ich habe mich noch nicht entschieden. Wir sind heute ganz andere Menschen, nicht wahr? Und du musst mich erst noch von deinen Fähigkeiten als Liebhaber überzeugen. Ich spiele mit dem Gedanken, den Eunuchen zu bitten, sich uns anzuschließen."

„Er würde die Herausforderung zweifellos genießen, aber er ist seiner Frau in diesen Tagen treu."

Eleanor rollte sich auf die Seite. Sie ergriff sein Handgelenk und ermutigte seine Hand, weiterzuforschen.

„Er hat eine Ehefrau?"

„Irgendwie schon."

„Aber er kann ihr keine Kinder schenken."

„Nein."

„Ich bin zu alt, um noch mehr Kinder zu haben, Thomas. Ich bin zu eingefahren, um noch einmal zu heiraten. Das erwartest du doch nicht, oder?"

Thomas lachte. „Nein, das erwarte ich nicht. Wie hat sich Castellana gefühlt, als sie ihren Sohn wiederfand?"

„Sie war wütend."

„Wütend?"

„Deshalb bin ich überrascht, wie sie ihn da drüben in diesem Zimmer behandelt."

„Werden sie sich fragen, wo wir sind?"

„Castellana wird wissen, was wir tun."

„Das wird Jorge auch. Warum war Castellana wütend?"

„Sie sagte mir, dass sie gar nicht mehr an ihn gedacht hatte, bis Fernando diese dumme Bemerkung gemacht hat. Ich glaube, früher hätte sie ihn wirklich wieder in ihr Heim aufgenommen, aber jetzt nicht mehr. Sie ist jetzt eine reiche Frau und ihr Sohn sehr erpicht auf seine eigene Stellung." Sie rollte sich wieder auf den Rücken und zog Thomas über sich. „Offensichtlich hat sie ihre Meinung geändert, wenn das, was wir beide gesehen haben, echt ist."

„Glaubst du, dass es das war?"

„Ich glaube gar nichts, Thomas. Jetzt hör auf zu reden und beweise mir, dass du der Mann bist, der du einmal warst."

„Warum konnten wir nicht hier übernachten?" Jorge ritt neben Thomas durch das sanfte Licht der letzten Stunde des Tages, die Sonne eine riesige Kugel über dem Horizont vor ihnen. „Ich wollte bleiben."

„Eleanor wollte auch, dass ich bleibe", sagte Thomas.

„Wäre das denn so schlimm gewesen? Sie ist eine hübsche Frau. Eine, mit deren Körper du bereits sehr vertraut bist. War es das, was du getan hast, während Mutter und ich uns unterhielten?"

„Mutter, ja? Eleanor will mich nur als ein Spielzeug, mit dem sie Spaß haben kann. Ich werde es kein weiteres Mal zulassen." Thomas ritt einen Moment schweigend weiter, bis ihm auffiel, dass Jorge es geschafft hatte, ihn von seiner Frage abzulenken. „Was ist da zwischen Gabriel und dir passiert?"

„Du meinst meinen Bruder Gabriel?"

„Halbbruder."

Jorge winkte mit der Hand ab, um diese unwichtige Unterscheidung abzutun. „Er mag mich nicht. Ich glaube, er denkt, ich sei gekommen, um ihm sein Vermögen streitig zu machen. Ein älterer Bruder, attraktiver, klüger. Nun, zumindest attraktiver, und ich kenne die Menschen viel besser als er. Ich mag die Männer nicht, die er um sich geschart hat. Ich habe zwei von ihnen reden hören und ihr Akzent ist fast genau derselbe wie der jener Männer, die mich angegriffen haben."

Thomas wurde langsamer. „Könnten es dieselben Männer sein, was meinst du?" Er dachte an das, was Eleanor ihm erzählt hatte, an Castellanas Wut und Gabriels Bosheit.

„Wie könnten sie es sein? Nicht, dass ich sie erkennen würde, wenn sie es wären. Sie sehen nicht wie die Männer aus, die ich in dem kurzen Moment sah, bevor ich angegriffen wurde. Außerdem, warum sollten sie so weit hier draußen sein? Wo ist eigentlich Usaden?"

„Er ist mit Kin zurück in die Stadt geritten. Ich glaube, sie waren es leid, auf uns zu warten. Kin ist in letzter Zeit mehr sein Hund als meiner."

„Ich denke, Kin sieht das anders. Hast du sie zurückgeschickt? Warum?"

Thomas seufzte. „Für den Fall, dass wir über Nacht bleiben müssen. Ich wollte ihn nicht wie einen Diener in den Ställen schlafen lassen."

„Wo hättest du geschlafen, Thomas? Bei deiner Geliebten?"

Jorge hatte schon wieder das Thema gewechselt.

„Weiß Gabriel, wer sein Vater ist?"

„Ich denke schon. Mutter scheint nichts für sich zu behalten, nicht wahr?" Jorge lächelte. „Ich mag sie. Das ist gut, oder? Es hätte auch anders kommen können und niemand hätte es vorhersehen können, aber sie ist klug und scharfsinnig und ich mag sie sehr."

„Das freut mich."

„Mich auch." Jorge sah sich um und nahm in der Dämmerung wohl kaum etwas wahr, im Gegensatz zu Thomas, der sich der Gruppe von Reitern bewusst war, die ihnen schon seit einiger Zeit folgte. „Gabriel mag mich nicht und ich glaube nicht, dass er es jemals tun wird."

„Du verlierst wohl deinen Charme."

„Zweifellos liegt es daran. Es ist schade, dass ich keine Schwester habe. Ich kann viel besser mit Frauen umgehen als mit Männern."

„Selbst wenn sie deine Halbschwester wäre?"

„Ich habe nicht gemeint, dass ich – "

Jorge beendete nicht, was er sagen wollte, denn in diesem Moment trieben die Männer, die ihnen folgten, ihre Pferde in den Galopp, und Thomas sagte: „Reite. Reite schnell!"

KAPITEL VIERUNDZWANZIG

Es waren sechs Männer, die ihnen dicht auf den Fersen waren, Gabriel und vier seiner Begleiter und ein sechster, den Thomas für Yves hielt. Was er nicht wusste, war, was sie von ihm und Jorge wollte, abgesehen von dem, was auf der Hand lag. Gabriel hatte deutlich gemacht, dass ihm der Gedanke, einen Bruder zu haben, nicht gefiel.

Thomas lenkte sein Pferd näher an Jorges heran und rief: „Glaubst du, du kannst gegen deinen Bruder kämpfen?“

„Warum?“

„Weil er es ist, der hinter uns her ist.“ Thomas blickte zurück. „Und sie holen auf.“ Ihre Verfolger hatten gute Pferde und er und Jorge ritten auf von Daniel geliehenen Pferden, die nicht für Schnelligkeit gemacht waren. Das hatte Thomas bei der Auswahl ihrer Pferde nicht bedacht.

Jorge wurde langsamer und Thomas brauchte einen Moment, um es zu bemerken. Als er es tat, verlangsamte er sein Pferd und drehte sich um, nur um zu sehen, wie Jorge stehengeblieben war, während die Männer auf ihn zuritten. Thomas verfluchte diese naive Freundlichkeit, mit der Jorge glaubte, die ganze Welt für sich gewinnen zu können. Obwohl Gabriel nichts für seinen Bruder übrigzuhaben schien, glaubte Thomas nicht, dass er ihm etwas Böses wollte. Als die Gruppe Jorge erreichte, umringten sie ihn und es wurden Worte gewechselt.

Thomas trieb sein Pferd zu ihnen zurück. Als er sich näherte, kam ihm einer der Reiter entgegen.

„Das hier geht dich nichts an." Seine Stimme war leise und von einem römischen Akzent geprägt, und Thomas bekam es für einen Moment mit der Angst zu tun. Zwei Männer aus Rom hatten Jorge angegriffen, dieselben wie jene Männer, die der Brandstifter de Parma beschrieben hatte.

„Hat Rodrigo de Borja euch geschickt oder seid ihr ohne seinen Auftrag hier?"

„Wer?" Die Frage bestätigte nur Thomas' Verdacht, dass de Borja in die Sache verwickelt sein könnte. Kein Mann, der aus Rom kam, würde den Namen des Mannes nicht kennen. Er fragte sich, wie er Isabel darüber in Kenntnis setzen konnte und ob sie etwas damit anfangen würde können. Und dann sagte der Mann: „Halten Sie sich aus diesem Kampf heraus. Er hat nichts mit Ihnen zu tun."

„Jorge ist mein Freund. Natürlich hat er etwas mit mir zu tun."

„Gabriel sagt, er wird ihn nicht töten, aber ihm muss eine Lektion erteilt werden." Der Mann lachte. „Er wird ihm zeigen, wer hier regiert. Wer erben wird."

Thomas beugte sich zur Seite, um an dem Mann vorbeizuschauen, und stellte fest, dass es sich bei der sechsten Gestalt tatsächlich um Yves handelte. Er saß rittlings auf seinem Pferd, das etwas abseits stand, als ob er sich von dem, was gleich geschehen würde, distanzieren wollte. Thomas ritt auf den Mann zu und drängte sich an ihm vorbei, als dieser sein Pferd wendete, um ihm den Weg zu versperren. Er blieb wachsam für den Fall, dass er ihn angreifen wollte, doch nichts geschah und das überraschte ihn. Dabei hätte er sich einen Angriff fast gewünscht, denn er wäre die Ausrede gewesen, die er gebraucht hätte. Was er sich tatsächlich wünschte, war, dass Usaden bei ihnen wäre. Andererseits war er der Meinung, dass er mit diesen Männern auch ohne ihn fertig werden würde. Falls es dazu kommen sollte.

Jorge und Gabriel waren abgestiegen und standen sich nun gegenüber. Thomas schwang sich aus dem Sattel und klopfte dem Pferd auf den Hintern, um es zum Losgaloppieren zu bewegen. Es würde irgendwann zurückkommen, und wenn nicht, hatten diese Männer Pferde, die er nehmen konnte, wenn er eines brauchte.

„Was ist hier los?" Er wandte sich an Gabriel.

„Das geht Sie nichts an. Das ist eine Sache zwischen mir und meinem Bruder." Gabriel ließ seine Abneigung in der Art erkennen, wie er das letzte Wort förmlich ausspuckte. „Er braucht eine Lektion, und ich bin der Mann, der sie ihm erteilen kann."

„Hast du ihn deshalb verhaften lassen? Warum hast du ihm einen Mord angehängt, den er nicht begangen hat?" Thomas blickte zu den anderen Männern, die nun auch abgestiegen waren. Sie bildeten einen losen Kreis um ihn und Jorge, alle außer Yves, der sich weiterhin zurückhielt. Er blickte wieder zu Gabriel. „Hast du deshalb diese

Männer nach Kastilien gebracht? Um einen unschuldigen Schreiber zu töten, damit dein Bruder verhaftet werden kann? Hast du Angst, er könnte dir die Liebe deiner Mutter stehlen?"

„Ich weiß nichts von einem Mord." Gabriel lächelte und Thomas sah darin eine Ähnlichkeit mit Jorge, wenn auch in verzerrter Form, da Gabriel Jorges Güte in Hass zum Ausdruck brachte. „Ich werde ihm nicht zu sehr wehtun. Ich will ihm nur eine Lektion erteilen, damit er nie wiederkommt. Mutter kann keine Ablenkung gebrauchen, nicht zu diesem Zeitpunkt."

Thomas stellte sich zwischen Jorge und Gabriel. „Dann wirst du zuerst gegen mich kämpfen müssen."

Gabriel ließ seine Augen von Kopf bis Fuß über Thomas' Körper wandern. „Das dauert keine zehn Herzschläge."

Thomas lächelte.

„Ist schon in Ordnung", sagte Jorge. „Ich werde gegen ihn kämpfen."

Thomas drehte seinen Kopf, um seinen Gesichtsausdruck zu sehen. Sicher, entschlossen, und er erkannte, dass Jorge dies tun musste, egal, ob er gewann oder verlor. Und ohne Zweifel würde er verlieren. Er hoffte nur, dass Gabriel ihn nicht zu sehr verletzte.

„Du hast dich gerade erst von einem Schlag an den Kopf erholt." Thomas hielt es für klug zu versuchen, ihm einen Rat zu erteilen, erwartete aber, dass Jorge ihn ignorieren würde, wie er es immer tat.

„Was nur beweist, wie hart mein Kopf ist."

Thomas wusste, dass er den Kürzeren gezogen hatte, und trat zur Seite. „Keine Waffen. Gabriel, leg dein

Schwert und alle anderen Klingen, die du trägst, ab. Jorge, hast du etwas?“

Jorge hielt seine Hände in die Luft, um zu zeigen, dass sie leer waren. Das Schwert, das er mitgebracht hatte, blieb an seinen Sattel gebunden.

Thomas warf einen Blick auf die anderen Männer. Sie begannen zu wetten, wie lange Jorge durchhalten würde. Keiner von ihnen wettete darauf, dass er den Kampf gewinnen würde.

„Niemand mischt sich ein, egal, wie das Ergebnis aussieht“, sagte Thomas.

Zwei der Männer nickten, jene aus Rom, was ihn überraschte. Er fragte sich, wer die anderen waren. Sie waren weniger gut gekleidet und er vermutete, dass sie auf dem Landgut arbeiteten. Gabriel musste selbstbewusst sein, wenn er nur zwei ausgebildete Männer mitgebracht hatte. Thomas wollte nicht, dass der Kampf stattfand, aber er wusste, dass Jorge entschlossen war. Er musste etwas beweisen, obwohl Thomas nicht genau wusste, was und wem. Vielleicht war es nichts weiter als Verärgerung über die Art und Weise, wie Gabriel ihn behandelt hatte, Abneigung gegen seinen Halbbruder oder einfach eine Gelegenheit, seinem Ärger über Ereignisse Luft zu machen, über die er wenig Kontrolle hatte. Was auch immer es war, diese Rauferei würde schnell vorbei sein, genau wie Gabriel es behauptete und die Männer es bei ihrer Wette vermuteten.

Thomas betrachtete sie aufmerksam, wenn auch unauffällig. Er wollte wissen, ob Gabriels Sieg über Jorge ihnen Lust auf mehr machen würde. Er war nicht beunruhigt, aber er wollte auch niemanden verletzen. Es war ein zu schöner Tag für Tod oder Verletzungen. Vor einem Jahr, noch geschwächt durch sein selbstauferlegtes Exil im Sholayr-Gebirge, wäre er sich seiner eigenen Fähigkeiten weniger sicher gewesen. Jetzt, nach monatelangem Training mit Usaden, hatte Thomas keinerlei Zweifel mehr.

Als ob sich sein Gedanke an Usaden durch die Luft übertragen hätte – etwas, das Thomas früher als lächerlich abgetan hätte, jetzt aber nicht mehr für so abwegig hielt –, erschien der Mann selbst auf dem Kamm eines niedrigen Hügels im Süden. Niemand sonst bemerkte seine Anwesenheit, alle waren mit Gabriel und Jorge beschäftigt, die einander nun umkreisten. Erst als Usaden sich näherte, bemerkte ihn einer der Männer und bald sahen sie ihn alle. Jorge und Gabriel hatten noch immer nicht zu kämpfen begonnen und Gabriel wich zurück, als er sah, wie der Gomeres-Söldner aus seinem Sattel glitt und neben Thomas zu stehen kam.

„Bin ich zu spät?"

„Es hat noch nicht angefangen."

„Gut, ich bin gespannt, wie Jorge sich schlagen wird."

„Ich bin sicher, du kennst das Ergebnis bereits."

„Vielleicht tue ich das."

„Habt ihr euren Mann absichtlich versteckt?", fragte Gabriel. „Darauf gewartet, dass er sich euch anschließt, damit ihr uns angreifen könnt?"

Thomas sah sich demonstrativ um. „Drei von uns und sechs von euch? Worüber machst du dir Sorgen?"

Gabriel schüttelte den Kopf, theatralisch wie jeder Tyrann, und Thomas sah, dass er den Fähigkeiten seiner

Männer blind vertraute. Zweifellos waren auch sie geschickt, aber niemand war so geschickt wie Usaden.

„Werden sie kämpfen oder nicht?“, fragte Usaden Thomas und ignorierte Gabriel.

„Sieht nicht so aus. Wir sollten in die Stadt zurückreiten und herausfinden, was dieser Mann verheimlicht.“

„Wir werden kämpfen!“ Gabriel schien kurz davor zu sein, die Beherrschung zu verlieren. Es war klar, dass die Dinge nicht so liefen, wie er es wollte.

„Dann kommt zur Sache“, sagte Thomas. „Wir sind schon spät dran. Wenn ihr so weitermacht, sind wir erst morgen zurück. Greif ihn an, damit es erledigt ist.“

Das war der Spott, den Gabriel gebraucht hatte. Er wirbelte schnell zu Jorge herum und holte mit aller Kraft aus, um ihm einen Schlag gegen den Kopf zu verpassen. Hätte er getroffen, wäre Jorge auf der Stelle zu Boden gegangen, doch er traf nicht. Stattdessen duckte sich Jorge, gerade so weit, dass der Schlag über seinen Kopf hinwegsegelte, ohne Schaden anzurichten. Im nächsten Moment holte er selbst zu einem Schlag aus, der Gabriel mitten in der Brust erwischte und ihn ein Stück zurücktaumeln ließ. Ein Sturm der Wut tobte in den Augen des Mannes und er ging erneut mit beiden Fäusten auf Jorge los, aber wieder wich Jorge jedem seiner Schläge gekonnt aus und verpasste ihm im Gegenzug einen weiteren mit seinen eigenen Fäusten. Nicht fest genug, um Schaden anzurichten, kaum genug, um ihn zu verletzen, aber ausreichend, um Gabriels Zorn zu schüren und Jorges Können zu demonstrieren.

Thomas beobachtete, wie die Soldaten anfingen zu

debattieren, während zwei versuchten, ihre Wetten zurückzunehmen. Usaden beobachtete den Kampf mit zusammengekniffenen Augen und seine Schultern schwankten bei jedem Schlag von Jorge kaum merklich mit.

Eine Zeit lang ging es so weiter, nur dass beide Männer nun in der späten Nachmittagshitze zu schwitzen begannen. Hinter ihnen floss der Guadalquivir, breit und langsam. Olivenbäume säumten das Land, so weit das Auge reichte, und Rauch hing in der Luft, wo geschnittene Äste verbrannt wurden. Dann wurde Jorge seines Schauspiels überdrüssig. Als er das nächste Mal zuschlug, knallte sein Schlag hart gegen Gabriels Ohr und er ging in die Knie.

„Tritt ihn", sagte Usaden, und seine Worte waren so leise, dass nur Thomas sie hören konnte.

Jorge wartete, während Gabriel schwer atmend den Kopf schüttelte. Dann, als er sich aufrappelte, schlug Jorge ihn erneut, direkt auf die Nase, noch bevor er Zeit hatte, seine Fäuste zu heben. Er fiel flach auf den Rücken. Er war nicht bewusstlos, aber vielleicht täuschte er es vor, um weitere Demütigungen zu vermeiden. In diesem Moment zogen die vier Männer ihre Schwerter und Usaden lächelte.

„Heute stirbt niemand", sagte Thomas.

Er trat einen Schritt zurück, seine Augen auf die beiden Männer aus Rom gerichtet, die er für die gefährlichsten hielt. Aus dem Augenwinkel sah er, wie sein Sohn sein Pferd bestieg und davonritt. Er war enttäuscht von seiner Feigheit.

Gabriel drehte sich um und kniete sich hin. Jorge

untersuchte die Knöchel seiner Hand. Er schüttelte sie, als ob sie schmerzte. Dann ging er zu dem Haufen Kleider, die er abgelegt hatte, und hob sie hoch. Schließlich kehrte er zu seinem Bruder zurück und reichte ihm die Hand.

Gabriel starrte ihn an, während Blut von seiner Nase auf den trockenen Boden tropfte. Jorge wartete mehr als lange, aber als Gabriel sein Angebot weiterhin ignorierte, zuckte er mit den Schultern und wandte sich ab. Er ging zu seinem Pferd, schwang sich in den Sattel und ritt ohne einen Blick zurück davon. Thomas blickte sich um, sah sein eigenes Pferd am Hang stehen und pfiff laut.

„Ich werde noch eine wenig länger bleiben, bis ihr beide fort seid", sagte Usaden. Seine Waffen steckten in ihren Scheiden, auch jene, die niemand sehen konnte. Thomas wusste, dass sich das in Windeseile ändern würde, wenn es nötig war.

„Ich glaube nicht, dass sie noch kämpfen wollen", sagte er.

„Ich weiß. Es ist schade, aber man kann ihnen nicht helfen, wenn sie Feiglinge sind. Wie dem auch sei, geh mit Jorge und ich werde nachkommen. Kin ist irgendwo in der Nähe, aber ich habe ihm gesagt, er soll bleiben, wo er ist."

Thomas ging, um sein Pferd zu holen, das von einem besonders saftigen Streifen Gras abgelenkt worden war, obwohl es für ihn genauso trocken und braun aussah wie der Rest davon. Er nahm es an den Zügeln und schwang sich in den Sattel, bevor er Jorge hinterherritt, der bereits zweihundert Schritte voraus war. Einer der römischen Männer half Gabriel auf die Beine, als Thomas an ihnen vorbeikam. Er beugte sich hinunter und starrte auf die blutige Nase des Mannes, die nicht gebrochen zu sein schien, was schade war.

Als er an ihnen vorbei war, trieb Thomas sein Pferd in den Galopp und holte Jorge ein. „Ich weiß, dass du besser kämpfst als früher, aber wann hast du das gelernt?"

„Du bist nicht der Einzige, der Zeit mit Usaden verbringt. Du solltest ihm mehr für die zusätzliche Arbeit zahlen."

„Oder vielleicht solltest du es tun. Warum hast du nie auf mich gehört, wie du auf ihn hörst? Ich hätte dir beibringen können, wie man kämpft."

„Nicht so gut, wie Usaden es kann."

Thomas gab zu, dass Jorge damit recht hatte.

„Gabriel hat Angst vor dir", sagte er.

„Er denkt, ich könnte mir die Zuneigung meiner Mutter erschleichen und die Hälfte seines Erbes an mich reißen."

„Du hättest ihm sagen sollen, dass du schon reich bist."

„Ich hätte es getan, aber du sagst doch immer, dass es ein Geheimnis bleiben soll. Kann ich jetzt etwas von dem Geld ausgeben?"

„Vielleicht. Solange du eine Geschichte parat hast, um zu erklären, woher es kommt, falls jemand fragt."

„Ich werde ihnen natürlich sagen, dass du es mir gegeben hast", sagte Jorge.

„Dann werde ich mir eine Geschichte ausdenken müssen."

„Sag den Leuten, dass Isabel es dir als Dank dafür gegeben hat, dass du ihr gezeigt hast, wie ein Mann eine Frau wirklich befriedigen kann. Jeder glaubt, dass du mit ihr schläfst, also ist es eine perfekte Ausrede."

Thomas schüttelte den Kopf, denn er wusste, dass Jorge sich diese Dinge nur ausdachte, um sich zu amüsieren. Einen Mann in einem Kampf zu besiegen, konnte das bewirken.

„Oder deine Geliebte aus Frankreich", sagte Jorge. „Ich nehme an, sie ist reich, nicht wahr? Nicht so reich wie Isabel, aber ihr habt eine gemeinsame mysteriöse Vergangenheit, die euren Reichtum erklären würde."

„Ich bin mir nicht so sicher, ob Isabel wohlhabend ist", sagte Thomas. „Dieser Krieg ist furchtbar teuer."

„Aber sie wird ihn gewinnen, und zwar bald, und dann werden alle Reichtümer von al-Andalus ihr gehören."

Ja, dachte Thomas, *sie wird den Krieg gewinnen.* Und was dann? Sie hatte ihn bereits gebeten, an ihrer Seite zu dienen. In welcher Funktion, war nie geklärt worden, aber sie fragte ihn jedes Mal erneut, und er erwartete, dass sie es wieder tun würde. In der Vergangenheit hatte er immer abgelehnt, aber jetzt war alles anders. Gharnatah war nicht mehr seine Stadt. Muhammed wollte ihn tot sehen und Helena lebte in seinem Haus und verpestete die Luft mit dem Ruhm ihrer Anwesenheit. Er hätte sie hinausgeworfen, aber er wusste, dass er es nicht konnte, denn sie würde immer Wills Mutter bleiben, was immer sie auch getan hatte. Die Fäden der Loyalität und der Familie legten sich um ihn und schnitten mit einem unsichtbaren Druck in seine Haut, den er nicht ignorieren konnte. Er fragte sich, ob Jorge dasselbe empfand.

„Warum hast du so lange damit gewartet, ihn zu schlagen?", fragte Thomas.

Jorge lächelte. „Ich wollte sehen, wie gut er ist."

„Und?"

„Nicht so gut wie ich."

„Offensichtlich."

„Er ist mein Bruder – mein Halbbruder –, also hätten wir ebenbürtiger sein sollen, meinst du nicht auch?" Jorge warf Thomas einen Blick zu. „Sein Vater ist de Borja, oder nicht?"

„Zumindest behauptet Castellana das und ich sehe keinen Grund, warum sie lügen sollte."

„Sie hat gelogen. Hast du es bemerkt, bevor du mit deiner Geliebten in ihr Bett geklettert bist?" Jorge lachte über Thomas' Gesichtsausdruck. „Oder dachtest du, ich würde es nicht herausfinden? Ich konnte den Sex an dir riechen und das freut mich. Du bist viel zu verkrampft, Thomas. Meine Mutter hat noch mehr gelogen, als du nicht da warst, als würde sie mich für dumm halten."

Thomas schüttelte den Kopf. „Ich fand, es klang, als würde sie ehrliche Antworten geben."

„Ich weiß noch nicht, was gelogen war und was nicht. Sie lügt gut, sonst wüsste ich es schon." Er stieß einen lauten Seufzer aus. „Dieser Rodrigo de Borja, warum sollte er meinen Tod wollen?"

„Wenn er dich tot sehen wollte, wärst du es bereits. Wenn er etwas will, dann, dass du eines Mordes beschuldigt wirst, den du nicht begangen hast."

Jorge winkte ab, als ob der Unterschied irrelevant wäre. „Warum das denn? Welchen Vorteil hat er davon?"

„Oder welchen Hass hegt er gegen dich?" Thomas kam etwas in den Sinn und er starrte Jorge an. „Oder welchen Hass hegt er gegen den Mann, der dein Vater war?"

Jorge lächelte. „Oh, das ist ganz einfach. Mein Vater

hat Castellana die Unschuld genommen, bevor de Borja es konnte, und ich bin der lebende Beweis dafür."

„Nur will er sie nicht. Isabel hat mir gesagt, dass de Borja der nächste Papst sein wird. Sie sagt, sie wird dafür sorgen, dass er dazu ernannt wird. Sein Leben wird im Lateranpalast stattfinden und er wird über den Kirchenstaat und alle Christen der Welt herrschen. Was will er mit einer Frau, mit der er einst verheiratet war und die er seit Jahren nicht mehr gesehen hat?"

„Das weiß ich noch nicht", sagte Jorge.

„Vielleicht solltest du ihn das fragen. Er war noch im Palast, als wir gingen. Stell dich vor ihn und frag ihn, warum er dich so sehr hasst, dass er dich sogar verhaften lässt. Zuerst dachte ich, er steckt hinter allem, und dann wieder nicht. Jetzt bin ich einfach verwirrt."

Jorge starrte nach vorn, wo der Rauch der Stadt den Horizont befleckte und die Sonne feurig durch den Dunst hinabwanderte.

„Vielleicht werde ich das." Er lächelte. „Ich mag es nicht, wenn du verwirrt bist, Thomas. Es beunruhigt mich."

„Mich auch."

KAPITEL FÜNFUNDZWANZIG

Will schmiegte sich sanft an Thomas' Brust, als er in einem Stuhl saß, die Füße auf einen niedrigen Tisch stützte und durch das Fenster auf die dunklen Gärten starrte. Die Diener liefen wieder über die Anlage und zündeten Laternen an, ihr Weg durch die langen Kerzen gekennzeichnet, die wie Glühwürmchen in der Nachtluft tanzten. Dahinter lag eine größere Dunkelheit, jenseits der Stadtmauer, hier und da von Kerzen in den Fenstern von Bauernhäusern durchbrochen. Amal lag schlafend auf einem Kissen auf dem Boden und Thomas wusste, dass er sie ins Bett bringen sollte, aber er war zu träge.

Er dachte, Will sei eingeschlafen, doch dann zappelte er und stieß mit seinem Ellbogen an eine unglückliche Stelle, sodass Thomas zusammenzuckte.

„Pa", sagte er und wartete.

„Ja?" Thomas freute sich, dass Will so viel wissen wollte, aber an manchen Tagen stellte er mehr Fragen, als er in einem Jahr beantworten konnte. Aber was war schon eine Frage mehr? Und Wills Fragen waren oft interessant.

Oder wenn sie nicht interessant waren, dann zumindest so skurril, dass sie ihm eine dringend benötigte Ablenkung boten.

„Ist Theresa jetzt unsere neue Ma?"

Thomas versuchte, sich aufzusetzen, aber Will war zu schwer, um die Bewegung zuzulassen.

„Nein, natürlich nicht. Wie kommst du denn darauf?"

„Weil sie die ganze Zeit hier ist und sich um uns kümmert, und ich weiß, dass sie dich mag."

„Ja, wirklich? Woher weißt du das?"

„Sie spricht ständig von dir." Will blies seine Backen auf. *„Ständig.* Sie redet auch mit Isabel über dich."

Thomas lächelte. „Du meinst die Königin von Kastilien, nicht wahr?"

„Ja. Isabel."

„Theresa ist nicht deine neue Ma. Sie hilft mir, bis ich beweisen kann, dass Jorge unschuldig ist, das ist alles."

„Es wäre in Ordnung, wenn sie es wäre. Amal und ich haben darüber gesprochen, und sie kann bei uns leben, wenn sie will."

„Was ist damit, was ich will?"

„Sie ist hübsch", sagte Will. „Nicht so hübsch wie Ma, aber anders hübsch. Und du brauchst jemanden, der sich um dich kümmert, jetzt, wo Ma weg ist. Isabel sagt das auch."

„Ja, das tut sie, nicht wahr?"

Er spürte Wills Nicken.

„Wo bist du heute hingegangen, Pa?" Wills Stimme war so weich geworden wie seine Glieder, und Thomas wusste, dass er sich an keine Antwort erinnern würde, die er ihm nun gab. „Du hast Usaden mitgenommen. Wolltet ihr kämpfen?"

„Usaden wollte aus der Stadt raus."

„Mir gefällt es hier", sagte Will. „Isabel sagt, wir können so lange bleiben, wie wir wollen. Für immer, sagt sie." Will drehte sich so, dass er zu Thomas aufblicken konnte. „Können wir das, Pa?"

„Was ist mit unserem Haus in Gharnatah?"

„Isabel sagt, sie wird Gharnatah zerstören. Nur kann sie es nicht richtig sagen. Ich habe versucht, es ihr beizubringen, aber sie hat mich nur ausgelacht. Dafür bringe ich es Juan und der kleinen Isabel und sogar Kat bei. Ich mag Kat. Sie ist noch klein, aber sie ist klug."

„Kat, ja?"

Will nickte und ließ sich auf Thomas' Bauch nieder. „Also, wo bist du gewesen?" Er vergaß seine ursprüngliche Frage nie, so weit er auch vom Thema abschweifen mochte. Das war eine Eigenschaft, die Thomas löblich fand.

„Wir haben Jorges Ma besucht."

Diesmal setzte sich Will auf und drehte sich ganz um. „Jorge hat eine Ma?"

Thomas lachte. „Natürlich hat er eine. Jeder hat eine Ma."

„Auch Eunuchen?"

„Natürlich. Eunuchen können keine Väter sein, aber alle Menschen kommen von zwei Eltern."

„So ich von dir und Helena komme und Ami von dir und Ma?", fragte Will.

„Ja."

Thomas sah zu, wie Will einen Moment lang nachdachte, bis er alles verstanden hatte.

„Und wer ist Jorges Ma? Ich dachte, sie lebt in Qurtuba, aber du bist nach Süden geritten."

„Hast du uns beobachtet?"

„Vom Turm aus", sagte Will. „Ich und Juan. Er sagte, du würdest wahrscheinlich in den Krieg ziehen. Juan sagt, er weiß alles über den Krieg. Wolltest du in den Krieg ziehen, Pa?"

„Jorge wurde heute zwar in einen Kampf verwickelt, aber nein, wir sind nicht in den Krieg gezogen."

Will lachte. „Jorge hat gekämpft?" Er lachte wieder. „Jorge kämpft nicht."

„Heute hat er es getan."

„Aber ich habe ihn gesehen, als ihr zurückgekommen seid, und er hatte keine blauen Flecken. Was hast du wirklich getan, Pa?"

„Das habe ich dir doch gesagt." Er ließ Will von seinem Knie gleiten, denn er wusste, dass er sich schon zu lange von der Gegenwart seiner Kinder hatte trösten lassen. „Zeit, ins Bett zu gehen. Weck Amal und nimm sie mit, ich schicke Theresa, um bei euch zu bleiben."

„Wohin gehst du, Pa? Wieder raus?"

„Ich werde erst mit Rodrigo sprechen und dann mit Isabel."

Will runzelte die Stirn. „Warum darfst du sie Isabel nennen und ich nicht?"

„Weil du es vergessen und ihr ins Gesicht sagen könntest."

„Das tue ich doch schon. Ich und Ami, wir beide, und

es macht ihr nichts aus." Er dachte ein wenig länger nach. „Ich glaube nicht, dass es ihr etwas ausmacht."

„Was ist mit Fernando?"

Will lachte auf und tat so, als würde er erzittern. „Nein, wir nennen ihn immer König oder Euer Gnaden. So ist es doch richtig, nicht wahr, Pa? Aber wir wissen nicht, wie wir den anderen Mann nennen sollen, also nennen wir ihn Rodrigo, weil er gesagt hat, dass wir das tun sollen. Ich mag ihn. Er ist lustig, so wie Jorge lustig ist. Nur dass er sagt, ihm fehle nichts zwischen den Beinen."

Thomas hätte Will vor Schreck fast von seinem Schoß gestoßen. „Hast du ihn etwa danach gefragt?"

„Das habe ich. Er hat so laut gelacht, dass ich dachte, er würde sich nass machen. Dann sagte er ja, bei ihm sein noch alles dran, und dann lachte er wieder. Ich mag ihn."

Thomas machte sich auf die Suche nach Theresa, um sie zu bitten, bis zu seiner Rückkehr bei den Kindern zu bleiben. Er fand sie in dem kleinen Zimmer in der Nähe des königlichen Flügels des Palastes, wo sie schlief und ihr Pflichtleben führte. Wie immer wollte sie einen Grund von ihm wissen.

„Du hast Pech, Thomas. Rodrigo ist heute Morgen aufgebrochen. Er ist auf dem Weg nach Sevilla und nimmt von dort ein Schiff nach Rom. Ich bezweifle, dass wir ihn in Kastilien wiedersehen werden, bevor er Papst ist." Sie neigte den Kopf zur Seite, ihre Augen wach und wissend. „Aber Isabel ist noch wach. Sie schläft dieser Tage nicht viel. Sie sagt mir, es gäbe zu viel zu planen."

„Willst du sagen, ich soll zu ihr gehen?“

„Ich weiß nicht, worüber du mit Rodrigo sprechen wolltest. Wird sie dir einen Rat geben können? Oder möchtest du vielleicht einfach nur mit ihr reden, wie sie es sicher auch gern mit dir tun würde?“

„Ja“, sagte Thomas, ohne anzudeuten, auf welche ihrer Fragen er damit antwortete. „Kannst du sie fragen, ob sie mich sehen will? Und danach auf die Kinder aufpassen?“

„Das kann ich.“ Theresa berührte seinen Arm, ein flüchtiger Augenblick, bevor sie sich abwandte.

Thomas wartete, starrte auf einen der kunstvollen Wandteppiche und versuchte zu ergründen, wie seine Schöpfer etwas so Komplexes, so Schönes geschaffen hatten. Als er Schritte hörte, drehte er sich um und erwartete Theresa. Stattdessen war es Isabel, die sich ihm allein näherte. Sie schenkte ihm ein Lächeln.

„Ich wollte sowieso mit dir reden, Thomas, aber ich dachte, die Wände in meinen Gemächern könnten zu viele Ohren haben.“ Als wüsste sie bereits, was ihn bedrückte. „Wir können auf die Terrasse gehen, oder auch in deine Gemächer. Theresa wird dort sein, nicht wahr, also habe ich eine Anstandsdame. Nicht, dass ich bei dir eine bräuchte.“ Sie wartete darauf, dass Thomas sein Einverständnis gab. Wartete, bis er nickte und ihr seinen Arm anbot. Sie legte ihre Hand darauf, während sie sich zurück in die Richtung begaben, aus der er gekommen war.

„Theresa sagte mir, dass du nicht gut schläfst“, sagte Thomas.

„Es geht Theresa nichts an, wie ich schlafe. Außerdem habe ich sehr viel zu tun.“

Thomas versuchte, ein Urteil in ihrer Stimme zu hören, doch es gelang ihm nicht.

Als sie eintraten, saß Theresa auf demselben Stuhl, den Thomas benutzt hatte, als er Will gehalten hatte. Ihre Augen waren halb geschlossen, aber als sie eintraten, sprang sie abrupt auf, strich ihre Röcke glatt und machte einen kleinen Knicks.

„Bitte, keine Formalitäten. Wir sind unter uns", sagte Isabel. „Thomas und ich haben etwas zu besprechen. Du kannst bleiben, wenn du willst, oder dich in seinem Bett schlafen legen. Ich bin sicher, dass von ihm keine Gefahr ausgeht."

Als sie allein waren, setzte sich Isabel auf den Stuhl, den Theresa benutzt hatte, und Thomas zog einen weiteren heran, sodass sie sich gegenübersaßen.

„Was möchtest du mit mir besprechen?", fragte sie.

„Ich dachte, du wolltest mit mir reden?"

„Das tue ich, aber da ist etwas, das du mir sagen möchtest, nicht wahr? Und danach kannst du mir gleich noch erzählen, was mit deinem Freund Jorge los ist und welche Angelegenheit das ist, die so viel von deiner Zeit in Anspruch nimmt. Und schließlich habe ich noch eine Frage an dich."

„Die übliche?", fragte Thomas.

„Möglicherweise."

Er wollte gerade erwidern, dass sie seine Antwort bereits kannte, dabei war er sich mittlerweile selbst nicht mehr sicher, wie sie lauten könnte. Stattdessen kam er direkt auf das Wichtigste zu sprechen.

„Wie lange kennst du Rodrigo de Borja schon?"

„Seit ich ein Mädchen war. Ich habe ihn angebetet. Tue

es immer noch. In ein paar Jahren werde ich ihn vielleicht auf eine ganz andere Weise anbeten müssen, aber es wird gut sein, einen Spanier als Papst zu haben. Bis dahin wird dieses Land wiedervereint sein und wir werden Freunde in hohen Positionen brauchen." Sie starrte auf ihre Hände, während sie sprach, aber jetzt hob sie den Blick und sah ihn an. „Hast du dein Abendessen mit ihm genossen? Er ist ein angenehmer Gesprächspartner, nicht wahr?"

„Er hat die Fähigkeit, Menschen dazu zu bringen, ihn zu mögen. Sogar bei mir hat er es geschafft. Aber was ich herausgefunden habe, lässt mich ihn weniger mögen, sobald ich nicht in seiner Nähe bin."

„Erkläre es mir. Jeden anderen, der so etwas zu mir sagt, hätte ich meines Hofes verwiesen."

„Es geht bei der ganzen Sache um Jorge", sagte Thomas.

Isabel nickte, ein Zeichen für ihn, fortzufahren.

„Du weißt, dass de Borja mit Castellana Lonzal verheiratet war?"

„Natürlich. Das ist einer der Gründe, warum sie am Hof willkommen ist. Sie besucht uns oft und ist angenehme Gesellschaft. Ihr Sohn weniger, aber er begleitet sie nur selten."

„Weißt du auch, dass sie vor dem Gesetz noch verheiratet sind?"

„Das wusste ich nicht, aber wenn wir solch eine Kleinigkeit nicht lösen können, was dann. Spielt das eine Rolle dabei, was mit Jorge passiert ist?"

Thomas holte tief Luft, unsicher, wo er anfangen sollte, wie er anfangen sollte. Unsicher, wie Isabel reagieren würde. Es gab für sie keinen Grund, sich für

Jorges Vergangenheit zu interessieren oder auch nur für die Situation, in der er sich befand, abgesehen von ihrer Freundschaft zu Thomas. Und selbst das war vielleicht viel mehr verlangt als ihm zustand. Also versuchte er, die vielen einzelnen Informationen, über die er nun verfügte, in eine nachvollziehbare Reihenfolge zu bringen.

Isabel muss die Unsicherheit in seinem Gesicht gelesen haben, denn sie fragte: „Habe ich ihn nicht aus dem Gefängnis geholt und hier unter deine Obhut gestellt?“

„Das hast du und dafür danke ich dir.“

„Hat er sich denn benommen?“

„Mehr oder weniger.“

„Dann sag mir, was dir auf dem Herzen liegt.“

„Jorge wird des Mordes beschuldigt. Mittlerweile möglicherweise sogar zweier Morde.“

„Ich weiß nur von dem einen, aber wer ist der zweite?“

„Ein Priester namens Carlos Mendoza.“

„Der Name ist mir nicht bekannt. Wie wurde er getötet?“

„Qualvoll. Aber das ist nichts, was du erfahren musst. Du sollst nur wissen, dass er derjenige war, der Jorge in die Obhut derer gab, die er immer als seine Eltern betrachtete. Ich glaube, dass diese eine Handlung vor dreißig Jahren der Grund für Mendozas Ermordung ist, genauso wie der erste Tod dazu gedient haben dürfte, die Adoption zu vertuschen. Irgendjemand will nicht, dass an die Öffentlichkeit gelangt, wer Jorges richtiger Vater ist.“

Isabel starrte Thomas lange an, ihr Blick starr. Er wartete, denn er wusste, dass sie über seine Worte nachdachte.

„Ich weiß, dass Castellanas Sohn von Rodrigo ist", sagte sie schließlich. „Willst du mir sagen, dass Jorge auch sein Sohn ist?" Sie hob eine Hand, um Thomas daran zu hindern, ihr zu antworten, während sie den Gedanken abwog. „Sie sind auf die gleiche Weise attraktiv, das sehe ich, und sie besitzen dieselbe Fähigkeit, die Leute dazu zu bringen, sie zu mögen, ohne sich anstrengen zu müssen. Aber Rodrigo hat nie einen Hehl daraus gemacht, Gabriels Vater zu sein."

„Laut Castellana ist Jorges Vater ein anderer Mann, nicht de Borja. Ein totgeglaubter Mann, der jedoch am Leben zu sein scheint. So wie Jorge einst für tot gehalten wurde und es nicht war."

„Du verdächtigst doch nicht etwa de Borja in dieser Sache, oder?" Und als Thomas nicht antwortete: „Du tust es, nicht wahr?"

„Sagt dir der Name Inigo Florentino etwas?" Als Isabel den Kopf schüttelte, fuhr Thomas fort: „Castellana, de Borja und er waren in Valencia Freunde. Sehr enge Freunde sogar, bis Inigo seinen Samen in sie pflanzte und die Freundschaft zerbrach. Rodrigo wollte nichts mit dem Sohn eines anderen Mannes zu tun haben und sorgte daher dafür, dass er hier adoptiert wurde, in Qurtuba. Jener Mann, der die Adoption damals arrangierte, wurde vor fünf Tagen ermordet. Der Mann, der die entsprechenden Dokumente angefertigt hatte, verbrannte im Keller seines Hauses. Ich glaube, dass Rodrigo in irgendeiner Weise mit beiden Ereignissen in Verbindung steht."

„Du wirst mir das alles sehr genau erklären müssen, wenn du beabsichtigst, einen Mann, den ich schon mein ganzes Leben lang kenne, solcher Taten zu beschuldigen. Ohne Rodrigos Bemühungen wäre meine Heirat mit Fernando nicht zustande gekommen. Er hat sowohl für Kastilien als auch für Aragonien viel getan, viel für die Wiedervereinigung Spaniens. Ist das der Grund, warum du ihn bezichtigst? Weil du nicht willst, dass es dazu kommt? Ist es das, Thomas? Wenn ja, dann solltest du wissen, dass du dich damit von meiner Freundschaft und meinem Schutz abwendest, sofern du diese unbegründete Anschuldigung weiterverfolgst." Ihr Gesicht wirkte starr, ihre Augen kalt, und Thomas konnte sie durch die Augen jener sehen, denen die Königin von Kastilien missfiel.

„Glaubst du, ich würde deine Freundschaft aus einer Laune heraus riskieren? Ich bin der Logik gefolgt, so, wie ich es in der Vergangenheit in solchen Angelegenheiten immer tue. Du weißt, dass ich bisher damit nie falsch gelegen habe. Seine Beteiligung ist nachvollziehbar. Er wird nicht direkt involviert gewesen sein, aber Männer aus Rom sind in der Stadt, Männer, von denen ich glaube, dass sie die Morde begangen haben, um Jorge die Schuld in die Schuhe zu schieben."

„Warum sollte Rodrigo so etwas tun? Welchen Vorteil könnte er daraus ziehen?"

„Das ist es, was ich dich fragen muss. Weißt du irgendetwas – was auch immer es ist –, das meinen Verdacht auch nur im Geringsten bestätigen könnte?"

„Nichts. Gar nichts. Ich weiß, dass Rodrigo Schwächen hat wie jeder andere Mann auch, aber das macht ihn nicht böse, und nur ein böser Mensch könnte tun, was du ihm vorwirfst. Ich kann es nicht glauben. Ich weigere mich, es zu glauben." Isabel stand auf, ihr Körper steif vor

Anspannung. Als sie sich umdrehte, stand Thomas ebenfalls auf und ergriff ihr Handgelenk. Er sah, wie sie den Mund öffnete, um zu schreien und jene Wachen zu rufen, die zweifellos in der Nähe bereitstehen würden.

„Gib mir Zeit, Isabel", sagte Thomas. „Zeit, mich von den Informationen, die ich habe, zur Antwort führen zu lassen. Wenn ich mich irre, dann bin ich ein Narr, und du verdienst es, mich für immer aus deiner Gegenwart zu verbannen. Aber wenn ich richtig liege, … dann rette ich vielleicht dich und Kastilien vor der drohenden Vernichtung."

Isabel starrte auf seine Finger, die sich um ihr Handgelenk geschlossen hatten, machte aber keine Anstalten, sich aus seinem Griff zu lösen.

„Rodrigo ist weder für mich noch für Kastilien eine Bedrohung. Er hat uns beiden in unserem Kampf gegen die Mauren nichts als Hilfe geleistet. In einem Kampf, in dem du dich nun anscheinend auf eine Seite geschlagen hast, Thomas." Sie riss sich los. „Aufgrund unserer bisherigen Freundschaft – die du entschlossen bist, in den Wind zu schlagen –, werde ich dir einen weiteren Tag gewähren, um den wahren Schuldigen zu finden. Der nicht Rodrigo ist, das sage ich dir gleich. Wenn du bis zum Morgen nach dem morgigen Tag nicht herausgefunden hast, wer hinter alldem steckt, wirst du aus der Stadt verbannt und Jorge zurück ins Gefängnis gebracht, wo er auf seine Hinrichtung warten kann."

„Wenn ich das vollbringen soll, brauche ich Jorge", sagte Thomas. „Erlaube ihm, den Palast zu verlassen, und ich werde dir die Beweise bringen." Thomas hielt seine Worte für mutig und tollkühn.

„Ich habe gehört, dass meine Erlaubnis gar nicht erforderlich ist. Dass ihr beide heute von hier weggeritten seid. Aber ich werde es anordnen. Die Wachen werden ihn passieren lassen, dann habt ihr keinen Grund, euch fortzuschleichen." Isabel sah ihm nicht in die Augen, während sie sprach, und kaum war sie fertig, stürmte sie aus dem Zimmer.

Tja, das hätte besser laufen können, dachte Thomas, und dann kam Theresa aus dem Schlafzimmer geschritten und verpasste ihm eine schallende Ohrfeige.

„Idiot!"

Thomas konnte ihr nicht widersprechen.

„Ich muss sofort anfangen. Noch heute Nacht. Ich muss Miguel aufsuchen und klären, ob er etwas herausgefunden hat. Kannst du –"

„Er ist seltsam, dieser Mann."

„Du kennst ihn?"

Sie schenkte ihm ein unschuldiges Lächeln. „Er hatte ein Auge auf mich geworfen, als er nach Córdoba kam, aber ich wies ihn zurück. Oberflächlich betrachtet ist er sympathisch, aber unter der Oberfläche stimmt etwas nicht mit ihm, und ich habe gehört, dass er oft das Bordell besucht. Allerdings ist er ehrgeizig. Zu ehrgeizig, wie ich hörte, und unberechenbar. Er geht auf eigene Faust los, anstatt um Hilfe zu bitten."

„Würdest du für mich auf die Kinder aufpassen?", fragte Thomas und versuchte herauszufinden, was genau Theresa ihm sagen wollte, oder ob es überhaupt eine Bedeutung hatte.

„Es würde dir recht geschehen, wenn ich Nein sagen würde. Aber ja, ich werde bei deinen Kindern bleiben. Es ist an der Zeit, dass du anfängst, mehr Zeit mit ihnen zu verbringen, Thomas. Weißt du, was Amal heute getan hat? Sie hat mich Ma genannt!"

Thomas sah etwas in Theresas Augen aufblitzen, das Glitzern nicht vergossener Tränen, und fragte sich, wie sein Leben so weit gekommen war. Heute hatte er eine Stunde im Bett einer Frau verbracht, die er nicht liebte, die er nicht einmal mochte, während diese Frau, die nun vor ihm stand, ihm sowohl Liebe als auch Sicherheit bot. Theresa hatte recht, er sollte die Sache auf sich beruhen lassen. Aber er wusste, dass er das nicht konnte. Wie sollte er auch? Jorge war sein engster Vertrauter und er würde ihn niemals im Stich lassen, selbst wenn es einen dauerhaften Bruch mit einer Frau bedeutete, die er bewunderte, vielleicht sogar liebte.

KAPITEL SECHSUNDZWANZIG

Lawrence war nicht erfreut, dass Thomas mitten in der Nacht an seine Tür klopfte, aber er kam die Treppe hinunter, als er die Verzweiflung in seiner Stimme hörte.

„Bitte sag Laurita, dass es mir leidtut, aber ich brauche dich sofort. Geh und zieh dir etwas an."

„Du kommst hierher, um mich zu wecken, nachdem du tagelang verschwunden warst, und erwartest von mir, dass ich dir helfe?"

„Das tue ich."

Lawrence schüttelte den Kopf. „Ich sollte dich zwingen, nach oben zu gehen und dich selbst zu entschuldigen, aber sie würde dir nur den Nachttopf um die Ohren hauen, also lass es lieber. Warte hier." Lawrence fluchte. „Ich nehme an, ich habe nicht genug Glück, von deiner Anwesenheit verschont zu werden, sobald ich wiederkomme?"

Thomas wartete unter dem Orangenbaum, zu ungeduldig, um zu sitzen. Er musste etwas tun, also ging er auf und ab und murmelte vor sich hin, bis Lawrence zurückkehrte.

„Was willst du zu dieser unchristlichen Stunde?"

„Weißt du, wo Miguel wohnt? Ich war im Büro der Hermandos, aber dort ist er nicht."

„Ja, aber er wird sich nicht mehr darüber freuen als ich, geweckt zu werden. Was willst du von ihm?"

„Herausfinden, was er in den letzten Tagen getrieben hat."

„Ich dachte, er arbeitet in deinem Auftrag. Du wirst doch nicht an ihm zweifeln, Thomas. Er hat seine Position riskiert, um dir zu helfen."

„Weißt du, wann er nach Qurtuba gekommen ist?"

Lawrence warf Thomas einen seltsamen Blick zu, und er wusste, dass er zu weit ging.

„Vor sechs Monaten, glaube ich. Warum?"

„Das habe ich vor, ihn zu fragen, wenn wir ihn finden. Hilfst du mir? Ich brauche vielleicht einen Mann, der ein Schwert führen kann."

Lawrence fragte nicht nach dem Grund, sondern führte Thomas stattdessen durch ein Labyrinth von Gassen in Richtung des Flusses. Usaden tauchte aus den Schatten auf und begann, neben Thomas herzugehen.

„Gehört er zu dir?", fragte Lawrence.

„Er ist ein Freund."

„Das freut mich zu hören. Hast du schon daran gedacht, dass Miguel vielleicht noch andere Dinge zu tun hat?"

„Das mag sein, aber mir ist heute Abend etwas zu Ohren gekommen, bei dem ich mich frage, was er wissen könnte und für sich behält. Man sagte mir, er sei ehrgeizig genug, um zu versuchen, dieses Rätsel im Alleingang zu lösen, und dass er uns zu diesem Zwecke Informationen vorenthalten würde, die für uns wichtig sein könnten. Außerdem habe ich etwas Dummes getan, selbst für meine Begriffe."

Lawrence wurde langsamer, blieb stehen. „Was?"

„Ich habe Isabel gesagt, wer meiner Meinung nach hinter diesen Verbrechen steckt."

„Jemand von hohem Rang, nehme ich an?"

Thomas nickte. „Rodrigo de Borja."

Lawrence atmete hörbar aus. „Um Himmels willen, Thomas, könntest du ein größerer Idiot sein?"

„Ich weiß. Aber ich muss herausfinden, ob ich ein falsch liegender Idiot bin."

„Von allen Männern, die du beschuldigen könntest, suchst du dir den aus, dem man nichts anhaben kann. Da wäre es noch besser gewesen, Fernando zu beschuldigen. Ihn mag Isabel wenigstens nicht. Aber de Borja vergöttert sie."

Miguels kleines Haus befand sich auf der anderen Seite des Flusses inmitten einer Reihe von neu gebauten Häusern, zu denen jeden Tag neue hinzukamen. Qurtuba wuchs und breitete sich über die Landschaft aus wie eine Wucherung der Fäulnis. Hinter den verglasten Fenstern war es dunkel, aber Thomas klopfte kräftig an eines und klopfte erneut, als es dunkel blieb. Schließlich erschien ein flackerndes Licht, als sich jemand näherte, aber als sich die Tür öffnete, war es nicht der, den er erwartet hatte. Stattdessen stand eine hübsche Frau vor ihm, mit einer Kerze in der Hand und einem Morgenmantel, den sie um sich geschlungen hatte. Es schien, als hätte Miguel doch noch eine Frau gefunden. Ihr Blick wanderte von Thomas zu Usaden, bevor er auf Lawrence zu ruhen kam.

„Was wollen Sie? Wenn Sie Miguel suchen, er ist nicht hier."

„Ich habe es in seinem Büro versucht", sagte Thomas, „und man sagte mir, er sei nach Hause gegangen. Sind Sie seine Frau? Mir hat er erzählt, er sei nicht verheiratet."

„Haushälterin, und ich habe ihn seit einer Woche kaum gesehen." Sie schlug die Tür zu.

Als Thomas die Hand hob, um erneut zu klopfen, sagte Lawrence: „Er ist eindeutig nicht hier."

„Glaubst du nicht, dass ein Mann seine Haushälterin bitten könnte, für ihn zu lügen?"

„Sie mag eine Haushälterin sein, aber sie ist auch mehr als das."

„Wo ist er dann? Theresa hat mir erzählt, dass er Huren aufsucht – ist er dort, was meinst du?"

„Ziemlich sicher. Das habe ich auch von ihm gehört." Lawrence schüttelte den Kopf. „Aber wenn ich er wäre, würde ich eher mit der Haushälterin ins Bett gehen. Sie war exquisit."

„Jetzt klingst du wie Jorge."

„Gut, denn Jorge kennt die Frauen. Aber jetzt lass uns gehen, wenn du ihn finden willst."

Sie überquerten erneut die alte Brücke und passierten das offene Stadttor, um unterhalb der großen Kathedrale herauszukommen. Als Lawrence zu einer Seite abbog und die engen Gassen hinaufstieg, wusste Thomas, wohin sie gingen: zu einer Reihe von Häusern, deren Innenwände durchgebrochen worden waren, um im unteren Stockwerk einen großen Raum zu schaffen, über dem sich mehrere kleinere Zimmer befanden. Es war ein Haus, das Thomas vor Jahren besucht hatte, als er auf der Suche nach Abt Mandana gewesen war.

„Wie lange kommt er schon in dieses Bordell?“, fragte Thomas.

„So lange ich ihn kenne.“

„Er hat mir gegenüber nichts von Huren erwähnt.“

„Die meisten Männer rühmen sich nicht damit, und sie werden es auch in einem oberflächlichen Gespräch nicht erwähnen. ‚Oh, wusstest du, dass ich nachts Huren ficke, anstatt meinen Job zu machen?‘“ Lawrence blickte Thomas im Dunkeln an. „Du solltest mit dieser Zofe schlafen, die dir schöne Augen macht, sie ist hübsch und außerdem willig, würde ich sagen.“

„Warum sind alle so besorgt über mein Liebesleben?“

„Hat Jorge dir auch ins Gewissen geredet? Das ist gut. Du musst endlich wieder aufs Pferd steigen.“

Als sie das Haus erreichten, brauchten sie nicht anzuklopfen, denn die Tür stand einen Spalt offen. Ein Mann, fast so breit wie die Tür, stand draußen auf der Straße, aber ein Nicken von Lawrence genügte, um ihnen Einlass zu gewähren. Als Thomas das letzte Mal hier gewesen war, hatte eine ältere Frau hier die Kunden empfangen. Nun war sie verschwunden und offenbar durch eine viel jüngere und hübschere Frau ersetzt worden, die Lawrence so gut zu kennen schien, dass Thomas sich fragte, woher.

„Ist Miguel oben?“, fragte Lawrence.

„Mit zwei Mädchen. Er behauptete, zu Geld gekommen zu sein.“

„Kannst du ihm ausrichten, dass wir hier sind, um mit ihm zu reden?"

„Er ist jetzt schon eine Weile da oben, also wird er bald fertig sein. Warum wartest du nicht, oder wenn du das Geld hast, such du dir ein Mädchen aus?" Sie bedachte Thomas und Usaden mit einem flüchtigen Blick, zeigte aber kein Interesse. „Sie sind alle willig und geschickt. Ich nehme an, sie können dir ein paar Dinge zeigen, die du noch nie erlebt hast."

Nachdem er fast ein Jahr lang mit der ehemaligen Konkubine Helena zusammengelebt hatte, war Thomas sich ihrer Behauptung nicht so sicher, hielt es aber für besser, nichts zu sagen.

„Wir werden auf der Straße warten", sagte Lawrence.

„Wie du willst."

„Ich bleibe vielleicht", sagte Usaden.

Draußen sagte Lawrence: „Hat er genug Geld? Das sind die besten Mädchen der Stadt und die sind nicht billig."

„Ich denke, das werden wir herausfinden, wenn wir sehen, wie schnell er wieder zu uns stößt. Muss Miguel bezahlen, was meinst du?"

„Nicht den vollen Satz. Ich nehme an, er bietet ihnen Schutz."

Thomas empfand Verrat. Er hatte Miguel gemocht, ihm vertraut. Er ging bis zum Ende der Straße und schaute in beide Richtungen, war sich der bisher verstrichenen Zeit und Isabels Frist bewusst. Drei Männer standen am Ende der Gasse, die zum Fluss hinunterlief, und Thomas versuchte, sie zu erkennen, denn irgendetwas an ihrer Haltung erweckte in ihm ein Gefühl der Vertrautheit.

„Was hast du entdeckt?"

Thomas drehte sich um und sah, dass Lawrence zu ihm gekommen war. „Ich bin mir nicht sicher. Ich dachte, ich würde diese Männer kennen, aber es ist zu dunkel, um sie genau zu sehen."

„Wir sollten hingehen und sie uns aus der Nähe ansehen. Bis Miguel fertig ist, haben wir nichts Besseres zu tun."

Thomas nickte, doch als sie über das Kopfsteinpflaster marschierten, blickte einer der Männer auf und sagte etwas zu den anderen. Sie drehten sich um und gingen weg, in Richtung einer anderen Gasse. Als sie sich zur Seite wandten, um sie zu betreten, beleuchtete der Schein einer Laterne kurz ihre Gesichter und Thomas erkannte sie. Es waren drei der Männer, die Gabriel zu dem Kampf begleitet hatten. Er begann zu rennen und ließ Lawrence hinter sich. Die Männer begannen ebenfalls zu rennen. Als Thomas die Ecke erreichte, waren sie bereits verschwunden und die Gasse leer. Er hörte nur das ferne Klatschen von Stiefeln auf Stein, aber es wurde leiser, als er lauschte.

„Warum bist du ihnen nachgelaufen?" Lawrence kam neben Thomas zum Stehen.

„Ich bin sicher, dass das die Männer waren, die heute bei Jorges Bruder waren."

„Dann waren sie wahrscheinlich auf dem Weg zum Bordell, so wie alle anderen hier."

„Warum sind sie dann weggelaufen? Sehe ich so furchterregend aus?"

„Manchmal schon, aber nicht heute Abend, das gebe ich zu. Vielleicht wollten sie nicht, dass jemand weiß, wohin sie gehen."

„Vielleicht." Thomas starrte in die dunkle Gasse, bevor er sich abwandte. Drei Männer, aber höchstwahrscheinlich nicht drei der vier, nach denen er suchte. „Wir sollten zurückgehen, damit wir Miguel nicht verpassen."

Als sie zurück in die Straße kamen, ging Usaden auf sie zu.

„Nicht genug Geld?", fragte Lawrence.

„Er ist weg", sagte Usaden.

„Miguel? Wo ist er hin?"

„Wenn ich das wüsste, würde ich es dir sagen. Ich habe für eine der Huren bezahlt, um nach oben zu kommen, aber als ich dort ankam, war der Mann, den du suchst, nicht mehr da. Er war schon eine Weile weg. Muss durch die Hintertür gegangen sein, sonst hätte die Hausherrin es uns gesagt."

„Was spielt er für ein Spiel?", fragte Thomas. „Weiß er etwas und will die Lorbeeren selbst einheimsen? Ist er deshalb in den letzten Tagen so schwer aufzufinden gewesen?"

„Möglich", sagte Lawrence. „Wenn er schon vor einer Weile gegangen ist, ist er sicher auf dem Weg zurück nach Hause, also sollten wir es noch einmal dort versuchen. Oder willst du bis morgen früh warten?"

„Gehen wir gleich. Es sei denn, du willst zurück in dein eigenes Bett? Ich bin sicher, wir können uns auch zu zweit um Miguel kümmern."

„Ich kann genauso gut mitkommen. Laurita wird

schlecht gelaunt sein, weil ich sie verlassen habe, also bleibe ich lieber bis zum Morgengrauen weg.“ Lawrence grinste. „Außerdem ist es immer ein Spaß, wenn wir uns versöhnen.“

Sie folgten der oberen Straße in Richtung der Kathedrale. Als sie sich dem Bauwerk näherten, blickte Thomas hinunter zu jener Stelle, an der die alte Brücke den breiten Fluss überquerte, und sah die Männer, die er zuvor gesehen hatte, allerdings waren es nun vier, und diesmal war auch Miguel dabei. Sie schienen sich zu streiten, obwohl keine Worte zu Thomas durchdrangen. Die vier Männer standen auf der anderen Seite der Straße, während Miguel mit dem Rücken zur Stadt stand und seine Hände bewegte, um zu gestikulieren. Einer der Männer trat vor und stieß ihn, woraufhin Miguel zurückschlug und ihm einen Schlag auf die Wange verpasste. Im Handumdrehen fielen die anderen über ihn her, aber anstatt Fäuste oder Schwerter zu benutzen, drängten sie ihn an den Rand der Brücke und hoben Miguel in die Luft.

„Nein!“ Thomas begann zu rennen, obwohl er bereits wusste, dass er zu spät kommen würde.

Miguel wehrte sich mit aller Kraft, aber er konnte die Männer nicht aufhalten. In einem letzten Kraftakt hievten sie ihn über den Rand der Brücke. Einer von ihnen beugte sich vor, dann richtete er sich auf, und zu viert liefen sie zurück in Richtung Stadt. Als Thomas die Brücke erreichte, hielten sie kurz inne, zögerten, drehten sich dann um und flohen in die andere Richtung.

Thomas erreichte die Stelle, an der der Kampf stattgefunden hatte, und lehnte sich über die niedrige

Brüstung. Es war zu dunkel, um einen Körper zu erkennen, nur der silberne Schaum, der auf den Stromschnellen tanzte, war zu sehen. War Miguel in die Tiefe gestürzt, um von den Wassermengen weggespült zu werden, genau wie Jorge als Junge weggespült worden war? Thomas war sich nicht sicher, aber die Stelle, an der er stand, hätte dieselbe sein können, von der Jorge behauptete, seinen Bruder Daniel in die Tiefe stürzen gesehen zu haben.

Usaden erreichte ihn zuerst, Lawrence ein Stück hinter ihm und nun deutlich langsamer.

„Sieh zu, dass du sie findest", sagte Thomas und schob Usaden über die Brücke. „Folge ihnen, falls du es schaffst, und sag mir, wohin sie gehen, obwohl ich vermute, dass ich die Antwort schon kenne."

Als er fort war, wartete Thomas auf Lawrence.

„Kannst du klettern?", fragte er.

„Nur, wenn ich es muss."

Lawrences Antwort kam nicht überraschend und Thomas wusste, was er zu tun hatte. Er streifte sein Gewand ab und zog seine Stiefel aus, da er wusste, dass der Abstieg mit nackten Füßen leichter sein würde. Als er sich auf die Brüstung setzte, griff Lawrence nach seinem Hemd.

„Du wirst dich dabei umbringen."

„Wahrscheinlich, aber ich muss herausfinden, was mit Miguel passiert ist." Thomas sah die dunkle Brücke entlang. „Geh zu dem Büro der Hermandos auf dieser Seite des Flusses, es ist näher, und bring Männer und ein Seil mit. Wenn ich ihn finde, könnte er verletzt sein, und wir brauchen es, um ihn zu bergen."

„Wir sollten zusammen gehen", sagte Lawrence. „Dann kannst du das Seil für den Abstieg benutzen."

„Und wenn er verletzt ist?" Thomas stieß Lawrence an. „Geh und hol sie. Ich komme schon klar, ich bin schon an schwierigeren Orten geklettert als an diesem."

Doch nachdem Lawrence sich widerwillig verabschiedet hatte, war Thomas sich nicht mehr so sicher, ob das stimmte. Seine einzige Hoffnung war, dass, falls er stürzte, die Höhe nicht ausreichen würde, um ihn zu töten. Er schwang sich über die niedrige Mauer und tastete nach einer Stelle, an der er seine Zehen aufsetzen konnte. Als er nichts fand, ließ er sich weiter hinunter, bis nur noch seine Fingerspitzen ihn daran hinderten zu fallen. Er war sich nicht sicher, ob er sich wieder hochziehen konnte, selbst wenn er es wollte. Doch dann fand er eine geeignete Stelle, grub seine Zehen hinein und begann seinen Abstieg.

Er fand Miguel am Fuße des Strebepfeilers. Er war am Leben, aber viel Zeit blieb ihm nicht. Ein Stein hatte eine Seite seines Schädels zertrümmert und Blut floss ins Wasser wie verschütteter Wein. Thomas zog sein eigenes Hemd aus und wickelte es so fest, wie er sich traute, um Miguels Kopf, aus Angst, weitere Verletzungen zu verursachen.

Miguel stöhnte auf und öffnete seine Augen. Er versuchte zu lächeln, hatte aber nur über eine Seite seines Mundes Kontrolle.

„Tut mir leid, Thomas", sagte er undeutlich. „Ich wo– wollte sie für dich verhaften."

„Haben sie Cortez getötet?"

Miguels Augen schlossen sich und sein Brustkorb hob

sich nicht mehr. Thomas fühlte seinen Hals, fand keinen Puls, aber Miguel war noch nicht ganz tot. Etwas hatte er noch zu sagen.

„Bäckersfrau … hat die beiden Männer re-reden hören." Er schwieg lange, seine Augen waren immer noch geschlossen. Der Blutfluss aus seiner Wunde ließ nach, aber Thomas wusste, dass das nicht an seinem behelfsmäßigen Verband lag, sondern nur daran, dass jetzt weniger Blut in Miguels Körper übrig war. „Sie gesehen. Namen gehört." Miguels Atem verließ ihn wieder und Thomas lehnte sich nahe heran, sein Ohr am Mund des jungen Mannes, als er seine letzten Kräfte aufbrachte. Er sprach die Namen, verstümmelt und verzerrt, aber Thomas verstand sie.

Gabriel und Yves. Die beiden Männer, die am Tag vor dem Brand und zwei Tage danach in der Straße von Cortez gesehen worden waren, waren Jorges Halbbruder und Thomas' eigener Sohn.

KAPITEL SIEBENUNDZWANZIG

Bis es der Gruppe von Hermandos gelang, Miguels Leiche zu bergen, war Thomas bereits wegen Mordverdachts verhaftet worden. Wäre Lawrence nicht anwesend gewesen, hätte man ihn zweifellos in das gleiche Gefängnis geworfen, aus dem er erst kürzlich Jorge befreit hatte. Im Büro der Hermandos wurde Thomas schmerzlich bewusst, wie schnell die Zeit verging. Schon färbten die ersten Anzeichen der Morgendämmerung den östlichen Himmel. Als er entlassen wurde, brach bereits der Tag an und auf den Straßen herrschte reges Treiben.

„Ich danke dir für deine Hilfe“, sagte Thomas zu einem müde wirkenden Lawrence.

„Du hättest ihnen aber auch selbst sagen können, dass du ein Freund der Königin bist. Dann wärst du schon früher freigelassen worden. Es stand mir nicht zu, das zu erwähnen.“

„Mir hätten sie nicht geglaubt. Es ist mehr wert, wenn es von dir kommt, einem Mann, der in dieser Stadt respektiert wird. Gehst du zurück zu Laurita?“ Er schaute sich um und freute sich, dass Usaden da war, als sie aus dem Büro der Hermandos kamen. Thomas hoffte, dass er mit Neuigkeiten über die Männer, die Miguel getötet hatten, zurückgekehrt war.

„Ich werde bleiben, bis wir wissen, was passiert ist. Setzen wir uns irgendwo hin und besprechen wir, was wir wissen. Nun wurden die Karten neu gemischt, nicht wahr?"

„Daniels Haus ist ganz in der Nähe." Thomas wich zurück, als drei Männer aus dem Gebäude der Hermandos kamen und an ihnen vorbeimarschierten.

„Die drei sind wohl auf dem Weg, Miguels Haushälterin zu informieren", sagte Lawrence. „Und um sie zu befragen. Wir hätten zuerst dorthin gehen sollen."

„Das können wir auch später noch machen. Die Hermandos haben doch sowieso keine Ahnung von Befragungen. Ich werde Jorge schicken, um mit ihr zu reden. Er wird herausfinden, was sie weiß, aber ich vermute, es ist nicht viel." Thomas verfluchte seine eigene Dummheit. „Miguel war ein Narr, aber ein mutiger Narr. Dachte er, er könnte vier Männer im Alleingang verhaften?" Vor sich sah er Daniels Schmiede auftauchen, die Kohlenbecken, die zu neuem Leben erweckt wurden, Männer, die geschäftig Materialien auswählten und die anstehenden Arbeiten besprachen. Ein zäher Nebel stieg vom Fluss her auf und driftete in die Straße, wo er sich um ihre Beine schmiegte, als sie weitergingen.

„Wenigstens hat er dir noch diese beiden Namen verraten", sagte Lawrence. „Bist du sicher, dass es die beiden sind, die du kennst?"

„Gabriel ist durchaus ein häufiger Name, aber wie

viele Yves gibt es in Qurtuba? In Kombination ist glasklar, wer gemeint ist. Ich wünschte, ich hätte es gewusst, bevor wir zum Anwesen von Castellana Lonzal geritten sind. Miguel hätte diese Information nicht für sich behalten dürfen." Thomas wandte sich an Usaden, der die ganze Zeit über geschwiegen hatte und darauf wartete, dass er an der Reihe war. „Bist du diesen Männern gefolgt?"

Usaden schüttelte den Kopf. „Aber ich habe ihre Spuren gelesen. Sie hatten Pferde am Rande der Stadt und ritten nach Osten, aber das weißt du ja schon. Sie sind mit ziemlicher Sicherheit dieselben Männer, die Jorges Bruder begleitet haben."

„Dann müssen sie beide in der Sache mit drinstecken – sowohl Castellana als auch Gabriel." *Und Eleanor?,* fragte sich Thomas. „Ich habe ihnen geglaubt. Und Miguel vertraut." Thomas sah Lawrence an. „Wir alle müssen unseren scharfen Verstand einsetzen, um die Wahrheit herauszufinden. Ich bin mir nicht sicher, ob meiner noch funktioniert."

Daniel empfing sie auf halbem Weg von seinem Haus zur Schmiede und ging mit ihnen zurück hinein. Alle waren bereits wach, Kinder spielten auf dem Boden, Adana hatte ihre Rolle als Betreuerin eingenommen.

Thomas ging zu Zanita. „Ich möchte, dass du zum Palast gehst und Jorge und Belia bittest, hierherzukommen. Ich habe einen Auftrag für sie beide. Isabel gestattet ihm, den Palast zu verlassen."

„Mich werden sie nicht einlassen, du musst selbst gehen."

„Das werden sie, wenn du ihnen sagst, dass ich dich geschickt habe." Thomas hoffte, dass er die Wahrheit sprach, und schließlich willigte Zanita ein, es zu versuchen. Lawrence und Usaden setzten sich an den großen Tisch und machten sich über ein paar Essensreste her. Nach einer Weile stand Adana auf, um mehr für sie zuzubereiten.

Thomas suchte den Boden ab, bis er fand, wonach er suchte, holte eine Handvoll bunter Holzklötze und legte sie auf die Tischplatte.

„Was bauen wir?", fragte Lawrence.

„Das sind die Leute, von denen wir wissen." Thomas schob einen der Klötze, leuchtend gelb, in die Mitte des Tisches. „Das ist Jorge."

Lawrence lachte. „Das gefällt mir, auch wenn wir an der Ähnlichkeit noch ein wenig arbeiten müssen."

Thomas machte ein langes Gesicht und bewegte die anderen Klötze. „De Borja ist schwarz. Castellana und Gabriel weiß. Miguel ist der braune." Er ordnete sie nebeneinander an, bevor er nach einem roten Klotz griff. Er starrte ihn lange an, bevor er ihn neben die anderen legte.

„Isabel und Fernando?", fragte Lawrence.

„Eleanor und Yves", sagte Thomas und stieß einen Seufzer aus.

„Warum?"

„Weil Yves mit Gabriel in El Carpio war und auch in Cortez' Straße. Eleanor war bei Castellana, sowohl auf ihrem Anwesen als auch in ihrem Stadthaus. Sie kennen sich, was sie zu Beteiligten machen könnte, oder es könnten nur ihre beiden Söhne sein, die alles daran setzen, Jorge die Schuld in die Schuhe zu schieben. Es wäre hilfreich herauszufinden, wie lange sie schon von ihm wissen." Thomas nahm vier weitere Holzklötze und legte sie zwischen den gelben und die übrigen. Dann tippte er sie der Reihe nach an. „Cortez, de Parma, Mendoza und Miguel."

Lawrence streckte die Hand aus und verschob einen Klotz. „Miguel mag ein Opfer sein, aber er passt nicht zu den anderen." Er schüttelte den Kopf. „Ich kenne den Mann erst seit ein paar Monaten, aber ich war immer der Meinung, dass er anders ist als die anderen Hermandos. Ehrlicher, aber leichtsinniger. Und heute war er einfach zur falschen Zeit am falschen Ort."

„Einverstanden, Miguel hat nichts damit zu tun." Thomas legte den Klotz, der ihn repräsentierte, beiseite, ließ ihn aber auf dem Tisch liegen. Er griff nach einem anderen, der nicht bemalt war.

„Wer ist das? Ist das nun Isabel?"

„Das ist Jorges Vater, Inigo Florentino", sagte Thomas. Er setzte den Klotz noch nicht ab, weil er nicht wusste, wohin er gehörte. Stattdessen klopfte er damit auf den Tisch und dachte nach. „Castellana behauptete, er sei tot, aber de Borja belehrte mich eines Besseren."

„Dann bist du dir sicher, dass er lebt?", fragte Lawrence.

„Sein Name stand auf einem der Dokumente, die Cortez in der Hand hielt, als er starb. Du selbst warst es, der mich darauf aufmerksam gemacht hat. Laut Castellana starb er viele Jahre, bevor dieses Dokument verfasst wurde."

„Ich habe in den letzten Wochen zu viele Dokumente gesichtet, um mich an jeden einzelnen Namen zu erinnern." Lawrence starrte eine Weile ins Leere, bevor er nickte. „Der Brief, von dem ein Teil verkohlt war, richtig? Sein Name stand darauf, zusammen mit dem von Jorge, aber keiner von uns dachte daran, die Sache weiterzuverfolgen. Ich kannte diesen Namen nicht, und sobald Jorges Name fiel, sagte Miguel, er habe den Auftrag, ihn zu verhaften."

„Es muss derselbe Mann sein. Wir sollten uns das Dokument noch einmal ansehen. Vielleicht können wir mit dem Wissen, dass er Jorges Vater ist, das Wenige, was darauf steht, besser entziffern. Hast du es noch?"

„Ich habe alles", sagte Lawrence. „Ich suche es heraus, sobald ich nach Hause komme. Was hoffentlich schon bald der Fall sein wird."

„Glaubt Castellana wirklich, dass er tot ist, oder hat sie gelogen? Jorge sagte, sie habe ihm die Wahrheit verschwiegen – war das ein Teil davon? Und wenn ja, warum?"

„Er könnte irrelevant sein", sagte Lawrence. „Wenn Castellanas Sohn im Haus von Cortez gesehen wurde, muss das bedeuten, dass er in irgendeiner Weise in die Sache verwickelt ist. Er könnte sogar der Drahtzieher sein. Womöglich hat er selbst Cortez und Mendoza auf die Suche nach seinem Bruder geschickt, weil er fürchtete, was dieser fordern könnte. Und du sagtest, du hättest diese vier Männer bei ihm gesehen."

„Ich habe vier Männer gesehen – ob es dieselben sind, die Cortez getötet haben, dieselben, die Miguel getötet haben, ist noch unklar."

„Wie viele solcher Männer wird es schon geben?", fragte Lawrence.

„Wenn es dieselben sind und sie für Gabriel arbeiten,

wie hat er dann von Jorge erfahren?“ Thomas erinnerte sich an das, was Theresa ihm gesagt hatte. „Aber natürlich – seine Mutter hat von Isabel von ihm erfahren. Theresa hat mir erzählt, dass sie oft von mir spricht und dabei hat sie sicher auch Jorge erwähnt. Die Geschichte eines gutaussehenden Eunuchen lässt sich bestimmt gut erzählen.“

„Aber wenn es Gabriel ist, wozu dann dieses Katz und Maus Spiel? Da wäre es doch leichter, Jorge einfach zu töten.“

Thomas klopfte mit den Fingern auf den Tisch, während die Gedanken in seinem Kopf kreisten. „Vielleicht hat Isabel Castellana auch meine Geschichte erzählt, davon, was ich Mandana und Guerrero angetan habe, nachdem sie Lubna getötet haben. Sie hätte es bestimmt genossen, mich als einen Mann darzustellen, der sich gerächt hat. Und ganz besonders hätte sie es genossen, die Geschichte vor Fernando zu erzählen, um auch ihn daran zu erinnern.“

„Dich wollten sie bestimmt auch umbringen“, sagte Lawrence.

„Wollten sie das? Ich bin nur schwer umzubringen, erst recht mit Usaden an meiner Seite.“ Er warf einen Blick auf den Gomeres, der keine Anzeichen dafür zeigte, dass er zugehört hatte oder sich für seine Worte interessierte.

„Und vergiss deinen Hund nicht“, sagte Lawrence. „Ich habe gehört, er hat dir im Hochgebirge das Leben gerettet.“

„Ich vermute, er wollte eher sein eigenes Leben retten als meines, aber dabei hat er uns beide gerettet.“ Thomas starrte auf die Bauklötze und versuchte, sich einen Reim auf das zu machen, was er wusste, und auch auf das, was er nicht wusste. Von Letzterem gab es immer noch zu viel. Er schob einige der Holzwürfel hin und her, aber mehr zur Ablenkung. Zwei Dinge wusste er mit Sicherheit: dass er Schlaf brauchte und dass er sich keinen Schlaf leisten konnte.

„Wer hat am meisten zu verlieren oder zu gewinnen", sagte Lawrence.

„Oder wer hat Geheimnisse, die er nicht preisgeben will?", erwiderte Thomas.

„Gehen wir sie der Reihe nach durch. Beginnen wir mit Jorge."

„Jorge ist ein offenes Buch, das weißt du doch."

„Das dachte ich bis vor Kurzem auch, jetzt ist alles, was er für wahr hielt, in alle Winde zerstreut. Seine Eltern sind nicht seine Eltern, er hat einen Bruder, von dem er nichts wusste, und … und eine Vergangenheit. Das sind alles Beziehungen, die wir entschlüsseln müssen."

„Da ist sicher etwas, aber ich weiß noch nicht, was." Thomas schob den unbemalten Klotz beiseite, weg von den anderen. „Für mich wirkt das alles immer noch wie ein einziges Durcheinander. Ich kann keinen Zusammenhang erkennen, also lass uns der Spur folgen. Castellana ist seine wahre Mutter, sind wir uns darin einig?"

Lawrence nickte und wartete darauf, dass Thomas fortfuhr.

Adana stellte frisches Brot, Früchte und Fleisch auf den Tisch und setzte sich dann, als wolle sie sich beteiligen. Thomas wusste, dass sie dem Gespräch der beiden zugehört hatte, war sich aber nicht sicher, was sie beitragen konnte.

„Und Gabriel ist sein Halbbruder, auch richtig?"

Ein weiteres Nicken.

„Gabriel mag Jorge nicht", sagte Usaden, „aber das heißt nicht, dass er ihn tot sehen will."

„Würde er versuchen, jemand anderen aufzuhalten, der seinen Tod wollte?", fragte Thomas.

„Das weiß ich nicht."

„Ich war nicht bei euch, als ihr nach El Carpio geritten seid", sagte Lawrence, „aber ich weiß, dass Castellana eine reiche Frau ist, und bis vor Kurzem glaubte Gabriel, ihr einziger Sohn zu sein. Wie sieht es jetzt aus? Hat Jorge Anspruch auf ihr Vermögen?"

„Wenn er ihr erstgeborener Sohn ist, hat er einen Anspruch", sagte Thomas. „Nicht, dass er ihn jemals geltend machen würde."

„Nur wissen das weder Castellana noch Gabriel", sagte Lawrence. „Damit bleiben sie weiterhin Verdächtige."

„Möglich. Aber ich habe Castellana mit Jorge gesehen und sie liebt ihn. Ich vermute, dass sie es jeden Tag ihres Lebens bereut, ihn damals weggegeben zu haben. Jorge sagte mir, dass sie ihn bei irgendetwas angelogen hat, aber das war es nicht, da bin ich mir sicher."

„Vielleicht sollten wir zu ihr hinausreiten und sie zur Rede stellen. Usaden sagte, dass die Männer, die Miguel getötet haben, in diese Richtung fortgeritten sind. Wir können sie aufspüren. Gegen sie kämpfen. Sie zurückbringen und verurteilen lassen." Lawrence lächelte. „Es ist lange her, dass wir gemeinsam bösen Männern hinterhergeritten sind, Thomas. Ich vermisse das Abenteuer."

„Wir sind beide zu alt geworden. Abgesehen davon hat Isabel mir eine Frist gesetzt. Wir haben keine Zeit dafür, aber du hast recht, diese Männer müssen gefunden werden. Wir sollten Nachricht an die Hermandos schicken und ihnen alles sagen, was wir wissen."

Lawrence berührte ein paar der Holzklötze. „Sobald wir herausfinden, was genau es ist, das wir wissen. Mach weiter, Thomas, was ist mit den anderen? Steht für de Borja das meiste auf dem Spiel? Der größte Preis der Christenheit? Er war mit Castellana verheiratet und Gabriel ist sein Sohn."

„Was er nicht abstreitet. Er behauptet, seine Vergangenheit sei ein offenes Buch, und ich glaube ihm. Außerdem mag er Gabriels Vater sein, aber er ist nicht der von Jorge. Wo ist da die Verbindung?"

„Es sei denn, jemand da draußen glaubt, dass er Jorges Vater ist? Würde das etwas ändern?"

„Ein weiterer Bastard auf seiner Liste?", erwiderte Thomas. „De Borja macht kein Geheimnis daraus, dass er Kinder gezeugt hat. Er macht keinen Hehl aus seinen Fehlern. Er behauptet, das mache ihn sogar zu einem besseren Papst, weil er die Versuchungen versteht, der die Männer ausgesetzt sind. Er behauptet, er sei dadurch geeigneter als all diejenigen, die nicht gegen diese Versuchungen zu kämpfen hatten."

„Ich glaube nicht, dass er jemals sehr hart gekämpft hat", sagte Lawrence.

„Nein, vielleicht nicht."

„Was ist mit diesen beiden?" Lawrence berührte einen

weiteren Holzklotz. „Eleanor und ihr Sohn? Sie stehen in Verbindung mit Castellana, aber nicht mit de Borja. Sind sie nichts weiter als eine Ablenkung? Wir sollten sie doch sicher vom Tisch nehmen, oder?“

„Das können wir nicht. Wenn das stimmt, was Miguel mir mit seinem letzten Atemzug erzählt hat, war es mein eigener Sohn, der mit Gabriel vor Cortez’ Haus gestanden hat. Es ist weit hergeholt, sie als Beteiligte zu sehen, denn sie sind nicht einmal aus Kastilien, aber lassen wir sie vorerst, wo sie sind.“

„Du weißt, wer das ist, nicht wahr?“ Lawrence schob den unbemalten Bauklotz auf der Tischplatte hin und her.

„Es muss Jorges echter Vater sein, dieser Inigo Florentino, der tot war und es doch nicht ist, wenn man den lesbaren Resten dieses Briefes glauben darf.“

„Papier lügt nicht“, sagte Lawrence. Thomas war sich da nicht so sicher, aber Lawrences Leben drehte sich um Papier, also glaubte er es natürlich.

„Ich frage mich, ob dieser Inigo Florentino ein reicher Mann ist?“, stellte Thomas die Frage in den Raum. „Ein wichtiger Mann?“

„Onkel Jorge will sicher, dass alle das denken“, sagte Adana mit einem Lächeln.

„Was will Onkel Jorge, dass alle denken?“ Der Mann selbst betrat den Raum, gefolgt von Belia und Theresa, zusammen mit Amal. „Dass er der schönste Mann der Welt ist? Nun, das versteht sich von selbst. Was willst du von mir, Thomas? Es ist eine verdammt frühe Zeit, um geweckt zu werden.“

„Wo ist Will?“

„Bei Daniel. Er wollte wissen, wie man ein Schwert

macht. Will, meine ich – Daniel weiß es vermutlich schon. Also, was willst du?"

„Miguel ist tot."

Jorge nahm sich einen Stuhl und setzte sich. „Wie?"

„Von den Männern, die bei Gabriel waren, als ihr gekämpft habt, von der Brücke geworfen."

„Dann müssen wir sie finden und töten."

„Ich möchte, dass du und Theresa oder Belia mit Miguels Haushälterin sprecht, um herauszufinden, was sie weiß – falls sie überhaupt etwas weiß."

Jorge schüttelte den Kopf. „Ich weiß nicht, wovon du sprichst. Wovon wissen?"

Thomas merkte, dass er zu schnell vorgeprescht war, und erzählte Jorge von Miguels Versuch, das Rätsel im Alleingang zu lösen, und wie es zu seinem Tod geführt hatte.

„Ich mochte ihn."

„Ich auch, und genau deshalb müssen wir sein Andenken ehren und herausfinden, was er getan hat."

Jorge bemerkte die Bauklötze auf dem Tisch und runzelte die Stirn. Er streckte die Hand aus, um einen aufzuheben, aber Thomas klopfte ihm auf die Hand.

„Lasst sie, wo sie sind." Er schob den Block, der Miguel repräsentierte, näher an den von Jorge heran und verschob den unbemalten Klotz, der die unbekannte Person darstellte, sodass ein Dreieck zwischen ihnen entstand. „Ich möchte, dass du zu Miguels Haus gehst und dein ganzes Können einsetzt, um herauszufinden, was seine Haushälterin weiß. Ich vermute, dass sie seine Geliebte war, also wird sie etwas wissen, auch wenn es ihr selbst nicht bewusst ist." Thomas tippte auf den Klotz des

Unbekannten. „Wir müssen wissen, wer das ist, und sie könnte uns einen Hinweis geben. Sie wird verzweifelt sein. Ihr Arbeitgeber und Liebhaber wurde gerade ermordet, aber ich weiß, dass du das hinbekommst. Nimm Belia oder Theresa zur Hilfe mit."

„Theresa", sagte Jorge. „Und ist der unbekannte Mann nicht Mendoza? Die Gefangenen haben mir mehr oder weniger gesagt, dass er die Befehle gegeben hat. Und somit wäre das Rätsel gelöst. Er hat die Falle gestellt und wurde selbst darin gefangen."

„Dann frag Miguels Haushälterin nach ihm. Wenn du recht hast, wird sie seinen Namen kennen." Thomas schaute Theresa an. „Begleitest du Jorge?"

Theresa nickte. „Du solltest mit uns kommen. Du bist der Mann mit den Fragen."

„Du weißt, wie ich bin, ich mache den Leuten nur Angst."

„Ich komme mit", sagte Lawrence. „Wir drei zusammen sollten das doch bewerkstelligen können. Ich kenne Miguels Haushälterin ein bisschen besser, also wird sie mir vertrauen, aber das Reden übernimmst du, Jorge. Ich bin selbst nicht schlecht darin, aber ich habe dich in Aktion gesehen."

Nachdem sie gegangen waren, schob Thomas die Klötze ziellos umher. Sie kamen ihm jetzt dumm vor, hatten ihn nicht weitergebracht. Sie waren nichts als leblose Holzstücke. Menschen waren zu komplex, um auf diese Weise dargestellt zu werden, mit all ihren Gefühlen und Vorurteilen.

Zanita bewegte sich um ihn herum, räumte den Tisch ab, ließ aber die Klötze, wo sie waren. Plötzlich schrie

Adana auf, ein lauter Schrei, der sich anhörte, als hätte sie Schmerzen, aber als Thomas sich umdrehte, sah er, dass es kein Schmerz war, sondern Freude, als eine Frau den Raum betrat, Daniel direkt hinter ihr.

„Seht mal alle her. Seht, wer da vor unserer Tür stand. Ich habe ihr gesagt, dass sie Jorge gerade verpasst hat, aber er wird bald zurück sein. Zanita, wir müssen ein Festmahl vorbereiten. Unsere ganze Familie ist wieder vereint. Beatriz ist nach Hause gekommen." Daniel berührte die Schulter des hübschen Mädchens an der Seite der Frau. „Und das ist ihre Begleiterin, Sama."

Als Thomas aufstand, um sie zu begrüßen, sah er in Beatriz' Augen und erkannte, dass sie mehr als nur ein Wiedersehen im Sinn hatte. Sie war gekommen, um auf seine Nachricht zu antworten. Dass sie persönlich gekommen war, anstatt zu schreiben, sagte ihm, dass das, was sie wusste, nicht der Obhut einer Taube anvertraut werden durften.

KAPITEL ACHTUNDZWANZIG

„Ich habe Sama gesagt, dass wir nach Córdoba reisen, um Jorge zu besuchen“, sagte Beatriz, „aber das ist nur ein kleiner Teil der Wahrheit, wie du sicher weißt.“

Thomas hatte Beatriz über den Fluss zu seinen Gemächer im Palast geführt, um die Ablenkung in Daniels Haus vorerst zu meiden. Als sie das vergoldete Innere des Palastes betraten, war sie zunächst still und trotz ihrer Stellung in Cádiz sehr unsicher gewesen. Thomas' Gemächer waren weniger aufwendig dekoriert und langsam begann sie sich zu entspannen, als sie sich im Morgenlicht, das nun durch das Fenster fiel, gegenübersaßen.

„Sind Sie gekommen, um das Rätsel zu lüften?“, fragte Thomas.

„Ich weiß nicht einmal, von welchem Rätsel Sie sprechen, oder ob das, was ich weiß oder nicht weiß, helfen wird, doch ich gebe zu, dass ich zu lange Geheimnisse mit mir herumgetragen habe. Aber wenn

Ihre Enthüllungen Jorge helfen können, werde ich Ihnen alles sagen."

„Dann wissen Sie, wer Jorges Vater ist, nicht wahr?"

Beatriz nickte, doch sie wandte ihren Blick ab, als etwas jenseits des Fensters ihre Aufmerksamkeit erregte. Ihre Augen weiteten sich beim Anblick von Isabel und Fernando. Sie standen sich gegenüber und schienen sich zu streiten.

„Sie bewegen sich in gehobenen Kreisen, Thomas Berrington. Sind das die, für die ich sie halte?"

„Wenn Sie glauben, dass es die Königin und ihr Ehemann sind, dann ja."

„Warum nennen Sie ihn nicht den König?"

„Weil es Isabel ist, die hier regiert. Isabel, die regieren wird, wenn Spanien wiedervereinigt ist."

„Sie kennen sie beide gut genug, um sie bei ihren Vornamen zu nennen?"

„Alle kennen ihre Namen."

„Aber nicht jeder benutzt sie. Benutzen Sie ihren Vornamen, wenn Sie mit ihr sprechen? Nennen Sie sie Isabel?"

„Manchmal. Wenn wir allein sind."

Beatriz schüttelte verwundert den Kopf, bevor sie sich wieder Thomas zuwandte. Sie straffte ihre Schultern, als ob sie all ihren Mut zusammennehmen müsste.

„Was halten Sie davon, wenn wir beide uns auch beim Vornamen nennen? Immerhin gehören wir irgendwie alle zur selben Familie."

Thomas nickte nur, da er unbedingt hören wollte, was sie zu sagen hatte.

„Ich habe gesehen, wer Jorge in unsere Familie

gebracht hat, und ich habe seinen Vater kennengelernt, aber das war erst vor Kurzem."

„Inigo Florentino?"

„Das ist der Name, den er mir nannte, obwohl es einige Zeit dauerte, bis ich herausfand, wer er wirklich war. Er kam zu mir nach Cádiz. Zuerst hielt ich ihn nur für einen Händler, auch wenn er der schönste Händler war, den ich je gesehen habe. Und er konnte Süßholz raspeln wie kein Zweiter. Hätte ich nicht so ausgesehen, wie ich aussehe, und wäre ich zehn Jahre jünger gewesen, hätte ich ihn vielleicht gebeten, mit mir zu Abend zu essen."

„Du bist eine schöne Frau", sagte Thomas.

Beatriz lachte. „Ich weiß, was ich bin. Ich sehe aus wie Daniel, nicht wie Jorge. Aber dieser Mann … ah, er sah aus wie Jorge. Ich hätte es mir denken können, wäre es nicht so lange her gewesen, dass ich ihn zuletzt gesehen habe. Er war kaum dreizehn Jahre alt, als ich ihn tot glaubte." Beatriz starrte eine Zeit lang ins Leere. Draußen erhob sich eine wütende Stimme, aber Thomas wandte seinen Blick nicht von ihr ab.

„Wann hast du herausgefunden, dass er noch lebte?"

Beatriz schüttelte sich, als käme sie von einem fernen Ort zurück. „Als dieser Inigo kam, um mich zu besuchen. Er blieb mehrere Tage, aber es dauerte zwei, bis er mir den wahren Grund seines Besuchs nannte. Ich hätte enttäuscht sein sollen, dass er nicht mit mir handeln wollte, aber die Nachricht, die er mir brachte, war so aufregend, dass es mir am Ende nichts ausmachte. Er sagte mir, Jorge sei noch am Leben."

„Wann hat er dir gesagt, dass er sein Vater ist?"

„Einen weiteren Tag später. Der Mann hütet Geheimnisse wie andere ihr Gold. Und selbst dann verriet er mir noch nicht alles, aber den Rest davon konnte ich mir selbst zusammenreimen." Beatriz ließ ihren Atem in einem langen Seufzer entweichen. „Ist Jorge schön?"

„Der schönste Mann der Welt", sagte Thomas.

Beatriz lächelte. „Ist er verheiratet? Hat er Kinder? Ich weiß nichts von ihm und will alles wissen. Er war ein unglaublich süßes Kind, aber auch böse."

„Er ist immer noch beides. Verheiratet ist er nicht, aber so gut wie. Er lebt mit einer schönen Frau namens Belia zusammen. Sie haben keine Kinder. Jorge wird nie Kinder zeugen."

„Warum nicht? Schon bevor er vom Fluss mitgenommen wurde, waren Jorge die Wege der Liebe nicht fremd. Mädchen in seinem Alter, Frauen, die viel älter waren, alle liebten Jorge und er liebte sie genauso. Es wundert mich nur, dass er keine Kinder gezeugt hat – ist das der Grund, kann er es nicht?"

„Er kann es nicht mehr, weil er ein Eunuch ist."

Beatriz starrte Thomas an. „Ein Eunuch? Das verstehe ich nicht. Wie kann Jorge ein Eunuch sein?"

„Das ist eine lange Geschichte, die er dir selbst erzählen sollte. Kann es warten, bis du ihn siehst?"

„Wenn es sein muss." Beatriz schüttelte den Kopf. „Nein, es muss warten. Es muss. Wie lange wird Jorge brauchen, um diese Aufgabe zu erfüllen, die du ihm auferlegt hast?"

„Ich weiß es nicht. Sag mir, was du über Inigo Florentino weißt, und dann kehren wir zu Daniels Haus zurück. Zweifellos wird Jorge bis dahin fertig sein. Er möchte dich auch sehen, das weiß ich. Er erinnert sich mit viel Liebe an deine Fürsorge.“ Ein Gedanke kam Thomas in den Sinn. „Ich bin nachlässig, hast du Hunger? Soll ich etwas zu essen und Wein bringen lassen?“

„Nichts. Ich bin sicher, Daniel und seine Frau werden mich verköstigen, wenn wir zu ihnen gehen.“ Beatriz holte tief Luft und erzählte Thomas weiter von Inigo Florentino. „Wie gesagt, es hat zwei Tage gedauert, bis er seine wahre Absicht verraten hat. Ich glaube, wenn ich eine andere Art von Frau gewesen wäre, wäre er in mein Bett gekommen, wenn ich gefragt hätte, denn er wollte Informationen von mir. Er fragte nach einem Jungen. Einem Jungen namens Jorge.“

„Wie hat er dich gefunden?“

Beatriz winkte ab. „Hör auf, mir Fragen zu stellen, und ich werde dir alles erzählen, was ich weiß, aber ich muss ganz am Anfang beginnen. Und zwar mit einer Frau namens Castellana Baltieri …“

„Die jetzt Castellana Lonzal heißt.“

„Lass es mich auf meine Weise erzählen, Thomas. Heb dir deine Fragen für später auf, sonst werde ich abgelenkt und vergesse etwas. Es begann mit einer Frau namens Castellana Baltieri und einem Mann namens Rodrigo Lonzal, sowie diesem Inigo – ja, du hast recht, aber dazu komme ich erst. Inigo erzählte mir, dass sie die besten Freunde waren, bis Castellana sich in ihn verliebte. Er stammte aus einer weniger wohlhabenden Familie, sagte er mir. Nicht arm, aber auch nicht so wohlhabend wie Lonzal. Nur dass Inigo der schönste aller Männer war und ist und Castellana, obwohl jung, reif für ihr Alter. Wie Jorge, nehme ich an.“ Sie lachte. „Kein Wunder, dass er so ist, wie er ist. Sie wollte Inigo, und er wollte sie. Ich brauche dir die Einzelheiten bestimmt nicht zu erklären. Ich bin sicher, dass ein Mann wie du weiß, wie solche Dinge passieren. Als Lonzal davon erfuhr, wurde er wütend. Die Familie von Castellana hatte sie ihm versprochen. Es sollte eine Ehe unter Gleichen sein, eine Ehe, die zwei Dynastien zusammenführen sollte. All das würde durch das Kind eines anderen Mannes zerstört werden, also übernahm Lonzal die Sache in die Hand. Es begann mit einer Schlägerei und dann heuerte er Männer an, um Inigo zu töten. Das behauptet er zumindest. Ob es stimmt oder nicht, kann ich nicht sagen. Was ich sah, war sein Hass auf diesen Mann. Inigo wollte ihn tot sehen. Er wollte es, seit er aus Valencia verbannt wurde, denn dort lebten die drei damals." Sie hob eine Hand, als Thomas den Mund öffnete, um eine Frage zu stellen, und so schloss er ihn wieder.

„Warum ist er gegangen? Ist es das, was du mich fragen wolltest?"

Thomas nickte. Die Geschichte, die Beatriz erzählte, kam ihm begannt vor. Es war die Art von Geschichte, die immer wieder zwischen Männern und Frauen, zwischen Liebenden und Rivalen erzählt wird.

„Du musst wissen, wie mächtig dieser Lonzal war. Wie mächtig er geworden ist. Inigo hat mir gesagt, wer er ist, wer er geworden ist. Er ist Kardinal Rodrigo de Borja und man munkelt, dass er nach dem Tod des derzeitigen Amtsinhabers der nächste Papst in Rom werden wird. Aber ich greife mir selbst vor. Inigo verließ Valencia und wurde Seemann. Einige Jahre später war er auf einem Schiff, das in einen Sturm geriet und, wie alle dachten, mit Mann und Maus unterging. Nur, dass Inigo es mit einem halben Dutzend anderer an Land schaffte, allerdings war es die Küste von Afrika. Er erzählte mir, dass er dort lange Zeit blieb und erst viel später nach Italien zurückging. Er landete in Rom und dort sah er Lonzal. Er erkannte den Mann und erinnerte sich an den Hass, den er auf ihn hatte. Auf jenen Mann, der sein Leben ruiniert hatte. Als er mir davon erzählte, sah ich den Funken des Wahnsinns in seinen Augen. Inigos Hass hat einen feinen Geist in einen von Rache besessenen verwandelt. Rache und Vergeltung. Inigo hatte keine Ahnung, dass er einen Sohn hatte. Er wusste, dass Castellana schwanger gewesen war, aber Kinder können aus einer Frau herausgeschabt werden, wenn sie nicht erwünscht sind, und ich vermute, dass er davon ausging, dass es so gewesen war. Dann, so sagte er, geschah etwas Seltsames. Er schloss sich einer Gruppe religiöser Männer an, die sich gegen de Borja gestellt hatten. Nicht, weil er besonders gläubig war, aber es kam ihm gelegen, denn so konnte er de Borja ausspionieren und seine Rache planen. Er hatte herausgefunden, dass das Kind, das Castellana ausgetragen hatte, hier in Córdoba geboren und dann weggegeben worden war. Also stellte Inigo Erkundigungen an und fragte, ob jemand etwas von dem Jungen gehört habe. Er wusste sogar, dass sein Name Jorge war. Doch wie allen anderen wurde auch ihm gesagt, dass der gesuchte Junge tot sei. Diese Nachricht war es vielleicht, die ihn umstimmte. Ich bin mir sicher, dass er nur noch daran dachte, wie er de Borja vernichten konnte."

„Warum ist er zu dir gekommen, wenn er Jorge für tot hielt?“, fragte Thomas.

„Weil die Leute, die er ursprünglich bezahlt hatte, um ihn zu finden, hier in der Stadt etwas anderes gefunden haben. Es waren Männer, so erzählte mir Inigo, die mit Geheimnissen handelten. Männer, die ihren Lebensunterhalt damit verdienten, denen Geld abzunehmen, die nicht wollten, dass ihre Geheimnisse an die Öffentlichkeit gelangten. Männer, die zuhörten und alles herausfanden, was sie brauchen konnten. Einer dieser Männer hatte Jorge in unsere Familie gebracht. Ich sah, wie er als Säugling von nicht mehr als drei Monaten gebracht wurde. Ich bekam Jorge von meiner Mutter gereicht, die das Geld, das dieser Mann ihr gab, behielt, und wir Kinder sahen nichts davon. Ich habe ihn selbst aufgezogen. Ich habe ihn geliebt, trotz seiner Bosheit. Und dann galt er als tot. Bis ihr in die Stadt gekommen seid. Inigo wurde erzählt, du hättest einen Abt verfolgt und Rache an ihm geübt. Ist das wahr?“

„Abt Mandana“, sagte Thomas. Er konnte Beatriz später mehr über den Mann erzählen, wollte sie aber nicht unterbrechen, jetzt, wo sie zum Kern ihrer Erzählung kam.

„Castellana lebte damals in Córdoba, zusammen mit ihrem zweiten Sohn. Sie verbrachte viel Zeit mit Königin Isabel, die ihr die Geschichte von diesem geheimnisvollen Chirurgen erzählte, der auch wie ein Dämon kämpfen konnte und niemals aufgab. Einem Mann namens Thomas Berrington, sagte Inigo, und seinem Begleiter, einem gewissen Jorge Olmos.“ Beatriz starrte Thomas durchdringend an und er sah, wie ihr die Tränen in die

Augen stiegen. „Als er das sagte, wäre ich fast in Ohnmacht gefallen. Mein Jorge … lebt. Und als Inigo es hörte, wusste er, dass sein Sohn lebt."

„Aber wie? Er kannte doch Jorges Namen nicht, oder?"

„Durch die Männer, die er bezahlt hat. Castellana bezahlte Männer, um Jorge verschwinden zu lassen. Ohne es zu wissen, bezahlte Inigo die gleichen Männer, um ihn wiederzufinden. Sie müssen sich darüber ins Fäustchen gelacht haben, wie leicht es war, ihnen beiden Geld abzuknöpfen. Aber was auch immer es kostete, Inigo war es das Geld wert. Er wusste nun, dass sein Sohn am Leben war. Das führte ihn zu mir. Er forschte mich als die Person aus, die Jorge aufgezogen hatte, und suchte mich auf. Er wollte alles über ihn erfahren. Wollte alles wissen, was ich ihm sagen konnte. Und dann …" Sie seufzte und fuhr sich mit der Hand durch die Haare. „Dann sagte er, er würde sie alle töten."

Thomas starrte sie an. „Alle? Auch Jorge?"

„Nein, natürlich nicht Jorge. Aber die anderen. Diesen de Borja, die Männer, die sein Geld genommen hatten. Er sagte mir, sie würden sein Urteil erleiden müssen. Da wusste ich, wie verrückt er war. Er hat es gut versteckt, aber es ist da, brodelt nah unter der Oberfläche."

„Und Castellana?"

„Ich glaube, dass er sie liebt. Nicht, dass sie ihn jemals zurücknehmen würde, nicht wenn sie ihr eigenes Leben oder das ihres zweiten Sohnes schätzt."

„Wann ist Inigo zu dir gekommen?"

„Vor drei Monaten. Er offenbarte mir, dass Jorge noch lebte, und ich wollte ihn so gerne wiedersehen. Ich wäre fast schon früher gekommen, als ich hörte, dass es Daniel gut ergangen ist. Solche Nachrichten sprechen sich herum, sogar bis nach Cádiz. Ich hätte viel eher kommen sollen. Dann wären zwei Männer vielleicht noch am Leben und Jorge nicht mehr in Gefahr."

„Davon hätte ich dir nichts erzählen sollen, aber ich war verzweifelt."

„So wie du sein solltest. So wie ich es war, als ich deine Nachricht erhielt. Ich habe eine geschrieben, die ich zurückschicken wollte, aber dann wurde mir klar, dass ich dir persönlich sagen muss, was geschehen ist."

Thomas lachte. „Lawrence, der Mann, der dir die Nachricht geschickt hat, sagte mir, Tauben seien kleine Vögel. Du hättest gut und gerne einen Adler gebraucht, um deine Nachricht zu überbringen."

„Wird es Jorge helfen?", fragte Beatriz.

„Das weiß ich nicht, noch nicht. Ich muss erst verarbeiten, was du mir erzählt hast. Hat Inigo gesagt, wohin er gehen wollte, nachdem er dich verlassen hat?"

„Er sagte, er würde hierherkommen. Er wollte nach Córdoba kommen, um sich zu rächen."

KAPITEL NEUNUNDZWANZIG

In Daniels Haus herrschte Chaos, als Thomas und Beatriz eintrafen. Thomas nahm Jorge am Arm und versuchte, ihn nach draußen zu führen, doch Jorge riss sich los und umarmte die Frau, die er immer für seine Schwester gehalten hatte. Beatriz schob Jorge auf Armeslänge von sich, ihre Augen wanderten über seinen Körper und saugten alles in sich auf: seine Größe, seine Schönheit, seine Stärke, offensichtlich unfähig zu glauben, was sie sah, … was aus ihm geworden war. Dann umarmte sie ihn wieder, mit Tränen in ihren Augen.

Auf der einen Seite stand Adana neben Beatriz' Begleiterin Sama. Sie schienen in der kurzen Zeit, in der sie sich kannten, Freundschaft geschlossen zu haben. Thomas sah Zanitas Blick auf die beiden gerichtet, ihr Gesicht ausdruckslos. Dann betrat Daniel den Raum und stieß einen Freudenschrei aus, als er Beatriz sah, und aus der Umarmung zwischen zweien wurde eine Umarmung zwischen dreien, als er sich auf sie und Jorge stürzte. Thomas wartete auf den richtigen Moment, um sie zu unterbrechen. Er wusste, dass ein zu früher Versuch eine Abfuhr zur Folge haben würde, ein zu langes Zögern würde sie viel zu viel wertvolle Zeit kosten. Dann erblickte er Theresa, die auf einem Stuhl in der Nähe der hinteren Tür saß, und ging zu ihr hinüber.

„Warst du dabei?", fragte er. „Als Jorge mit Miguels Haushälterin gesprochen hat?"

„Das war ich, obwohl sie weit mehr als nur eine Haushälterin ist. Jorge kann gut mit Frauen umgehen, aber es war ein Glück, dass ich mit ihm gegangen bin."

Thomas sah sich um. Der Geräuschpegel im Raum war noch weiter gestiegen, da alle gleichzeitig zu sprechen begonnen hatten.

„Du musst mir sagen, ob sie etwas darüber wusste, was Miguel trieb." Er hätte es vorgezogen, Jorge zu fragen, aber er wusste, dass es noch mindestens eine Stunde dauern konnte, bis er Gelegenheit dazu erhielt. Er schien vergessen zu haben, dass er nur dank Isabels Erlaubnis aus dem Gefängnis entlassen worden war. Thomas überkam ein Gefühl, als würde sich die Welt um ihn herum drehen, während er in ihrem Zentrum stand, ein Zaungast, der nicht in der Lage war, die Dinge zu beeinflussen.

„Ich glaube nicht, dass sie alles wusste, was er tat, aber vielleicht genug." Theresa packte Thomas an seinem Hemd und führte ihn durch den Raum. Sie gingen um die Gruppe herum, die sich um Beatriz versammelt hatte, und verließen den Raum durch eine weitere Tür, die zu einem Außenbereich mit ungepflegtem Gestrüpp führte, das bis zum Flussufer hinunter verlief. Thomas folgte Theresa zum Wasser, wo die Luft ein wenig kühler war. Seit seinem Erwachen war so viel passiert, dass es ihm vorkam, als sei es schon Abend und nicht erst eine Stunde vor Mittag.

Als Theresa sich ihm zuwandte, war er beunruhigt über das, was er in ihren Augen sah. Darin lag ein Hunger, ein Verlangen, von dem er nicht glaubte, dass er es befriedigen konnte, dass er überhaupt in der Lage war zu befriedigen.

„Hat Jorge das Reden übernommen?", fragte er.

„Natürlich. Er führte sie behutsam an das heran, was er wissen wollte. Er brachte sie dazu, darüber zu sprechen, wie sie einst begann, für Miguel zu arbeiten, und dann wirkte er sein Wunder, sodass sie ihm alles erzählte. Er brachte sie erst zum Lachen, dann brachte er sie zum Weinen, dann trocknete er ihre Tränen. Du weißt ja, wie Jorge ist. Die Frauen lieben ihn."

„Ja, ich weiß, wie er ist. Wie hat er das Thema Geld angeschnitten?"

„Mit Taktgefühl, und sie ging gerne darauf ein. Ich glaube, sie findet, dass es ihr zusteht."

„Was wusste sie?"

„Sie wusste genau, dass er etwas tat, was er nicht tun sollte. Sie sagte sogar, sie habe versucht, es aus ihm herauszukitzeln, und ihn gewarnt, damit aufzuhören. Ihr gemeinsames Leben war gut und er drohte, es zu zerstören. Jetzt hat er es auf jeden Fall zerstört, nicht wahr?" Theresa ergriff Thomas' Handgelenk und hob seine Hand auf ihre Schulter, die sich mit jedem Atemzug hob und senkte.

„Das Geld wird helfen", sagte Thomas. „Sie ist

durchaus hübsch. Vielleicht findet sie einen anderen Meister."

„Ja, sie ist hübsch, aber Schönheit heilt kein gebrochenes Herz."

„Sag mir, was du zwischen ihren Worten herausgehört hast."

Theresa ließ seine Hand los, behielt aber ihre eigene auf seiner Schulter. „Wie ich schon sagte, wusste sie, dass er an einer Sache dran war, aber nicht, worum es dabei ging. Er war oft in den frühen Morgenstunden unterwegs. Vernachlässigte seine Arbeit. Sie war besorgt, dass er seinen Posten verlieren könnte, aber als sie ihn zur Rede stellte, sagte er ihr, dass es keinen Grund zur Sorge gäbe, selbst wenn es so wäre. Wenn das, woran er arbeitete, Früchte trug, würde es eine Beförderung für ihn geben."

„Ich nehme an, sie hat ihn gefragt, was es war?"

„Das hat sie, aber er hat ihr gesagt, dass sie es nicht zu wissen bräuchte, nicht bevor alles geregelt ist."

„Das ist nicht besonders hilfreich."

„Sie hörte auch, wie er deinen und Jorges Namen erwähnte. Sie dachte, ihr stündet in Zusammenhang mit seiner Arbeit, aber sicher war sie sich nicht."

„Miguel wollte sich beweisen, indem er dieses Verbrechen auf eigene Faust aufklärte. Wäre er erfolgreich gewesen, hätte man ihn befördert. Aber es ist ihm nicht gelungen. Alles, was er erreicht hat, war, getötet zu werden."

„Er hat dich enttäuscht, nicht wahr?"

„Ich mochte ihn. Vertraute ihm. Also ja, er hat mich enttäuscht. Hat sie Jorge sonst noch etwas erzählt?"

„Sie wusste von Miguels Huren, aber das tun wohl die meisten Frauen, nicht wahr?"

„Da fragst du den falschen Mann."

Theresa strich mit dem Daumen über seine Schulter. „Oh, ich wünschte, du würdest mich so lieben wie ich dich, Thomas. Du bist wirklich ein seltenes Geschöpf. Einzigartig."

„Ich bin mir nicht sicher, ob das eine gute Sache ist. Hat sie sich etwas aus seinen Huren gemacht?"

„Das glaube ich nicht. Manche Frauen sind dankbar."

„Hat sie ihn geliebt?"

Theresa hob eine Schulter. „Vielleicht, aber ich würde sagen, dass sie sich eher an ihn gewöhnt hat. Das reicht oft schon aus, nicht wahr?"

„Tut es das?"

„Siehst du, da hast du es wieder. Du kannst nicht so unschuldig sein, wie du vorgibst, es ist nicht möglich. Gehst du zurück zu deiner Eleanor?"

„Was hat Miguels Haushälterin noch gesagt?"

„Nichts."

„Keine Namen, keine Gesichter? Außer meinem und dem von Jorge, meine ich?"

„Nicht, dass ich etwas gehört hätte, aber du solltest mit Jorge sprechen, denn du weißt, wie er ist. Er kann einer Frau die Seele aus dem Leib saugen und sie dankbar zurücklassen."

Thomas lachte. „Vielleicht solltest du deine Aufmerksamkeit dann eher in seine Richtung lenken."

„Ich wäre geneigt, aber er hat bereits eine Frau, und sie macht mir Angst. Ich würde Belia niemals verärgern wollen."

Ich auch nicht, dachte Thomas. Was Theresa ihm erzählt hatte, fühlte sich nicht ausreichend an, aber er war wahrscheinlich der falsche Mann, um zu beurteilen, ob es das war oder nicht. Er und Lubna hatten nie Geheimnisse voreinander gehabt. Zumindest hatte er keine Geheimnisse vor ihr gehabt, und jetzt war es zu spät, um herauszufinden, ob sie ihm welche vorenthalten hatte. Der Gedanke an seine tote Frau ließ eine Welle des Verlustes über ihn hereinbrechen, die Theresa in seinem Gesicht gelesen haben musste, denn sie drückte sich an ihn, legte ihre Arme um seine Taille, schmiegte ihren Körper sanft an seinen und so hielt sie ihn fest. Nichts weiter. Keine Worte. Kein Versuch, seine Lippen zu küssen oder ihre Hände auf Wanderschaft zu schicken. Thomas stand da, ohne sich zu bewegen, und wartete darauf, dass der Moment vorüberging, wie er wusste, dass er es irgendwann tun würde. Das erdrückende Gefühl des Verlustes kam seltener als früher, und er hatte sich daran gewöhnt. Er wusste, dass dieser Moment vorbeigehen würde, so wie jene zuvor es auch getan hatten.

Er nahm Theresa an den Schultern und drückte sie sanft von sich. Erst dann presste er seine Lippen auf ihre.

„Danke."

Sie antwortete nicht, sondern ließ sich noch einen Moment von ihm halten, bevor sie sich abwandte und in Richtung Haus ging. Thomas fragte sich, ob sie enttäuscht von ihm war, aber er wusste, dass er nichts dagegen tun konnte, wenn es der Fall war. Sie zog ihn an, aber es war keine Anziehungskraft, der er nachgehen wollte. Warum, war ihm selbst nicht ganz klar. Vielleicht war er noch nicht so weit. Er fragte sich, ob er es jemals sein würde.

Jedenfalls lag es nicht an Eleanor. Die Zeit in ihrem Bett hatte ihm seine Jugend zurückgebracht, aber neben ihr aufzuwachen hatte alles wieder weggespült. Er hatte sich alt und korrumpiert gefühlt. Sie waren beide nicht mehr die Menschen, die sie einmal gewesen waren. Überraschend war diese Erkenntnis nicht, aber eine Enttäuschung durchaus.

Eine Bewegung riss ihn aus seinen Gedanken und er blickte auf, um Jorge aus dem Haus kommen zu sehen. Er ging an Theresa vorbei und wechselte ein paar Worte mit ihr.

„Beatriz hat mich endlich gehen lassen", sagte er lachend. „Jetzt hat sie sich Daniel geschnappt und wandert zwischen den Kindern hin und her und will jedes einzelne von ihnen drücken. Nur wird das jetzt einige Zeit dauern, weil sie angefangen haben, herumlaufen, um sie zu verwirren. Sie hat Adana bereits gesagt, dass sie mit ihr nach Cádiz zurückkehren kann."

„Was hat Zanita dazu gesagt?"

„Ich glaube, sie weiß, dass es das Richtige für Adana ist."

„Und Daniel?"

„Ich werde mit ihm reden. Er will, dass Adana glücklich ist. Sie braucht mehr in ihrem Leben als die Aufgabe als Dienstmädchen in diesem Haus."

„Theresa hat mir erzählt, was sie gehört hat, als sie mit dir bei Miguels Haus war, aber ich muss alles von dir hören."

„Sag mir, was sie dir erzählt hat, damit ich nichts wiederholen muss."

„Erzähl es mir trotzdem. Geh davon aus, dass ich nichts weiß."

„Das wird nicht schwierig sein. Also gut … gehen wir ein Stück. Am Ende der Straße gibt es irgendwo eine Gaststätte. Ich bin auf dem Rückweg daran vorbeigekommen. Ich brauche Wein und Essen, und wir sind nicht in der Nähe der anderen, falls Beatriz beschließt, mich noch öfter zu umarmen. Wir können unterwegs reden, wenn du willst."

„Isabel hat mir eine Frist gesetzt, um deine Unschuld zu beweisen."

„Ich hoffe, dass ich niemals unschuldig sein werde. Aber wenn du von diesen Verbrechen sprichst, dann gut. Wie viele Tage?"

„Bis morgen bei Sonnenaufgang."

Jorge wurde langsamer. „Kriegst du das hin?"

„Sag mir, was du herausgehört hast, als Miguels Frau mit dir geredet hat. Theresa hat die Worte gehört, aber du wirst die Gefühle wahrgenommen haben, die mitschwangen, also sag mir alles. Hat sie ihn geliebt?"

„Einst schon, da bin ich mir sicher, aber jetzt nicht mehr. Nicht, dass es wichtig wäre. In den meisten Beziehungen ist die Liebe das Erste, was verloren geht. Du und ich hatten dahin gehend sehr viel Glück, Thomas, und dasselbe Glück wird dir noch einmal widerfahren. Es liegt in deiner Natur."

Thomas schüttelte den Kopf. „Das tat es nie, also warum sollte es sich wiederholen? Lubna war … anders als alle anderen, die ich je kannte."

„Auch Eleanor, dein Mädchen aus Frankreich?"

„Das war vor langer Zeit und in einer anderen Welt.

Ich habe eine Lektion gelernt – dass man nicht immer neu aufleben lassen kann, was verloren gegangen ist."

„Und doch ist sie da, in deiner Nähe und verfügbar."

„Wir haben uns beide zu sehr verändert. Wir können nie mehr zurückholen, was wir einmal hatten. Wir sind heute ganz andere Menschen. Ich habe es versucht, aber selbst als ich mit ihr schlief, wusste ich, dass es falsch war."

„Hat sie es auch so gesehen?"

„Ich weiß es nicht, aber ich vermute, dass es so war, trotz ihrer ermutigenden Worte. Sag mir, was Miguels Haushälterin wusste. Theresa sagte, sie wusste, dass er an etwas arbeitete, aber nicht genau, woran."

„Natürlich wusste sie es, aber sie wollte es nicht wissen. Sie kümmerte sich um Miguel, wenn er nach Hause kam, und versuchte, alles andere zu ignorieren. Wir sind also keinen Schritt weiter."

„Nicht mit Miguel. Aber als du bei seiner Haushälterin warst, haben Beatriz und ich miteinander gesprochen. Sie sagte mir, dass dein Vater zu ihr kam. Er fragte nach dir."

Jorge blieb stehen, obwohl das Gasthaus nur ein paar Schritte entfernt war.

„Wann wolltest du es mir sagen?"

„Ich sage es dir jetzt. Ich hatte noch nicht viel Gelegenheit dazu."

„Und warum hat sie es dir gesagt und nicht mir?"

„Weil ich da war und sie danach gefragt habe. Deshalb ist sie nach Qurtuba gekommen. Um mir zu sagen, wer er ist und was er getan hat."

„Ich dachte, sie wäre gekommen, um mich und Daniel zu sehen."

„Das auch, aber sie wollte auch Dinge gestehen, die man nicht in einer Nachricht schreiben kann."

„Ich weiß schon, wer mein Vater ist", sagte Jorge. „Der Mann, der als erster mit Castellana geschlafen hat. Inigo Florentino." Jorge setzte sich wieder in Bewegung und rieb sich die Handflächen in der Aussicht auf Essen und Trinken. Er hob eine Hand, um die Aufmerksamkeit eines der Serviermädchen auf sich zu lenken, aber das war nicht nötig, denn ihr Blick war bereits auf ihn gerichtet. Er setzte sich auf einen Stuhl an einem Tisch, der weit genug von denen der anderen Gäste entfernt war, damit ihr Gespräch privat bleiben konnte. „Aber ein Name reicht nicht aus, ich möchte mehr über ihn wissen."

„Beatriz sagte mir, dass er sie aufgesucht hat."

„Dann muss sie mir alles über ihn erzählen. Ist er gutaussehend? Klug? Charmant?"

„All das, sagte sie mir. Und wütend obendrein."

Jorge runzelte die Stirn, als er Wein und kleine Teller mit Essen bestellte. „Warum wütend?"

„Er kam zu ihr auf der Suche nach dir", sagte Thomas.

„Ich mache ihn wütend?"

„Nein, nicht du. Sein Zorn richtet sich gegen de Borja. Vielleicht auch gegen Castellana, aber hauptsächlich gegen de Borja, glaube ich. Er denkt, er habe ihm Castellana weggenommen und sie gezwungen, ihr gemeinsames Kind aufzugeben."

„Woher weißt du das?" Jorge goss dunklen Wein aus einem Krug in ihre Becher.

„Das hat Beatriz sich zusammengereimt und mir erzählt. Frag sie und sie wird dir alles selbst sagen. Vielleicht hörst du in ihren Worten mehr als in meinen.

Sie sagte, er habe Mendoza dafür bezahlt, herauszufinden, zu wem du gekommen bist, als du weggegeben wurdest, und ihn später dafür, dich ausfindig zu machen. Er hat auch einen Brief an Cortez geschrieben, von dem Lawrence ein Fragment ausgegraben hat."

„Er hat nach mir gesucht?"

Thomas nickte.

„Weil er mich finden will oder weil er mich loswerden will?"

Thomas sah, dass Jorge zum Kern der Sache vorgedrungen war. War Inigo auf der Suche nach einem verlorenen Sohn oder wollte er eine Peinlichkeit beseitigen oder ihn gar vernichten, um Castellana zu bestrafen?

„Das ist die Frage, auf die wir am dringendsten eine Antwort brauchen. Ich beabsichtige, Castellana erneut zu besuchen und dieses Mal weniger behutsam vorzugehen. Sie könnte durch Inigo in Gefahr sein, aber sie könnte auch in die ganze Sache verwickelt sein. Wenn sie ihm auf die Schliche gekommen ist, will sie vielleicht die Bedrohung beseitigen, die du für sie darstellst. Oder es ist de Borja, der vertuschen will, dass er Castellana damals gezwungen hat, dich aufzugeben. Er scheint sich nicht um sie und seine anderen Frauen zu kümmern, aber ein Kind in ein stinkendes Elendsviertel wegzugeben, würde selbst seinen Ruf beflecken. Ich kenne noch nicht alle Zusammenhänge. Aber ich würde lieber wissen, warum das alles passiert ist, bevor ich zu Castellana gehe."

„Dann finde die Zusammenhänge heraus, und zwar schnell. Wie lange, sagtest du, hat Isabel dir gegeben?"

„Hier werde ich nichts herausfinden", sagte Thomas.

„Die Antworten liegen bei de Borja, deiner Mutter oder deinem Vater. Einer von ihnen ist auf dem Weg nach Sevilla, der andere nahe genug, um erneut befragt zu werden. Ich habe gehört, dass Castellana in ihr Haus in Qurtuba zurückgekehrt ist, was mir ein paar Stunden erspart. Ich möchte, dass du hierbleibst."

„Ich muss dabei sein, Thomas. Immerhin ist sie meine Mutter. Wenn du sie befragen willst, muss ich da sein, um meinen mäßigenden Einfluss auszuüben."

Thomas starrte Jorge an und versuchte zu entscheiden, ob er seiner Bitte zustimmen sollte oder nicht, doch er wusste, dass er keine Wahl hatte.

„Wir beide dann, zusammen mit Usaden."

„Erwartest du Ärger?"

„Es ist immer am besten, vorbereitet zu sein. Ich muss noch einmal mit Castellana sprechen, und sei es nur, um sie zu warnen, dass sie in Gefahr sein könnte. Ich möchte auch Gabriel befragen – und Yves, falls er da ist, um herauszufinden, warum sie an jenem Tag vor Cortez' Haus waren."

„Wird es meine Unschuld beweisen, wenn du all das weißt?", fragte Jorge.

„Wenn nicht, müssen wir vielleicht so schnell und so weit wie möglich von hier wegreiten. Wir werden Belia vorwarnen, damit sie die Kinder holt."

„Die Vorstellung zu fliehen gefällt mir nicht", sagte Jorge, „aber noch weniger mag ich die Vorstellung, hingerichtet zu werden."

KAPITEL DREISSIG

Thomas stand vor Castellanas Haus in Qurtuba, mit Jorge und Usaden an seiner Seite. Die Nachmittagshitze machte es ihm schwer, Luft zu holen, während er darauf wartete, dass ihm klar wurde, was er genau jetzt tun wollte. Eigentlich hatte er vor, nach El Carpio zu reiten, hielt es aber für sinnvoll, es zuerst bei dem Haus hier zu probieren. Es würde ihnen einen mehrstündigen Ritt ersparen, wenn sie zurückgekehrt wäre. Die Konfrontation mit Castellana war ein Risiko, aber er hatte keine bessere Idee, um herauszufinden, was er wissen musste. Keine andere Möglichkeit, Jorges Unschuld zu beweisen. Beatriz hatte ihm den nötigen Hinweis geliefert, als sie ihm gesagt hatte, dass Inigo Florentino nach seinem Sohn suchte. Jetzt musste Thomas herausfinden, wie viel Castellana wusste und ob Inigos Suche sie zum Handeln veranlasst hatte. Wenn sie nicht hinter allem steckte, hoffte Thomas, dass sie vielleicht weiß, wer es tat.

„Es wird einfacher sein, wenn du draußen bleibst", sagte er zu Jorge.

„Deshalb habe ich auch nicht die Absicht, das zu tun."

„Ich kann schneller Antworten aus ihr herausbekommen, wenn Castellana Angst vor mir hat. Das willst du sicher nicht sehen."

„Willst du ihr wehtun?"

„Natürlich nicht, aber sie muss glauben, dass ich es tun würde. Sowohl sie als auch Gabriel."

„Mach mit ihm, was du willst, aber verschone sie. Versprich mir das und ich werde mich nicht einmischen." Jorge lächelte. „So wild du auch aussiehst." Jorge starrte Thomas an. „Versprich mir nur, dass du ihn nicht tötest."

„Selbst wenn er hinter allem steckt, was dir widerfahren ist?"

„Ich kann mir beim besten Willen nicht vorstellen, dass er der Drahtzieher ist. Er ist ein Tölpel und ein Rüpel, aber in unseren Adern fließt dasselbe Blut. Versuche einfach, nicht zu viel davon zu verschütten."

Thomas winkte mit einer Hand und Usaden rannte los zum Ende der Straße. Er würde sich an der Rückseite der Häuser vorarbeiten, bis er einen Weg hineinfand. Thomas war sich sicher, dass er Erfolg haben würde. Er machte sich nicht die Mühe, ihre Anwesenheit anzukündigen. Stattdessen versuchte er es am Tor und war überrascht, als es sich einfach öffnete. Wäre es verschlossen gewesen, hätte er darauf vertrauen können, dass Jorge in der Lage sein würde, das Schloss zu knacken.

Der schattige Innenhof war leer, ebenso wie das Erdgeschoss, und Thomas fragte sich, wo die Bediensteten waren, als er die verzierte Treppe hinaufstieg. Er erinnerte sich an das letzte Mal, als er sie in Begleitung von Eleanor hinaufgestiegen war. Nun bedauerte er, was er an jenem Tag und seitdem getan hatte, bedauerte es jetzt noch mehr und schämte sich für seine Schwäche. Er hätte wissen müssen, dass es unmöglich war, seine Jugend zu neuem Leben zu erwecken.

Als er das obere Stockwerk erreichte, erschien Eleanor, wie von seinen Gedanken herbeigezaubert. Sie schlang ihren Morgenmantel enger um sich. Thomas fragte sich, ob alle im Haus die Hitze des Nachmittags verschliefen.

„Kommst du wieder meinetwegen?“ Sie versuchte, ihn aufzuhalten, aber Thomas schob sie beiseite. Sie kam ihm nach und zerrte an seinem Ärmel, aber er ignorierte sie.

„Halte sie fest und warte hier“, sagte Thomas zu Jorge, bevor er die Tür neben jener öffnete, aus der Eleanor gekommen war, und erleichtert feststellte, dass er richtig geraten hatte. Castellana setzte sich langsam auf und bedeckte ihre Brüste mit einem Arm. Thomas schaute weg, während er sprach.

„Ziehen Sie sich etwas an. Ich möchte mit Ihnen reden.“

„Ich bin nicht pässlich, Sir. Gehen Sie jetzt oder ich schreie.“

„Schreien Sie, so viel Sie wollen.“ Thomas sah sie an, damit ihr klar wurde, dass es ihm egal war, ob sie nackt war oder nicht.

Castellana stieß einen durchdringenden Schrei aus, der durch das Haus hallte. Einen Moment später ertönten Rufe und Geräusche, die auf ein Handgemenge schließen

ließen, dann wurde es still. Thomas lächelte. Usaden hatte einen Weg hineingefunden.

„Es scheint, dass mein Begleiter sich um diejenigen gekümmert hat, die Sie da draußen hatten. Ziehen Sie sich an." Thomas wandte sich wieder ab. Er hörte das Geräusch einer zur Seite geschlagenen Decke und dann ein Rascheln.

„Was wollen Sie von mir?"

„Die Wahrheit."

„Ich habe Ihnen bereits die Wahrheit gesagt, als Sie das letzte Mal hier waren."

Es war ihm unangenehm, mit ihr zu sprechen, solange er ihr den Rücken zuwandte, also drehte sich Thomas um und starrte Castellana an. Sie trug jetzt ein langes Baumwollgewand, das in der Taille geschnürt war. Darunter war sie eindeutig nackt und es war ihr egal, dass er es wusste.

„Sie sagten mir, Inigo Florentino sei tot. Wann haben Sie erfahren, dass er es nicht ist?"

Er sah, wie sie einen Moment lang überrascht war, bevor es ihr gelang, sich zu fangen.

„Es ist noch gar nicht so lange her. Der Mann, der Jorge damals in seine neue Familie gegeben hat, kam zu mir, um mir zu sagen, dass Inigo mit ihm in Kontakt getreten war. Ich wollte nicht, dass Jorge denkt, er könne seinen Vater suchen. Weiß er, dass er lebt?"

„Natürlich weiß er es."

„Weiß er, was für ein Mann Inigo ist?"

„Erzählen Sie es mir – und dieses Mal will ich alles wissen." Er nickte in Richtung des Bettes. „Setzen Sie sich, wenn Sie wollen, vielleicht brauchen wir länger. Ich will alles wissen. Keine Geheimnisse, niemand wird verschont."

Castellana sah aus, als wolle sie aufstehen, um ihm zu trotzen, besann sich dann aber eines Besseren und setzte sich auf die Bettkante, eine Hand um den Pfosten geschlungen.

„Halten Sie mich absichtlich hier fest? Wollen Sie über mich herfallen, wie Sie es mit Eleanor getan haben?"

„Das hatte ich nicht vor, nein. Hätten Sie das denn gerne? Da draußen hätte ich einen anderen Mann, der vielleicht willig wäre. Einen Mauren. Sie wissen doch, was für Heiden die Mauren sind, nicht wahr?"

„Eleanor hat mir erzählt, wie es für sie war." Sie seufzte, als wäre sie enttäuscht.

Thomas wusste, dass sie versuchte, ihn zu reizen, und ignorierte sie, aber er kam dennoch näher und freute sich, als er sah, dass sie zusammenzuckte.

„Oder soll ich Eleanor bitten, hereinzukommen, damit Sie uns beide zusammen missbrauchen können?", fragte Castellana.

„Sie scheinen entschlossen zu sein, sich von irgendjemandem missbrauchen zu lassen. Ich habe Eleanor getroffen, als wir uns Zutritt verschafft haben. Sie schien über meine Anwesenheit nicht beunruhigt zu sein."

„Eleanors Sohn ist auch hier. Ihr Sohn." Sie lächelte. „Dachten Sie, sie würde es mir nicht sagen? Eleanor und ich sind beste Freundinnen geworden. So wie unsere Söhne die besten Freunde geworden sind."

„Erzählen Sie mir von Inigo."

Castellana lächelte, als wüsste sie Dinge, die Thomas nie erfragen könnte, Dinge, die sie nie preisgeben würde, sofern er sie nicht erriet. Er wünschte sich, sie wäre nicht Jorges Mutter, denn dieser Mann wäre in der Lage, ihr jedes noch so kleine Geheimnis zu entlocken. Thomas wusste, dass er es selbst schaffen musste.

„Ich weiß, dass Sie mir nicht wehtun werden", sagte Castellana.

„Seien Sie sich da nicht so sicher."

Castellana lachte. „Jorge hat mir von Ihnen erzählt. Er sagte, Sie seien ein guter Mann, und gute Männer foltern keine unschuldigen Frauen."

„Was ist mit schuldigen Frauen?"

Alles, was Castellana ihm als Antwort gab, war ein Lächeln.

Thomas wandte sich ab und ging zur Tür.

„Bringt mir Gabriel", rief er und freute sich, als er Usaden weggehen sah. „Warte – wo ist Jorge?"

Usaden hielt lange genug inne, um zu antworten: „Redet mit deiner Frau."

„Weißt du, wo Gabriel ist?"

„Natürlich." Usaden machte sich wieder auf den Weg und Thomas kehrte in Castellanas Zimmer zurück. Er stellte sich zu nahe neben sie und versuchte, seinen Verstand in jenen Zustand der Kälte zu versetzen, die er während eines Kampfes verspürte, aber es gelang ihm nicht. Eleanor hatte recht – er war ein guter Mann und gute Männer folterten keine Frauen, unschuldig oder nicht.

„Wissen Sie eigentlich, in welchen Schwierigkeiten Sie stecken?", fragte Castellana mit so ruhiger Stimme, als würden sie über die neueste Kleidermode sprechen.

„Ich bin immer in Schwierigkeiten. Daran habe ich mich inzwischen gewöhnt."

Usaden erschien und zerrte Gabriel ohne Mühe neben sich her. Er hatte ihn an der Schulter gepackt und es schien wehzutun. Thomas nahm ihn entgegen und zerrte den Mann in das Schlafzimmer seiner Mutter. Usaden drehte sich, ohne ein Wort zu sagen, um und schloss die Tür, als er ging. Als Thomas Gabriel losließ, kreiste er seine Schulter, als wolle er einen Schmerz lindern.

„Was ist los, Mutter?"

„Dieser Mann will Antworten von mir und glaubt, dass ich sie ihm gebe, wenn er dir weh tut."

„Nun, da irrt er sich."

Gabriel versuchte, tapfer zu wirken, aber Thomas erkannte einen Tyrannen, wenn er einen sah, und wusste, dass bereits sein erster Schlag die Dinge verändern würde. Er beschloss, dass er es einfach ausprobieren würde, und schob Gabriel gegen die Wand, bevor er ihm einen Arm an die Kehle drückte, sodass er sich auf die Zehenspitzen stellen musste. Ein Blick zu Castellana, die ohne jegliche Gefühlsregung zusah, und Thomas schlug Gabriel hart in den Magen. Der junge Mann keuchte und ging fast in die Knie bei dem Versuch, Luft in seine Lungen zu saugen. Thomas ließ ihn zu Boden sinken und trat ihm dann seitlich gegen den Kopf, wobei er die Stelle so wählte, dass er ihn am Ohr erwischte. Er wusste, dass eine Verletzung dort stark bluten würde, ohne viel Schaden anzurichten.

Als er sich umdrehte, war Castellana blass geworden. Gabriel rappelte sich taumelnd auf, eine Hand an sein Ohr gepresst. Thomas wusste, dass Castellana jetzt reden würde, also packte er Gabriel und warf ihn auf den Korridor hinaus, damit Usaden sich um ihn kümmern konnte.

„Inigo war hier", sagte Castellana, „aber er ist heute Morgen im Morgengrauen abgereist."

„Hier? Warum war er hier?"

„Er wollte mich wiedersehen." Sie schüttelte den Kopf und schürzte die Lippen. „Und er wollte wissen, wohin Rodrigo unterwegs ist."

„Haben Sie Inigo schon zuvor gesehen, seit er damals Italien verlassen musste?"

„Natürlich. Er besucht mich gelegentlich, wenn ihn seine Geschäfte nach Kastilien führen, was nicht oft der Fall ist. Er ist so männlich und gut aussehend wie immer, aber sein Hass macht ihn zu einem gefährlichen Mann."

„Sein Hass auf de Borja?"

„Natürlich."

„Und Sie? Hassen Sie ihn auch?"

„Rodrigo? Nein, ich liebe ihn. Ich liebe sie beide." Sie lächelte verschmitzt. „Einst liebten wir alle drei einander." Ihr Lächeln kehrte zurück, diesmal sanfter. „Gemeinsam."

Thomas starrte sie an. „Sie waren ... zu jung", sagte er.

„Ich war dreizehn. Ist das so jung? Ich war neugierig, das waren wir alle. Es ist ein Alter, in dem sich die jungen Leute verändern und experimentieren wollen. Ich bin sicher, dass Sie das auch getan haben, nicht wahr?"

„Hier geht es nicht um mich. Könnte Jorge nicht genauso gut der Sohn von de Borja sein wie der von Inigo?"

Castellana schüttelte den Kopf. „Nein, er ist von Inigo. Wenn Sie den Mann jemals kennenlernen, werden Sie es sofort sehen, aber ich bete, dass es keiner von euch beiden jemals tut, denn Inigo ist anders. Seine Schönheit hat sich in das genaue Gegenteil gekehrt. Sein Verstand ist nicht mehr gesund."

„Und doch haben Sie ihn in Ihr Bett gelassen."

„Wie könnte ich nicht? Er hätte mich genommen, ob ich es wollte oder nicht. Aber ich habe es mir durchaus gewünscht. Er mag verrückt sein, aber er ist trotzdem der beste Liebhaber, den ich je hatte. Ich kann ihn nicht abweisen."

„Sie sagten mir, er sei tot", sagte Thomas.

„Was auch einst stimmte. Stellen Sie sich vor, wie ich mich gefühlt habe, als er mich nicht hier, sondern in El Carpio gefunden hat."

„Wann war das?"

„Vor zwei Jahren."

„Hat er Ihnen gesagt, warum er Sie hier aufgesucht hat?"

„Weil er mich immer noch liebt, sagte er – ist das denn so schwer zu glauben?"

Thomas sah Castellana an. *Nein, nicht so seltsam,* dachte er. Sie und Eleanor besaßen beide jene Art von Schönheit, die das Alter nicht minderte. Vielleicht hatte sie ihren Ursprung ebenso sehr im Geist wie im Körper, aber wo immer sie sich befand, sie war eine schöne Frau.

„Und er hasst Rodrigo immer noch", sagte Castellana. „Genug, um ihn zu töten, da bin ich mir sicher, und deshalb bin ich zu ihm in den Palast gegangen, um ihn zu warnen. Sie haben mich mit ihm gesehen, unweigerlich, denn ich habe Sie gesehen. Ich war erst bei Eleanor und der Königin, und dann war ich bei Rodrigo." So wie sie sprach, wusste Thomas genau, was sie bei Rodrigo gemacht hatte.

„Was hat er gesagt, als Sie ihm von Inigo erzählten?"

„Er sagte mir, ich solle mir keine Sorgen machen, es würde sich um alles gekümmert. Und dann gab er mir Papiere zu unterschreiben. Eine Scheidungserklärung, die dreißig Jahre zurückdatiert wurde. Er sagte, es wäre bedauerlich, wenn ans Licht käme, dass ein neuer Papst eine Frau und eine Familie hat, die er vor Jahren verlassen hat. Ich nehme an, er reist durch das Land und tut dasselbe mit einem Dutzend anderer Frauen, aber ob er auch mit ihnen schläft, weiß ich nicht."

„Haben Sie die Papiere unterschrieben?"

„Ich hatte keine Wahl."

„Ich nehme an, Sie lieben ihn nicht mehr?"

„Natürlich nicht."

Die Geschichte, die Castellana ihm erzählte, klang weit hergeholt, aber Thomas erkannte eine Wahrheit in der Art, wie sie sie erzählte. Er holte einen Stuhl und stellte ihn vor das Bett. Als er sich diesmal näherte, zuckte Castellana nicht zurück.

„Als wir zuletzt miteinander sprachen, sagten Sie mir, Inigo und Rodrigo seien Freunde gewesen. Warum?"

„Weil sie es waren und die Wahrheit ist schwieriger zu erklären. Außerdem war es mir egal, ob Sie mir glauben. Alles, was ich wollte, war, Jorge zu sehen." Sie hob eine Hand und wischte sich über ihre Augen, auch wenn Thomas keine Tränen sah.

„Haben Sie uns Gabriel hinterhergeschickt?"

„Ich wusste nicht einmal, dass er euch gefolgt ist, also nein. Was wollte er?"

„Ich bin mir nicht ganz sicher, aber ich vermute, dass es ihm ein Bedürfnis war, für sich selbst klarzustellen, wer der wichtigere Sohn ist. Wer mehr geliebt wird."

„Hat er eine Antwort bekommen?"

„Er hat gegen Jorge gekämpft. Möglicherweise hätte er ihn verletzt, indem er diese Männer gegen ihn eingesetzt hätte, wenn wir anderen nicht da gewesen wären. So aber hat Jorge den Kampf gewonnen."

Castellana unterdrückte ein Schmunzeln. „Gabriel glaubt immer, er sei stärker, als er es eigentlich ist. Normalerweise sind es andere, die ihn vor sich selbst retten. Aber er ist mein Sohn und ich liebe ihn. Natürlich tue ich das."

Thomas hörte wenig Überzeugung in ihrer Stimme. „Und Jorge?"

Sie schüttelte den Kopf. „Rodrigo hat mich gezwungen, ihn wegzugeben. Ich habe versucht, es zu vergessen. Ich war jung und innerhalb eines Jahres wurde Gabriel geboren. Ich glaubte, ihn vergessen zu haben, bis Sie auf meiner Türschwelle auftauchten."

„Inigo sucht nach Jorge. Warum? Will er ihn verletzen oder sich mit seinem Sohn vereinen?"

„Ich wusste nicht einmal, dass er ihn sucht. Wenn ich davon gewusst hätte, hätte ich ihm meine Hilfe angeboten. Jorge verbindet uns immer noch."

„Sie haben nie wieder geheiratet?"

„Ich habe die Liebe von zwei Männern genossen, die beide ihresgleichen sucht. Ich wusste, wenn ich mir einen anderen Mann nehmen würde, würde er niemals dem gerecht werden, was ich einmal hatte. Zu diesem Zeitpunkt brauchte ich keinen Mann mehr, ich hatte meinen eigenen Weg in der Welt gefunden." Sie starrte Thomas an. Ihr Selbstvertrauen war zurückgekehrt, aber trotzdem wirkte sie betrübt. „Zwei Männer, die, wie ich glaube, dabei sind, eins zu werden. Ich werde den einen oder den anderen verlieren, und ich weiß, welchen ich lieber verlieren würde."

„De Borja ist unantastbar", sagte Thomas.

„Inigo glaubt das nicht. Oder es ist ihm egal. Er ist auf dem Weg, Rodrigo zu töten, während er zurück nach Rom reist und angreifbar ist. Er hat diese Männer mitgenommen, die er bei mir gelassen hatte."

„Inigo hat sie geschickt?" Thomas war verwirrt.

„Um mich zu schützen, sagte er. Und um jede Information aufzuspüren, die mit Jorge zu tun hat. Ich vermute, ihr wahres Ziel war es, mich auszuspionieren. Um herauszufinden, ob ich ihn an Rodrigo verraten habe."

„Vier Männer und Inigo? Das ist nicht genug."

„Er hat mehr Männer. Er prahlte mit einer kleinen Armee."

Thomas sah ein, dass er sich in fast allem geirrt hatte.

„Ich dachte, Jorges Verhaftung sei ein Versuch, mich zu bestrafen." Er schüttelte den Kopf über seine eigene Arroganz. „Dabei hatte das alles nichts mit mir zu tun, oder? Steckt de Borja dahinter?"

„Nicht Rodrigo, sondern jemand anderes. Jemand, der Sie noch mehr hasst, als Inigo Rodrigo hasst."

Thomas versuchte sich vorzustellen, wer das sein könnte – oder wollte sich Castellana nur an ihm rächen?

„Verraten Sie mir, wer es ist?"

„Muss ich das? Wer könnte Sie schon so sehr hassen?"

„Ich weiß es nicht. Fast alle, die mich hassen, sind durch meine Hand gestorben. Die einzige noch lebende Person, die mir einfällt, sitzt auf dem Thron in Gharnatah, und ich wüsste nicht, was er mit der ganzen Sache zu tun hätte."

Castellana lachte. „Sie sind so nah an der Wahrheit dran und doch liegen Sie so falsch."

„Sagen Sie es mir!"

„Ein Mann, der auch auf einem Thron sitzt, allerdings nicht einmal eine halbe Meile von diesem Haus entfernt."

Thomas schüttelte den Kopf. Er glaubte ihr nicht, obwohl er wusste, dass sie die Wahrheit sagte.

„Er hasst Sie mehr, als ein Mann hassen kann, weil seine Frau Sie mehr liebt als ihren eigenen Ehemann. Gott weiß warum, denn ein guter Fang sind Sie nicht, oder?"

„Fernando", sagte Thomas und sah, wie Castellana angesichts seiner Verwirrung und seines Schmerzes siegessicher lächelte.

KAPITEL EINUNDDREISSIG

Thomas fand Theresa in ihrem Zimmer unweit der königlichen Gemächer. Sie blickte auf und lächelte, blieb aber, wo sie war, und wartete darauf, dass er zu ihr kam.

„Ich muss Fernando sehen."

Etwas in seiner Stimme ließ sie die Stirn runzeln und sie erhob sich.

„Du hast kein Glück. Er ist ausgeritten, um Rodrigo zu verabschieden. Er sagte, er würde ihn über Nacht begleiten, bevor er zurückkehrt. Du weißt ja, wie er ist: Er will immer alles tun, was ihn in einem männlichen Licht erscheinen lässt."

„Ich hatte vergessen, dass de Borja schon so bald abreisen würde."

„Er ist auf dem Weg nach Sevilla. Dort wird er ein paar Tage bleiben und dann ein Schiff nach Rom nehmen." Theresa lächelte. „Für die zweitägige Reise wird er mehr als eine Woche brauchen, denn er will so viele seiner Schäfchen segnen, wie er kann."

„Wie viele Männer hat de Borja bei sich?"

„Woher soll ich das wissen?" Theresa kam näher. Zu nahe. „Ist das wichtig?"

„Er wird mindestens ein Dutzend mitgenommen haben, nicht wahr?"

„Ich weiß es nicht, Thomas, aber acht sind mit Fernando geritten. Wenn du also Angst vor Räubern hast, sie werden bestimmt sicher sein. Ich nehme an, dass de Borja auch noch eigene Männer dabeihat und außerdem die Priester. Es waren viele Priester versammelt, um ihn zu begleiten."

„Dann ist er wohl in Sicherheit, nicht wahr?"

Thomas sah Theresa lächeln.

„Was ist mit Isabel?"

„Sie hat mit den Kindern gegessen und jetzt arbeitet sie. Soll ich sie fragen, ob sie dir eine Audienz gewährt?"

Thomas wusste nicht, ob er das wollte. Er würde es vorziehen, zuerst mit Fernando zu sprechen, um seine Beteiligung abzuschätzen, bevor er etwas sagte. Wenn er den Mut hatte, überhaupt etwas zu sagen. Castellana hatte so viele Anschuldigungen gestreut, dass er nicht wusste, welche er glauben sollte und welche nicht.

Und dann traf er eine Entscheidung, die alles verändern könnte. Vielleicht beendete er damit jenes Leben, das er kannte, oder er begann ein Leben, von dem er nicht sicher war, ob er es leben wollte.

„Ja, geh und frag, ob ich sie sehen kann."

„Und danach? Soll ich in deinem Zimmer warten?" Theresa lächelte so unschuldig, dass Thomas versuchte, nicht aufzulachen, froh, dass sie seine Stimmung aufhellen konnte.

„Ich werde nicht bleiben, denn ich muss zurück zu Jorge."

„Er hat hier auch eine Bleibe."

„Nicht heute Nacht. Morgen früh könnte er wieder im Gefängnis sein und das werde ich nicht zulassen."

„Thomas Berrington, der Retter der Welt." Theresa stellte sich auf die Zehenspitzen und berührte seine Lippen mit den ihren, dann war sie weg und nur ihr Duft blieb zurück. Thomas setzte sich auf den Stuhl, der noch warm von ihrem Körper war, und überlegte, was er Isabel sagen würde. Als Theresa zurückkam, hatte er sich immer noch nicht entschieden, stand aber trotzdem auf, bevor er seine Meinung ändern konnte.

Isabel blickte von ihrem Platz hinter einem großen Tisch auf, auf dessen dunkel gefärbter Oberfläche Papiere ausgebreitet lagen. Die Fingerspitzen ihrer Hand waren von Tinte gezeichnet und eine Strähne ihres blassroten Haars hatte sich gelöst und hing ihr über eine Wange. *Das ist ihr Reich*, dachte Thomas. Sie sah zufrieden aus.

„Theresa sagte, es sei wichtig." Sie lächelte und mit dieser kleinen Geste war seine Entscheidung gefallen. Er könnte dieser Frau niemals etwas anderes als die Wahrheit sagen. Er war es ihr schuldig. Er war es sich selbst und Kastilien schuldig.

„Hier …" Sie schob ihm ein großes Blatt Papier zu, als er sich ihr näherte. „Sag mir, was du davon hältst."

Er lehnte sich über den Tisch und betrachtete die Zeichnung. Sie zeigte eine Reihe von geradlinigen Straßen und quadratischen Blöcken, die Gebäude unterschiedlicher Größe darstellten.

„Wo ist das? Ich erkenne es nicht wieder."

Isabel lachte. „Natürlich nicht, denn es existiert noch nicht, nur als schmutziges Lager. Wenn es so weit ist, werde ich es Santa Fe nennen. Noch in diesem Jahr wird mit dem Bau begonnen und im nächsten Jahr soll die Stadt fertig sein."

Thomas sah sich den Plan an. Er wusste, wo sie sie bauen lassen würde und wofür sie stand. Bei dieser Stadt ging es um mehr als nur um Straßen und Häuser. Sie versprach das Ende des Lebens, das er fast dreißig Jahre lang gekannt hatte. Als er aufblickte, starrte Isabel ihn genauso an wie Theresa nur wenige Augenblicke zuvor, und er stöhnte fast auf, nun unsicher, ob er das, weswegen er hergekommen war, überhaupt tun konnte.

„Sag mir, was dich bedrückt, Thomas. Ich sehe es in deinem Gesicht, ich sehe es in der Art, wie dein Körper sich anspannt. Ist es so schwer, die Worte auszusprechen, die du mir sagen willst?"

Er wollte wegsehen, zwang sich aber, ihren Blick zu erwidern.

„Ich muss dir etwas sagen und wenn ich es tue, könntest du mich für immer aus deiner Gegenwart verbannen."

„Du weißt, dass das nicht möglich ist, egal, was du sagst."

„Du weißt noch nicht, was es ist."

„Es gibt nichts, was du sagen könntest, was mich davon abhalten würde, dich an meiner Seite zu wollen. Ich habe dich oft genug gefragt und du weißt, dass ich dich wieder fragen werde. Hier und jetzt, wenn du es wünschst. Willst du –"

„Noch nicht." Er wandte sich ab, unfähig, sie weiter

anzusehen. Er ging hinüber, wo Stühle vor einem kalten Kamin standen. In diese Ecke des Raumes schien weniger Licht und er begrüßte die Schatten. Von seiner neuen Position aus beobachtete er, wie Isabel mit kleinen, geschmeidigen Schritten auf den Stuhl zuging, der ihm am nächsten war. Ihr Körper war kräftiger als früher, aber er sah kaum Anzeichen des Alterns. So wie er sicher war, dass sie sie auch bei ihm nicht sah. So wie er auch nicht festgestellt hatte, dass Eleanor gealtert war, dachte er, bevor er sie endgültig als irrelevant aus seinen Gedanken verdrängt hatte.

„Sag mir, was dich schmerzt, Thomas."

„Theresa hat mir erzählt, dass Fernando de Borja begleitet."

„Sie spricht die Wahrheit, aber was hat das damit zu tun, weswegen du hier bist? Es sei denn, es geht um Theresa selbst? Wenn ja, weißt du, dass du meinen Segen hast – ihr beide. Ich liebe Theresa wie eine Schwester und möchte sie glücklich sehen. Und ich weiß, dass sie Gefühle für dich hat."

„Es ist nicht Theresa. Es geht um Fernando. Ich …" Er fuhr sich mit der Hand über den Kopf und raufte sich die Haare. „Ich glaube, er will mich tot sehen. Und nicht nur mich."

Isabel lachte. „Warum sollte er deinen Tod wollen?"

„Du musst zugeben, dass er mich nicht mag."

„Wenn er jeden tot sehen wollte, den er nicht mag, wäre irgendwo da draußen ein Stapel von Leichen, der bis zum Himmel ragt. Ich bin sicher, dein eigener wäre fast genauso hoch. Ebenso wie meiner."

„Ich meine, was ich sage." Thomas wollte ihr eine

Wahrheit mitteilen, dieser Frau, die ihn in ihrem Netz des Verlangens und der Angst gefangen hatte. Er beugte sich vor und schloss die Lücke zwischen ihnen, holte sie zu sich in einen Augenblick der Intimität, dem sie sich nicht entzog, wie er wusste, dass sie es nicht tun würde.

„Ich dachte, du wärst gekommen, um mir zu sagen, dass du den Beweis für Jorges Unschuld gefunden hast, nichts anderes."

„Er ist unschuldig, aber mein Beweis ist nicht hier. Mein Beweis folgt Rodrigo de Borja mit der Absicht, ihn zu töten. Fernando reitet mit de Borja, aber ich weiß nicht, auf welcher Seite er steht und was er tun wird. Hat Castellana Lonzal dir erzählt, dass Jorges Vater zurückgekehrt ist, um sie zu sehen – ein Mann namens Inigo Florentino?"

„Hat sie nicht."

„Sie behauptet, sie habe es de Borja gesagt."

„Vielleicht hat sie das auch, aber mir gegenüber hat sie nichts davon erwähnt. Steht er in Zusammenhang mit dem, was Jorge passiert ist? Muss ich diesen Mann ausfindig machen lassen?"

„Inigo Florentino Jorges Vater. Er begann vor zwei Jahren nach ihm zu suchen, eine Tat, die meiner Meinung nach alles ausgelöst hat, was seitdem passiert ist, und am Ende zu der falschen Anschuldigung gegen Jorge geführt hat. Aber noch wichtiger ist jetzt, dass Inigo de Borja hasst und ihn jagt. Er will ihn töten und ich weiß nicht, auf wessen Seite Fernando steht."

„Fernando ist ein Freund von Rodrigo. Jeder ist ein Freund von Rodrigo. Er kennt Fernando schon länger, als er mich kennt. Ich kenne diesen anderen Mann nicht, aber vertraue mir, Rodrigo ist in Sicherheit." Isabel lehnte sich in ihrem Stuhl zurück. „Warum sollte Jorges Vater Rodrigo töten wollen?"

Thomas erzählte ihr alles, was er sich zusammengereimt hatte. Von Inigos Liebe zu Castellana, seiner Verbannung aus Valencia und seinem tiefgreifenden Hass auf de Borja, der ihm Castellana gestohlen hatte. Und dann von seiner Entdeckung, dass er einen Sohn hatte, von dem er nichts gewusst hatte. Einen Sohn, den de Borja Castellana gezwungen hatte, wegzugeben. Er beobachtete, wie Isabel seinen Worten folgte, konnte aber nicht sagen, ob sie ihnen Glauben schenkte oder nicht.

Als er fertig war, starrte sie so lange auf den kalten Kamin, dass er glaubte, sie suchte nach einem Weg, ihn fortzuschicken. Dann wandte sie sich jedoch ihm zu und sah ihm in die Augen.

„Ich weiß, dass Jorge nicht dessen schuldig ist, was ihm vorgeworfen wird. Wie sollte er es auch sein? Wenn du mir gesagt hättest, dass Rodrigo sein Vater ist, hätte ich es eher geglaubt, aber dieser andere Mann? Bist du dir da sicher? Und was hat Fernando mit all dem zu tun?"

„Nichts vielleicht … oder alles. Ich bin heute Abend hierhergekommen, um ihn zur Rede zu stellen, nur um zu erfahren, dass er mit de Borja weggeritten ist. Ich habe Angst vor seinem nächsten Schritt."

„Fernando würde Rodrigo nie etwas antun, das habe ich dir schon gesagt. Was diesen anderen Mann betrifft, so wird Fernando ihn sofort töten."

„Da sind noch andere, Männer aus Rom, die lieber

einen aus ihrer Familie als Papst sehen wollen als de Borja."

„Du weißt, dass diese Angelegenheit noch nicht geklärt ist, es ist nicht einmal sicher, dass er überhaupt in Betracht gezogen wird. Es gibt bereits einen Papst, für den ich bete, dass er noch viele Jahre das Amt innehaben wird. Und wenn er irgendwann doch stirbt, wird es eine Wahl geben."

„Ich verstehe das alles. Aber wenn Rodrigo tot ist, kann er wohl nicht mehr gewählt werden. Und sofern er in Ungnade fällt, wird er nicht zum Papst ernannt werden."

„Es gibt andere Kandidaten."

„Keinen, der so qualifiziert ist. Keinen, der so geeignet ist. Das hast du mir vor nicht allzu langer Zeit selbst gesagt." Thomas starrte auf seine Hände, bevor er aufblickte, um Isabels Blick zu begegnen. „Liebst du deinen Mann?"

„Das ist eine unverschämte Frage. Wenn sie mir jemand anderes gestellt hätte, würde ich die Wachen rufen, um sie hinauszuwerfen."

„Ein einfaches ‚Natürlich' wäre Antwort genug gewesen. Ich hatte es auch nicht erwartet. Königliche Ehen sind selten eine Sache der Liebe."

„Du machst es nicht besser für dich." Isabel stand auf und ging zu einem Glockenseil. Sie griff nach dem Ende, zog aber noch nicht daran. „Ich habe Fernando von ganzem Herzen geliebt, schon bevor wir geheiratet haben. Du hättest ihn damals sehen sollen. Er war umwerfend. Gutaussehend. Tapfer. Höflich."

„Menschen verändern sich."

„Natürlich tun sie das. Und die Umstände zwingen sie zu Veränderungen. Macht verändert die Menschen."

„Nicht dich."

Isabels Lachen enthielt nicht die geringste Spur von Erheiterung. „Oh, du weißt so wenig. Natürlich habe ich mich verändert. Genauso wie du dich verändert hast. Genauso wie Fernando sich verändert hat." Sie löste ihren Griff um das Glockenseil und kehrte zu ihrem Stuhl zurück. Sie strich über ihre Röcke, als wollte sie einen Fleck von ihnen wischen. „Ich brauche dir keine Antwort zu geben, denn du kennst die Wahrheit bereits, aber sie ist nicht wichtig. Ich bin Königin von Kastilien und Aragon und Fernando ist König. Nächstes Jahr wird Santa Fe gebaut werden. Die Stadt wird auf Granada blicken und jene Stadt, die du deine Heimat nennst, wird an Kastilien fallen. Geh und sag das deinem Sultan, denn ich will dich nicht mehr in meiner Gegenwart haben."

Sie starrte ihn wütend an. Er erkannte ihren Zorn, aber auch eine tiefe Trauer, und er sah den Schimmer von ungeweinten Tränen in ihren Augen.

„Eine Anschuldigung gegen meinen Mann ist eine Anschuldigung gegen mich. Das werde ich nicht tolerieren. Von niemandem. Geh, Thomas Berrington. Nimm deine Kinder mit, nimm Jorge mit, nimm jeden mit, der mich an dich erinnert. Nimm Theresa und Eleanor und deinen Sohn – ja, ich weiß von deinem Sohn – und gründe einen Harem in deiner ungläubigen Stadt, solange du noch kannst, aber verschwinde aus meiner Gegenwart. Ich kann deinen Anblick nicht mehr ertragen."

KAPITEL ZWEIUNDDREISSIG

Thomas wusste, dass er den Palast verlassen und sofort hinter de Borja herreiten sollte, aber als er in seine Gemächer zurückkehrte, versagten ihm seine Beine vor Erschöpfung beinahe den Dienst und er musste sich an einer Wand abstützen, um nicht zu stürzen. Als er eintrat, erhob sich Theresa von dem Stuhl, auf dem sie gewartet hatte, und kam auf ihn zu.

„Nicht jetzt", sagte er.

„Schon gut, Thomas. Du musst schlafen." Sie nahm seine Hand und führte ihn zum Bett, zog ihm seinen Gehrock aus und legte sich neben ihn. Thomas bemerkte kaum, wie ihn eine aufgewühlte Dunkelheit einhüllte.

„Weck mich im Morgengrauen", brachte er noch über die Lippen, bevor ihn die Finsternis übermannte.

Dieselbe Finsternis blieb, als er wachgerüttelt wurde und feststellte, dass Theresa ihn schüttelte und Isabel am Fußende seines Bettes stand. Er schüttelte den Kopf, sicher, dass er träumte.

„Zieh dich an", sagte Isabel. „Fernando ist

zurückgekehrt, und einiges von dem, was du mir erzählt hast, ist wahr, also zieh dich an und tu, was du am besten kannst."

Thomas warf die Decke zurück, ohne sich darum zu kümmern, dass Isabel ihn ansah, während er nach seiner Hose griff.

„Ist er schwer verletzt?"

„Das meine ich nicht. Er hat mir alles gestanden. Du lagst richtig und falsch, aber Fernando muss es dir selbst sagen. Ich werde dort auf dich warten, wo wir vorhin gesprochen haben." Sie nickte Theresa zu und ging aus dem Zimmer.

„Was hast du zu ihr gesagt?", fragte Theresa. „Was hast du denn jetzt wieder getan?"

„Nicht genug."

Er zog sich fertig an und folgte Isabel hinterher. Insgeheim wünschte er sich, sie hätte ihm etwas mehr Schlaf gegönnt, aber seine Erschöpfung hatte sich ein wenig gelegt, und als er jenen großen Raum erreichte, in dem Fernando auf demselben Stuhl saß, den Thomas vor Kurzem noch selbst benutzt hatte, erwachte sein Geist zum Leben.

Fernando blieb sitzen und starrte in den kalten Kamin. Isabel kam zu Thomas und berührte seine Hand, nahm sie kurz in ihre eigene, eine kühne Geste vor ihrem Mann.

„Ich lasse dich allein, aber wenn du mich hinterher brauchst, lass mich rufen. Ein Diener wird auf dem Korridor warten."

Thomas betrachtete ihr Gesicht, sah die dunklen Ringe der Erschöpfung unter ihren Augen und wusste, dass auch sie kaum geschlafen hatte. Er warf einen Blick zum Fenster, aber es war nichts als ein dunkler Spiegel, in dem noch keine ersten Anzeichen des Morgengrauens zu erkennen waren. Er hob ihre Hand und küsste ihren Handrücken. Isabel nickte, als würde sie ihr Einverständnis zu etwas geben, dann drehte sie sich um und verließ das Zimmer.

„Sie mag dich lieber als mich." Fernando saß nahe des Kamins in dem aufwendig geschnitzten Stuhl, der eher dazu diente, zu beeindrucken, als Komfort zu bieten. Seine Stimme war verstellt, als müsse er sich beherrschen, und Thomas wusste, dass er dieses Gespräch nicht angeboten hatte. Isabel, die Kommandantin in ihrer Beziehung, hatte es angeordnet, und er hatte keine andere Wahl gehabt, als zu gehorchen.

„Hasst du mich denn so sehr?" Thomas ging zum Kamin, setzte sich aber nicht auf den zweiten Stuhl, der dort stand. Stattdessen stellte er sich mit dem Rücken zum Kamin, sodass Fernando zu ihm aufsehen musste.

„Mit jeder Faser meines Wesens. Wusstest du das nicht?"

„Ich habe es vermutet, aber gehofft, dass es nicht stimmt. Und Jorge, warum hast du ihn mit einbezogen? Du, ein König, hättest doch bestimmt eine Armee schicken können, um mich zu töten, und niemand hätte dein Handeln infrage gestellt."

„Das hätte ich tun können, ja. Aber ich würde es vorziehen, dich selbst zu töten." Fernandos Lippen verzogen sich zu etwas, das ein Lächeln hätte sein können. „Ich habe es doch schon ein oder zweimal versucht."

„Ich weiß, dass du das getan hast, aber ich bin der Bessere von uns beiden."

Fernando richtete sich auf, sein Körper angespannt. „Bist du das, verdammt noch mal? Bist du das? Ich glaube nicht. Wir können jetzt gleich nach draußen gehen und die Schwerter sprechen lassen, um ein für alle Mal eine Antwort auf diese Frage zu erhalten."

„Das würde dir gefallen, nicht wahr? Und wenn ich dich töte, werde ich von deinen Wachen in Stücke gerissen. Das wäre wohl auf eine gewisse Art auch Gerechtigkeit, nehme ich an, aber wir wären beide tot. Also nein, ich denke nicht. Sag mir, warum du dich gegen Jorge verschworen hast. Wolltest du mich damit bestrafen? Um mich bei Isabel in ein schlechtes Licht zu rücken?"

Fernando schüttelte den Kopf, eine entkräftete Gestalt. „Es war nicht meine Idee. Ganz und gar nicht. Es war deine Frau, die mit dem Vorschlag zu mir kam." Er richtete sich auf, als ob er langsam etwas von seiner normalen Arroganz zurückgewinnen würde. „Oder, besser gesagt, kam sie auf mir." Er lächelte. „Mehrere Male, wenn ich mich recht erinnere, und dann flüsterte sie mir einen Plan ins Ohr."

„Nenne das Kind beim Namen." Obwohl Thomas befürchtete, dass Fernando genau das gleich tun würde. „Ich habe keine Frau mehr."

„Das ist nicht das, was sie sagt. Sie sagt, sie war dein und wird es wieder sein, wenn du sie noch willst. Das hat sie natürlich nicht davon abgehalten, ihren Körper mit mir zu teilen. Und es ist ein vorzüglicher Körper. Du kannst dich glücklich schätzen, sie gekannt zu haben, als sie noch jung, geschmeidig und sogar noch williger war. Aber Erfahrung zählt viel, nicht wahr?"

„Eleanor?"

Fernando grinste. „Natürlich, Eleanor."

„Das war alles ihre Idee?" Thomas schüttelte verwirrt den Kopf.

„Natürlich nicht. Eleanor ist mit Castellana befreundet, einer weiteren exquisiten Frau, die mir schon oft Vergnügen bereitet hat, aber die beiden gleichzeitig habe ich bisher noch nicht genossen. Ich denke, es ist nur eine Frage der Zeit, bis es dazu kommt. Sie sind beide Frauen mit großem Appetit."

„Hör auf, mit deinem Schwanz zu prahlen, und sag mir, was du weißt!", knurrte Thomas, wütend auf den Mann. Wütend über seine Untreue gegenüber Isabel.

„Ich sollte dich rauswerfen lassen, aber das würde Isabel nur mehr verärgern. Nur ihretwegen habe ich zugestimmt, mit dir zu sprechen. Nur ihr zuliebe werde ich dir antworten."

Thomas wartete und beobachtete, wie Emotionen über Fernandos Gesicht tanzten. Einen Moment lang fühlte er sich, wie Jorge es wohl immer tat, wenn er die Gedanken des Mannes in jeder seiner Gesten widergespiegelt sah, und noch bevor Fernando zu sprechen begann, wusste Thomas, dass zumindest einiges von dem, was er sagen wollte, eine Lüge sein würde.

„Deine Frau wurde von Castellana geschickt. Sie hat mich vor einem Monat aufgesucht, um mich um Hilfe zu bitten. Sie sagte, Inigo Florentino sei bei ihr gewesen und habe ihr gedroht."

„Wegen Jorge? Warum?"

„Nicht Jorge. Nicht alles dreht sich um dich, Thomas. Die Drohungen, die er aussprach, richteten sich gegen Rodrigo de Borja, den Mann, mit dem sie einst verheiratet war."

„Und dem Anschein nach immer noch verheiratet ist", sagte Thomas.

Fernando machte eine verwerfende Handbewegung. „Solche Dinge lassen sich leicht regeln. Du hast mit Castellana gesprochen, nicht wahr? Was hat sie dir über Inigo erzählt?"

„Was sie mir gesagt hat, ist meine eigene Angelegenheit. Ich warte immer noch darauf zu erfahren, was deine ist." Thomas hatte kein Bedürfnis, sich von Fernando in die Karten schauen zu lassen, denn er war sich sicher, dass dieser seine Geschichte daraufhin so abändern würde, dass sie zu den ihm bereits genannten Fakten passte.

„Florentino hasst Rodrigo", sagte Fernando. „Er hasst ihn so sehr, wie man es nur kann, sagt Castellana." Er bewegte seine Augen kurz zur Seite, dann zurück, als wäre Fernando sich bewusst, dass er womöglich eine Täuschung angedeutet hatte. „Ich mag den Mann nicht besonders, im Gegensatz zu meiner Frau, aber er ist ein guter Spanier und ein guter Christ, und ich möchte nicht, dass ihm etwas zustößt. Kastilien wird stärker sein, wenn er auf dem päpstlichen Thron sitzt. Deshalb bin ich mit ihm in den Süden geritten und habe einige meiner eigenen Wachen bei ihm gelassen. Er hat natürlich seine eigenen Männer, aber nicht genügend."

„Wo sollte Inigo genug Männer finden, um ihn anzugreifen?", fragte Thomas.

„Männer sind leicht zu kaufen, das solltest du wissen. Wie viel zahlst du dem Afrikaner?"

„Das wüsstest du wohl gern, aber es hat keinen Sinn, Usaden mehr zu bieten. Er ist nicht an Geld interessiert, nur an Freundschaft. Was hat diese Geschichte mit Jorges Verhaftung zu tun?"

„Er hat Castellana auch gesagt, dass er nach seinem Sohn sucht."

Thomas wartete, denn er wusste, dass er noch nicht genug erfahren hatte.

Fernando stand auf und schritt zur anderen Seite des Raumes, wo er sich mit im Rücken verschränkten Händen positionierte. Thomas wartete weiter und beobachtete die Anspannung in den Schultern des Mannes.

„Er will Jorge tot sehen", sagte Fernando schließlich.

„Warum?"

Mit dem Rücken zu Thomas hob Fernando achselzuckend eine Schulter. „Ich habe all diese Informationen aus zweiter Hand, daher kann ich nur das wiedergeben, was Castellana an mich weitergegeben hat. Sie sagte, Florentino sei verrückt. In seinem Kopf herrsche nur Hass auf alle. Auf de Borja, mich, Castellana, Jorge, sogar auf dich."

„Auf mich? Er weiß nicht einmal, wer ich bin."

Fernando drehte sich um, ein Lächeln auf dem Gesicht. „Oh doch, das tut er. Isabel spricht die ganze Zeit von dir." Er runzelte die Stirn. „Sie redet viel zu viel von dir und ich habe es ihr auch schon gesagt, nicht, dass es etwas gebracht hätte. Sie wird Castellana von dir erzählt haben und zweifellos auch von Jorge, obwohl sie keinen Grund gehabt hätte, zu vermuten, dass er ihr Sohn ist. Ich habe auch keine Ahnung, wie Florentino die Verbindung hergestellt hat, aber er hat es geschafft, wie es scheint."

„Er hat jahrelang nach ihm gesucht", sagte Thomas. „Lawrence hat Unterlagen ausgegraben, die es belegen. Inigo bezahlte Cortez, um so viel wie möglich herauszufinden. Ob er wusste, dass Jorge in Qurtuba abgegeben worden war, oder ob er Späher überall im Land ausgeschickt hat, weiß ich nicht, aber er hat hier nach ihm gesucht. Und jetzt sagst du, er tut es, weil er seinen Sohn hasst?"

„So hat Castellana es mir gesagt."

„Wenn es Inigo ist, der Jorge schaden will, warum hast du dann den Haftbefehl gegen ihn unterschrieben?"

„Noch einmal, Castellana hat mich darum gebeten."

„Du hättest ablehnen können. Es war eine falsche Anschuldigung, das musst du doch wissen."

„Die Hermandos haben mir etwas anderes gesagt. Außerdem, warum sollte ich ablehnen? Ich hege keinen besonderen Groll gegen Jorge, im Gegensatz zu dir, aber seine Verhaftung hat dich getroffen, nicht wahr?"

Thomas blieb stumm und Fernando lachte.

„Ich weiß, dass es so ist. Natürlich hat es das. Aber mach dir keine Sorgen, ich weiß, welchen Zorn ich auf mich ziehen würde, wenn ich einem von euch Schaden zufüge. Sobald diese Angelegenheit zwischen Florentino und de Borja geklärt ist, kann eine Vereinbarung getroffen werden. Du wirst dich bereit erklären, wegzugehen und nie mehr zurückzukehren, und Jorge wird freigelassen, aber erst, nachdem du bewiesen hast, dass du in der Lage bist, dich von meiner Frau fernzuhalten. Vielleicht dauert es ein halbes Jahr, vielleicht ein Jahr."

„Ich werde über deine Worte nachdenken, aber sag mir, ob du dein Versprechen halten wirst. Du wirst Jorge unversehrt freilassen?"

Fernando nickte kurz. „Irgendwann. Wenn du mir dein Versprechen gibst."

„Und wenn ich es nicht tue?"

„Dann stirbt er. Ob mit einer Schlinge um den Hals oder in diesem Gefängnis, macht keinen Unterschied. Höchstens ein oder zwei Monate, das ist alles, was er kriegt, wenn du ablehnst. Was sagst du, Thomas Berrington? Ja oder Nein?"

„Ich sage nichts, bis Jorge freigelassen wird. Ich tue nichts, bis er freigelassen wird."

„Nicht gut genug." Fernando schaute zur Seite und nickte mit dem Kopf, während er sich innerlich mit irgendeinem Gedanken beschäftigte. „Es gibt noch eine andere Möglichkeit."

Thomas wartete, denn er wusste, dass der Mann vor ihm es ihm bald sagen würde, weil er wusste, dass Fernando seine Gesellschaft nicht schätzte und diese Unterredung beenden wollte.

„Inigo Florentino", sagte Fernando.

„Was ist mit ihm?"

„Mir wäre es lieber, er würde Rodrigo de Borja nicht töten. Meiner Frau zuliebe."

„Dann schicke Soldaten. Halte ihn auf."

„Das könnte ich, ... aber wo ist dabei der Vorteil für mich?" Fernando sah Thomas in die Augen und lächelte.

„Glaubst du, mich kümmert der Tod eines Mannes, der Papst werden könnte? Ich bin ein Heide, das weißt du doch. Mir wäre es vielleicht sogar recht. Was nützt es dir, wenn de Borja tot ist?"

„Ein spanischer Papst – ist es das, was du denkst? Das ist es, was Isabel will, ich weiß, und vielleicht ist das allein schon Grund genug. Es ist nicht nur Inigo, der ihn tot sehen will." Fernando lächelte und seine Augen leuchteten mit einem gewissen Maß an Überlegenheit. „Deine Geliebte ..." Er ließ sich das Wort auf der Zunge zergehen, „... auch sie will ihn loswerden."

„Eleanor? Warum?"

„Vor hundert Jahren gab es Päpste in Avignon. Frankreich würde sie gerne wiedersehen. Das würde sie auch. Und ich auch. Avignon liegt viel näher an Aragon als Rom. Damit ist es ein Ort, auf den ich Einfluss nehmen könnte. Und wenn dieser idiotische Kolumbus es schafft, zu überleben und neue Länder zu entdecken, dann wird es die Heilige Kirche sein, die ihren Einfluss geltend macht, nicht wir Könige und Königinnen."

„Du bist ein Idiot", sagte Thomas.

„Sagt der Mann, der meiner Frau wie ein treuer Jagdhund folgt. Wer bist du, dass du mich Idiot nennst?" Fernando trat näher und bohrte einen seiner Finger in Thomas' Brust. „Das alles war nicht meine Idee, aber ich habe die Gerissenheit davon zu schätzen gelernt. Ich werde keine der beiden Seiten unterstützen, denn es gibt weder einen Vorteil für mich noch einen Nachteil, egal wer gewinnt."

„Was soll mich davon abhalten, zu Isabel zu gehen und ihr alles zu erzählen?"

Ein weiterer Stoß gegen die Brust. „Jorge. Es wäre mir ein Leichtes, ihn wieder ins Gefängnis werfen zu lassen, oder noch schlimmer – seine ganze Familie könnte verhaftet werden."

„Nur, wenn du es befiehlst. Und jetzt, wo du diese Drohung ausgesprochen hast, was soll mich noch davon abhalten, dich hier und jetzt zu töten?"

„Das wirst du nicht tun. Wir wissen beide, warum."

„Es gibt niemanden auf der Welt, der mir wichtiger ist als Jorge."

Fernando grinste. „Ich habe immer vermutet, dass ihr miteinander ins Bett geht. Tut ihr das jede Nacht? Ist diese Hure, die er sich hält, dann auch dabei? Und als deine Frau noch lebte, habt ihr –"

Thomas schlug ihn. Er war sich nicht sicher, ob Fernando ihn absichtlich hatte anstacheln wollen oder nicht. Er dachte kaum über seine Handlung nach und bedauerte sie auch nicht.

Fernando taumelte rückwärts, konnte sich aber auf den Beinen halten. Er umklammerte seine Nase, aus der Blut floss. Als er den Mund öffnete, um zu schreien, hob Thomas erneut seine Faust.

„Ruf nicht die Wachen."

„Du bist ein toter Mann, Thomas Berrington. Ihr seid jetzt alle tote Männer."

„Wo war de Borja, als du ihn verlassen hast?"

„Was denkst du, wie weit du kommst, bevor ich meine Soldaten auf dich hetze? Ergib dich und erspare mir die Mühe."

„Wo hast du ihn verlassen!"

Thomas wartete, bis er Akzeptanz in Fernandos Blick sehen konnte. Vielleicht erkannte er nun die Folgen für sich selbst, das Urteil einer Frau, die das Ausmaß seines Verrats kennen könnte oder auch nicht.

„Er war in Posadas, wo er die Nacht verbringen wollte. Weiter ist er nicht gekommen, aber er hat viele Anhänger bei sich und hat es nicht eilig, nach Hause zurückzukehren."

„Wie viele Männer hast du ihm überlassen?"

„Ein Dutzend. Was wirst du tun?"

„Ich werde tun, was du nicht tun wirst. Ich werde verhindern, dass Inigo de Borja tötet. Und dann kehre ich nach Qurtuba zurück, damit du Jorge begnadigst. Ich weiß, dass du es kannst. Du wirst es tun. Und dann werde ich dir meine Entscheidung mitteilen, aber erst, wenn ich sicher bin, dass Jorge ein freier Mann ist."

Thomas sah, dass Fernando etwas einwenden wollte, aber er ließ ihm keine Zeit dazu. Stattdessen drehte er sich um und verließ den Raum. Er war auf halbem Weg zurück in seine Gemächer, als Isabel aus einem Durchgang trat.

„Was wirst du tun, Thomas?"

„Wie viel hat er dir erzählt?" Thomas war sich sicher, dass sie von Fernandos Liebhaberinnen wusste. Wusste sie auch von seinem Verrat?

„Einiges. Sicherlich nicht alles, aber genug. Wirst du mir den Rest erzählen?"

„Auch, wenn du es nicht hören willst?"

„Ich muss es hören. Erzählst du es mir, Thomas?"

„Nicht heute Nacht." Er betrachtete Isabel einen

Moment. „Soll Jorge im Morgengrauen verhaftet werden?“

„Sofern er in der Stadt bleibt. Der Druck wird stärker, nicht nur von Fernandos Seite.“

„Und wenn er nicht in der Stadt ist?“

„Reitet schnell und weit, aber kehre zu mir zurück, wenn es erledigt ist. Du weißt, was ich dich fragen werde, und dieses Mal werde ich eine andere Antwort verlangen. Ich habe vorhin voreilig gesprochen. Ich weiß, wie mein Mann ist, und hätte nicht zulassen dürfen, dass deine Worte mich verärgern. Es ist Zeit, dass du zu mir kommst, Thomas. Deine Welt steht kurz vor ihrem Untergang und es gibt einen Platz für dich an meiner Seite an meinem Hof.“ Damit drehte sich um und schritt davon. Thomas sah ihr nach, bis sie nicht mehr zu sehen war, dann verließ er den Palast und überquerte den Fluss in Richtung von Daniels Haus.

KAPITEL DREIUNDDREISSIG

Im Morgengrauen ritten sie aus der Stadt – vier Männer und ein Hund. Als schließlich die Sonne aufging, war die Stadt nur noch ein dunkler Fleck am Horizont und die gute Straße vor ihnen erlaubte ein schnelles Vorankommen. Kin streifte weit umher, verschwand oft, kehrte aber immer wieder zurück. Thomas wusste nicht, ob der Hund auf der Suche nach etwas war oder einfach nur seine Freiheit genoss zu laufen. Er vermutete Letzteres und konnte es ihm nicht verdenken. Ihm selbst ging es gleich. All die Intrigen, der Betrug, die Gier und der Hass hatten seine Seele beschmutzt.

Er überlegte, ob er nach getaner Arbeit zurückgehen sollte, um Belia und die Kinder zu holen, und dann weiterzureiten. Wohin, das wusste er nicht, nur, dass es in Qurtuba nichts mehr für ihn gab. Das hatte Fernando mehr als deutlich gemacht. Auch in Gharnatah gab es nichts mehr. Irgendeinen Ort musste es doch für ihn geben, obwohl er sich fragte, ob dem wirklich so war. Konnte es irgendwo besser sein, wenn das Problem in ihm selbst und nicht in seinem Umfeld lag? Vielleicht sollte er Kolumbus bitten, ihn auf seiner Reise nach Westen begleiten zu dürfen. Tod oder Entdeckung. Die Erkundung neuer Länder.

Er zuckte in seinem Sattel zusammen, als er spürte, dass er zur Seite rutschte, und wusste, dass er fast eingeschlafen war.

„Wie viele Männer wird dieser Inigo bei sich haben?" Lawrence ritt mit seinem Pferd dicht an Thomas' heran. Usaden ritt seitlich an einem Hang nach oben. Jorge war vorausgeritten und meinte, er würde die Gegend auskundschaften.

„Die vier aus Rom, von denen ich weiß, aber er wird sicher noch mehr rekrutiert haben. Fernando hat mir erzählt, dass er behauptet, eine ganze Armee zu befehligen."

„De Borja wird viele um sich scharen. Vier oder gar vierzig Männer werden nicht ausreichen."

„Die meisten, die bei de Borja sind, sind Priester, keine Soldaten."

„Mandanas Mönche waren gute Soldaten", erinnerte Lawrence ihn.

„Das sind nicht die Mönche von Mandana."

„Inigo hat einen Vorsprung."

„Höchstwahrscheinlich, deshalb werden wir nicht langsamer werden, bis wir entweder ihn oder de Borja gefunden haben."

„Und wenn Inigo vierzig oder mehr Männer bei sich hat? Werden wir in der Lage sein, de Borja zu schützen?"

„Das müssen wir wohl."

Lawrence lächelte. „Ich mag Männer mit

Selbstvertrauen. Du weißt doch, dass Laurita mir nie verzeihen würde, wenn ich getötet werde, oder? Ich hätte ihr sagen sollen, dass ich mit dir komme, aber andererseits …", er zuckte mit den Schultern, „… hätte sie mich aufgehalten, und ich wusste, dass du so schnell wie möglich losreiten wolltest. Was hat Fernando zu dir gesagt? Ich dachte, er hätte vielleicht Männer geschickt, die uns begleiten, oder wäre sogar selbst gekommen, wie damals, als wir hinter Mandana her waren."

Thomas überlegte, wie viel er Lawrence sagen sollte, bevor er sich für die Wahrheit entschied. Er mochte den Mann und immerhin war er maßgeblich an der Suche nach Informationen über Cortez' Aktivitäten beteiligt gewesen.

„Ich glaube, es wäre ihm lieber, wenn ich bei einer sinnlosen Rettungsaktion selbst getötet werde."

„Isabel würde ihn umbringen, wenn sie auch nur die leiseste Vermutung hegte, dass er etwas damit zu tun haben könnte. Aber versuch trotzdem, dich nicht umbringen zu lassen, ich mag dich mittlerweile ganz gerne." Lawrence lachte. „Sogar Laurita sagt, dass sie dich mag, und sie mag niemanden – nicht einmal mich, manchmal."

Thomas schüttelte den Kopf. „Über das Sterben können wir uns ein andermal Gedanken machen, wenn dieser Tag vorüber ist. Höchstwahrscheinlich könnten wir dann sowieso alle tot sein und es ist nicht mehr wichtig, so oder so."

„Ich würde es vorziehen, nicht tot zu sein."

„Das würde ich auch." Thomas richtete sich im Sattel auf, als er vor sich auf der Straße eine Gruppe von

Männern sah, acht von ihnen auf Pferden, doch sie ritten auf Qurtuba zu anstatt davon fort. „Wenn das ein paar von Inigos Rekruten sind, dann ist die Tat vollbracht."

„Nur acht?", sagte Lawrence.

Usaden hatte sie ebenfalls gesehen und war heruntergeritten, um sich an Thomas' Flanke einzugliedern. Jorge wurde ebenfalls langsamer, sodass die vier von ihnen nun wieder beisammen waren. Sogar Kin blieb stehen und wartete, bis sie aufgeholt hatten.

„Wir sollten sie angreifen, bevor sie uns angreifen", sagte Usaden.

„Und wenn sie nichts weiter sind als Reisende?" Thomas konnte jetzt ihre Kleidung erkennen. Es deutete nichts darauf hin, dass sie Kämpfer waren, außer der Art, wie sie im Sattel saßen und ritten.

„Was, wenn sie uns töten wollen? Andererseits sind sie nur zu acht, also vielleicht hast du recht und wir warten vorerst besser ab."

Sie warteten.

Der Mann, der voranritt, entdeckte sie und sagte etwas zu seinen Begleitern, aber niemand zog eine Waffe, als sie näher kamen. Er hob die Hand zum Gruß und Thomas tat es ihm gleich.

„Wie weit ist es bis Córdoba?", fragte der Mann. Er war Spanier und wirkte auf Thomas wie ein Söldner. Ruhig im Sattel, mit wachem Blick.

„Sie sind vor Mittag dort. Wenn Sie schnell reiten, sogar früher."

„Wir sind nicht in Eile. Wohin wollen Sie mit Ihren Begleitern?"

„Wir sind auf der Suche nach Rodrigo de Borja.

Kennen Sie den Mann?" Und als der Mann mit den Schultern zuckte, fragte Thomas: „Haben Sie eine große Gruppe gesehen, die nach Sevilla unterwegs ist?"

„Möglicherweise. Wir haben viele Leute gesehen, aber ich kenne ihre Namen nicht. Wie würde ich ihn erkennen?"

„Er hat eine Menge Priester bei sich und reist wahrscheinlich in einer vergoldeten Kutsche, und sie werden langsam unterwegs sein."

„In diesem Fall sind wir heute Morgen an ihnen vorbeigekommen, als wir in Peñaflor aufbrachen. Ich glaube, die Gruppe hat dort die Nacht verbracht. Wir mussten auf hartem Boden schlafen, weil alle Gasthäuser voll waren."

„Das ist gut für die Seele", sagte Lawrence und der Mann sah ihn einen Moment lang an, bevor er seinen Blick wieder auf Thomas richtete.

„Gibt es in Córdoba ein gutes Bordell?"

„Dafür bin ich der falsche Mann. Versuchen Sie es bei ihm." Thomas nickte Lawrence zu und ritt weiter.

Thomas kannte Peñaflor von früheren Reisen, die er zwischen Córdoba und Sevilla unternommen hatte. Die Stadt lag am Nordufer des Guadalquivir und erstreckte sich über ein gutes Stück der Hauptverkehrsroute nach Westen. Wenn de Borjas Gruppe langsam vorankam, würden sie sie noch vor Sonnenuntergang an den Ausläufern der Stadt einholen. Als ihm dieser Gedanke kam, bemerkte er, dass er eine andere Frage zu stellen vergessen hatte, die vielleicht noch wichtiger war als die erste, und so machte er kehrt.

„Reitet weiter", sagte er zu Jorge, „es wird nicht lange

dauern." Er trieb sein Pferd in den Galopp und holte die Gruppe bald ein.

„Kommen Sie mit uns in das Bordell?", fragte der Anführer lachend. „Ich mag Ihren Hund."

„Er ist nicht käuflich. Haben Sie auf dieser Straße noch andere Männer gesehen?" Thomas ritt neben dem Mann her, kaum in der Lage, seine Ungeduld zu bändigen, doch er wusste, dass er es musste. „Sagen wir, eine Gruppe von einem halben Dutzend bis zu zwanzig Mann, vielleicht auch mehr?"

„Wir haben während der ganzen Zeit, die wir unterwegs waren, Männer gesehen. Sicherlich einige Gruppen dieser Größe, wenn auch eher kleinere. Ich nehme an, Sie meinen in westlicher Richtung?"

„Das tue ich."

„Wir kamen an zwei Gruppen vorbei, einmal waren es vier Männer, einmal sechs. Ich dachte, es gäbe vielleicht Ärger mit der kleineren Gruppe, aber sie ritten mit ausreichend Abstand an uns vorbei. Ich vermute, sie suchten nach jemandem, aber wenn ich richtig liege, dann nicht nach uns."

„Wo war das?"

„Heute am frühen Morgen, also ein paar Stunden von hier. Vermutlich sind sie jetzt schon viel weiter."

„Waren sie schnell unterwegs?"

„Nicht schnell, nein. Wie ich schon sagte, sie suchten jemanden. Das geht nur, wenn man sich Zeit lässt."

„Meinen Dank." Thomas wendete sein Pferd und trieb es in den Galopp. Seine Gefährten waren außer Sichtweite, aber als er eine niedrige Anhöhe erklommen hatte, sah er sie vor sich.

„Sie sind ein paar Stunden vor uns an einer Gruppe von Männern vorbeigekommen", sagte er, als er zu ihnen stieß.

„Florentino?", fragte Lawrence.

„Das hätte er nicht wissen können, aber es könnte sein."

„Du glaubst, dass es so ist, nicht wahr?"

„Wenn wir sie einholen, wissen wir es. Acht, vielleicht ein Dutzend. Ist das genug, um de Borja anzugreifen?"

„Du hast selbst gesagt, dass Priester nicht kämpfen, also vielleicht. Wenn ich es wäre, würde ich mindestens die doppelte Anzahl bevorzugen."

Als sie Peñaflor erreichten, tauchte die Sonne die Dächer in ein feuriges Licht, aber sie hatten keine Gruppen gesehen, die die Gesuchten hätten sein können. Thomas begann zu hoffen, dass sie de Borja noch rechtzeitig zu Hilfe eilen konnten. Er wollte gerade über die einzige Hauptstraße weiterziehen, als Usaden auf eine große Gruppe deutete, die sich unten am Ufer des Flusses versammelt hatte. Eine Kutsche wurde vorgefahren, nicht vergoldet, aber hochwertig und aufpoliert, zwei kräftige Maultiere in der Nähe, die losgebunden worden waren, um zu grasen.

„Was machen sie?" Thomas kniff die Augen zusammen, konnte aber nicht erkennen, was vor sich ging. Einige Leute standen im Wasser, andere auf der Sandbank und beobachteten das Geschehen.

„Es gibt nur einen Weg, das herauszufinden." Lawrence lenkte sein Pferd in eine Gasse zwischen zwei niedrigen Häusern. Als sie näher kamen, lachte er und gab

Thomas einen Klaps auf den Arm. „Ich soll verdammt sein, wenn er sie nicht tauft!“

Thomas warf einen Blick zu Jorge, der während der gesamten Reise kaum ein Wort gesprochen hatte, was so ungewöhnlich war, dass er sich Sorgen machte.

„Du hättest zurückbleiben sollen“, sagte er. „Wir schaffen es auch zu dritt, egal, was kommt.“

„Er ist mein Vater“, sagte Jorge. „Mein Vater will de Borja töten – den Mann, der mir die Freiheit geschenkt hat.“ Jorge sah Thomas mit einem Blick an, der so sehr von seinen inneren Qualen erfüllt war, dass es schwer war, hinzusehen. „Was, wenn ich so bin wie er?“

Thomas schüttelte den Kopf. „Du bist nicht wie er. Du weißt, dass du es nicht bist.“

Vor ihnen erreichte Lawrence die prunkvolle Kutsche und stieg ab. Er band seine Zügel an einem der Räder fest und ging auf die kleine Gruppe zu, die in den Untiefen des Guadalquivir stand. An einigen Stellen musste er sich durch die Menge drängen, die sich nur widerwillig teilte. Einige trugen ihre nasse Kleidung mit Stolz, andere waren Schaulustige. Wieder andere warteten, bis sie an der Reihe waren, getauft zu werden. Es waren an die hundert Menschen, die sich hier tummelten, was Thomas beruhigte. Eine so große Gruppe anzugreifen, wäre schwierig. Nicht, dass diese Leute kämpfen würden, aber sie waren Zeugen. Es sei denn, Inigo tötete sie alle, und das wäre fast unmöglich. Vielleicht war es dem Mann egal, so sehr, wie sein Wahn gegen de Borja ihn verzehrte.

Thomas band sein Pferd neben das von Lawrence und bahnte sich seinen Weg durch die Menge. Frauen wichen nicht aus und Männer drängten ihn zurück. Thomas sah sie alle mit finsterer Miene an, bis sie Platz machten, dann ging er weiter, bis er knöcheltief im Wasser stand. Eine Schotterbank teilte den Fluss in der Mitte und bildete ein tieferes Becken unweit des nahen Ufers. Hier stand de Borja bis zur Hüfte im Wasser, die Haare ungebunden, die Hände auf dem Kopf einer Frau, während er sie unter Wasser gedrückt hielt. Thomas beobachtete sie und war überrascht, wie lange sie unter der Wasseroberfläche verweilte. Als de Borja sie schließlich hochzog, war ihr Gesicht ekstatisch vor Ehrfurcht. Sie war durch die Berührung des Wassers und des Menschen verwandelt worden. De Borja küsste sie auf beide Wangen, dann geleitete einer seiner Messdiener sie weg, während ein kleiner Junge nach vorne gebracht wurde, der nicht groß genug war, um durch das Wasser zu waten, sodass er getragen werden musste.

„Wir können das Ritual nicht unterbrechen", sagte Lawrence, der genauso wie Thomas mit seinen Stiefeln im Wasser stand. „Vergiss Inigo, diese Menge bringt uns um, wenn wir es versuchen."

Thomas blickte zum Himmel hinauf, an dem sich keine einzige Wolke zeigte. „Es wird bald dunkel und dann muss er aufhören. Wir können warten. Falls sie angreifen, werden wir hier sein und ihn beschützen." Er betrachtete de Borjas Gefolgschaft und stellte fest, dass etwas weniger als die Hälfte davon Priester oder Mönche waren, die anderen Diener und Mitläufer. Vierzig Leute, mehr oder weniger. Keiner von ihnen würde im Falle eines Kampfes von großem Nutzen sein. Die einzige Person, die fähig und stark genug sein könnte, ein Schwert zu führen, war de Borja selbst.

Der Mann war gerade mit dem kleinen Jungen fertig und blickte auf. Er sah Thomas und winkte.

„Komm, Thomas Berrington, lass die Herrlichkeit Gottes in dich eindringen!"

Thomas blieb, wo er war, und Lawrence lachte. „Du weißt, dass du gehen musst, also kannst du es genauso gut hinter dich bringen. Es wird dich nicht wirklich verändern, weißt du."

„Besser du gehst. Wenigstens bist du gläubig."

„Deshalb brauche ich das auch nicht. Du und Jorge seid die Ungläubigen. Mach schon. Dann wird dir Gott, wenn wir heute Nacht Menschen töten, vergeben."

„Ich möchte lieber niemanden töten müssen."

„Du weißt, dass wir das müssen werden."

„Thomas!", rief de Borja erneut. „Und ist das Jorge, den ich da sehe? Wieder vollständig genesen, Gott sei Dank. Lasst sie durch."

Es war unmöglich abzulehnen, aber Jorge schien das auch gar nicht zu wollen. Er drängte sich an Thomas vorbei und watete in den Fluss, wobei er sich von de Borja an den Schultern festhalten ließ. Ein paar Worte wurden gewechselt, bevor Jorge unter die Wasseroberfläche getaucht wurde. De Borja erhob seine Augen zum Himmel, seine Lippen bewegten sich, als er einen Segen sprach. Als Thomas näher kam, konnte er die Worte verstehen. Latein. Er bat um Vergebung für Jorges Sünden, was bedeutete, dass es noch dauern könnte. Allerdings nicht so lange, wie er brauchen würde, wenn Thomas an der Reihe war.

Jorge tauchte aus dem Fluss auf, schüttelte den Kopf und sog Luft ein. De Borja hielt sein Gesicht fest und küsste ihn auf beide Wangen, bevor er ihn wegschob. Dann war es für Thomas an der Zeit, eine Entscheidung zu treffen. Er warf einen Blick zu Lawrence, der grinste. Zu Usaden, keine Regung zeigte. Und dann schnappte de Borja ihn sich. Noch bevor er wirklich bereit war, tauchte sein Kopf unter die Oberfläche und die Geräusche der Welt drangen nur noch gedämpft zu ihm durch. Er öffnete die Augen und das Wasser war schlammig und trüb von den vielen Bewegungen, die den Grund aufgewühlt hatten. Er warf einen Blick auf de Borjas Beine, bevor er die Augen wieder schloss. Kurz überlegte er, ob er sich irgendwie anders fühlte, und entschied, dass er es nicht tat. Gott, wenn es ihn gab, war nicht in ihn gefahren.

De Borjas Worte drangen nicht zu ihm durch und Thomas verspürte eine zunehmende Panik, als die starken Hände ihn weiterhin unter der Oberfläche hielten. War Jorge so lange untergetaucht worden? Verging die Zeit langsamer? War er tatsächlich nur ein paar Augenblicke unter Wasser gewesen? Es kam ihm wie eine Stunde vor. Er begann sich zu wehren, spürte, wie sich de Borjas Finger tiefer in sein Fleisch gruben. Starke Hände, wie es sich für einen Mann der Macht gehörte. Vielleicht den mächtigsten Mann, den Thomas je getroffen hatte. Mächtiger als Könige und Königinnen. Mächtiger als alle anderen Männer dieser Welt. Noch nicht, aber bald.

Und dann ließ der Druck nach und einen Moment lang blieb Thomas, wo er war, in Frieden, eins mit dem Rauschen des Flusses und der samtenen Berührung des Wassers auf seiner Haut. Es war de Borja, der ihn hochhob, de Borja, der ihn hielt, wie er Jorge gehalten hatte, und seine Wangen küsste.

„Möge Gott mit Ihnen sein, Thomas Berrington." Er lachte, als ob er wüsste, dass die Worte für Thomas keine Bedeutung hatten, aber es machte ihm nichts aus. „Was führt Sie hierher, mein Freund? Reisen Sie nach Sevilla? Ich würde Sie bitten, uns zu begleiten, aber wir werden Tage brauchen, um die Stadt zu erreichen. Wie sie gesehen haben, suchen viele Menschen auf die eine oder andere Weise nach Erlösung."

Wie viel soll ich sagen?, fragte sich Thomas. Er beschloss, dass er de Borja mittlerweile zu sehr mochte, um zu lügen.

„Wissen Sie, dass Inigo Florentino in der Nähe ist?"

Die fröhliche Stimmung verschwand aus de Borjas Gesicht. „Dieser Mann. Ich hielt ihn für tot, aber jetzt höre ich anderes."

Thomas holte tief Luft. „Er ist auf dem Weg, Sie zu töten. Ich hatte erwartet, dass er schon hier ist."

„Wie viele sind bei ihm?" De Borja schien ihm sofort zu glauben. Er breitete seine Hände aus. „Ich habe eine ganze Horde bei mir, ganz zu schweigen von dieser ganzen Stadt."

„Deshalb sind sie nicht schon in Erscheinung getreten, ohne Zweifel, aber morgen reisen Sie weiter. Morgen wird sich eine neue Gelegenheit bieten." Thomas betrachtete de Borja einen Moment lang. Um sie herum lichtete sich die Menge, als wüssten sie, dass der Spaß für diesen Tag vorbei war. „Das überrascht Sie nicht, oder?"

„Er hat versucht, mich umzubringen, seit wir junge Männer waren."

„Geht es um Castellana?“ Thomas war geneigt, angesichts der Schwäche der Männer zu verzweifeln.

„Wenn es so wäre, wäre ich es, der ihn umbringen will, aber solche Gedanken habe ich schon lange hinter mir gelassen. Er will mich umbringen, weil er ein Mann der Extreme ist. Als wir alle noch jung waren, war seine Liebe genauso extrem.“ Auf de Borjas schönem Gesicht zeigte sich Abscheu. „Dann verlor er den Verstand. Er glaubt, ich hätte ihm Castellana weggenommen, obwohl sie ihm nie gehört hat. Er ist kein rational denkender Mensch. Er glaubt, die ganze Welt habe sich gegen ihn gestellt. Es kann nichts geschehen, ohne dass er einen Streit vom Zaun bricht, oft wegen gar nichts.“

„War er schon immer so?“

„Immer.“ De Borja legte seine Hand auf Thomas’ nasse Schulter. „Kommen Sie, gehen Sie ein Stück mit mir. Ich übernachte heute im Kloster und will mir trockene Kleider anziehen, bevor ich mich erkälte. Bringen Sie auch Ihren Freund mit. Auch den Mauren. Wenn er Sie begleitet, vertraue ich ihm.“

„Und mein Hund?“

De Borja lachte. „Ja, und den Hund. Ich mag Hunde. Sie sind viel leichter zu verstehen als Männer und Frauen.“

Als sie sich auf das Gebäude zubewegten, kam Usaden auf sie zu. „Ich habe mich ein wenig umgesehen, während du schwimmen warst. Da lagert eine Gruppe von Männern in den Hügeln hinter der Stadt. Fast vierzig, schätze ich.“

„Inigos Männer?“ Es war de Borja, der die Frage stellte.

„Das will ich herausfinden“, sagte Thomas. „Wie sicher sind Sie hier?“

„Das Kloster hat dicke Mauern und starke Türen und Fernando hat Wachen geschickt, die uns begleiten. Kommt zu mir, wenn ihr zurückkommt, und ich werde euch alles über Inigo erzählen.“

KAPITEL VIERUNDDREISSIG

„Die Männer waren hier, ich habe sie gesehen." Usaden hielt die Zügel seines Pferdes fest, als er sich neben ihn stellte. Kin war frei herumgelaufen, lag nun aber auf dem harten Boden zu Thomas' Füßen. „Es ist keine Stunde her. Sie hatten sich für die Nacht niedergelassen, da bin ich mir sicher."

„Haben sie dich gesehen?", fragte Thomas und schämte sich, als Usaden ihm nur einen abschätzigen Blick zuwarf. „Natürlich haben sie dich nicht gesehen." Er starrte in das flache Becken, das die Landschaft an dieser Stelle formte. Hier gab es kein Wasser, keine Bäume und keinen Unterschlupf irgendeiner Art. Er hätte sich nicht dafür entschieden, die Nacht hier zu verbringen. Das Land verlor mit der herannahenden Dunkelheit an Farbe, und in einiger Entfernung weiter hinten und den Hang hinab war die Stadt durchsetzt von einzelnen Lichtern. Eine Reihe von Lichtern am Flussufer warf Muster auf das Wasser, die zur Musik der Strömung tanzten.

Thomas machte sich auf den Weg in die Senke, wohl

wissend, dass er sich vergewissern musste, wohl wissend, dass Usaden sich nicht geirrt hatte, aber dennoch musste er selbst gehen. Wenn die Männer von Inigo Florentino hier gewesen waren, dann war ihre Zahl größer, als er erwartet hatte, und das machte ihm Sorgen. Hatten sie gewusst, dass jemand sie beobachtete, oder waren sie aus reiner Vorsicht weitergezogen?

Es gab keine Anzeichen dafür, dass ein Feuer gemacht worden war, aber im letzten Licht des Tages konnte Thomas Vertiefungen in dem harten Boden erkennen. Hier waren Pferde gewesen, zusammen mit ihren Reitern.

„Kin, such." Er beobachtete, wie der Hund die Gegend absuchte, bevor er eine Fährte aufnahm. Er blickte zurück zu Thomas, der nickte. „Such, such." Er rannte dem Hund hinterher, als dieser über den Rand des Beckens und den Hang hinauflief. Als Thomas oben ankam, sah er, dass Kin von Peñaflor weg und nicht auf die Stadt zurannte, und er blieb stehen.

„Kin, hier!"

„Von dort sind sie gekommen", sagte Usaden und stellte sich neben Thomas.

„Dann ist es die falsche Richtung. Inigos Männer kamen aus Qurtuba."

„Dann sind es andere Männer. Er hat andere Männer aus dem Westen mitgebracht."

„Wie viele braucht er?"

„Wenn man jemanden töten will, kann man nie zu viele Männer haben", sagte Usaden.

Jorge tauchte neben ihnen auf. Er war den Hang gemächlich hinaufgegangen, anstatt zu laufen. „Was, wenn das alles nur ein Trick ist, um uns von de Borja wegzulocken, damit er ungeschützt ist?"

„Er ist nicht ungeschützt. Er hat seine eigenen Männer und acht, die Fernando ihm überlassen hat, wie er behauptet."

Jorge gab ein amüsiertes Geräusch von sich. „Und du vertraust Fernando?"

Thomas wollte nicht über die Antwort nachdenken. Nicht über die wahre Antwort. Angst und Ungewissheit nagten an ihm und er fragte sich, ob es eine falsche Entscheidung gewesen war, sich auf die Suche nach Inigo zu machen. Allerdings hatte er geglaubt, in Qurtuba würde er Jorges Unschuld beweisen können. Jetzt wusste er, dass es niemals einen Beweis geben würde. Jorge war aus Bosheit und Hass aus dieser Intrige als Täter hervorgegangen. Nur ein Sieg würde seinen Namen reinwaschen.

„Sie sind nach Peñaflor gegangen. Heute Nacht werden sie de Borja angreifen." Er blickte Usaden an. „Wie viele, sagtest du? Vierzig Mann?"

„Siebenunddreißig."

Thomas wusste, dass Usaden genau gezählt hatte. „Zusätzlich zu jenen, von denen wir hörten, dass sie aus Qurtuba auf dem Weg hierher waren. De Borja hat sechzig, die meisten davon aber Priester und Gefolgsleute." Er kehrte zu seinem Pferd zurück und trieb es in den Galopp, während seine Gefährten neben ihm herritten. Usaden und Kin zu seiner Linken, Lawrence und Jorge zu seiner Rechten. Vier Männer und ein Hund gegen … wie viele? Hatte Jorge recht damit, Fernando nicht zu vertrauen? Wenn ja, dann ritten sie in einen

Kampf gegen fast sechzig ausgebildete Männer, alle erfahren und bereit zu töten.

Als sie das Becken zum zweiten Mal verließen und Peñaflor unten auftauchte, wurde Thomas langsamer.

„Usaden, ich möchte, dass du auf die andere Seite der Stadt reitest. Halte die Augen nach Inigos Männern offen. Ich muss wissen, ob sie dort unten sind oder nicht. Wenn du sie siehst, nähere dich nicht, sondern komm zurück und sag es mir. Oder zünde ein Feuer an – ich werde nach deinem Signal Ausschau halten."

Usaden reagierte nicht, sondern trieb sein Pferd einfach in den Galopp. Kin zögerte, blickte zu Thomas auf und rannte ihm dann hinterher. Er wusste, wo er mehr Spaß haben würde.

„Und was machen wir?", fragte Lawrence.

„Wir nähern uns von dieser Seite. Ich kann noch keine Männer sehen, schon gar nicht knapp vierzig, aber die Sonne ist fast untergegangen. Falls es tatsächlich so viele sind, sollten wir sie aber auch in der Dunkelheit ausfindig machen können. Wenn wir nahe an sie herankommen, ohne gestellt zu werden, reiten wir zu de Borja und beschützen ihn."

„Fernandos Männer beschützen ihn im Moment noch. Wir sollten Inigo und seine Männer finden und sie angreifen."

„Wir alle vier?", fragte Thomas.

„Du hast uns vier in diesen Kampf geführt", sagte Lawrence. „Was hast du denn erwartet, dass es einfach werden würde?"

„Ich kann nicht gegen meinen Vater kämpfen." Jorge saß auf seinem Pferd, ritt ein Stück vor ihnen und sprach, ohne sich umzudrehen. „Und ich kann ihn auch ganz bestimmt nicht töten."

„Ich will ihn nicht töten, ich will ihn gefangen nehmen." Thomas trieb sein Pferd näher an Jorges heran. „Ich will, dass er zur Bestrafung nach Qurtuba zurückgebracht wird, damit jemand anderes die Entscheidung über sein Schicksal treffen kann. Ich bin es leid, die Arbeit anderer zu machen."

Jorge lachte. „Und doch bist du hier, so wie ich auch. Wir beide, wie es sein sollte." Er schüttelte den Kopf. „Du wirst dich nie ändern, nicht wahr, Thomas?"

„Morgen vielleicht. Heute Abend müssen wir einen Mann retten, und zwar nicht irgendeinen Mann."

Jorge lachte wieder. „Ich mag es, dass du dich immer mit wichtigen Leuten anfreundest. Das sorgt für ein interessantes Leben. Versprich mir nur, wenn jemand zu töten ist, dann wirst du es erledigen."

„Ich verspreche es. Aber dazu wird es nicht kommen, es sei denn, es heißt töten oder getötet werden. Auch das verspreche ich."

Es war ein Versprechen, von dem er nicht sicher war, ob er es halten konnte. Wenn sie angegriffen wurden oder de Borja in Gefahr schwebte, wusste er, was er tun würde. Er wusste auch, dass Jorge kämpfen würde, wenn es dazu kam. Er war nicht mehr der verweichlichte Palast-Eunuch, der er einmal gewesen war, obwohl Thomas nicht genau sagen konnte, wann diese Veränderung eingetreten war. Er befürchtete, dass es Jorges Freundschaft mit ihm war, die dazu geführt hatte.

Als sie sich der erbärmlichen Stadtmauer näherten, in die nicht einmal ein verschließbares Tor eingebaut worden war, weil sie sich tief in kastilischem Gebiet befanden, war keine Spur von Inigos Bande zu sehen. Genauso wenig hatte Usaden ihnen signalisiert, dass die Männer sich auf der anderen Seite der Stadt befanden. Thomas fragte sich, ob er sich irrte, ob de Borja nicht Inigos Ziel war und er weitergezogen war, dem Fluss westlich nach Sevilla folgend. Andererseits wusste er, dass er hier war, hatte die Zeichen gesehen. Er wusste auch, dass Inigo de Borja tot sehen wollte. Hatte er einen besseren Ort für einen Hinterhalt gefunden? Wenn der Angriff nicht heute Nacht kam, würde das bedeuten, dass sie de Borja nach Sevilla begleiten mussten. Erst, wenn er das Schiff nach Rom bestieg, wäre er in Sicherheit. Inigo hätte ihn auch dort angreifen können, hatte es aber nicht getan und war ihm stattdessen nach Kastilien gefolgt. So oder so, hier herumzusitzen würde das Unvermeidliche nicht verhindern.

Thomas trieb sein Pferd zu einem schnelleren Tempo an und hoffte, dass Jorge und Lawrence ihm folgen würden. Sie waren nur drei Männer gegen zehnmal so viele, aber Thomas hatte schon zuvor ähnlich aussichtslose Kämpfe geführt und gesiegt.

Als sie die Stadt erreichten, flackerte am fernen Berghang ein Licht auf. Usaden hatte Inigos Männer gefunden.

„Zum Kloster!“

Noch während er sein Pferd weiter antrieb, sah Thomas, dass sie zu spät kamen. Bewaffnete Männer strömten aus der Stadt, andere kamen vom Flussufer her. Er brachte sein Pferd zum Stehen und stieg ab, weil er erkannte, dass es unsinnig war, eine solche Menge anzugreifen. Jorge und Lawrence folgten seinem Beispiel. Beide sahen ihn im flackernden Licht der Fackeln an und warteten auf Befehle.

Thomas hatte keine.

„Wir können ihn nicht im Stich lassen, nicht jetzt", sagte Lawrence.

„Und wir können ihn nicht retten. Es sind zu viele."

Jorge stieß ihn an, nicht wirklich fest, aber fest genug, um ihn zwei Schritte rückwärts taumeln zu lassen.

„Ich werde nicht zulassen, dass du ihn im Stich lässt."

„Woher kommt das denn? Du magst den Mann doch gar nicht."

„Ich habe meine Meinung geändert, nachdem er für mich gebetet hat. Er ist nicht wie andere Priester."

„Natürlich ist er das nicht. Er wird der nächste Papst sein, also ist er natürlich nicht wie andere Priester. Aber wir können nicht gegen all diese Männer kämpfen." Inigos Truppe hatte inzwischen umgedreht und bewegte sich auf den Eingang des Klosters zu, wo eine erbärmlich kleine Anzahl von Männern in einer Reihe stand. Nicht einmal ein Dutzend, und bald würden es weniger sein.

Jorge schüttelte den Kopf und stieg wieder auf sein Pferd. Nach einem Moment tat Lawrence dasselbe. Thomas erwartete, dass sie umdrehen und nach Osten in Richtung Qurtuba reiten würden, aber stattdessen machten sie sich auf den Weg zu der Gruppe von Angreifern, die die wenigen Männer abschlachteten, die zu de Borjas Schutz abgestellt waren.

„Scheiß drauf, ich habe lange genug gelebt." Thomas schwang sich in den Sattel und trieb sein eigenes Pferd vorwärts, bevor er im nächsten Moment kräftig an den

Zügeln zerrte, als eine Gestalt mit hoher Geschwindigkeit auf ihn zukam, doch es war nur Usaden mit Kin, der vor ihm hergaloppierte.

„Werden wir gegen sie kämpfen?“, fragte Usaden mit einem Anflug von Aufregung in der Stimme.

„Sieht so aus.“

Usaden grinste. „Gut. Ich mag es, wenn die Chancen schlecht stehen.“

Als sie auf den Tumult zugaloppierten, der sich durch die Steintore ins Innere zu verlagern begann, da die wenigen Verteidiger de Borjas die vernünftigste Lösung gewählt hatten und geflohen waren, spürte Thomas, wie wieder jene vertraute Kälte ihn zu erfüllen begann und mit ihr alle Angst und alle Zweifel aus seinem Körper wichen. Er schloss zu Jorge auf, der bereits sein Schwert in der Hand hielt.

„Halte dich raus, wenn du kannst. Belia bringt mich um, wenn du wieder verletzt wirst.“

„Nein, das wird sie nicht, sie mag dich. Wenn ich sterbe, wird sie dich heiraten, wenn du sie fragst.“

„Dann versuche, nicht zu sterben. Sie macht mir Angst.“

Die kleine Armee hatte endlich die vier Männer bemerkt, die auf sie zugeprescht kamen, und ein paar von ihnen drehten sich um und formten eine menschliche Barriere. Sie waren gut trainiert und hielten ihre Speere bereit, um sie den Pferden in ihre Bäuche zu rammen und ihre Reiter zu töten, aber Thomas hatte schon zuvor mit ähnlichen Verteidigungsstrategien zu tun gehabt und wusste, wie er mit ihnen umgehen musste. Ohne Zweifel wusste es auch Usaden und höchstwahrscheinlich auch

Lawrence. Nur Jorge machte ihm Sorgen, aber er konnte nicht gleichzeitig kämpfen und sich Sorgen machen, also schob er den Gedanken beiseite, während er seitlich von seinem Pferd glitt. Seine Stiefel schleiften einen Moment lang über den Boden, bevor er den Sattel losließ und sich abrollte, bis er zwischen den Füßen der Soldaten zum Stillstand kam.

Er hörte ein Krachen und den Schrei eines Tiers, dann tat seine Klinge ihr Werk, schlitzte Beine, Leisten und Bäuche auf, während er sich wieder und wieder überschlug. Nichts anderes war von Bedeutung. Lawrence, Usaden und Jorge kämpften irgendwo in der Nähe. Vielleicht starben sie, doch alles, was Thomas sah, war einen Feind, den es außer Gefecht zu setzen oder zu töten galt, und dann noch einen und noch einen. Er hatte kein Gefühl dafür, wie viele er erwischte, nur dass es ihm leichtfiel. Es waren so viele, und überall, wo er hinstieß, traf seine Klinge ihr Ziel und war es ein Mann weniger, um den er sich kümmern musste. Er drehte und duckte sich und sprang, wich Messern und Schwertern aus und den schweren, bösen Spitzen von Speeren, die am schlimmsten waren. Er versuchte, nicht zu töten, aber manchmal gab es keine Alternative. Und dann, ganz plötzlich, fand er sich auf einer freien Fläche wieder, mit Usaden an seiner Seite. Kin lag da, sein Brustkorb hob und senkte sich schnell und sein Maul stand offen.

„Glaubst du, sie wollen mehr?“, fragte Usaden und wippte auf seinen Zehen.

„Wie viele sind noch übrig?“

„Weit mehr als die Hälfte, obwohl sich einige von ihnen hineingeflüchtet haben.“

„Dann sollten wir ihnen folgen. De Borja ist irgendwo da drin."

Ein Mann rannte mit weit aufgerissenem Mund auf sie zu, schrie wild, als er attackierte. Usaden durchbohrte ihn mit seiner Klinge, ohne sich zu bewegen zu scheinen.

„Warum willst du einen Christen retten? Er bedeutet dir nichts."

„Ich mag ihn."

Usaden lächelte fast. Es musste am Kampf liegen, der immer seine Stimmung zu heben vermochte. „Ich nehme an, ich mag dich auch, aber rechne nicht damit, dass ich sterbe, um dich zu retten."

„Ich werde versuchen, daran zu denken."

Diesmal waren es drei Männer, die alle auf Thomas losgingen. Vielleicht hielten sie ihn für das leichtere Ziel. In diesem Fall hatten sie falsch gewählt. Er wich dem ersten aus und verwundete ihn am Oberschenkel. Der zweite fiel durch einen Stich mit Thomas' Dolch in seinen Schwertarm, die Klinge des Mannes fiel zu Boden, als er seine eigene zurückzog. Der dritte Mann schrie auf, als Kin seinen Kopf wild hin und her beutelte und seine Schnauze zwischen seinen Beinen vergrub.

„Das muss wehtun", sagte Usaden. „Ich bin froh, dass dein Hund auf unserer Seite ist."

„Deiner Seite", sagte Thomas.

„Nein – er folgt mir nur, weil er weiß, dass ich bin, wo der Kampf ist, aber er ist dein Hund. Auch er würde für dich sterben. Sollen wir jetzt versuchen, diesen Gottlosen zu retten? Oder kann ich vorher noch ein paar töten?"

„Ich denke, es sind genügend da, damit wir beides tun können." Thomas sah sich um, bis er Lawrence entdeckte.

Er befand sich am Rande der Gruppe und stand neben Jorge. Beide hielten sie in Blut getränkte Schwerter in der Hand, aber im Moment erholten sie sich, während Thomas und Usaden im Mittelpunkt standen.

Thomas hob einen Arm und winkte zur Seite des Klosters, um ihnen zu signalisieren, dass sie auf die andere Seite gehen und dort nach einem Eingang suchen sollten. Lawrence nickte und klopfte Jorge auf die Schulter. Als sie weg waren, tat Thomas dasselbe mit Usaden. Die beiden griffen so schnell und gnadenlos an, dass die Männer in ihrer Eile übereinander stolperten, um sowohl ihren Klingen als auch ihrem Hund auszuweichen.

KAPITEL FÜNFUNDDREISSIG

Thomas rechnete damit, herausgefordert zu werden, aber die Angreifer waren bereits dabei, das Weite zu suchen. Die meisten von ihnen blieben draußen und schienen den Grund für ihre Anwesenheit vergessen zu haben, es sei denn, es gab einen Plan und sie warteten absichtlich ab. Wenn ja, war noch nicht ersichtlich, was sie vorhatten. Eine kleinere Gruppe war in das Kloster vorgedrungen. Thomas konnte sie vor sich hören, das Klirren von Klingen und die Schreie von Sterbenden. Er hatte keine Ahnung, wo de Borja war oder ob er überhaupt noch lebte.

Usaden ging leise auf der einen Seite, Kin auf der anderen. Was die Mönche von einem blutverschmierten Hund halten würden, der sie begleitete, wusste Thomas nicht und es war ihm auch egal. Sie trafen auf einen Mann, der in einer Lache seines eigenen Blutes an einer Wand saß. Er war noch am Leben, aber nicht mehr lange, und beobachtete mit Resignation auf seinem Gesicht, wie sie näher kamen.

Thomas senkte sich auf ein Knie. „Wo ist de Borja?“

„Ich werde niemals den Aufenthaltsort meines Meisters verraten.“

„Ich bin gekommen, um ihn zu retten, nicht um ihn zu töten.“

Der Mann versuchte zu lächeln. „Natürlich behaupten Sie das. Genau wie der Mann, der mich getötet hat.“

„Haben Sie Schmerzen?“

„Zum Glück nicht. Gott ist sogar noch am Ende gütig zu mir und ich werde ihn bald im Himmel sehen. Sie hingegen werden in den Flammen der Hölle schmoren.“

Thomas stand auf und ging weiter.

„Ihr Menschen habt eine seltsame Religion“, sagte Usaden. „Eine, die den Tod als Freund begrüßt. Wie finden wir den Mann, den du suchst? Die Mönche werden dir nichts verraten.“

„Wir durchkämmen jeden Raum, wenn es sein muss.“ Thomas wusste, dass das zu lange dauern würde, aber er hatte keinen anderen Plan. Er könnte wohl einen lebenden Mönch finden und ihn foltern, bezweifelte aber, dass ihm das eine Antwort einbringen würde. Usaden hatte recht – es war eine seltsame Religion, die das Märtyrertum über die Auflehnung stellte.

Vor ihnen waren Stimmen zu hören und sie begannen zu rennen. Kin hetzte voraus, verschwand, und stieß dann ein lautes Bellen aus, das Thomas noch schneller werden ließ. Sie erreichten einen Innenhof und als er sich umsah, konnte er deutlich erkennen, dass das Kloster über einem älteren maurischen Haus errichtet worden war. An den Wänden waren noch islamische Schriftzeichen zu sehen. Eine Gruppe von einem Dutzend Männern stand mit den

Rücken zu ihnen da, während sich dahinter zwei Gestalten auf einen Kampf vorbereiteten.

Jorge und Lawrence hatten einen zweiten Eingang gefunden.

Thomas warf einen Blick auf Usaden und nickte ihm kurz zu, bevor er nach vorne trat.

Zwei der Männer wären gestorben, ohne zu wissen, wie ihnen geschah, hätte Kin nicht aufgehört zu bellen und sie so auf ihre Anwesenheit aufmerksam gemacht. Die beiden starben zwar trotzdem, aber es dauerte länger und bis dahin war Lawrence auf der anderen Seite zum Angriff übergegangen. Hätten die verbliebenen Männer nicht die Flucht ergriffen, um sich zu retten, hätte die Sache in eine Blutbad geendet.

„Waren noch mehr in der Richtung, aus der ihr gekommen seid?“, fragte Thomas.

„Die Straße war menschenleer“, sagte Jorge. „Wie viele sind noch unten am Fluss?“

„Zwanzig, mehr oder weniger, aber das ist egal, wenn wir de Borja nicht finden können.“

„Oh, ich weiß, wo er ist.“ Jorge drehte sich um und marschierte einen breiten Korridor entlang.

Thomas rannte los, um sie einzuholen. „Woher weißt du das? Ich habe mich erkundigt, aber alles, was ich zustande gebracht habe, war, einem bereits sterbenden Mann Angst einzujagen.“

„Du vergisst, wer ich bin. Es ist nicht die Frage, Thomas, sondern die Art, wie sie gestellt wird. Da hockten ein paar Mönche in einem kleinen Gebetsraum und sie erkannten mich von der Segnung am Fluss. Ein Glück, dass sich die Leute immer an mich erinnern, nicht wahr? De Borja hält sich am Ende dieses Ganges auf und dann zwei Stockwerke nach oben. Wenn wir Glück haben, sind wir vor allen anderen da."

Thomas hoffte, dass er recht hatte.

Je weiter sie vordrangen, desto mehr begann er zu glauben, dass seine Hoffnung nicht vergebens war. Es waren nur wenige von Inigos Soldaten zu sehen, und die, denen sie begegneten, schlichen davon, als sie den Ausdruck auf ihren Gesichtern sahen. Sie mochten nur vier Männer und ein Hund sein, aber sie waren blutverschmiert und unerbittlich. *Jorge hat mit seiner Theorie recht,* dachte Thomas, *wenn man sie ein wenig verdreht. Es geht nicht darum, wie man kämpft, sondern wie gefährlich man aussieht.* Und er kannte auf der Welt auch keine besseren Kämpfer als sie selbst. Nicht, dass de Borja ihr Können viel nützen würde, wenn sie zu spät kämen. Als sie die Steintreppe in den ersten Stock hinaufstiegen, fragte er sich, ob Fernando sich mit Inigo verbündet hatte oder zur Vernunft gekommen war.

Am oberen Ende der Treppe stießen sie auf den ersten ernsthaften Widerstand. Acht Männer lehnten an den Wänden, lachten und malträtierten einen Mönch, den sie gefangen genommen hatten. Sie hatten ihm seine Robe ausgezogen und zwei hielten ihn nun fest, während ein dritter mit einem scharfen Messer sein blasses Fleisch aufritzte. Keine der Wunden wäre tödlich, aber der Schmerz musste unerträglich sein, auch wenn der Mönch keine Miene verzog, während er seine Schreie unterdrückte. Als die Soldaten die vier Männer erblickten, ließen sie den Mönch frei, der sich so schnell er konnte davonmachte.

Thomas blickte zu Usaden. Jeder von ihnen kannte seine Rolle, sie hatten im Laufe der Jahre oft genug Seite an Seite gekämpft. Thomas griff an, ohne auch nur eine Sekunde zu zögern. Diese Männer hatten sich jede Chance auf Gnade vertan. Welches Schicksal sie auch immer ereilte, es war das Ergebnis ihres eigenen Handelns. Thomas bedauerte nichts, nicht im Geringsten, als er den Mann verstümmelte, der versuchte, ihm den Kopf von den Schultern zu schlagen.

Als er fertig war, sagte Usaden: „Du wirst weich, Thomas. Du hättest sie alle töten sollen."

„Ich bin des Tötens überdrüssig geworden."

„Dann hoffe ich, dass das Töten auch deiner überdrüssig geworden ist, mein Freund."

Sie arbeiteten sich weiter vor und hinterließen dabei fünf Leichen auf dem Steinboden. Wohin die anderen geflohen waren, war ihnen egal, denn sie würden nicht zurückkommen. Bezahlte Männer hatten mehr Verstand, als unnötig für eine Sache zu sterben, an die sie nicht glaubten.

Im zweiten Stockwerk stießen sie auf eine größere Gruppe, härtere Männer, erfahrener, aber das Ergebnis war dasselbe. Diesmal ließ Thomas sein Schwert wandern, wohin es wollte, und schaltete dafür den letzten Rest seiner Menschlichkeit aus. Er würde sie später wiederfinden, wenn ihre Aufgabe erfüllt war. Wenn er dann noch am Leben blieb.

De Borja saß auf einem prunkvollen Stuhl in dem Raum, in den sie sich hineingekämpft hatten, aber er war nicht allein. Ein weiteres Dutzend Männer stand zwischen Thomas und dem Mann, dessen Ziel es war, der nächste Papst zu werden. Ein großer, gutaussehender Mann stand hinter de Borjas Stuhl. Thomas wusste, dass es sich um keinen anderen als Inigo Florentino handeln konnte – die Ähnlichkeit zwischen ihm und Jorge war unübersehbar. In der einen Hand hielt er ein Seil, das um de Borjas Hals geknotet war. In der anderen Hand befand sich ein Messer, dessen Klinge an de Borjas Kehle ruhte.

„Ich hörte euch kommen und dachte, ich warte lieber, bis ihr hier seid, bevor ich ihn töte." Inigo lächelte. „Natürlich werdet auch ihr bald nach ihm sterben, aber zumindest könnt ihr mitansehen, wie diese erbärmliche Existenz erlischt." Inigos Aufmerksamkeit wanderte zu Jorge und für einen Moment verstummte er, bevor er wieder lächelte. „Einer von euch wird leben."

„Töte Thomas und du musst auch mich töten, wenn du selbst leben willst", sagte Jorge.

Inigo starrte ihn an, runzelte die Stirn, schüttelte schließlich den Kopf. „Du würdest deinen eigenen Vater töten, mein Sohn?" Er musterte Jorge noch einen Moment, bevor er die Wahrheit erkannte. „Nun gut, aber der hier stirbt."

„Warum?", warf Thomas ein. Inigos Männer standen im Schulterschluss ein Dutzend Schritte vor ihm. De Borja schien sich keine Gedanken über seine Lage zu machen. Vielleicht wartete er darauf, dass sein Gott ihn retten würde. Wenn dem so wäre, müsste Gott sich wohl ein wenig mehr anstrengen, als er es im Moment tat.

„Ihr braucht nicht zu wissen, warum. Ihr seid lediglich hier, um dem Akt beizuwohnen, mehr nicht."

„Wir werden schlechte Zeugen abgeben, wenn Sie uns töten." Aus dem Augenwinkel nahm Thomas wahr, wie

Usaden sich zur Seite bewegte, so langsam, dass keiner der Soldaten es zu bemerken schien. Die meisten blickten immer wieder in Kins Richtung, der Anblick der blutverschmierten Schnauze des Hundes erschreckte sie mehr als die Schwerter ihrer Gegner.

„Sagen Sie Ihrem Mann, er soll bleiben, wo er ist", sagte Inigo. „Sagen Sie es ihm jetzt, sonst stirbt Rodrigo."

Thomas hob eine Hand und Usaden blieb stehen.

„Sie werden ihn sowieso töten. Warum sollten wir Sie dann nicht sofort angreifen?"

Inigo lachte. „Haben sie meine Männer nicht gesehen? Wenn Sie glauben, Sie kommen gegen ausgebildete Truppen an, sind Sie ein noch größerer Narr, als Eleanor behauptet."

Thomas wischte einen Moment des Zweifels beiseite. Er musterte die Männer, die ihn von Inigo trennten, und erkannte, wer sie waren. Obwohl sie keine königliche Uniform trugen, mussten sie Fernandos Wachen sein. Sie sollten de Borja beschützen und wandten sich nun gegen ihn.

„Soll er mich doch töten", sagte de Borja. „Opfern Sie sich nicht. Mein armes Leben ist den Preis des Ihren nicht wert. Gehen Sie, Thomas Berrington, und nehmen Sie Ihre Freunde mit." Er neigte den Kopf in Jorges Richtung, soweit es das Seil und das Messer zuließen. „Ich kann nicht glauben, dass Sie der Sohn dieses Mannes sind, Jorge Olmos. Sind Sie Jorge Florentino, frage ich mich, oder Jorge Lonzal?" De Borja lächelte, wobei sich ein Funken von Wahnsinn in seinen Augen zeigte. „Sag es ihnen, Inigo. Sag ihnen die Wahrheit darüber, was vor all den Jahren geschehen ist."

„Die Wahrheit endet mit deinem Tod." Ohne zu zögern drückte Inigo die Klinge nach unten und zog sie ruckartig über de Borjas Kehle. Irgendwie musste der Mann die Bewegung erahnt haben, denn er zuckte zurück, sodass der Schnitt statt über seine Haut nur harmlos über das Seil an seinem Hals glitt und die rasiermesserscharfe Klinge die Stränge davon durchtrennte, sodass de Borja mit einem zweiten Ruck frei war.

Thomas bewegte sich gleichzeitig mit Usaden und erhaschte einen Blick auf Lawrence auf der einen und Jorge auf der anderen Seite. De Borja warf sich nach hinten und riss sowohl den Stuhl als auch Inigo mit sich. Sie stürzten auf den harten Steinboden und verschwanden hinter der Reihe von Männern, die sie von Thomas trennten. Er brachte den ersten Mann zu Fall und hielt sich nicht länger zurück.

Überall um ihn herum prallte Metall auf Metall. Kin bellte und knurrte und kämpfte mit einer animalischen Wildheit, die im Widerspruch zu dem Tier stand, das Amal erlaubte, an seinen Ohren zu ziehen und sich in sein Fell zu krallen, aber Thomas wusste, dass er für ihn sterben würde, dass er für sie alle sterben würde. Sie gehörten alle zusammen. Sie waren ein Rudel und das Rudel war in diesem Moment bedroht.

Usaden arbeitete leise und mit ungebändigter Gnadenlosigkeit. Lawrence agierte schnell und stark. Selbst Jorge trieb Männer zurück. Sein Leben war verändert worden, auf den Kopf gestellt, und dann wieder verändert, bis es kaum noch wiederzuerkennen war. Männer starben, aber bisher kein Mitglied ihres Rudels.

Fernando hätte ein paar Wachen weniger, noch bevor diese Nacht zu Ende war.

Inigo schaffte es indessen, in seinem eigenen Kampf die Oberhand zu gewinnen, und hatte nun seine Hände um de Borjas Kehle gelegt. Thomas kämpfte wie ein Dämon, um zu ihnen vorzudringen. Einige der Soldaten, die die blinde Wut erkannten, die sich gegen sie richtete, begannen sich abzuwenden. Zweifellos hatte man ihnen gesagt, dass es keinen Widerstand geben würde. Diese Wildheit war etwas, das sie nicht kannten.

Als Thomas es endlich durch die Reihen von Männern hindurchgeschafft hatte, befreite sich de Borja gerade und wollte sich umdrehen, um wegzulaufen, doch sein Gewand verfing sich unter seinen eigenen Füßen und er fiel mit voller Wucht auf die Seite. Inigo stürzte sich auf ihn. Silber blitzte auf, als er das Messer in seiner Hand hob.

Thomas sprang los, wissend, dass er zu spät kam.

Dann stieß Inigo einen hohen Schrei aus und fiel zur Seite. Thomas sah, dass de Borja selbst ein Messer in der Hand hielt, und er zog sich zurück, um ein zweites Mal zuzustechen, gerade als Usaden von der anderen Seite her durch die Wand an Soldaten brach und sein eigenes Schwert hob.

„Usaden – nein! Ich brauche ihn lebend."

Usaden wich zurück, drehte sich um, um stattdessen nach anderen Zielen Ausschau zu halten, aber es waren nur noch wenige Soldaten übrig. Körper lagen auf dem Boden verstreut, tote und verletzte, und Thomas schwor sich, dass er keinen von ihnen versorgen würde.

De Borja rappelte sich auf und hielt das Messer dabei

vor sich. Thomas griff nach seinem Handgelenk und drehte es, bis die Klinge zu Boden fiel.

„Ich dachte, Sie wären ein Mann Gottes", sagte er. „Zeigen Sie ihm Gottes Gnade."

„Gottes Gnade vielleicht, aber niemals meine. Dieser Mann hat sein ganzes Leben lang gegen mich gearbeitet. Ich kann ihn mit ruhigem Gewissen sterben sehen. Durch meine Hand oder durch Ihre oder die Ihres Gefährten dort. Ich könnte ein paar wie ihn an meiner Seite gebrauchen."

Thomas lachte und brachte damit die innere Eiseskälte, die ihn noch im Griff hielt, augenblicklich zum Schmelzen. Er war überrascht, dass er nicht in einer Pfütze aus Wasser stand, so schnell strömte sie aus seinem Körper.

„Usaden arbeitet für Geld und für mich, aber er hat Freunde, die genauso gut sind …" Thomas zögerte, als er Usadens Gesichtsausdruck sah. „Fast genauso gut. Sie werden für Sie kämpfen, wenn Sie sie bezahlen."

„Es ist schade, dass sie Heiden sind, denn es wird niemals gestattet sein."

„Nicht einmal, wenn Sie Papst sind?"

„In Spanien glauben alle, dass ich es sein werde, aber in Rom ist man nicht dieser Meinung. Es gibt andere, die für diese Position besser geeignet sind. Bessere Männer als ich, Männer, die nicht gesündigt haben, wie ich es getan habe."

„Alle Männer sündigen", sagte Thomas. „Was zählt ist, wie sie für ihre Sünden Buße tun."

De Borja lächelte. „Vielleicht sollte ich dafür bezahlen,

dass Sie an meine Seite kommen. Ein Mann, der rational denkt. Ein Mann, der die Sünde versteht."

„Ich bin nicht käuflich."

„Nein, das sind Sie wohl nicht." De Borja schlang sein Gewand um sich und zog an einem losen Stück Stoff, das zerschnitten worden war. „Ich dachte, ich würde heute durch Inigos Hand sterben, aber Sie und Ihre Freunde haben mich gerettet. Sogar Jorge, der ihn für seinen Vater hielt."

„Er ist mein Vater." Jorge stellte sich vor de Borja. „Meine Mutter hat mir gesagt, dass er es ist. Sie ist meine Mutter, nicht wahr? Das hoffe ich doch, denn ich mag sie. Meinen Bruder nicht so sehr, aber meine Mutter schon, auch wenn sie mich angelogen hat."

„Natürlich ist sie Ihre Mutter. Und Inigo ist höchstwahrscheinlich Ihr Vater. Aber ..." De Borja wischte sich mit einer Hand über das Gesicht. „Wir können hier nicht darüber sprechen." Er warf einen Blick zur Seite, wo Usaden und Lawrence Inigo an den Armen gepackt auf die Beine gehoben hatten. Der Mann sah gebrochen aus. „Was wollen Sie mit ihm machen?"

„Zu seiner Verhandlung zurück nach Qurtuba bringen."

„Dann wird er exekutiert werden. Isabel wird dafür sorgen, sobald sie von seinem Angriff auf mich erfährt. Sie hätten mich ihn töten lassen sollen."

„Und Ihre unantastbare Seele beflecken?"

„Es wäre eine Gefälligkeit gewesen und ich hätte um Verzeihung dafür gebetet. Aber Sie haben recht und ich sollte Ihnen dafür danken." De Borja wandte sich ab, blieb stehen und sah Jorge an. „Haben Sie Zeit für ein kurzes

Gespräch, mein Sohn?“ Und dann zu Thomas: „Fesseln Sie Inigo, machen Sie mit ihm, was Sie wollen, aber am Morgen will ich meine Reise nach Sevilla fortsetzen. Ich würde Ihre Gesellschaft begrüßen, Ihre und die Ihrer Freunde, wenn ihr mitkommen wollt. Ich würde mich sicherer fühlen, wenn ihr an meiner Seite wärt.“

„Ich muss diesen Mann nach Qurtuba zurückbringen.“

„Denken Sie drüber nach.“ De Borja winkte Jorge zu. „Und jetzt Sie, kommen Sie und lassen Sie mich Ihnen die Wahrheit sagen.“ Er hob eine Hand, als Thomas sich ebenfalls in Bewegung setzte. „Nur Jorge. Er kann Ihnen nachher erzählen, was er will, aber im Moment ist das, was ich ihm zu sagen habe, nur für seine Ohren bestimmt.“

KAPITEL SECHSUNDDREISSIG

„Was hat de Borja zu dir gesagt, oder ist es ein Geheimnis?“ Thomas ritt im frühen Morgenlicht neben Jorge her. Nebel stieg vom breiten Fluss auf und über die Ufer, wobei er an manchen Stellen so dicht war, dass er Usaden und Lawrence verdeckte, die Inigo Florentino flankierten. Der Mann wirkte gebrochen, seine Hände waren mit einem Seil gefesselt, das bis zu Usadens Sattel reichte. Ein weiteres Seil war an seinem Hals verknotet, dieses führte zu Lawrence. Thomas hatte die Wunde an seiner Schulter, die ihm de Borja zugefügt hatte, grob genäht. Von Inigos Männern fehlte jede Spur. Zweifellos hatten die noch Lebenden unter ihnen die vernünftige Entscheidung getroffen und waren so schnell wie möglich geflohen. Thomas hatte die vier Männer aus Rom, die bei Gabriel gewesen waren, weit und breit nicht gesehen, aber in dem Durcheinander waren sie vielleicht dagewesen und er hatte sie einfach übersehen. Er würde nicht zögern, sie zu töten, nicht nach dem, was sie Miguel angetan hatten.

Thomas vermutete, dass Jorge seine Frage nicht beantworten würde, und er drängte ihn nicht, da er davon ausging, dass er es irgendwann erfahren würde. Jorge war kein Mann, der Geheimnisse lange für sich behalten konnte.

Kin verteilte seine Gesellschaft gleichmäßig auf die beiden Gruppen und lief zurück, um eine Weile neben Thomas zu springen und zu laufen, bevor er zu Usaden zurückkehrte. Lawrence schien sich mit Inigo zu unterhalten, erhielt aber keine Antwort, was ihn aber von nichts abhielt. Vorhin hatte er gesagt, wie sehr er sich auf die Rückkehr zu Laurita freute. Sie hatten in den letzten Jahren nur wenig Zeit getrennt voneinander verbracht. Nicht mehr seit der Schlacht um Ronda, behauptete er. Vielleicht versuchte er, Inigo die Vorzüge einer langfristigen Beziehung zwischen Mann und Frau zu erklären. Thomas fragte sich, ob es ein Gespräch war, das er selbst auch hören sollte. Er wusste immer noch nicht, was er mit Theresa machen sollte. Oder mit Isabel. Zumindest bedeutete Fernandos Geständnis, dass er jede Versöhnung mit Eleanor vergessen konnte. Es gab bereits zu viele Frauen in seinem Leben, zu viele widersprüchliche Gefühle.

„Er sagte mir, dass Inigo mein Vater sein könnte, dass es aber nicht ganz sicher ist." Jorge sprach, ohne Thomas anzusehen, hatte die Worte nun offenbar lange genug zurückgehalten, um sie dann in aller Eile auf ihn loszulassen. Als ob er sie herausschleudern musste, bevor sie Schaden anrichten konnten.

„Wer könnte es denn sonst sein?"

Jetzt drehte Jorge den Kopf. „Du weißt doch wer."

„Nicht laut Castellana."

„Ich habe dir doch gesagt, dass sie über etwas gelogen hat. Was wäre, wenn es das war? Die Behauptungen, die Argumente, de Borja mir geliefert hat, lassen diese Möglichkeit zu. Sie sagt das eine, er sagt das andere – dass es möglich ist, dass ich sein Sohn bin und nicht der von Inigo."

„Du könntest also der Sohn des nächsten Papstes sein?" Thomas lachte, während Jorge ein langes Gesicht machte. „Hat er dir gesagt, wie?"

„Das Wie muss ich dir wohl nicht erklären, oder? Selbst du hast es geschafft, Kinder zu zeugen."

„Du weißt, dass ich das nicht so meine. Hat de Borja sonst noch etwas gesagt?"

„Viel mehr."

„Und du willst dieses Wissen für dich behalten? Außerdem, ein Blick auf Inigo Florentino und es ist mehr als eindeutig, wessen Sohn du bist."

Sie ritten noch eine Weile weiter. Der Nebel wurde dichter und verflüchtigte sich dann mit einem Mal, als die Hitze der Sonne auch die letzten Reste davon zum Verdunsten brachte. Draußen auf dem Fluss stand ein Reiher ganz still und suchte nach Beute. Hoch am Himmel kreisten drei dunkle Geier, ebenfalls auf der Suche nach ihrer nächsten Mahlzeit. Kin beschloss, dass er Thomas nun lange genug begleitet hatte, und rannte voraus, sprang ausgelassen und genoss sein Leben sichtlich in vollen Zügen. Thomas hatte ihn im Fluss von dem vielen Blut reingewaschen. Kin hatte den Kampf für ein tolles Spiel gehalten. Jetzt stand sein Fell noch zerzauster von seinem Körper ab als sonst.

„Was wird jetzt mit ihm geschehen?" Jorge brauchte nicht auszusprechen, wen er meinte.

„Er wird seinem Richter vorgeführt werden. Fernando, dachte ich. Dann werde ich Isabel erzählen, was Inigo geplant hat, und sie wird dafür sorgen, dass er nie wieder einen zweiten Versuch wagen kann." Er dachte einen Moment über Fernando nach, dann sagte er: „Ich bin mir immer noch nicht sicher, ob er seine Finger bei Inigos Plan im Spiel hatte."

„Wie kommst du darauf?" Jorge saß locker im Sattel, sein Körper entspannt, als wäre ihm eine schwere Last abgenommen worden.

„Die Männer, die uns daran hindern wollten, zu Inigo vorzudringen, könnten jene gewesen sein, die Fernando zurückgelassenen hatte. Entweder hat Inigo sie auf seine Seite geholt, oder Fernando war Teil des Plans."

„Oder es waren nicht seine Männer. Warum sollte Fernando de Borja etwas antun wollen?"

„Aus demselben Grund, aus dem er will, dass ich aus der Gegenwart seiner Frau verschwinde. Weil Isabel ihn mag."

„Mag, ja", sagte Jorge, „aber dich liebt sie."

Thomas stieß einen schnaubenden Laut durch seine Nase aus und schüttelte den Kopf. „Verwechsle nicht Freundschaft mit Liebe."

„Das solltest du auch nicht. Ich würde dir empfehlen, Fernando nicht den geringsten Hinweis auf deinen Verdacht zu liefern. Wenn du das tust, wird er dich töten lassen. Behalte dieses Wissen für dich. Tu so, als hättest du nichts gesehen."

„Genauso, wie du das für dich behältst, was de Borja zu dir gesagt hat?"

„Du kanntest deinen Vater, nicht wahr? Es gab keinen Zweifel, dass du sein Sohn warst."

„Du vergisst, dass ich keine solche Gewissheit darüber habe, dass Will mein eigener Sohn ist. Helena hält diese Wahrheit weiterhin vor mir zurück. Aus Bosheit, glaube ich, einfach, weil sie es kann."

Jorge lächelte. „Will ist von dir. Wie kannst du nur daran zweifeln? Ich sehe dich in allem, was er tut. Er hat sogar angefangen, dir ähnlich zu sehen, und er wird immer mürrischer, je älter er wird, also wessen Sohn könnte er sonst sein?"

„Er sieht mir überhaupt nicht ähnlich." Aber innerlich war Thomas erfreut. Er hoffte, dass Jorge recht hatte. Und selbst wenn nicht, würde sich nichts ändern. Er liebte sowohl Will als auch Amal mit jeder Faser seines Wesens. So wie er wusste, dass Kin sich für ihn opfern würde, so würde er sich auch für sie opfern.

„Du solltest noch einmal mit Helena schlafen und sie zwingen, dir die Wahrheit zu sagen. Dann wirst du es wissen, und ich garantiere dir, dass die Erfahrung exquisit sein wird. Sie ist geschickter als deine Freundin aus grauen Vorzeiten."

„Bist du dir da so sicher?"

„Die junge Liebe wirft einen Schatten auf die Realität. Als du vor ein paar Tagen neben ihr gestanden hast, hast du da die Frau gesehen, die sie jetzt ist, eine Frau in deinem Alter, oder hast du das Mädchen von, wie sagtest du, siebzehn Jahren in ihr gesehen?"

„Ich habe beides gesehen", sagte Thomas. „Menschen

altern. Sie ist gealtert und ich selbst auch. Glaubst du, sie hat den siebzehnjährigen Jungen von damals gesehen, als sie mich ansah? Natürlich nicht."

„Helena altert nicht."

„Das wird sie."

„Wenn du das sagst. Ich nehme an, du wirst meinen Rat nicht befolgen, so gut er auch sein mag?"

Thomas schüttelte den Kopf.

„Hatte ich auch nicht vermutet, aber ich musste es versuchen. Wie weit ist es noch bis Qurtuba?"

„Die gleiche Entfernung wie aus der anderen Richtung, also solltest du die Antwort kennen."

„In diesem Fall habe ich mehr als genug Zeit, dir die traurige Geschichte zu erzählen, wie de Borja sie mir erzählt hat." Jorge lachte leise. „Es ist eine Geschichte von Freundschaft, die in Feindschaft umschlägt, aber vor allem von Liebe, die in Hass umschlägt." Er blickte zu Thomas. „Am Anfang war es nur Liebe."

„Wen hat Castellana geliebt?"

„Beide, natürlich."

„Natürlich?"

„Ja. Aber noch mehr als das …" Jorge ritt eine Zeit lang schweigend weiter und starrte in eine Ferne, die er offensichtlich nicht sah. „Du weißt, dass ich mit Männern geschlafen habe, nicht wahr?"

Der drastische Themenwechsel überraschte Thomas. „Zumindest behauptest du das."

Jorge lächelte. „Ich würde mit dir schlafen, wenn du mich darum bittest, aber ich weiß, dass du das nie tun wirst. Das hält mich aber nicht davon ab, dich zu lieben. Unsere Liebe geht tiefer als Sex."

„Wenn du das sagst." Thomas war unzufrieden mit der Wendung, die das Gespräch genommen hatte, aber er wusste, dass es besser war, gar nicht erst zu versuchen, etwas daran zu ändern. Jorge würde irgendwann schon zum Punkt kommen.

„Ich habe mit Männern geschlafen, aber mit mehr Frauen, und manchmal mit beiden gleichzeitig." Jorge sah Thomas von der Seite an. „Sicherlich kannst jetzt sogar du die Verbindung herstellen, oder?"

„Sie waren zu dritt?"

Jorge nickte.

„Alle drei zusammen?"

Ein weiteres Nicken.

„Wie alt war Castellana?"

„Jung. Inigo und de Borja ein wenig älter, aber auch noch jung. Das ist weniger ungewöhnlich, als du vielleicht denkst."

„Aber gegen die Gesetze Gottes", sagte Thomas und Jorge lachte.

„Es ist auch gegen die Gesetze des Islam, aber du weißt, dass es passiert."

„Aber de Borja will Papst werden."

„Willst du auf irgendetwas hinaus?"

Thomas schüttelte frustriert den Kopf. „Was auch immer de Borja behaupten mag, du bist Inigos Sohn. Man muss ihn nur ansehen, um das zu erkennen. Du hast seine Augen, sein Gesicht, seine Fähigkeit, Menschen dazu zu bringen, ihn zu mögen. Sogar ich mag ihn, obwohl ich wusste, was er vorhatte. Inigo ist dein Vater."

„Ja … Ich glaube, sogar de Borja glaubt das. Deshalb hat er Castellana gezwungen, mich abzugeben."

„Das hat er dir gegenüber zugegeben?“

„Nicht so direkt“, sagte Jorge, „aber so gut wie. Du weißt, dass ich die Wahrheit zwischen den Zeilen lesen kann, und auch bei ihm habe ich sie herausgehört. Er wollte Castellana, und dann …“ Jorge zögerte. „Nein, dass er sie wollte, ist nicht ganz richtig. Er wollte sie, ja, aber noch mehr wollte er nicht, dass Inigo sie bekam. Ich glaube, ihn liebte sie mehr, und so zwang de Borja ihn, Valencia zu verlassen. Damals lebten sie alle drei in der Stadt.“

„Das weiß ich.“

„Gut für dich. Ich vermute, seine Vertreibung aus der Stadt war weder schön noch sanft. Ich glaube auch, dass de Borja mit einem Mord geliebäugelt hätte, wenn Inigo nicht gegangen wäre.“ Jorge lächelte und schüttelte den Kopf. „Er hat sich bei mir entschuldigt, weißt du.“

„De Borja?“

„Er sagte mir, es täte ihm leid, dass er mich weggegeben hatte, ohne zu prüfen, wo ich landen würde. Er behauptet, wenn er das gewusst hätte, hätte er es anders gemacht.“ Jorge lachte. „Er sagte sogar, er hätte mich in ein Kloster geben sollen. Ich, ein Mönch?“

„Gott bewahre“, sagte Thomas.

„Ja, das hätte ER ohne Zweifel getan – mich davor bewahrt.“

„Du hast dich doch ganz gut gemacht, findest du nicht?“

Jorge widmete der Antwort auf die Frage so viel Zeit, wie sie verdiente, und das war nicht viel. „Ich wäre gerne noch ein ganzer Mann, dann könnte ich Belia das Kind schenken, das sie sich so sehr wünscht.“

„Wenn du es wärst, hättest du sie nie getroffen. Du wärst niemals nach Gharnatah gekommen oder hättest mich kennengelernt oder hättest all die Dinge getan, die du in deinem Leben getan hast."

„Aber ich hätte ein anderes Leben geführt."

„Als Mönch."

„Ja", sagte Jorge, „das ist allerdings ein guter Einwand." Er beutelte sich übertrieben ab.

„Wie viel von dem, was de Borja dir erzählt hat, hast du geglaubt?", fragte Thomas.

„Fast alles. Ich sah keinen Grund, warum er lügen sollte, denn das hätte er leicht tun können, aber ich glaube, er wusste, dass ich es merken würde. Seine Geschichte ist also wahr, zumindest aus seiner Sichtweise. Aber wir wissen beide, dass die Wahrheit vielschichtig ist."

„In der Tat." Thomas starrte nach vorne, wo der Mann, über den sie sprachen, zwischen Lawrence und Usaden ritt. „Das alles erklärt allerdings noch immer nicht, warum Inigo dir den Mord in die Schuhe schieben wollte."

„Das hatte nichts mit ihm zu tun. Inigo kehrte nach Qurtuba zurück, um Rodrigo de Borja zu töten. Er hasst ihn mehr als je ein Mann einen anderen gehasst hat. De Borja weiß, dass der Mann seit vielen Jahren in Rom lebt, und ist sich sicher, dass er dorthin kam, nur um ihn zu töten, ihn aber nicht erreichen konnte."

„Wer wollte dich dann verhaften, wenn nicht Inigo?"

„Du kennst die Antwort bereits, sobald du erkennst, dass nicht ich es bin, der damit bestraft wird. Du hast es doch selbst gesagt. Es geht um dich."

Thomas trieb sein Pferd in den Galopp und ritt voraus, bis er die anderen eingeholt hatte.

„Ich werde ihn eine Weile übernehmen", sagte er zu Lawrence. „Mach eine Pause. Reite zurück und bleibe bei Jorge."

Lawrence reichte das Ende des Seils an Thomas weiter und wendete sein Ross ohne ein Wort.

„Dass du de Borja töten willst, kann ich verstehen", sagte Thomas auf Spanisch, da er wusste, dass Usaden das Gespräch dann nicht verstehen würde, „aber warum Jorge?"

Inigo drehte sich im Sattel, um nach hinten zu schauen. Er starrte lange zurück, während sein Pferd weiter den Weg entlangtrottete.

„Er ist gutaussehend, nicht wahr? Ist er auch klug?"

„Das ist er."

„Ist er grausam?"

„Nein."

„Dann ist er vielleicht doch nicht mein Sohn. Ich nehme an, de Borja hat Ihnen gesagt, warum ich ihn töten will?"

„Er hat es Jorge erzählt, und der hat es mir erzählt. Ist es eine Lüge?"

Inigo blickte nach vorne und machte es sich in seinem Sattel gemütlich, als ob er sich auf eine lange Reise vorbereiten wollte, obwohl Córdoba schon in Sichtweite war.

„Ich weiß nicht, welche Wahrheit er Ihnen erzählt hat, aber ich vermute, dass es nicht die ganze Wahrheit war." Er warf einen Blick auf Thomas. „Hat er Ihnen gesagt, dass wir alle Liebhaber waren?"

Thomas nickte.

„Wir alle drei zusammen?"

Thomas nickte erneut.

„Er hat Ihnen also die Wahrheit gesagt. Hat er behauptet, Jorges Vater zu sein?"

„Wie könnte er? Ihr beide müsst nur nebeneinanderstehen, und schon ist klar, wer sein Vater ist."

Inigo lächelte. „Ja ... Er ist gutaussehend, nicht wahr?"

„Haben Sie Cortez dafür bezahlt, ihn zu finden?", fragte Thomas.

„Das habe ich. Ich wollte wissen, ob er noch lebt, aber es war die schlimmste Entscheidung, die ich je getroffen habe. Es hat meinen Sohn fast umgebracht." Er blickte noch einmal zurück, dann zu Thomas. „Cortez hat ihn gefunden, wussten Sie das?"

„Ich habe meinen eigenen Mann, der gut darin ist, Geheimnisse auszugraben."

„Lawrence? Ja, wir haben uns unterhalten, er hat mir erzählt, was er entdeckt hat. Und Sie haben recht, er ist gut darin, Dinge aufzudecken, die die Leute lieber geheim halten würden. Genau wie Sie, hat er mir gesagt."

„Was ist passiert?"

„Der Mann wurde zu gierig für sein eigenes Wohl. Er kam zu mir und verlangte mehr Geld, ansonsten würde er die Informationen, die er aufgedeckt hatte, anderen anbieten."

„Wer würde sie wollen?"

„Was denken Sie denn, wer? De Borja, Fernando, die Königin ... Castellana? Sie würde gut zahlen, um das Kind zu finden, das sie einst aufgegeben hat."

„Sie behauptet, Jorge zu lieben."

„Ja, das tut sie bestimmt, aber ich vermute, sie würde trotzdem dafür bezahlen, ihn zu finden, damit sie ihn töten kann." Inigo lächelte. „Oder ihn in ein Gefängnis werfen und dort verrotten lassen."

„Um Gabriel zu schützen?"

„Das und ihre Stellung in der Gesellschaft. Sie ist eine Freundin der Königin und die Mätresse des Königs. Sie ist wohlhabend und mächtig. Das sind keine Vorteile, die sie aufgeben möchte, und die Nachricht, dass sie ihren unehelichen Sohn dem Elendsviertel von Córdoba überlassen hat, könnte ihren Ruf zerstören."

„Castellana steckt also hinter Jorges Verhaftung?"

Inigo hob eine Schulter. „Das kann ich nicht sagen. Ich weiß weder das eine noch das andere, aber ich vermute, dass sie die Planung jemand anderem überlassen hat. Sie ist eine gute Geschäftsfrau – nicht so klug, wie sie denkt, aber klug genug, um zu wissen, wann sie Hilfe braucht. Sie wird also jemand anderen damit beauftragt haben."

„Ich würde Fernando verdächtigen, aber er hat sich vorhin auf Ihre Seite gestellt."

„Hat er das?"

„Die Männer, die Sie beschützten, waren seine."

„Das wusste ich nicht. Ich dachte, es wären Soldaten, die von Rodrigo angeheuert wurden und sich entschlossen, die Seite zu wechseln, als sie sahen, wie der Kampf verlief. Warum sollte der König mir helfen wollen?"

„Weil er Rodrigo nicht mag. Er denkt, der Mann stehe seiner Frau zu nahe."

„Wir werden es nie mit Sicherheit sagen können, nicht

wahr? Diejenigen seiner Männer, die ihr am Leben gelassen habt, sofern es seine waren, verzogen sich wie der nächtliche Nebel. Das ist der einzige Grund, warum ihr es geschafft habt, mich festzunehmen. Hätte ich noch zwanzig ausgebildete Soldaten mehr gehabt, sähe die Welt heute anders aus. Nur nicht für Sie, denn Sie wären tot. Jorge hätte ich allerdings zu retten versucht."

„Dann ist es ein Glück, dass Fernando nicht mehr geschickt hat. Glauben Sie, er hat das mit Absicht gemacht? Ich weiß, dass er viele Leute nicht mag, und Sie gehören jetzt zweifellos dazu."

Inigo schüttelte den Kopf. „Ich hasse Könige."

„Und Königinnen?"

„Alle gleich schlimm." Inigo lachte. „Ich habe beschlossen, dass ich Sie mag, Thomas Berrington. Sie können mich jetzt gehen lassen, wenn Sie wollen. Ich will Ihnen nichts Böses, auch nicht dem König, der Königin oder meinem Sohn. Nur Rodrigo will ich vernichten und damit würde ich der Christenheit einen Gefallen tun."

„Es ist nicht meine Entscheidung", sagte Thomas. Aber er wusste, dass das nicht stimmte. Inigo Florentino war nach Córdoba gekommen, um seinen Sohn zu suchen, und er hatte ihn gefunden. Alles, was er sonst noch getan hatte, entsprang seinem Hass auf de Borja – einem Mann, den man nur schwer hassen konnte, allerdings wusste Thomas nicht, was zwischen den beiden vorgefallen war. Er fragte sich, wie er selbst sich verhalten würde, wenn ihm jemand Will oder Amal wegnehmen und an Zuhälter und Mörder verschenken würde. Er lächelte, denn er wusste, was er tun würde. Nämlich ganz genau das, was der Mann, der neben ihm ritt, getan hatte.

Thomas ritt näher an seine Seite und griff hinüber, um das Seil vom Knauf von Inigos Sattel zu lösen und zu Boden fallen zu lassen. Dabei glitt das Kreuz, das er trug, seit er es dem toten Mann abgenommen hatte, unter seinem Hemd hervor und schwang durch die Luft.

Inigo sah es an. „Woher haben Sie das?“ Er griff unter sein eigenes Hemd und zog ein identisches Kruzifix hervor. Sein Blick war eiskalt auf Thomas gerichtet. „Haben Sie dafür jemanden umgebracht?“

„Ich nicht. Aber ein anderer.“ Thomas starrte auf Inigos Kreuz, das in jeder Hinsicht mit dem seinen identisch war, bis hin zu dem Lederriemen, an dem es hing. „War er Ihr Kontaktmann?“

„Ich habe ihn geschickt, um sicherzustellen, dass Cortez nicht mein Geld nimmt und im Gegenzug nichts dafür tut. Wie ist er gestorben?“

„Wie Cortez wurde er gierig. Er wollte Jorge den Namen seiner Mutter verkaufen.“

Inigo schüttelte den Kopf, als sei er enttäuscht von einem eigensinnigen Kind. „Man kann niemandem mehr trauen, nicht wahr? Wer hat ihn getötet?“

„Das weiß ich nicht, aber ich bin mir sicher, dass es dazu diente, zu vertuschen, was Cortez herausgefunden hatte. Sie starben zeitlich knapp hintereinander.“

„Castellana“, sagte Inigo.

„Das denken Sie?“

„Natürlich war sie es nicht selbst, aber sie ist wohlhabend und der Preis, einen Mann zu töten, ist nicht hoch.“ Inigo starrte Thomas an. „Nicht, dass das einem von uns beiden etwas nützen würde. Sie wird beschützt, ebenso wie ihr Sohn.“

„Nur einer ihrer Söhne."

„Das ist wahr." Inigo schenkte ihm ein trauriges Lächeln. „Werden Sie mich wirklich wegreiten lassen?"

„Das werde ich."

„Sie sind ein guter Mann, Thomas Berrington. Kümmern Sie sich für mich um Jorge. Ich hätte ihn gerne besser kennengelernt, aber das ist jetzt unwahrscheinlich. Ich werde dieses Land verlassen müssen."

„Werden Sie nach Rom zurückkehren?"

„Das habe ich noch nicht entschieden, aber ich gehe davon aus, dass es letztendlich so sein wird."

„Haben Sie vor, weiter gegen de Borja zu arbeiten?"

„Das war mein Lebensinhalt. Erwarten Sie, dass ich mich jetzt ändere?" Inigo bohrte seine Fersen in die Flanken seines Rosses und ritt in Richtung Norden davon. Er hob eine Hand, aber ob zum Dank oder zum Abschied wusste Thomas nicht, nur, dass er sich gut fühlte mit der Entscheidung, die er getroffen hatte.

KAPITEL SIEBENUNDDREISSIG

„Wir müssen sowohl Castellana als auch Fernando zur Rede stellen“, sagte Jorge. „Sie hat uns die ganze Zeit über belogen, und er hasst dich noch mehr, als wir schon vermuteten. Und dann sollten wir nach Gharnatah reiten. Belia und Usaden werden wir mit den Kindern vorausschicken. Hier gibt es nichts mehr für uns und beim nächsten Mal wird Fernando dich sowieso nicht verschonen.“

Sie saßen in Daniels Haus, das ausnahmsweise ruhig war. Will und Amal spielten mit den anderen Kindern am Flussufer. Will hatte sich ein Spiel mit Stöcken und viel Geschrei ausgedacht, das kaum bis zu ihnen durchdrang. Zanita und Adana waren zusammen mit Beatriz und Sama auf den Markt gegangen. Sie planten eine Art Festmahl, gleich für zweierlei Anlässe: um die sichere Rückkehr von Thomas und Jorge zu feiern und gleichzeitig die bevorstehende Abreise von Adana, die ihre Tante nach Cádiz begleiten würde.

Die Welt veränderte sich von einem Tag auf den

anderen. Alles darin veränderte sich, auch Thomas' Leben, und war sich nicht darüber im Klaren, ob er etwas dagegen tun konnte oder wollte. Er wollte glauben, dass Jorge sich irrte, wusste aber, dass er es nicht tat. Er hatte immer gespürt, dass Fernando ihn hasste. Er hatte lediglich unterschätzt, wie tief dieser Hass ging. Fest stand jedoch, dass er Isabels Angebot, an ihrer Seite zu sein, niemals annehmen würde können. Das war nun unmöglich.

„Er kann nicht eifersüchtig auf mich sein", sagte Thomas. „Er weiß, dass das Wichtigste in Isabels Leben Kastilien ist, und seine Königin zu sein. Sie würde sich niemals mit einem anderen Mann einlassen. Sie würde nie auch nur daran denken, etwas dergleichen zu tun."

„Und es gebe viel besser aussehende Männer, die sie wählen könnte, wenn sie es doch täte. Vergiss nicht, dass Fernando ein Mann ist, der selbst schon in vielen Betten gelegen hat und deshalb zweifellos glaubt, dass andere Männer so sind wie er."

„Nur sollte er wissen, dass ich es nicht bin."

„Nein, wir sind beide Männer mit ausgezeichnetem Charakter, aber es gibt nur wenige wie uns auf der Welt. Beurteile andere nicht nach deinen eigenen Maßstäben, sonst wirst du schwer enttäuscht werden."

„Wir könnten in Cádiz leben", sagte Thomas. „Beatriz kann uns Arbeit beschaffen."

„Arbeit? Ich habe keine Lust zu arbeiten. Außerdem sind wir reiche Männer und reiche Männer arbeiten nicht."

„Nur liegen unsere Reichtümer in unserem Keller in

Gharnatah und du weißt, dass Muhammed unsere Rückkehr nicht begrüßen wird."

„Dann werden wir jemand anderen bitten, uns das Gold heimlich zukommen zu lassen. Ich bin sicher, dass Britto es für ein kleines Entgelt tun würde. Es ist genug für alle da."

„Nicht, wenn du es ständig irgendwelchen Leuten anbietest."

„Wie ich sehe, bist du guter Laune. Geh zu Eleanor und bring es hinter dich. Sag ihr, dass du sie nie wieder sehen willst, beglücke sie erneut, schwöre ihr deine unendliche Liebe, aber triff irgendeine Entscheidung." Jorge lächelte. „Man weiß ja nie, vielleicht kannst du sie heiraten und der nächste Graf d'Arreau werden. Das wäre doch eine nette Belohnung, nicht wahr? Und als dein Diener wird man von mir erwarten, dass ich exquisite Kleider trage, die zu meinem neuen Lebensstandard passen."

„Du würdest eine andere Sprache erlernen müssen, dabei kommst du schon mit deiner eigenen kaum zurecht."

„Meine Zunge hat Wichtigeres zu tun, als Worte über meine Lippen zu bringen. Geh zu ihr, Thomas. Irgendwann wirst du es tun müssen, und wenn du zurückkommst, wirst du besser gelaunt sein und wir können darüber reden, wo und mit wem du leben willst."

Thomas stand auf und ging nach draußen. Nicht, um Eleanor zu besuchen, obwohl er wusste, dass sie eine Wunde war, die noch nicht verheilt war. Er war sich nicht sicher, ob sie jemals heilen würde. Er wollte Jorge nicht von ihrer Verwicklung in die Ereignisse erzählen, denn er verstand das alles selbst kaum. Stattdessen ging er hinunter zum Fluss und sah den Kindern beim Spielen zu, getröstet wie immer durch den Anblick ihrer Unschuld und Einfachheit. Sie alle zusammen. Will und Amal und alle neun von Daniels und Zanitas Brut. Sogar der achtzehn Monate alte Lope machte mit, als Adana ihn auf ihre Hüfte setzte und ihm Kieselsteine reichte, die er ins Wasser werfen sollte, jeweils begleitet von einem Lachen.

Wenn wir doch nur hierbleiben könnten, dachte Thomas, und das Gefühl einer verpassten Gelegenheit stieg in ihm auf, eine verlorene Chance auf Glück.

Kin kam an seine Seite und Thomas streichelte das lange Fell des Hundes.

Dann näherte sich Adana, Lope nun in der Obhut von Maria.

Adana kniete vor Thomas nieder und nahm seine Hände.

„Danke, Onkel Thomas."

Er lächelte. „Wofür?"

„Dafür, dass du Tante Beatriz gefragt hast, ob ich mit ihr zurückkehren darf. Mutter sagte mir, dass du und Onkel Jorge Vater gemeinsam davon überzeugt habt, dass ich nach Cádiz gehen kann, aber vor allem du."

„Ich glaube, sie könnte da etwas verwechseln."

Adana schüttelte den Kopf. „Nein. Onkel Jorge hat ihnen natürlich gesagt, dass es gut für mich wäre, aber jeder weiß, wie er ist. Du bist die Vernünftige. Auf dich hören sie viel eher." Sie beugte sich vor und küsste ihn auf die Wange.

„Wann reist ihr ab?"

„Nach der Feier natürlich. Die wollen wir nicht

verpassen. Also wahrscheinlich morgen, denn Beatriz hat gesagt, es wird viel Wein getrunken werden." Sie küsste Thomas noch einmal auf die Wange und stand auf. Er sah ihr hinterher und lächelte. Eine Erinnerung an die jüngere Adana kam ihm in den Sinn, an ihre Tapferkeit, als sie den Fängen von Abt Mandana entkommen waren. Sie hätten damals beide sterben, ein Exempel an ihnen statuiert werden sollen, aber Jorge hatte sie unter Einsatz seines eigenen Lebens gerettet.

Thomas sah dem regen Treiben noch eine Weile zu, dann stand er auf. Er schnippte mit den Fingern und Kin stellte sich neben ihn. Einen Moment später tauchte Usaden auf, obwohl er bisher nirgendwo zu sehen gewesen war.

„Wohin gehen wir?"

„Ich werde Castellana zur Rede stellen."

„Du und Kin?"

„Ich nehme an, er wird mitkommen. Und du?"

„Wird es einen Kampf geben?"

„Das bezweifle ich."

„Dann eher nicht." Usaden lächelte. „Aber es könnte sein, also …"

Thomas ging zu Daniel, um ihn zu fragen, ob sie zwei Pferde ausleihen könnten, damit sie nach El Carpio reiten konnten. „Sag Jorge nicht, wohin wir gegangen sind", sagte er. „Er würde nur kommen wollen, und ich müsste unwirscher sein, als ich es sein könnte, wenn er dabei ist."

Daniel schüttelte den Kopf. „Ich kann immer noch kaum glauben, dass er nicht mein Bruder ist. Natürlich könnt ihr Pferde haben, aber vielleicht kann ich euch ein paar Stunden eurer Zeit sparen. Ich habe erst heute

Morgen eine Nachricht von Gabriel Lonzal erhalten, in der es um die Lieferung von Waffen geht. Darin stand, dass sie noch drei weitere Tage in dem Haus in Córdoba bleiben werden, und er möchte, dass ich ihm ein Muster bringe, damit er es sich ansehen kann. Als ob jemand ein Muster von Daniel Olmos' Arbeit bräuchte."

„Kann ich ihm dieses Muster bringen? Zwei Dolche vielleicht?" Er blickte zu Usaden, der nickte. Dolche waren gut für den Nahkampf.

Als sie die Stadt durchquerten und durch die engen Gassen schritten, die sie zu Castellanas Haus führen würden, fragte sich Thomas, ob Eleanor auch dort sein würde und was er tun würde, wenn sie es wäre. Jorge hatte recht – irgendeine Entscheidung musste getroffen werden, … aber noch nicht jetzt. *Nachdem der heutige Tag vorbei ist,* versprach er sich. Nach dem heutigen Tag. Wenn er die Wahrheit aus Castellana herausgepresst, sich auf Beatriz' Party blicken lassen und genug Wein getrunken hatte, um sich Mut zu machen. Falls er keinen Mut fand, würde er sich damit begnügen zu vergessen.

Kin lief voran, eingeengt durch die Gassen der Stadt. Usaden wirkte fast genauso eingeengt, denn Männer wie er waren nicht für enge Gassen und feine Häuser gemacht. Sein natürliches Umfeld bestand aus Wüstensand und Ausblicken in unendliche Weiten. Manchmal fragte sich Thomas, warum er noch an seiner Seite war.

„Ich bleibe hier draußen und halte Wache", sagte Usaden, als sie den kleinen Platz erreichten, an dessen einer Seite Castellanas Haus stand. „Rufe mich, wenn du mich brauchst."

Thomas nickte und ging durch den Bogengang in den Innenhof. Er erwartete, Castellana suchen zu müssen, fand sie aber an einem schattigen Tisch beim Mittagsmahl. Gabriel saß ihr gegenüber. Die vier Männer aus Rom, die bei dem Kampf mit Jorge dabei gewesen waren, saßen in einer Ecke und aßen ihr eigenes Essen, ausgeschlossen, aber dennoch auch einbezogen. Sie waren also doch nicht mit Inigo gegangen, um de Borja zu töten, und Thomas fragte sich, in welcher Weise sie dann an den Geschehnissen beteiligt waren oder auch nicht. Andererseits wusste er, dass dies die Männer waren, die Miguel ermordet hatten.

Gabriel erhob sich und legte eine Hand an seine Hüfte, bevor er bemerkte, dass er keine Waffe trug. Genauso wenig wie Thomas. Er hatte beschlossen, beide von Daniels Dolchen bei Usaden zu lassen. Er war nicht gekommen, um zu kämpfen. Zumindest hoffte er das.

Nun warf er einen kurzen Blick zur Seite, als die vier Männer sich aufrichteten. Sie waren bewaffnet. Natürlich waren sie bewaffnet.

Thomas ging zu dem Tisch, zog einen Stuhl heraus und setzte sich, als ob er eingeladen worden wäre. Dann streckte er die Hand aus, löst die Keule aus einer gebratenen Taube und saugte das Fleisch davon herunter.

„Ich habe mit Jorges Vater gesprochen."

„Mit welchem?"

„Mit beiden. Es stimmt also – Sie wussten nicht, wer von ihnen es ist?"

„Wie sollte ich? Jedenfalls damals nicht, aber jetzt muss ich nur in sein Gesicht sehen, um mir sicher zu sein. Nicht, dass es wichtig wäre. Ich habe nur einen Sohn."

„Sie haben darin versagt, Jorge loszuwerden. Er wird immer da sein.“

Castellana lächelte. „Ich habe eine Nachricht geschickt.“

Thomas sah, wie Gabriel lächelte und eine Hand hob, um die vier Männer nach vorne zu winken. Sie kamen in einer Reihe auf ihn zu, was ein Fehler war und von Unerfahrenheit zeugte. Thomas wartete, bis sie sich ihm näherten, bevor er aufstand. Der Mann ganz links verstand das als Zeichen und rannte auf ihn zu. Thomas packte ihn an seinem Kampfarm, in dem er ein Messer hielt, und verdrehte ihn, bevor er den Mann daran gegen den mit Essen beladenen Tisch schleuderte, sodass Flaschen und feine Gläser auf dem Marmorboden zerschellten.

Usaden erschien am Eingang des Innenhofes, in jeder Hand eine Klinge. Thomas schüttelte den Kopf, um ihm zu signalisieren, dass er bleiben sollte, wo er war. Er wollte die Sache selbst zu Ende bringen. Wollte den Schmerz der Frustration vertreiben, der sich seit dem Tag von Jorges Verhaftung in ihm aufgebaut hatte.

Der Mann auf dem Tisch war kaum bei Bewusstsein, also ließ Thomas ihn liegen. Castellana zog sich auf die andere Seite des Innenhofes zurück, blieb aber dort und wartete mit ziemlicher Sicherheit darauf, dass Thomas getötet wurde. Gabriel ging um den Tisch herum, wich Thomas aber aus und stellte sich zu den anderen, um den fehlenden Mann zu ersetzen.

Thomas wusste, dass er Gabriel am Leben lassen musste. Die anderen waren ihm egal. Er kniete nieder und hob das Messer auf, das der erste Angreifer hatte fallen lassen. In dem Glauben, die Bewegung mache ihn angreifbar, stürmten zwei von ihnen in hohem Tempo auf ihn zu. Thomas drehte sich zur Seite, um der ersten Klinge auszuweichen, und benutzte seine eigene, um die Kniekehle des Mannes aufzuschlitzen. Dieser stürzte zu Boden und hielt sich das Bein, während sich das Blut darunter sammelte. Thomas erwartete, dass der andere langsamer werden würde, aber stattdessen holt er zu einem gnadenlosen Schlag aus, der Thomas getötet hätte, hätte er sich nicht zur Seite geworfen. Er ließ sich der Länge nach fallen und glitt in dem Bewusstsein auf dem glatten Marmorboden entlang, dass er zu selbstsicher gewesen war. Er versuchte sich aufzurichten, aber seine Füße fanden keinen Halt, und dieses Mal stürzten sich alle drei verbliebenen Männer auf ihn. Doch sie hatten ihre Rechnung ohne Kin gemacht.

Der Hund schoss auf sie zu wie ein schwarzer Blitz, getrieben von Instinkt und Kraft. Er sprang hoch und verbiss sich in der Kehle eines Mannes, sodass sein Blut hell im Sonnenlicht in alle Richtungen spritzte. Das verschaffte Thomas Zeit, sich aufzurichten, aber er atmete schwer. Er blickte zu Usaden, der immer noch unbeweglich dastand. Zweifellos wartete er ab, ob Thomas seine Hilfe brauchte, bevor er eingriff.

Zwei Männer waren noch übrig.

Und dann nur noch einer, als der letzte der römischen Männer zurückzuweichen begann. Er umkreiste Thomas und half dem Mann auf dem Tisch aufzustehen, der nun wieder bei Sinnen war. Sie warfen einen Blick auf den Mann auf dem Boden, der noch immer sein verletztes Knie umklammerte, und ließen ihn liegen, bevor sie sich auf den Weg zur Rückseite des Hauses machten und einen Ausgang suchten, der sie nicht an Usaden vorbeiführen würde.

Kin knurrte tief in seiner Brust und pirschte sich an sie heran.

„Nein", sagte Thomas, unsicher, ob der Hund gehorchen würde, und einen Moment lang dachte er, er würde es nicht tun. Doch dann drehte Kin den Kopf, gab ein weiteres Knurren von sich und kehrte mit heraushängender Zunge an seine Seite zurück. Fast sah er aus, als würde er grinsen.

Erst dann hob Thomas eine Hand, um Usaden zu sich zu winken.

„Hol sie", sagte er und nickte in Castellanas Richtung, die sich unauffällig auf eine Tür zubewegte. „Dann geh und schließ die Tore, damit wir nicht gestört werden."

Usaden rannte hinüber, packte Castellana am Arm und zerrte die weinende Frau zurück zu dem Tisch, den Thomas zurechtgerückt hatte. Er stellte auch die Stühle auf, aber gegen den verschütteten Wein und das verstreute Essen konnte er wenig tun, und Kin begann bereits, sich daran zu bedienen.

„Lass sie in Ruhe!" Es war das erste Zeichen des Widerstands von Gabriel. Thomas packte den Mann an seinen langen Haaren und zerrte ihn daran an den Tisch. Er stellte einen weiteren der umgekippten Stühle auf und zwang ihn, sich zu setzen. Dann drückte er die Spitze seines Messers in die Haut unter Gabriels Kinn, genau wie er es schon einmal getan hatte.

Usaden drückte Castellana auf einen anderen der

Stühle und stellte sich hinter sie, eine Hand auf jeder ihrer Schultern.

„Sie werden jetzt meine Fragen beantworten", sagte Thomas und starrte Castellana an. „Und dieses Mal will ich die Wahrheit hören. Wenn Sie sich weigern oder wenn ich glaube, dass Sie lügen, wird Ihr Sohn sterben." Um seinen Standpunkt deutlich zu machen, ruckte er das Messer kurz nach oben, sodass Blut an Gabriels Hals herunterlief. Es war ein harmloser Schnitt, aber Castellana würde das nicht wissen und Thomas bezweifelte, dass Gabriel es tat, so wie er aufwimmerte, während er sich mit beiden Händen an den Hals griff, um die Blutung zu stoppen.

„Sie haben ihn getötet", sagte Castellana. „Sie haben meinen Sohn getötet!"

„Er wird es überleben. Bedeutet Ihnen Ihr andere Sohn denn nichts? Der, den Sie töten wollten?"

„Er ist nicht mein Sohn. Wir gaben ihn ab, Rodrigo und ich zusammen. Wir waren beide einverstanden."

„Wovor hatten Sie Angst? Jorge hat keinen Anspruch auf Ihr Vermögen. Und selbst wenn, würde er es nicht wollen. Er ist ohnehin ein reicher Mann."

„Er ist kein Mann", sagte Gabriel und ein wenig von seinem Imponiergehabe kehrte zurück, als ihm klar wurde, dass Thomas ihn doch nicht getötet hatte. „Er ist ein Eunuch. Ein eitler Palastschnösel."

Thomas unterdrückte ein Lachen. „Ein eitler Palastschnösel, der dich in einem Kampf besiegt hat. Was macht das aus dir?" Er wandte sich wieder an Castellana. „Warum wollen Sie Jorge des Mordes bezichtigen?"

Castellana starrte ihn an und Thomas sah, wie sie

überlegte, ob sie lügen sollte oder nicht. Als sie antwortete, wählte sie den richtigen Weg. Sie hatte ihn lange genug getäuscht.

„Das wollte ich nicht. Es war ein Fehler."

Thomas runzelte die Stirn. „Ich verstehe nicht. Diese Männer, die so kläglich darin versagt haben, Sie zu beschützen, haben auf Ihren Befehl hin Alonso Cortez getötet, der die wahre Identität von Jorges Vater beweisen konnte."

„Wir wussten nicht, ob er einen Beweis dafür hatte. Ich wollte ihm zahlen, was er verlangte, aber Fernando sagte mir, der Mann würde nur wiederkommen, um mehr zu verlangen."

„Dann hat Fernando ihn töten lassen?"

„Nein. Ich habe ihn nicht töten lassen und Fernando hat ihn auch nicht töten lassen. Ich habe keine Ahnung, wer es war. Fernando hat Jorge verhaften lassen, weil ich ihn darum gebeten habe. Ich wollte ihn loswerden, aber ich wollte nicht, dass er stirbt. Ich verspreche Ihnen, dass ich nicht wollte, dass er stirbt." Sie senkte den Kopf. „Das alles sollte überhaupt nicht passieren. Nichts davon."

Thomas warf einen Blick auf Gabriel. Die Augen des Mannes, der das Gespräch mitangehört hatte, wichen seinen aus, und in diesem Moment wurde Thomas klar, wer hinter Cortez' Tod steckte. Hatte Gabriel auch Mendoza töten lassen? Und de Parma? Thomas fragte sich, ob Castellana die Wahrheit kannte, und als er zu ihr zurückblickte, erkannte er, dass sie es tat. Sie hatte nicht gelogen, nicht direkt, aber sie wusste, wer hinter den Morden steckte. Die beiden Männer, die man auf der Straße vor Cortez' Haus gesehen hatte, waren Gabriel und Yves gewesen. Die vier Männer, die Miguel getötet hatten, waren diejenigen, die Thomas gerade besiegt hatte. Zweifellos war Miguel der Wahrheit zu nahe gekommen und musste beseitigt werden.

Thomas' Finger zuckten und er kämpfte gegen den Drang an, Gabriel zu schlagen. Er starrte ihn weiter an, bis er Thomas' Blick begegnete, unfähig, sich abzuwenden.

„Hast du den Mann zu Jorge geschickt, der ihm den Namen seiner Mutter versprach?"

Gabriel sagte nichts, aber das brauchte er auch nicht. Die Schuld stand ihm ins Gesicht geschrieben. War an seinem Körper ablesbar. Sie lag in der Art, wie er seine Schultern anspannte. In der Anspannung in seinem Körper und dem Zittern seiner Hände.

„Und hast du ihn töten lassen, als dir zu Ohren kam, dass wir ihn ausfindig machen würden?"

Es kam immer noch keine Antwort.

Und dann sagte Castellana: „Gabriel? Hast du getan, was er dir vorwirft?"

Der Mann zuckte zusammen. Über dreißig Jahre alt und immer noch konnte die Stimme seiner Mutter ihm das Gefühl geben, ein kleiner Junge zu sein, der einen Fehler gemacht hatte. Und Gabriel hatte einen großen Fehler gemacht.

Auch Castellana erkannte die Wahrheit, aber ihre Reaktion war die einer Mutter.

„Es macht keinen Unterschied", sagte sie. „Fernando wird nicht zulassen, dass ihm oder Yves etwas zustößt. Er hat dir doch geholfen, nicht wahr?"

Gabriel nickte nur kurz.

Castellana schaute auf das auf dem Tisch verstreute Essen, auf Thomas' Hund, der mit einem Knochen im Maul dalag, und schließlich auf den ausdruckslosen Usaden.

„Gabriel hält sich für einen schlechten Menschen, aber das ist er nicht."

„Und Miguel?", fragte Thomas und starrte Gabriel immer noch an. „Hast du ihn auch umbringen lassen?"

Dieses Mal schien Gabriel etwas Mut zu fassen. „Das war nicht ich. Es waren diese Männer. Er war kurz davor, ihre Rolle in allem zu entlarven." Er sah Thomas in die Augen. „Der Schreiber war nicht zum Sterben bestimmt. Sie sollten ihn zum Schweigen bringen und seine Aufzeichnungen vernichten, aber töten sollten sie ihn nicht. Das hatte ich ihnen nicht aufgetragen. Es ist Florentinos Schuld – er hat die Männer zu uns geschickt."

„Aber ihr habt sie korrumpiert. Ihr habt sie beide für eure eigenen Zwecke benutzt."

Thomas blickte zu Usaden. Er nickte und der Mann wandte sich ab. Man musste ihm nicht sagen, was er zu tun hatte. Die vier Männer aus Rom würden sich noch in der Stadt aufhalten und Usaden würde sie aufspüren. Kin schnappte sich eine letzte gebratene Taube und trottete ihm hinterher. Der Auftrag würde erfüllt werden. Wenigstens würde es eine Strafe geben, würde eine Gerechtigkeit hergestellt werden. Allerdings würden die Drahtzieher einer solchen Gerechtigkeit entgehen.

Es sei denn, Thomas ließ jene Gerechtigkeit walten, die diese beiden verdient hatten.

Er dachte an Eleanor und dann an seinen Sohn Yves.

Auch sie waren mitschuldig. Könnte er sie auch töten? Seinen eigenen Sohn?

Er schüttelte den Kopf. Castellana, die von seinen Gedanken nichts mitbekam, sagte: „Ich weiß. Manchmal entwickeln sich die Dinge anders, als es gedacht war." Sie seufzte und ließ sich auf ihrem Platz nieder, als wäre die Sache damit erledigt. Vielleicht war es das für sie auch.

„Warum mussten sie alle sterben?", fragte Thomas.

„Sie wussten zu viel." Castellana lächelte flüchtig. „Genau wie Sie und Jorge."

„Nur, dass wir beide beschützt werden."

„Sie vielleicht, aber nicht Jorge." Castellana schüttelte den Kopf. „Während Sie hier stehen und mich befragen, ist es für ihn bereits zu spät."

KAPITEL ACHTUNDDREISSIG

Thomas krachte so energisch in Daniels Haus, dass Zanita fast stürzte, als sie sich zu ihm umdrehte.

„Wo ist er?“

„Er ist wieder in seine Schmiede gegangen.“ Zanita deutete auf einen Stapel von Töpfen, Tellern und Tassen, die noch immer den Tisch bedeckten. „Und lässt mich wie immer die ganze Arbeit machen.“

„Nicht Daniel, Jorge. Ist er entführt worden?“

Zanita runzelte die Stirn. „Glaubst du, ich würde hier stehen und Töpfe waschen, wenn Jorge entführt worden wäre? Eine Nachricht ist eingetroffen und er ist in den Palast gegangen.“

„Eine Nachricht für mich?“

„Nein, für Jorge. Nicht alles, was mit dem Palast zu tun hat, betrifft dich, Thomas. Und wo bist du eigentlich gewesen? Du hast die ganze Feier verpasst. Alle wollten wissen, wo du bist.“

„Ich bin sicher, sie haben nicht einmal bemerkt, dass ich nicht hier war.“ Er sah sich um. „Ist Adana weg?“

„Die drei sind vor einer Stunde aufgebrochen."

„Ich dachte, sie bleiben bis morgen. Ich wollte mich verabschieden."

„Dann bist du zu spät gekommen."

„Hat Jorge gesagt, worum es in der Nachricht ging?"

Zanita schüttelte den Kopf, als sie sich wieder den Töpfen zuwandte, denn sie hielt das Gespräch für beendet, wenn sie auch mit dem Ausgang davon nicht zufrieden war.

Thomas ging nach draußen, wo Usaden immer noch wartete, Kin an seiner Seite. Usaden griff mit der Hand in sein Gewand, und als er sie wieder herauszog, baumelten vier Kruzifixe an Lederriemen daran.

„Hast du sie alle getötet?"

Usaden sagte nichts, aber Thomas kannte die Wahrheit. Der Gomeres kannte keine Gnade, und die vier Männer aus Rom hatten auch keine verdient.

„Wird man ihre Leichen finden?"

Usaden lächelte.

„Nachdem du weg warst, hat mir Castellana gesagt, dass Jorge wieder verhaftet werden würde, und jetzt ist er in den Palast gegangen. Geh zurück zum Zelt und nimm Kin mit. Wasche deine Kleider und dich selbst im Fluss und wirf die Kreuze hinein. Ich komme später zu dir."

„Meinst du, sie wollte dir Angst einjagen?"

„Sie wusste, dass wir die Wahrheit erfahren würden, sobald wir dort ankamen. Das ist ihr Schutzmechanismus – Angriff statt Verteidigung."

„Ich dachte, du würdest sie beide töten", sagte Usaden. „Solltest du auch. Sie bleiben eine Bedrohung für dich, solange sie leben. Sie will dich und Jorge loswerden.

Töten kann sie euch nicht, und ich bezweifle, dass sie den König bitten könnte, es für sie zu tun, aber sie wird alles daransetzen, was in ihrer Macht steht. Zweifellos reitet sie nach El Carpio, um weitere Pläne zu schmieden."

„Aber sie weiß, dass ich ihr jederzeit dorthin folgen kann." Thomas ging los, Usaden an seiner Seite. Die Sonne begann im Westen unterzugehen und lange Schatten boten willkommene Pausen von ihren ungnädigen Strahlen. Unter seinem Gewand war Thomas schweißgebadet und verdreckt. Er wollte ein Bad nehmen, sobald er sich vergewissert hatte, dass Jorge in Sicherheit war. Vielleicht würde er sogar Theresa bitten, sich ihm anzuschließen. Sie hatte es ihm in der Vergangenheit angeboten, und die großzügige Einfachheit ihrer Liebe versprach die Art von sicherem Hafen, nach dem er sich sehnte.

Als sie sich dem Palast näherten, bog Usaden in Richtung des Flussufers ab, während Thomas durch das Tor schritt, seine Anwesenheit so vertraut, dass die Wachen ihn kaum beachteten. *Konnte das Leben so sein?*, fragte er sich. Ein Teil dieser Exzellenz? Einer der Gesalbten an Isabels Seite? Und wenn ja, war es etwas, das er wollte? Er begann zu glauben, dass er es tat, und begann zu überlegen, wie es trotz Fernandos Hass noch dazu kommen könnte.

An einer Ecke zögerte er, versuchte zu entscheiden, wie er am besten vorgehen sollte, und wandte sich dann in Richtung seiner Gemächer. Er wusste, dass er dort auch Theresa finden würde.

Sie saß in einem Sessel, in dem ein Strahl der späten Abendsonne das Rot ihres Haares einfing und es in

Flammen aufgehen ließ. Sie drehte sich um, als er eintrat, stand auf und kam auf ihn zu. Einen halben Meter von ihm entfernt blieb sie stehen und wartete auf etwas, von dem Thomas nicht sicher war, ob er es ihr jemals würde geben können.

„Hast du Jorge gesehen?“

„Er sagte, es gab eine Feier. Ich wäre gerne eingeladen worden.“

„Ich war auch nicht dabei.“

„Ich hätte mich trotzdem gefreut. Er ist zu Fernando gegangen.“

„Hat er gesagt, warum?“

Theresa schüttelte den Kopf. „Er hatte eine Nachricht in der Hand, aber ich habe sie nicht gelesen.“

Während sie die Worte sprach, wurde Thomas klar, dass Jorge nicht in der Lage gewesen wäre, die Worte selbst zu lesen, und er wusste, dass er herausfinden musste, wer es für ihn getan hatte und was die Nachricht besagte. Höchstwahrscheinlich war es Belia gewesen und er nickte heftig, was Theresa ihn fragend ansehen ließ, denn sie hatte keine Ahnung von den Gedanken, die sich in seinem Geist gerade überschlugen.

Als er sich abwenden wollte, ergriff sie sein Handgelenk.

Thomas sah auf ihre Hand hinunter und wartete darauf, dass sie etwas sagte, aber es kam nichts. Nach einem Moment löste sie ihren Griff und er ging davon.

Belia und Jorge teilten sich ein Zimmer am hinteren Ende des Palastflügels, aber als er dort ankam, war es leer. Nun stand er in der Mitte des Raumes und wusste nicht, was er tun sollte. Belias Duft hing schwach in der Luft, auch jener von Jorge. In diesem Moment fiel es ihm wie Schuppen von den Augen. Es gab nur eines, was er tun konnte. Fernando zur Rede stellen und verhindern, was sonst unweigerlich passieren würde. Thomas wusste, er würde die Macht des Königs infrage stellen müssen.

Er ging zu dem langen Bogengang, der über die Gärten hinausblickte, und fand ein Bild vor, das er dort nicht erwartet hatte. Fernando stand neben Prinz Juan und beobachtete den Jungen beim Üben mit dem Schwert. Thomas' eigener Sohn war bei ihnen. Will stand Juan gegenüber, während Isabel in einiger Entfernung auf der Terrasse saß, Amal auf ihrem Schoß wie zuvor, ihre eigene Tochter auf einem Stuhl neben ihr. Thomas wartete einen Moment lang und die innere Dringlichkeit, die ihn antrieb, verblasste, als er die häusliche Atmosphäre der Szene in sich aufnahm. Wenn Jorge in Gefahr war, wäre Fernando nicht hier.

Thomas bemerkte, wie groß Will Juan gegenüber wirkte. Es lagen einige Jahre zwischen ihnen, aber ein Fremder würde Will für den älteren der beiden halten. Und auch den Geschickteren. Bei Weitem sogar, auch wenn ein Schwert nicht seine bevorzugte Waffe war. Er war bereits in die Fußstapfen seines *Morfar* getreten und sich für die Axt entschieden, die er nun mit Leichtigkeit, aber nicht weniger tödlich führen konnte. Nur kämpften sie heute mit Schwertern. Fernandos Palast, Fernandos Regeln.

Jorge war nirgendwo zu sehen. Thomas stieg die steinernen Stufen hinunter und ging auf Isabel zu, die seine Anwesenheit erst im letzten Moment wahrnahm und sich zu ihm drehte, mit sich und dem Tag im Reinen.

„Pa!“ Amal begann zu zappeln und Isabel setzte sie ab, damit sie zu Thomas laufen konnte. Er nahm sie in die Arme und küsste ihr Gesicht wieder und wieder, was sie zum Lachen brachte. Als er Isabels Blick wieder begegnete, lächelte sie über seinen Umgang mit seiner Tochter. Ihm wurde klar, dass Fernando seinen eigenen Töchtern gegenüber nie Zuneigung gezeigt hatte. Seine ganze Aufmerksamkeit war immer auf seinen Sohn gerichtet gewesen. Erbe der beiden Throne von Kastilien und Aragon.

Erbe einer Nation und ein Junge, der nun gegen Will kämpfte.

Als Thomas den beiden zusah, erkannte er, wie Will seine eigene Stärke und sein Können zurückhielt. Er würde Juan wieder erlauben zu gewinnen, klug genug, ihn in dem Glauben zu lassen, sein Sieg sei gerechtfertigt.

Als Thomas seine Aufmerksamkeit auf Fernando richtete, sah er die Konzentration in seinem Gesicht, das Bedürfnis, dass Juan sich bewies, sich als würdig erwies. Die Jugendlichen kämpften mit stumpfen Klingen, aber auch das konnte schmerzhaft sein. Will würde blaue Flecken davontragen, die Belia später mit ihren Lotionen lindern würde.

Thomas setzte sich auf eine der Stufen und holte Amal auf seinen Schoß.

„Hat dir das Fest gefallen?“

Amal nickte und begann zu plappern, einige Worte klar, andere von ihr selbst erfunden. Thomas liebte es, zu beobachten, wie sie wuchs und sich Tag für Tag ihre eigene Persönlichkeit weiter entfaltete. Er liebte es, wie sie Wissen und Fähigkeiten von außen aufnahm, um sie in ihrem Inneren für sich anzuwenden. Sie sah Lubna so ähnlich, dass ihm der Verlust seiner Frau im Herzen weh tat.

Als er aufblickte, hatte er keine Ahnung, wie viel Zeit vergangen war. Er wusste nur, dass ihn die Umarmung seiner Tochter beruhigt und geerdet hatte, und dass Isabel ihn mit einem Hunger anstarrte, der ihm eine Gänsehaut über den Körper schickte. Er wandte sich ab, unfähig, weiterhin das rohe Verlangen in ihren Augen zu sehen.

Unterhalb der Terrasse kam das Scheingefecht zwischen Juan und Will zu seinem einzig möglichen Ende. Fernando klopfte seinem Sohn auf die Schulter und gratulierte ihm. Er ignorierte Will als den Verlierer, als den er ihn sah. Will stapfte über den perfekt gepflegten Rasen und stieg die Stufen hinauf, um sich neben Thomas zu setzen.

„Du hast die richtige Entscheidung getroffen."

Will nickte, immer noch jung, nun älter, weiser. „Aber es war hart."

„Verlieren ist immer hart, aber es war dennoch die richtige Entscheidung."

„Nicht zu verlieren, Pa. Es so aussehen zu lassen, als würde ich verlieren. Juan ist ein guter Kämpfer, aber ich hätte ihn schon in der ersten Minute besiegen können."

„Ich weiß, dass du das gekonnt hättest. Aber du hast Fernando glauben lassen, dass Juan dich besiegt hat. Ich bin stolz." Thomas drückte die Schulter seines Sohnes. Er sah wieder zu Isabel hinüber und erkannte in ihren Augen immer noch denselben Hunger, von dem er wusste, dass er nicht seinem Körper galt, sondern seiner Seele. Er wusste, dass sie beobachtete, wie er mit seinen Kindern umging, und ihn mit ihrem Mann verglich. Auch wenn er das Bedürfnis erkannte, das in ihr loderte, wusste Thomas, dass er und Isabel keine andere Wahl hatten, als sich so zu verstellen, wie sie es taten, auch wenn sie vielleicht beide dasselbe wollten.

„Hast du Jorge gesehen?", fragte Thomas Will. „Mir wurde gesagt, er sei hierhergekommen, aber er ist nicht bei Belia."

Will lächelte wissend. „Sie verbringen ihre ganze Zeit zwischen den Laken." Er sah Thomas von der Seite an. „Hast du das mit Ma auch so oft gemacht? Ich erinnere mich nicht."

Thomas war geneigt, die Worte zu wiederholen, die er zuvor gesagt hatte, als Will solche Fragen gestellt hatte, dann überlegte er es sich jedoch anders. Der Junge wurde älter, war sogar reif für sein Alter, und Sex war ein Teil des Lebens, den er früh genug selbst kennenlernen würde. Will würde ein stattlicher Mann werden. Groß und stark. Die Frauen würden sich ihm zu Füßen werfen auf der Suche nach einem Beschützer vor den Problemen der Welt. Thomas hoffte nur, dass sein Sohn sein Leben besser meistern würde, als er es getan hatte.

„Nein, nicht so oft." Er zerzauste Wills langes blondes Haar, das er von seiner Mutter geerbt hatte. „Ich glaube nicht, dass jemand es so oft tun kann wie Jorge und Belia."

„So werden Babys gemacht, nicht wahr, Pa? Wie Amal gemacht wurde? Und ich?"

„Das stimmt." Thomas verdrängte den Zweifel, dass er Wills wahrer Vater war. Mit jedem Mal fiel es ihm leichter.

„Warum trägt Belia dann kein Baby in ihrem Bauch?",

lachte Will auf. „Sie müsste doch schon hundert Babys haben."

„Du weißt warum. Jorge ist ein Eunuch." Doch manchmal, vor allem in letzter Zeit, konnte man das leicht vergessen. „Er hat keinen Samen, den er in sie pflanzen könnte."

„Belia hat mir erzählt, dass du gute Samen hast, Pa."

„Hat sie das?" Thomas wünschte, er wäre seinem ersten Instinkt gefolgt und wäre doch nicht auf Wills Fragen eingegangen, aber jetzt war es zu spät. „Ich habe dich und Amal, und du weißt, dass wir Bahja verloren haben. Also ja, ich nehme an, Belia hat recht, ich habe gute Samen."

„Du machst starke Kinder." Will schlug sich auf die Brust und Thomas lächelte traurig.

„Ja, starke Kinder." Er erinnerte sich an seine eigene Frage, die unbeantwortet blieb. „Du hast Jorge also nicht gesehen?"

„Er ist mit Fernando weggegangen, bevor ich mit Juan gekämpft habe. Er weiß, wo er ist, du solltest ihn fragen." Damit stand er auf und verdrehte sich, um einen aufkommenden Schmerz in seinem kräftigen Körper zu lindern. „Kann ich Amal zum Spielen zu den Mädchen bringen? Sie mag sie, und umgekehrt ist es gleich. Ich mag sie auch." Er lächelte. „Die kleine Kat sagt, dass sie mich eines Tages heiraten wird."

Thomas erwiderte nichts. Sollte der Junge doch die Vorstellung davon genießen, bis die reale Welt ihm die Wahrheit einbläute. Er stellte Amal auf ihre Beine und sah zu, wie sie Hand in Hand mit ihrem größeren Bruder davonlief. Seine Kinder. Sein eigen Fleisch und Blut, ob es nun wahr war oder nicht. Der Gedanke an Will brachte ihm Yves in den Sinn. Auch er war Thomas' eigen Fleisch und Blut. Daran gab es keinen Zweifel. Aber bedeutete das, dass er den jungen Mann mögen musste? Konnte er ihn noch mögen, nach allem, was er getan hatte? Er dachte an Castellana, die Gabriel beschützte, und fragte sich, ob er auch Yves beschützen würde, weil er sein Sohn war. Reichte das allein aus oder war mehr dazu nötig? Würden sich die beiden verändern, wenn sie mehr Zeit miteinander verbrachten? Dieser Gedanke führte Thomas schließlich zu Eleanor und er wusste, dass sie niemals wieder Zeit miteinander verbringen würden.

Als er aufblickte, starrte Isabel ihn immer noch an, aber Fernando kam näher und sie musste damit aufhören, da er sonst noch wütender werden würde, als er es ohnehin schon war. Thomas erhob sich und klopfte seine Kleider ab, wohl wissend, dass auch Blut daran kleben könnte. An seinen Händen klebte es ganz bestimmt, auch wenn man es nicht sehen konnte.

„Deine Kinder lieben dich so sehr, Thomas", sagte Isabel, als er sich ihrem Platz näherte.

„So wie deine dich."

Sie presste die Lippen aufeinander und legte den Kopf schief, als ob sie ihm nicht glaubte. „Ich gebe mir die größte Mühe."

„Was versuchst du da, meine Liebe? Dich meinem männlichen Charme zu entziehen?" Fernando lachte über seinen eigenen Witz, so armselig er auch geklungen haben mochte. Er sprach zu frei in Anbetracht von Thomas' Anwesenheit, aber vielleicht blendete er sie auch einfach nur aus. Wahrscheinlich wollte er seinen Anspruch klarstellen. „Was tust du hier?" Jeglicher Humor war aus seiner Stimme und seinen Zügen gewichen, als er Thomas ansprach.

„Ich bin auf der Suche nach Jorge."

Fernando lachte. „Dann bist du am falschen Ort. Er ist wieder im Gefängnis."

Thomas starrte ihn an. Fernando erwiderte seinen Blick und verwandelte ihn in eine Herausforderung, und Thomas' Finger ballten sich zu einer Faust, als würde er den Griff eines Schwertes halten.

„Seine Unschuld wurde bewiesen."

„Nein, nur du dachtest, es wäre so, aber ich habe neue Beweise. Unumstößliche Beweise für seine Schuld. Er wird gleich morgen früh verurteilt und noch vor Tagesende hingerichtet werden." Fernando lächelte triumphierend.

Isabel sprang auf und stand da, als wollte sie sich zwischen die beiden stellen.

„Davon hast du mir nichts gesagt."

„Es war meine Entscheidung. Bin ich nicht für die Kriegsangelegenheiten zuständig?"

„Das hier ist kein Krieg!"

„Oh, und ob es einer ist."

„Was für Beweise?" Thomas trat näher an Fernando heran und schob Isabel beiseite.

„Komm morgen früh zur Verhandlung, dann wirst du es erfahren." Fernando wandte sich zum Gehen, aber Thomas hielt ihn am Arm fest.

Der König blickte auf seine Hand hinab. „Willst du dich ihm anschließen? Ich kann genauso leicht zwei Hinrichtungen arrangieren wie eine. Es gibt viele in dieser Stadt, die sich freuen würden, dich hängen zu sehen, Thomas Berrington."

„Fernando!", fauchte Isabel. „Was glaubst du, was du da tust?"

„Ich erfülle meine Aufgabe. Wie ich es schon vor Jahren hätte tun sollen." Er sah sie nicht einmal an, zog, um seinen Arm zu befreien, aber Thomas hielt ihn fest, bis er wusste, dass es ihm wehtun musste. Fernando blickte erneut auf seine Hand hinunter. „Ich habe dich gewarnt. Eine weitere Warnung wird es nicht geben. Lass mich jetzt los oder du wirst meinen Zorn erleiden."

Thomas ließ seine Hand sinken. Er beobachtete, wie Fernando seine eigene hob, um die Stelle zu reiben, an der er so fest gepackt worden war, und dann innehielt, da er keine Schwäche zeigen wollte.

„Komm, Juan, lass mich dir alles erklären, was du heute falsch gemacht hast, damit du dich beim nächsten Mal verbessern kannst. Aber ich glaube, du brauchst einen besseren Gegner als diesen heidnischen Jungen."

Zum Glück verhinderte Fernandos Wut, dass er sich noch einmal zu ihnen umdrehte, als sie den Gewölbegang zum inneren Palast betraten, denn bis dahin hatte Isabel bereits Thomas' Hand ergriffen und drückte sie an ihren Bauch, der sich unter seiner Berührung hob und senkte.

„Ich wusste nichts davon, Thomas. Ich wusste ehrlich nichts. Warum hat er das getan?"

Thomas wandte den Bogengängen den Rücken zu und blickte auf sie herab. Er verschränkte seine Finger mit ihren und sah, wie ein sanftes Lächeln ihre Lippen umspielte, bevor sie es unterdrückte.

„Du weißt warum. Er will mich bestrafen. Er will, dass ich aus deinem Leben verschwinde."

„Er weiß, dass ich niemals … Wir würden niemals … Er weiß es, Thomas. Er *muss* es wissen."

„Er ist ein stolzer Mann, der sieht, wie du bist, wenn ich bei dir bin. Ich sehe es auch. Ich vermute, jeder sieht es. Frag Theresa."

„Was sieht er, Thomas?" Isabels Stimme war sanft, ihr Blick wich seinem aus, aber ihre Finger schlangen sich enger um seine.

„Hätten wir uns doch nur vor dreißig Jahren kennengelernt …" Er lachte, sodass sie zu ihm aufblickte, mit ihren blauen Augen, dem roten Haar und einem Gesicht, das nicht schön war, aber für ihn wunderschön. „Nein, dann wäre ich immer noch ein Bürgerlicher gewesen, ein Niemand, und du eine Prinzessin." Er lächelte. „Du warst über alle Maßen schön damals, nicht wahr?"

Sie schnitt eine spielerische Grimasse. „Bin ich es denn jetzt nicht?"

„Natürlich bist du das."

„Aber ja, das war ich. Die Leute haben es mir gesagt. Männer und Frauen. Und es hätte mich nicht gekümmert, von welchem Stand du wärst."

„Doch, das hätte es, denn schon damals lebte ich in al-Andalus, und ich war kein guter Mensch. Ich war noch nie ein guter Mensch, aber wenigstens gebe ich mir jetzt etwas mehr Mühe."

„Du bist der beste Mann, den ich kenne. Weit und breit der beste. Und es wäre anders gekommen, das weiß ich." Sie stieß einen tiefen Seufzer aus. „Die Welt wäre eine andere, wenn wir uns damals über den Weg gelaufen wären, nicht wahr?"

Thomas schüttelte den Kopf. „Du weißt, dass es nicht so wäre. Aber es ist ein Gedanke, den ich gerne heraufbeschwöre."

„Er kann immer noch Realität werden", sagte Isabel, „dieser Gedanke. Ich spiele ab und zu damit, wie du sicher auch."

„Ein unmöglicher Traum, nichts weiter."

„Ist es das?"

„Du weißt, dass es so ist."

„Was wirst du wegen Jorge unternehmen?", fragte sie, als wäre die Sache bereits entschieden und er hätte die Entscheidung verpasst, wenn sie tatsächlich bereits gefällt worden wäre.

„Ich habe keine Ahnung. Überhaupt keine. Er hat sich nichts zuschulden kommen lassen, aber die, die schuldig sind, sind unberührbar, nicht einmal ihre Namen dürfen erwähnt werden. Vielleicht wird die Verhandlung seine Unschuld ein für alle Mal beweisen."

Isabel lächelte traurig. „Du bist es, der immer noch zu unschuldig ist. Für meinen Mann ist die Sache bereits entschieden. Für deinen Freund gibt es nur noch eine Chance, aber die hat ihren Preis."

„Ich bin nicht ohne Mittel."

„Nicht Geld. Ich meine einen anderen Preis."

„Was auch immer nötig ist. Wenn du einen Weg kennst, dann sag ihn mir und ich werde den Preis zahlen, egal, wie hoch er ist."

„Es gibt keine Erfolgsgarantie."

„Ich werde das Risiko eingehen. Es ist die einzige Chance, die mir jetzt noch bleibt."

„Zwei Sachen", sagte Isabel, und Thomas wusste, dass der Moment gekommen war, an dem er eine Entscheidung treffen musste. Hier und jetzt. So oder so.

„Sag sie mir."

„Ich habe schon zuvor gefragt. Ich will dich an meiner Seite. Ich brauche dich an meiner Seite. Ich brauche deine Intelligenz, deine Menschlichkeit und dein Können. Ich habe gesehen, wie dein Sohn gegen Juan gekämpft hat – er hätte ihn jederzeit besiegen können, und du und er seid aus demselben Holz geschnitzt. Du bist ein Mann, der Menschen beschützt. Ich möchte, dass du mich beschützt."

Für Thomas war es, als würde die Welt um sie herum verschwinden und nur noch sie beide übrig sein, als sie sich in diesem Augenblick an der Hand hielten. Ein Drehpunkt der Zeit. Sein ganzes bisheriges Leben hatte zu diesem Moment geführt. Alles danach führte davon fort.

„Und die zweite Sache?"

„Sag zuerst Ja."

„Ja, ich werde an deiner Seite sein. Ich werde dich beschützen. Wenn dein Mann es gestattet."

„Ich werde es einfordern."

„Und die andere Sache? Was auch immer es ist, meine Antwort darauf lautet ebenfalls Ja."

„Was auch immer es ist?"

Thomas lächelte. „Meine Antwort ist immer noch Ja."

Isabel lachte auf. „Jetzt wünschte ich, ich hätte ein bisschen mehr nach den Sternen gegriffen. Ein Kuss,

Thomas. Ein einziger Kuss. Unser einziger Kuss. Küss mich, als würdest du mich lieben. Küss mich, wie Liebende es tun. Ein Kuss, das ist alles, worum ich bitte." Sie blickte sich um und kicherte. „Hier draußen, wo man uns sehen könnte, ja?"

„Ja", sagte er. „Und du weißt, dass ich dich liebe."

Er senkte sein Gesicht und drückte seine Lippen auf die Weichheit der ihren. Seine Hand berührte dabei die Kurve ihres unteren Rückens und er zog sie damit an sich, und sie küssten sich, wie sich Liebende küssen, küssten sich, wie er und Lubna sich geküsst hatten, und als sie sich schließlich aus ihrer Begegnung lösten, sah Thomas, wie sich seine eigenen Tränen in Isabels Augen spiegelten, und er wusste, dass einmal vielleicht nicht ausreichen würde.

KAPITEL NEUNUNDDREISSIG

Thomas wachte mitten in der Nacht auf, obwohl er sicher gewesen war, dass er nicht würde schlafen können. Theresa beugte sich über ihn und er stöhnte und versuchte, sie von sich zu schieben.

„Sie will dich." Theresa schüttelte ihn erneut, obwohl sie sehen konnte, dass er wach war.

„Wozu?"

„Was denkst du?"

Einen Moment lang war Thomas sich nicht sicher, aber er wusste, dass er es nicht ignorieren konnte, wenn die Königin nach ihm rief.

„Dreh dich um, während ich mich anziehe." Er schwang seine Beine aus dem Bett, behielt aber die Decke um seine Taille gewickelt.

„Warum? Ich würde lieber hier sitzen und dich beobachten." Sie zog einen Stuhl heran, ein Lächeln auf dem Gesicht.

Thomas war zu müde, zu besorgt, um sich etwas

daraus zu machen. Er stand auf und ging an ihr vorbei, wo seine Kleidung lag. Er wusste, dass er sich saubere Sachen anziehen sollte, aber diese lagen griffbereit, und so zog er sie sich über, Theresas Augen die ganze Zeit über auf ihn gerichtet.

Isabel war dorthin zurückgekehrt, wo er sie auf jener Terrasse zurückgelassen hatte, die nun in Dunkelheit gehüllt lag, nur eine kleine Lampe brannte neben ihr, in deren Flamme die Insekten knisterten, wenn sie Feuer fingen. Theresa entfernte sich, ging aber nicht weit weg. Isabel tätschelte den Stuhl neben ihrem.

„Ich habe mit Fernando gesprochen."

„Hat er zugestimmt, Jorge freizulassen?"

Isabel schüttelte den Kopf. „Er ist in dieser Angelegenheit fest entschlossen. Er besteht darauf, dass die Verhandlung gleich in aller Frühe stattfindet."

„Das ist doch pure Idiotie!"

„Da kann ich nicht widersprechen", sagte Isabel. „Aber so ist er nun einmal."

„Hat er wirklich so viel Angst vor mir? Und wenn ja, warum verhaftet er dann nicht mich an Jorges Stelle? Er ist in diesem Spiel der Unschuldige."

„Ich habe alles in meiner Macht Stehende versucht, doch ich bin gescheitert. Eine Anhörung wird stattfinden, und wenn sie so ausgeht, wie wir beide befürchten, bleibt uns eine letzte Chance, das Blatt noch zu wenden."

„Welche, sag es mir."

Isabel schüttelte den Kopf. „Wenn es nötig ist, wirst du es am Morgen erfahren. Diese Sache ist nichts, was ich auf die leichte Schulter nehme, denn sie wird

Konsequenzen mit sich bringen. Plädiere selbst für ihn. Sprich für ihn, Thomas." Sie streckte die Hand aus und nahm die seine, diesmal eine sanfte Berührung. „Jorge wird nicht sterben."

Als er in seine Gemächer zurückkehrte, bat Thomas Theresa, ihn im Morgengrauen wieder zu wecken, ohne zu wissen, wie lange ihm bis dahin noch blieb.

„Es wäre viel einfacher, wenn ich einfach hierbliebe", sagte sie, als sie vor ihm stand, eine stille Aufforderung in ihren Augen.

„Einfach ist wohl nicht das Wort, das ich wählen würde. Wirst du es für mich machen?"

„Und wer wird mich wecken?"

„Finde einen Lakaien, der Zeit hat, ich bin sicher, er wird dir nur allzu gerne behilflich sein."

„Im Gegensatz zu dir. Eines Tages, Thomas ..."

Als sie weg war, zog Thomas sich aus und legte sich auf seine Decke. Er hatte Angst vor sich selbst und vor den Gefühlen, die in ihm hochkochten. Er wusste, dass sie von der Aussicht auf den Tod herrührten, auf den Verlust von Jorge. All diese Emotionen vereint in seinem Inneren, sie rüttelten an seinen Grenzen, bis Liebe, Verlust und Lust zu einer einzigen, reißenden Bestie wurden.

Er schloss die Augen. Als er sie wieder öffnete, stand Theresa mit einem wissenden Lächeln auf den Lippen über ihn gebeugt.

Die Luft begann sich zu erwärmen, als Thomas mit Theresa an der einen und Belia an der anderen Seite in Richtung der Verhandlungsräume schritt. Er hatte nicht gewollt, dass Theresa sie begleitete, aber sie hatte darauf bestanden. Um Will und Amal kümmerte sich eine ihrer

Freundinnen, eine andere Frau, die im Palast arbeitete. *So wird es sein,* dachte Thomas, *wenn ich erst Isabels zur Verfügung stehe. Meine Kinder werden von anderen aufgezogen werden.* Er war fest entschlossen, es nicht dazu kommen zu lassen, doch er wusste, dass manche Versprechen nur gemacht wurden, um am Ende doch gebrochen zu werden.

Eine Reihe von Männern schlängelte sich von der Seitentür des Verhandlungssaals weg, jeder angekettet an den Mann vor ihm. Der erste Mann in der Schlange war Jorge. Thomas ging zu ihm, wurde aber von Wachen zurückgedrängt. Belia ergriff seine Hand und drückte sie fest, ihre Augen die ganze Zeit auf Jorge gerichtet.

„Du wirst verschont werden!", rief Thomas und hoffte, dass Jorge ihn hören konnte.

Sobald er den Gerichtssaal betrat, versuchte er zu erklären, dass er hier war, um im Namen des Angeklagten zu sprechen, aber ein Beamter überprüfte eine Zeugenliste und konnte seinen Namen nicht darauf finden.

„Nur, wer auf dieser Liste steht, darf sprechen."

„Ich bin sein Freund. Und ein Freund des Königs und der Königin."

„Und doch steht Ihr Name nicht auf dieser Liste." Der Mann wandte sich ab, sein Gesichtsausdruck entnervt.

Thomas drängte sich in die erste Reihe der Zuschauertribüne und schob andere beiseite, bis genug Platz für sie drei war, wobei er jede Beschwerde mit einem so bösen Blick bedachte, dass die Menschen um ihn herum augenblicklich verstummten.

Der Saal füllte sich und immer noch kamen mehr

Zuseher herein. Die Gespräche um sie herum drehten sich um den heidnischen Spanier, der seine Mutter und seinen Vater und seine Kinder getötet hatte. Die Gerüchte verbreiteten sich wie ein Lauffeuer und Thomas fragte sich, wer sie in die Welt gesetzt hatte. Er verdächtigte Castellana – oder noch wahrscheinlicher, Gabriel. Er verstand Castellanas Handlungen oder Motive noch immer nicht ganz, aber Gabriels Eifersucht war spürbar und umgab ihn wie eine Wolke verdorbener Luft.

Männer in Richterroben saßen auf einem Podest und warteten auf etwas. Es wurde still, als zwei Gestalten hinter ihnen auftauchten und zu den aufwendig mit Schnitzereien verzierten Stühlen an einer Seite gingen. Isabel und Fernando nahmen ihre Plätze ein. Mit Fernando hatte Thomas gerechnet, aber nicht mit Isabel. Beide trugen einen Ausdruck im Gesicht, wie er ihn nur selten zuvor gesehen hatte. Es war jener Ausdruck, den Herrscher ihren Untertanen zeigten. Emotionslos, verschlossen, unlesbar. Und dann wurde Jorge hereingezerrt. Es wäre unnötig gewesen, ihn hereinzuschleifen, aber es geschah trotzdem. Man stellte ihn vor die Richter und forderte ihn auf, seinen Namen zu nennen, was er mit fester Stimme tat.

„Jorge Olmos."

Fernando lehnte sich in seinem Stuhl zurück, als Zeugen aufgerufen wurden, um auszusagen, was sie über die Ereignisse um den Tod von Alonso Cortez wussten. Andere gaben ihre Meinung zu Cortez' Ruf ab, und als Thomas sie hörte, war er überrascht, dass der Mann nicht bereits zum Heiligen erklärt worden war. Isabel lehnte sich nach vorne, ihr zierlicher Körper angespannt, ihre

Augen auf die drei Richter fixiert. Verschiedene Emotionen huschten über ihre Züge, als jede haarsträubende Behauptung vorgetragen wurde, ohne angefochten zu werden.

Auch der Mord an Carlos Mendoza wurde mit weiteren Beweisen belegt. Thomas fragte sich, wie jemand herausgefunden haben sollte, dass Jorge überhaupt dort gewesen war, oder war es ihnen einfach egal? Vielleicht würden im Laufe der Verhandlung einfach alle Todesfälle in der Stadt gegen ihn verwendet werden.

Thomas musste sich zwingen zu bleiben, wo er war, unterstützt durch den eisernen Griff von Belia auf der einen und Theresa auf der anderen Seite. Die Luft im Gerichtssaal war stickig vor Hitze und dem Gestank von hundert ungewaschenen Körpern. Das Licht drang durch hohe Fenster, die so ausgerichtet waren, dass nur Richter und Angeklagten davon erhellt wurden. Thomas sah Jorge schwitzen und bezweifelte, dass es nur an der Hitze lag.

Schließlich endete die Litanei der Falschaussagen und ein Beamter erhob sich.

„Ich rufe Zeugen auf, die für den Angeklagten sprechen."

Thomas richtete sich auf. „Ich spreche für ihn."

Der Mann prüfte das einzelne Blatt Papier in seiner Hand, wie er es zuvor getan hatte. „Ihr Name?"

„Thomas Berrington."

Der Mann sah noch einmal auf seine Liste. „Dieser Name steht hier nicht, Sir. Setzen Sie sich, oder Sie werden aus dem Saal entfernt."

„Wessen Name steht denn auf der Liste?", fragte Thomas.

„Das geht Sie nichts an, Sir. Setzen Sie sich oder gehen Sie. Die Entscheidung liegt bei Ihnen."

Thomas öffnete den Mund, um das ganze Verfahren als Schwindel zu entlarven, als ein Blick von Isabel ihn zum Schweigen brachte. Also setzte er sich wieder auf seinen Platz und die Frauen zu beiden seiner Seiten ergriffen erneut seine Hände.

Es gab nur eine kurze Unterredung, bevor dem Gerichtsschreiber ein Zettel gereicht wurde. Er las die Zeilen, lächelte und sprach dann mit lauter Stimme, sodass ihn alle hören konnten.

„In der Mordanklage gegen Jorge Olmos wird der Angeklagte für schuldig befunden. Er ist von diesem Gericht abzuführen, um auf seine Hinrichtung spätestens heute bei Sonnenuntergang zu warten." Der Mann steckte das Stück Papier in seine Tasche und griff nach einem weiteren. „Zweiter Fall …"

Während Wachen Jorge festhielten, erhob sich Fernando und verließ den Raum mit einem bestialischen Grinsen im Gesicht. Er blickte zu Thomas, um in seinem Triumph zu schwelgen, um zu zeigen, wer sein nächstes Opfer sein würde. Als er den Saal durch eine Hintertür verließ, erhob sich auch Isabel, doch anstatt ihrem Mann zu folgen, wandte sie sich dem Gericht zu.

„Meine Herren, Sie alle wissen, wer ich bin." Sie wartete, bis die drei Richter nickten, wartete, bis ein Raunen durch die Menge ging, bevor es still wurde. Alle wollten ihre Worte hören. „Dieser Mann …" Sie hob eine Hand und deutete auf Jorge, der immer noch von drei starken Wachen an Ort und Stelle gehalten wurde. „Dieser Mann", wiederholte sie, „ist mir bekannt. Nein, mehr als bekannt, er ist mein persönlicher Freund. Ich bin eure Königin und ich sage, dass er sich der gegen ihn erhobenen Anklagepunkte nicht schuldig gemacht hat. Lasst ihn frei. Lasst ihn auf der Stelle frei!"

„Euer Gnaden ..." Einer der Richter erhob sich. „Wir haben uns die Beweise gegen diesen Mann angehört und sind uns alle einig, dass er nicht nur schuldig ist, sondern ein Heide obendrein."

„Wo waren die Zeugen, die für ihn gesprochen haben, Sir?", fragte Isabel.

„Es wurden keine angeführt."

„Warum durfte dann dieser Mann", sie zeigte auf Thomas, „nicht zu seinen Gunsten sprechen?"

„Er stand nicht auf der Liste, Euer Gnaden." Der Mann blickte die anderen Richter an, offensichtlich unschlüssig darüber, wie er weiter vorgehen sollte. „Wir haben heute viel Arbeit zu erledigen, Euer Gnaden. Vielleicht kann diese Angelegenheit später besprochen werden?"

„Wäre Ihnen morgen recht, Sir?", fragte Isabel. „Nachdem er tot ist? Nein! Als Königin von Kastilien mache ich Gebrauch von meinem Recht auf Jorge Olmos' Begnadigung. Dies ist ein königlicher Befehl. Lassen Sie ihn frei!"

Das anschwellende Stimmengewirr im Saal verstummte augenblicklich wieder. Jene Wachen, die Jorge immer noch festhielten, blickten zu Isabel, blickten zu den Richtern.

Der Oberrichter stieß einen lauten Seufzer aus, nickte und beugte sich dem Unvermeidlichen. „Lasst ihn gehen." Er wusste, dass er nichts dagegen tun konnte. „Alle Anklagen werden fallen gelassen. Er ist ein freier

Mann.“ Er warf einen Blick auf Isabel. „Allerdings empfehle ich ihm, Córdoba so schnell wie möglich zu verlassen, bevor weitere Anklagen gegen ihn erhoben werden können.“ Die Botschaft war klar. Bleibst du, stirbst du. Wie oft wird die Königin bereit sein, dich zu begnadigen?

Die Wachen ließen ihren Griff um Jorge los. Thomas musterte die Gesichter der Männer auf dem Podest und wusste, dass sie nichts weiter tun konnten. Isabels Worte waren das Gesetz. Jorge war ein freier Mann, aber Thomas wusste, dass dies auch bedeutete, dass die Schuldigen ungestraft bleiben würden. Es war der Preis für Jorges Freiheit. Dieses ganze Komplott war dazu gedacht gewesen, die wahre Quelle der Schuld zu verschleiern. Nun würde sie für immer verborgen bleiben. Castellana und Gabriel standen Fernando nahe und beide standen sie unter seinem Schutz. Männer waren gestorben, aber es würde keine Strafe geben. Nicht heute. Vielleicht niemals.

„Geh zu ihm“, sagte Thomas zu Belia. „Bring ihn zu Daniels Haus. Er braucht jetzt die Familie um sich.“ Dann drehte er sich um und wollte sich durch die Menge hinausdrängen, aber eine starke Hand packte ihn am Handgelenk. Thomas drehte sich um, um einen Angriff abzuwehren, doch die Hand gehörte zu Jorge. Er zog ihn zu sich heran und umarmte ihn. Der Gestank des Gefängnisses hing in seinen Kleidern und in jeder Pore seines Körpers, obwohl er erst kurz zuvor verhaftet worden war.

„Danke, Thomas.“ Er hatte Tränen in den Augen, als er Thomas auf den Mund küsste.

„Ich habe nichts beigetragen. Deine Freiheit ist Isabels Werk."

„Dann danke ihr von mir, aber ich weiß, dass du nicht die Wahrheit sagst. Sie wird einen Preis verlangt haben, nicht wahr?"

Thomas starrte Jorge in die Augen und war sich bewusst, wie nahe er diesem Mann stand, wie sehr er ihm vertraute. Er nickte.

„Es ist nicht mehr, als ich zu zahlen bereit bin. Wir beide wissen, dass Kastilien in wenigen Monaten diesen Krieg gewinnen wird. Nächstes Jahr, wenn die Kampfsaison beginnt, wird Gharnatah fallen. Es ist doch nur vernünftig, wenn wir dann auf der Siegerseite stehen, nicht wahr?"

„Und unser Leben? Unser Haus und unsere Freunde? Unser Wohlstand?"

„Ziegel und Kacheln, Gold und Juwelen. Unsere Freunde werden uns erhalten bleiben. Ich werde mir etwas einfallen lassen. Ich weiß nicht, was, aber irgendetwas lasse ich mir schon einfallen." Das Bild von Eleanor kam ihm in den Sinn, und Thomas fragte sich, ob er die Wahrheit sagte oder nicht. Er fragte sich, ob er und Eleanor jemals wirklich Freunde gewesen waren. Da war Lust gewesen zwischen ihnen, eine Lust, die sie mit Liebe verwechselt hatten, ... aber eine wahre Freundschaft? Wahrscheinlich nicht.

Thomas wusste, was er zu tun hatte, bevor er Isabel besuchte, und fragte sich bei dem Gedanken an sie, ob er jemals wieder in den Palast gelassen werden würde. Wahrscheinlich hatte Fernando den Befehl gegeben, ihn zu verbannen. Er lächelte. Das würde die Ausübung seiner neuen Rolle, was auch immer sie mit sich bringen mochte, erschweren. Nicht, dass er beabsichtigte, sich davon abhalten zu lassen. Er war jetzt der Beschützer an Isabels Seite und niemand hatte Thomas Berrington jemals vorgeworfen, sich vor seiner Verantwortung zu drücken.

KAPITEL VIERZIG

„Was wollen Sie? Sie sind in diesem Haus nicht länger willkommen." Yves stand am Tor und versperrte Thomas den Zugang. Er hatte seine ganze Arroganz und Selbstsicherheit zurückgewonnen. Er hatte geholfen, einen Mord zu planen, und war damit durchgekommen.

Thomas betrachtete ihn und versuchte, eine Ähnlichkeit zwischen ihnen zu finden, was ihm aufs Neue nicht gelang. Er war groß gewachsen, aber abgesehen davon gab kein einziges Merkmal einen Hinweis auf die Nähe ihrer Verwandtschaft, es sei denn, man hätte Thomas' Vater gekannt. Das sagte ihm, dass Blut manchmal keine Rolle spielte, und er fühlte sich besser bei dem Gedanken.

„Ich will deine Mutter sehen."

„Sie ist beschäftigt. Sie will nichts mehr mit Ihnen zu tun haben. Das sollten Sie wissen." Yves wollte das Tor schließen, aber Thomas stemmte sich dagegen.

„Wer ist da?" Es war eine vertraute Stimme und nach einem Moment erschien Gabriel in dem Korridor. Er lächelte. „Ah, ich verstehe.“ Er kam näher, mit einer Lässigkeit, die demonstrierte, dass er und seine Mutter trotz Isabels Eingreifen den Sieg davongetragen hatten. Jorge lebte, aber das kümmerte sie nicht, denn nun konnten sie ihre Intrigen fortsetzen. „Bitte ihn herein, Yves. Wir können nicht zulassen, dass dein Vater auf der Straße steht wie ein gewöhnlicher Bürger.“

„Er ist nicht mein Vater.“ Yves' Gesicht zeigte einen verärgerten Ausdruck und er verstärkte seinen Druck auf das Tor, doch es rührte sich nicht. „Mein Vater ist tot.“

„Das lässt sich einrichten, wenn du es möchtest“, sagte Gabriel. „Lass ihn herein. Es ist nur schade, dass sein perverser Freund nicht bei ihm ist. Lass ihn herein.“ In Gabriels Stimme lag ein Befehlston und Yves trat zur Seite.

Thomas schob sich an ihm vorbei, enttäuscht von der Schwäche seines Sohnes. Hatte sein eigener Vater das Gleiche über ihn gedacht? Hatte er verachtet, was er als Schwäche und seine Mutter als Intelligenz angesehen hatte? Wenn ja, zeigte Yves weder körperliche noch geistige Stärke. Er war schwach und ließ sich leicht von Gabriel manipulieren, der einladend mit dem Arm winkte und den Weg zu jenem Innenhof wies, in dem Thomas Eleanor zum ersten Mal begegnet war. Der erwachsenen Eleanor. Der veränderten Eleanor. Er war für eine Konfrontation gekommen, aber jetzt sah es so aus, als würde sie mit diesen beiden stattfinden, anstatt mit der Frau, nach der er suchte.

„Wo ist Eleanor?“, fragte Thomas.

„Sie meinen die Gräfin d'Arreau?“

„Spiel keine Spielchen mit mir, Junge. Wo ist sie?“

Thomas sah, dass Gabriel keine Angst mehr vor ihm hatte, und fragte sich, wo er so plötzlich all den Mut gefunden hatte, und wie? Heute war er ein anderer Mann als der, der Jorge auf jener staubigen Straße gegenübergestanden und den Kampf verloren hatte. Ein anderer Mann als der, der mit einem Messer an der Kehle gewimmert hatte. Thomas wusste, dass Yves ihnen in den Raum gefolgt war und hinter ihm stand. Vielleicht glaubte er sich gut versteckt, doch Thomas sah ihn deutlich in dem breiten Spiegel, der an der gegenüberliegenden Wand hing. Er lächelte und freute sich, als Gabriel ein langes Gesicht machte. Doch sein Ausdruck wurde schnell durch ein Grinsen ersetzt.

Im Spiegel sah Thomas, wie Yves einen Dolch zog und sich ihm von hinten näherte. Gabriel zückte seine eigene Klinge und kam von vorne auf ihn zu.

„Ich will euch nicht wehtun", sagte Thomas. „Keinem von euch."

„Aber wir wollen Ihnen wehtun", sagte Gabriel. „Und dann werden wir meinem Bruder wehtun. Ihr Lieblingsmaure ist nicht mehr hier, um Sie zu retten. Sie werden sich noch wünschen, Sie hätten sich nie in Dinge eingemischt, die Sie nicht verstehen. Und dann werden Sie sterben."

Thomas fragte sich, ob Yves dies als den Moment sah, sich zu beweisen. Um zu beweisen, dass Thomas nicht sein Vater sein konnte. Aber er war es, Thomas kannte die Wahrheit, und sie würde das, was kommen würde, noch schwieriger machen.

Thomas wich Gabriels Angriff aus, wirbelte herum und schlug Yves den Dolch aus der erhobenen Hand.

Dann schlug er ihm so kräftig ins Gesicht, dass er zu Boden stürzte.

Gabriel stürzte sich auf ihn und stellte sich diesmal geschickter an als bei seinem Kampf gegen Jorge, doch er machte es immer noch viel zu einfach für einen Mann, der von einem von Kämpfen geprägten Leben geschult worden war. Thomas packte ihn am Handgelenk, als er mit seinem Dolch auf ihn einstechen wollte, schob Gabriels Arm mithilfe des Hebels zwischen ihnen nach oben und gab ihm einen kräftigen Ruck. Ein leises Geräusch ertönte, als Gabriels Schulter aus der Gelenkpfanne sprang, ein noch lauteres, als er aufschrie.

Thomas stieß ihn zu Boden und stellte sich auf seinen Arm, überdrüssig dieser beiden, überdrüssig der ganzen Welt.

„Wo ist Eleanor? Sofort!"

„Zur Hölle, was soll der ganze Lärm?" Fernando stand in der Tür, nur mit seiner Unterwäsche bekleidet und bloßfüßig. Als er Thomas sah, grinste er und betrat den Raum. „Natürlich, wer sonst?" Er warf einen Blick auf Yves, auf Gabriel. „Hast du ihm den Arm gebrochen?"

„Nicht gebrochen, nur ausgerenkt. Die Schulter wird sich irgendwann von selbst richten, aber es wird höllisch wehtun."

„Geschieht ihm recht, wenn er sich mit einem besseren Mann anlegt. Was machst du hier? In diesem Haus wartet nichts mehr auf dich." Ferdinand kam ihm so nahe, dass Thomas den Sex an ihm riechen konnte, den Duft, den ein Mann und eine Frau verströmen, wenn ihre Körper zu einem verschmolzen.

„Ich bin gekommen, um mit Eleanor zu sprechen." Er

blickte hinter Fernando zu der Stelle, wo die Treppe zu einer Galerie hinaufführte, auf der niemand stand. „Ist sie es, deren Bett du geteilt hast, oder Castellana?“

Fernando lächelte. „Erinnerst du dich, als ich dir sagte, dass ich sie gerne beide zusammen hätte? Du würdest solche Vergnügungen nicht verstehen, nicht wahr? Du, der perfekte Señor Berrington.“ Er schlug Thomas auf die Brust, eine vertraute Geste, eine, der er ihn schon hundertmal ausgesetzt hatte, und eine, der Thomas schon hundertmal Zurückhaltung abverlangt hatte. Doch nun war von jener Zurückhaltung nichts mehr übrig.

„Du hältst dich für besser als mich, nicht wahr?“, sagte er. „Du denkst, dass diese vorgetäuschten Kämpfe, die wir hatten, nicht inszeniert waren. Dass du mich jederzeit hättest töten können, wenn du gewollt hättest.“

Fernando schüttelte den Kopf. „Das Problem mit dir, Thomas Berrington, ist, dass du ein kluger Mann bist, und kluge Männer können sich fast alles einreden.“ Ein weiterer Schlag, diesmal härter. „Diese Männer glauben, dass sie einen überlegenen Feind besiegen können.“ Schlag. „Sie glauben, sie wissen es besser als diejenigen, die die Last der Macht auf ihren Schultern tragen.“ Schlag. „Sie glauben, sie können die Frau eines anderen Mannes verführen, ohne Konsequenzen davonzutragen!“

Thomas lachte. Und das von einem Mann, der behauptete, gerade das Bett zweier Frauen verlassen zu haben. Zugegeben, keine der beiden hatte einen Ehemann, was die Sache für Fernando vielleicht rechtfertigte, zumindest in seinem eigenen Kopf.

„Es ist anders zwischen mir und Isabel. Unsere Geister wollen sich vereinen, nicht unsere Lenden.“

Als Fernando zum nächsten Schlag ausholte, fing Thomas seine Faust mit seiner eigenen ab. Er spürte, wie der Druck zunahm, und stemmte sich fester dagegen. Fernandos Gesicht wurde rot und Thomas war sicher, dass sein eigenes das Gleiche tat. Aus dem Rande seines Blickfeldes sah er, wie Gabriel sich mit den Füßen rückwärts schob und sich die ausgekugelte Schulter hielt. Yves lehnte an der Seite des Kamins, jeder Kampfgeist aus ihm gewichen.

„Sollen wir jetzt kämpfen, Euer Gnaden?" Thomas legte so viel Verachtung in den königlichen Titel, wie er nur konnte. „Sollen wir die Klingen nehmen und bis zum Tod kämpfen?" Er blickte in Fernandos Augen und sah dort Zweifel aufflackern, doch der Mann war eitel und ein Tyrann, der nicht die Größe besaß, sich zurückzuziehen.

„Du bist ein Narr." Er riss seine Hand weg und trat zurück. „Nimm Yves' Klinge, ich nehme diese." Er kniete nieder und hob den Dolch auf, den Gabriel fallen gelassen hatte. Natürlich war es der Größere von beiden. Fernando lächelte. „Weißt du, wie lange ich dich schon töten will?"

Thomas zuckte mit den Schultern. „Eine Weile, da bin ich mir sicher."

Fernando lachte. „Oh, mehr als eine Weile. Und wenn du tot zu meinen Füßen liegst, werde ich nach oben gehen und deine erste Liebe ficken, und dann werde ich Castellana besteigen, und dann werde ich zum Palast zurückkehren und Isabel vögeln. Und du wirst mich nicht daran hindern können, irgendetwas davon zu tun."

„Das ist eine Menge Sex für einen Mann mit deinem

Ruf." Thomas grinste, als er Fernando die Stirn runzeln sah.

„Was für ein Ruf?"

Thomas hielt seine Finger zwei Zoll breit auseinander.

Er wich mühelos zur Seite aus, als Fernando zuschlug. Ja, sie hatten über die Jahre hinweg immer wieder gekämpft, und ja, er wusste, dass Fernando sich für den besseren Mann hielt, aber das Schwierigste an ihren Kämpfen war für Thomas gewesen, ihn in diesem Glauben zu lassen. Nun war jede Zurückhaltung verflogen. Vielleicht würde er in seiner Zukunft dafür büßen, aber hier und jetzt, in diesem Raum, als die Welt um ihn herum aus den Fugen geraten war, war ihm das alles egal.

Fernando drehte sich schnell. Er war gut, das musste Thomas zugeben, aber das war er selbst auch. Das monatelange Training mit Usaden hatte die natürlichen Fähigkeiten, die er schon immer besessen hatte, verfeinert, und er wusste, dass er unverwundbar war. Alle Gegner würde er nicht abwehren können, aber Fernando allemal. Und so spielte er mit ihm. Er tat so, als würde er zuschlagen, bevor er seinen Schlag im letzten Moment zurückzog. Er wich jedem von Fernandos Angriffen aus, als kämen sie von einem Kind.

„Warst du Teil der Verschwörung?", fragte er, kaum außer Atem, als ein Hochgefühl seinen ganzen Körper erfüllte, sein Verstand klar wie ein Kristall. „Oder war es von vornherein deine Idee? Wollte Castellana Inigo tot sehen? War er zu gefährlich, um am Leben zu bleiben?"

„Du warst zu nahe dran, Berrington. Zu nahe dran an

meiner Frau. Das kann ein Mann nicht zulassen." Wieder schlug er zu, wieder parierte Thomas.

Fernando sah sich um. „Ihr zwei, helft mir! Haltet ihn fest, während ich ihm den Dolch in sein Herz ramme." Er grinste. „Wie du das reparierst, würde ich gerne sehen, Chirurg!"

Gabriel würde ihm keine Hilfe mehr sein, aber Yves trat vor, vielleicht ermutigt durch die Anwesenheit des Königs von Aragon und Kastilien. Er rannte von hinten auf Thomas zu, der sich auf ihn stürzte, sich mit ihm herumdrehte, den Jungen in die Luft hob und auf Fernando schleuderte.

Sie gingen gemeinsam zu Boden wie zwei Kegel und Thomas stellte sich rasch über sie.

„Ich habe genug von dieser Scharade." Er kniete sich hin, schleuderte Fernandos Dolch beiseite und stieß Yves weg. Dann drückte er die Spitze seiner eigenen Klinge an Fernandos Kehle und bohrte sie in seine Haut, bis sie nachgab. Als das Blut zu fließen begann, rührte sich in Thomas ein tiefes Gefühl des Versagens. Er konnte Fernando nicht töten. Er wollte ihn nicht töten. Früher hatte er diesen Mann sogar gemocht. Nicht besonders, das gab er zu, aber er hatte es um Isabels willen versucht. Natürlich hatte Fernando etwas mit den Ereignissen zu tun. Castellana auch. Sogar Eleanor. Dies war ihm nun klar, doch zuvor war er von alten Erinnerungen abgelenkt worden und hatte die Wahrheit nicht erkennen können. Sie gehörten zu den Privilegierten in dieser Welt. Kleine Männer und Frauen betrachteten sie als ihre Schachfiguren. Was auch immer sie taten, sie taten es für ihren eigenen Aufstieg, für ihren eigenen Reichtum und für ihr persönliches Vergnügen. Und sie würden damit weitermachen, denn es gab niemanden, der sie bestrafen oder gar verurteilen konnte. Oder war da jemand? Thomas ersann eine Möglichkeit.

„Ich sollte dich töten", sagte er mit rauer Stimme, „und dann sollte ich in den Palast gehen und mit Isabel schlafen, wie sie es sich seit Jahren von mir wünscht. Du weißt, dass ich die Wahrheit sage, denn das hast du immer befürchtet, nicht wahr? Aber ich werde beides nicht tun. Du wirst leben. Isabel und ich werden Freunde bleiben, aber nie mehr als das." Er lächelte. „Auch wenn du in der ständigen Angst leben musst, dass sie sich mehr wünscht. Du wolltest de Borja tot sehen, weil sie ihn genauso ansieht wie mich. Er ist ein gutaussehender Mann, genau wie Jorge. Ein Mann, der eines Tages neben Gott sitzen wird. Wo werdet Ihr sitzen, Euer Gnaden, wenn Euer letzter Tag gekommen ist? In Gottes Licht getaucht oder in den Schein der Flammen der Hölle? Denkt darüber nach. Handelt danach."

Thomas warf seinen Dolch quer durch den Raum, angewidert von den Männern, angewidert vor allem von sich selbst.

Dann ging er zu Gabriel und packte sein Handgelenk, stellte einen Fuß unter seinen Arm und zog kräftig daran. Ein lautes Knacken ertönte, als seine Schulter wieder in die richtige Position gehievt wurde, und er schrie noch lauter als beim ersten Mal.

Thomas kehrte ihnen den Rücken zu und entdeckte zwei Frauen am oberen Ende der Treppe, beide in ein einziges weißes Laken gehüllt, das kaum ihre Nacktheit bedeckte. Eleanor kam die Treppe hinunter und ließ das

Laken fallen, um so zu ihm hinabzusteigen, wie Thomas sie in Erinnerung hatte. Sofern er überhaupt an sie dachte. Das war der Unterschied. Das war die Erkenntnis, die ihm der letzte Monat gebracht hatte. Eine Klarheit der Gedanken und Gefühle. Einst hatte er sie geliebt, aber das war lange her und längst vorbei. Jetzt mochte er sie nicht einmal mehr, genauso wenig wie er seinen Sohn mochte. So war das Leben. Manchmal gingen Pläne nicht auf. Nicht alles musste ein Vergnügen sein.

Er drehte sich um und schritt aus dem Haus, schritt in eine Zukunft, die mehr Ungewissheit barg, als er jemals verspürt hatte, und sah ihr mit Vorfreude entgegen.

KAPITEL EINUNDVIERZIG

Es war mitten im Winter, als Thomas und Jorge nach Gharnatah zurückkehrten. Thomas kam in einer neuen Mission, einer, die ihm von Isabel selbst aufgetragen worden war. Es war eine Mission, die er gerne übernommen hatte. Isabel hatte ihn gewarnt, dass sie Gefahren und Risiken bergen würde, aber wann war das jemals anders gewesen?

Ein kalter Wind wehte ihnen von Norden her entgegen und kündigte den ersten Schnee an. In dem Haus auf dem Albayzin roch es muffig und Thomas fragte sich, wohin Helena gegangen war, aber es war ihm egal. Sie erreichten die Stadt erst spät an diesem Tag und Jorge war untypisch ruhig. So war er die ganze viertägige Reise über gewesen. Thomas vermutete, dass ihn die Familie beschäftigte. Seine richtige Familie und seine Adoptivfamilie. Als sie in die Stadt eintauchten, spürte Thomas, wie der Schmerz, den er in sich getragen hatte, nachließ. Hierher gehörte er. Dies war seine Stadt. Sein Platz.

Eine Woche nach ihrer Ankunft wurde Thomas in der Nacht von einer Hand auf seiner Brust geweckt. Er drehte sich zur Seite und griff nach der Klinge, die immer unter seinem Kopfkissen lag, dann hielt er inne. Die Hand war weich und ein vertrauter Duft stieg ihm in die Nase.

„Falsches Zimmer", sagte er und erkannte Belia sofort.

„Nein, Thomas, heute Abend bin ich im richtigen Zimmer."

Er setzte sich auf und griff nach einem Feuerstein, um die Lampe anzuzünden, doch sie drückte ihn wieder nach unten auf die Matratze. Dann nahm sie seine Hand und hob sie an, legte sie an ihre nackte Brust. Thomas zuckte zurück, als hätte die kurze Berührung ihm die Haut versengt.

„Was machst du da?"

„Ich dachte, es wäre offensichtlich, was ich tue. Bin ich nicht schön, Thomas?" Ihre Stimme klang wie Samt in der Dunkelheit.

„Das bist du, aber du bist auch die Frau von Jorge. Deshalb frage ich dich noch einmal. Was machst du da?"

Sie drückte ihn auf das Bett und glitt neben ihn, ihre Haut heiß, ihr unverwechselbarer Duft betörend. „Glaubst du, ich würde ohne seine Erlaubnis hierherkommen? Jorge hat mich geschickt. Er sagt, es ist Zeit, dass er Vater wird."

„Er kann niemals ein Vater sein."

„Er ist da anderer Meinung. Er sagt, du wirst den Samen in mich pflanzen, aber das Kind …", sie lachte leise, „… vielleicht mehrere Kinder, wenn du Glück hast, werden meine und seine sein." Sie legte sich halb über ihn und küsste ihn, wie Lubna ihn geküsst hatte. Mit Liebe. Ihre Hand strich über seinen Bauch, glitt tiefer, wie Lubnas Hand es oft getan hatte. Thomas reagierte trotz seiner Verwirrung darauf.

„Das hier ist falsch."

Er spürte, wie Belias Lippen lächelten, als sie die seinen berührten. „Das hier", und sie packte seine Männlichkeit, „sagt, dass es nicht falsch ist. Du weißt, dass ich Liebe für dich empfinde, Thomas. Nicht dieselbe wie für Jorge, aber wir sind schon lange befreundet, und die Liebe kennt viele Gesichter. Tu es für mich und tu es für Jorge, denn ich weiß, dass du uns beide liebst. Schenke mir ein Kind. Tue es mit Liebe, denn davon gibt es nicht genug in der Welt. Wir müssen mehr Liebe machen. Mehr Liebe erschaffen."

Als der Morgen dämmerte, war Belia verschwunden. Thomas starrte an die Decke und fragte sich, ob alles nur ein Traum gewesen war, aber eine Woche später kam sie wieder, und die Woche danach noch einmal. Keiner von ihnen sprach über das, was sie taten, nicht einmal Jorge.

Und dann, sechs Wochen nach Belias erstem Besuch, verkündete sie, dass ihre Blutung nicht eingesetzt hätte.

Zum Jahreswechsel bestieg Thomas sein Pferd, allein mit Ausnahme von Kin, der neben ihm herlief, als er durch die offenen Tore von Gharnatah ritt. Die schneebedeckten Gipfel des Sholayr lagen hinter ihm und Isabel befand sich einen Wochenritt entfernt in Alcala de Henares. Zweifellos saß sie in jenem kalten Schloss, in dem ihre jüngste Tochter von Thomas entbunden worden war. Er würde zu ihr reiten und abwarten, wie er empfangen wurde. Wenn man ihm wohlgesonnen war, würde er nach den anderen schicken, obwohl er wusste, dass Isabel und Fernando noch früh genug nach Gharnatah kommen würden.

HISTORISCHE ANMERKUNG

Die Botschaft des Blutes spielt in jener relativ ruhigen Periode, in der Spanien die letzten Vorbereitungen für die Einnahme Granadas traf, die am 1. Januar 1492 erfolgte – eine Geschichte, die in Band 9 der Thomas-Berrington-Serie, *Eine Träne für die Toten,* erzählt wird.

Rodrigo de Borja (oder Borgia) wurde kurz nach den fiktiven Ereignissen in diesem Buch zum Papst gewählt. De Borja war Spanier, seine Familie stammte aus Valencia, und kehrte mehrmals nach Spanien zurück. Er war dafür bekannt, sowohl Isabel als auch Fernando nahezustehen, und spielte eine Rolle in der Legalisierung ihrer Ehe, da König und Königin Cousins waren und eine päpstliche Dispens für die Heirat benötigten. Aus offensichtlichen Gründen habe ich de Borja in der Zeit dieses Romans nach Spanien gebracht, aber soweit bekannt ist, hat er das Land in den Jahren 1489-90 nicht besucht. Allerdings war er sowohl davor als auch danach dort zu Gast, sodass ich mir bei der zeitlichen Einordnung ein wenig Freiheit nehmen konnte.

De Borja wurde oft Schlechtes nachgesagt, aber meine Geschichte zeigt ihn in einem gütigeren Licht, obwohl er eindeutig kein Heiliger war. Zu der Zeit, über die ich schreibe, waren viele Bischöfe und Kardinäle verheiratet oder hielten sich Mätressen. De Borja selbst hatte jung geheiratet und soll Kinder gezeugt haben, während er in Spanien lebte – ein Gerücht, das ich hier als Handlungselement verwendet habe. Außerdem soll er sehr gutaussehend gewesen sein und ein gütiger Mensch gewesen sein. Castellana Lonzal, die in dieser Geschichte seine Ehefrau wird, ist eine fiktive Schöpfung, aber es ist nicht viel Fantasie erforderlich, sich vorzustellen, dass es eine Person wie sie auch im wirklichen Leben gegeben haben könnte.

Das letzte Buch über das Leben von Thomas und Jorge in Spanien, *Eine Träne für die Toten*, wird von der Schlacht um Granada und ihrer Rolle darin erzählen. Wie immer wird es auch eine mysteriöse Komponente darin geben.

Wenn Sie bei den Worten „das letzte Buch" einen Schmerz des Verlustes verspüren, verzagen Sie nicht. Nach einer kurzen Unterbrechung werden Thomas, Jorge und die anderen Protagonisten zurückkehren, aber diesmal nach England in Begleitung der dann siebzehnjährigen Katharina von Aragon, die in den Norden reist, um Prinz Arthur, den Sohn Heinrichs VII. zu ehelichen. Dieses Buch wird der erste Band einer neuen Phase in Thomas' Leben sein und vielleicht, ein Jahrzehnt in der Zukunft, zur William-Berrington-Reihe historischer Krimis führen …

REFERENZEN

Die meisten Informationen über Rodrigo de Borja stammen aus dem hervorragenden Buch *The Borgias* von G.J. Meyer.

ÜBER DEN AUTOR

David Penny ist der Autor der Thomas-Berrington-Reihe historischer Krimis, die im maurischen Spanien am Ende des 15. Jahrhunderts spielt. Derzeit arbeitet er am nächsten Buch der Serie.

Erfahren Sie mehr über David Penny
www.davidpenny.com

Printed in Poland
by Amazon Fulfillment
Poland Sp. z o.o., Wrocław

49255199R00310